Jorge Amado

Gabriela, clavo y canela

Jorge Amado (1912-2001) es tal vez el escritor brasileño más conocido del mundo. En muchas de sus obras se mezclan los temas naturalistas con un humor obsceno y se describe el mágico ambiente de la gente humilde de Bahía. A los dieciocho años publicó su primera novela, *El país del carnaval* (1931). *Tierra del sinfín* (1944), considerada una de sus obras maestras, describe la dura vida de los trabajadores de las plantaciones de cacao. En 1961 fue elegido miembro de la Academia Brasileña de Letras. *Doña Flor y sus dos maridos* (1966), quizá su novela más famosa, fue llevada al cine por Bruno Barreto en 1976.

Gabriela, clavo y canela

Gabriela, clavo y canela

Crónica de una ciudad del interior

JORGE AMADO

Traducción de Rosa Corgatelli y Cristina Barros

Vintage Español
Una división de Random House, Inc.
Nueva York

PRIMERA EDICIÓN VINTAGE ESPAÑOL, JUNIO 2008

Título original: *Gabriela, cravo e canela*

Información de catalogación de publicaciones disponible en la Biblioteca del Congreso de los Estados Unidos.

Vintage ISBN: 978-0-307-27956-9

www.grupodelectura.com

Impreso en los Estados Unidos de América
10 9 8 7 6 5 4 3 2 1

Nota del editor

Esta novela contiene varios nombres de personajes, animales, plantas, comidas, etc., muy conocidos en Brasil, pues forman parte de su acervo sociocultural, pero con los cuales el público de habla castellana quizá no esté tan familiarizado. Por eso se ha compuesto, a manera de guía y para mejor comprensión de la obra, un glosario que los lectores interesados podrán encontrar al final del libro.

Para Zélia sus celos
sus cantares, sus penas,
el claro de luna de Gabriela
y la cruz de mi amor.

Para Alberto Cavalcanti
la imagen de Gabriela
bailando riendo soñando.
Para el maestro Antonio Bulhões
con toda consideración
su perfume a clavo.
Para Moacir Werneck de Castro
muchacho bien parecido,
en testamento dejó
sus suspiros Gabriela
ay.
Y para los tres juntos
la amistad del autor.

(del *Testamento de Gabriela*)

El perfume del clavo,
el color de la canela,
yo vine de lejos
vine a ver a Gabriela.

(copla de la zona del cacao)

Esta historia de amor —por curiosa coincidencia, como diría doña Arminda— comenzó el mismo día diáfano, de sol primaveral, en el que el hacendado Jesuíno Mendonça mató, a tiros de revólver, a doña Sinhazinha Guedes Mendonça, su esposa, exponente de la sociedad local, morena tirando a gorda, muy dada a las fiestas de iglesia, y al doctor Osmundo Pimentel, dentista cirujano llegado a Ilhéus pocos meses antes, joven elegante, con pretensiones de poeta. Aquella mañana, antes de que la tragedia conmoviera la ciudad, la vieja Filomena había cumplido su antigua amenaza y abandonado la cocina del árabe Nacib, para marcharse, en el tren de las ocho, hacia Água Preta, donde prosperaba su hijo.

Como opinó después João Fulgêncio, hombre de mucho saber, dueño de la Papelería Modelo, centro de la vida intelectual de Ilhéus, el día fue mal elegido, tan hermoso, el primero de sol tras la larga temporada de las lluvias, sol como una caricia sobre la piel. No era un día apropiado para derramar sangre. Como, no obstante, el *coronel* Jesuíno Mendonça era hombre de honor y determinación, poco afecto a lecturas y a razones estéticas, tales consideraciones ni siquiera le pasaron por la cabeza dolorida por los cuernos. Apenas los relojes dieron las dos de la tarde, hora de la siesta, él —que apareció inesperadamente, ya que todos lo creían en su hacienda— despachó a la bella Sinhazinha y al seductor Osmundo, de dos tiros certeros a cada uno. Logró así que la ciudad olvidara los demás asuntos dignos de comentar: el barco de la Costera que había encallado durante la mañana en la entrada del puerto; la inauguración de la primera línea de ómnibus que uniría Ilhéus con Itabuna; el reciente gran baile del Club del Progreso, e incluso la apasionante discusión planteada por Mundinho Falcão* sobre el tema de las dragas para la entrada del

* "Mundinho" es diminutivo de Raimundo; también puede interpretarse como "mundito". El apellido, Falcão, significa "halcón". (*N. de las T.*)

puerto. En cuanto al pequeño drama personal de Nacib, que de pronto se encontró sin cocinera, sólo sus amigos más íntimos tomaron conocimiento inmediato, aunque sin darle mayor importancia. Todos se concentraban en la tragedia que los emocionaba, la historia de la mujer del hacendado y el dentista, ya fuera por la clase alta a la que pertenecían los tres personajes involucrados, ya por la riqueza de detalles, algunos picantes y sabrosos. Porque, a pesar del difundido y envanecedor progreso de la ciudad ("Ilhéus se civiliza a un ritmo impetuoso", había escrito el doctor Ezequiel Prado, gran abogado, en el *Diário de Ilhéus*), todavía se comentaban, por sobre todas las cosas, en aquellas tierras, las violentas historias de amor, celos y sangre. Se iban perdiendo, con el paso del tiempo, los ecos de los últimos disparos intercambiados en las luchas por la conquista de la tierra, pero de aquellos años heroicos había quedado un gusto por la sangre derramada que corría por las venas de los *ilheenses*. Y ciertas costumbres: la de alardear valentía, cargar revólveres día y noche, beber y jugar. Ciertas leyes también regían sus vidas. Una de ellas, de las más indiscutidas, volvió a cumplirse aquel día: el honor de un marido engañado sólo podía lavarse con la muerte de los culpables. Venía de tiempos antiguos, no estaba escrita en ningún código, sino sólo en la conciencia de los hombres, dejada por los señores de antaño, los primeros que talaron montes para plantar cacao. Así era en Ilhéus, en aquellos tiempos de 1925, cuando florecían las plantaciones en las tierras abonadas con cadáveres y sangre y se multiplicaban las fortunas, cuando se establecía el progreso y se transformaba la fisonomía de la ciudad.

Tan profundo era ese gusto por la sangre que el propio árabe Nacib, afectado de pronto en sus intereses por la partida de Filomena, olvidaba tales preocupaciones para volcarse por entero a los comentarios del doble asesinato. Se modificaba la fisonomía de la ciudad, se abrían calles, se importaban automóviles, se construían palacetes, se cavaban caminos, se publicaban periódicos, se fundaban clubes, se transformaba Ilhéus. Pero lentamente evolucionaban las costumbres, los hábitos de la gente. Así ocurre siempre, en todas las sociedades.

PRIMERA PARTE

AVENTURAS Y DESVENTURAS DE UN BUEN BRASILEÑO
(NACIDO EN SIRIA)
EN LA CIUDAD DE ILHÉUS,
EN 1925,
CUANDO FLORECÍA EL CACAO E IMPERABA EL PROGRESO

CON
AMORES, ASESINATOS, BANQUETES, PESEBRES,
HISTORIAS VARIADAS PARA TODOS LOS GUSTOS,
UN REMOTO PASADO GLORIOSO
DE NOBLES SOBERBIOS Y ORDINARIOS,
UN PASADO RECIENTE
DE HACENDADOS RICOS Y FAMOSOS *JAGUNÇOS*,
CON
SOLEDAD Y SUSPIROS, DESEO, VENGANZA, ODIO,
CON
LLUVIAS Y SOL
Y
CON
CLAROS DE LUNA, LEYES INFLEXIBLES, MANIOBRAS
POLÍTICAS,
EL APASIONANTE CASO DEL CANAL DEL PUERTO,
CON
PRESTIDIGITADOR, BAILARINA, MILAGRO
Y
OTRAS MAGIAS
O

UN BRASILEÑO DE LAS ARABIAS

Capítulo primero

La languidez de Ofenísia

(QUE APARECE MUY POCO, PERO NO POR ESO ES MENOS IMPORTANTE)

"En este año de impetuoso progreso..."

(de un periódico de Ilhéus, 1925)

Rondó de Ofenísia

Escucha, oh, mi hermano,
Luíz Antônio, caro hermano:

Ofenísia en la terraza
balanceándose en la hamaca.
El calor y el abanico,
la brisa dulce del mar,
criada en un dormitar.
Ya iba a cerrar los ojos
cuando el rey apareció:
barbas de tinta negra,
¡oh, resplandor!

El verso de Teodoro,
la rima para Ofenísia,
el vestido traído de Río,
el corsé y el collar,
mantilla de seda negra,
el sagüí *que me diste,*
¿todo eso de qué sirve,
Luíz Antônio, caro hermano?

Son brasas sus ojos negros
(—¡Son ojos de emperador!),
han incendiado mis ojos.
Sábana de sueño sus barbas
(—¡Barbas imperiales!)
para mi cuerpo envolver.

Con él me quiero casar
(—¡Con el rey no te puedes casar!)
con él quiero descansar
y entre sus barbas soñar.
(—¡Ay, hermana, nos deshonras!)
Luíz Antônio, caro hermano,
¿por qué no me matas ya?

No quiero al conde ni al barón,
señor de ingenio no quiero,
ni los versos de Teodoro,
no quiero claveles ni rosas
ni pendientes de diamantes.
¡Sólo quiero las barbas,
tan negras, del emperador!
Caro hermano, Luíz Antônio,
de la casa ilustre de los Ávila,
escucha, oh, caro hermano:
si concubina no fuera yo
del señor emperador,
en esta hamaca moriría
de desazón.

Del sol y de la lluvia con pequeño milagro

Aquel año de 1925, cuando floreció el idilio de la mulata Gabriela y el árabe Nacib, la estación de las lluvias se había prolongado tanto más allá de lo normal y necesario que los hacendados, como una bandada asustada, se cruzaban en las calles preguntándose unos a otros, el miedo en los ojos y en la voz:

—¿No va a parar nunca?

Se referían a las lluvias; jamás se había visto caer tanta agua de los cielos, día y noche, casi sin intervalos.

—Una semana más y todo estará en peligro.

—La cosecha entera...

—¡Dios mío!

Hablaban de la cosecha que se había anunciado como excepcional, pues superaría de lejos a todas las anteriores. Con los precios del cacao en constante alza, significaba todavía mayor riqueza, prosperidad, abundancia, dinero a raudales. Hijos de los coroneles que estudiarían en los colegios más caros de las grandes ciudades, nuevas residencias para las familias en las nuevas calles recién abiertas, muebles de lujo mandados traer desde Río, pianos de cola para lucir en los salones, comercios bien provistos, todo multiplicándose, crecimiento de la economía, bebidas corriendo en los cabarés, mujeres recién desembarcadas, juego en los bares y los hoteles, el progreso, en fin, la tan mentada civilización.

¡Y pensar que esas lluvias, ahora demasiado copiosas, amenazadoras, diluviales, habían demorado en llegar, se habían hecho esperar y rogar! Meses antes, los coroneles elevaban los ojos hacia el cielo límpido en busca de nubes, de señales de lluvia próxima. Crecían los cultivos de cacao, que se extendían por todo el sur de Bahía, a la espera de las lluvias indispensables para el desarrollo de los frutos recién nacidos, que reemplazaban las flores de los cacaotales. La procesión de San Jorge, aquel año, tenía el aspecto de una ansiosa promesa colectiva al santo patrono de la ciudad.

Su rico palanquín, bordado en oro, era llevado en los hombros orgullosos de los ciudadanos más notables, los más importantes hacendados, vestidos con el sayo rojo de la cofradía, lo que no es poco decir, ya que los coroneles del cacao no se distinguían por su religiosidad, no frecuentaban iglesias, eran rebeldes a la misa y a la confesión, pues dejaban esas flaquezas a las mujeres de la familia:

—La iglesia es cosa de mujeres.

Se contentaban con atender los pedidos de dinero del obispo y de los curas para destinarlo a obras y esparcimiento: el colegio de las monjas en el alto de la Victoria, el palacio diocesano, escuelas de catecismo, novenas, mes de María, quermeses, fiestas de San Antonio y de San Juan.

Aquel año, en lugar de quedarse bebiendo en los bares, estaban todos en la procesión, vela en mano, contritos, prometiendo el oro y el moro a San Jorge a cambio de las preciosas lluvias. La multitud, detrás de los palanquines, acompañaba por las calles los rezos de los padres. Ataviado, las manos unidas para la oración, el rostro compungido, el padre Basilio elevaba la voz sonora entonando las plegarias. Elegido para la importante función por sus eminentes virtudes, por todos consideradas y estimadas, así como por ser el santo hombre propietario de tierras y plantaciones, directamente interesado en la intervención celestial. Rezaba, entonces, con redoblado vigor.

Las solteronas, numerosas, que rodeaban la imagen de Santa María Magdalena, retirada en la víspera de la Iglesia de San Sebastián, para acompañar el palanquín del santo patrono en su recorrido por la ciudad, se sentían transportadas en éxtasis ante la exaltación del padre, en general apresurado y bonachón, que despachaba su misa en un abrir y cerrar de ojos, confesor poco atento a lo mucho que ellas tenían para contarle, tan diferente del padre Cecilio, por ejemplo.

Se elevaba la voz vigorosa e interesada del padre en la oración ardiente, se elevaba la voz gangosa de las solteronas, el coro unánime de los coroneles, sus esposas, hijos e hijas, los comerciantes, exportadores, trabajadores venidos del interior para la fiesta, braceros, hombres de mar, mujeres de la vida, empleados de comercio, jugadores profesionales y vagos diversos, los niños del catecismo y la muchachas de la Congregación Mariana. Subía la plegaria hacia un diáfano cielo sin nubes, donde, asesina bola de fuego, quemaba un sol impiadoso, capaz de destruir los brotes recién nacidos del cacao.

Ciertas señoras de la sociedad, cumpliendo una promesa concertada durante el último baile del Club Progreso, acompañaban la procesión con los pies descalzos, ofreciendo al santo el sacrificio de su elegancia, para pedirle lluvia. Se murmuraban promesas diversas, se apremiaba al santo, no podía admitírsele demora alguna, pues él bien veía la aflicción de sus protegidos; era un milagro urgente el que le pedían.

San Jorge no permanecería indiferente a los ruegos, a la repentina y conmovedora religiosidad de los coroneles y al dinero que habían prometido para la iglesia matriz, ni a los pies desnudos de las señoras castigados por los adoquines de las calles, y conmovido, sin duda, más que nada por el padecimiento del padre Basilio. Tan receloso estaba el padre por el destino de sus frutos de cacao que, en los intervalos del ruego vigoroso, cuando el coro clamaba, juraba al santo que se abstendría durante todo un mes de los dulces favores de su comadre y gobernanta Otália. Cinco veces comadre, ya que cinco robustos retoños —tan vigorosos y promisorios como los cacaotales del cura— había llevado, envueltos con mantillas y encajes, a la pila bautismal. Como no podía reconocerlos, el padre Basilio era padrino de los cinco —tres niñas y dos niños— y, ejerciendo la caridad cristiana, les prestaba el uso de su propio apellido: Cerqueira, un nombre hermoso y honrado.

¿Cómo podría San Jorge permanecer indiferente ante tanta aflicción? Venía dirigiendo, bien o mal, los destinos de esa tierra, hoy del cacao, desde los tiempos inmemoriales de la Capitanía. El donatario, Jorge de Figueiredo Correia, a quien el Rey de Portugal había obsequiado, en señal de amistad, esas decenas de leguas pobladas de salvajes y de palo brasil, no había querido abandonar por la selva bravía los placeres de la corte lusitana, y había enviado a su cuñado español a morir a manos de los indígenas. Sin embargo, le recomendó poner bajo la protección del santo vencedor de los dragones aquel feudo que el Rey, su señor, tuvo a bien regalarle. No iría él a esa distante tierra primitiva, pero le daría su nombre al consagrarla a su tocayo, San Jorge. Desde su caballo en la luna, así observaba el santo el destino agitado de aquel San Jorge dos Ilhéus desde hacía unos cuatrocientos años. Había visto a los indígenas masacrar a los primeros colonizadores y ser, a su vez, masacrados y esclavizados; había visto levantarse los ingenios de azúcar, las plantaciones de café, pequeños algunos, mediocres las otras. Había visto cómo esa tierra vegetaba, sin mayor futuro, durante siglos. Después presenció la llegada de los primeros esquejes de cacao y ordenó a sus macacos *juparás* que se encargaran de multiplicar los cacaos. Quizá sin un objetivo preciso, sólo para cambiar un poco el paisaje del que debía de estar cansado al cabo de tantos años. Sin imaginar que, con el cacao, llegaría la riqueza, un tiempo nuevo para la tierra que se hallaba bajo su protección. Entonces vio cosas terribles: hombres que se mataban en forma cruel y traicionera por la posesión de valles y colinas, de ríos y sierras, que quemaban la vegetación y plantaban febrilmente campos y más campos de cacao. De pronto vio que la región crecía, que nacían aldeas y poblados, que el progreso llegaba a Ilhéus, acompañado por un obispo, que se alzaban nuevos municipios —Itabuna, Itapira—, se levantaba el colegio de monjas; vio los buques que desembarcaban gente; tantas cosas vio que pensaba que ya nada podría impresionarlo. Aun así, lo impresionó aquella inesperada y profunda devoción de los coroneles, hombres rudos, poco afectos a leyes y rezos, con esa loca promesa del padre Basilio Cerqueira, de naturaleza incontinente y fogosa, tan fogosa e incontinente que el santo dudaba de que pudiera cumplirla hasta el fin.

Cuando la procesión desembocó en la plaza San Sebastián y se detuvo frente a la pequeña iglesia blanca, cuando Gloria se persignó sonriente en su ventana excomulgada, cuando el árabe Nacib salió de su bar desierto para apreciar mejor el espectáculo, entonces ocurrió el mentado milagro. No, no se llenó de nubes negras el cielo azul, no empezó a caer la lluvia. Sin duda para no estropear la procesión. Pero una descolorida luna diurna surgió en el cielo, perfectamente visible a pesar de la claridad deslumbrante del sol. El negrito Tuísca fue el primero en verla y avisó a las hermanas Dos Reis, sus patronas, que se encontraban en grupo, todo de negro, de las solteronas. Se elevó a continuación un clamor de milagro, que partió de las solteronas excitadas, se propagó por la multitud y pronto se extendió por toda la ciudad. Durante dos días no se habló de otra cosa. San Jorge había venido a escuchar los rezos, las lluvias no tardarían en llegar.

En realidad, algunos días después de la procesión se acumularon nubes de lluvia en el cielo y las aguas empezaron a caer al comienzo de la noche. Sólo que San Jorge, desde luego impresionado por el volumen de oraciones y promesas, por los pies descalzos de las señoras y el espantoso voto de castidad del padre Basílio, exageró con el milagro y ahora las lluvias no querían parar; la temporada de las aguas se prolongaba ya más de dos semanas de lo habitual.

Aquellos brotes recién nacidos del cacao, cuyo desarrollo había amenazado el sol, crecieron magníficos con las lluvias, en cantidad nunca vista, pero ahora empezaban de nuevo a necesitar el sol para completar su madurez. La prolongación de las lluvias, pesadas y persistentes, podía echarlos a perder antes de la cosecha. Con los mismos ojos de temor atormentado, los coroneles escrutaban el cielo plomizo, la lluvia que caía, buscaban el sol escondido. Se encendían velas en los altares de San Jorge, San Sebastián, María Magdalena, hasta en el de Nuestra Señora de la Victoria, en la capilla del cementerio. Una semana más, diez días más de lluvias, y la cosecha peligraría por completo; era una expectativa trágica.

Hasta que, aquella mañana en que empezó todo, un viejo hacendado, el coronel Manuel das Onças (apodado así porque sus campos quedaban tan en el fin del mundo que, según decían y él confirmaba, todavía rugían las onzas) salió de su casa cuando aún era de noche, a las cuatro de la mañana, y vio el cielo despejado, de un azul fantasmagórico, de aurora que asoma, el sol anunciándose refulgente con una claridad alegre sobre el mar, alzó los brazos y gritó con inmenso alivio:

—Por fin... La cosecha está a salvo.

El coronel Manuel das Onças apresuró el paso en dirección al puesto de pescado, en las inmediaciones del puerto, donde al amanecer, todos los días, se reunía un grupo de viejos conocidos en torno de las latas de *mingau* de las baianas. Todavía no iba a encontrar a nadie, él era siempre el primero en llegar, pero caminaba con pasos rápidos, como si todos lo esperaran para oír la noticia. La feliz noticia del fin de la temporada de las lluvias. La cara del hacendado se abría en una sonrisa feliz.

La cosecha estaba garantizada, sería la mayor de todas, la excepcional, de precios en constante alza, aquel año de tantos acontecimientos sociales y políticos, en que tantas cosas habrían de cambiar en Ilhéus, año que muchos consideraron decisivo en la vida de la región. Para algunos fue el año del asunto del puerto; para otros, el de la lucha política entre Mundinho Falcão, exportador de cacao, y el coronel Ramiro Bastos, el viejo cacique local. Otros lo recordaban como el año del sensacional juicio al coronel Jesuíno Mendonça; algunos como el de la llegada del primer barco sueco, que dio comienzo a la exportación directa del cacao. Nadie, sin embargo, habla de ese año, el de la cosecha de 1925 a la de 1926, como el año del amor de Nacib y Gabriela, y, aun cuando se refieren a las peripecias del romance, no se dan cuenta de cómo, más que cualquier otro suceso, fue la historia de esa loca pasión el centro de toda la vida de la ciudad por aquella época, cuando el impetuoso progreso y las novedades de la civilización transformaban la fisonomía de Ilhéus.

Del pasado y el futuro mezclados en las calles de Ilhéus

Las lluvias prolongadas habían transformado caminos y calles en lodazales, a diario revueltos por las patas de las tropillas de burros y de los caballos de los jinetes.

La propia carretera, recién inaugurada, que unía Ilhéus con Itabuna, por la que circulaban camiones y autobuses, había quedado, en cierto momento, casi intransitable, pontezuelos arrastrados por las aguas, trechos con tanto barro que ante ellos los choferes retrocedían. El ruso Jacob y su socio, el joven Moacir Estrela, dueños de un garaje, se llevaron un buen susto. Antes de la llegada de las lluvias, organizaron una empresa de transportes para explotar la vía que unía las dos principales ciudades del cacao, y encargaron cuatro pequeños autobuses en el sur. El viaje por tren duraba tres días cuando no había demoras; por la carretera podía hacerse en una hora y media.

Ese ruso Jacob poseía camiones; transportaba cacao de Itabuna a Ilhéus. Moacir Estrela había montado un garaje en el centro; también él trabajaba con camiones. Juntaron sus fuerzas, consiguieron capital en un Banco, tras firmar pagarés, y mandaron buscar los autobuses. Se frotaban las manos ante la expectativa del negocio rentable. Es decir: el que se frotaba las manos era el ruso; Moacir se conformaba con silbar. El silbido alegre llenaba el garaje mientras, en los postes de la ciudad, los carteles anunciaban el próximo establecimiento de la línea de autobuses, viajes más rápidos y más baratos que en el tren.

El asunto es que los autobuses demoraron en llegar, y, cuando al fin desembarcaron de un pequeño carguero del Lloyd Brasileiro, ante la admiración general de la ciudad, las lluvias estaban en su auge, y la carretera, hecha una miseria. El puente de madera sobre el río Cachoeira, el corazón mismo de la carretera, se hallaba amenazado por la crecida del río, así que los socios decidieron postergar la inauguración de los viajes. Los autobuses flamantes quedaron casi dos meses en el garaje, mientras el ruso insultaba en una lengua desconocida y Moacir silbaba con rabia. Los títulos se vencían en el Banco, y si Mundinho Falcão no los hubiera socorrido en el apuro, el negocio habría fracasado antes de siquiera iniciarse. Fue el propio Mundinho el que buscó al ruso y lo mandó llamar a su oficina para ofrecerle, sin intereses, el dinero necesario. Mundinho Falcão creía en el progreso de Ilhéus y lo incentivaba.

Con la disminución de las lluvias el río bajó. Jacob y Moacir, a pesar de que el tiempo seguía malo, mandaron arreglar, por cuenta propia, unos puentes, rellenaron con piedras los trechos más resbaladizos, e iniciaron el servicio. El viaje inaugural, en que el propio Moacir Estrela conducía el vehículo, dio lugar a discursos y a bromas. Los pasajeros eran todos invitados: el intendente, Mundinho Falcão, otros exportadores, el coronel Ramiro Bastos y otros hacendados, el Capitán, el Doctor, abogados y médicos. Algunos, recelosos de la carretera, presentaron excusas diversas; sus lugares fueron ocupados por otros, y tantos eran los candidatos que al final hubo gente que viajó de pie. El viaje duró dos horas —la carretera todavía estaba muy difícil— pero todo corrió sin incidentes de mayor importancia. En Itabuna, a la llegada, hubo fuegos artificiales y almuerzo conmemorativo. El ruso Jacob anunció entonces que, al término de la primera quincena de viajes regulares, se haría una gran cena en Ilhéus, que reuniría personalidades de los dos municipios, para festejar aquel nuevo hito del progreso local. El banquete fue encargado a Nacib.

Progreso era la palabra que más se oía en Ilhéus y en Itabuna por aquellos tiempos. Estaba en todas las bocas, insistentemente repetida. Aparecía en las columnas de los periódicos, los diarios y los semanarios, surgía en las discusiones en la Papelería Modelo, en los bares, en los cabarés. Los ilheenses la repetían a propósito de las nuevas calles, las plazas ajardinadas, los edificios del centro comercial y las residencias modernas en la playa, los talleres del *Diário de Ilhéus*, los autobuses que salían por la mañana y por la tarde hacia Itabuna, los camiones que transportaban cacao, de los cabarés iluminados, el nuevo Cine-Teatro Ilhéus, la cancha de fútbol, el colegio del doctor Enoch, los conferencistas muertos de hambre llegados de Bahía y hasta de Río, el Club Progreso con sus tés bailables. "¡Es el progreso!" Lo repetían con orgullo, conscientes de que todos participaban en los cambios tan profundos en la fisonomía de la ciudad y en sus hábitos.

Había un aire de prosperidad en todas partes, un vertiginoso crecimiento. Se abrían calles hacia los lados del mar y de los cerros, nacían jardines y plazas, se construían residencias, casas de alto y palacetes. Los alquileres subían, en el centro comercial alcanzaban precios absurdos. Los Bancos del sur abrían sucursales, el Banco de Brasil construyó un edificio nuevo, de cuatro pisos, ¡una belleza!

La ciudad iba perdiendo, día a día, aquel aire de campamento guerrero que la caracterizaba en el tiempo de la conquista de las tierras: hacendados montados a caballo, revólver en la cintura, bandidos amenazadores, rifle en mano, atravesaban calles sin adoquinar, a veces de barro permanente, a veces de permanente polvareda, los disparos llenando de miedo las noches intranquilas, mientras los vendedores ambulantes exhibían sus valijas en las veredas. Todo eso terminaba, la ciudad resplandecía en vidrieras coloridas y variadas, se multiplicaban los comercios y los grandes establecimientos mayoristas, los vendedores ambulantes sólo se dejaban ver en las ferias, andaban por el interior. Bares, cabarés, cines, colegios. Tierra de poca religión, se enorgullecía, sin embargo, de la promoción a diócesis, y había recibido con fiestas inolvidables al primer obispo. Hacendados, exportadores, banqueros, comerciantes, todos dieron dinero para la construcción del colegio de monjas, destinado a las niñas ilheenses, y para el palacio diocesano, ambos en el Alto da Conquista. Así como dieron dinero para la instalación del Club Progreso, iniciativa de comerciantes y doctores, Mundinho Falcão al frente, donde los domingos había tés bailables y de vez en cuando grandes bailes. Surgían clubes de fútbol, prosperaba la Sociedad Rui Barbosa. En aquellos años Ilhéus empezó a ser conocida en los estados de Bahía y Sergipe como la Reina del Sur. El cultivo del cacao dominaba todo el sur del estado de Bahía, no había explotación más lucrativa, las fortunas crecían, crecía Ilhéus, capital del cacao.

No obstante, todavía se mezclaba en sus calles ese impetuoso progreso, ese futuro de grandezas, con los restos de los tiempos de la conquista de la tierra, de un pasado cercano de luchas y bandidos. Todavía las tropillas de burros que transportaban cacao a los depósitos de los exportadores invadían el centro comercial, mezclándose con los camiones que empezaban a hacerles frente. Pasaban todavía muchos hombres calzados con botas, exhibiendo revólveres; estallaban todavía con facilidad reyertas en los callejones, *jagunços* conocidos se jactaban de valentía en los bares baratos; de vez en cuando se cometía un asesinato en plena calle. Esas figuras se cruzaban, por las calles empedradas y limpias, con exportadores prósperos, vestidos con elegancia por sastres llegados de Bahía, con incontables viajantes bulliciosos y cordiales, que siempre conocían las últimas anécdotas, con los médicos, abogados, dentistas, agrónomos, ingenieros, que llegaban con cada barco. Incluso muchos hacendados andaban sin botas ni armas, con aire pacífico, ocupados en construir buenas residencias, para vivir parte de su tiempo en la ciudad, inscribir sus hijos en el colegio de Enoch o enviarlos a las secundarias de Bahía, mientras que las esposas iban a las fincas sólo en vacaciones, y gastaban en sedas y zapatos de tacón alto y frecuentaban las fiestas del Progreso.

Muchas cosas todavía recordaban al viejo Ilhéus de antaño. No al del tiempo de los ingenios, de las pobres plantaciones de café, de los señores nobles, de los negros esclavos, de la casa ilustre de los Ávila. De ese pasado remoto quedaban apenas vagos recuerdos; sólo el Doctor se ocupaba de ellos. Eran los aspectos de un pasado reciente, del tiempo de las grandes luchas por la conquista de la tierra. Después que los curas jesuitas llevaron las primeras plantas de cacao. Cuando los hombres, llegados en busca de fortuna, se adentraban en la selva y se disputaban, a punta de rifle y de pistola, la posesión de cada palmo de tierra. Cuando los Badaró, los Oliveira, los Braz Damásio, los Teodoro das Baraúnas, muchos otros, surcaban los caminos, abrían picadas, al frente de sus *jagunços*, en los encuentros mortales. Cuando se desmontaron las selvas y se plantaron esquejes de cacao sobre cadáveres y sangre. Cuando reinaba la trampa, la justicia estaba puesta al servicio de los intereses de los conquistadores de la tierra, cuando cada árbol grande escondía un tirador emboscado, esperando a su víctima. Era ese pasado el que aún estaba presente en detalles de la vida de la ciudad y en los hábitos del pueblo. Desaparecía poco a poco, cediendo lugar a las innovaciones, a las costumbres recientes. Pero no sin resistencia, sobre todo en lo que se refería a hábitos, convertidos por el tiempo casi en leyes.

Uno de esos hombres apegados al pasado, que observaba con desconfianza aquellas novedades de Ilhéus, que vivía casi todo el tiempo en el campo e iba a la ciudad sólo por negocios —para discutir con los exportadores—, era el coronel Manuel das Onças. Mientras caminaba por la calle desierta, en la madrugada sin lluvias, la primera después de tanto tiempo, pensaba en partir aquel mismo día hacia su hacienda. Se aproximaba la época de la cosecha, el sol ya doraría los frutos del cacao, las plantaciones se ponían hermosas. Era eso lo que le gustaba; la ciudad no lograba atraparlo pese a tantas seducciones: cines, bares, cabarés con mujeres deleitosas, comercios surtidos. Prefería la abundancia de la hacienda, las cacerías, el espectáculo de los sembradíos de cacao, las charlas con los trabajadores, las historias repetidas de los tiempos de luchas, las anécdotas con serpientes, las mesticitas humildes en las pobres casas de rameras de los poblados. Había ido a Ilhéus a conversar con Mundinho Falcão, vender el cacao que se entregaría más adelante, retirar dinero para hacer nuevas mejoras en la finca. El exportador andaba por Río; él no quiso discutir con el gerente, prefería esperar, ya que Mundinho llegaría en el siguiente Ita.

Y, mientras esperaba, en la ciudad alegre a pesar de las lluvias, los amigos iban arrastrándolo a los cines (en general se dormía en la mitad de la película, porque le cansaba la vista), a los bares o a los cabarés. ¡Mujeres con tanto perfume, Dios mío!, un despropósito... Y cobraban carísimo, pedían joyas, querían anillos... Ese Ilhéus era propiamente una perdición... No obstante, la visión del cielo límpido, la certeza de la cosecha garantizada, el cacao secándose en los tendales, soltando su miel en las artesas, partiendo en el lomo de los burros, lo hacía tan feliz que pensó que sería injusto mantener a su familia en la hacienda, los hijos creciendo sin instrucción, la esposa en la cocina, como una negra, sin diversión alguna. Otros coroneles vivían en la ciudad, construían buenas casas, vestían como gente...

De todo lo que hacía en Ilhéus, durante sus rápidas estadas, nada agradaba tanto al coronel Manuel das Onças como la conversación matutina con los amigos, junto al puesto de pescado. Ese día les anunciaría su decisión de establecer su residencia en Ilhéus, llevar a la familia. En esas cosas iba pensando por la calle desierta cuando, al desembocar en el puerto, se encontró con el ruso Jacob, la rojiza barba crecida, despeinado, eufórico. Apenas vio al coronel, abrió los brazos y gritó algo, pero tan excitado estaba que lo hizo en un idioma extranjero, lo que no impidió que el iletrado hacendado lo entendiera y le respondiera:

—Así es... Por fin... Tenemos sol, amigo mío.

El ruso se frotaba las manos.

—Ahora pondremos tres viajes diarios: a las siete, al mediodía y a las cuatro de la tarde. Y vamos a encargar dos autobuses más.

Fueron juntos hasta el garaje; el coronel, osado, anunció:

—Esta vez voy a viajar en su máquina. Me decidí...

El ruso se rió.

—Con la carretera seca el viaje durará poco más de una hora...

—¡Qué cosa! ¡Quién diría! Treinta y cinco kilómetros en una hora y media... Antes uno demoraba dos días, a caballo... Bueno, si Mundinho Falcão llega hoy en el Ita, resérveme pasaje para mañana por la mañana...

—Eso sí que no, coronel. Mañana no.

—¿Y por qué?

—Porque mañana es nuestra cena de conmemoración, y usted es mi invitado. Una cena de primera, con el coronel Ramiro Bastos, los intendentes, el de acá y el de Itabuna, el juez de paz, y el de Itabuna también, Mundinho Falcão, toda gente de primera... El gerente del Banco de Brasil... ¡Una fiesta grandiosa!

—Y quién soy yo, Jacob, para esas finezas... Yo vivo en mi rincón...

—Le ruego que venga. Es en el bar Vesúvio, el de Nacib.

—En ese caso, me iré pasado mañana.

—Le reservaré lugar en el primer asiento.

El hacendado se despedía.

—¿De veras no hay peligro de que ese armatoste se dé vuelta? Con semejante velocidad... Parece imposible.

De los notables en el puesto de pescado

Callaron un instante, mientras oían la sirena del barco.

—Está pidiendo práctico... —dijo João Fulgêncio.

—Es el Ita que viene de Río. En éste llega Mundinho Falcão —informó el Capitán, siempre al tanto de las noticias.

El Doctor retomó la palabra, adelantando un dedo categórico para subrayar la frase:

—Es como les digo yo: en unos cuantos años, un lustro tal vez, Ilhéus será una verdadera capital. Más importante que Aracaju, Natal, Maceió... Hoy no existe, en el norte del país, ciudad de progreso más rápido. Hace apenas unos días leí en un diario de Río... —Dejaba caer las palabras con lentitud; aun cuando conversaba mantenía cierto tono de oratoria, y su opinión era considerada en alta estima. Funcionario público jubilado, con fama de cultura y talento, que publicaba en los periódicos de Bahía largos e indigestos artículos históricos, Pelópidas de Assunção d'Ávila, ilheense de los viejos tiempos, era casi una gloria de la ciudad.

Alrededor aprobaban con la cabeza, estaban todos contentos con el fin de las lluvias y el innegable progreso de la región del cacao era para todos ellos —hacendados, funcionarios, negociantes, exportadores— motivo de orgullo. A excepción de Pelópidas, el Capitán y João Fulgêncio, ninguno de los que conversaban junto al puesto de pescado aquel día había nacido en Ilhéus. Habían llegado atraídos por el cacao pero todos se sentían *grapiúnas*, ligados a aquella tierra para siempre.

El coronel Ribeirinho, la cabeza canosa, recordaba:

—Cuando yo desembarqué aquí, en 1902, el mes que viene hará veintitrés años, esto era un agujero horrible. El fin del mundo, cayéndose a pedazos. Olivença sí que era una ciudad... —Se rió al recordarlo. —No había muelle para atracar, calles sin empedrar, poco movimiento. Buen lugar para esperar la muerte. Hoy es lo que se ve: cada día una calle nueva. El puerto abarrotado de embarcaciones.

Señalaba el amarradero: un carguero de la Lloyd en el puente del ferrocarril, un barco de la Bahiana en el puente que daba a los depósitos, una lancha que desamarraba del puente más cercano, dejando el lugar al Ita. Barcazas y lanchas, canoas que iban y venían entre Ilhéus y Pontal, llegadas de las plantaciones por el río.

Conversaban junto al puesto de pescado, levantado en un descampado frente a la calle del Unhão, donde los circos itinerantes armaban sus carpas. Unas negras vendían *mingau* y cuscús, maíz cocido y bollitos de tapioca. Hacendados acostumbrados a madrugar en sus campos y ciertas figuras de la ciudad —el Doctor, João Fulgêncio, el Capitán, Nhô-Galo, a veces el juez de paz y el doctor Ezequiel Prado, casi siempre venido directamente de la casa de su amante, situada en las inmediaciones— se reunían allí a diario antes de que despertara la ciudad. Con el pretexto de comprar el mejor pescado, fresquito, que se retorcía, todavía vivo, en las mesas del puesto, comentaban los últimos acontecimientos, hacían pronósticos sobre la lluvia y la cosecha, el precio del cacao. Algunos, como el coronel Manuel das Onças, aparecían tan temprano que llegaban a ver la salida de los últimos parroquianos del cabaré Bataclan y la llegada de los pescadores, las cestas de pescados recién bajadas de las barcazas, róbalos y dorados que brillaban como láminas de plata a la luz de la mañana. El coronel Ribeirinho, propietario de la estancia Princesa da Serra, cuya riqueza no había afectado su simpleza bonachona, casi siempre se encontraba ya allí cuando, a las cinco de la mañana, Maria de San Jorge, hermosa negra especialista en *mingau* y cuscús de *puba*, bajaba del cerro con su bandeja sobre la cabeza, vestida con la falda de colores y la blusa almidonada y escotada que mostraba hasta la mitad los senos rígidos. ¡Cuántas veces la había ayudado el coronel a bajar la fuente de *mingau,* a acomodar la bandeja, los ojos en el escote de la blusa!

Algunos iban hasta en pantuflas, el saco del piyama sobre un pantalón viejo. Jamás el Doctor, por supuesto. Él daba la impresión de que no quitarse nunca la ropa negra, los botines, el cuello almidonado, la corbata austera, ni siquiera para dormir. Repetían todos los días la misma ceremonia: primero el vaso de *mingau* en el puesto de pescado, la charla animada, el intercambio de novedades, grandes carcajadas. Después iban caminando hacia el puente principal del muelle, donde se detenían un momento, y se separaban casi siempre frente al garaje de Moacir Estrela, donde el autobús de las siete, espectáculo reciente, recibía a los pasajeros que iban a Itabuna.

El barco hacía sonar de nuevo la sirena, un silbido largo y alegre como si quisiera despertar a toda la ciudad.

—Recibió al práctico. Va a entrar.

—Sí, Ilhéus es un coloso. No hay tierra de mayor futuro.

—Si el cacao sube aunque sea quinientos reales este año, con la cosecha que vamos a tener, el dinero va a ser pan comido —sentenció el coronel Ribeirinho, con expresión de codicia en los ojos.

—Hasta yo voy a comprar una buena casa para mi familia. Comprar o construir... —anunció el coronel Manuel das Onças.

—¡Caramba, muy bien! ¡Sí, señor, al fin! —aprobó el Capitán, palmeando la espalda del hacendado.

—Ya era hora, Manuel... —se burló Ribeirinho.

—Los más pequeños están llegando a la edad de ir a la escuela, y no quiero que sean ignorantes como los más grandes y como el padre. Quiero que por lo menos uno sea doctor con medalla y diploma.

—Además —consideró el Doctor—, los hombres ricos de la región, como usted, tienen la obligación de contribuir al progreso de la ciudad construyendo buenas residencias, chalés, palacetes. Mire el palacete que Mundinho Falcão construyó en la playa, y eso que llegó acá hace apenas un par de años y, encima, es soltero. Al final, ¿de qué sirve acumular dinero para vivir metido en las plantaciones, sin ninguna comodidad?

—Por mi parte, voy a comprar una casa en Bahía. Y llevar a mi familia para allá —dijo el coronel Amâncio Leal, quien tenía un ojo vacío y un defecto en el brazo izquierdo, recuerdos del tiempo de las luchas.

—Eso es lo que yo llamo falta de civismo —se indignó el Doctor—. ¿Fue en Bahía o acá donde usted ganó su dinero? ¿Por qué emplear en Bahía el dinero que ganó acá?

—Tranquilo, Doctor, no se altere. Ilhéus es muy bueno y todo eso, pero entienda que Bahía es capital, tiene de todo, incluso buenos colegios para mis hijos.

No se calmaba el Doctor.

—Tiene de todo porque ustedes desembarcan acá con una mano atrás y otra adelante, se llenan la barriga, se llenan de dinero y después van a gastarlo en Bahía.

—Pero...

—Creo, compadre Amâncio —se dirigía João Fulgêncio al hacendado—, que nuestro Doctor tiene razón. Si nosotros no nos preocupamos por Ilhéus, ¿quién se va a preocupar?

—No digo que no... —cedió Amâncio. Era un hombre tranquilo, no le gustaban las discusiones; nadie que lo viera tan juicioso podía imaginar que se hallaba frente al famoso jefe de *jagunços*, uno de los hombres que más sangre había hecho correr en Ilhéus, en las luchas por las selvas de Sequeiro Grande. —Personalmente, no creo que haya tierra que valga más que Ilhéus. Pero en Bahía hay otras comodidades, buenos colegios. ¿Quién lo puede negar? Tengo a los más pequeños en el colegio de los jesuitas, y la patrona no quiere estar lejos de ellos. Ya bastante extraña al que está en San Pablo... ¿Qué puedo hacer? Si fuera por mí, no me iría de acá...

El Capitán intervino:

—Por el colegio, no, Amâncio. Teniendo el de Enoch aquí, es absurdo decir eso. No hay un colegio mejor en Bahía... —El propio Capitán, para colaborar, y no porque lo necesitara, enseñaba Historia Universal en el colegio fundado por un abogado de pequeña clientela, el doctor Enoch Lira, que introdujo modernos métodos de enseñanza y abolió la palmeta.

—Pero si ni siquiera está oficializado.

—A estas alturas ya debe de estar. Enoch recibió un telegrama de Mundinho Falcão, que decía que el ministro de Justicia aseguraba que en pocos días...

—¿Y entonces?

—Ese Mundinho Falcão es un vivo...

—¿Qué diablos piensan que pretende? —preguntó el coronel Manuel das Onças, pero la pregunta quedó sin respuesta porque se había iniciado una discusión entre Ribeirinho, el Doctor y João Fulgêncio a propósito de los métodos de enseñanza.

—Puede ser todo lo que ustedes quieran. Para mí, para enseñar el abecé, no hay nadie como doña Guilhermina. Mano de hierro. Mis hijos sólo aprendieron a leer y a contar con ella. Eso de enseñar sin la palmeta...

—Atraso, coronel —comentó João Fulgêncio, sonriendo—. Esos tiempos ya pasaron. La pedagogía moderna...

—¿El qué?

—Mire que la palmeta es necesaria...

—Ustedes están atrasados un siglo. En los Estados Unidos...

—A mis hijas las pongo en el colegio de las monjas, sin la menor duda. Pero a los varones, con doña Guilhermina...

—La pedagogía moderna abolió la palmeta y los castigos físicos —logró explicar João Fulgêncio.

—No sé de quién está hablando, João Fulgêncio, pero le aseguro que fue un error. Si yo sé leer y escribir...

Discutiendo así sobre los métodos del doctor Enoch y de la famosa doña Guilhermina, legendaria por su severidad, fueron caminando hacia el puente. Desde otras calles desembocaban algunas otras personas en la misma dirección; iban a esperar el barco. A pesar de la hora temprana, reinaba ya cierto movimiento en el puerto. Braceros transportaban bolsas de cacao de los depósitos hasta el buque de la Bahiana. Una barcaza, con las velas desplegadas, se preparaba para partir, semejante a un enorme pájaro blanco. Un toque de corneta se elevó y vibró en los aires, anunciando la partida próxima. El coronel Manuel das Onças insistía:

—¿Qué es lo que se propone Mundinho Falcão? El hombre tiene el diablo en el cuerpo. No se conforma con sus negocios, se mete en todo.

—Mire, es fácil... Quiere ser intendente en la próxima elección.

—No creo... Es poco para él —dijo João Fulgêncio.

—Es hombre de mucha ambición.

—Sería un buen intendente. Emprendedor.

—Un desconocido, llegó acá hace poco...

El Doctor, admirador de Mundinho, acotó:

—Hombres como Mundinho Falcão son los que necesitamos. Hombres visionarios, audaces, bien dispuestos...

—Doctor, audacia es algo que nunca les faltó a los hombres de esta tierra...

—No hablo de pegar tiros y matar gente. Hablo de algo más difícil...

—¿Más difícil?

—Mundinho Falcão llegó aquí hace poco, como dijo Amâncio. Y vea todo lo que hizo ya: abrió la avenida de la playa... Nadie le creía, pero fue un negocio de primera y, para la ciudad, una belleza. Trajo los primeros camiones; sin él no saldría el *Diário de Ilhéus* ni estaría el Club Progreso.

—Dicen que les prestó dinero al ruso Jacob y a Moacir para la empresa de autobuses...

—Estoy con el Doctor —dijo el Capitán, hasta entonces silencioso—. Esos hombres son los que necesitamos... Capaces de comprender y de contribuir al progreso.

Llegaron al puente, encontraron a Nhô-Galo, empleado de la oficina de rentas, bohemio inveterado, figura indispensable en todas las ruedas, de voz gangosa y anticlerical irreductible.

—¡Salve la ilustre compañía!... —Iba estrechando manos mientras contaba: —Estoy muerto de sueño, casi no dormí. Estuve en el Bataclan con el árabe Nacib, terminamos yendo a la casa de la Machadão, comida y mujeres... Pero no podía dejar de estar presente en el desembarco de Mundinho...

Frente al garaje de Moacir Estrela se reunían los pasajeros del primer autobús. El sol había salido, era un día espléndido.

—Tendremos una cosecha de primera.

—Mañana hay una cena, el banquete de los autobuses...

—Es cierto. El ruso Jacob me invitó.

La conversación fue interrumpida por los silbidos repetidos, breves y afligidos de la sirena del barco. Hubo un movimiento de expectativa en el puente. Hasta los estibadores se detuvieron para escuchar.

—¡Encalló!

—¡Qué porquería, ese banco de arena!

—Si seguimos así, ni los barcos de la Bahiana van a poder entrar en el puerto.

—Mucho menos los de la Costeira o la Lloyd.

—La Costeira ya amenazó con suspender la línea.

Canal de entrada difícil y peligroso el de Ilhéus, apretado entre el cerro Unhão, en la ciudad, y el cerro Pernambuco, en una isla, al lado de Pontal. Estrecho y poco profundo, de arenas que se movían continuamente, con cada marea. Era frecuente que encallaran los barcos, que a veces demoraban un día en liberarse. Los grandes paquebotes no se atrevían a cruzar el temible canal, a pesar del magnífico amarradero de Ilhéus.

La sirena continuaba sonando angustiosa, la gente que había llegado para esperar el barco empezaba a encaminarse por la calle del Unhão para ver qué pasaba en el canal.

—¿Vamos hasta allá?

—Esto es indignante —decía el Doctor mientras el grupo caminaba por la calle sin empedrar, rodeando el cerro—. Ilhéus produce una gran parte del cacao que se consume en el mundo, tiene un puerto de primera y, sin embargo, el lucro por la exportación del cacao queda en la ciudad de Bahía. Todo por culpa de ese maldito banco de arena...

Ahora que las lluvias habían cesado, para los ilheenses no había asunto más cautivante que aquél. Sobre el canal y la necesidad de ponerlo al servicio de los grandes navíos se discutía todos los días y en todas partes. Se sugerían medidas, se criticaba al gobierno, se acusaba a la intendencia de preocuparse poco. Sin dar solución, las autoridades se quedaban en promesas y las dársenas de Bahía seguían cobrando las tasas de exportación.

Mientras la discusión hervía una vez más, el Capitán demoró un poco el paso y tomó del brazo a Nhô-Galo, a quien había dejado, alrededor de la una de la madrugada, en la puerta de la casa de María Machadão:

—¿Y? ¿Qué tal la muchacha?

—Bocado de cardenal... —murmuró Nhõ-Galo con su voz gangosa. Y le contó: —No sabes lo que te perdiste. Deberías haber visto al árabe Nacib haciéndole una declaración de amor a esa bizca joven que estuvo con él. Era para mearse de risa...

Los silbatos del barco crecían en desesperación. Ellos apuraron el paso; llegaba gente de todas partes.

De cómo el Doctor casi tenía sangre imperial

El Doctor no era doctor y el Capitán no era capitán. Así como la mayor parte de los coroneles no eran coroneles. Pocos, en realidad, eran los hacendados que, en los comienzos de la República y del cultivo del cacao, habían adquirido patentes de coronel de la Guardia Nacional. Quedó la costumbre: el dueño de una plantación de más de mil arrobas pasaba a usar y recibir el título que allí no implicaba mando militar sino el reconocimiento de la riqueza. João Fulgêncio, a quien le encantaba reírse de las costumbres locales, decía que casi todos eran coroneles de *jagunços*, pues muchos habían tomado parte en las luchas por la conquista de la tierra.

Entre las nuevas generaciones había quienes ni siquiera conocían el sonoro y noble nombre de Pelópidas de Assunção d'Ávila, tanto se habían acostumbrado a tratarlo respetuosamente de Doctor. En cuanto a Miguel Batista de Oliveira, hijo del finado Cazuzinha, que había sido intendente al comienzo de las luchas, que había tenido dinero y muerto pobre, cuya fama de bondadoso comentaban hasta la fecha las viejas comadres, a Miguel lo llamaban Capitán desde pequeño, cuando, inquieto y atrevido, comandaba a los chiquillos de entonces.

Eran dos personalidades ilustres de la ciudad y, si bien eran viejos amigos, la población indecisa no llegaba a definir cuál de los dos era el mayor y más cautivador orador local. Sin desmerecer al doctor Ezequiel Prado, invencible en el jurado.

En los feriados nacionales —el 7 de Septiembre, el 15 de Noviembre o el 13 de Mayo—, en las fiestas del final y el comienzo de año con *reisado*, pesebre y *bumba-meu-boi*, cuando llegaban a Ilhéus literatos de la capital del estado, la población se deleitaba y, una vez más, se dividía ante la oratoria del Doctor y del Capitán.

Jamás se había logrado unanimidad en aquella disputa prolongada a través de los años. Unos preferían las altisonantes andanadas del Capitán, en las que los adjetivos grandilocuentes se sucedían en impetuosa cabalgata, unos trémolos en la voz ronca que provocaban delirantes aplausos; otros preferían las largas oraciones rebuscadas del Doctor, la erudición que se traslucía en los nombres citados en abundancia, en la adjetivación difícil, en la cual brillaban, como joyas raras, palabras tan clásicas que apenas unos pocos conocían su verdadero significado.

Hasta las hermanas Dos Reis, tan unidas en todo lo demás en la vida, dividían, en este caso, sus opiniones. La delgada y nerviosa Florzinha se exaltaba con los gestos arrogantes del Capitán, sus "rútilas auroras de la libertad"; se deleitaba con los trémolos de voz en los finales de las frases, que quedaban vibrando en el aire. Quinquina, la gorda y alegre Quinquina, prefería el saber del Doctor, aquellas vetustas palabras, aquella patética manera en que, con el dedo en ristre, él clamaba: "¡Pueblo, oh pueblo mío!" Las dos discutían, al regreso de las reuniones cívicas en la Intendencia o en la plaza pública, como discutía toda la ciudad, incapaz de decidirse.

—No entiendo nada, pero suena tan lindo... —concluía Quinquina, a favor del Doctor.

—Hasta me corre un frío por la espalda cuando él habla —se decidía Florzinha por el Capitán.

Memorables días aquellos en los que, en el estrado de la plaza de la Matriz de San Jorge, ornamentado con flores, el Capitán y el Doctor se sucedían en el verbo, uno como orador oficial de la Euterpe 13 de Mayo, y el otro en nombre de la Sociedad Rui Barbosa, una organización literario-charadística de la ciudad. Desaparecían todos los otros oradores (incluso el profesor Josué, cuya verborrea lírica tenía su público de muchachitas del colegio de monjas), se hacía el silencio de las grandes ocasiones cuando avanzaba hacia el estrado la figura morena e insinuante del Capitán, vestido con impecable ropa blanca, una flor en la solapa, alfiler de rubí en la corbata, aire de ave de rapiña debido a la nariz prominente y curva, o bien la silueta flaca del Doctor, menudo y movedizo, como gárrulo pájaro inquieto, ataviado con su eterna ropa negra, cuello alto y pechera almidonada, el *pince-nez* sujeto a la chaqueta con una cinta, los cabellos ya casi del todo blancos.

—Hoy el Capitán parecía una cascada de elocuencia —comentaba—. ¡Qué palabras tan lindas!

—Pero vacías. El Doctor, en cambio... Todo lo que él dice tiene tuétano. ¡El hombre es un diccionario!

Sólo el doctor Ezequiel Prado podía hacerles competencia en las raras ocasiones en que, casi siempre cayéndose de borracho, subía a otra tribuna, fuera del jurado. También él tenía sus incondicionales, y, en lo que se refiere a los debates jurídicos, contaba con la unanimidad de la opinión pública: no había quien se le comparase.

Pelópidas de Assunção d'Ávila descendía de unos Ávila, hidalgos portugueses establecidos en las bandas de Ilhéus ya en el tiempo de las capitanías. Por lo menos así lo afirmaba el Doctor, según él basado en documentos de familia. Opinión ponderable, de historiador.

Descendiente de esos celebrados Ávila, cuyo solar se alzaba entre Ilhéus y Olivença, ya negras ruinas frente al mar, rodeadas de cocoteros, pero también de unos Assunção plebeyos y comerciantes (dígase, en su reconocimiento, que él rendía culto a la memoria de unos y otros con el mismo fervor exaltado). Claro que había poco que contar sobre los Assunção, mientras que era rica en hazañas la crónica de los Ávila. Oscuro funcionario federal jubilado, vivía el Doctor, sin embargo, en medio de un mundo de fantasía y de grandeza: la antigua gloria de los Ávila y el glorioso presente de Ilhéus. Sobre los Ávila, sus hechos y su prosapia escribía él desde hacía muchos años un libro voluminoso y definitivo. Del progreso de Ilhéus era ardiente propagandista y voluntario colaborador.

Ávila colateral y arruinado había sido el padre de Pelópidas. De la familia noble sólo había heredado el apellido y el aristocrático hábito de no trabajar. Fue el amor, no obstante, y no el vil interés, como se había comentado entonces, lo que lo llevó a casarse con una plebeya Assunção, hija de un próspero bazar de menudencias.

Tan próspero durante la vida del viejo Assunção, que el nieto, Pelópidas, fue enviado a estudiar en la Facultad de Derecho de Río de Janeiro. Pero el viejo Assunção murió sin haber perdonado del todo a la hija por la estupidez de aquel casamiento noble, y el hidalgo, tras haber adquirido hábitos populares como el juego de *gamão* y las riñas de gallos, fue comiéndose poco a poco el bazar, metro a metro los géneros, docena a docena las horquillas, pieza a pieza las cintas de colores. Así terminó la abundancia de los Assunção después de la grandeza de los Ávila, lo que dejó a Pelópidas en Río, sin recursos para continuar los estudios, cuando iba por el tercer año de la facultad. Ya entonces lo llamaban Doctor, primero el abuelo, luego las empleadas de la casa y después los vecinos, cuando llegaba a Ilhéus en las vacaciones.

Amigos de su abuelo le consiguieron un magro empleo en una repartición pública, dejó los estudios, se quedó en Río. Prosperó en la repartición; pobre progreso, no obstante, por falta de protección de los grandes y de la útil sabiduría de la adulación. Treinta años después se jubiló y volvió a Ilhéus para siempre, para dedicarse a "su obra", el libro monumental sobre los Ávila y el pasado de Ilhéus.

Libro que ya era, en sí mismo, casi una tradición. Pues de él se hablaba desde los tiempos en que, todavía estudiante, el Doctor publicó, en una revista carioca de circulación limitada y vida reducida al primer número, un famoso artículo sobre los amores del emperador Pedro II —en la ocasión de su imperial viaje al norte del país— y la virginal Ofenísia, Ávila romántica y linfática.

El artículo del joven estudiante habría quedado en la más completa oscuridad si, por una de esas casualidades, la revista no hubiera caído en manos de un escritor moralista, conde papalino y miembro de la Academia Brasileña de Letras. Admirador incondicional de las virtudes del monarca, el conde se sintió ofendido en su propio honor con aquella "insinuación depravada y anarquista" que colocaba al "insigne varón" en la posición ridícula de suspirante, de huésped desleal que procuraba las miradas de la hija virtuosa de la familia cuya casa honraba con su visita. Destrozó el conde, en vigoroso portugués quinientista, al audaz estudiante, al que atribuyó intenciones y objetivos que Pelópidas jamás había tenido. Se alborozó el estudiante con la ríspida respuesta; era casi una consagración. Para el segundo número de la revista preparó un artículo, en portugués no menos clásico y con argumentos irrebatibles, en el cual, basado en hechos y sobre todo en los versos del poeta Teodoro de Castro, hacía pedazos definitivamente las negaciones del conde. La revista no volvió a circular, quedó en el primer número. El diario en el que el conde había atacado a Pelópidas se rehusó a publicarle la respuesta y, después de mucha insistencia, resumió las dieciocho hojas del Doctor a veinte líneas impresas, en un rincón de página. Pero aún hoy el Doctor se vanagloria de aquella "violenta polémica" con un miembro de la Academia Brasileña de Letras, nombre conocido en todo el país.

—Mi segundo artículo lo destruyó y lo redujo al silencio...

En los anales de la vida intelectual de Ilhéus, esa polémica es citada, en forma asidua y vanidosa, como prueba de la cultura ilheense, junto con la mención de honor obtenida por Ari Santos —actual presidente de la Sociedad Rui Barbosa, joven empleado en una casa exportadora— en un concurso de cuentos de una revista carioca, y de los versos del ya citado Teodoro de Castro.

En cuanto a los amores clandestinos del Emperador y Ofenísia, se reducían, al parecer, a miradas, suspiros, juramentos murmurados. El imperial viajero la habría conocido en Bahía, en una fiesta, y se apasionó por sus ojos de desmayo. Como habitaba en la casa de los Ávila, en la ladera del Pelourinho, un tal padre Romualdo, latinista emérito, más de una vez aparecía por allí el Emperador, con el pretexto de visitar al sacerdote de tanto saber. En los balcones del caserón, el monarca suspiraba en latín el inconfesado e imposible deseo por esa flor de los Ávila. Ofenísia, con excitación de mucama, rondaba el salón donde las barbas negras y sabias del Emperador intercambiaban conocimientos con el cura, bajo la mirada respetuosa e ignorante de Luíz Antônio d'Ávila, su hermano y jefe de la familia. Cierto es que Ofenísia, después de la partida del imperial enamorado, desencadenó una ofensiva con el objetivo de que todos se mudaran a la corte, que fracasó ante la obstinada resistencia de Luíz Antônio, guardián de la honra de la doncella y de la familia.

Ese Luíz Antônio d'Ávila murió como coronel en la guerra del Paraguay, al mando de hombres llevados de sus ingenios, en la retirada de Laguna. La romántica Ofenísia murió tísica y virgen, en el solar de los Ávila, nostálgica de las barbas reales. Y borracho murió el poeta Teodoro de Castro, el apasionado y tierno cantor de las virtudes de Ofenísia, cuyos versos tuvieron cierta popularidad en la época, nombre hoy injustamente olvidado en las antologías nacionales.

Para Ofenísia escribió sus versos más esmerados, exaltando con rimas ricas su frágil belleza enfermiza, suplicando su inaccesible amor. Versos que aún hoy declaman las alumnas del colegio de monjas, al son de Dalila, en fiestas y saraos. El poeta Teodoro, temperamento trágico y bohemio, murió sin duda de lánguida nostalgia (¿quién irá a discutir con el Doctor esa verdad?), diez años después de la salida, por la puerta del solar de luto, del cajón blanco donde iba el cuerpo macerado de Ofenísia. Murió ahogado en alcohol, en el alcohol entonces barato en Ilhéus, aguardiente del ingenio de los Ávila.

No faltaba al Doctor material interesante, como se ve, para su inédito y ya famoso libro: los Ávila de los ingenios de azúcar y alambiques de aguardiente, de centenares de esclavos, de tierras de nunca acabar, los Ávila del solar en Olivença, del caserón en la ladera del Pelourinho, en la capital, los Ávila de pantagruélico paladar, los Ávila que mantenían concubinas en la corte, los Ávila de las bellas mujeres y los hombres sin miedo, incluido hasta un Ávila letrado. Más allá de Luíz Antônio y de Ofenísia, otros se habían destacado, antes y después, como aquel que luchó en el Recôncavo, junto al abuelo de Castro Alves, contra las tropas portuguesas en las batallas por la Independencia, en 1823. Otro, Jerônimo d'Ávila, se dedicó a la política y, derrotado en unas elecciones, falseadas por él en Ilhéus y por sus adversarios en el resto de la provincia, se puso al frente de sus hombres, arrasó caminos, saqueó poblados, marchó sobre la capital y amenazó con derrocar el gobierno. Unos intermediarios obtuvieron la paz y compensaciones para el Ávila colérico. La decadencia de la familia se acentuó con Pedro d'Ávila, de rojiza barba de perilla y alocado temperamento, que huyó, abandonando el solar (el caserón de Bahía ya se había vendido), los ingenios y los alambiques hipotecados, y la familia presa del llanto, para seguir a una gitana de extraña belleza y —en palabras de la esposa inconsolable— maléficos poderes. De ese Pedro d'Ávila constaba que había terminado asesinado, en una pelea de callejón, por otro amante de la gitana.

Todo eso formaba parte de un pasado olvidado por los ciudadanos de Ilhéus. Una nueva vida había comenzado con el surgimiento del cacao; lo sucedido antes ya no contaba. Ingenios y alambiques, plantaciones de caña y de café, leyendas e historias, todo había desaparecido para siempre; ahora crecían las plantaciones de cacao y las nuevas leyendas e historias que narraban cómo habían luchado entre sí los hombres por la posesión de las tierras. Los ciegos juglares llevaban por las ferias, hasta el más distante *sertão*, los nombres y los hechos de los hombres del cacao, la fama de aquella región. Sólo el Doctor se ocupaba de los Ávila. Lo cual, sin embargo, no impedía que aumentara la consideración que le dispensaban en la ciudad. Aquellos rudos conquistadores de tierras, hacendados de pocas letras, sentían un respeto casi humilde por el saber, por los hombres letrados que escribían en los periódicos y pronunciaban discursos.

¿Qué decir entonces de un hombre de tanta capacidad y conocimiento, capaz de estar escribiendo o haber escrito un libro? Porque tanto se había hablado del famoso libro del Doctor, tanto se habían alabado sus cualidades, que muchos lo creían publicado hacía años, ya definitivamente incorporado al acervo de la literatura nacional.

De cómo Nacib despertó sin cocinera

Nacib se despertó con los repetidos golpes en la puerta del cuarto. Había llegado de madrugada; después de cerrar el bar, fue con Tonico Bastos y Nhõ-Galo por los cabarés y terminó en la casa de María Machadão con Risoleta, una recién llegada de Aracaju, un poco bizca.

—¿Qué pasa?

—Soy yo, señor Nacib. Para despedirme; me voy.

Un barco hacía sonar la sirena, cercano, pidiendo práctico.

—¿Te vas adónde, Filomena?

Nacib se levantaba, prestaba distraída atención a la sirena del barco —por la manera de sonar es uno de la Ita, pensaba—, intentaba mirar la hora en el reloj de bolsillo, dejado al lado de la cama: las seis de la mañana, y él había llegado alrededor de las cuatro. ¡Qué mujer, esa Risoleta! No es que fuera una belleza, hasta tenía un ojo tuerto, pero sabía cosas, le mordía la punta de la oreja y se echaba hacia atrás, riéndose... ¿Qué clase de locura había atacado a la vieja Filomena?

—A Água Preta, a quedarme con mi hijo...

—¿Qué diablos dices, Filomena? ¿Estás loca?

Buscaba las pantuflas con los pies, no del todo despierto, con el pensamiento en Risoleta. El perfume barato de la mujer persistía en su pecho velludo. Salía descalzo al corredor, metido en el camisón de dormir. La vieja Filomena esperaba en la sala, con su vestido nuevo, un pañuelo con estampado de hojas atado en la cabeza, el paraguas en la mano. En el piso, el baúl y un paquete con los cuadros de santos. Era empleada de Nacib desde que él compró el bar, hacía más de cuatro años. Rezongona pero limpia y trabajadora, seria a más no poder, incapaz de tocar un centavo, cuidadosa. "Una perla, una piedra preciosa", solía decir doña Arminda para definirla. Tenía sus días de mal genio, cuando amanecía con la cara torva, y en esos días no hablaba sino para anunciar su próxima partida, el viaje a Água Preta, donde su único hijo se había establecido con un mercadito. Tanto hablaba de marcharse, y de aquel famoso viaje, que Nacib ya no le creía, pensaba que todo aquello no era más que una manía inofensiva de la vieja, al fin y al cabo tan apegada a él, menos empleada que una persona de la casa, casi una parienta lejana.

El barco pitaba. Nacib abrió la ventana; era, como había adivinado, el Ita procedente de Río de Janeiro. Estaba pidiendo práctico, detenido frente a la piedra del Rapa.

—Pero, Filomena, ¿qué locura es ésta? Así, de repente, sin avisar ni nada... Absurdo.

—¡Caramba, señor Nacib! Desde que crucé el umbral de su puerta que le vengo diciendo: "Un día me voy a vivir con mi Vicente"...

—Pero podrías haberme dicho ayer que te ibas hoy.

—Bien que le mandé un mensaje por Chico. Usted ni se dio por enterado, ni apareció por la casa.

Era cierto que Chico Moleza, su empleado y vecino, hijo de doña Arminda, había llevado, junto con el almuerzo, un mensaje de la vieja que anunciaba su partida. Pero eso sucedía casi todas las semanas; Nacib apenas lo oyó, ni respondió.

—Lo estuve esperando hasta tarde... Hasta la madrugada... Usted andaba corriendo mujeres por ahí, semejante hombre que ya debería estar casado, con el trasero asentado en su casa, en lugar de andar vagueando después del trabajo... Un día de estos, aunque tenga todo ese cuerpo, se debilita y estira la pata...

Señalaba, con el dedo extendido, flaco y acusador, el pecho del árabe que asomaba por el cuello del camisón, bordado con pequeñas flores rojas. Nacib bajó los ojos, vio las manchas de lápiz de labios. ¡Risoleta!... La vieja Filomena y doña Arminda vivían criticando su vida de soltero, lanzando indirectas, planeándole casamientos.

—Pero, Filomena...

—No hay nada más que decir, señor Nacib. Ahora me voy de veras; Vicente me escribió, se va a casar, me necesita. Ya preparé mis cosas...

Y justo en la víspera de la cena de la Empresa de Autobuses Sur-Bahiana, organizada para el día siguiente, un banquete de nota, treinta cubiertos. Hasta parecía que la vieja hubiera elegido ese día a propósito.

—Adiós, señor Nacib. Que Dios lo proteja y lo ayude a conseguir una novia decente que cuide su casa...

—Pero, mujer, son las seis de la mañana, el tren no sale hasta las ocho...

—Yo no me confío en los trenes, bichos matreros. Prefiero llegar con tiempo...

—Déjame por lo menos que te pague...

Todo aquello le parecía una pesadilla idiota. Caminaba descalzo por la sala, pisando el cemento frío, estornudó, profirió una maldición por lo bajo. Y si encima se resfriaba... Qué vieja loca...

Filomena tendía la mano huesuda, las puntas de los dedos.

—Hasta pronto, señor Nacib. Cuando vaya por Água Preta no deje de pasar.

Nacib contó el dinero, sumó una gratificación —a pesar de todo, ella se lo merecía—, la ayudó a levantar el baúl, el paquete pesado con los cuadros de santos —antes colgados en profusión en el pequeño cuarto de los fondos—, el paraguas. Por la ventana entraba la mañana alegre, y con ella la brisa del mar, el canto de pájaros y un sol sin nubes después de tantos días de lluvia. Nacib miró el barco, la barcaza del práctico que se aproximaba. Bajó los brazos, desistió de volver a la cama. Dormiría a la hora de la siesta para estar en forma a la noche; había prometido a Risoleta que volvería. Vieja del diablo, le había trastornado el día...

Fue a la ventana, se quedó mirando a la empleada que se alejaba. El viento del mar lo hizo estremecer. La casa, en la ladera de San Sebastián, quedaba casi frente al canal. Por lo menos las lluvias habían terminado. Habían durado tanto que por poco perjudicaban la cosecha; los frutos jóvenes del cacao podrían pudrirse en las plantas si continuara lloviendo. Los coroneles ya demostraban cierta inquietud. En la ventana de la casa vecina apareció doña Arminda, que saludaba con un pañuelo a la vieja Filomena; eran íntimas.

—Buen día, señor Nacib.

—La loca de Filomena... Se fue...

—Y, sí... Una coincidencia, usted ni se imagina. Justo ayer le dije a Chico cuando llegó del bar: "Mañana doña Filomena se va. El hijo le mandó una carta pidiéndole que fuera"...

—Chico me lo dijo, pero no le creí.

—Ella se quedó esperándolo hasta tarde. También por coincidencia, las dos nos quedamos conversando en la entrada de su casa. Pero usted no apareció... —Se rió con una risa entre reprobadora y comprensiva.

—Ocupado, doña Arminda, mucho trabajo...

Ella no sacaba los ojos de las manchas de lápiz labial. Nacib se sobresaltó: ¿las tendría también en la cara? Probable, muy probable.

—Es lo que yo siempre digo: hombre trabajador como Nacib hay pocos en Ilhéus... Hasta de madrugada...

—Y justo hoy —se lamentó Nacib—, con una cena para treinta personas encargada en el bar para mañana a la noche...

—Yo ni lo oí entrar, y mire que me fui a dormir tarde; eran más de las dos de la madrugada...

Nacib murmuró algo; esa doña Arminda era la curiosidad en persona.

—Más o menos... ¿Y ahora quién va a preparar la cena?

—Tengo un asunto serio... Conmigo no puede contar. Doña Elisabeth está esperando familia en cualquier momento, ya se pasó de la fecha. Fue por eso que me quedé despierta: don Paulo podría aparecer de repente. Además, no sé preparar esas comidas finas...

Doña Arminda, viuda, espiritista, de lengua viperina, madre de Chico Moleza, muchachito empleado en el bar de Nacib, era una partera afamada: innumerables ilheenses, en los últimos veinte años, habían nacido en sus manos, y las primeras sensaciones del mundo que percibieron fueron su intenso olor a ajo y su cara colorada de *sarará*.

—Y doña Clorinda, ¿ya tuvo el hijo? El doctor Raúl no apareció por el bar ayer...

—Sí, ayer a la tarde. Pero llamaron al médico, ese tal doctor Demósthenes. Esas modas de ahora. ¿No le parece una indecencia que el médico agarre al niño? ¿Que vea desnuda a las mujeres de los demás? Qué desvergüenza...

Para Arminda aquél era un asunto vital: los médicos empezaban a hacerle competencia; dónde se había visto tamaño descaro, médicos que espían a las mujeres de los otros, desnudas y en los dolores del parto... Pero a Nacib sólo le preocupaba la comida del día siguiente y los bocadillos dulces y salados para el bar, problemas serios originados por el viaje de Filomena.

—Es el progreso, doña Arminda. Esa vieja sí que me embromó...

—¿Progreso? Descaro; eso es lo que es.

—¿Dónde voy a conseguir una cocinera?

—Debería encargar todo a las hermanas Dos Reis...

—Son careras, le arrancan la piel a uno... Y yo que ya había conseguido dos muchachas para que ayudaran a Filomena...

—El mundo es así, señor Nacib. Las cosas pasan cuando uno menos se lo espera. Yo, por suerte, tengo al finado que me avisa. El otro día, usted ni se imagina... Fue en una sesión, en casa del compadre Deodoro...

Pero Nacib no estaba dispuesto a oír las repetidas historias de espiritismo, especialidad de la partera.

—¿Chico ya se despertó?

—Ni hablar, señor Nacib. El pobre llegó después de medianoche.

—Por favor, despiértelo. Necesito prepararme. Usted me comprende: una cena para treinta personas, toda gente importante, para festejar la inauguración de la línea de autobuses...

—Oí decir que uno volcó en el puente del río Cachoeira.

—Disparates. Van y vienen llenos. Un negoción.

—Mire que ahora se ve de todo en Ilhéus, ¿eh, señor Nacib? Me contaron que en el hotel nuevo va haber una cosa que se llama ascensor, una caja que sube y baja sola.

—¿Quiere despertar a Chico?

—Ya voy... Que no va a haber más escaleras, ¡cruz diablo!

Nacib se quedó todavía unos momentos frente a la ventana, mirando el barco de la Costeira, al que se aproximaba el práctico. Mundinho Falcão debía llegar en esa embarcación; así había dicho alguien en el bar. Cargado de novedades, sin duda. Llegarían también nuevas mujeres para los cabarés, para las casas de la calle Unhão, del Sapo, de las Flores. Cada barco, de Bahía, de Aracaju o de Río, traía un cargamento de jovencitas. Tal vez llegara también el automóvil del doctor Demósthenes; el médico estaba ganando buen dinero, era el primer consultorio de la ciudad. Valía la pena vestirse e ir al puerto para presenciar el desembarco. Con certeza, allá encontraría el grupo habitual, los madrugadores. ¿Quién sabe si no le recomendarían una buena cocinera, capaz de cargar con el trabajo del bar? En Ilhéus una cocinera era una rareza, disputada por las familias, los hoteles, pensiones y bares. Maldita vieja... ¡Y justo cuando había descubierto a esa preciosura, Risoleta! Cuando necesitaba tener el espíritu en paz... Durante unos días, por lo menos, no había otra manera: tendría que caer en las garras de las hermanas Dos Reis. Qué complicada es la vida: hasta ayer todo marchaba tan bien, no tenía preocupaciones, había ganado dos partidas de *gamão* seguidas contra un adversario fuerte como el Capitán, había comido una *moqueca* de cangrejos realmente deliciosa en la casa de María Machadão, y había descubierto a esa novata, Risoleta... Y hoy, por la mañana temprano, estaba colmado de problemas... ¡Qué porquería! Vieja loca... La verdad era que ya sentía nostalgia de ella, de su limpieza, del desayuno con cuscús de maíz, batata, banana frita, *beijus*... De sus cuidados maternales, de su solicitud, hasta de sus rezongos. Una vez, cuando él había caído en cama con fiebre, el tifus por aquella época endémico en la región, como el paludismo y la viruela, ella no se había movido del cuarto, dormía en el piso. ¿Dónde conseguiría otra como ella?

Doña Arminda volvió a la ventana:

—Ya se despertó, señor Nacib. Se está bañando.

—Voy a hacer lo mismo. Gracias.

—Después venga a desayunar con nosotros. Desayuno de pobre. Quiero contarle el sueño que tuve con el finado. Él me dijo: "Arminda, mi vieja, el diablo se apoderó de la cabeza de ese pueblo de Ilhéus. Sólo piensan en dinero, sólo piensan en grandezas. Esto va a terminar mal... Muchas cosas van a empezar a suceder"...

—Para mí, doña Arminda, ya empezó... Con ese viaje de Filomena. Para mí ya empezó.

Lo dijo en tono de burla, no sabía que había empezado de veras. El barco recibía al práctico, maniobraba en dirección al banco de arena.

Del elogio a la Ley y a la Justicia o sobre nacimiento y nacionalidad

Era común que lo trataran de árabe, o incluso de turco, por lo que se hace necesario dejar enseguida libre de cualquier duda la condición de brasileño, nato y no naturalizado, de Nacib. Había nacido en Siria y desembarcado en Ilhéus a los cuatro años, llegado a Bahía en un buque francés. En aquel tiempo, tras el rastro del cacao y el dinero que daba, llegaban a la ciudad de extendida fama, a diario, por los caminos del mar, el río y la tierra, en los barcos, barcazas y lanchas, en canoas, a lomo de burro, a pie abriendo senderos, cientos y cientos de nacionales y extranjeros oriundos de todas partes: de Sergipe y de Ceará, de Alagoas y de Bahía, de Recife y de Río, de Siria y de Italia, de El Líbano y de Portugal, de España y de guetos varios. Trabajadores, comerciantes, jóvenes en busca de posición, bandidos y aventureros, un mujerío colorido, y hasta una pareja de griegos surgidos sólo Dios sabe de dónde. Y todos ellos, incluso los rubios alemanes de la recién inaugurada fábrica de chocolate en polvo y los altaneros ingleses del ferrocarril, no eran sino gente de la zona del cacao, adaptados a las costumbres de la región todavía semibárbara, con sus luchas sangrientas, emboscadas y muertes. Llegaban y en poco tiempo ya eran ilheenses como el mejor, verdaderos *grapiúnas* que plantaban cacao, instalaban tiendas y depósitos, abrían carreteras, mataban gente, jugaban en los cabarés, bebían en los bares, construían poblados de rápido crecimiento, hendían la selva amenazadora, ganaban y perdían dinero, sintiéndose tan del lugar como los más antiguos ilheenses, los hijos de las familias de antes del surgimiento del cacao.

Gracias a esa gente diversa, Ilhéus comenzó a perder su aire de campamento de *jagunços,* a ser una ciudad. Eran todos, hasta el último de los vagabundos llegados para explotar a los coroneles enriquecidos, factores del asombroso progreso de la zona.

Ya ilheenses por fuera y por dentro, además de brasileños naturalizados, eran los parientes de Nacib, unos Ashcar partícipes en las luchas por la conquista de la tierra, cuyas acciones fueron de las más heroicas y comentadas. Sólo se los podía comparar con las de los Badaró, de Braz Damásio, del famoso negro José Nique, el coronel Amâncio Leal. Uno de ellos, de nombre Abdula, el tercero en edad, murió en los fondos de un cabaré de Pirangi, después de abatir a tres de los cinco *jagunços* enviados contra él, mientras jugaba una pacífica partida de póquer. Los hermanos vengaron su muerte de forma inolvidable. Para saber de esos parientes ricos de Nacib, basta con revisar los anales de los tribunales, leer los discursos del fiscal y los abogados.

Muchos lo trataban de árabe o turco, es cierto. Pero lo hacían justamente sus mejores amigos, como una expresión de cariño, de intimidad. No le gustaba que lo llamaran turco, repelía irritado ese apodo, a veces llegaba a enojarse.

—¡Turca será tu madre!

—Pero, Nacib...

—Todo lo que quieras, menos turco. Brasileño. —Se golpeaba con la mano enorme el pecho peludo. —Hijo de sirios, a Dios gracias.

—Árabe, turco, es todo lo mismo.

—¡Lo mismo, un corno! Eso es pura ignorancia. No saber de historia ni de geografía. Los turcos son unos bandidos, la raza más desgraciada que existe. Para un sirio no debe de haber insulto peor que ser tratado de turco.

—Bueno, Nacib, no te enojes. No quisimos ofenderte. Lo que pasa es que para nosotros esos lugares extranjeros son todos iguales…

Tal vez lo llamaran así menos por su ascendencia levantina que por los bigotazos negros de sultán destronado, que le bajaban por los labios y cuyas puntas alisaba al hablar. Frondosos bigotes plantados en un rostro gordo y bonachón, de ojos desmesurados, que se volvían ávidos cuando pasaba una mujer. Boca golosa, grande y de risa fácil. Un enorme brasileño, alto y gordo, de cabeza chata y abundante cabellera, vientre demasiado crecido, "barriga de nueve meses", como bromeaba el Capitán al perder una partida en el tablero de damas.

—En la tierra de mi padre… —Así comenzaban sus historias las noches de conversaciones largas, cuando a las mesas del bar quedaban apenas unos pocos amigos.

Porque su tierra era Ilhéus. La ciudad alegre frente al mar, las plantaciones de cacao, aquella zona ubérrima donde se había hecho hombre. Su padre y sus tíos, siguiendo el ejemplo de los Ashcar, llegaron primero, dejando las familias. Él embarcó después, con la madre y la hermana mayor, de seis años; Nacib todavía no había cumplido los cuatro. Recordaba vagamente el viaje en tercera clase y el desembarco en Bahía, donde el padre fue a recibirlos. Después de la llegada a Ilhéus, la ida a tierra en una canoa, porque en aquel tiempo ni muelle de desembarque existía. De lo que no se acordaba era de Siria; no le habían quedado recuerdos de la tierra natal, tanto se había fusionado con la nueva patria, tanto se había vuelto brasileño, ilheense. Para Nacib era como si hubiera nacido en el momento mismo de la llegada del barco a Bahía, al recibir el beso del padre deshecho en lágrimas. Además, lo primero que hizo el mercader Aziz, después del arribo a Ilhéus, fue llevar a sus hijos a Itabuna, en aquel entonces Tabocas, a la notaría del viejo Segismundo, para registrarlos como brasileños.

Rápido proceso de naturalización que el respetable notario público practicaba, con la perfecta conciencia del deber cumplido, por unos cuantos miles de reales. Como no tenía alma de explotador, cobraba barato, con lo que ponía la operación legal al alcance de todos y hacía de esos hijos de inmigrantes, cuando no de los propios inmigrantes llegados para trabajar en nuestra tierra, auténticos ciudadanos brasileños, a quienes vendía buenos y válidos certificados de nacimiento.

Sucedió que la antigua notaría fue incendiada, en una de aquellas luchas por la conquista de la tierra, para que el fuego devorara indiscretas mediciones y escrituras de los terrenos de Sequeiro Grande; esto consta en un libro. No era culpa de nadie, por lo tanto, y mucho menos del viejo Segismundo, si los libros de registro de nacimientos y óbitos, todos, fueron consumidos por el incendio, lo que obligó a hacer un nuevo registro de centenares de ilheenses (en aquel tiempo Itabuna todavía era un distrito del municipio de Ilhéus). Libros de registro no existían, pero sí existían idóneos testigos que afirmaban que el pequeño Nacib y la tímida Salma, hijos de Aziz y de Zoraia, habían nacido en el pueblo de Ferradas y habían sido anteriormente registrados en la oficina notarial, antes del incendio. ¿Cómo podría Segismundo, sin cometer grave descortesía, dudar de la palabra del coronel José Antunes, rico hacendado, o del comerciante Fadel, establecido con tienda de géneros, que gozaba de crédito en la plaza? ¿O incluso de la palabra más modesta del sacristán Bonifácio, siempre dispuesto a aumentar su magro salario sirviendo en casos así como fidedigno testigo? ¿O del rengo Fabiano, expulsado de Sequeiro do Espinho, que no tenía otro medio de vida que el de atestiguar?

Cerca de treinta años habían pasado desde tales hechos. El viejo Segismundo murió rodeado de la estima general, y todavía hoy se recuerda su entierro. Asistió toda la población; hacía mucho que no tenía enemigos, ni siquiera los que le habían incendiado la notaría.

Ante su tumba hablaron oradores, celebraron sus virtudes. Había sido —afirmaron— un servidor admirable de la justicia, un ejemplo para las generaciones futuras.

Registraba él con facilidad, como nacidos en el municipio de Ilhéus, estado de Bahía, Brasil, a cuanto niño le llegara, sin mayores indagaciones, ni siquiera cuando parecía evidente que el nacimiento habría ocurrido bastante tiempo después del incendio. No era escéptico ni formalista, ni podía serlo en el Ilhéus de los comienzos del cacao. Imperaban las tramoyas, la falsificación de escrituras y mediciones de tierras, las hipotecas inventadas; los notarios y las oficinas de registro eran piezas importantes en la lucha por desmalezar terrenos y plantar. ¿Cómo distinguir un documento falso de uno verdadero? ¿Cómo pensar en míseros detalles legales, como el lugar y la fecha exactos del nacimiento de un niño, cuando se vivía peligrosamente en medio de tiroteos, de bandas de *jagunços* armados, de emboscadas mortales? La vida era hermosa y variada; ¿cómo podía el viejo Segismundo investigar los nombres de las localidades? ¿Qué importaba en realidad dónde había nacido el brasileño que debía registrar, aldea siria o Ferradas, sur de Italia o Pirangi, Trás-os-Montes o Rio do Braço? El viejo Segismundo ya tenía demasiadas complicaciones con los documentos de posesión de tierras; ¿por qué iba a dificultar la vida a honrados ciudadanos que sólo deseaban cumplir con la ley al registrar a sus hijos? Creía simplemente en la palabra de aquellos simpáticos inmigrantes, les aceptaba los regalos modestos, acompañados de testigos idóneos, personas respetables, hombres cuya palabra, a veces, valía más que cualquier documento legal.

Y, si por acaso alguna duda persistía en su espíritu, no era por el pago más elevado por el registro y el certificado, ni el corte de género para su esposa, ni la gallina o el pavo para su granja, lo que lo dejaba en paz con su conciencia. Él, como la mayoría de la población, no medía por el nacimiento al verdadero *grapiúna*, sino por su trabajo en beneficio de la tierra, por su coraje para entrar en la selva y enfrentar la muerte, por los pies de cacao plantados o por la cantidad de puertas de comercios y depósitos, por su contribución al desarrollo de la región. Ésa era la mentalidad de Ilhéus, también la del viejo Segismundo, hombre de larga experiencia de vida, de amplia comprensión humana y de pocos escrúpulos. Experiencia y comprensión puestas al servicio de la región del cacao. En cuanto a los escrúpulos, no fue con ellos que progresaron las ciudades del sur de Bahía, que se abrieron carreteras, se cultivaron los campos, se creó el comercio, se construyó el puerto, se levantaron edificios, se fundaron diarios, se exportó cacao a todo el mundo. Fue con disparos y emboscadas, con falsas escrituras y mediciones inventadas, con muertes y crímenes, con *jagunços* y aventureros, con prostitutas y jugadores, con sangre y coraje. Una vez Segismundo recordó sus escrúpulos. Se trataba de la medición de los terrenos de Sequeiro Grande y le ofrecían poco para la importancia del negociado: le brotaron de golpe los escrúpulos. En consecuencia, le quemaron la notaría y le metieron una bala en la pierna. La bala, por error, es decir: entró en la pierna por error, ya que iba destinada al pecho de Segismundo. Desde entonces fue menos escrupuloso y más barato, más *grapiúna* todavía, gracias a Dios. Por eso, cuando murió, octogenario, su entierro se transformó en una verdadera manifestación de homenaje a quien había sido, en aquellos parajes, ejemplo de civismo y devoción a la justicia.

Por esa mano venerable se había hecho Nacib brasileño nato cierta tarde lejana de su primera infancia, vestido con bombacho verde de terciopelo francés.

Donde aparece Mundinho Falcão, persona importante, mirando Ilhéus por un binóculo

Desde el puente de mando del barco a la espera del práctico, un hombre todavía joven, bien vestido y bien afeitado, contemplaba la ciudad con aire levemente soñador. Algo, tal vez el cabello negro, tal vez los ojos rasgados, le daban un toque romántico, hacía que las mujeres lo notaran enseguida. Pero la boca dura y la mandíbula fuerte eran de hombre decidido, práctico, que sabe lo que quiere. El comandante, de rostro curtido por el viento, mordiendo una pipa, le tendió el binóculo. Mundinho Falcão dijo, al recibirlo:

—No lo necesito... Conozco casa por casa, hombre por hombre. Como si hubiera nacido ahí, en la playa. —Señaló con un dedo. —Aquella casa... la de la izquierda, al lado de la de alto... es la mía. Puedo decir que esa avenida la construí yo...

—Tierra de dinero, de futuro —habló, como conocedor, el comandante—. Sólo que este canal es una desgracia...

—Eso también vamos a resolverlo —anunció Mundinho—. Y dentro de muy poco...

—Dios lo oiga. Cada vez que entro aquí tiemblo por mi barco. No hay peor canal en todo el norte.

Mundinho levantó el binóculo, se lo llevó a los ojos. Vio su casa moderna; había traído a un arquitecto de Río para construirla. Las residencias de la avenida, los jardines del palacete del coronel Misael, las torres de la matriz, el complejo escolar. El dentista Osmundo, envuelto en una bata, salía de su casa para bañarse en el mar, bien temprano para no escandalizar a la población. En la plaza San Sebastián, ni una sola persona. El bar Vesúvio, con las puertas cerradas. El viento de la noche había derribado un cartel en el frente del cine. Mundinho examinaba cada detalle con atención, casi con emoción. La verdad es que aquella tierra le gustaba cada vez más, no lamentaba el loco arrobamiento que lo había llevado un día, hacía pocos años, hasta allí, como un náufrago a la deriva, al que cualquier tierra sirve para salvarse. Pero ésa no era una tierra cualquiera. Allí crecía el cacao. ¿Dónde invertir mejor su dinero, multiplicarlo? Bastaba con tener disposición para el trabajo, cabeza para los negocios, tino y audacia. Todo eso él lo poseía, y algo más: una mujer que olvidar, pasión imposible que arrancar del pecho y del pensamiento.

Esta vez, en Río, tanto la madre como los hermanos se mostraron unánimes al notarlo cambiado, diferente.

Lourival, el hermano mayor, no pudo dejar de reconocer con su voz de desdén, de hombre siempre hastiado:

—No hay duda: el muchachito maduró.

Emílio sonrió, mientras aspiraba su cigarro.

—Y está ganando dinero. No debimos —ahora se dirigía a Mundinho— haber permitido que te fueras. ¿Pero quién habría adivinado que nuestro joven galán se daba maña para los negocios? Aquí nunca revelaste gusto sino por la juerga. Y cuando te fuiste, llevándote tu dinero, ¿qué podíamos imaginar, sino una locura más, peor que las otras? Sólo quedaba esperar tu regreso, para encaminarte en la vida.

La madre agregó, casi irritada:

—Ya no es un niño.

¿Irritada con quién? ¿Con Emílio, por decir tales cosas, o con Mundinho, porque ya no iba a pedirle más dinero, después de despilfarrar su gruesa mensualidad?

Mundinho los dejaba hablar, disfrutaba de aquel diálogo. Cuando ya no tuvieron más qué decir, anunció:

—Pienso meterme en política, hacerme elegir para algún cargo. Diputado, tal vez... Poco a poco voy convirtiéndome en el hombre importante de la región. ¿Qué pensarías, Emílio, si me vieras subiendo a la palestra para contestar uno de tus discursos de adulación al gobierno? Quiero postularme para la oposición...

En el gran salón austero de la residencia familiar, con muebles solemnes, la madre dominándolos como una reina, los ojos altivos, la cabellera blanca, conversaban los tres hermanos. Lourival, cuya ropa venía de Londres, jamás había aceptado banca de diputado o senador. Hasta un ministerio había rechazado cuando se lo ofrecieron. ¿Gobernador de San Pablo, quizá? Tal vez aceptaría si lo eligieran todas las fuerzas políticas. Emílio era diputado federal, electo y reelecto sin el menor esfuerzo. Mucho mayores los dos que Mundinho, ahora los sobresaltaba verlo ya hombre, que generaba sus negocios, exportaba cacao, obtenía lucros envidiables, hablaba de aquella tierra bárbara donde había ido a parar, nadie jamás pudo saber por qué, y ahora anunciaba que en breve sería diputado.

—Podemos ayudarte —dijo, paternalmente, Lourival.

—Haremos incluir tu nombre en la lista del gobierno, entre los primeros. Elección garantizada —completó Emílio.

—No vine a pedir nada. Vine a contarles.

—Orgulloso, el muchachito... —murmuró Lourival, desdeñoso.

—Solo, no te elegirán —previó Emílio.

—Solo me elegirán. Y me elegirá la oposición. Si voy a formar parte del gobierno, sólo quiero que sea en el de Ilhéus. No vine para pedirles nada, muchas gracias.

La madre alzó la voz.

—Puedes hacer lo que quieras, nadie te lo impide. ¿Pero por qué te rebelas contra tus hermanos? ¿Por qué te separas de nosotros? Ellos sólo quieren ayudarte; son tus hermanos.

—Ya no soy un niño, usted misma lo ha dicho.

Después les contó de Ilhéus, de las luchas pasadas, del bandolerismo, de las tierras conquistadas a balazos, del progreso actual, de los problemas.

—Quiero que me respeten, que me manden a la Cámara a hablar en su nombre. ¿De qué serviría si ustedes me incluyeran en una lista? Para representar a la empresa alcanza con Emílio. Yo soy un hombre de Ilhéus.

—Política de pueblo. Con tiroteos y banda de música —desdeñó Emílio con una sonrisa, entre irónico y condescendiente.

—¿Para qué correr peligro cuando no es necesario? —preguntó la madre, escondiendo el temor.

—Para no ser sólo el hermano de mis hermanos. Para ser alguien.

Había recorrido todo Río de Janeiro. Andaba por los ministerios, tuteaba a los ministros, entraba en los despachos. ¿Cuántas veces había encontrado a cada uno de ellos en su casa, sentados a la mesa presidida por la madre, o en la casa de Lourival, en San Pablo, sonriendo a Madeleine? Cuando el ministro de Justicia, su rival en la disputa por los favores de una holandesa, años atrás, le comunicó que ya le había respondido al gobernador de Bahía, afirmando que sólo podría oficializar al colegio de Enoch a comienzos del año, Mundinho se rió.

—Querido mío, tú le debes mucho a Ilhéus. De no haber emigrado yo para allá, jamás te hubieras acostado con Berta, la holandesita viciosa. Quiero la oficialización ya mismo. Al gobernador puedes mostrarle la ley. A mí no. Para mí, lo ilegal, lo difícil, lo imposible...

En el Ministerio de Vialidad y Obras Públicas pidió un ingeniero. El ministro le contó toda la historia del canal de Ilhéus, las dársenas de Bahía, los intereses de la gente relacionada con el yerno del gobernador. Aquello era imposible. Justo, sin duda, pero imposible, mi estimado, por completo imposible, el gobernador rugiría de rabia.

—¿Fue él quien te nombró?

—No, claro.

—¿Puede derribarte?

—Creo que no...

—¿Y entonces?

—¿No comprendes?

—No. El gobernador es un viejo; el yerno, un ladrón. No valen nada. Fin del gobierno, fin de un clan. ¿Te vas a poner en mi contra, contra la región más próspera y poderosa del estado? Qué estupidez. El futuro soy yo, el gobernador es el pasado. Además, si acudo a ti es por amistad. Puedo ir más arriba, bien lo sabes. Si hablara con Lourival y Emílio, recibirías órdenes del Presidente de la República para mandar al ingeniero. ¿No es verdad?

Gozaba de aquel chantaje con el nombre de los hermanos, a los cuales por nada del mundo pediría nada de nada. Comió con el ministro por la noche; había música y mujeres, champán y flores. Al mes siguiente el ingeniero estaría en Ilhéus.

Tres semanas anduvo por Río, volviendo a la vida de antes: a las fiestas, la juerga, las señoritas de la alta sociedad, las artistas de teatro musical. Se admiraba de cómo todo aquello, que había sido su vida durante años y años, ahora lo seducía tan poco, lo cansaba enseguida. De veras extrañaba Ilhéus, el movimiento de su oficina, las intrigas, los chismes, a ciertas figuras locales. Nunca pensó que podría adaptarse tanto, apegarse tanto. Su madre le presentaba muchachas ricas, de familias importantes, buscándole una novia que lo arrancara de Ilhéus. Lourival quería llevarlo a San Pablo; Mundinho todavía era socio de las plantaciones de café, debía visitarlas. No fue: apenas cicatrizaba la herida en su pecho, apenas desaparecía la imagen de la Madeleine de sus sueños, no volvería a verla, a sufrir sus ojos perseguidores. Pasión monstruosa, jamás confesada, pero sentida por él y por ella, siempre a un paso de arrojarse uno sobre el otro. A Ilhéus debía la cura, para Ilhéus vivía ahora.

Lourival, desdeñoso y apático, tan superior, tan inglés en su suficiencia, viudo sin hijos de una mujer millonaria, se había casado de nuevo, de repente, en uno de sus constantes viajes a Europa, con una francesa, modelo de alta costura. Gran diferencia de edad separaba a marido y mujer. Madeleine apenas disimulaba las razones por las que se había casado. Mundinho sintió que si no partía definitivamente nada podría —ninguna consideración moral, ningún escándalo, ningún remordimiento posible— impedir que terminaran uno en los brazos del otro. Los ojos se perseguían por la casa, las manos temblaban al tocarse, las voces flaqueaban. Mal podía el desdeñoso y frío Lourival imaginar que el hermano menor, el alocado Mundinho, había roto con todo a causa de él, por amor al hermano.

Ilhéus lo había curado, porque ya estaba curado; podría —¿quién sabe?—, si quisiera, mirar a Madeleine; ya nada sentía por ella. Con el binóculo recorre la ciudad de Ilhéus, ve al árabe Nacib en su ventana. Sonríe porque el dueño del bar le recuerda al Capitán; eran compañeros habituales en las damas y el *gamão*. El Capitán le serviría de mucho. Se había convertido en su mejor amigo, y hacía tiempo que venía sugiriéndole, con palabras vagas, la posibilidad de hacer política. No era secreto en la ciudad el despecho del Capitán contra los Bastos, que habían sacado a su padre del gobierno local, destruyéndole la carrera política, hacía veinte años. Mundinho se hacía el desentendido, todavía estaba preparando el terreno. La hora había llegado. Debía hablar con franqueza con el Capitán, ofrecerle la jefatura de la oposición. Demostraría a sus hermanos de cuánto era capaz. Sin contar con que Ilhéus precisaba a un hombre como él para incrementar el progreso, para imprimirle un ritmo acelerado, pues esos coroneles nada sabían de las necesidades de la región.

Mundinho devolvía el binóculo, el práctico subía a bordo, el barco ponía proa hacia el canal.

De la llegada del barco

A pesar de la hora matinal, una pequeña multitud seguía los penosos trabajos para desencallar el barco. Se había encajado profundamente en el banco de arena, parecía que quedaría anclado allí para siempre. Desde la punta del cerro del Unhão, los curiosos veían al comandante y el práctico agitados, dando órdenes, marineros que corrían, oficiales que pasaban apresurados. Unos pequeños botes, llegados desde el Puntal, rondaban la embarcación.

Algunos pasajeros se asomaban por la borda, casi todos de piyama y pantuflas, uno que otro vestido para el desembarque. Intercambiaban frases, a los gritos, con los parientes que habían madrugado para recibirlos en el puerto, informaciones sobre el viaje, bromas sobre la encalladura. Desde arriba, alguien anunciaba a una familia que estaba en tierra:

—¡Murió con un terrible sufrimiento, la pobrecita!

Noticia que arrancó sollozos a una señora de negro, de cierta edad, que estaba junto a un hombre delgado y taciturno con cintas de luto en el brazo y la solapa de la chaqueta. Dos niños miraban el movimiento sin darse cuenta de las lágrimas maternas.

Entre los espectadores se formaban grupos, se cambiaban saludos, se comentaba lo sucedido:

—Es una vergüenza, este canal…

—Es un peligro. Cualquier día de estos un barco va a quedarse ahí para siempre, y adiós puerto de Ilhéus…

—El gobierno no se preocupa…

—¿No se preocupa? Lo deja así a propósito. Para que no entren los barcos grandes. Para que la exportación siga haciéndose desde Bahía.

—Tampoco la intendencia hace nada; el intendente no tiene iniciativa, sólo sabe decir amén al gobierno.

—Ilhéus necesita demostrar lo que vale.

El grupo que venía del puesto de pescado participaba en las conversaciones. El Doctor, con su habitual excitación, arengaba al pueblo contra los políticos, contra los gobernantes de Bahía que trataban el municipio con desprecio, como si no fuera el más rico, el más próspero del estado, el que contribuía con mayores rentas a las arcas públicas. Eso, sin mencionar a Itabuna, ciudad que crecía como un hongo, municipio también sacrificado a la incapacidad de los gobernantes, a la desidia, a la mala voluntad para con el puerto de Ilhéus.

—La culpa es nuestra, debemos reconocerlo —dijo el Capitán.

—¿Cómo?

—Nuestra y de nadie más. Y es fácil probarlo: ¿quién manda en la política de Ilhéus? Los mismos hombres de los últimos veinte años. Elegimos intendente, diputado y senador estatal, personas que no tienen nada que ver con Ilhéus, debido a compromisos antiguos, del tiempo en que el diablo perdió el poncho.

João Fulgêncio concordaba:

—Sí, así es. Los coroneles siguen votando a los mismos hombres que los apoyaron en aquellos tiempos.

—Resultado: los intereses de Ilhéus, que se arreglen.

—Un compromiso es un compromiso… —se defendió el coronel Amâncio Leal—. En los momentos de necesidad fueron ellos con quienes contamos...

—Ahora las necesidades son otras...

El Doctor blandía el dedo.

—Pero ese contubernio se va a acabar. Vamos a elegir hombres que representen los verdaderos intereses de la tierra.

El coronel das Onças rió.

—Y los votos, Doctor, ¿adónde irán a buscarlos?

El coronel Amâncio Leal habló con su voz suave:

—Escuche Doctor: se habla mucho de progreso, de civilización, de la necesidad de cambiar todo en Ilhéus. No oigo otra cosa en todo el día. Pero dígame una cosa: ¿quién logró ese progreso? ¿No fuimos nosotros, los que cultivamos el cacao? Tenemos nuestros compromisos, adquiridos en un momento difícil, no somos hombres de dos palabras. Mientras yo esté vivo, mis votos serán para mi compadre Ramiro Bastos y para quien él indique. No me interesa saber el nombre. Fue él quien me dio una mano fuerte cuando nos estábamos jugando la vida en esos montes...

El árabe Nacib se incorporó a la rueda, todavía soñoliento, preocupado y desanimado.

—¿De qué se trata?

El Capitán explicó:

—Es el eterno atraso... Los coroneles no comprenden que ya no viven en aquel tiempo, que hoy las cosas son diferentes. Que los problemas ya no son los de hace veinte o treinta años.

Pero al árabe no le interesó; estaba lejos de toda aquella discusión capaz de atraerlo en otro momento. Ensimismado en su problema —el bar sin cocinera, ¡un desastre!—, apenas asintió con la cabeza ante las palabras del amigo.

—Estás serio. ¿Por qué esa cara de entierro?

—Se me fue la cocinera...

—Caramba, qué motivo... —El Capitán volvió a la discusión, cada vez más exaltada, que ya reunía a varias personas en torno del grupo.

"Caramba, qué motivo... Caramba, qué motivo..." Nacib se alejó unos pasos, como para poner distancia entre él y la discusión perturbadora. La voz del Doctor se cruzaba, retórica, con la voz suave pero firme del coronel Amâncio. ¡Qué le importaban la intendencia de Ilhéus, diputados y senadores! Lo que le importaba era la cena del día siguiente, treinta cubiertos. Las hermanas Dos Reis, si aceptaran el encargo, iban a pedir una fortuna. Y justo cuando todo iba tan bien...

Cuando él compró el bar Vesúvio, situado en la plaza San Sebastián, en una zona residencial, distante —distante no, ya que en Ilhéus las distancias eran ridículas—, apartado del centro comercial, del puerto donde estaban sus mayores competidores, algunos amigos y su tío consideraron que iba a cometer una locura. El bar estaba en franca decadencia, vacío, sin clientela. Prosperaban los cafetines del puerto, siempre llenos. Pero Nacib no quería seguir midiendo géneros en el mostrador de la tienda donde trabajaba desde la muerte del padre. No le gustaba ese trabajo, mucho menos la sociedad con el tío y el cuñado (su hermana se había casado con un agrónomo de la Estación Experimental de Cacao). Mientras el padre vivía, la tienda iba bien, el viejo tenía iniciativa, era simpático. En cambio, el tío, hombre de familia grande y métodos rutinarios, marcaba el paso, temeroso, y se conformaba con poco. Nacib prefirió vender su parte, aumentó el dinero en unos peligrosos negocios de compra y venta de cacao, terminó adquiriendo el bar. Lo compró a un italiano, hacía casi cinco años. El italiano se había ido al interior en pos de la alucinación del cacao.

Un bar era buen negocio en Ilhéus; mejor que un cabaré. Tierra de mucho movimiento, de gente que llegaba atraída por la fama de riqueza, multitud de viajantes que llenaban las calles, mucha gente de paso, cantidad de negocios que se resolvían en las mesas de los bares, el hábito de beber vigorosamente y la costumbre llevada por los ingleses, cuando se construyó el ferrocarril, del aperitivo antes del almuerzo y de la cena, disputado en el póquer de dados, hábito que se extendió a toda la población masculina.

Antes del mediodía y después de las cinco de la tarde los bares se colmaban.

El bar Vesúvio era el más antiguo de la ciudad. Ocupaba la planta baja de una casa de altos, en una esquina de una linda y pequeña plaza frente al mar, donde se erguía la iglesia de San Sebastián. En la otra esquina, se había inaugurado hacía poco el cine-teatro Ilhéus. La decadencia del Vesúvio no se debía a su ubicación fuera de las calles comerciales, donde prosperaban el café Ideal, el bar

Chic, el Pinga de Ouro, de Plínio Araçá, los tres principales competidores de Nacib. Se debía sobre todo al italiano, con la cabeza en las plantaciones de cacao. No se ocupaba del bar, no renovaba las existencias de bebidas, no hacía nada para agradar a los clientes. Hasta un gramófono viejo, donde ponía discos con arias de óperas, esperaba que lo arreglaran, cubierto de telarañas. Sillas desvencijadas, mesas de patas rotas, un billar con el paño rasgado. Hasta el nombre del bar, pintado con letras color fuego, sobre la imagen de un volcán en erupción, se había descolorido con el tiempo. Nacib compró aquella porquería, con nombre y todo, por poco dinero. El italiano sólo se quedó con el gramófono y los discos.

Mandó pintar todo, hacer nuevas mesas, sillas, llevó tableros de damas y *gamão,* vendió el billar a un bar de Macuco, construyó un reservado en el fondo para jugar al póquer. Buen surtido de bebidas, helados para las familias que paseaban a la tarde por la nueva avenida de la playa y a la salida de los cines, y, en particular, los bocadillos dulces y salados para las horas del aperitivo. Un detalle aparentemente sin importancia: los *acarajés*, los *abarás*, las croquetitas de mandioca y *puba*, los bollitos fritos de cangrejo, camarón y bacalao, los dulces de mandioca, de maíz. Todo había sido idea de João Fulgêncio.

—¿Por qué no los preparas para venderlos en el bar? —preguntó un día, mientras masticaba un *acarajé* preparado por la vieja Filomena, para el placer exclusivo del árabe, amante de la buena mesa.

Al principio, sólo los amigos eran sus clientes: el grupo de la Papelería Modelo, que iba a discutir allí después de cerrar el comercio, los amantes del *gamão* y de las damas, y ciertos hombres más respetables, como el juez de paz y el doctor Mauricio, poco afectos a mostrarse en los bares del puerto, de público diverso, donde no era raro que estallaran riñas violentas con palizas y tiros de revólver. Pronto llegaron también las familias, atraídas por los helados y los refrescos de frutas. Pero sólo después de haber iniciado el servicio de bocadillos dulces y salados a las horas del aperitivo la clientela empezó a crecer de veras, y el bar, a prosperar. Las partidas de póquer, en el reservado, tuvieron gran éxito. Para esos clientes —el coronel Amâncio Leal, el rico Maluf, el coronel Melk Tabares, Ribeirinho, el sirio Fuad de la tienda de calzados, Osnar Faria, cuya única ocupación era jugar póquer y atrapar negritas en el cerro de la Conquista, el doctor Ezequiel Prado y algunos otros— Nacib guardaba, para después de medianoche, platos de frituras, croquetas, dulces. La bebida corría abundante, el beneficio de la casa era alto.

En poco tiempo, el Vesúvio volvió a florecer. Superó al café Ideal y el bar Chic; su movimiento sólo era inferior al del Pinga de Ouro. Nacib no podía quejarse: trabajaba como un esclavo, es cierto, ayudado por Chico Moleza* y Bico-Fino**, a veces el chiquillo Tuísca, que se había establecido con su cajón de lustrabotas en la ancha acera del bar, del lado de la plaza, junto a las mesas al aire libre. Todo marchaba bien, ese trabajo le gustaba, en el bar se divulgaban las novedades, se comentaban los más mínimos acontecimientos de la ciudad, las noticias del país y del mundo. Una simpatía general rodeaba a Nacib, "hombre derecho y trabajador", como decía el juez al sentarse, después de cenar, a una de las mesas de afuera para contemplar el mar y el movimiento de la plaza.

Todo marchaba muy bien hasta ese día, cuando la loca de Filomena cumplió con su antigua amenaza. ¿Quién cocinaría ahora para el bar... y para él, Nacib, cuyo vicio era comer bien, comidas bien sazonadas y condimentadas? Pensar en las hermanas Dos Reis en carácter permanente era un absurdo; no sólo ellas no aceptarían, sino que él no podría pagarles. Precios altos consumirían todo el lucro. Tenía que conseguir, ese mismo día de ser posible, una cocinera, y buena, porque si no...

—Tal vez tenga que largar la carga al mar para poder liberarse —comentó un hombre en mangas de camisa—. Está atascado en serio.

Nacib olvidó por un momento sus preocupaciones: las máquinas del barco roncaban sin éxito.

—Esto va a terminar... —La voz del Doctor en la discusión.

—Nadie sabe bien quién es realmente ese Mundinho Falcão... —atacaba Amâncio Leal, siempre mesurado.

—¿No lo sabe? Es un hombre que está en ese barco, un hombre como necesita Ilhéus.

* Chico es apodo de Francisco; Moleza significa "pereza, desidia". (*N. de las T.*)
** Literalmente, Pico Fino. (*N. de las T.*)

El barco se sacudía, el casco se arrastraba sobre la arena, los motores gemían, el práctico gritaba órdenes. En el puente de mando apareció un hombre, todavía joven, bien vestido, las manos sobre los ojos, tratando de reconocer amigos entre los espectadores.

—Allá está... ¡Mundinho! —avisó el Capitán.

—¿Dónde?

—Allá arriba...

Se sucedieron los gritos:

—¡Mundinho! ¡Mundinho!

El otro oyó, buscó de dónde llegaban las voces, saludó con la mano. Después bajó las escaleras, desapareció unos minutos, surgió en la borda, entre los pasajeros, risueño. Ahora ahuecaba las manos contra la boca para anunciar:

—¡Va a venir el ingeniero!

—¿Qué ingeniero?

—El del Ministerio de Obras Públicas, para estudiar el canal. Hay grandes novedades...

—¿Ven? ¿Qué les decía yo?

Por detrás de Mundinho Falcão surgía una figura de mujer joven, con un gran sombrero verde, pelo rubio. Tocaba sonriente el brazo del exportador.

—¡Qué mujer, Dios mío! Mundinho no pierde el tiempo...

—¡Una bomba! —Nhô-Galo aprobó con la cabeza.

El barco se balanceó con violencia, asustando a los pasajeros —la mujer rubia dejó escapar un pequeño grito—, el fondo se desprendió de la arena, un clamor alegre se elevó en tierra y a bordo. Un hombre oscuro y flaquísimo, cigarro en la boca, al lado de Mundinho, miraba indiferente. El exportador le dijo algo, él se rió.

—Este Mundinho es una fiera... —comentó, con simpatía, el coronel Ribeirinho.

El barco hizo sonar la sirena, sonido ancho y libre, y puso rumbo al puerto.

—Es un lord, no es como nosotros —respondió, sin simpatía, el coronel Amâncio Leal.

—Vamos a ver las novedades que trae Mundinho —propuso el Capitán.

—Yo me voy a la pensión, a cambiarme de ropa y tomar café —se despidió Manuel das Onças.

—Yo también... —Y Amâncio Leal lo acompañó.

La pequeña multitud se dirigía al puerto. El grupo de amigos comentaba la información de Mundinho.

—Por lo que parece, consiguió poner en movimiento al ministerio. Ya era hora.

—El hombre tiene fama de lograr lo que quiere.

—¡Qué mujer! Bocado de rey... —suspiraba el coronel Ribeirinho.

Cuando llegaron al muelle, el barco ya estaba haciendo las maniobras de atraque. Los pasajeros con destino a Bahía, Aracaju, Maceió, Recife, miraban curiosos. Mundinho Falcão fue de los primeros en bajar, envuelto enseguida por los abrazos. El árabe se deshacía en saludos desmesurados.

—Engordó...

—Está más joven...

—Es que Río de Janeiro rejuvenece...

La rubia —menos joven de lo que parecía de lejos, pero más hermosa, bien vestida y bien pintada, "una muñeca extranjera", como la clasificó el coronel Ribeirinho— y el hombre esquelético estaban parados junto al grupo, esperando. Mundinho hizo las presentaciones con voz bromista de presentador de circo:

—El príncipe Sandra, mago de primera, y su esposa, la bailarina Anabela... Van a hacer una temporada aquí.

El hombre que, desde el barco, había anunciado la dolorosa muerte de alguien abrazaba ahora a la familia en el muelle, les contaba detalles tristes:

—¡Demoró un mes en morirse, pobrecita! Nunca se ha visto a alguien sufrir tanto... Gemía día y noche, te partía el alma.

Aumentaron los sollozos de la mujer. Mundinho, los artistas, el Capitán, el Doctor, Nacib y los hacendados se fueron caminando por el puente. Pasaban changarines con maletas. Anabela abrió una sombrilla. Mundinho Falcão le propuso a Nacib:

—¿No quisiera contratar a la joven para que baile en su bar? Ella hace una danza de los velos, mi estimado, que sería un éxito...

Nacib alzó las manos.

—¿En el bar? Eso es para los cines o los cabarés... Lo que yo quiero es una cocinera.

Todos se rieron. El Capitán tomó del brazo a Mundinho.

—¿Y el ingeniero?

—A fin de mes estará por aquí. El ministro me lo garantizó.

De las hermanas Dos Reis y su pesebre

Las hermanas Dos Reis, la rolliza Quinquina y la flacucha Florzinha, de vuelta de la misa de las siete en la catedral, apresuraron el paso menudo al ver a Nacib esperando, parado junto al portón. Eran dos viejitas joviales, que sumaban ciento veintiocho años de sólida e indiscutida virginidad. Gemelas, eran lo único que quedaba de una antigua familia ilheense de antes del cacao, de aquella gente que había cedido su lugar a los *sergipenses*, los *sertanejos*, los *alagoanos*, los árabes, italianos y españoles, los *cearenses*. Herederas de la buena casa que habitaban —codiciada por mucho coronel rico—, en la calle Coronel Adami, y de otras tres en la plaza de la Matriz, vivían de los alquileres y de los bocadillos dulces que durante la tarde vendía para ellas el chiquillo Tuísca. Pasteleras eméritas, manos de hada en la cocina, a veces aceptaban encargos para almuerzos y cenas de etiqueta. Su fama, sin embargo, lo que las convertía en una institución de la ciudad, era el gran pesebre de Navidad, armado cada año en una de las salas del frente de la casa pintada de azul. Trabajaban el año entero, recortando y pegando en cartulina figuras de revistas para agregar al pesebre, su diversión y su devoción.

—Hoy madrugó, señor Nacib…

—Cosas que le pasan a uno.

—¿Y las revistas que nos prometió?

—Las voy a traer, doña Florzinha, las voy a traer. Las estoy juntando.

La nerviosa Florzinha pedía revistas a todos los conocidos, la plácida Quinquina sonreía. Parecían dos caricaturas salidas de un libro antiguo, con sus vestidos pasados de moda, los chales en la cabeza, saltarinas y vivaces.

—¿Qué lo trae por aquí a esta hora?

—Quería tratar un asunto.

—Entonces, pase…

El portón conducía a una galería donde crecían flores y plantas cuidadas con cariño. Una empleada, más vieja aún que las solteronas, encorvada por los años, pasaba entre los canteros regándolos con un balde.

—Pase a la sala del pesebre —invitó Quinquina.

—Anastácia, ¡sírvale un licor al señor Nacib! —ordenó Florzinha—. ¿De qué lo prefiere? ¿De *jenipapo* o de ananá? También tenemos de naranja y de maracuyá…

Nacib sabía, por experiencia propia, que era necesario tomar el licor —¡a esa hora de la mañana, por Dios!—, elogiarlo, preguntar por los trabajos del pesebre, mostrar interés por ellos, si quería llevar a buen término sus negociaciones. Lo importante era garantizar los bocadillos dulces y salados para bar durante unos días, y la cena de la empresa de autobuses, la noche siguiente. Hasta que consiguiera una nueva y buena cocinera.

Era una de esas casas de antes, con dos salas de visita que daban a la calle. Una de ellas hacía mucho que había dejado de funcionar como sala de visitas: era la sala del pesebre. No porque quedara armado todo el año. Sólo en diciembre lo armaban y exhibían al público, y duraba hasta cerca del carnaval, cuando Quinquina y Florzinha lo desarmaban con cuidado y, a continuación, iniciaban la preparación del próximo.

No era el único en Ilhéus. Existían otros, algunos hermosos y ricos, pero, cuando alguien hablaba de "pesebre", era al de las hermanas Dos Reis que se refería, porque ninguno de los demás se le podía comparar. Había ido creciendo poco a poco a lo largo de más de cincuenta años. Ilhéus era todavía un lugar atrasado, y Quinquina y Florzinha todavía unas jovencitas inquietas y frecuentadoras de fiestas, requeridas por los muchachos (aún hoy es un pequeño misterio el que hayan quedado solteras, tal vez porque eligieron demasiado), cuando armaron su primer y reducido pesebre. En aquel olvidado Ilhéus de otros tiempos, antes del cacao, se entablaba entre las familias una verdadera competencia para ver cuál presentaba el pesebre más lindo, completo y rico para Navidad. La Navidad europea con Papá Noel en trineo con renos, vestido para la nieve y el frío, que llevaba regalos para los niños, no existía en Ilhéus. Era la Navidad de los pesebres, de las visitas a las casas con las mesas servidas, las cenas después de la misa de gallo, el inicio de las diversiones populares, los *reisados*, los *ternos de pastorinha*, los *bumba-meu-boi*, el vaquero y la *caapora*.

Año tras año las muchachas Dos Reis fueron aumentando su pesebre. Y, a medida que la época de los bailes iba pasando, más tiempo le dedicaban, agregando nuevas figuras, ampliando la tarima sobre la que lo montaban, que terminó por ocupar tres de los cuatro lados de la sala. Entre marzo y noviembre, todas las horas que restaban tras las visitas obligatorias a las iglesias (a las de la mañana para la misa, a las seis de la tarde para la bendición), la preparación de los sabrosos bocadillos que vendía Tuísca a una clientela cautiva, las visitas a amigos y vagos parientes, el comentario de la vida ajena con los vecinos, las dedicaban a recortar figuras de revistas y almanaques, que después pegaban con cuidado en cartón. En los trabajos de montaje, a fin de año, las ayudaba Joaquim, empleado de la Papelería Modelo, tocador de bombo de la Euterpe 13 de Mayo, que consideraba poseer temperamento de artista. João Fulgêncio, el Capitán, Diógenes (dueño del cine-teatro Ilhéus y protestante), alumnas del colegio de monjas, el profesor Josué, Nhô-Galo, a pesar de ser un anticlerical exaltado, eran asiduos proveedores de revistas. Cuando, en diciembre, el trabajo se intensificaba, vecinas, amigas y muchachas estudiantes —después de los exámenes— iban a ayudar a las viejas. El gran pesebre llegó a ser casi propiedad colectiva de la comunidad, orgullo de los habitantes, y el día de su inauguración era día de fiesta, llena la casa de las hermanas Dos Reis, los curiosos aglomerados en la calle, ante las ventanas abiertas, para ver el pesebre iluminado con lámparas multicolores, trabajo también de Joaquim, que ese día glorioso se emborrachaba intrépido con los licores azucarados de las solteronas.

El pesebre representaba, como es de esperar, el nacimiento de Cristo en el establo pobre de la distante Palestina. Pero, ¡ah!, la árida tierra oriental era hoy apenas un detalle en el centro del mundo variado donde se mezclaban democráticamente escenas y figuras de las más diversas, de los más diferentes períodos de la historia. Aumentaban año tras año: hombres famosos, políticos, científicos, militares, literatos y artistas, animales domésticos y feroces, mortificados rostros de santos junto a la radiante representación de estrellas de cine casi desnudas.

Sobre la tarima se elevaba una sucesión de colinas con un pequeño valle en el centro, donde se ubicaba el establo con la cuna de Jesús, María sentada al lado, San José de pie sosteniendo por el cabestro a un tímido burro. Estas figuras no eran las más grandes ni las más ricas del pesebre. Al contrario, parecían pequeñas y pobres al lado de las otras, pero como eran las del primer pesebre que habían armado, Quinquina y Florzinha se empecinaban en conservarlas. No sucedía lo mismo con el gran y misterioso cometa anunciador del nacimiento, suspendido con unos hilos entre el establo y un cielo de paño azul perforado de estrellas. Era la obra maestra de Joaquim, objeto de elogios que lo dejaban con los ojos húmedos: una enorme estrella de cola roja, toda en papel celofán, tan bien concebida y realizada que parecía que de ella descendía toda la luz que resplandecía en el inmenso pesebre.

Cerca del establo, vacas —despertadas de su pacífico sueño por el acontecimiento—, caballos, gatos, perros, gallos, patos y gallinas, un león y un tigre, una jirafa, animales variados adoraban al recién nacido. Y guiados por la luz de la estrella de Joaquim, allí estaban los tres reyes magos, Gaspar, Melchor y Baltasar, llevando oro, incienso y mirra. Dos figuras bíblicas las de los reyes blancos, recortadas hacía mucho tiempo de un almanaque. En cuanto al rey negro, cuya figura había arruinado la humedad, lo había reemplazado en tiempos recientes el retrato del sultán de Marruecos, muy divulgado por los diarios y revistas de la época (¿qué mejor rey, en verdad, más indicado para sustituir al estropeado Melchor, que aquel tan necesitado de protección, que luchaba armas en mano por la independencia de su reino?).

Un río, hilo de agua que corría sobre el lecho de un tubo de goma cortado al medio, bajaba de las colinas hacia el valle, y hasta una cascada había concebido y realizado el ingenioso Joaquim. Caminos cruzaban las colinas, todos en dirección al establo, aquí y allá se levantaban caseríos. Y en esos caminos, ante casas de ventanas iluminadas, se encontraban, en medio de animales, hombres y mujeres que, de alguna forma, se habían destacado en Brasil y en el mundo, cuyos retratos habían merecido la consagración de las revistas. Allí estaba Santos Dumont junto a uno de sus primitivos aviones, con un sombrero deportivo y su aire un poco triste. Cerca de él, en la ladera derecha de una colina, confabulaban Herodes y Pilatos. Más adelante, héroes de la guerra: el rey Jorge V, de Inglaterra, el káiser, el mariscal Joffre, Lloyd George, Poincaré, el zar Nicolás. En la ladera izquierda resplandecía Eleonora Duse, con diadema en la cabellera, los brazos desnudos. Se mezclaban Rui Barbosa, J. J. Seabra, Lucien Guitry, Victor Hugo, Don Pedro II, Emílio de Meneses, el barón de Río Branco, Zola y Dreyfus, el poeta Castro Alves y el bandido Antônio Silvino. Lado a lado con ingenuas estampas de colores cuya visión en las revistas arrancaba exclamaciones a las hermanas, encantadas:

—¡Qué belleza para el pesebre!

En los últimos años había aumentado en gran medida la cantidad de artistas de cine, principal contribución de las alumnas del colegio de monjas, y los William Farnum, Eddie Polo, Lya de Putti, Rodolfo Valentino, Carlitos, Lillian Gish, Ramón Novarro, William S. Hart amenazaban seriamente con dominar los caminos de las colinas. Y allí estaba hasta el mismísimo Vladimir Ilitch Lenin, el temido jefe de la revolución bolchevique. Fue João Fulgêncio el que recortó el retrato de una revista y se lo entregó a Florzinha.

—Un hombre importante... No puede dejar de estar en el pesebre.

Aparecían también figuras locales: el ex intendente Cazuza de Oliveira, cuya administración fue famosa, el fallecido coronel Horácio Macedo, desbrozador de tierras. Un dibujo —hecho por Joaquim, a instancias del Doctor— representaba a la inolvidable Ofenísia, *jagunços* de barro, escenas de emboscadas, hombres con rifles al hombro.

En una mesa, al lado de las ventanas, se desparramaban revistas, tijeras, cola, cartulina. Nacib estaba apresurado, quería solucionar la cena de la empresa de autobuses, las bandejas de bocadillos dulces y salados. Bebió un sorbo del licor de *jenipapo,* elogió los trabajos del pesebre.

—¡Este año, por lo visto, va a ser formidable!

—Si Dios quiere...

—Muchas cosas nuevas, ¿no?

—¡Ah, sí!... No damos abasto.

Las dos hermanas se sentaban en un sofá, muy tiesas, sonriendo al árabe, a la espera de que hablara.

—Bueno... Miren lo que me pasó hoy... La vieja Filomena se fue a vivir con el hijo en Água Preta.

—No me diga... ¿En serio? Ella ya lo decía... —Hablaban las dos al mismo tiempo, era una noticia para divulgar.

—Yo no esperaba una cosa así. Y justo hoy: día de feria, de mucho movimiento en el bar. Y encima yo había aceptado el encargo de una cena para treinta personas.

—¿Una cena para treinta personas?

—La ofrecen el ruso Jacob y Moacir, del garaje. Para festejar la inauguración de la empresa de autobuses.

—¡Ah! —exclamó Florzinha—. Ya sé.

—¡Qué bien! —dijo Quinquina—. Algo oí. Dicen que viene el intendente de Itabuna.

—El de acá, el de Itabuna, el coronel Misael, el gerente del Banco de Brasil, don Hugo Kaufmann, en fin, toda gente de primera.

—¿Usted cree que ese asunto de los autobuses va a andar bien? —quiso saber Quinquina.

—Sí... Ya está andando muy bien... Dentro de poco nadie más viajará en tren. Hay una hora de diferencia...

—¿Y el peligro? —preguntó Florzinha.

—¿Qué peligro?

—El peligro de que vuelquen... El otro día volcó uno en Bahía; lo leí en el diario. Murieron tres personas...

—Yo no viajo en esas cosas. Los automóviles no se hicieron para mí. Puedo morirme por un automóvil, si me atropella uno en la calle. Pero que yo suba a uno, eso sí que no... —dijo Quinquina.

—El otro día el compadre Eusébio quería a toda costa que subiéramos a su coche para dar una vuelta. Hasta la comadre Noca nos trató de atrasadas... —contó Florzinha.

Nacib se rió.

—Ya va a llegar el día en que las vea comprar un automóvil.

—Nosotras... Aunque tuviéramos dinero...

—Vamos a nuestro asunto.

Se resistieron, se hicieron rogar, terminaron aceptando. No sin antes afirmar que lo hacían sólo por tratarse del señor Nacib, joven distinguido. ¿Dónde se había visto encargar en la víspera una comida para treinta personas, y todas importantes? Sin hablar de los dos días perdidos para el pesebre; no quedaría tiempo ni para cortar una sola figura. Además de tener que conseguir alguien que las ayudara...

—Yo había apalabrado a dos muchachitas para que ayudaran a Filomena...

—No. Nosotras preferimos a doña Jucundina y las hijas. Ya estamos acostumbradas a ella. Y cocina bien.

—¿No querrá cocinar para mí?

—¿Quién? ¿Jucundina? Ni lo piense, señor Nacib: ¿Y la casa, los tres hijos ya hombres, el marido? ¿Quién los va a cuidar? Para nosotras, una que otra vez, ella accede a venir, por amistad...

Cobraban muy caro, una fortuna. Por el precio que le hicieron, la cena no dejaría ninguna ganancia. De no haber sido porque Nacib había aceptado el compromiso con Moacir y el ruso... Era hombre de palabra, no iba a dejar plantados a los amigos, sin cena para sus invitados. Como tampoco podía dejar el bar sin bocadillos dulces y salados. Si lo hacía, perdería la clientela, el perjuicio sería mayor. Pero aquello no podía durar más que unos días; si no, ¿adónde iría a parar?

—Una buena cocinera es tan difícil de encontrar... —se lamentó Florzinha.

—Cuando aparece una, se la arrebatan... —completó Quinquina.

Era cierto. Una buena cocinera, en Ilhéus, valía oro; las familias ricas las mandaban traer de Aracaju, Feira de Santana, Estância.

—Entonces, trato hecho. Mando a Chico Moleza a hacer las compras.

—Cuanto antes, señor Nacib.

Se levantó, tendió su mano a las solteronas. Miró una vez más la mesa llena de revistas, al pesebre por armar, las cajas de cartón repletas de figuras:

—Voy a traer las revistas. Y muchas gracias por haberme sacado del apuro...

—No hay de qué. Lo hacemos por usted. Lo que usted necesita es casarse, señor Nacib. Si fuera casado no le pasarían estas cosas...

—Con tanta muchacha soltera en la ciudad... Y virtuosas.

—Yo conozco una perfecta para usted, señor Nacib. Una muchacha correcta, no de esas vivarachas que sólo piensan en cine o bailes… Es distinguida, hasta sabe tocar el piano. Sólo que es pobre…

Las viejas tenían la manía de componer matrimonios. Nacib rió.

—Cuando decida casarme, vengo directo para acá, a buscar novia.

De la desesperada búsqueda

Inició la desesperada búsqueda por el cerro del Unhão. El corpachón inclinado hacia adelante, sudando a mares, la chaqueta bajo el brazo, Nacib recorrió Ilhéus de punta a punta, aquella primera mañana de sol después de la larga temporada de las lluvias. Reinaba alegre animación en las calles donde hacendados, exportadores, comerciantes intercambiaban exclamaciones y felicitaciones. Era día de feria, los negocios estaban llenos, los consultorios médicos y las farmacias abarrotados. Bajando y subiendo laderas, cruzando calles y plazas, Nacib maldecía. A llegar a su casa, el día anterior, cansado de la jornada de trabajo y del lecho de Risoleta, había hecho cálculos para el día siguiente: dormir hasta las diez, cuando Chico Moleza y Bico Fino, hecha la limpieza del bar, comenzaban a servir a los primeros clientes. Dormir la siesta después del almuerzo. Jugar sus partidas de *gamão* o de damas, con Nhô-Galo y el Capitán, conversar con Fulgêncio, enterarse de las novedades locales y las noticias del mundo. Pasar un rato, después de cerrar el bar, por el cabaré, terminar la noche, ¿quién sabe?, otra vez con Risoleta. En lugar de eso, recorría las calles de Ilhéus, subía las laderas del cerro…

En el Unhão deshizo el trato con las dos jovencitas apalabradas para ayudar a Filomena en la preparación de la cena de la empresa de autobuses. Una de ellas, riendo con la boca sin dientes, declaró que sabía hacer la comida de todos los días. La otra, ni hablar... *Acarajé, abará*, dulces, *moquecas* y frituras de camarón, eso sólo podía prepararlo Maria de San Jorge... Nacib preguntó aquí y allí, bajó por el otro lado del cerro. Cocinera en Ilhéus, capaz de llevar adelante la cocina de un bar, era algo difícil, casi imposible.

Preguntó en el puerto, pasó por la casa del tío: ¿por casualidad no conocían a alguna cocinera? Oyó que la tía se lamentaba: tenía una más o menos, no es que fuera gran cosa, pero había dejado el empleo sin la menor explicación. Ahora era ella, la tía, la que cocinaba hasta que apareciera otra. ¿Por qué Nacib no se quedaba a almorzar con ellos?

Le dieron los datos de una, famosa, que vivía en el cerro de la Conquista. Muy buena, le dijo el informante, el español Felipe, diestro para arreglar no sólo zapatos y botas, sino también sillas de montar y arreos. Charlatán como él solo, temible adversario en el juego de damas, ese Felipe, de boca sucia y corazón sin hiel, representaba en Ilhéus a la extrema izquierda, se declaraba anarquista a cada paso, amenazando con limpiar el mundo de capitalistas y de curas, amigo y comensal de varios hacendados, entre ellos el padre Basílio. Mientras caminaba entonaba canciones anarquistas y, cuando jugaban a las damas él y Nhô-Galo, valía la pena oír las maldiciones que echaban contra los curas. Le había interesado el drama culinario de Nacib.

—Hay una tal Mariazinha. Un portento.

Nacib se dirigió al Conquista, la cuesta todavía resbaladiza por las lluvias; un grupo de negritas se rió cuando él se cayó y se ensució los fundillos del pantalón. De información en información, localizó la casa de la cocinera. En lo alto del cerro. Una casita de madera y cinc. Esta vez iba con cierta esperanza. Don Eduardo, dueño de vacas lecheras, le confirmó las virtudes de Mariazinha. Había trabajado un tiempo en su casa, tenía una manera de condimentar que daba gusto. Su único defecto era la bebida, memorable tomadora de cachaza. Cuando bebía le entraba el diablo en el cuerpo: le había faltado el respeto a doña Mariana; por eso Eduardo la despidió.

—Pero para la casa de un soltero como usted...

Borracha o no, si era buena cocinera Nacib la contrataría. Por lo menos hasta que encontrara otra. Al final divisó la casucha miserable y, sentada a la puerta, a Mariazinha, los pies descalzos, peinándose el pelo largo y matando piojos. Era una mujer de unos treinta, treinta y cinco años, gastada por la bebida, pero todavía con unos restos de gracia en la cara mestiza. Se quedó escuchándolo, con el peine en la mano. Después se rió como si la propuesta la divirtiera.

—No, señor. Ahora cocino nada más que para mi hombre y para mí. Él no quiere saber nada.

La voz del hombre llegaba desde adentro.

—¿Quién es, Mariazinha?

—Un doctor que busca cocinera. Me está ofreciendo... Dice que paga bien...

—Dile que se vaya al diablo. Acá no hay ninguna cocinera.

—¿Ve? Él es así: no quiere saber nada de que yo trabaje. Es celoso... Por cualquier cosita hace un escándalo terrible... Es sargento de policía —contaba con placer, como mostrando cuánto valía.

—¿Por qué todavía estás charlando con un extraño, mujer? Échalo antes de que me enoje...

—Le conviene irse, señor...

Volvió a peinarse el pelo, buscando piojos entre los mechones, las piernas extendidas al sol. Nacib se encogió de hombros.

—¿No sabe de ninguna?

No respondió; se limitó a negar con la cabeza. Nacib bajó por la ladera de la Victoria, pasó por el cementerio. Allá abajo la ciudad brillaba al sol, agitada. El Ita, llegado por la mañana temprano, descargaba. Qué desgracia de tierra: se hablaba tanto de progreso y no se podía conseguir ni siquiera una cocinera.

—Por eso mismo —le explicó João Fulgêncio cuando el árabe pasó por la Papelería Modelo a descansar— la mano de obra se vuelve difícil y cara por la demanda. Tal vez en la feria...

La feria semanal era una fiesta. Bulliciosa y colorida. Un vasto descampado frente al fondeadero, que se extendía hasta las proximidades de las vías del ferrocarril. Postas de carne salada, secada al sol, ahumada, cerdos, ovejas, venados, pacas y cobayos, carnes de caza diversas. Bolsas de blanca harina de mandioca. Bananas de color oro, zapallos amarillos, verdes *jilós*, *quiabos*, naranjas. En los puestos servían, en platos de lata, *sarapatel*, *feijoada*, *moqueca* de pescado. Los campesinos comían con el vaso de aguardiente al lado. Nacib preguntó allí. Una negra gorda, con turbante, collares y pulseras, arrugó la nariz.

—¿Trabajar para un patrón? Dios me libre...

Pájaros de increíble plumaje, papagayos habladores.

—¿Cuánto quiere por el loro, doña?

—Ocho mil reales, porque es para usted...

—¡Qué caro!

—Pero habla, de verdad. Sabe cada palabrota...

El papagayo, como para demostrarlo, se desgañitaba, cantaba. Nacib pasó entre montañas de requesón, el sol brillaba sobre el amarillo de las *jacas* maduras. El papagayo gritaba: "¡Pajuerano! ¡Pajuerano!" Nadie sabía nada de ninguna cocinera.

Un ciego, la escudilla en el suelo, contaba con la guitarra historias de los tiempos de las luchas:

Amâncio, hombre valiente,
tirador de primera.
Más valiente que él,
sólo Juca Ferreira.
Una noche de oscuridad
se encontraron en la ladera.
—¿Quién anda ahí? —dijo Ferreira.
—Es hombre. No es ningún animal.
Don Amâncio respondió
empuñando la escopeta.
Hasta el último mono tembló
en la oscura ladera.

Los ciegos, a veces, estaban bien informados. Pero no supieron darle ningún dato. Uno de ellos, venido del nordeste, habló pestes de la comida de Ilhéus. No sabían cocinar; comida era la de Pernambuco, y no esa porquería de ahí, nadie sabía lo que era bueno.

Árabes pobres, vendedores ambulantes, exhibían sus maletas abiertas, su arte del regateo, cortes baratos de algodón estampado, collares falsos y vistosos, anillos brillantes de vidrio, perfumes de nombres extranjeros, fabricados en San Pablo. Mulatas y negras, empleadas de las casas ricas, se amontonaban delante de la mercadería:

—Compre, doña, compre. Es baratito... —La pronunciación cómica, la voz seductora.

Largas negociaciones. Los collares sobre los pechos negros, las pulseras en los brazos mulatos, ¡una tentación! El vidrio de los anillos destellaba al sol más que diamantes.

—Todo verdadero, de lo mejor.

Nacib interrumpía la discusión por los precios: ¿alguien sabía de alguna buena cocinera? Había una, muy buena, de primera, pero era empleada del comendador Domingos Ferreira, sí señor. Y la trataban muy bien, no parecía empleada...

El vendedor tendía unos pendientes a Nacib.

—Compre, paisano. Regalo para la mujer, una novia, una amiga.

Nacib continuaba su camino, indiferente a toda tentación. Las negritas compraban por la mitad del precio, por el doble del valor.

Un vendedor, con una serpiente mansa y un pequeño yacaré, anunciaba la cura de todas las dolencias a un grupo que lo rodeaba. Exhibía un frasco que contenía un remedio milagroso, descubrimiento de los indígenas de las selvas de más allá de los cacaotales.

—Cura la tos, el resfrío, la tisis, sarna, varicela, sarampión, viruela, paludismo, dolor de cabeza, paperas, todas las enfermedades feas, dolores de estómago y reumatismo...

Por un precio irrisorio, mil quinientos reales, entregaba ese frasco de salud. La serpiente subía por el brazo del vendedor, el yacaré, inmóvil en el suelo como una piedra extraña. Nacib preguntaba a unos y a otros.

—¿Cocinera? No sé, señor. Un buen albañil, sí...

Vasijas de barro, cántaros, jarros para agua fresca, ollas, recipientes para cuscús, y caballos, toros, perros, gatos, *jagunços* con sus rifles, hombres montados, soldados de policía y escenas de emboscadas, de entierros y de casamientos, que valían un tostón, dos, un cruzado, obra de las manos toscas y sabias de los artesanos. Un negro casi tan alto como Nacib empinaba un vaso de cachaza de un trago, escupía grosero en el suelo.

—Bebida de primera, loado sea Nuestro Señor Jesucristo.

Respondía a la cansada pregunta:

—No sé, señor. ¿Tú sabes de alguna cocinera, Pedro Paca? Acá, para el coronel...

El otro no sabía. Tal vez en el "mercado de los esclavos", aunque ahora no tenían a nadie, no había ninguna leva de *sertanejos* recién llegados.

Nacib ni se molestó en ir al "mercado de los esclavos", detrás de las vías del ferrocarril, donde se amontonaban los campesinos emigrados del nordeste, fugitivos de la sequía, en busca de trabajo. Allí los coroneles iban a contratar trabajadores y *jagunços*, y las familias buscaban sirvientas. Pero no había nadie por aquellos días. Le aconsejaron que intentara en el Pontal.

Por lo menos no tenía que subir una cuesta. Tomó la canoa, cruzó el amarradero. Anduvo por las pocas calles de arena, bajo el sol, donde niños pobres jugaban al fútbol con pelota de medias. Euclides, dueño de una panadería, le quitó las esperanzas.

—¿Cocinera? Ni lo piense… Ni buena ni mala. En la fábrica de chocolate ganan más. De nade le servirá buscar.

Volvió a Ilhéus, cansado y soñoliento. A esas horas, el bar ya debía de estar abierto y, con el día de feria, con mucho movimiento. Necesitaría su presencia, sus atenciones para con los clientes, su animación, su prosa, su simpatía. Los dos empleados, ¡unos lerdos!, solos, no podían con todo. Pero en el Pontal le habían hablado de una vieja que había sido cocinera muy apreciada, que había trabajado en varias casas y que vivía con una hija casada, cerca de la plaza Seabra. Decidió probar suerte.

—Después voy al bar…

La vieja había muerto hacía más de seis meses; la hija quiso contarle la historia de la enfermedad. Nacib no tenía tiempo para oírla. Un desánimo lo invadía; si hubiera podido, se habría a su casa a dormir. Entró por la plaza Seabra, donde quedaban el edificio de la intendencia y la sede del Club Progreso. Iba rumiando sus tristezas cuando se topó con el coronel Ramiro Bastos, sentado en un banco, tomando sol, junto frente al palacio municipal. Se detuvo a saludarlo, y el coronel lo invitó a sentarse a su lado.

—Hacía tiempo que no lo veía, Nacib. ¿Cómo va el bar? ¿Prosperando siempre? Eso deseo, por lo menos.

—¡No sabe lo que me pasó hoy, coronel!… Mi cocinera se fue. Ya recorrí Ilhéus entero, fui hasta el Pontal, y no se consigue a nadie que sepa cocinar…

—No es fácil. Sólo si la mandas buscar afuera. O en el campo…

—Y con una cena mañana, del ruso Jacob…

—Es cierto. Estoy invitado, tal vez vaya.

El coronel sonreía, contento del sol que jugaba en los vidrios de las ventanas de la intendencia y le calentaba el cuerpo cansado.

Del dueño de la tierra calentándose al sol

Nacib no pudo despedirse; el coronel Ramiro Bastos no lo dejó. Y quién iba a discutir una orden del coronel, aunque la diera sonriendo, como solicitando:

—Es muy temprano. Vamos a conversar un poco.

En los días de sol, invariablemente a las diez, apoyándose en un bastón de empuñadura de oro, el paso lento pero todavía firme, el coronel Ramiro Bastos cruzaba la calle, desde su casa, entraba en la plaza de la Intendencia, se sentaba en un banco.

—La serpiente ya vino a calentarse al sol... —decía el Capitán al verlo desde la puerta de la Oficina de Recaudaciones, frente a la Papelería Modelo.

El coronel también lo veía, se sacaba el sombrero panamá, meneaba la cabeza de cabellos blancos. El Capitán respondía el saludo, aunque bien otro era su deseo.

Aquél era el más hermoso jardín de la ciudad. Las malas lenguas decían que la Intendencia tenía atenciones especiales para con ese espacio público debido a la cercanía de la casa del coronel Ramiro. Pero la verdad es que en la plaza Seabra también se elevaban el edificio de la Intendencia, la sede del Progreso y el cine Vitória, en cuyo segundo piso residían muchachos solteros y funcionaba, en una sala del frente, la Sociedad Rui Barbosa. Además de casas de alto y residencias, de las mejores de la ciudad. Es natural que los poderes públicos cuidaran la plaza con especial cariño. La habían embellecido durante uno de los períodos de gobierno del coronel Ramiro.

Aquel día el viejo estaba satisfecho, conversador. Por fin el sol había reaparecido, el coronel Ramiro lo sentía sobre la espalda encorvada, en las manos huesudas, dentro del corazón también. A los ochenta y dos años de edad, ese sol de la mañana era su diversión, su lujo, su mejor alegría. Durante las lluvias se sentía infeliz, se quedaba en la sala de visitas, en su silla austriaca, recibiendo gente, atendiendo pedidos, prometiendo soluciones. Desfilaban decenas de personas cada día. Pero cuando había sol, a las diez, estuviera quien estuviere, se levantaba, pedía disculpas, tomaba el bastón, iba a la plaza. Se sentaba en un banco del jardín y no tardaba en aparecer alguien que le hiciera compañía. Sus ojos se paseaban por la plaza, se posaban en el edificio de la Intendencia. El coronel Ramiro Bastos contemplaba todo aquello como si fuera propiedad suya. Y un poco así era, pues él y los suyos gobernaban Ilhéus desde hacía muchos años.

Era un viejo seco, resistente a la edad. Sus ojos pequeños conservaban un brillo de mando, de hombre acostumbrado a dar órdenes. Al ser uno de los grandes hacendados de la región, se había convertido en jefe político respetado y temido. El poder había llegado a sus manos durante las luchas por la posesión de la tierra, cuando el poderío de Cazuza de Oliveira se desmoronó. Apoyó al viejo Seabra, que le entregó la región. Dos veces fue intendente, y ahora era senador del Estado. Cada dos años cambiaba el intendente, en elecciones dudosas, pero nada cambiaba en realidad, porque el que seguía mandando era el propio coronel Ramiro, cuyo retrato de cuerpo entero podía verse en el salón de gala de la Intendencia, donde se realizaban conferencias y fiestas. Amigos incondicionales o parientes suyos se turnaban en el cargo, no hacían nada sin su aprobación. Su hijo, médico de niños y diputado del Estado, dejó fama de buen administrador. Construyó calles y plazas, plantó jardines; durante su gestión la ciudad empezó a cambiar de fisonomía. Se decía que se había hecho así para facilitar la elección del joven a la Cámara del Estado. La verdad, sin embargo, es que el coronel Ramiro amaba la ciudad a su manera, como amaba el jardín de su casa, los frutales de su finca. En los jardines de su casa hasta había plantado manzanos y perales, venidos de Europa. Le gustaba ver la ciudad limpia (para lo cual había hecho que la Intendencia adquiriera camiones), adoquinada, florida, con buen servicio de desagües. Alentaba la construcción de buenas casas, se alegraba cuando los forasteros hablaban de la belleza de Ilhéus, con sus plazas y jardines. Se mantenía, por otro lado, obstinadamente sordo a ciertos problemas, a reclamos diversos: creación de hospitales, fundación de una escuela secundaria municipal, apertura de caminos hacia el interior, construcción de campos de deportes. Arrugaba la nariz ante el Club Progreso y no quería saber nada de dragar el canal. Se ocupaba de esas cosas cuando no tenía más remedio, cuando sentía que se debilitaba su prestigio. Así ocurrió con la carretera, obra de las dos intendencias, la de Ilhéus y la de Itabuna. Miraba con desconfianza ciertos proyectos y, sobre todo, ciertas costumbres nuevas. Y como la oposición se hallaba reducida a un pequeño grupo de descontentos sin fuerza y sin mayor expresión, el coronel hacía casi siempre lo que quería, con un supremo desprecio por la opinión pública. No obstante, a pesar de su terquedad, en los últimos tiempos sentía su indiscutible prestigio, su palabra como ley, un poco debilitado. No por la oposición, gente sin criterio. Sino por el propio crecimiento de la ciudad y la región, que a veces parecía querer escapar de sus manos ahora trémulas. ¿Acaso sus propias nietas no lo criticaban porque él había hecho que la Intendencia negara una ayuda financiera al Club Progreso? ¿Y el diario de Clóvis Costa no había osado discutir el problema de la escuela secundaria? Él había oído la conversación de las nietas: "¡El abuelo es un retrógrado!"

El coronel comprendía, aceptaba los cabarés, las casas de mujeres de la vida, la orgía desenfrenada de las noches de Ilhéus. Los hombres necesitaban aquello, él también había sido joven. Lo que no entendía era un club para que muchachos y muchachas conversaran hasta altas horas, bailaran esos bailes modernos, en que hasta las mujeres casadas iban a girar en otros brazos que no eran los de sus maridos, ¡una indecencia! La mujer debe vivir dentro de la casa, cuidando de los hijos y el hogar. La joven soltera debe esperar marido, aprender a coser, tocar el piano, dirigir la cocina. No había podido impedir la fundación del club, pero bien que se esforzó. Ese Mundinho Falcão, llegado de Río, escapaba a su control, no iba a visitarlo ni a consultarlo, decidía por su propia cuenta, hacía lo que se le antojaba. El coronel sentía oscuramente que el exportador era un enemigo, en cualquier momento le daría un dolor de cabeza. En apariencia mantenían excelentes relaciones. Cuando se encontraban, algo que sucedía rara vez, intercambiaban palabras amables, declaraciones de amistad, se ponían a disposición uno del otro. Pero ese Mundinho empezaba a meter mano en todo, era cada vez mayor el número de personas que lo rodeaban, él hablaba de Ilhéus, su vida, su progreso, como si fuera asunto suyo, de su incumbencia, como si tuviera alguna autoridad. Era hombre de familia del sur del país, acostumbrado a mandar, sus hermanos tenían prestigio y dinero. Para él, era como si el coronel Ramiro no existiera. ¿No había actuado así cuando decidió abrir la avenida de la playa? Se presentó de repente en la Intendencia con el proyecto, dueño de los terrenos, los planos completos.

Nacib le daba las noticias más recientes; el coronel ya se había enterado del encalle del Ita.

—En ese barco llegó Mundinho Falcão. Dijo que el asunto del canal…

—Un forastero… —atajó el coronel—. ¿Qué diablos vino a buscar en Ilhéus, donde no perdió nada? —Era aquella voz dura del hombre que había incendiado haciendas, invadido poblados, liquidado gente, sin piedad. Nacib se estremeció.

—Un forastero…

Como si Ilhéus no fuera una tierra de forasteros, de gente venida de todas partes. Pero era indiferente. Los demás llegaban con modestia, enseguida se inclinaban ante la autoridad de los Bastos, sólo querían ganar dinero, establecerse, adentrarse en los montes. No se metían a ocuparse del "progreso de la ciudad y la región", a decidir sobre las necesidades de Ilhéus. Un mes antes, el coronel Ramiro Bastos había sido abordado por Clóvis Costa, dueño de un semanario. Quería organizar una sociedad para lanzar una publicación diaria. Ya tenía las máquinas en vista, en Bahía, necesitaba el capital. Le dio largas explicaciones; un periódico significaba un nuevo paso en el progreso de Ilhéus, sería el primero del interior del estado. El periodista se proponía recaudar fondos entre los hacendados, serían todos socios del diario, órgano al servicio de la defensa de los intereses de la región cacaotera. A Ramiro Bastos la idea no le agradó. ¿Defensa contra quién o contra qué? ¿Quién amenazaba Ilhéus? ¿El gobierno, por casualidad? La oposición era algo sin ton ni son, despreciable. Un diario le parecía un lujo superfluo. Si lo necesitaba para cualquier otra cosa, a sus órdenes. Para un diario, no…

Clóvis salió desanimado, se quejó a Tonico Bastos, el otro hijo del coronel, escribano de la ciudad. Podría obtener algún dinero con uno que otro hacendado. Pero el rechazo de Ramiro significaba el de la mayoría. Le preguntarían, cuando él les hablara:

—¿Cuánto puso el coronel Ramiro?

El coronel no pensó más en el asunto. Eso del diario era un peligro. Bastaría con no satisfacer un día un pedido de Clóvis para poner el diario del lado de la oposición, metiéndose en los negocios municipales, desmenuzando, arrastrando reputaciones por el barro. Con su negativa sofocaba la idea de una vez por todas. Fue lo que le dijo a Tonico cuando éste, por la noche, fue a hablarle del tema y contarle las quejas de Clóvis.

—¿Tú necesitas un diario? Yo tampoco. Entonces no lo necesita Ilhéus. —Y cambió de conversación.

Grande fue su sorpresa al ver, en los postes de luz de la plaza y en las paredes, los anuncios de la próxima aparición del diario. Mandó llamar a Tonico.

—¿Qué es esta historia del diario?

—¿De Clóvis?

—Sí. Hay unos papeles que dicen que va a salir.

—Las máquinas ya llegaron y las están montando.

—¿Cómo puede ser? Le negué mi apoyo. ¿Dónde consiguió el dinero? ¿En Bahía?

—Aquí mismo, papá. Mundinho Falcão...

¿Y quién había impulsado la fundación del Club Progreso, quién había dado dinero a los muchachos del comercio para fundar los clubes de fútbol? La sombra de Mundinho Falcão se proyectaba por todas partes. Su nombre sonaba cada vez más insistente en los oídos del coronel. Ahora mismo el árabe Nacib hablaba de él, que a su llegada había anunciado la visita de ingenieros del Ministerio de Obras Públicas para estudiar el problema del canal. ¿Quién le había encargado ingenieros, quién le había encomendado la solución de los problemas de la ciudad? ¿Desde cuándo era una autoridad?

—¿Quién se lo encargó? —La voz brusca del viejo interrogaba a Nacib como si tuviera alguna responsabilidad.

—Ah, no, eso no lo sé... Vendo el pescado por el precio que lo compré...

Las flores de colores del jardín brillan a la luz del día espléndido, los pájaros trinan en los árboles de alrededor. El rostro del coronel se ensombrece, Nacib no tiene coraje de despedirse. El viejo está enojado, de repente empieza a hablar. Si piensan que él está acabado, se equivocan. Todavía no se murió ni es un inútil. ¿Quieren pelea? Entonces vamos a pelear, ¿qué otra cosa ha hecho en la vida? ¿Cómo plantó sus campos, demarcó los extensos límites de sus haciendas, construyó su poder? No lo heredó de parientes, ni creció a la sombra de hermanos, en las grandes capitales, como ese Mundinho Falcão... ¿Cómo había liquidado a sus adversarios políticos? Desbrozando la selva, la pistola en la mano, los *jagunços* siguiéndolo. Cualquier ilheense de más edad lo podía contar. Todavía nadie olvidó esas historias. Ese Mundinho Falcão está muy equivocado, vino de afuera, no conoce el pasado de Ilhéus, le convendría informarse primero... El coronel golpea con la punta del bastón el cemento del sendero, Nacib escucha en silencio.

La voz cordial del profesor Josué lo interrumpe:

—Buen día, coronel. ¿Tomando sol?

El coronel sonríe, tiende la mano al joven.

—Conversando aquí con el amigo Nacib. Siéntese. —Hace lugar en el banco. —A mi edad, lo único que queda es tomar sol...

—Vamos, coronel, pocos jóvenes valen lo que usted.

—Justo le estaba diciendo a Nacib que todavía no estoy enterrado. Aunque haya gente por ahí que piense que ya no valgo nada...

—Nadie piensa eso, coronel —dijo Nacib.

Ramiro Bastos cambiaba de tema, preguntaba a Josué:

—¿Cómo va el colegio de Enoch? —Josué era profesor y vicedirector del colegio.

—Va bien, muy bien. Ya lo oficializaron. Ilhéus ya tiene secundaria. Una gran noticia.

—¿Ya lo oficializaron? No sabía... El gobernador me mandó decir que sólo lo harían al principio del año que viene. Que no podían hacerlo antes, que estaba prohibido. Le puse mucho interés al tema.

—La verdad, coronel, las oficializaciones, en principio, se hacen siempre a comienzos de año, antes que empiecen las clases. Pero Enoch le pidió a Mundinho Falcão que cuando fuera a Río...

—¡Ah!

—... y él obtuvo una excepción del ministro. Ya para los exámenes de este año, el colegio tendrá un inspector federal. Es una gran noticia para Ilhéus...

—No hay duda... No hay duda...

El profesor seguía hablando, Nacib aprovechaba para despedirse, el coronel ni los oía. Su pensamiento estaba lejos. ¿Qué diablos hacía su hijo Alfredo, en Bahía? Diputado del Estado, que entraba en la casa de gobierno y hablaba con el gobernador a cualquier hora, ¿qué diablos hacía? ¿No había mandado él a pedir la oficialización del colegio? A él, y nada más que a él, deberían Enoch y la ciudad la oficialización del colegio si el gobernador, presionado por Alfredo, se hubiera interesado de veras. Él, Ramiro, en los últimos tiempos casi no iba a Bahía, a las sesiones del Senado; el viaje era un sacrificio. Y ahí estaba el resultado: sus pedidos al gobierno dormían en los ministerios, se arrastraban por los caminos normales de la burocracia, mientras que... El colegio sería oficializado sin falta al comienzo del año, le había mandado decir el gobernador, como si estuviera atendiendo presuroso su pedido. Y él se quedó contento, dio la noticia a Enoch, subrayando la presteza con que el gobierno había respondido a su solicitud.

—Para el año que viene su colegio tendrá inspección federal.

Enoch agradeció, pero se lamentó:

—Qué pena no haberla obtenido para ahora, coronel. Vamos a perder un año; muchos alumnos se irán a Bahía.

—Fuera del plazo, mi estimado. A mitad de año, la oficialización es imposible. Pero sólo se trata de esperar un poco.

Y ahora, de repente, esta noticia. El colegio oficializado fuera del plazo por obra y gracia de Mundinho Falcão. Iría a Bahía, el gobernador oiría unas cuantas verdades... No era hombre con el que se pudiera bromear, con cuyo prestigio se pudiera jugar. Además, ¿qué diablos hacía su hijo en la Cámara del Estado? El muchacho ni siquiera tenía pasta de político, era buen médico, buen administrador, pero era blando, no había salido a él, no sabía imponerse. El otro, Tonico, sólo pensaba en mujeres, no le importaba otra cosa... Josué se despedía.

—Hasta luego, hijo. Dígale a Enoch que le mando mis felicitaciones. Yo estaba esperando la noticia de un momento a otro...

Se quedó otra vez solo en la plaza. Ya no sentía la alegría del sol, la cara se le había ensombrecido. Pensaba en los tiempos de antes, cuando esas cosas eran fáciles de resolver. Cuando alguien se volvía inoportuno bastaba con llamar a un capanga, prometerle un dinero, decirle el nombre del fulano. Hoy era diferente. Pero ese Mundinho Falcão se equivocaba. Ilhéus había cambiado mucho en esos años, cierto. El coronel Ramiro intentaba comprender esa nueva vida, ese Ilhéus que nacía de aquel otro que había sido el suyo. Creía haberlo comprendido, sentido sus problemas, sus necesidades. ¿No había embellecido la ciudad, no había construido plazas y jardines, adoquinado calles, incluso abierto la carretera, a pesar de sus compromisos con los ingleses del ferrocarril? ¿Entonces por qué, así, de repente, la ciudad parecía escapársele de las manos? ¿Por qué empezaban todos a hacer lo que querían, por cuenta propia, sin escucharlo, sin esperar que él diera órdenes? ¿Qué estaba sucediendo en Ilhéus que él ya no comprendía ni mandaba?

No era hombre de dejarse vencer sin pelea. Aquélla era su tierra, nadie había hecho más por ella que Ramiro Bastos, nadie le arrebataría el bastón de mando, fuera quien fuere. Sentía que un nuevo tiempo de lucha se aproximaba. Diferente del de antes, más difícil tal vez. Se levantó, se irguió como si sintiera poco el peso de los años. Podía estar viejo, pero todavía no estaba enterrado y mientras viviera sería él el que mandara allí. Dejó el jardín, cruzó hacia el edificio de la Intendencia. El soldado de policía, apostado en la puerta, se cuadró. El coronel Ramiro Bastos sonrió.

De la conspiración política

A la misma hora en la que el coronel Ramiro Bastos ingresaba en el edificio de la Intendencia y el árabe Nacib llegaba al bar Vesúvio sin haber encontrado cocinera, en su casa de la playa Mundinho Falcão narraba al Capitán:

—Una batalla, mi estimado. No fue nada fácil.

Empujó la taza, estiró las piernas, se desperezó en la silla. Había pasado brevemente por la oficina, arrastrado al amigo a conversar en la casa con el pretexto de contarle las novedades. El Capitán saboreó un trago de café, quiso saber detalles.

—¿Pero de dónde viene tanta resistencia? Al final de cuentas, Ilhéus no es una población cualquiera. Es un municipio que rinde más de mil *contos*.

—Vea, mi amigo, un ministro no es todopoderoso. Tiene que atender los intereses de los gobernadores. Y el gobierno de Bahía quiere oír hablar de cualquier cosa menos del canal de Ilhéus. Cada bolsa de cacao que sale del puerto de Bahía significa dinero para las dársenas de allá. Y el yerno del gobernador está relacionado con la gente que tiene a cargo las dársenas. El ministro me dijo: "Señor Mundinho, usted me va a hacer quedar mal con el gobernador de Bahía".

—Una indecencia, ese yerno. Es eso lo que los coroneles no quieren entender. Justo hoy estábamos hablando del tema mientras el Ita desencallaba. Ellos apoyan un gobierno que le quita todo a Ilhéus y no nos da nada a cambio.

—Al contrario... Los políticos de aquí tampoco se mueven.

—Es cierto: ponen obstáculos a obras indispensables para la ciudad. Una estupidez incalificable Ramiro Bastos se cruza de brazos, no tiene visión, y los coroneles lo acompañan.

La prisa que asaltó a Mundinho en su despacho, lo llevó a dejar a los clientes y postergar para la tarde importantes entrevistas comerciales, ahora desaparecía, al percibir la impaciencia del Capitán. Era necesario lograr que el otro le ofreciera la jefatura política, debía hacerse rogar, pasar por sorprendido, solicitado. Se levantó, fue hasta la ventana, contempló el mar que rompía en la playa, el día de sol.

—A veces me pregunto, Capitán: ¿por qué diablos vine a meterme acá? Al final, podría estar gozando de la vida en Río y en San Pablo. El otro día mi hermano Emílio, el diputado, me preguntó: "¿Todavía no te cansaste de esa locura de Ilhéus? No sé qué te picó para que te metieras en ese agujero". Usted sabe que mi familia comercia con café, ¿no? Desde hace muchos años...

Tamborileaba con los dedos en la ventana, miraba al Capitán.

—No crea que me quejo; el cacao es buen negocio. Excelente. Pero no se puede comparar la vida de acá con la de Río. De cualquier manera, no quiero volver. ¿Y sabe por qué?

El Capitán disfrutaba de aquel momento de intimidad con el exportador, se sentía vanidoso de aquella amistad importante.

—Le confieso mi curiosidad. Que no es sólo mía, sino de todo el mundo. Por qué vino acá es uno de los misterios de esta tierra...

—El porqué no tiene importancia. Por qué me quedé; ésa es la pregunta que hay que hacer. Cuando desembarqué aquí y me hospedé en el hotel Coelho, el primer día tuve ganas de sentarme en el paseo y ponerme a llorar.

—Todo ese atraso...

—Mire, creo que fue eso mismo lo que me atrajo. Exactamente eso... Una tierra nueva, rica, donde todo está por hacerse, en la que todo está comenzando. Lo que está hecho en general es malo, hace falta cambiarlo. Es, por así decirlo, una civilización por construir.

—Una civilización por construir, bien dicho... —apoyó el Capitán—. Antes, en los tiempos tumultuosos, se decía que el que llegaba a Ilhéus no se iba nunca más. Que los pies se quedaban pegados en la miel del cacao, quedaban agarrados para siempre. ¿No lo oyó nunca?

—Sí. Pero, como soy exportador y no hacendado, creo que mis pies quedaron pegados en el barro de las calles. Me dieron ganas de quedarme para construir algo. No sé si me comprende.

—Perfectamente.

—Por supuesto, si no ganara dinero, si el cacao no fuera el buen negocio que es, no me quedaría. Pero con eso sólo no habría bastado para atraparme. Creo que tengo alma de pionero. —Se rió.

—¿Es por eso que me mete en tantas cosas? Comprendo... Compra terrenos, abre calles, construye casas, pone dinero en los negocios más diferentes...

El Capitán fue enumerando y al mismo tiempo, se daba cuenta del alcance de los negocios de Mundinho, de cómo el exportador estaba presente en casi todo lo que se hacía en Ilhéus: la instalación de las nuevas filiales de Bancos, la empresa de autobuses, la avenida de la playa, el diario, los técnicos venidos para la poda del cacao, el arquitecto loco que había construido su casa y ahora estaba de moda, sobrecargado de trabajo.

—... hasta artistas de teatro trae usted... —concluyó riendo, en alusión a la bailarina que había llegado en el Ita, por la mañana.

—Es bonita, ¿eh? ¡Pobres! Encontré a los dos en Río sin saber qué hacer. Querían viajar, pero no tenían dinero ni siquiera para los pasajes. Me volví empresario teatral…

—En esas condiciones, mi estimado, no es ventaja. Hasta yo lo haría. El marido parece ser de la cofradía…

—¿Qué cofradía?

—La de San Cornelio, la ilustre cofradía de los maridos resignados, los que de buen genio natural…

Mundinho hizo un gesto con la mano.

—Qué esperanza… Ni siquiera son casados; esa gente no se casa. Viven juntos, pero cada uno hace su vida. ¿Qué le parece que hace ella cuando no tiene dónde bailar? Para mí, fue una diversión para romper la monotonía del viaje. Y punto. Está a disposición de ustedes. Sólo es cuestión de pagar, mi estimado.

—Los coroneles van a perder la cabeza… Pero no cuente que no están casados. El ideal de todo coronel es acostarse con una mujer casada. Aunque, si alguien quiere acostarse con la de ellos, entonces… Bueno, volviendo al tema del canal… ¿de veras está dispuesto a llevar adelante el asunto?

—Para mí, ahora es una cuestión personal. En Río, entré en contacto con una compañía de cargueros suecos. Están dispuestos a establecer una línea directa a Ilhéus, no bien el canal esté en condiciones de dar paso a barcos de cierto calado.

El Capitán escuchaba atento, rumiando ciertas ideas que lo rondaban desde hacía mucho, ciertos planes políticos. Había llegado la hora de ponerlos en ejecución. La llegada de Mundinho a Ilhéus fue una bendición de los cielos. ¿Pero cómo recibiría él tales propuestas? Era necesario ir con cuidado, ganar su confianza, convencerlo. Mundinho se sentía enternecido con la admiración del otro, estaba en tren de confidencias, se dejaba llevar.

—Vea, Capitán, cuando vine acá… —Calló un instante, como dudando si valía la pena hablar. —…vine medio huyendo. —Nuevo silencio. —¡No de la policía! De una mujer. Un día le cuento la historia completa, hoy no. ¿Usted sabe qué es la pasión? Más que pasión, ¿locura? Por eso vine. Dejé todo. Ya me habían hablado de Ilhéus, del cacao. Vine para ver cómo era, no me fui nunca más. El resto, ya lo sabe: la empresa exportadora, mi vida aquí, las buenas amistades que hice, el entusiasmo que tengo por esta tierra. No es sólo por los negocios, por el dinero, ¿me comprende? Podría ganar tanto o más exportando café. Pero acá estoy haciendo algo, soy alguien, ¿se da cuenta? Lo hago con mis manos... —Y se miraba las manos bien tratadas, finas, de uñas cuidadas como las de una mujer.

—Sobre eso quiero hablarle...

—Espere. Permítame terminar. Vine por motivos íntimos, huyendo. Pero si me quedé, fue por mis manos. Soy el más joven de los tres, el benjamín, mucho más joven, nací después de tiempo. Ya estaba todo hecho, yo no tenía que esforzarme para nada. Sólo debía dejar que las cosas siguieran su curso. Yo era siempre el tercero, nada más. Primero estaban los otros dos. Eso no me servía.

El Capitán se deleitaba, aquellas confidencias llegaban en el momento justo. Se había hecho amigo de Mundinho Falcão, apenas el exportador llegó a Ilhéus, a causa de la fundación de la nueva casa exportadora. Era el recaudador federal de impuestos y le cupo orientar al capitalista. Empezaron a salir juntos, le servía de cicerone. Lo llevó a la hacienda de Ribeirinho, a Itabuna, a Pirangi, a Água Preta, le explicó las costumbres de la región, hasta le recomendó mujeres. Mundinho, a su vez, era un hombre sin poses, cordial, de camaradería fácil. El Capitán, al principio, no se sentía muy orgulloso de la intimidad con aquel ricachón llegado desde el sur, de familia importante en los negocios y en la política, hermano diputado, parientes en la diplomacia. Al hermano mayor hasta lo habían propuesto para ministro de Hacienda. Sólo más adelante, con el correr del tiempo y las múltiples actividades de Mundinho, empezó a reflexionar y a planear: era el hombre para oponer a los Bastos, para derribarlos...

—Fui un niño mimado. En la empresa no tenía nada que hacer; mis hermanos lo resolvían todo. Ya hombre hecho y derecho, para ellos seguía siendo un niño. Dejaban que me divirtiera, ya me llegaría el turno, "mi hora de la responsabilidad", como decía Lourival... —La cara se le ponía seria cuando hablaba del hermano mayor. ¿Comprende? Me cansé de no hacer nada, de ser el hermano menor. Tal vez no reaccionaría nunca, me iría quedando en esa comodidad, en la buena vida. Entonces apareció esa mujer... Algo sin solución... —Sus ojos ahora se volvían hacia el mar, ante la ventana abierta, pero miraban más allá del horizonte, recuerdos y figuras que sólo él distinguía.

—¿Bonita?

Mundinho Falcão emitió una breve risa.

—Bonita es un insulto tratándose de ella. ¿Sabe lo que es la belleza, Capitán? ¿La perfección? A una mujer así no se le puede decir bonita.

Se pasó la mano por la cara para deshacer visiones.

—En fin... En el fondo estoy contento. Hoy ya no soy el hermano de Lourival y de Emílio Mendes Falcão. Soy yo mismo. Ésta es mi tierra, tengo mi empresa y voy, estimado Capitán, a dar vuelta este Ilhéus, hacer de esto una...

—... una capital como hoy mismo decía el Doctor... —lo interrumpió el Capitán.

—Esta vez mis hermanos ya me miraron de otra forma. Ya perdieron la esperanza de verme volver fracasado, con la cabeza gacha. La verdad es que no me está yendo nada mal, ¿eh?

—¿Mal? ¡Pucha! Llegó hace muy poco, y ya es el primer exportador de cacao.

—Todavía no. Los Kaufmann exportan más. Stevenson también. Pero los voy a superar. De todos modos, lo que me atrapa es esta tierra que empieza, este principio de todo. Con todo por hacer, y yo, que puedo hacerlo. Por lo menos —se corrigió— ayudar a hacerlo. Es estimulante para un hombre como yo.

—¿Sabe lo que andan diciendo por ahí? —El Capitán se levantaba, atravesaba la sala, había llegado el momento.

—¿Qué cosa? —Mundinho esperaba, adivinaba las palabras del otro.

—Que usted tiene ambiciones políticas. Justo hoy...

—¿Ambiciones políticas? Nunca lo pensé, por lo menos en serio. Tengo pensado ganar dinero y estimular el progreso del lugar.

—Todo eso está muy lindo, le queda muy bien. Pero no va a lograr hacer ni la mitad de lo que piensa mientras no se meta en la política, no modifique la situación actual.

—¿Cómo? —Las cartas estaban sobre la mesa, el juego había comenzado.

—Usted mismo lo dijo: el ministro tiene que atender al gobernador. El gobierno no tiene interés, los políticos de aquí son unos inservibles. Los coroneles no pueden ver un palmo delante de sus narices. Para ellos, sólo se trata de plantar y cosechar cacao. El resto no interesa. Eligen a unos idiotas para la Cámara, votan al que Ramiro Bastos ordena. La intendencia va de las manos de un hijo a las de un compadre de Ramiro.

—Pero el coronel siempre hace cosas...

—Adoquina calles, abre plazas, planta flores. Y nada más. ¿Carreteras? Ni pensarlo. Ya lograr que construyera la carretera a Itabuna fue una lucha. Que tenía compromisos con los ingleses del ferrocarril, que patatín, que patatán... ¿Y el canal? Tiene compromisos con el gobernador... Como si Ilhéus se hubiera detenido hace veinte años...

Ahora era Mundinho el que escuchaba en silencio. El Capitán hablaba con un acento apasionado, con ganas de convencer. Mundinho pensaba: tenía razón, las necesidades de los coroneles ya no se correspondían con las de la región en tan rápido progreso.

—No deja de tener razón...

—Claro que la tengo. —Palmeó el hombro del exportador. —Mi estimado, aunque no quiera, no tendrá más remedio que meterse en política...

—¿Y por qué?

—¡Porque Ilhéus lo exige, sus amigos, el pueblo!

El Capitán había hablado con solemnidad, extendido el brazo como si estuviera pronunciando un discurso. Mundinho Falcão encendió un cigarro.

—Es para pensarlo... —Y se veía llegando a la Cámara Federal, electo diputado por la tierra del cacao, tal como le había dicho a Emílio.

—Usted ni se imagina... —El Capitán volvía a sentarse, satisfecho consigo mismo. —No se habla de otra cosa. Todos los que quieren el progreso de Ilhéus, de Itabuna, de toda la zona. Tanta gente que ni se puede calcular.

—Es algo que para conversar, no digo sí ni no. No quiero meterme en una aventura ridícula.

—¿Aventura? Si yo le dijera que será fácil, que no habrá lucha, estaría mintiéndole. Va a ser duro, no hay duda. Pero una cosa es cierta: podemos ganar, lejos.

—Es para pensarlo... —repitió Mundinho Falcão.

El Capitán sonrió, a Mundinho le interesaba, de ahí a comprometerse había un paso. Y, en Ilhéus, sólo Mundinho Falcão, él y nadie más que él, podía hacer frente al poder del coronel Ramiro Bastos, sólo él podía vengar al Capitán. ¿Acaso los Bastos no habían desbancado al viejo Cazuzinha, con lo que lo llevaron a arruinarse en infausta lucha política, y dejaron al Capitán sin un centavo para heredar, sometido a la dependencia de un empleo público?

Mundinho Falcão sonrió, el Capitán estaba ofreciéndole el poder, o, por lo menos, los medios para alcanzarlo. Tal como él deseaba.

—¿Algo para pensar? Las elecciones se aproximan. Hay que empezar de inmediato.

—¿De veras piensa que encontraría apoyo, gente dispuesta a seguirme?

—Sólo tiene que decidirlo. Vea, esta cuestión del canal puede ser decisiva. Es algo que interesa al todo el pueblo. Y no sólo de acá. De Itabuna, de Itapira, de todo el interior. Ya lo verá: la llegada del ingeniero va a causar sensación.

—Y después del ingeniero, vendrán las dragas, los remolcadores...

—¿Y a quién Ilhéus debe todo eso? ¿Usted se dio cuenta del triunfo que tiene en la mano? Mejor que una baraja marcada. ¿Sabe cuál es lo primero que hay que hacer?

—¿Qué?

—Una serie de artículos en el *Diário* para desenmascarar al gobierno, a la intendencia, mostrando la importancia del problema del canal. Vea usted: hasta diario tenemos.

—Bueno, no es mío. Puse dinero para ayudar, pero Clóvis Costa no tiene ningún compromiso conmigo. Creo que es amigo de los Bastos. Por lo menos de Tonico; andan juntos...

—Amigo del que le pague mejor. Déjelo por mi cuenta.

El exportador quiso aparentar una última vacilación:

—¿De veras valdrá la pena? La política es siempre tan sucia... Pero si es por el bien de la tierra... —Se sentía levemente ridículo. —Tal vez sea divertido —enmendó.

—Mi estimado, si quiere realizar sus proyectos, servir a Ilhéus, no tiene otra forma. Con el idealismo sólo no alcanza.

—En eso tiene razón...

Golpeaban las manos a la puerta, la empleada iba a abrir. La figura inconfundible del Doctor exclamaba:

—Fui a su oficina a darle la bienvenida. No lo encontré, así que vine a saludarlo. —Sudaba debajo del cuello duro, la camisa de pecho almidonado.

El Capitán se apresuró.

—¿Qué me dice, Doctor, de tener a Mundinho Falcão como candidato en las próximas elecciones?

El Doctor alzó los brazos.

—¡Qué gran noticia! ¡Sensacional! —Se volvía hacia el exportador. —Si para algo pudieran servirle mis modestos servicios...

El Capitán miró a Mundinho como diciéndole: "¿Vio que no le mentía? Los mejores hombres de Ilhéus..."

—Pero todavía es un secreto, Doctor.

Se sentaron los tres, el Capitán empezó a explicar el mecanismo político de la región, las relaciones entre los dueños de los votos, los intereses en juego. El doctor Ezequiel Prado, por ejemplo, hombre de tantos amigos entre los hacendados, estaba descontento con Bastos, no lo habían nombrado presidente del Consejo Municipal...

Del arte de hablar de la vida ajena

Nacib se arremangó la camisa, examinó la clientela. Casi constituida, a aquella hora, sólo por gente extraña, de paso por la ciudad debido a la feria. Había también algunos pasajeros del Ita, en tránsito hacia los puertos del norte; todavía era temprano para los clientes habituales. Sujetó a Bico Fino, le sacó la botella de la mano.

—¿Qué quiere decir esto? —Era una botella de coñac portugués. —¿Dónde se ha visto? —Caminaba con el empleado hacia el mostrador. —Servir coñac verdadero a esos pajueranos... —Tomaba otra botella, con la misma etiqueta, la misma apariencia, sólo que en ella se mezclaba el coñac portugués con el nacional, receta del árabe para aumentar las ganancias.

—No es para ellos, señor Nacib. Es para la gente del barco.

—¿Y qué tiene? ¿Son mejores que los otros?

El coñac puro, el vermut sin mezcla, el oporto y el Madeira sin bautismo, se reservaban para la clientela fija, los de todos los días, los amigos. No se podía alejar del bar; los empleados empezaban a meter la pata, si él no estaba presente terminaría perdiendo dinero. Abrió la caja registradora. ¡Aquél iba a ser un día de mucho movimiento! De muchos comentarios, también. El viaje de Filomena no sólo le causaba perjuicio material y cansancio. También le quitaba la paz del espíritu, le impedía prestar atención a las múltiples novedades, tantas cosas que comentar cuando llegaran los amigos. Novedades a granel y, en opinión de Nacib, nada más placentero —salvo la comida o las mujeres— que comentar las novedades, especular sobre ellas. Hablar de la vida ajena era el arte supremo, el supremo deleite de la ciudad. Arte llevada a increíbles refinamientos por las solteronas. "Está reunido el Congreso de las Lenguas Viperinas", decía João Fulgêncio al verlas frente a la iglesia, a la hora de la bendición. ¿Acaso no era en la Papelería Modelo donde João Fulgêncio imperaba entre libros, cuadernos, lápices, lapiceras, donde se reunían los "talentos" locales, lenguas tan afiladas como las de las solteronas? Allí y en los bares, junto a los puentes del muelle, en las rondas de póquer, en todas partes: se hablaba de la vida ajena, se glosaban los acontecimientos. Una vez fueron a decirle a Nhô-Galo que se andaban comentando sus aventuras en casas de mujeres. Respondió con su voz gangosa:

—No me interesa. Sé que hablan de mí, se habla de todo el mundo. Yo sólo me esfuerzo, como buen patriota, para darles tema.

Era la diversión principal de la ciudad. Y, como no todos poseían el buen humor de Nhô-Galo, a veces había encontronazos en los bares, exaltados que exigían explicaciones, sacaban revólveres. No era, por lo visto, un arte gratuita, sin peligros.

Aquel día había mucho que comentar: primero, el tema del canal, asunto complejo, que abarcaba una diversidad de detalles, como la encalladura del Ita, la llegada del ingeniero, la actividad de Mundinho Falcão ("¿Qué es lo que quiere?", preguntaba el coronel Manuel das Onças), la violenta irritación del coronel Ramiro Bastos. Sólo con ese complicado tema bastaba para apasionarse. ¿Pero cómo olvidar la pareja de artistas, la mujer hermosa y el príncipe de medio pelo, con su cara de rata hambreada? Asunto delicado y delicioso, daría lugar a las bromas del Capitán y de João Fulgêncio, a los sarcásticos comentarios de Nhô-Galo, a gozosas carcajadas. Tonico Bastos no tardaría en rondar a la bailarina, pero esta vez tendría a Mundinho Falcão por delante. No habría sido, sin duda, por amor a sus danzas que la había llevado el exportador, remolcando al marido y su boquilla, pagando los pasajes. Estaba la cena del día siguiente, de la empresa de autobuses. Saber por qué no habían invitado a fulano o mengano. Y las nuevas mujeres del cabaré, la noche con Risoleta...

Ni que fuera a propósito, Nhô-Galo entraba en el bar. No era su hora, debía estar ante su escritorio en rentas.

—Cometí la estupidez de volver a casa después de la llegada del Ita, y me dormí hasta ahora. Sírvame una copa, que me voy a trabajar...

Le sirvió la mezcla habitual de vermut y aguardiente.

—¿Y la tuerta? —Nhô-Galo se reía. —¡Ayer estaba grandioso, árabe, grandioso! —afirmaba después, en la constatación de un hecho—. El mujerío de acá va mejorando, no hay duda.

—Nunca vi una mujer tan conocedora... —Nacib le susurraba detalles.

—¡No me diga!

El negrito Tuísca llegaba con su cajón de lustrador, traía un mensaje de las hermanas Dos Reis: estaba todo en orden, Nacib podía quedarse tranquilo. Por la tarde mandarían las bandejas.

—Hablando de bandejas, sírvame algo para acompañar. Algún tentempié.

—¿No ve que no hay? Llegarán a la tarde. Se me fue la cocinera...

Nhô-Galo se hizo el gracioso.

—¿Por qué no contrata a Machadinho o a Miss Pirangi?

Se trataba de los dos invertidos oficiales de la ciudad. El mulato Machadinho, siempre limpio y bien arreglado, lavandera de profesión, a cuyas manos delicadas las familias entregaban los trajes de lino, de brin blanco HJ, las camisas finas, los cuellos duros. Y un negro horrible, sirviente en la pensión de Caetano, cuya silueta se veía de noche en la playa, en búsqueda viciosa. Los niños le tiraban piedras, le gritaban el apodo: "¡Miss Pirangi! ¡Miss Pirangi!"

Nacib se enfurecía con el consejo burlón.

—¡Váyase a la mierda!

—Justamente, para allá voy, a la repartición. A hacer que trabajo. Dentro de un rato vuelvo; quiero saber de la noche de ayer, con pelos y señales.

El movimiento crecía en el bar. Nacib vio cuando, desde el lado de la playa, surgieron el Capitán y el Doctor, flanqueando a Mundinho Falcão. Conversaban animados, el Capitán gesticulaba, de vez en cuando interrumpido por el Doctor. Mundinho escuchaba, asentía con la cabeza. "Allí había algo...", pensó Nacib. ¿Qué diablos hacía el exportador en su casa (pues con certeza venía de su casa), a esa hora, en compañía de los dos compadres? Desembarcado esa misma mañana, ausente casi un mes, Mundinho debería estar en su despacho, recibiendo coroneles, discutiendo negocios, comprando cacao. Ese Mundinho Falcão era imprevisible, hacía todo de manera diferente de los demás. Allá venía, como si no tuviera negocios que resolver, clientes que atender y despachar, conversando de lo más animado con los dos amigos. Nacib entregó la caja a Bico-Fino, avanzó hacia la acera.

—¿Ya conseguiste cocinera? —preguntó el Capitán, al tiempo que se sentaba.

—Ya recorrí todo Ilhéus. Ni sombra...

—Coñac, Nacib. Del verdadero, ¿eh? —pidió Mundinho.

—Y unos bocaditos de bacalao...

—Sólo por la tarde...

—¿Qué pasó, árabe? ¿Estamos en decadencia?

—Así te quedarás sin clientela. Nos cambiamos de bar... —dijo el Capitán, riendo.

—Llegan a la tarde. Se los encargué a las Dos Reis.

—Menos mal...

—No creas. Cobran una fortuna... Pierdo dinero.

Mundinho Falcão aconsejaba:

—Lo que necesitas, Nacib, es modernizar tu bar. Una heladera para tener tu hielo propio, instalar máquinas modernas...

—Lo que necesito es una cocinera...

—Manda a buscar una a Sergipe.

—¿Y hasta entonces?

Espiaba el aire cómplice de los tres, la sonrisa satisfecha del Capitán, la conversación interrumpida, terminada de repente. Chico Moleza llegaba con la bandeja de las bebidas. Nacib se sentó.

—Señor Mundinho, ¿qué diablos le hizo al coronel Ramiro Bastos?

—¿Al coronel? No le hice nada. ¿Por qué?

Ahora le tocaba a Nacib hacerse el discreto.

—Por nada...

El Capitán, interesado, lo palmeó en la espalda, autoritario.

—Desembucha, árabe. ¿Qué pasó?

—Me lo encontré hoy, frente la Intendencia. Estaba sentado, calentándose al sol. Charla va, charla viene, le conté que el señor Mundinho había llegado hoy, que va a venir un ingeniero... El viejo se puso como una fiera. Quería saber qué tenía que ver Mundinho con eso, por qué se metía donde no lo llamaban.

—¿Ve? —interrumpió el Capitán. —El canal...

—No es sólo eso. Mientras él hablaba, llegó el profesor Josué y contó que habían oficializado el colegio; ahí el hombre dio un salto. Parece que él ya se lo había pedido al gobierno y no lo consiguió. Golpeaba el bastón contra el suelo, de lo más enojado.

Nacib gozaba el silencio de los amigos, la impresión producida por lo contado, se vengaba del aire de conspiración con que habían llegado. No tardaría en saber lo que andaban tramando. El Capitán habló:

—¿Así que estaba furioso? Y todavía se va a enojar mucho más, el viejo brujo. Cree que es el dueño de todo...

—Para él, Ilhéus es como si formara parte de su hacienda. Y, nosotros, los ilheenses, simples servidores y contratistas... —definió el Doctor.

Mundinho Falcão no decía nada, sonreía. En la puerta del cine aparecían Diógenes y la pareja de artistas. Vieron a los otros a la mesa, en la acera del bar, y allá se dirigieron. Nacib agregaba:

—Es lo que yo digo. Para él, el señor Mundinho es un forastero.

—¿Él dijo "forastero"? —preguntó el exportador.

—Sí, forastero. Fue la palabra que usó.

Mundinho Falcão le tocó el brazo al Capitán.

—Puede mandar a buscar al hombre, Capitán. Estoy decidido.

Vamos a tocar música para que el viejo baile... —Dijo esta última frase para Nacib.

El Capitán se levantó, vació su copa; la pareja de artistas se acercaba. ¿Qué diablos andarían planeando los otros?, pensaba Nacib. El Capitán saludaba:

—Discúlpenme; ya me iba, un asunto urgente.

Los hombres se levantaban de la mesa, arrastraban sillas. Bajo una sombrilla abierta, Anabela sonreía coqueta. El Príncipe, con su larga boquilla, tendía la mano flaquísima, nerviosa.

—¿Cuándo es el estreno? —preguntó el Doctor.

—Mañana... Estamos ultimando detalles con don Diógenes.

El dueño del cine, sin afeitar, explicaba con una voz eternamente desanimada y lamentosa de cantor de himnos sacros:

—Creo que él puede gustar. A la juventud le gustan esos trucos de prestidigitación. E incluso a los grandes. Pero ella...

—¿Por qué no? —preguntó Mundinho mientras Nacib servía otra ronda de aperitivos.

Diógenes se rascó la barba.

—Usted sabe, este lugar todavía es un poco atrasado. Esos bailes de ella, casi desnuda, las familias no los ven.

—Se llenará de hombres... —afirmó Nacib.

Diógenes no sabía cómo explicar. Porque no quería confesar que era él mismo, protestante y pudoroso, el que se sentía escandalizado con el baile osado de Anabela.

—Es algo para un cabaré... No queda bien en un cine.

El Doctor, muy cortés y fino, disculpaba a la ciudad ante la sonriente artista:

—Sepa disculpar, señora. Es una tierra atrasada, donde no se comprenden las osadías del arte. Todo les parece inmoral.

—Son danzas artísticas. —La voz cavernosa del prestidigitador.

—Claro, claro... Pero...

Mundinho Falcão se divertía.

—Caramba, don Diógenes...

—En el cabaré ella hasta podría ganar más. Trabaja en el cine con el marido, en los trucos. Después baila en el cabaré...

Al oír lo de ganar más, se iluminó la mirada del Príncipe. Anabela quería saber la opinión de Mundinho.

—¿Qué le parece?

—No está mal, ¿no?... Magia en el cine, baile en el cabaré... Perfecto.

—¿Y el dueño del cabaré? ¿Le interesará?

—Eso lo sabremos enseguida... —Se dirigía a Nacib. —Nacib, hágame un favor: mande a un mozo a llamar a Zeca Lima, que quiero hablar con él. Con urgencia, que venga enseguida.

Nacib gritó una orden al negrito Tuísca, que salió corriendo: Mundinho daba buenas propinas. El árabe pensaba en la voz de mando del exportador, parecía la voz del coronel Ramiro Bastos cuando era más joven, siempre ordenando, dictando leyes. Algo estaba por suceder.

El movimiento aumentaba, llegaban nuevos clientes, se animaban las mesas, Chico Moleza corría de un lado para otro. Nhô-Galo reapareció, se unió al grupo. También el coronel Ribeirinho, que devoraba con los ojos a la bailarina. Anabela resplandecía entre todos aquellos hombres. El príncipe Sandra, con su aire de subalimentado, muy digno en la silla, hacía cálculos del dinero que ganaría allí... Una plaza para alargar la estada, para salir de la miseria.

—Esa idea del cabaré no es mala...

—¿Qué idea? —deseaba saber Ribeirinho.

—Ella va a bailar en el cabaré.

—¿En el cine no?

—En el cine, sólo en los números de magia. Para las familias. En el cabaré, la danza de los siete velos...

—¿En el cabaré? Excelente... Se va a llenar hasta el tope... ¿Pero por qué no el baile en el cine? Yo pensé...

—Danzas modernas, coronel. Los velos van cayendo uno por uno...

—¿Uno por uno? ¿Los siete?

—A las familias podría no gustarles...

—¡Ah! Así que era eso... Uno por uno... ¿Todos? Sí, será mejor en el cabaré... Más divertido.

Anabela se reía, miraba al coronel con ojos prometedores. El Doctor repetía:

—Una tierra atrasada. Donde el arte es expulsado hacia los cabarés.

—Ni siquiera se puede encontrar una cocinera —se lamentó Nacib.

El profesor Josué bajaba por la calle en compañía de João Fulgêncio. Había llegado la hora del aperitivo. El bar explotaba de gente. El propio Nacib se veía obligado a andar entre las mesas, sirviendo. Los clientes reclamaban los bocadillos salados y dulces, el árabe repetía explicaciones, echaba maldiciones contra la vieja Filomena. El ruso Jacob, sudando a mares, despeinado el pelo rojizo, quería saber algo de la cena del día siguiente.

—No se preocupe. No soy prostituta, no falto a mi palabra.

Josué, muy hombre de sociedad, besaba la mano de Anabela. João Fulgêncio, que no frecuentaba el cabaré, protestaba contra la pudicia de Diógenes.

—Qué escándalo ni escándalo. No es más que fanatismo de ese protestante.

Mundinho Falcão espiaba la calle, esperando el regreso del Capitán. De vez en cuando, él y el Doctor intercambiaban miradas. Nacib seguía aquellas miradas, la impaciencia del exportador. A él no lo engañaban: algo tramaban. El viento, que llegaba del mar, arrastraba la sombrilla de Anabela, que había quedado abierta al lado de la mesa. Nhô-Galo, Josué, el Doctor y el coronel Ribeirinho se precipitaron a atajarla. Sólo Mundinho Falcão y el príncipe Sandra se quedaron sentados. Pero el que la recuperó fue el doctor Ezequiel Prado, que venía llegando, los ojos empapados de ebriedad.

—Mis respetos, señora mía…

Los ojos de Anabela, de largas pestañas negras, pasaban de hombre a hombre, se demoraban en Ribeirinho.

—¡Qué gente distinguida! —dijo el príncipe Sandra.

Tonico Bastos, llegado de la escribanía, caía en los brazos de Mundinho Falcão, con grandes demostraciones de amistad.

—Y Río, ¿cómo lo dejó? Allá sí que se vive…

Sus ojos medían a Anabela, sus ojos de conquistador, de hombre irresistible de la ciudad.

—¿Quién me presenta? —preguntó.

Nhô-Galo y el Doctor se sentaban junto a un tablero de *gamão*. En otra mesa, alguien contaba a Nacib las maravillas de una cocinera. Condimento como el de ella, nunca se había visto… Sólo que estaba en Recife, empleada de una familia de apellido Coutinho, figuras importantes de Pernambuco.

—¿De qué diablos me sirve?

Gabriela en el camino

El paisaje había cambiado, la inhóspita *caatinga* había cedido lugar a tierras fértiles, verdes pastos, densos bosques que atravesar, ríos y arroyos, la lluvia que caía copiosa. Habían pasado la noche en las cercanías de un ingenio, entre plantaciones de caña que se balanceaban al viento. Un trabajador les había dado detalladas explicaciones sobre el camino que debían seguir: menos de un día de marcha y estarían en Ilhéus, el pavoroso viaje terminado, una nueva vida por comenzar.

—Todos los *retirantes* acampan cerca del puerto, para el lado de las vías del tren, al final de la feria.

—¿No hay que ir a buscar trabajo? —preguntó el negro Fagundes.

—Es mejor esperar; no pasa mucho tiempo, que enseguida aparece alguien que te contrata. Tanto para trabajar en las plantaciones de cacao como en la ciudad...

—¿También en la ciudad? —se interesó Clemente, la cara seria, el acordeón al hombro, una preocupación en los ojos.

—Sí, señor. Para el que tiene un oficio: albañil, carpintero, pintor de casas. En Ilhéus están levantando tantas casas que es un despropósito.

—¿Nada más que eso?

—También hay empleo en los depósitos de cacao, en el puerto.

—Si es por mí —dijo un *sertanejo* fuerte, de cierta edad—, yo me voy al monte. Dicen que ahí se puede juntar dinero.

—Hace tiempo era así. Hoy es más difícil.

—Dicen que un hombre que sabe tirar tiene posibilidades... —comentó el negro Fagundes, mientras pasaba la mano, casi como una caricia, sobre el rifle.

—En un tiempo fue así.

—¿Y ya no?

—Todavía hay quien los busque.

Clemente no tenía oficio. Siempre había trabajado en el campo; plantar, desbrozar y cosechar era lo único que sabía. Además tenía la intención de meterse en las plantaciones de cacao; había oído tantas historias de gente que llegaba como él, castigada por la sequía, huyendo del *sertão*, casi muerta de hambre, que en aquellas tierras se enriquecía en poco tiempo. Era lo que se decía en el *sertão*; la fama de Ilhéus corría por esos lados, los ciegos cantaban sus grandezas en la guitarra, los viajantes de comercio hablaban de aquellas tierras de abundancia y valentía, allí un hombre se acomodaba en un abrir y cerrar de ojos, no había cultivo más próspero que el cacao. Los grupos de emigrantes bajaban desde el *sertão*, con la sequía pisándoles los talones, abandonaban la tierra árida donde el ganado se moría y las plantaciones no rendían, rumbeaban hacia el sur. Muchos se quedaban por el camino, no soportaban la travesía de horrores; otros morían al entrar en la región de las lluvias, donde el tifus, el paludismo, la viruela los esperaban. Llegaban diezmados, restos de familias, casi muertos de cansancio, pero los corazones palpitaban de esperanza ese último día de marcha. Un poco más de esfuerzo y habrían alcanzado la ciudad rica y fácil. Las tierras del cacao donde el dinero era como basura arrojada a las calles.

Clemente iba cargado. Además de sus pertenencias —el acordeón y una bolsa de tela llena hasta la mitad— llevaba el fardo de Gabriela. La marcha era lenta, iban viejos entre ellos y hasta los jóvenes estaban al límite del agotamiento, no podían más. Algunos casi se arrastraban, sostenidos apenas por la esperanza.

Sólo Gabriela parecía no sentir la caminata; sus pies iban como deslizándose por la senda muchas veces abierta en el momento, a golpes de machete, en la selva virgen. Como si no existieran las piedras, los troncos, las lianas enredadas. La polvareda de los caminos de la *caatinga* la cubría casi por completo, tanto que era imposible distinguir sus rasgos. En el pelo ya no entraba el pedazo de peine, de tanta tierra acumulada. Parecía una loca perdida por los caminos. Pero Clemente sabía cómo era ella en realidad, y lo sabía en cada partícula de su ser, en la punta de los dedos y en la piel del pecho. Cuando los dos grupos se encontraron, al comienzo del viaje,

el color de la cara de Gabriela, y de sus piernas, todavía era visible, y el pelo le caía sobre el cuello, esparciendo su perfume. Aún ahora, a través de la suciedad que la envolvía, él la veía como el primer día, apoyada en un árbol, el cuerpo esbelto, el rostro sonriente, mordiendo una guayaba.

—Ni parece que vinieras de lejos…

Ella se rió.

—Ya estamos llegando. Estamos cerquita. Qué bueno, llegar…

Él arrugó todavía más la cara sombría.

—No creo.

—¿Y por qué? —Levantó hacia la cara severa del hombre sus ojos, a veces tímidos y cándidos, a veces insolentes y provocadores. —¿No viniste para trabajar con el cacao, a ganar dinero? No hablas de otra cosa.

—Ya sabes por qué —rezongó él con rabia—. Si fuera por mí, este camino podría durar toda la vida. No me importaría…

En la risa de ella había cierta congoja, no llegaba a ser tristeza, como si se resignara al destino.

—Todo lo bueno, y todo lo que es malo, también termina por acabarse.

Una rabia subía dentro de él, impotente. Una vez más, controlando la voz, repitió la pregunta que le venía haciendo por el camino y en las noches insomnes:

—¿De veras no quieres venir conmigo a los montes? ¿A trabajar la tierra, plantar cacao los dos juntos? En poco tiempo podemos tener un sembrado nuestro, empezar a vivir.

La voz de Gabriela era cariñosa, pero definitiva.

—Ya te hablé de mis intenciones. Me voy a quedar en la ciudad, ya no quiero vivir en el campo. Me voy a emplear de cocinera, de lavandera o para limpiar casas…

Agregó con un recuerdo alegre:

—Ya trabajé en casas de gente rica, aprendí a cocinar.

—Así no vas a progresar. En el campo, conmigo, podríamos ahorrar, salir adelante…

Ella no respondió. Iba por el camino casi saltando. Parecía una demente con ese pelo enmarañado, envuelta en suciedad, con los pies lastimados, trapos rotos sobre el cuerpo. Pero Clemente la veía esbelta y hermosa, la cabellera suelta y el rostro fino, las piernas largas y el busto erguido. Se le ensombreció aún más la cara; quería tenerla con él para siempre. ¿Cómo vivir sin el calor de Gabriela?

Cuando, al comienzo del viaje, los grupos se encontraron, enseguida reparó en la muchacha. Ella venía con un tío, envejecido y enfermo, sacudido todo el tiempo por la tos. Los primeros días él la observaba desde lejos, sin coraje siquiera para aproximarse. Ella iba de un lado a otro, conversando, ayudando, consolando.

En las noches de la *caatinga*, pobladas de serpientes y de miedo, Clemente tocaba el acordeón y los sonidos llenaban la soledad. El negro Fagundes contaba historias de valentías, cosas de *cangaço*, porque había andado metido con *jagunços*, matado gente. Posaba en Gabriela unos ojos pesados y humildes, le obedecía presuroso cuando ella le pedía que fuera a llenar una lata de agua.

Clemente tocaba para Gabriela, pero no se atrevía a dirigirle la palabra. Fue ella la que se le acercó, cierta noche, con su paso de baile y sus ojos de inocencia, para sacar conversación. El tío dormía en una agitación por la falta de aire; ella se apoyó contra un árbol. El negro Fagundes narraba:

—Había cinco soldados, cinco macacos que cosimos a cuchilladas para no gastar munición...

En la noche oscura e intimidante, Clemente sentía la presencia cercana de Gabriela, no se animaba ni a mirar hacia el árbol en el que ella se apoyaba. Los sonidos murieron en el acordeón, la voz de Fagundes resaltó en el silencio. Gabriela le dijo en voz baja:

—No dejes de tocar, o se van a dar cuenta.

Toco una melodía del *sertão*; tenía un nudo en la garganta, afligido el corazón. La muchacha empezó a cantar en sordina. La noche estaba avanzada, la fogata se moría en brasas, cuando ella se acostó al lado de él como si nada. La noche tan oscura, casi no se veían.

Desde aquella noche milagrosa, Clemente vivía con el terror de perderla. Al principio pensó que, con lo que había sucedido, ella ya no lo dejaría, que iría a correr su misma suerte en las tierras del cacao. Pero pronto se desengañó. Durante la caminata ella se comportaba como si nada hubiera entre ellos, lo trataba de la misma manera que a los demás. Era de naturaleza risueña y bromista, intercambiaba chistes hasta con el negro Fagundes, distribuía sonrisas y obtenía de todos lo que quería. Pero cuando llegaba la noche, después de haberse encargado del tío, iba al rincón distante donde él iba a refugiarse, y se acostaba a su lado, como si para otra cosa no hubiera vivido el día entero. Se entregaba toda, abandonada en las manos de él, muriendo en suspiros, gimiendo y riendo.

Al otro día, cuando él, aferrado a Gabriela como si fuera su propia vida, quería concretar los planes para el futuro, ella se limitaba a reír, casi burlándose de él, y se marchaba, a ayudar al tío cada vez más fatigado y flaco.

Una tarde tuvieron que detener la marcha; el tío de Gabriela estaba en las últimas. Venía escupiendo sangre, ya no podía caminar. El negro Fagundes se lo echó a la espalda como un fardo y lo cargó durante un buen tramo del camino. El viejo iba jadeando, Gabriela a su lado. Murió a la tardecita, largando sangre por la boca; los buitres volaban sobre el cadáver.

Entonces Clemente la vio huérfana y sola, necesitada y triste. Por primera vez le pareció comprenderla: era apenas una pobre muchacha, casi una niña todavía, a la que había que proteger. Se acercó y le habló largamente de sus planes. Mucho le habían contado sobre aquella tierra del cacao adonde iban. Sabía de gente que había salido de Ceará sin un centavo y vuelto pocos años después, de paseo, forrada en dinero. Era lo que iba a hacer él. Quería desbrozar montes —todavía existían algunos—, plantar cacao, tener su tierra, ganar bastante. Gabriela iría con él y, cuando apareciera un cura por aquellos confines, se casarían. Ella negó con la cabeza; ahora no se reía con su risa de burla, sólo dijo:

—Al campo no voy, Clemente.

Murieron otros, y los cuerpos quedaron por el camino, pasto de los buitres. La *caatinga* se acabó, empezaron tierras fértiles, cayeron las lluvias. Ella seguía acostándose con él, gimiendo, riendo, durmiendo sobre el pecho desnudo de él. Clemente hablaba, cada vez más sombrío, le explicaba las ventajas; ella se limitaba a reír y menear la cabeza en una renovada negativa. Cierta noche, él tuvo un gesto brusco, la arrojó hacia un lado, con un empujón.

—¡Yo no te gusto!

De repente, salido de no se sabe dónde, apareció el negro Fagundes, con el arma en la mano, un brillo en los ojos. Gabriela dijo:

—No es nada, Fagundes.

Ella se había golpeado contra el tronco del árbol junto al cual estaban acostados. Fagundes bajó la cabeza, se fue. Gabriela se reía; el enojo fue creciendo dentro de Clemente. Se le acercó, la tomó de las muñecas; ella estaba caída sobre el pasto, la cara lastimada.

—Hasta me dan ganas de matarte, y a mí también...

—¿Por qué?

—Yo no te gusto.

—Qué tonto...

—¿Qué voy a hacer, Dios mío?

—No importa... —dijo ella, y lo atrajo hacia sí.

Ahora, ese último día de viaje, desorientado y perdido, Clemente al fin se decidió. Se quedaría en Ilhéus, abandonaría sus planes; lo único importante era estar al lado de Gabriela.

—Ya que tú no quieres ir, voy a encontrar la manera de quedarme en Ilhéus. Pero no tengo oficio; además de trabajar la tierra no sé hacer nada...

Ella le tomó la mano en un gesto inesperado, él se sintió victorioso y feliz.

—No, Clemente, no te quedes. ¿Para qué?

—¿Para qué?

—Viniste a ganar dinero, tener un terreno, ser hacendado algún día. Eso es lo que te gusta. ¿Para qué quedarte en Ilhéus pasando necesidades?

—Nada más que para verte, para que estemos juntos.

—¿Y si no pudiéramos vernos? Es mejor que no. Tú vas para tu lado, y yo, para el mío. Un día, a lo mejor, nos encontramos otra vez. Tú, convertido en un hombre rico, ni me vas a reconocer.

Decía todo aquello con tranquilidad, como si las noches que habían dormido juntos no contaran, como si apenas se conocieran.

—Pero, Gabriela...

No sabía cómo responderle, olvidaba los argumentos, también los insultos, las ganas de pegarle para que ella aprendiera que con un hombre no se juega. Sólo podía decir:

—Yo no te gusto...

—Fue bueno que nos hayamos encontrado; el viaje se hizo más corto.

—¿De veras no quieres que me quede?

—¿Para qué? ¿Para pasar necesidades? No vale la pena. Tú tienes tus intenciones; vete a cumplir tu destino.

—¿Y las intenciones tuyas cuáles son?

—No quiero ir al campo. El resto sólo Dios lo sabe.

Él quedó callado, un dolor en el pecho, ganas de matarla, de acabar con la propia vida, antes de que el viaje terminara. Ella sonrió.

—No importa, Clemente.

Capítulo segundo

La soledad de Glória

(SUSPIRANDO EN SU VENTANA)

"Atrasados e ignorantes,
incapaces de comprender
los nuevos tiempos, el progreso, la civilización,
esos hombres ya no pueden gobernar..."

(de un artículo del Doctor para el *Diário de Ilhéus*)

Lamento de Glória

Tengo en el pecho un calor
¡ay! un calor en mi pecho
(¿quién en él se quemará?)

Un coronel me dio riqueza,
riqueza de nunca acabar:
muebles de Luis XV
para mis nalgas sentar.
Camisa de seda pura,
blusa blanca de cambray.
Corsé que resista no hay,
ni de satén ni de seda
ni del más fino cambray,
el fuego que está quemando
la soledad de mi pecho.

Tengo sombrilla para el sol
dinero para derrochar.
Compro en la tienda más cara,
mando en la cuenta anotar.
Tengo todo lo que deseo
y un fuego dentro del pecho.
¿De qué vale tanto tener
si lo que deseo no tengo?

Me rechazan las mujeres,
los hombres me miran de lejos:
soy Glória, la del coronel,
manceba del estanciero.

Alba sábana de lino
y un fuego dentro del pecho.
En la soledad del lecho
mis pechos están quemando,
muslos en llamas, boca
que muere de sed, ¡ay!
Soy Glória, la del estanciero,
que tiene un fuego en el pecho
y en la sábana del lecho
se acuesta con la soledad.

Mis ojos son de quebranto,
de lavanda mis senos,
con un calor dentro de ellos.
De mi vientre no hablo,
pero este fuego que quema
nace de brasa encendida
en la soledad de esta luna
del dulce vientre de Glória.
De su secreto no hablo
ni el de su brasa encendida.

Ay, un estudiante quisiera
de bozo apenas nacido.
Quisiera un brioso soldado
de túnica bien militar.
Quisiera un amor, quisiera
para este fuego apagar,
con la soledad terminar.

Empuja mi puerta,
que ya la traba quité,
no hay llave para cerrar.
Ven a apagar esta brasa,
quémate en esta llama,
trae un poco de amor
que mucho tengo para dar.
Ven a este lecho ocupar.

Tengo en el pecho un calor,
¡ay! un calor en mi pecho
(¿quién en él se quemará?)

De la tentación en la ventana

La casa de Glória quedaba en la esquina de la plaza y Glória se apoyaba por las tardes en la ventana, los robustos senos erguidos como una ofrenda a los que pasaban. Una y otra cosa escandalizaban a las solteronas que iban a la iglesia, y daban lugar a los mismos comentarios, cada día, a la hora vespertina de la oración:

—No tiene vergüenza.

—Los hombres pecan hasta sin quererlo. Sólo de mirar.

—Hasta los chicos pierden la virginidad de los ojos...

La áspera Dorotéia, toda de negro de virginal virtud, se atrevía a murmurar en santa exaltación:

—También... el coronel Coriolano podría haberle puesto casa a esa muchacha en una calle más retirada. Viene y la planta en la cara de las mejores familias de la ciudad. Justo en las narices de los hombres...

—Y cerca de la iglesia. Eso ofende a Dios...

Desde el bar, repleto a partir de las cinco de la tarde, los hombres alargaban los ojos hacia la ventana de Glória, del otro lado de la plaza. El profesor Josué, de corbata mariposa azul con lunares blancos, el pelo reluciente de brillantina y las ahuecadas mejillas de tísico, alto y espigado ("como un triste eucalipto solitario", se había definido él mismo en un poema), un libro de poesía en la mano, cruzaba la plaza y tomaba por la acera de Glória. En la esquina, en el fondo de la plaza, en el centro de un pequeño jardín bien cuidado de rosas color té y azucenas, con un jazmín en la puerta, se levantaba la casa nueva del coronel Melk Tavares, objeto de profundas y agrias discusiones en la Papelería Modelo. Era una casa de "estilo moderno", la primera construida por el arquitecto traído por Mundinho Falcão, y las opiniones de la intelectualidad se habían dividido, las discusiones se eternizaban. En sus líneas claras y simples, contrastaba con los cargados caserones de alto y las casas bajas, coloniales.

En el jardín, cuidando de sus flores, arrodillada entre ellas, más hermosa que ellas, soñaba Malvina, hija única de Melk, alumna del colegio de monjas, por quien suspiraba Josué. Todas las tardes, terminadas las clases y la indispensable prosa en la Papelería Modelo, el profesor iba a pasear por la plaza, veinte veces pasaba frente al jardín de Malvina, veinte veces su mirada suplicante se posaba en la muchacha en muda declaración. En el bar de Nacib, los clientes habituales seguían la peregrinación cotidiana con comentarios risueños.

—El profesor es obstinado...

—Quiere independizarse, tener una plantación de cacao sin el trabajo de plantarla.

—Allá va hacia su penitencia... —decían las solteronas al verlo llegar a la plaza, agitado, y simpatizaban con él, con aquella ardiente pasión no correspondida.

—Yo sé lo que es ella: una pretenciosa que se hace la importante. ¿Qué pretende? No puede esperar nada mejor que un muchacho tan inteligente.

—Pero pobre...

—Los casamientos por dinero no dan felicidad. Un muchacho tan bueno, tan instruido, hasta escribe versos...

En las proximidades de la iglesia, Josué aminoraba el paso acelerado, se quitaba el sombrero, casi se doblaba en dos para saludar a las solteronas.

—Tan educado. Un joven tan fino...

—Pero débil del pecho...

—El doctor Plínio dijo que no tiene nada en los pulmones. Es flaco, nada más.

—Ella es muy viva. Porque tiene una cara bonita y un padre con dinero. Y el muchacho, pobre, tan entusiasmado... —Un suspiro se elevaba del pecho arrugado.

Seguido por los simpáticos comentarios de las solteronas y por las injustas opiniones emitidas en el bar, se aproximaba Josué a la ventana de Glória. Era para ver a Malvina, hermosa y fría, porque, en los atardeceres, veinte veces hacía él aquel recorrido a pasos lentos, un libro de poemas en la mano. Pero, de paso, su mirada romántica se posaba en la turgencia de los senos altos de Glória, apoyados en la ventana como sobre una bandeja azul. Y de los senos subía hacia el rostro moreno, tostado, de labios carnosos y ávidos, de ojos entornados en permanente invitación. Se encendían en pecaminoso y material deseo los ojos románticos de Josué y un calor le cubría la palidez de la cara. Por un instante apenas, pues, pasada la tentación de la ventana de mala fama, retornaban sus ojos a la expresión de súplica y desesperanza, más pálida todavía su cara, ojos y cara para Malvina.

También el profesor Josué criticaba, en su fuero íntimo, la infeliz idea del coronel Coriolano Ribeiro, hacendado rico, de instalar en la plaza de San Sebastián, en una calle donde vivían las mejores familias, a dos pasos de la casa del coronel Melk Tavares, a su concubina tan apetecida y tan ofrecida. Si hubiera sido en otra calle cualquiera, más distante del jardín de Malvina, él podría tal vez arriesgarse, una noche sin luna, a cobrar todas las promesas leídas en los ojos de Glória que lo llamaba, en los labios entreabiertos.

—Allá está esa desgraciada, con los ojos en el muchacho...

Las solteronas, de largos vestidos negros cerrados hasta el cuello, negros chales sobre los hombros, parecían aves nocturnas paradas frente al atrio de la pequeña iglesia. Veían el movimiento de cabeza de Glória siguiendo a Josué al pasar por la casa del coronel Melk.

—Es un muchacho correcto. Sólo tiene ojos para Malvina.

—Voy a hacer una promesa a San Sebastián —decía la rolliza Quinquina—, para que a Malvina le guste. Traigo una vela de las grandes.

—Y yo traigo otra... —reforzaba la menuda Florzinha, en todo solidaria con la hermana.

En la ventana Glória suspiraba, casi un gemido. Ansia, tristeza, indignación se mezclaban en ese suspiro que moría en la plaza.

De indignación estaba lleno su pecho, contra los hombres en general. Eran cobardes e hipócritas. Cuando, en las horas bochornosas de la mitad de la tarde, la plaza vacía, las ventanas de las casas de familia cerradas, al pasar solos ante a la ventana abierta de Glória, le sonreían, le suplicaban una mirada, le deseaban buenas tardes con visible emoción. Pero bastaba que hubiera alguien en la plaza, aunque sólo fuera una única solterona, o que fueran acompañados, para que le dieran vuelta la cara, miraran para otro lado, con desdén, como si les repugnara verla en la ventana, los senos altos saltando de la bordada blusa de cambray. Vestían la cara de ofendida pudicia incluso los que antes le habían dicho piropos al pasar solos. A Glória le gustaría cerrarles la ventana en la cara, pero, ¡ah!, no tenía fuerzas para hacerlo, aquella chispa de deseo entrevista en los ojos de los hombres era lo único que poseía en su soledad. Demasiado poco para su sed y su hambre. Pero, si les cerrara la ventana, perdería hasta esas sonrisas, esas miradas cínicas, esas medrosas y furtivas palabras. No había mujer casada en Ilhéus, donde las mujeres casadas vivían en el interior de su casa, cuidando el hogar, tan bien guardada e inaccesible como aquella muchacha. El coronel Coriolano no era hombre con el que se pudiera jugar.

Tanto miedo le tenían que no se animaban siquiera a saludar a la pobre Glória. Sólo Josué era diferente. Veinte veces cada tarde, su mirada se encendía al pasar bajo la ventana de Glória, se apagaba romántica ante el portón de Malvina. Glória sabía de la pasión del profesor y también ella sentía antipatía por la joven estudiante, indiferente ante tanto amor, la juzgaba desagradable y tonta. Sabía de la pasión de Josué, pero no por eso dejaba de sonreírle la misma sonrisa de invitación y promesa; y le estaba agradecida porque él, jamás, ni siquiera cuando Malvina estaba en el portón de la casa nueva bajo el jazmín en flor, le daba vuelta la cara. ¡Ah! Si él tuviese un poco más de coraje y empujara, en plena noche, la puerta de calle que Glória dejaba abierta, bueno, ¿quién sabe?, de repente... Entonces ella lo haría olvidar a la muchacha orgullosa.

Josué no se atrevía a empujar la maciza puerta de calle. Nadie se atrevía. Por miedo a la lengua afilada de las solteronas, a la gente de la ciudad que hablaba mal de la vida ajena, miedo al escándalo, pero miedo sobre todo al coronel Coriolano Ribeiro. Todos conocían la historia de Juca y Chiquinha.

Aquel día Josué había llegado bastante más temprano, a la hora de la siesta, la plaza desierta. La concurrencia del bar se reducía a algunos viajantes de comercio, el Doctor y el Capitán, que disputaban una partida de damas. Enoch, para festejar la oficialización del colegio, había dado la tarde libre a los alumnos. El profesor Josué había ido a la feria, presenciado la llegada de un numeroso grupo de *retirantes* al "mercado de los esclavos", se había demorado en la Papelería Modelo, tomaba ahora una copa en el bar, conversando con Nacib.

—Llegaron muchos *retirantes*. La sequía está asolando el *sertão*.

A Nacib le interesó.

—¿Mujeres también?

El profesor quiso saber la razón de aquel interés.

—¿Tan necesitado de una mujer estás?

—No bromees. Se me fue la cocinera, y estoy buscando otra. A veces entre los *retirantes* viene alguna...

—Había una cuantas mujeres, sí. Un horror, esa gente vestida con harapos, sucia, parecen apestados...

—Más tarde voy por allá, a ver si encuentro alguna...

Malvina no aparecía en el portón, Josué se mostraba impaciente. Nacib le informó:

—La pequeña está en la avenida, en la playa. Pasaron hace poco, ella y unas compañeras...

Josué pagó y se levantó. Nacib se quedó en la puerta del bar, mirando cómo se alejaba; debía de ser bueno sentirse tan enamorado. Aun cuando la muchacha le prestaba poca atención, más codiciada todavía. Aquello terminaría en casamiento, día más, día menos... Glória aparecía en la ventana, los ojos de Nacib se volvían lujuriosos. Si algún día el coronel la dejara, habría una carrera nunca vista en Ilhéus. Ni así llegaría a sus manos; los coroneles ricos no lo dejarían... Las bandejas de bocadillos dulces y salados habían llegado, los clientes del aperitivo se pondrían contentos. Sólo que él, Nacib, no podía seguir pagando semejante fortuna a las hermanas Dos Reis. Cuando el movimiento disminuyera, a la hora de la cena, iría al campamento de los *retirantes*. Tal vez tuviera suerte y encontrara una cocinera...

De repente, la calma de la tarde fue interrumpida por gritos, barullo de mucha gente que hablaba. El Capitán detuvo la jugada, la pieza de damas en la mano. Nacib dio un paso al frente, el clamor aumentaba.

El negrito Tuísca, que vendía los bocadillos preparados por las hermanas Dos Reis, apareció corriendo, desde la avenida, la bandeja equilibrada en la cabeza. Gritaba algo, no lograban entenderlo. El Capitán y el Doctor se daban vuelta curiosos, los otros clientes se levantaban. Nacib vio a Josué y, con él, a varias personas que se movían apresuradas por la avenida. Por fin el negrito Tuísca se hizo oír:

—El coronel Jesuíno mató a doña Sinhazinha y al doctor Osmundo. Están todos allá, en medio de la sangre…

El Capitán empujó la mesa de juego, salió casi corriendo. El Doctor lo siguió. Nacib, después de un momento de indecisión, apresuró el paso para alcanzarlos.

De la ley cruel

La noticia del crimen se difundió en un abrir y cerrar de ojos. Desde el cerro del Unhão al cerro de la Conquista, por las casas elegantes de la playa y las chozas de la isla de las Cobras, por el Pontal y el Malhado, por las residencias familiares y las casas de mujeres públicas, se comentaba lo sucedido. Además era día de feria, la ciudad repleta de gente llegada del interior, de los pueblitos y los montes, a vender y comprar. En las tiendas, en los almacenes de ramos generales, en las farmacias y los consultorios médicos, en los estudios de abogados, en las casas exportadoras de cacao, en la matriz de San Jorge y en la iglesia de San Sebastián, no había otro tema.

Sobre todo en los bares, cuya concurrencia aumentó en cuanto circuló la noticia. En especial la del bar Vesúvio, situado en las proximidades del lugar de la tragedia. Frente a la casa del dentista, pequeño chalé en la playa, se apiñaban los curiosos. Un soldado de policía apostado en la puerta daba explicaciones. Rodeaban a la mucama atontada, querían detalles. Jovencitas del colegio de monjas, en alegre excitación, se mostraban en el paseo de la playa, se murmuraban secretos. El profesor Josué aprovechaba para aproximarse a Malvina, evocaba para el grupo de muchachas amores célebres, Romeo y Julieta, Eloísa y Abelardo, Dirceu y Marília.

Y toda aquella gente terminaba en el bar de Nacib, llenando las mesas, comentando y discutiendo. En forma unánime daban la razón al hacendado, no se elevaba ni una sola voz —ni siquiera de mujer en el atrio de la iglesia— para defender a la pobre y hermosa Sinhazinha. Una vez más el coronel Jesuíno había demostrado ser hombre de fibra, decidido, corajudo, íntegro, como además lo bien había demostrado durante la conquista de la tierra. Según recordaban, muchas cruces en el cementerio y al costado de las rutas se debían a sus *jagunços*, cuya fama no se había olvidado. No sólo utilizaba *jagunços*, sino que también los había comandado en ocasiones famosas, como aquel encuentro con los hombres del finado mayor Fortunato Pereira, en la encrucijada de Boa Morte, en los peligrosos caminos de Ferradas. Era hombre sin miedo y obstinado.

Este Jesuíno Mendonça, de unos famosos Mendonça, de Alagoas, había llegado a Ilhéus todavía joven, en tiempos de las luchas por la tierra. Desbrozó selvas y plantó montes, defendiendo a tiros la posesión del suelo; sus propiedades crecieron y su nombre se tornó respetado. Se casó con Sinhazinha Guedes, belleza local, de antigua familia de Ilhéus, huérfana de padre y heredera de un cocotal, por los lados de Olivença. Casi veinte años más joven que el marido, hermosa, clienta asidua de las tiendas de géneros y zapatos, principal organizadora de las fiestas de la iglesia de San Sebastián, emparentada de lejos con el Doctor, recluida largas temporadas en la hacienda, Sinhazinha jamás había dado que hablar, en todos aquellos años de casada, a los muchos maldicientes de la ciudad. De pronto, aquel día de sol espléndido, en la hora calma de la siesta, el coronel Jesuíno Mendonça descargó su revólver en la esposa y el amante, con lo que conmocionó a la ciudad, la sumió una vez más en el remoto clima de sangre derramada, logrando que hasta el propio Nacib olvidara su problema tan grave, el de la cocinera. También el Capitán y el Doctor olvidaron sus preocupaciones políticas, y el mismísimo coronel Ramiro Bastos, informado del infortunio, dejó de pensar en Mundinho Falcão. La noticia corrió rápida como un relámpago y aumentaron el respeto y la admiración que ya rodeaban la figura flaca y un tanto sombría del hacendado. Porque así era en Ilhéus: el honor de un marido engañado sólo podía lavarse con sangre.

Así era. En una región recién salida de conmociones y luchas frecuentes, cuando los caminos para las tropillas de burros e incluso para los camiones se abrían a partir de las sendas hechas por *jagunços*, marcados por las cruces de los caídos en las emboscadas, donde la vida humana tenía poco valor, no se conocía más ley para la traición de una esposa que la muerte violenta. Ley antigua, venida de los primeros tiempos del cacao, no figuraba en papel, no constaba en el código, era sin embargo la más válida de las leyes y el tribunal, reunido para decidir la suerte del matador, la confirmaba unánimemente, cada vez, como para imponerla sobre la ley escrita que ordenaba condenar al que mataba a su semejante.

A pesar de la reciente competencia de los tres cines, los bailes y tés bailables del Club Progreso, de los partidos de fútbol los domingos a la tarde y las conferencias —literatos de Bahía, y hasta de Río, que llegaban a Ilhéus a la pesca de unos mil reales en la tierra inculta y rica—, la sesión del tribunal, dos veces por año, era todavía la más animada y concurrida diversión de la ciudad. Había abogados famosos como el doctor Ezequiel Prado, y el doctor Mauricio Caires, el leguleyo João Peixoto, de retumbante voz, oradores aplaudidos, retóricos eminentes, que hacían gemir y llorar a los presentes. El doctor Mauricio Caires, hombre muy de iglesia y curas, presidente de la Cofradía de San Jorge, era especialista en citar la Biblia. Había sido seminarista antes de entrar en la facultad, le gustaban las frases en latín, había quien lo consideraba tan erudito como el Doctor. En el tribunal, los duelos de oratoria duraban horas y horas, con réplicas y tríplicas, se extendían hasta la madrugada, eran los acontecimientos culturales más importantes de Ilhéus.

Se hacían apuestas voluminosas por la absolución o la condena; a la gente de Ilhéus le gustaba jugar y todo le servía de pretexto. En otras ocasiones, ahora más raras, el resultado del Tribunal daba lugar a tiroteos y nuevas muertes. El coronel Pedro Brandão, por ejemplo, había sido asesinado en la escalinata de la Intendencia, al ser absuelto por el tribunal. El hijo de Chico Martins, a quien el coronel y sus *jagunços* habían matado bárbaramente, hizo justicia con sus propias manos.

Ninguna apuesta se aceptaba, sin embargo, cuando el tribunal se reunía para decidir sobre delito de muerte a causa de un adulterio: todos sabían que la absolución unánime del marido ultrajado sería el resultado fatal y justo. Iban a escuchar los discursos, la acusación y la defensa, y a la expectativa de detalles escabrosos y picarescos que pudieran haber escapado a los autos y las declaraciones de los abogados. Condena al asesino, ¡eso jamás! Era contra la ley de la tierra, que mandaba lavar con sangre la honra manchada del marido.

Se comentaba y se discutía con pasión la tragedia de Sinhazinha y el dentista. Divergían las versiones de lo ocurrido, se oponían detalles, pero en una cosa todos estaban de acuerdo: en darle la razón al coronel, en elogiarle el gesto de macho.

De las medias negras

Crecía el movimiento en el bar Vesúvio los días de feria, pero aquella tarde de muerte violenta había una asistencia de lo más anormal, una animación casi festiva. Además de los clientes habituales del aperitivo, de la gente llegada para la feria, otros muchos iban a oír y comentar novedades. Iban hasta la playa a espiar la casa del dentista, recalaban en el bar.

—¡Quién lo iba a decir! No salía de la iglesia...

Nacib, atareado de mesa en mesa, movilizaba a los empleados, calculando mentalmente los lucros. Un crimencito como ése, todos los días, y pronto podría comprar las soñadas plantaciones de cacao.

Mundinho Falcão, que había combinado un encuentro con Clóvis Costa en el bar Vesúvio, se vio envuelto por los comentarios. Sonreía indiferente, preocupado por sus proyectos políticos, a los cuales se entregaba en cuerpo y alma. Él era así: cuando decidía hacer algo, no descansaba hasta verlo realizado. Pero tanto el Doctor como el Capitán parecían distantes de cualquier otro asunto que no fuera el crimen, como si la conversación de la mañana ni siquiera hubiera existido. Mundinho apenas lamentó la muerte del dentista, su vecino en la playa y uno de sus raros compañeros en los baños de mar, considerados por entonces casi un escándalo en Ilhéus. El Doctor, cuyo temperamento arrebatado se solazaba en aquel clima de tragedia, con el pretexto de Sinhazinha revivía a Ofenísia, la del Emperador.

—Doña Sinhazinha estaba también emparentada con los Ávila. Familia de mujeres románticas. Debe de haber heredado el destino de la prima, su vocación por la desgracia.

—¿Qué Ofenísia? ¿Y ésa quién es? —quiso saber un comerciante de Rio do Braço, venido a Ilhéus para la feria y deseoso de llevar a su pueblo el mayor y más completo surtido de detalles del crimen.

—Una antepasada mía, una belleza fatal que inspiró al poeta Teodoro de Castro y de la que se enamoró Don Pedro II. Murió de tristeza por no haber podido ir con él.

—¿Adónde?

—Cómo adónde... —bromeó João Fulgêncio—. A la cama, adónde más podía ser...

El Doctor explicaba:

—A la corte. No le importaba ser amante de él; el hermano tuvo que encerrarla con siete llaves. El hermano, el coronel Luíz Antonio d'Ávila, de la guerra del Paraguay. Ella murió de tristeza. Doña Sinhazinha tenía sangre de Ofenísia, ¡esa sangre de los Ávila marcada por la tragedia!

Nhô-Galo apareció agitado, soltó la noticia sobre la mesa:

—Fue una carta anónima. Jesuíno la encontró en la hacienda.

—¿Quién la habrá escrito?

Se perdían en un silencio de elucubraciones. Mundinho aprovechó para preguntar al Capitán, en voz baja:

—¿Y Clóvis Costa? ¿Habló con él?

—Estaba escribiendo la noticia del crimen. Hasta retrasó la salida del diario. Arreglé para la noche, en su casa.

—Entonces me voy...

—¿Se va? ¿Con una historia así?

—No soy de aquí, mi estimado... —contestó el exportador, riendo.

Era general el asombro ante tanta indiferencia por semejante plato, suculento, de raro sabor. Mundinho cruzaba la plaza, se encontraba con el grupo de muchachitas del colegio de monjas, encabezado por el profesor Josué. Al acercarse el exportador, los ojos de Malvina resplandecieron, su boca sonrió, se acomodó el vestido. Josué, feliz de estar en compañía de Malvina, felicitó una vez más a Mundinho por la oficialización del colegio.

—Ilhéus le debe un nuevo beneficio…

—¡Ni hablar! Algo tan fácil… —Parecía un príncipe distribuyendo mercedes, títulos de nobleza, dinero y favores, magnánimo.

—Y usted, ¿qué piensa del crimen? —preguntó Iracema, fogosa morena de noviazgos comentados, en el portón de su casa.

Malvina se adelantó para oír la respuesta. Mundinho abrió los brazos.

—Siempre es triste enterarse de la muerte de una mujer bonita. Sobre todo una muerte tan horrible. Una mujer bonita es sagrada.

—Pero ella engañaba al marido —acusó Celestina, tan joven y ya tan solterona.

—Entre la muerte y el amor, prefiero el amor…

—¿Usted también escribe versos? —preguntó Malvina, sonriendo.

—¿Quién? ¿Yo? No, señorita, no tengo ese don. Acá el poeta es nuestro profesor.

—Sí. Lo que usted dijo parecía un poema…

—Linda frase, no hay duda —apoyó Josué.

Mundinho, por primera vez, prestó atención a Malvina. Bonita muchacha, sus ojos no lo dejaban, hondos y misteriosos.

—Usted dice eso porque es soltero —agregó Celestina.

—¿Y acaso usted no lo es?

Se rieron todos. Mundinho se despedía. Los ojos de Malvina lo perseguían, pensativos. Iracema rió con una risa casi descarada.

—Este señor Mundinho… —Y como el exportador se alejaba, camino a su casa: —¡Qué belleza de hombre!

En el bar, Ari Santos —el Ariosto de las crónicas del *Diário de Ilhéus*, empleado en una casa exportadora y presidente de la Sociedad Rui Barbosa— se curvó sobre la mesa cuchicheó un detalle:

—Ella estaba desnuda…

—¿Toda?

—¿Por completo? —La voz golosa del Capitán.

—Toda... Lo único que tenía puesto eran unas medias negras.

—¿Negras? —Nhô-Galo se escandalizaba.

—¡Medias negras, ah! —El Capitán chasqueaba la lengua.

—Libertina... —condenó el doctor Maurício Caires.

—Debía de estar hermosísima. —El árabe Nacib, de pie, vio de repente a doña Sinhazinha desnuda, con las medias negras. Suspiró.

El detalle constaría en autos, después. Refinamiento del dentista, sin duda, joven de la capital, nacido y formado en Bahía, de donde había ido a Ilhéus, tras haberse recibido, pocos meses antes, atraído por la fama de la tierra rica y próspera. Le fue bien. Alquiló ese chalé en la playa, allí mismo instaló el consultorio, en la sala de adelante, y los que pasaban podían ver, por la ancha ventana, desde las diez hasta el mediodía, y desde las tres hasta las seis de la tarde, el sillón nuevo, reluciente de metales, de fabricación japonesa, al dentista elegante con su guardapolvo blanco trabajando en la boca de los clientes. El padre le había dado el dinero para el consultorio, en los primeros meses le enviaba una mensualidad para ayudar con los gastos, era un comerciante fuerte de Bahía, con negocio en la calle Chile. Pese al consultorio bien montado en la sala de adelante, el hacendado encontró a la esposa en el dormitorio, apenas vestida —como contaba Ari y constó en autos— con "depravadas medias negras". En cuanto al doctor Osmundo Pimentel, se supo que estaba completamente descalzo, sin medias de ningún color, sin ninguna otra prenda que le cubriera la arrogante juventud conquistadora. El hacendado disparó dos tiros a cada uno, definitivos. Hombre de puntería elogiada, acostumbrado a acertar con las balas en la oscuridad de los caminos en noches de encontronazos y emboscadas.

A Nacib no le alcanzaban las manos. Chico Moleza y Bico-Fino iban de mesa en mesa en el bar atestado, sirviendo a unos y a otros, pescando de vez en cuando algún detalle de las conversaciones. El negrito Tuísca ayudaba, preocupado por saber quién le pagaría la cuenta semanal de dulces del dentista, en cuya casa, todas las tardes, dejaba torta de maíz y de mandioca y cuscús de mandioca también. En ocasiones, al ver el bar tan lleno, consumidos ya los bocadillos dulces y salados de la bandeja enviada por las hermanas Dos Reis, Nacib maldecía contra la vieja Filomena. Justo en un día como ése, de tantas novedades y semejantes acontecimientos, ella había decidido irse, dejándolo sin cocinera. Mientras iba de mesa en mesa, participando en las conversaciones, bebiendo con los amigos, el árabe Nacib no podía entregarse por completo al placer de los comentarios sobre la tragedia, como habría deseado, y por cierto lo habría hecho de no haberlo afligido la preocupación por la cocinera. Historias como aquélla, de amores ilícitos y venganza mortal, con detalles tan suculentos, medias negras, ¡por Dios!, no sucedían todos los días. Y él, obligado a salir en poco rato, en busca de cocinera, en medio de los *retirantes* llegados al "mercado de los esclavos".

Chico Moleza, perezoso incurable, pasaba con vasos y botellas, con los oídos alertas, deteniéndose a escuchar. Nacib lo apresuraba:

—Vamos, pereza...

Chico se detenía ante las mesas; también él era hijo de Dios, también él quería oír las novedades, saber de las "medias negras".

—Finísimas, mi estimado, importadas... —Ari Santos agregaba detalles. —Mercadería que no existe en Ilhéus...

—Con toda seguridad fue él el que las mandó pedir a Bahía. De la tienda del padre.

—¿Qué...? —El coronel Manuel das Onças, boquiabierto de espanto. —Se ve cada cosa en este mundo...

—Estaban entreverados cuando Jesuíno entró. Ni lo oyeron.

—Y eso que la criada, cuando vio a Jesuíno, pegó un grito...

—En esos momentos no se oye nada... —dijo el Capitán.

—¡Bien hecho! El coronel hizo justicia...

El doctor Maurício parecía sentirse ya en el tribunal.

—Hizo lo que haría cualquiera de nosotros, en un caso así. Obró como hombre de bien; no nació para cornudo, y hay una sola manera de deshacerse de los cuernos: la que utilizó él.

La conversación se extendía, se hablaba de una mesa a otra, y ni una sola voz se alzaba, en aquella ruidosa asamblea, en la que se reunían algunos de los notables de la ciudad, en defensa de la madurez en llamas de Sinhazinha, treinta y cinco años de adormecidos deseos despertados de pronto por la labia del dentista y transformados en crepitante pasión. La labia del dentista y su melena ondeada, sus ojos lánguidos, tristones como los de la imagen de San Sebastián, atravesado de flechas en el altar mayor de la pequeña iglesia de la plaza, al lado del bar. Ari Santos, compañero del dentista en las sesiones literarias de la Sociedad Rui Barbosa, donde declamaban poemas y leían prosa los domingos por la mañana para un reducido auditorio, contaba cómo había comenzado todo: primero ella encontró a Osmundo parecido a San Sebastián, santo de su devoción, los mismos ojos, igualitos.

—Eso de frecuentar demasiado la iglesia termina mal... —comentó Nhô-Galo, conocido anticlerical.

—Así es, no más... —convino el coronel Ribeirinho—. Las mujeres casadas que viven agarradas a la sotana del cura no son de confiar...

Tres dientes que obturar y la voz melosa del dentista al ritmo del motor japonés, las palabras bonitas en comparaciones que sonaban a versos...

—Él tenía vena —afirmaba el Doctor—. Una vez me declamó unos sonetos primorosos. Rimas soberbias. Dignos de Olavo Bilac.

Tan diferente del marido áspero y taciturno, veinte años mayor que ella, ¡el dentista era doce años más joven! Y aquellos ojos suplicantes de San Sebastián... ¡Mi Dios! Qué mujer resistiría, sobre todo una en la plenitud de la vida, con marido viejo —que vivía más en el campo que en la casa, harto de la esposa, loco por las mulatas jóvenes de la hacienda, mesticitas en flor, de modales bruscos—, y además mujer sin hijos en los cuales pensar y de los cuales cuidar. ¿Cómo resistirse?

—No venga a defender a esa sinvergüenza, mi estimado señor Ari Santos... —cortó el doctor Maurício Caires—. Una mujer honrada es una fortaleza inexpugnable.

—La sangre... —dijo el Doctor, la voz lúgubre como bajo el peso de una maldición eterna—. La sangre terrible de los Ávila, la sangre de Ofenísia...

—Y dale con la sangre... Pretende comparar una historia platónica que no pasó de unas miradas sin consecuencia con esta orgía inmunda. Comparar a una hidalga inocente con una bacante, a nuestro sabio Emperador, modelo de virtudes, con ese dentista depravado...

—¿Quién está comparando? Sólo hablo de herencia, de la sangre de mi gente...

—No defiendo a nadie —afirmó Ari—, sólo estoy contando.

Sinhazinha fue dejando las fiestas de la iglesia y empezó a frecuentar los tés bailables del Club Progreso...

—Factor de disolución de las costumbres... —interrumpió el doctor Maurício.

... fue prolongando el tratamiento, ahora ya sin motor, cambiado el sillón de metales rutilantes del consultorio por el lecho negro del cuarto. Chico Moleza, parado con una botella y un vaso en la mano, recogía con avidez los detalles, desmesurados los ojos adolescentes, abierta también la boca en una sonrisa idiota. Ari Santos concluía con una frase que le parecía lapidaria:

—Y así el destino transforma a una señora honesta, religiosa y tímida en heroína de tragedia...

—¿Heroína? No me venga con literatura. No pretenda absolver a la pecadora. ¿Adónde iríamos a parar? —El doctor Maurício suspendía la mano en un gesto amenazador. —Todo esto es resultado de la degeneración de las costumbres que empieza a imperar en nuestra tierra: bailes y tardes danzantes, fiestas en todas partes, amoríos en la oscuridad de los cines. El cine que enseña a engañar a los maridos, una degradación.

—Vamos, doctor, no culpe al cine ni los bailes. Antes de que existiera todo eso ya las mujeres traicionaban a los maridos. Esa costumbre viene desde Eva con la serpiente... —comentó risueño João Fulgêncio.

El Capitán lo apoyó. El abogado veía fantasmas. Tampoco él, el Capitán, disculpaba a las mujeres casadas olvidadas de sus deberes. Pero de ahí a querer echarles la culpa al Club Progreso, a los cines... ¿Por qué no les echaba la culpa a ciertos maridos que no prestaban la menor atención a las esposas, las trataban como a criadas, mientras daban de todo, joyas y perfumes, vestidos caros y lujos, a las amantes, a las mujeres de la vida a las que mantenían, a las mulatas a las que les ponían casa? Bastaba con mirar allí mismo, en la plaza: ese lujo de Glória, que se vestía mejor que cualquier señora... ¿El coronel Coriolano gastaría tanto con su esposa?

—También... Es una vieja decrépita.

—No hablo, sino de lo que pasa. ¿Es así o no?

—La mujer casada está para vivir en el hogar, criar a los hijos, ocuparse del esposo y la familia...

—Y las amantes, ¿para malgastar el dinero?

—Para mí, el dentista no es tan culpable. Al final... —João Fulgêncio interrumpía la discusión, las palabras indignadas del Capitán podían ser mal interpretadas por los hacendados presentes.

El dentista era soltero, joven, de corazón desocupado; si la mujer lo encontraba parecido a San Sebastián, qué culpa tenía él, ni siquiera era católico, formaba con Diógenes la dupla de protestantes de la ciudad...

—Ni siquiera católico era, doctor Maurício.

—¿Por qué no pensó, antes de acostarse con una mujer casada, en el honor impoluto del esposo? —inquirió el abogado.

—La mujer es tentación, es el diablo, enloquece a los hombres.

—¿Y usted cree que ella se arrojó así, sin más ni más, a los brazos de él? ¿Que él no hizo nada, que fue inocente?

La discusión entre los dos admirados intelectuales —el abogado y João Fulgêncio, uno solemne y agresivo, defensor sectario de la moral, el otro bonachón y risueño, amigo de los chistes y la ironía, nunca se sabía cuándo hablaba en serio—, entusiasmaba a la concurrencia. A Nacib le encantaba escuchar un debate como aquél. Más aún si estaban presentes, y podían participar, el Doctor, el Capitán, Nhô-Galo, Ari Santos...

No, João Fulgêncio no creía que Sinhazinha fuera capaz de arrojarse a los brazos del dentista, sin más ni más. Que él le dijera frases edulcoradas era perfectamente posible. Pero —preguntaba—, ¿acaso no era ésa la más básica obligación de un buen dentista? ¿Seducir un poco a las pacientes atemorizadas por los instrumentos, el motor, el sillón intimidante? Osmundo era buen dentista, de los mejores de Ilhéus, ¿quién lo negaría? ¿Y quién negaría, también, el miedo que inspiran los dentistas? Frases para crear ambiente, ahuyentar el temor, inspirar confianza.

—La obligación de un dentista es tratar los dientes, y no recitar versos a las pacientes bonitas, amigo mío. Es lo que yo afirmo y reafirmo: esas costumbres depravadas de tierras decadentes quieren dominarnos... Comienza la sociedad de Ilhéus a impregnarse de veneno, mejor dicho: de barro corruptor...

—Es el progreso, doctor.

—A ese progreso yo lo llamo inmoralidad... —Recorrió con ojos feroces el bar; Chico Moleza llegó a estremecerse.

Se elevó la voz gangosa de Nhô-Galo:

—¿De qué costumbres habla? Los bailes, los cines... Pero yo vivo acá desde hace más de veinte años y siempre conocí Ilhéus como una tierra de cabarés, de mucha bebida, de garitos, de prostitutas... Esto no es de ahora, siempre existió.

—Son cosas para hombres. No es que yo las apruebe. Pero no son cosas que incluyan a las familias, como esos clubes adonde van a bailar las jovencitas y las señoras, olvidadas de las obligaciones familiares. El cine es una escuela de depravación...

Ahora el Capitán planteaba otra pregunta: ¿cómo podía un hombre —y ésa era también una cuestión de honor— rechazar a una mujer bonita cuando ella, cautivada por sus palabras, encontrándolo parecido a un santo de iglesia, atontada por el perfume en las ondas de una melena negra, le caía en los brazos, obturados los dientes pero para siempre herido el corazón? El hombre también tiene su honor de macho. A juicio del Capitán, el dentista era más victima que culpable, más digno de pena que de reprobación.

—¿Qué haría usted, doctor Maurício, si doña Sinhazinha, con ese cuerpo que Dios le dio, desnuda y con medias negras, se arrojara encima de usted? ¿Saldría corriendo, pidiendo auxilio?

Algunos oyentes —el árabe Nacib, el coronel Ribeirinho, hasta el coronel das Onças con su pelo blanco— sopesaron la pregunta y la encontraron imposible de responder. Todos habían conocido a doña Sinhazinha, la habían visto cruzar la plaza, las carnes aprisionadas en el vestido apretado, rumbo a la iglesia, con el aire serio y recoleto... Chico Moleza, olvidado de servir, suspiró ante la visión de Sinhazinha desnuda, arrojándosele en los brazos. Con lo cual fue expulsado por Nacib.

—Ve a servir, muchacho. ¿Qué te crees?

El doctor Maurício se sentía ya en pleno tribunal.

—*Vade retro!*

No era el dentista ese inocente que el Capitán (casi iba a decir "el noble colega") describía. Y para responderle, buscaría en la Biblia, el libro de los libros, el ejemplo de José...

—¿Qué José?

—El que fue tentado por la mujer del Faraón...

—Ese tipo era impotente... —dijo Nhô-Galo, riéndose.

El doctor Maurício fusiló con los ojos al empleado de la oficina de rentas.

—Tales humoradas no se corresponden con la seriedad del tema. No era ningún inocente ese Osmundo. Buen dentista, puede ser, pero también era un peligro para la familia ilheense...

Y lo describió como si estuviera ante el juez y el jurado: bien hablado, impecable en el vestir... ¿Y para qué toda esa elegancia en una tierra donde los hacendados vestían pantalones de montar y botas? ¿No era eso ya prueba de decadencia de las costumbres, responsable de la decadencia moral? Había revelado ser, poco después de llegado a la ciudad, un meritorio bailarín de tango argentino. ¡Ah! Ese club donde los sábados y domingos jovencitas y muchachos y mujeres casadas iban a bambolearse... Ese Club Progreso, que más merecía llamarse el Club del Toqueteo... Allí el pudor y el recato desaparecían... Cual mariposa, Osmundo había seducido, en sus ocho meses de Ilhéus, a media docena de las más bellas muchachas solteras, saltando de una a otra, con el corazón liviano. Porque las jóvenes casaderas no le interesaban, quería una mujer casada, darse un banquete gratuito en mesa ajena. Un malandrín, de los muchos que ahora empezaban a aparecer en las calles de Ilhéus. Carraspeó, meneó la cabeza, ya agradeciendo los aplausos que en el tribunal no faltarían, a pesar de las repetidas prohibiciones del juez.

Tampoco en el bar faltaron aplausos.

—Bien dicho... —apoyó el hacendado Manuel das Onças.

—No hay duda, es así, no más... —dijo Ribeirinho—. Fue un buen ejemplo, Jesuíno actuó como debía.

—Eso no lo discuto —habló el Capitán—. Pero la verdad es que usted, doctor Maurício, y muchos otros están contra el progreso.

—¿Desde cuándo el progreso es obscenidad?

—Están en contra, sí, y no me venga con eso de obscenidad en una tierra llena de cabarés y mujeres perdidas. Donde cada hombre rico tiene su amante. Ustedes están contra el cine, un club social, hasta las fiestas familiares. Ustedes quieren a las mujeres encerradas en sus casas, en la cocina...

—El hogar es la fortaleza de la mujer virtuosa.

—En cuanto a mí, no estoy en contra de nada de eso —explicó el coronel Manuel das Onças—. Hasta me gusta el cine para distraerme cuando la cinta es cómica. Salir de parranda, no, ya no tengo edad. Pero eso es una cosa, y otra es pensar que una mujer casada tiene derecho a engañar al marido.

—¿Y quién dijo eso? ¿Quién está de acuerdo?

Ni siquiera el Capitán, hombre vivido, que había residido en Río y reprobaba muchos de los hábitos de Ilhéus, sentía coraje suficiente para oponerse de frente a la ley feroz. Tan feroz y rígida que el pobre doctor Felismino, médico llegado unos cuantos años antes a Ilhéus para ejercer como clínico, no había podido continuar allí después de haber descubierto los amores de su esposa, Rita, con el agrónomo Raul Lima, y haberla abandonado con el amante. Feliz, además, de la inesperada oportunidad de librarse de la mujer insoportable, con la que se había casado ni él mismo sabía por qué. Pocas veces se había sentido tan satisfecho como al descubrir el adulterio: el agrónomo, engañado con respecto a sus intenciones, salió corriendo, semidesnudo, por las calles de Ilhéus. A Felismino ninguna venganza le pareció mejor, más refinada y tremenda: entregar al amante la responsabilidad de los derroches de Rita, su amor al lujo, su insoportable manía de mandar. Pero Ilhéus no tenía tanto sentido del humor, nadie lo comprendió, lo consideraron un cínico, cobarde e inmoral, su recién iniciada clientela se esfumó, hubo quien se negara a estrecharle la mano, lo apodaron Buey Manso. No tuvo más remedio, se marchó para siempre.

De la ley para las amantes

Aquel día, en el bar excitado y casi festivo, muchas historias se recordaron, además de la melancólica aventura del doctor Felismino. Historias en general terribles, de amor y traición, venganzas que daban escalofríos. Y, como no podía dejar de suceder, con la proximidad de Glória en la ventana, ansiosa y solitaria, su criada entre los grupos de la playa, yendo al bar a la pesca de informaciones, alguien evocó el caso famoso de Juca Viana y Chiquinha. No se trataba, claro, de un suceso semejante al de aquella tarde; los coroneles reservaban la pena de muerte para la traición de una esposa. Una amante no merecía tanto. Así pensaba también el coronel Coriolano Ribeiro.

Cuando se enteraban de las infidelidades de las mujeres a las que mantenían —pagándoles el cuarto, la comida y el lujo en pensiones de prostitutas, o alquilándoles casa en las calles menos concurridas—, se contentaban con abandonarlas y reemplazarlas en las comodidades que les proporcionaban. Se buscaban otra. Ya habían ocurrido, sin embargo, tiros y muerte, más de una vez, a causa de una amante. ¿No habían, por ejemplo, el coronel Ananias y el comerciante Ivo, conocido como El Tigre por su destreza como centro delantero del Vera-Cruz Fútbol Club, intercambiado tiros en el Pinga de Ouro, a causa de Joana, pernambucana picada de viruela, hacía bastante poco?

El coronel Coriolano Ribeiro fue uno de los primeros en adentrarse en los montes y plantar cacao. Pocas haciendas podían compararse con la suya, tierras magníficas, donde en tres años los cacaoteros empezaban a producir. Hombre de influencia, compadre del coronel Ramiro Bastos, dominaba uno de los más ricos distritos de Ilhéus. De hábitos simples, conservaba las costumbres de los viejos tiempos, sobrio en sus necesidades: su único lujo era tener una amante con casa puesta. Vivía casi siempre en la finca, aparecía en Ilhéus a caballo, menospreciando la comodidad del tren y los recientes autobuses, vestido con pantalones de tela rústica, chaqueta estropeada por las lluvias, sombrero de respetable antigüedad, botas sucias de barro. Lo que de veras le gustaba era el campo, las plantaciones de cacao, dar órdenes a los trabajadores, meterse en los montes. Las malas lenguas decían que, en la hacienda, sólo comía arroz los domingos o los días feriados, tan ahorrativo era, y se conformaba con el *feijão* y el pedazo de charque, la comida de los trabajadores. Mientras tanto su familia vivía en Bahía en el mayor lujo, en una casa grande de la Barra, el hijo asistía a la Facultad de Derecho, la hija frecuentaba los bailes de la Asociación Atlética. La esposa había envejecido precozmente, en los tiempos de las luchas, en las noches ansiosas en que el coronel partía al frente de los *jagunços*.

—Un ángel de bondad, un demonio de fealdad... —decía de ella João Fulgêncio, cuando alguien criticaba el abandono en que el coronel dejaba a la esposa, al ir a Bahía sólo muy rara vez.

Aun cuando su familia residía en Ilhéus —en la casa donde ahora había instalado a Glória—, nunca había dejado el coronel de tener amante mantenida. A veces, al llegar de la hacienda, era a la "filial" adonde se dirigía, allí se apeaba del caballo, antes incluso de ir a ver a la familia. Eran su lujo, su alegría en la vida, esas mulatas, mesticitas en el verdor de sus años, que lo trataban como si fuera un rey.

No bien los hijos llegaron a la edad escolar, trasladó la familia a Bahía y se instaló en la casa de su amante. Allí recibía a los amigos, se ocupaba de los negocios, discutía de política, recostado en una hamaca, pitando un cigarro. El propio hijo —cuando en las vacaciones visitaba brevemente Ilhéus y la hacienda— debía buscarlo allí. Hombre de economizar centavos consigo mismo, era mano abierta con las amantes, le gustaba verlas luciendo lujos, les abría cuenta en las tiendas.

Antes de Glória, muchas otras se habían sucedido en los favores del coronel, en amancebamientos que en general duraban cierto tiempo. Su mantenida vivía encerrada en la casa, casi sin salir, solitaria, sin derecho a amistades ni visitas. "Un monstruo de los celos", decían de él.

—No me gusta pagar a una mujer para que la usen los otros... —explicaba el coronel cuando le tocaban el tema.

Casi siempre era la mujer la que lo abandonaba, harta de esa vida de cautiva, de esclava bien alimentada y bien vestida. Algunas iban a parar a las casas de prostitución, otras volvían al campo, una viajó a Bahía, llevada por un viajante de comercio. A veces, sin embargo, era el coronel el que se hartaba, necesitaba carne nueva. Descubría, casi siempre en su propia hacienda o en los pueblos, una mesticita simpática, y despachaba a la anterior. En esos casos, la gratificaba bien. A una de ellas, con la que había vivido más de tres años, le montó un negocio de comestibles en la calle del Sapo. De vez en cuando iba a visitarla, se sentaba a conversar, preguntaba por la marcha del negocio. Sobre las amantes del coronel Coriolano se contaban múltiples historias.

La de una tal Chiquinha, de extrema juventud y timidez, había quedado como ejemplo. Muchachita de dieciséis años, que parecía tenerle miedo a todo, flacucha, los ojos saltándole de la cara, el coronel la descubrió y la llevó de sus tierras a una casa en una calle apartada. Allí amarraba él su caballo alazán cuando llegaba a la ciudad. Andaba el coronel por los cincuenta años y era él mismo, tan tímida y vergonzosa parecía Chiquinha, el que le compraba zapatos, cortes de género, frascos de perfume. Ella, incluso en los momentos de completa intimidad, lo trataba respetuosamente de "señor coronel". Coriolano se babeaba de contento.

Estudiante de vacaciones, Juca Viana descubrió a Chiquinha un día de procesión. Empezó a rondar la casa en la calle mal iluminada; unos amigos le advirtieron del peligro: con una amante del coronel Coriolano nadie se metía, el coronel no era hombre de medias tintas. Juca Viana, alumno de segundo año de derecho, con aires de valiente, se encogió de hombros. Se desvaneció la timidez de Chiquinha ante el atrevido bigote estudiantil, las ropas elegantes, las promesas de amor. Comenzó por abrir la ventana, casi siempre cerrada cuando el hacendado no estaba. Abrió la puerta una noche, Juca se hizo compañero del coronel en el lecho de la mantenida. Socio sin capital ni obligaciones, que se llevaba la mejor parte de los lucros en el ardor de la pasión, que pronto se tornó conocida y comentada en la ciudad entera.

Todavía hoy la historia, en todos sus detalles, es recordada en la Papelería Modelo, en las conversaciones de las solteronas, ante los tableros de *gamão*. Juca Viana perdió el sentido de la prudencia, entraba, a plena luz del día, en la casa cuyo alquiler pagaba Coriolano. La tímida Chiquinha se transformó en atrevida amante, llegó al colmo de salir de noche, del brazo de Juca, para acostarse los dos en la playa desierta, a la luz de la luna. Dos niños parecían, ella con sus dieciséis, él con casi veinte años, escapados de un poema bucólico.

Los matones del coronel llegaron al anochecer, bebieron con intención unas cachazas en el bar poco frecuentado de Toínho Cara de Chivo, rezongaron amenazas y partieron hacia la casa de Chiquinha. Jugaban los amantes juegos de amor en el lecho pagado por el coronel, apasionados y confiados, sonriéndose, felices. Los vecinos cercanos oían risas y suspiros entrecortados, de vez en cuando la voz de Chiquinha en un gemido: "¡Ay, mi amor!" Los matones entraron por los fondos, los vecinos cercanos y distantes oyeron nuevos ruidos, toda la calle despertó con los gritos, neutral se mantuvo frente a la casa. Fue, según cuentan, una tunda inolvidable, tanto al muchacho como a la niña; y les raparon el pelo a los dos, de trenzas largas el de Chiquinha, ondeado y rubio el de Juca Viana, y les dieron órdenes, en nombre del indignado coronel, de desaparecer aquella misma noche y para siempre de Ilhéus.

Juca Viana era ahora fiscal en Jequié; ni siquiera después de recibido volvió a Ilhéus. De Chiquinha no se tuvo más noticia.

Conociendo esa historia, ¿quién se atrevería a trasponer, sin expresa invitación del coronel, el umbral de la puerta de su amante? Sobre todo la pesada puerta de la casa de Glória, la más apetitosa y espléndida de cuantas mancebas había cobijado Coriolano. El coronel había envejecido, su fuerza política ya no era la misma, pero el recuerdo del ejemplo de Juca Viana y Chiquinha persistía, y el propio Coriolano se encargaba de recordarlo cuando le parecía necesario. Recientes eran los sucesos ocurridos en la escribanía de Tonico Bastos.

Del simpático villano

Tonico Bastos, por excelencia el hombre elegante de la ciudad, ojeras negras y romántica cabellera de hebras plateadas, chaqueta azul y pantalón blanco, zapatos brillantes de lustre, un verdadero dandi, entraba en el bar con su paso despreocupado cuando acababan de pronunciar su nombre. Se hizo un silencio incómodo en el grupo, él preguntó con sospecha:

—¿De qué hablaban? Escuché mi nombre.

—De mujeres, ¿de qué otra cosa? —dijo João Fulgêncio—. Y, hablando de mujeres, salió a relucir su nombre. Como no podía dejar de suceder...

Se abrió la cara de Tonico en una sonrisa; acercó una silla. Su fama de conquistador, de irresistible, era su razón de ser. Mientras su hermano Alfredo, médico y diputado, examinaba niños en su consultorio, en Ilhéus, pronunciaba discursos en la Cámara, en Bahía; él recorría las calles, metiéndose con mantenidas, corneando a los hacendados en los lechos de las concubinas. Cualquier mujer joven, recién llegada a la ciudad, siempre que fuera bonita, pronto se encontraba a Tonico Bastos rondándole las faldas, diciéndole galanteos, amable y osado. La verdad es que tenía éxito, y multiplicaba ese éxito en las charlas sobre mujeres. Era amigo de Nacib y llegaba, en general, a la hora de la siesta, cuando el bar cabeceaba vacío, a asombrar al árabe con sus relatos, sus conquistas, los celos de las mujeres por causa de él. No había en Ilhéus ninguna persona a la que Nacib admirara tanto.

Las opiniones variaban en cuanto a Tonico Bastos. Unos lo consideraban buen muchacho, un poco interesado y un poco jactancioso, pero de agradable conversación y, en el fondo, inofensivo. Otros lo juzgaban ignorante, pagado de sí mismo, incapaz y cobarde, perezoso y arrogante. Pero su simpatía era indiscutible: con esa sonrisa de hombre satisfecho con la vida, la labia cautivadora. El propio Capitán lo decía, cuando hablaban de él:

—Es un sinvergüenza simpático, un cabrón irresistible.

No había logrado Tonico Bastos pasar del tercer año de ingeniería, en los siete que había cursado en la facultad, en Río, adonde lo había enviado el coronel Ramiro, harto de sus escándalos en Bahía. Cansado de enviarle dinero, resignado a no ver recibido a ese hijo, ejerciendo la profesión con entusiasmo, como Alfredo, el coronel lo hizo volver a Ilhéus, le consiguió la mejor escribanía de la ciudad y la novia más rica.

Rica, hija única de una viuda, huérfana de un hacendado que había dejado el pellejo al final de las luchas, doña Olga era sobre todo difícil. No había heredado Tonico la valentía del padre, más de una vez lo habían visto palidecer y tartamudear al encontrarse envuelto en complicaciones en las calles de mujeres, pero ni siquiera eso podía explicar el miedo que le tenía a la esposa. Miedo, sin duda, a un escándalo que pudiera perjudicar al viejo Ramiro, hombre bien considerado y respetado. Porque doña Olga se lo pasaba amenazándolo con escándalos, era una gritona, en su opinión todas las mujeres andaban detrás de Tonico. Los vecinos oían a diario las amenazas de la gorda señora, los sermones al marido:

—¡Si un día me entero de que andas metido con alguna mujer!

En su casa no duraba ninguna empleada: doña Olga sospechaba de todas, las despedía al menor pretexto, sin duda andaban codiciando a su bello esposo. Miraba con desconfianza a las muchachitas del colegio de monjas, a las señoras en los bailes del Club Progreso; sus celos se volvieron legendarios en Ilhéus. Sus celos y su mala educación, sus modales groseros, sus torpezas colosales.

No es que tuviera conocimiento de las aventuras de Tonico, que sospechara que él estaba en casas de mujeres cuando salía a la noche por "cosas de política", como le explicaba. El mundo se habría venido abajo si lo hubiera sabido. Pero Tonico tenía labia, encontraba siempre la manera de engañarla, de calmar sus celos. No había hombre más circunspecto que él cuando, después de cenar, daba una vuelta con la esposa por la avenida de la playa, tomaban un helado en el bar Vesúvio, o la llevaba al cine.

—Miren qué serio va con su elefante… —decían, al verlo pasar, refiriéndose a su aire tan digno y a la gordura de Olga, que hacía explotar los vestidos.

Era otro hombre minutos después, tras llevarla de vuelta a la casa de la calle de los Paralelepípedos, donde también quedaba la escribanía, cuando salía para "conversar con los amigos y hacer política". Iba a bailar a los cabarés, a cenar en casas de mujeres, muy solicitado; por él se peleaban las prostitutas, intercambiaban insultos, llegaban a agarrarse de los pelos.

—Un día se va a caer la casa… —comentaban—. Si doña Olga se entera, va a ser el fin del mundo.

Varias veces estuvo a punto de ocurrir. Pero Tonico Bastos envolvía a la esposa en una red de mentiras, le aplacaba las sospechas. No era barato el precio que pagar por el puesto de hombre irresistible, de conquistador número uno de la ciudad.

—¿Qué me dice del crimen? —preguntó Nhô-Galo.

—¡Qué barbaridad, eh! Una cosa así…

Le contaron lo de las medias negras, Tonico guiñó un ojo entendido. Volvieron a recordar casos parecidos, el del coronel Fabrício, que acuchilló a la mujer y después mandó a los *jagunços* a dispararle al amante, cuando volvía de una reunión de la masonería. Costumbres crueles, tradición de venganza y sangre. Una ley inexorable.

También el árabe Nacib, a pesar de sus preocupaciones —los bocadillos dulces y salados de las hermanas Dos Reis se habían evaporado—, participaba en la conversación. Y, como siempre, para decir que en Siria, la tierra de sus padres, era todavía más terrible. Parado junto a la mesa, con ese cuerpo enorme, dominaba a la concurrencia. El silencio se extendía por las otras mesas, para oírlo mejor.

—En la tierra de mi padre es todavía peor... Allá el honor de un hombre es sagrado, con eso no juega nadie. So pena de...

—¿De qué, árabe?

Demoraba la mirada en los oyentes, sus clientes y amigos, tomaba un aire dramático y levantaba la cabezota.

—Allá, a las mujeres sin vergüenza se las liquida a cuchillo, despacio. Las cortan en pedacitos...

—¿En pedacitos? —La voz gangosa de Nhô-Galo.

Nacib acercaba la cara fofa, las grandes mejillas cándidas, componía una cara asesina, se torcía la punta del bigote.

—Sí, compadre Nhô, allá nadie se conforma con matar a la desvergonzada, con dos o tres tiros a ella y al desgraciado. Allá es tierra de hombres machos, y para la mujer descarada el tratamiento es otro: cortarla en pedacitos, empezando por la punta de los pechos...

—Por la punta de los pechos, qué barbaridad. —Hasta el coronel Ribeirinho sintió que se estremecía.

—¡Qué barbaridad ni qué ocho cuartos! La mujer que engaña al marido no merece menos. Yo, si fuera casado y mi mujer me adornara la frente, ¡ah!, le aplicaría la ley siria: haría picadillo con su cuerpo... Ni más ni menos.

—¿Y al amante? —se interesó el doctor Maurício Caires, impresionado.

—¿El manchador del honor ajeno? —Se detuvo, casi tenebroso, levantó la mano, soltó una pequeña risa ronca. —El miserable, ¡ah!... Bien agarrado por unos cuantos hombres, de esos sirios duros de las montañas, le sacan los pantalones, le separan las piernas... y el marido, con la navaja de afeitar bien afilada... —Bajaba la mano con un gesto rápido que describía el resto.

—¿Qué? ¡No me diga!

—Eso mismo, doctor. Capado como un eunuco...

João Fulgêncio se pasó la mano por el mentón.

—Extrañas costumbres, Nacib. En fin, cada tierra con lo suyo...

—Es el diablo —dijo el Capitán. —Y, fogosas como son esas turcas, debe de haber mucho capado por allá...

—También, ¿quién los manda a meterse en casa ajena para robar lo que no es suyo? —aprobaba el doctor Maurício—. Y nada menos que el honor de un hogar.

El árabe Nacib triunfaba, sonreía, miraba con cariño a sus clientes. Le gustaba aquella profesión, la de dueño de bar, aquellas charlas, discusiones, las partidas de *gamão* y de damas, el jueguito de póquer.

—Vamos a nuestra partida... —invitaba el Capitán.

—Hoy no. Demasiado movimiento. Y en un rato voy a salir a buscar cocinera.

El Doctor aceptó y fue a sentarse con el Capitán ante el tablero. Nhô-Galo fue con ellos, jugaría con el vencedor. Mientras agitaban las fichas, el Doctor iba contando:

—Hubo un caso parecido con uno de los Ávila... Se metió con la mujer de un capataz, fue un escándalo, el marido lo descubrió...

—¿Y castró a su pariente?

—¿Quién habló de castrar? El marido apareció armado, pero mi bisabuelo disparó antes que él...

El grupo se disolvía poco a poco, se acercaba la hora de la cena. Venidos del hotel hacia el cine, aparecían, como por la mañana, Diógenes y la pareja de artistas. Tonico Bastos quería detalles.

—¿Exclusividad de Mundinho?

Desde el tablero de *gamão*, sintiéndose un poco señor de los actos de Mundinho, el Capitán informaba:

—No. No tiene nada con ella. Ella está libre como un pajarito, a disposición...

Tonico silbó entre dientes. La pareja daba las buenas tardes, Anabela sonreía.

—Voy hasta allá, a saludarla en nombre de la ciudad...

—No mezcle la ciudad en esto, vivillo.

—Cuidado con la navaja del marido... —comentó Nhô-Galo con una risa.

—Lo acompaño... —dijo el coronel Ribeirinho.

Pero no alcanzaron a ir, porque apareció el coronel Amâncio Leal y la curiosidad fue más fuerte: todos sabían que Jesuíno se había refugiado en su casa, después del crimen. Saciada su venganza, se había retirado el coronel con calma, para evitar el arresto flagrante. Atravesó la ciudad agitada por la feria, sin apresurar el paso, fue a la casa del amigo y compañero de los tiempos tumultuosos, mandó avisar al juez que al día siguiente se presentaría. Para ser de inmediato liberado en paz, aguardar en libertad el juicio, como se acostumbraba en casos idénticos. El coronel Amâncio buscaba a alguien con los ojos, se aproximó al doctor Maurício.

—¿Podría tener una palabra con usted, doctor?

Se levantó el abogado, fueron los dos hacia los fondos del bar, el hacendado decía algo, Maurício meneaba la cabeza, volvía a buscar el sombrero.

—Con permiso. Tengo que retirarme.

El coronel Amâncio saludaba:

—Buenas tardes, señores.

Tomaban por la calle Coronel Adami; Amâncio vivía en la plaza del complejo escolar. Algunos, más curiosos, se pusieron de pie para verlos subir por la calle, silenciosos y graves como si acompañaran una procesión o un entierro.

—Va a contratar al doctor Maurício para la defensa.

—Está en buenas manos. Vamos a tener, en el tribunal, el Viejo y el Nuevo Testamento.

—También... No necesita abogado. Absolución segura.

El Capitán se daba vuelta, sosteniendo una ficha de *gamão*, se desahogaba.

—Ese Maurício es pura hipocresía... Viudo descarado.

—Dicen que no hay negrita que aguante en sus manos...

—Ya oí hablar...

—Hay una, del cerro del Unhão, que va casi todas las noches a su casa.

En la puerta del cine volvían a aparecer el Príncipe y Anabela; Diógenes los precedía con su cara triste. La mujer tenía un libro en la mano.

—Ven acá... —murmuró el coronel Ribeirinho.

Se levantaron al acercarse Anabela, le ofrecían sillas. El libro, un álbum encuadernado en cuero, pasaba de mano en mano. Contenía recortes de diarios y opiniones manuscritas sobre la bailarina.

—Después de mi estreno quiero la opinión de todos ustedes. —Estaba de pie, no había aceptado sentarse: "Ya vamos para el hotel"; se apoyaba en la silla del coronel Ribeirinho.

Estrenaría en el cabaré aquella misma noche; al otro día se presentarían, ella y el Príncipe, en el cine, con números de prestidigitación. Él hipnotizaba, era un coloso de la telepatía. Terminaban de hacer una demostración para Diógenes; el dueño del cine confesaba no haber visto nunca nada igual. En el atrio de la iglesia, las solteronas, ya tan conmocionadas con el doble asesinato, miraban la escena, señalaban a la mujer.

—Otra más para dar vuelta la cabeza de los hombres…

Anabela inquiría con voz tierna:

—Oí decir que hoy hubo un crimen aquí.

—Es verdad. Un hacendado mató a la mujer y al amante.

—Pobrecita… —se conmovió Anabela, y ésa fue la única palabra que lamentó el triste destino de Sinhazinha, esa tarde de tantos comentarios.

—Costumbres feudales… —pronunció Tonico Bastos, mirando a la bailarina—. Acá todavía vivimos en el siglo pasado.

El Príncipe sonreía, desdeñoso, aprobó con la cabeza, tragó la cachaza pura, no le gustaban las mezclas. João Fulgêncio devolvía el álbum, donde había elogios al trabajo de Anabela. La pareja se despedía. Ella quería descansar antes del estreno.

—Los espero a todos hoy en el Bataclan.

—Allá estaremos, con seguridad.

Las solteronas llenaban el atrio de la iglesia, escandalizadas, se persignaban. Tierra de perdición, ésa de Ilhéus… En el portón de la casa del coronel Melk Tavares, el profesor Josué conversaba con Malvina. Glória suspiraba en su ventana solitaria. La tarde caía sobre Ilhéus. El bar empezaba a despoblarse. El coronel Ribeirinho había partido tras los artistas.

Tonico Bastos se apoyaba en el mostrador, junto a la caja. Nacib se ponía la chaqueta, daba órdenes a Chico Moleza y a Bico-Fino. Tonico contemplaba absorto el fondo casi vacío de la copa.

—¿Pensando en la bailarina? Es un plato de lujo, habrá que gastar mucho… La competencia va ser grande. Ribeirinho ya le puso el ojo.

—Estaba pensando en Sinhazinha. Qué horror, don Nacib…

—Ya me habían contado lo de ella y el dentista. Juro que no lo creí. Era tan seria…

—Usted es un ingenuo. —Se servía él mismo, ya que era íntimo del bar, llenaba de nuevo el vaso, pedía que lo anotaran en su cuenta, pagaba a fin de mes. —Pero podría haber sido peor, mucho peor.

Nacib bajó la voz, asombrado.

—¿Usted también navegó por esas aguas?

Tonico no tuvo el coraje de afirmarlo; le bastaba con crear la duda, la sospecha. Hizo un gesto con la mano.

—Parecía tan seria... —La voz de Nacib se envilecía. —Vaya uno a saber, debajo de toda esa seriedad... ¡Así que usted, eh...!

—No sea lengua larga, árabe. Deje a los muertos en paz.

Nacib abrió la boca, iba a decir algo, pero no lo dijo, se limitó a suspirar. Entonces el dentista no había sido el primero... Ese sinvergüenza de Tonico, con sus mechones blancos, mujeriego como él solo, también la había tenido en sus brazos, había bebido de aquel cuerpo. Cuántas veces, él, Nacib, había seguido con ojos de codicia y respeto a Sinhazinha, cuando pasaba frente al bar rumbo a la iglesia.

—Es por eso que no me caso ni me meto con mujeres casadas.

—Ni yo... —dijo Tonico.

—Cínico...

Se encaminaba hacia la calle.

—Voy a ver si encuentro cocinera. Llegaron unos *retirantes*; tal vez haya alguna que sirva.

En la ventana de Glória, el negrito Tuísca le contaba las novedades, detalles del crimen, cosas oídas en el bar. Agradecida, la mulata acariciaba el pelo crespo del muchachito, le pellizcaba la cara. El Capitán, tras ganar la partida, contemplaba la escena.

—¡Qué negrito feliz!

De la hora triste del crepúsculo

Yendo hacia las vías del ferrocarril, a la hora triste del crepúsculo, el sombrero de ala ancha, el revólver a la cintura, Nacib recordaba a Sinhazinha. Desde el interior de las casas llegaba un ruido a mesas puestas, risas y conversaciones. Hablarían, sin duda, de Sinhazinha y de Osmundo. Nacib la recordaba con ternura, y deseaba, en el fondo de su corazón, que ese miserable de Jesuíno Mendonça, sujeto arrogante y antipático, fuera condenado por la justicia, algo imposible, cierto, pero merecido. Costumbres feroces, ésas de Ilhéus...

Porque toda aquella fanfarronada de Nacib, sus historias terribles de Siria, la mujer picada a cuchillo, el amante capado a navaja, era todo de la boca para afuera. ¿Cómo podría él creer que una mujer joven y bonita pudiera merecer la muerte por haber engañado a un hombre viejo y bruto, incapaz por cierto de un cariño, de una palabra tierna? Esa tierra de Ilhéus, su tierra, estaba lejos de ser realmente civilizada. Se hablaba mucho de progreso, el dinero corría a raudales, el cacao abría carreteras, levantaba poblados, cambiaba el aspecto de la ciudad, pero se conservaban las costumbres antiguas, ese horror. Nacib no tenía coraje para decir tales cosas en voz alta, sólo Mundinho Falcão podía mostrar ese atrevimiento, pero, en ese momento melancólico de sombras que caían, él iba pensando y una tristeza lo invadía, se sentía cansado.

Por esas y otras cosas él, Nacib, no se casaba: para no ser engañado, para no tener que matar, derramar la sangre ajena, meter cinco tiros en el pecho de una mujer. Y bien que le gustaría casarse... Extrañaba un cariño, ternura, un hogar, una casa llena de una presencia femenina que lo esperara en medio de la noche, cuando cerraba el bar. Pensamiento que lo perseguía de vez en cuando, como ahora, camino al "mercado de los esclavos". No era hombre para andar detrás de una novia, no tenía siquiera tiempo, el día entero en el bar. Su vida sentimental se reducía a amoríos pasajeros, con amantes encontradas en los cabarés, mujeres al mismo tiempo de él y de otros, aventuras fáciles en las cuales no cabía el amor. Cuando era más joven, tuvo dos o tres novias. Pero, como entonces no podía pensar en casarse, todo no había pasado de conversaciones sin consecuencia, notitas para citarse en los cines, tímidos besos intercambiados en las matinés.

Hoy no le sobraba tiempo para noviazgos, el bar ocupaba todo el día. Lo que quería era ganar dinero, prosperar, para poder comprar tierras donde plantar cacao. Como los ilheenses, Nacib soñaba con plantaciones de cacao, terrenos donde crecieran los árboles de frutos amarillos como oro, que valían oro. Tal vez entonces pensara en casarse. Por el momento se conformaba con posar unos ojos largos en las hermosas señoras que pasaban por la plaza, en Glória, inaccesible en su ventana, en descubrir novatas como Risoleta, acostarse con ellas.

Sonrió al recordar a la muchacha de Sergipe de la víspera, con su ojo un poco bizco, su sabiduría en la cama. ¿La vería otra vez aquella noche? Ella lo esperaría, por cierto, en el cabaré, pero él estaba cansado y triste. De nuevo pensó en Sinhazinha: muchas veces se había quedado parado, frente al bar, viéndola pasar por la plaza, entrar en la iglesia. Los ojos codiciosos del bien del hacendado, manchando el honor ajeno con el pensamiento, ya que no podía mancharlo con actos y desatinos. No sabía palabras bonitas como versos, no tenía melena ondeada, no bailaba el tango argentino en el Club Progreso. De hacerlo, tal vez fuera él quien hubiera aparecido tendido en medio de la sangre, el pecho perforado de balas, al lado de la mujer de medias negras.

Nacib camina en el crepúsculo, de vez en cuando responde a un "buenas tardes", su pensamiento lejos. El pecho perforado de balas, los senos albos de la amante rasgados de balas. Veía la escena, los cadáveres lado a lado, desnudos en medio de la sangre, ella con medias negras. Con ligas —tal vez— o sin ligas, ¿cómo sería? Sin ligas le parecía más elegante, medias de fina malla aferrando la carne blanca sin ayuda de nada. ¡Bonito! Bonito y triste. Nacib suspira, ya no imagina al dentista Osmundo al lado de Sinhazinha. Era el propio Nacib al que veía, un poco más delgado y menos barrigón, tendido y muerto, asesinado, al lado de la mujer. ¡Una belleza! El pecho rasgado de balas. Suspiró otra vez. Corazón romántico, las historias terribles que contaba nada significaban. Ni el revólver que llevaba en el cinturón, como todo hombre en Ilhéus. Hábitos de la tierra... Lo que de veras le gustaba era comer bien, buenos platos picantes, beber su cerveza bien helada, jugar una meditada partida de *gamão*, pasar las madrugadas con las cartas de póquer, receloso de perder en el juego las ganancias del bar, que iba depositando en el Banco, en la esperanza de comprar tierras. Falsificar la bebida para ganar más, aumentar con cuidado unos mil reales en las cuentas de los que pagaban por mes, acompañar a los amigos al cabaré, terminar la noche en los brazos de una Risoleta cualquiera, amorío de unos días. Esas cosas y las morenas tostadas de color le gustaban. También conversar y reír.

De cómo Nacib contrató a una cocinera o de los complicados caminos del amor

Dejó atrás la feria, donde estaban desarmando los puestos y recogiendo la mercadería. Cruzó por entre los edificios del ferrocarril. Antes de empezar por el cerro de la Conquista quedaba el "mercado de los esclavos". Así había llamado alguien, hacía tiempo, al lugar en que los *retirantes* acampaban a la espera de trabajo. El nombre quedó, ya nadie lo llamaba de otra manera. Se amontonaban allí los *sertanejos* huidos de la sequía, los más pobres entre todos los que dejaban sus casas y sus tierras en pos del cacao.

Unos hacendados examinaban la remesa reciente, la fusta golpeando las botas. Los *sertanejos* tenían fama de buenos trabajadores.

Hombres y mujeres, agotados y famélicos, esperaban. Veían la feria distante, donde había de todo, una esperanza les llenaba el corazón. Habían logrado vencer los caminos, la *caatinga,* el hambre y las víboras, las enfermedades endémicas, el cansancio. Alcanzaban la tierra abundante, los días de miseria parecían terminados. Oían contar historias espantosas, de muerte y violencia, pero sabían del precio del cacao en alza, sabían de personas llegadas como ellos, del *sertão* y sufrientes, y que ahora andaban con botas lustrosas, empuñando fustas con cabo de plata. Dueños de plantaciones de cacao.

En la feria estallaba una riña, corría gente, una navaja brillaba a los últimos rayos de sol, los gritos llegaban hasta allí. Todos los fines de feria eran así, con borrachos y peleas. De entre los *sertanejos* subían sonidos melodiosos de acordeón, una voz de mujer cantaba tonadas.

El coronel Melk Tavares hizo una seña al que tocaba el acordeón, el instrumento se silenció.

—¿Casado?

—No, señor.

—¿Quieres trabajar para mí? —Señalaba a otros hombres ya seleccionados por él. —Un buen acordeonista nunca está de más en una hacienda. Alegra las fiestas... —Se reía convincente; de él se decía que sabía elegir como nadie hombres buenos para el trabajo. Sus fincas quedaban en Cachoeira do Sul, las grandes canoas esperaban junto al puente del ferrocarril.

—¿Jornalero o a destajo?

—A elegir. Hay unos montes para limpiar, necesito destajistas. —Los *sertanejos* preferían trabajar a destajo, la plantación de cacao nuevo, la posibilidad de ganar dinero por cuenta propia.

—Sí, señor.

Melk divisaba a Nacib, bromeaba.

—¿Ahora tiene plantaciones, que vino a contratar gente?

—¿Quién soy yo, coronel...? Busco cocinera, la mía se me fue hoy...

—¿Y qué me dice de lo sucedido? Jesuíno...

—Y, sí... Semejante cosa, de repente...

—Ya le dejé abrazos en la casa de Amancio. Lo que pasa es que me voy hoy mismo a la hacienda, a llevar estos hombres... Con este sol, va a haber una cosecha excelente. —Mostraba los hombres que había seleccionado, ahora agrupados a su lado. —Estos *sertanejos* son buenos para el trabajo. No como la gente de acá. A los *grapiúnas* no le gusta el trabajo pesado, lo que le gusta es andar vagabundeando por la ciudad...

Otro hacendado recorría los grupos, Melk continuaba:

—El *sertanejo* no mide el trabajo, lo que quiere es ganar dinero. A las cinco de la mañana ya están en las plantaciones, sólo dejan la azada después de que se puso el sol. Siempre que tengan *feijão* y charque, café y caña, están contentos. Para mí, no hay trabajador que valga lo que estos *sertanejos* —afirmaba como autoridad en la materia.

Nacib examinaba a los hombres contratados por el coronel, aprobaba la elección. Lo envidiaba: dueño de tierras, montado en sus botas, contratando hombres para la labranza. En cambio, él apenas buscaba una mujer no muy joven, seria, capaz de ocuparse de la limpieza de la pequeña casa de la ladera de San Sebastián, el lavado de la ropa, la comida para él, las bandejas para el bar. Eso le había llevado todo el día, yendo de un lado a otro.

—Por acá, una cocinera es difícil... —decía Melk.

Instintivamente, Nacib buscaba entre las campesinas a alguna parecida a Filomena, más o menos de su edad, con su gesto refunfuñón. El coronel Melk le estrechaba la mano, las canoas lo esperaban ya cargadas.

—Jesuíno hizo lo correcto. Es un hombre de honor...

También Nacib vendía sus novedades:

—Parece que viene un ingeniero a estudiar lo del canal.

—Ya lo oí. Es tiempo perdido, ese canal no tiene arreglo.

Nacib echó a caminar entre los *sertanejos*. Viejos y jóvenes le lanzaban miradas, con esperanza. Pocas mujeres, casi todas con hijos agarrados a las faldas. Al fin reparó en una que tendría sus buenos cincuenta años, grandota, robusta, sin marido.

—Encontró lo que buscaba, señor...

—¿Sabe cocinar?

—Para una mesa fina, no, señor.

Dios mío, ¿dónde encontrar cocinera? No podía seguir pagando fortunas a las hermanas Dos Reis. Y justo en días de movimiento, hoy asesinatos, mañana entierros... Y, todavía peor, tener que almorzar y cenar en el hotel Coelho, esa porquería de comida sin sabor. La única manera era encargarla a Aracaju, pagar el pasaje. Se detuvo ante una vieja, pero tan vieja que con certeza apenas tendría tiempo de morir al llegar a su casa. Se doblaba sobre un bastón, ¿cómo había conseguido atravesar tantos caminos hasta Ilhéus? Llegaba a dar pena, de tan vieja y consumida, un despojo de persona. Hay tanta desgracia en el mundo...

Fue entonces cuando surgió otra mujer, vestida con andrajos miserables, cubierta de semejante suciedad que era imposible verle las facciones y calcularle la edad, el pelo desgreñado, inmundo de tierra, los pies descalzos. Llevaba una vasija con agua, la puso en las manos trémulas de la vieja, que bebió ansiosa.

—Que Dios se lo pague...

—No hay de qué, abuela... —Era una voz de joven, tal vez la voz que cantara coplas cuando llegó Nacib.

El coronel Melk y sus hombres desaparecían por detrás de los vagones del ferrocarril, el que tocaba el acordeón se detenía un instante, decía adiós con la mano. La mujer levantó el brazo, sacudió la mano, se volvió otra vez hacia la anciana, recibió la vasija vacía. Iba a retirarse cuando Nacib le preguntó, todavía admirado por la vieja agotada:

—¿Es tu abuela?

—No, don. —Calló y sonrió, y sólo entonces Nacib constató que de veras se trataba de una joven, porque los ojos le brillaban mientras ella reía. —La encontramos por el camino, hace unos cuatro días de viaje.

—¿La "encontramos"? ¿Quiénes?

—Los de acá... —Señaló un grupo con el dedo y otra vez rió con una risa clara, cristalina, inesperada. —Salimos todos juntos, del mismo lugar. La sequía mató todos los bichos, secó toda el agua, los árboles se pusieron como palos secos. En el camino fuimos encontrando a otros. Todos escapando.

—¿Eres pariente de ellos?

—No, don. Estoy sola en el mundo. Mi tío venía conmigo, pero entregó el alma antes de llegar a Jeremoabo. Esa tísica... —Y se rió como si fuera algo cómico.

—¿Eras tú la que cantaba hace un rato?

—Sí, señor. Había un muchacho que tocaba, lo contrataron para el campo, dice que acá se va a hacer rico. Uno canta, se olvida de los malos momentos...

La mano sostenía la vasija, apoyada en la cadera. Nacib la examinaba por debajo de la suciedad. Parecía fuerte y bien dispuesta.

—¿Qué es lo que sabes hacer?

—De todo un poco, señor.

—¿Lavar ropa?

—¿Y quién no sabe? —Se sorprendía. —Con tener agua y jabón alcanza.

—¿Y cocinar?

—Trabajé de cocinera, hasta en una casa rica... —Y otra vez se rió como si recordara algo divertido.

Tal vez porque ella reía, Nacib llegó a la conclusión de que no servía. Esa gente venida del *sertão*, hambreada, era capaz de cualquier mentira para conseguir trabajo. ¿Qué podría saber de cocina?

Cocinar charque con *feijão*, nada más. Él necesitaba una mujer mayor, seria, limpia y trabajadora, como la vieja Filomena. Y buena cocinera, que supiera de condimentos, de los puntos de los dulces. La muchacha seguía parada, esperando, mirándole la cara. Nacib sacudió la mano, sin encontrar palabras.

—Bien... Hasta otra vez. Buena suerte.

Le dio la espalda, ya se iba, cuando oyó la voz detrás de él, lenta y caliente:

—¡Qué muchacho lindo!

Se detuvo. No recordaba que nadie lo hubiera considerado lindo, a excepción de la vieja Zoraia, su madre, en los días de la infancia. Fue una conmoción.

—Espera.

Volvió a examinarla, era fuerte, ¿por qué no probarla?

—¿En serio sabes cocinar?

—Si me lleva, ya va a ver.

Si no supiera cocinar, serviría al menos para arreglar la casa, lavar la ropa.

—¿Cuánto quieres ganar?

—El que sabe es usted. Lo que quiera pagarme...

—Vamos a ver primero lo que sabes hacer. Después combinamos el pago. ¿Te sirve?

—Para mí, lo que el señor diga está bien.

—Entonces, toma tu atado.

Ella rió de nuevo, mostrando los dientes blancos, parejos. Él estaba cansado, ya empezaba a pensar que había cometido un error. Le había dado pena la *sertaneja*, iba a llevarse un estorbo a la casa. Pero ya era tarde para arrepentirse. Si por lo menos supiera lavar...

Volvió con un pequeño atado de género, poca cosa poseía. Nacib echó a andar despacio. Con el atado en la mano, ella lo seguía pocos pasos más atrás. Cuando ya iban saliendo de la zona del ferrocarril, él volvió la cabeza y preguntó:

—¿Cómo te llamas?

—Gabriela, para servirlo, señor.

Siguieron caminando, él adelante, de nuevo pensando en Sinhazinha, el día agitado, encalladuras de barcos y crímenes de muerte. Sin hablar de los secretitos del Capitán, del Doctor y de Mundinho Falcão. Allí había algo, a él, Nacib, no lo engañaban. No tardaría en surgir la novedad. La verdad es que, con la noticia del crimen, hasta de eso se había olvidado, el aire conspirador de los tres, el enojo del coronel Ramiro Bastos. El crimen había cautivado a todos, el resto había pasado a segundo plano. El pobre dentista, muchacho simpático, había pagado caro su deseo por una mujer casada. Era correr mucho riesgo meterse con la esposa de otro, se terminaba con una bala en el pecho. Tonico Bastos, que se cuidara, o de lo contrario un día iba a pasarle algo parecido. ¿De veras se habría acostado con Sinhazinha, o era invento de él, jactancia para impresionarlo? De cualquier manera, Tonico corría peligro, un día le ocurriría una desgracia. Nacib reflexionaba: ¿quién sabe? Tal vez valiera la pena correr aquellos riesgos por una mirada, un suspiro, un beso de mujer.

Gabriela iba unos pasos atrás con su atado, ya olvidada de Clemente, contenta de salir del grupo de *retirantes*, del campamento inmundo. Iba riendo con los ojos y la boca, los pies descalzos casi deslizándose por el suelo, unas ganas de cantar las tonadas *sertanejas*, aunque no cantaba porque quizás al señor lindo y triste no le gustara.

De la canoa en la selva

—Dicen que el coronel Jesuíno mató a su mujer y a un doctor que se acostaba con ella. ¿Es verdad, coronel? —preguntó un remero a Melk Tavares.

—Yo también oí hablar… —dijo otro.

—Es verdad, sí. Encontró a la mujer en la cama con el dentista. Los despachó a los dos.

—La mujer es mal bicho, trae desgracia.

La canoa remontaba el río, la selva crecía en las barrancas, los *sertanejos* miraban el paisaje insólito, un vago terror en el corazón.

La noche se precipitaba de los árboles sobre las aguas, asustadora. La canoa era casi una barcaza de tan grande, bajaba cargada de bolsas de cacao, volvía llena de víveres. Los remeros se encorvaban en un esfuerzo descomunal, avanzaban lentamente. Uno encendió un pequeño farol en la popa, la luz roja creaba sombras fantásticas en el río.

—Allá en Ceará pasó un caso parecido… —empezó a contar un *sertanejo*.

—Las mujeres engañan, uno nunca sabe qué está imaginando una mujer… Conocí a una, parecía una santa, nadie podía imaginar… —recordó el negro Fagundes.

Clemente iba silencioso. Melk Tavares sacaba conversación con los nuevos contratados, quería saber algo de cada uno, las cualidades y los defectos de sus trabajadores, su pasado. Los *sertanejos* iban contando, las historias se asemejaban, la misma tierra árida quemada por la sequía, las plantaciones de maíz y de mandioca perdidas, la caminata inmensa. Eran sobrios al narrar. Hasta allá llegaban noticias de Ilhéus: la tierra rica, el dinero fácil. Trabajo de futuro, peleas y muertes. Cuando pegaba la sequía, abandonaban todo y rumbeaban hacia el sur. El negro Fagundes era el más hablador, relataba valentías.

Ellos también deseaban saber.

—Dicen que todavía hay mucho monte para talar…

—Para talar hay mucho. Para medir, ya no queda más. Todo ya tiene dueño —dijo un remero, riéndose.

—Pero todavía hay dinero para ganar, y mucho, para un hombre trabajador —lo consoló Melk Tavares.

—Sólo que esos tiempos, cuando uno llegaba con una mano atrás y otra adelante, sin más que el cuerpo y el coraje, y se iba a talar montes para poner una plantación, ya se terminaron. Fue una buena época… Alcanzaba con poner el pecho, no aflojar, liquidar a cuatro cinco que tenían la misma intención, y uno se hacía rico…

—Oí hablar de esos tiempos… —dijo el negro Fagundes—. Fue por eso que vine…

—¿No te gusta la azada, moreno? —preguntó Melk.

—No la desprecio, señor. Pero manejo mejor el rifle… —Se rió, acariciando el arma.

—Todavía hay montes, y grandes. Allá, para el lado de la sierra del Baforé, por ejemplo. Tierra buena para el cacao, como no hay otra...

—Pero hay que comprar cada palmo de monte. Todo está medido y registrado. Usted mismo tiene tierras por allá, patrón.

—Un pedacito... —confesó Melk—. Cosa de nada. Voy a empezar a talar el monte el año que viene, si Dios quiere.

—Hoy Ilhéus ya no vale nada, no es como antes. Se está convirtiendo en un lugar importante —se lamentó un remero.

—¿Y por eso no sirve?

—Antes, un hombre valía por el coraje. Hoy, solamente se enriquecen los vendedores ambulantes turcos o los españoles dueños de depósitos. No es como antes...

—Esos tiempos se acabaron —explicó Melk—. Ahora llegó el progreso, las cosas son diferentes. Pero un hombre trabajador todavía sale adelante, todavía hay lugar para todos.

—Ya ni siquiera se pueden tirar unos tiros en la calle... Enseguida te quieren meter preso.

La canoa subía lenta, las sombras de la noche la envolvían, gritos de animales llegaban de la selva, los papagayos levantaban un súbito vocerío en los árboles. Sólo Clemente iba silencioso; los demás participaban en las charlas, contaban anécdotas, discutían sobre Ilhéus.

—Esta tierra va a crecer de verdad sólo el día en que empiece la exportación directa.

—Sí, eso mismo.

Los *sertanejos* no entendían, Melk Tavares les explicó: todo el cacao que iba hacia el extranjero, a Inglaterra, a Alemania, a Francia, a los Estados Unidos, a Escandinavia, a la Argentina, salía por el puerto de Bahía. Un dineral de impuestos, más el gravamen por la exportación, todo quedaba en la capital, Ilhéus no veía ni las sobras. El canal era estrecho, poco profundo. Sólo con mucho trabajo —había incluso quien opinaba que no tenía solución— sería posible darle la capacidad necesaria para el paso de las grandes embarcaciones. Y cuando los grandes cargueros vinieran a buscar el cacao en el puerto de Ilhéus, entonces se podría hablar de verdadero progreso...

—Ahora solamente se habla de un tal Mundinho Falcão, coronel. Dicen que él lo va a solucionar... Que es un hombre muy capaz.

—¿Estás pensando en ella? —preguntó Fagundes a Clemente.

—Ni siquiera me dijo adiós... Ni me miró para despedirse.

—Te está arruinando la cabeza. Ya no eres el mismo.

—Como si no nos conociéramos... Ni un hasta luego.

—Así son las mujeres... No vale la pena.

—Es un hombre de mucha ambición. ¿Pero cómo va a poder resolver el problema del canal si ni el compadre Ramiro encontró la manera? —Melk hablaba de Mundinho Falcão.

La mano de Clemente acarició el acordeón en el fondo de la canoa, oyó la voz de Gabriela cantando. Miró alrededor, como buscándola: la selva rodeando el río, árboles y una maraña de lianas, gritos amedrentadores y chillidos agoreros de lechuzas, una exuberancia de verde volviéndose negro, no era como la *caatinga* gris y desnuda. Un remero extendió el dedo señalando un lugar en la selva.

—Por acá fue el tiroteo entre Onofre y los capangas de don Amâncio Leal... Murieron como diez.

Para ganar dinero en aquella tierra, era necesario no tener miedo al trabajo. Ganar dinero y volver a la ciudad en busca de Gabriela. Iba a encontrarla, fuera como fuere.

—Es mejor no pensar, sacársela de la cabeza —aconsejó Fagundes. Los ojos del negro escrutaban la selva, su voz se volvió suave para hablar de Gabriela. —Sácatela de la cabeza. No es mujer para ti ni para mí. No es como esas putas, es...

—La tengo metida en los sesos, no puedo sacármela ni aunque quisiera.

—Estás loco. No es una mujer para vivir con ella.

—¿Qué estás diciendo?

—No sé... Para mí es así. Puedes dormir con ella, hacer cosas. Pero tenerla, ser dueño de ella como se puede con otras, eso no va a pasar nunca.

—¿Por qué?

—No lo sé, lo sabrá el diablo. No tiene explicación.

Sí, el negro Fagundes tenía razón. Dormían juntos por la noche, al otro día era como si ella ni se acordara, lo miraba como a los otros, lo trataba como a los demás. Como si no tuviera ninguna importancia...

Las sombras cubren y cercan la canoa, la selva parece aproximarse más y más, cerrándose sobre ellos. El chillido de las lechuzas corta la oscuridad. Noche sin Gabriela, su cuerpo moreno, su risa sin motivo, su boca de *pitanga*. Ni siquiera le dijo adiós. Mujer sin explicación. Un dolor sube por el pecho de Clemente. Y de pronto la certeza de que jamás volverá a verla, tenerla en los brazos, apretarla contra el pecho, oír sus ayes de amor.

El coronel Melk Tavares, en el silencio de la noche, alzó la voz, ordenó a Clemente:

—Toca algo para todos, muchacho. Para matar el tiempo.

Tomó el acordeón. Entre los árboles crecía la luna sobre el río. Clemente ve el rostro de Gabriela. Brillan luces de candiles y faroles a lo lejos. La música se eleva en un lamento de hombre perdido, solitario para siempre. En la selva, riendo, bajo los rayos de la luna, Gabriela.

Gabriela adormecida

Nacib la llevó hasta la casa, en la ladera de San Sebastián. Apenas metió la llave en la cerradura, que doña Arminda, trémula, apareció en la ventana:

—Qué cosa, ¿eh, don Nacib? Parecía tan distinguida, tan llena de lujos, toda la tarde en la iglesia. Por eso yo digo siempre... —Posó los ojos en Gabriela, se quedó con la frase en suspenso.

—La tomé de empleada. Para lavar y cocinar.

Doña Arminda examinaba a la *retirante*, de arriba abajo, como midiéndola y pesándola. Después ofreció sus servicios:

—Si necesitas algo, muchacha, no tienes más que llamarme. Los vecinos están para ayudarse, ¿no? Lástima que hoy por la noche no voy a estar. Es día de sesión en la casa del compadre Deodoro, el día en que el finado habla conmigo... Y a lo mejor hasta aparece doña Sinhazinha... —Sus ojos iban de Gabriela a Nacib. —Joven, ¿no? Ahora ya no quiere más viejas como Filomena... —Se reía con su risa cómplice.

—Fue lo que conseguí...

—Bueno, como le estaba diciendo: para mí no fue sorpresa, el otro día, no más, vi a ese dentista en la calle. Por casualidad, era día de sesión, hoy hace justo una semana. Lo miré y oí la voz del finado en mi oído, que decía: "Ése que está ahí, todo labia, está muerto". Creí que el finado estaba bromeando. Hoy, cuando me enteré, fue cuando me di cuenta: el finado me estaba avisando.

Se volvía hacia Gabriela, Nacib ya había entrado.

—Cualquier cosa que necesites, me llamas y listo. Mañana conversamos. Estoy para ayudar, don Nacib es casi como un pariente. Es el patrón de mi Chico...

Nacib le mostró el cuarto del fondo, que antes ocupaba Filomena, le explicó el trabajo: ordenar la casa, lavar la ropa, cocinar para él. No habló de los bocadillos dulces y salados para el bar; primero quería ver qué clase de comida sabía hacer. Le mostró la despensa donde Chico Moleza había dejado las compras de la feria.

—Cualquier cosa, le preguntas a doña Arminda.

Estaba apresurado, había llegado la noche, en poco rato el bar estaría otra vez lleno, y él todavía tenía que cenar. En la sala, Gabriela, los ojos muy abiertos, miraba el mar nocturno, era la primera vez que lo veía. Nacib le dijo a manera de despedida:

—Y báñate, que lo necesitas.

En el hotel Coelho encontró a Mundinho Falcão, el Capitán y el Doctor cenando juntos. Se sentó con toda naturalidad a la mesa de ellos, enseguida les contó de la cocinera. Los otros escuchaban en silencio; Nacib advirtió que había interrumpido una conversación importante. Hablaron del crimen de la tarde; él apenas había empezado a comer cuando los amigos, que ya terminaban, se retiraron. Se quedó reflexionando. Esos tres andaban maquinando algo. ¿Qué diablos sería?

El bar, aquella noche, no le dio descanso. Una locura, las mesas llenas, todo el mundo quería comentar los acontecimientos. Alrededor de las diez aparecieron el Capitán y el Doctor, acompañados por Clóvis Costa, el director del *Diário de Ilhéus*. Venían de la casa de Mundinho Falcão, anunciaban que el exportador iría al Bataclan cerca de medianoche, para el estreno de Anabela. Clóvis y el Doctor conversaban en voz baja, Nacib aguzó el oído.

En otra mesa, Tonico Bastos contaba sobre la cena, verdadero banquete, en casa de Amâncio Leal. Con varios amigos de Jesuíno Mendonça, incluso el doctor Maurício Caires, encargado de la defensa del coronel. Festín monumental, con vino portugués, comida y bebida en abundancia. A Nhô-Galo le parecía un absurdo. Con el cuerpo de la mujer todavía caliente, no había derecho... Ari Santos contó del velatorio de Sinhazinha, en casa de unos parientes: velatorio triste y pobre, media docena de personas. En cuanto al de Osmundo, ni valía la pena comentarlo. Hacía horas que el cuerpo del dentista yacía solo con la empleada. Él había pasado por allí, al final de cuentas conocía al muerto, compartía con él las sesiones de la Sociedad Rui Barbosa.

—En un rato voy para allá... —dijo el Capitán—. Era buen muchacho, y talento no le faltaba. Escribía unos versos excelentes...

—Yo también voy —se solidarizó Nhô-Galo.

Nacib fue con ellos y algunos otros, por curiosidad, alrededor de las once, cuando en el bar disminuía el movimiento. Las mejillas vacías de sangre, Osmundo sonreía en la muerte, Nacib quedó impresionado. Las manos cruzadas, lívidas.

—Los tiros le dieron en el pecho. En el corazón.

Acabó yendo al cabaré, a apreciar la bailarina, sacarse de la cabeza la visión del muerto. Se sentó a una mesa con Tonico Bastos. La gente bailaba alrededor. En otro salón, separado por un corredor, jugaban. El doctor Ezequiel Prado, ya bastante achispado, fue a sentarse con ellos. Apoyaba el índice en el pecho de Nacib.

—Me dijeron que estás metido con esa tuerta. —Señalaba a Risoleta, que bailaba con un viajante de comercio.

—¿Metido? No. Estuve con ella ayer, nada más.

—No me gusta meterme con las amantes de mis amigos. Por eso pregunté. Pero si es así... Está buena, ¿no?

—¿Y Marta, doctor Ezequiel?

—Me porté como un bruto, le levanté la mano. Hoy no voy para allá.

Tomaba el vaso de Tonico, bebía de un trago. Las peleas del abogado y la amante, una rubia que él mantenía desde hacía unos años, eran constante comidilla de la ciudad, se sucedían cada tres días.

Cuanto más le pegaba, borracho, más ella se apegaba a él, enamorada, iba a buscarlo a los cabarés, a las casas de mujeres, a veces lo sacaba de la cama de otra. La familia del abogado vivía en Bahía, él estaba separado de la esposa.

Se levantó, tambaleante, se metió en medio de los bailarines, separó a Risoleta de su acompañante. Tonico Bastos anunció:

—Va a haber lío.

Pero el viajante conocía al doctor Ezequiel y su fama, le dejó a la mujer, buscó otra con los ojos. Risoleta se resistía, Ezequiel la sujetó por las muñecas, la tomó en sus brazos.

—Perdiste la comida... —comentó Tonico Bastos, riendo.

—Me hace un favor. Hoy no quiero nada con ella, estoy muerto de cansancio. Después de que la fulana baile, me voy. Tuve un día de perros.

—¿Y la cocinera?

—Al final conseguí una, *sertaneja*.

—¿Joven?

—No sé... Parece. Con tanta suciedad no se podía ver. Esa gente no tiene edad, Tonico, hasta las jovencitas parecen viejas.

—¿Bonita?

—¿Cómo voy a saber? Unos harapos, una inmundicia, los pelos duros de tierra. Por mí, puede ser una bruja; mi casa no es como la tuya, donde la sirvienta parece una señorita de la sociedad.

—Si Olga lo permitiera, seguro que sería así. Pero basta con que la pobre tenga cara de gente y sale directo a la calle en medio de un escándalo.

—Con doña Olga no se juega. Y hace bien. A ti hay que tenerte con la rienda corta.

Tonico Bastos hizo un gesto de falsa modestia.

—Tampoco exageres, hombre. El que te oye hablar...

Mundinho Falcão llegaba con el coronel Ribeirinho, se sentaban con el Capitán.

—¿Y el Doctor?

—No viene nunca al cabaré. Ni a la fuerza.

Nhô-Galo se acercó a Nacib.

—¿Le dejaste la chiquita a Ezequiel?

—Hoy, lo único que quiero es dormir.

—Yo me voy a la casa de Zilda. Me dijeron que tiene una pernambucana, una bomba. —Chasqueaba la lengua. —Tal vez aparezca por acá...

—¿Una de trenzas?

—Sí. De trasero grande.

—Está en el Trianon. Va todas las noches... —aclaró Tonico—. Es protegida del coronel Melk, él la trajo de Bahía. Está enamorada...

—El coronel se fue hoy a la hacienda. Lo vi cuando embarcó —informó Nacib—. Estaba contratando trabajadores en el "mercado de los esclavos".

—Me voy para el Trianon...

—¿Antes de la bailarina?

—No bien termine.

El Bataclan y el Trianon eran los principales cabarés de Ilhéus, frecuentados por los exportadores, hacendados, comerciantes, viajantes de grandes firmas. Pero en las calles laterales había otros, donde se mezclaban trabajadores del puerto, gente venida de las plantaciones, las mujeres más baratas. El juego era libre en todos ellos, lo que garantizaba las ganancias.

Una pequeña orquesta animaba el baile. Tonico fue a sacar a una mujer, Nhô-Galo miraba el reloj, ya era la hora de la bailarina, estaba impaciente. Quería ir al Trianon a ver a la de las trenzas, la del coronel Melk.

Era casi la una de la madrugada cuando la orquesta calló y las luces se apagaron. Quedaron sólo unas pequeñas lámparas azules, de la sala de juegos se acercó mucha gente, desparramados por las mesas, otros de pie junto a las puertas. Anabela surgió desde el fondo, enormes abanicos de plumas en las manos. Los abanicos la cubrían y la descubrían, mostraban pedazos del cuerpo.

El Príncipe, de esmoquin, martillaba el piano. Anabela bailaba en el centro del salón, sonriendo hacia las mesas. Fue un éxito. El coronel Ribeirinho pedía bis, aplaudía de pie. Las luces volvían a encenderse, Anabela agradecía los aplausos, vestida con una malla color carne.

—¡Qué porquería!... Uno piensa que está viendo carne y es tela color rosa... —comentó Nhô-Galo.

Bajo los aplausos, ella se retiró para volver minutos después con un segundo número más sensacional todavía: cubierta de velos multicolores que iban cayendo uno por uno, como había anticipado Mundinho. Y durante un breve instante, cuando cayó el último velo y las luces se encendieron otra vez, pudieron ver el cuerpo delgado y bien formado, casi desnudo, llevando una tanga mínima y un trapo rojo sobre los senos pequeños. La sala gritaba a coro, reclamaba bis, Anabela pasaba corriendo entre las mesas. El coronel Ribeirinho mandaba pedir champán.

—Ahora valió la pena... —Hasta Nhô-Galo estaba entusiasmado.

Anabela y el Príncipe fueron a la mesa de Mundinho Falcão. "Va todo a mi cuenta", decía Ribeirinho. La orquesta volvía a tocar, el doctor Ezequiel arrastraba a Risoleta, tambaleando entre las sillas. Nacib decidió marcharse. Tonico Bastos, los ojos en Anabela, se había cambiado a la mesa de Mundinho, Nhô-Galo desapareció. La bailarina sonreía, levantaba la copa de champán.

—¡A la salud de todos! ¡Por el progreso de Ilhéus!

La gente aplaudía. De las mesas vecinas miraban con envidia. Muchos iban al otro salón, a jugar. Nacib bajó las escaleras.

Atravesó las calles silenciosas. En la casa del doctor Maurício Caires se filtraba la luz por la ventana. Debía de estar empezando a estudiar el caso de Jesuíno, preparando apuntes para la defensa, pensó Nacib, al recordar la indignada postura del abogado en el bar. Pero una risa de mujer salió por las hendijas de la ventana, murió en la calle. Decían que el viudo llevaba, por la noche, negritas del cerro a su casa. Aun así Nacib no podía adivinar que el letrado, en aquel momento, tal vez por interés puramente profesional, exigía a una mulata del Unhão, negrita desdentada y espantada, que se acostara vestida sólo con unas medias negras de algodón, nada más que las medias.

—Se ve cada cosa en este mundo... —La mulata se reía entre los dientes defectuosos y podridos.

Nacib sentía el cansancio del día agitado. Había logrado averiguar, al fin, el motivo de aquellas idas y venidas de Mundinho, los secretos con el Capitán y el Doctor, la entrevista secreta con Clóvis. Se relacionaba con el asunto del canal. Había oído fragmentos de conversaciones. Por lo que decían, iban a llegar ingenieros, dragas, remolcadores. Doliera a quien le doliere, grandes barcos extranjeros entrarían en el puerto, acudirían a buscar el cacao, empezaría la exportación directa. ¿A quién podía dolerle? ¿No era, acaso, la abierta lucha con los Bastos, con el coronel Ramiro? El Capitán siempre había deseado intervenir en la política local. Pero no era hacendado, no tenía dinero para gastar. Se justificaba su amistad con Mundinho Falcão, serios acontecimientos se avecinaban. El coronel Ramiro no era hombre, a pesar de la edad, de quedarse de brazos cruzados, entregarse sin lucha. Nacib no quería meterse en ese asunto. Era amigo de unos y de otros, de Mundinho y del coronel, del Capitán y de Tonico Bastos. El dueño de un bar no puede envolverse en política. Sólo trae perjuicios. Más peligroso todavía que meterse con una mujer casada.

Sinhazinha y Osmundo no verían los remolcadores y las dragas en el puerto, excavando el canal. No verían esos días de tanto progreso sobre los cuales hablaba Mundinho. Este mundo es así, hecho de alegrías y tristezas.

Rodeó la iglesia, empezó a subir despacio la ladera. ¿De veras Tonico Bastos se habría acostado con Sinhazinha? ¿O era un comentario para impresionar? Nhô-Galo afirmaba que Tonico mentía descaradamente. En general no se enredaba con casadas. Con mantenidas, sí; no respetaba dueño. Un tipo de suerte. También, con esa elegancia, el pelo plateado, la voz susurrante... Bien que Nacib deseaba ser como él, mirado con deseo por las mujeres, merecedor de celos violentos. Ser amado con locura, como Lídia, la amante del coronel Nicodemos, amaba a Tonico. Le mandaba mensajes, atravesaba las calles para verlo, suspiraba por él, que ni le prestaba atención, harto de tanta devoción. Por él, Lídia arriesgaba todos los días su situación, por una mirada, una palabra suya. Tonico no respetaba las amantes de nadie, salvo a Glória, y todos sabían por qué. Pero no sabía que anduviera con mujeres casadas.

Introdujo la llave en la cerradura, agitado por la subida; la sala estaba iluminada. ¿Habría un ladrón? ¿O la nueva empleada se había olvidado de apagar la luz?

Entró despacio y la vio dormida en una silla, el pelo largo desparramado sobre los hombros. Después de lavado y peinado, se había transformado en una cabellera suelta, negra, encaracolada. Vestía trapos, pero limpios, sin duda los del atado. Una rasgón en la falda mostraba un pedazo de muslo color canela, los senos subían y bajaban al ritmo del sueño, la cara sonriente.

—¡Dios mío! —Nacib se quedó parado sin poder creerlo.

La espiaba, en un asombro sin límite: ¿cómo podía tanta belleza esconderse bajo la tierra de los caminos? Caído el brazo rollizo, el rostro moreno sonriendo en el sueño, allí, adormecida en la silla, parecía un cuadro. ¿Cuántos años tendría? Cuerpo de mujer joven, facciones de niña.

—¡Por Dios, qué cosa! —murmuró el árabe casi con devoción.

Al oír su voz, ella despertó atemorizada, pero enseguida sonrió y toda la sala pareció sonreír con ella. Se puso de pie, las manos acomodando los harapos que vestía, humilde y risueña, cubierta por la luz de la luna.

—¿Por qué no te acostaste, no te fuiste a dormir? —fue todo lo que Nacib atinó a decir.

—El señorito no me dijo nada...

—¿Qué señorito?

—Usted... Ya lavé la ropa y arreglé la casa. Después me quedé esperando y me dio sueño. —Una voz con tonada del nordeste.

Se desprendía de ella un perfume a clavo, de los cabellos tal vez, o quizá del cuello.

—¿De veras sabes cocinar?

Luz y sombra en su pelo, los ojos bajos, el pie derecho alisando el suelo como si fuera a salir a bailar.

—Sí, señor, sé. Trabajé en casas de gente rica, me enseñaron. Y me gusta cocinar... —Sonrió y todo sonrió con ella, hasta el árabe Nacib, que se dejó caer en una silla.

—Si en serio sabes cocinar, te pagaré bien. Cincuenta mil reales por mes. Acá pagan veinte, treinta a lo sumo. Si el trabajo te resulta pesado, puedes buscar una muchachita para que te ayude. La vieja Filomena no quería ninguna, nunca aceptó. Decía que no se estaba muriendo, que no necesitaba una ayudante.

—Yo tampoco necesito.

—¿Y del pago? ¿Qué me dices?

—Lo que el señor me quiera pagar está bien...

—Mañana vamos a ver la comida. A la hora del almuerzo mando al morenito a buscarla... Yo como allá, en el bar. Ahora...

Ella esperaba, la sonrisa en los labios, los rayos de luna en su pelo y ese olor de clavo.

—... ahora vete a dormir, que ya es tarde.

Ella ya se iba, él le espió las piernas, el balanceo del cuerpo al caminar, el pedazo de muslo color canela. Ella volvió el rostro.

—Bueno, entonces, buenas noches, señor...

Desaparecía en la oscuridad del corredor, a Nacib le pareció oírla agregar, masticando las palabras: "muchacho lindo"... Casi se levantó para llamarla. No, lo había dicho por la tarde, en la feria. Si la llamara podía asustarla, ella tenía un aire ingenuo, tal vez hasta fuera virgen... Había tiempo para todo. Nacib se quitó la chaqueta, la colgó en la silla, se arrancó la camisa. El perfume había quedado en la sala, un perfume a clavo. Al día siguiente le compraría un vestido, de algodón de colores, unas chinelas también. Se los regalaría, sin descontarlo del sueldo.

Se sentó en la cama a desabrocharse los zapatos. Día complicado aquel. Muchas cosas habían pasado. Se puso el camisón. ¡Qué morocha, esa empleada suya! Unos ojos... ¡Dios mío!... Y del color tostado que a él le gustaba. Se acostó, apagó la luz. El sueño lo venció, un sueño agitado, soñó inquieto con Sinhazinha, el cuerpo desnudo, con medias negras, extendida muerta en la bodega de un barco extranjero que entraba en el canal. Osmundo huía en autobús, Jesuíno le disparaba a Tonico, Mundinho Falcão aparecía con doña Sinhazinha, otra vez viva, que sonreía a Nacib, le tendía los brazos, pero era doña Sinhazinha con la cara morena de la nueva empleada. Sólo que Nacib no podía alcanzarla, ella salía bailando del cabaré.

De entierros y banquetes con paréntesis para contar una historia ejemplar

Estaba alto el sol reconquistado en la víspera cuando, por los gritos de doña Arminda, Nacib se despertó.

—Vamos a espiar los entierros, muchacha. ¡Vale la pena!

—No, señora. El señor todavía no se levantó.

Saltó de la cama: ¿cómo perderse los entierros? Salió del cuarto de baño ya vestido, Gabriela acababa de poner en la mesa los recipientes humeantes de café y leche. Sobre el blanquísimo mantel, cuscús de maíz con leche de coco, banana frita, *inhame*, *aipim*. Se quedó parada en la puerta de la cocina, interrogante.

—El señor me tiene que decir qué es lo que le gusta.

Tragaba pedazos de cuscús, los ojos enternecidos; la gula lo ataba a la mesa, la curiosidad lo apresuraba, era la hora de los entierros. Divino ese cuscús, sublimes las tajadas de banana frita. Se arrancó de la mesa con esfuerzo. Gabriela se había atado el pelo con una cinta; debía de ser bueno morderle el pescuezo moreno. Nacib salió casi corriendo hacia el bar. La voz de Gabriela lo acompañaba por el camino, cantando:

No vayas allá, mi bien,
que allá hay lodazal,
te resbalas y caes,
rompes el tallo del rosal.

El cortejo de Osmundo asomaba por la plaza, venido de la avenida de la playa.

—No hay gente ni para agarrar las manijas del cajón... —comentó alguien.

La pura verdad. Era difícil imaginarse un entierro más falto de acompañamiento. Sólo las personas allegadas a Osmundo tuvieron el coraje de acompañarlo en ese su último paseo por las calles de Ilhéus. Llevar al dentista al cementerio era casi una afrenta al coronel Jesuíno y a la sociedad. Ari Santos, el Capitán, Nhô-Galo, un redactor del *Diário de Ilhéus*, unos pocos más, se turnaban en las manijas del cajón.

El muerto no tenía familia en Ilhéus, pero en los meses allí pasados había hecho muchas relaciones, hombre dado, amable, frecuentador del Club Progreso, las reuniones de la Sociedad Rui Barbosa, los bailes familiares, los bares y cabarés. Sin embargo iba al cementerio como un pobre diablo, sin coronas y sin lágrimas. Un comerciante había recibido un telegrama del padre de Osmundo, con el que mantenía negocios, en el que le pedía que tomara todas las providencias para el entierro del hijo y anunciaba que llegaría en el primer barco. El comerciante encargó el cajón y la sepultura, contrató a unos hombres en el puerto para llevar el féretro en caso de que no apareciera ningún amigo, no le pareció necesario gastar en coronas y flores.

Nacib no había mantenido una relación estrecha con Osmundo. Una que otra vez el dentista pasaba por el bar; su lugar era el Café Chic. Tomaba una copa, casi siempre con Ari Santos o con el profesor Josué. Se declamaban sonetos, se leían fragmentos de prosa, discutían sobre literatura. A veces ocurría que el árabe se sentara con ellos: oía pedazos de crónicas, versos que hablaban de mujeres. Como todo el mundo, consideraba al dentista un buen muchacho, lo juzgaban competente como profesional, su clientela aumentaba. Al ver ahora el entierro mezquino, aquella ausencia de gente y de flores, ese cajón pelado, se sentía triste. Era, al final, una injusticia, algo indecoroso para la propia ciudad. ¿Dónde estaban los que alababan su talento para los versos, los clientes que elogiaban su mano tan buena para las extracciones de molares, sus compañeros de la Sociedad Rui Barbosa, los amigos del Club Progreso, los camaradas del bar? Miedo a que se enterara el coronel Jesuíno, a que las solteronas comentaran, a que la ciudad los creyera solidarios con Osmundo.

Un chiquillo atravesó el cortejo distribuyendo anuncios del cine, del estreno, aquella misma noche, del "famoso mago hindú, Príncipe Sandra, el mayor ilusionista del siglo, faquir e hipnotizador, aclamado por las plateas de Europa, y de su hermosa ayudante, madame Anabela, médium vidente y asombro de la telepatía". Llevado por el viento, uno de los anuncios volaba sobre el cajón. Osmundo no conocería a Anabela, no se uniría a su séquito de admiradores, no participaría en la competencia por su cuerpo. El cortejo pasaba cerca del atrio de la iglesia. Nacib se incorporó al séquito. No iría hasta el cementerio, no podía dejar el bar, aquella noche era la cena de la empresa de autobuses. Pero lo acompañaría durante por lo menos dos cuadras, se sentía en la obligación de hacerlo.

El cortejo tomaba por la calle de los Paralelepípedos, ¿de quién habría sido la idea? El camino más directo y más corto era por la calle Coronel Adami; ¿por qué pasar frente a la casa donde estaban velando el cuerpo de Sinhazinha? Debía de ser cosa del Capitán.

Desde su ventana, Glória miraba, una bata sobre el camisón, el cajón pasó bajo sus senos mal escondidos por el cambray.

En la puerta del colegio de Enoch, donde los niños se apretujaban curiosos, el profesor Josué reemplazó a Nhô-Galo en una de las manijas del féretro. Ventanas llenas, comentarios. Frente a la casa de los primos de Sinhazinha estaban paradas algunas personas vestidas de negro. El cajón de Osmundo iba lentamente con su mísero cortejo. Algunos que pasaban se sacaban el sombrero. Desde la ventana de la casa enlutada, alguien exclamó:

—¿No tenían otro camino? ¿No alcanza con que él haya deshonrado la vida de la pobre?

De la plaza de la Matriz, Nacib se volvió. Se demoró unos minutos en el velatorio de Sinhazinha. El cajón todavía no estaba cerrado, velas y flores en la sala, algunas coronas. Mujeres que lloraban; por Osmundo no había llorado nadie.

—Hay que esperar un rato. Darles tiempo para que entierren al otro —explicó un pariente.

El dueño de casa, marido de una prima de Sinhazinha, sin esconder su enojo, andaba por el corredor. Aquello era una complicación inesperada en su vida: al fin y al cabo, el cuerpo no podía salir de la casa de Jesuíno, tampoco de la casa del dentista, no era decente. Su mujer era la única parienta de Sinhazinha que vivía en la ciudad, los demás habitaban en Olivença, ¿qué otro remedio, sino dejar que llevaran el cuerpo y lo velaran allí? Y justo él, amigo del coronel Jesuíno, con quien hasta tenía negocios.

—Qué contratiempo... —explicaba.

Noche y mañana de molestias, sin hablar de los gastos. ¿Quién iba a pagar?

Nacib fue a contemplar la cara de la muerta: los ojos cerrados, el semblante sereno, el pelo liso, muy lacio; después demoró los ojos en las piernas bien formadas. Desvió la mirada, no era momento de mirar las piernas de Sinhazinha. La figura solemne del Doctor surgió en la sala. Se quedó un instante de pie ante la muerta, sentenció dirigiéndose a Nacib, pero lo oyeron todos:

—Tenía sangre de los Ávila. Sangre predestinada, la sangre de Ofenísia. —Bajó la voz. —También era parienta mía.

Ante los ojos espantados de la calle comprimida en las puertas y ventanas, Malvina entró con un ramo de flores cortadas de su jardín. ¿Qué iba a hacer allí, en el funeral de una esposa muerta por adulterio, esa joven soltera, estudiante, hija de un hacendado? Ni que fueran amigas íntimas. Reprobaban con los ojos, murmuraban por los rincones. Malvina sonrió al Doctor, depositó sus flores al pie del cajón, movió los labios en una oración, salió con la cabeza erguida, como había entrado. Nacib estaba boquiabierto.

—Esa hija de Melk Tavares es muy audaz.

—Está de novia con Josué.

Nacib la siguió con los ojos, le había gustado su gesto. No sabía lo que le pasaba ese día, había amanecido raro, se sentía solidario con Osmundo y Sinhazinha, irritado con la falta de gente en el entierro del dentista, con las quejas del dueño de la casa donde estaba el cajón de la asesinada. El padre Basílio llegaba, estrechaba manos, comentaba sobre el sol brillante, el final de las lluvias.

Por fin el cortejo salió, mayor que el de Osmundo pero igualmente lastimoso, el padre Basílio chapuceando las oraciones, el llanto de la familia venida desde Olivença, el suspiro aliviado del dueño de casa. Nacib volvió al bar. ¿Por qué no enterrar a los dos juntos, llevar los dos cajones al mismo tiempo, de la misma casa, hacia la misma tumba? Así deberían haberlo hecho. Qué vida vil, llena de hipocresía, ciudad sin corazón donde sólo el dinero importaba.

—Señor Nacib, la empleada es un bombón. ¡Qué belleza! —La voz suave de Chico.

—¡Vete al infierno! —Nacib estaba triste.

Supo luego que el cajón de Sinhazinha traspuso el portón del cementerio en el mismo momento en que se retiraban los pocos acompañantes de Osmundo. Casi en el mismo momento en que el coronel Jesuíno Mendonça, asistido por el doctor Maurício Caires, golpeaba la puerta del juez de derecho para presentarse. Después el abogado apareció en el bar, rechazó cualquier bebida que no fuera agua mineral.

—Ayer me descontrolé en casa de Amâncio. Había un vino portugués de primera...

Nacib se apartó, no quería oír el comentario de la comilona de la víspera. Fue a la casa de las hermanas Dos Reis para saber cómo marchaban los preparativos de la cena y las encontró todavía excitadas con el crimen.

—Ayer por la mañana ella estaba en la iglesia, la infeliz —dijo Quinquina, que se persignaba.

—Cuando usted vino, acabábamos de estar con ella en la misa. —Florzinha se estremeció.

—Una cosa así... Por eso no me caso.

Lo llevaron a la cocina, donde Jucundina y las hijas se deshacían trabajando. *Que no se afligiera por la cena, que todo iba bien.*

—Hablando de cena, conseguí cocinera.

—Qué suerte. ¿Es buena?

—Cuscús sabe hacer. En cuanto a comida, lo sabré dentro de poco, a la hora del almuerzo.

—¿Ya no va a querer las bandejas?

—Todavía sí, por unos días...

—Es por el pesebre... Da mucho trabajo.

Cuando el movimiento en el bar se calmó, mandó a Chico Moleza a almorzar.

—A la vuelta tráeme mi vianda.

A la hora del almuerzo el bar quedaba vacío. Nacib hacía la caja, calculaba ganancias, consideraba los gastos. En forma invariable, el primero en aparecer después del almuerzo era Tonico Bastos, tomaba un digestivo, cachaza con bíter. Ese día hablaron de los entierros, luego Tonico contó lo que había pasado en el cabaré la noche anterior, después de la partida del árabe. El coronel Ribeirinho había bebido tanto que tuvieron que llevarlo a la casa casi a la rastra. En la escalera vomitó tres veces, se ensució toda la ropa.

—Está enloquecido con la bailarina...

—¿Y Mundinho Falcão?

—Se fue temprano. Me aseguró que no tiene nada con ella, que el camino estaba libre. Así que, por supuesto...

—Te tiraste el lance...

—Entré con mi juego.

—¿Y ella?

—Bien. Interesada está. Pero mientras no pesque a Ribeirinho se va a hacer la santa. Me di cuenta de todo.

—¿Y el marido?

—Completamente leal al coronel. Ya sabe todo sobre Ribeirinho. Pero conmigo no quiere saber nada. Que la mujer le sonría a Ribeirinho, que baile con él, apretadita, que le sostenga la cabeza para que vomite, eso al canalla le parece maravilloso. Pero basta que yo me acerque, que él se mete en el medio. No es más que un rufián redomado.

—Tiene miedo de que le arruines el negocio.

—¿Yo? Sólo quiero las sobras. Que Ribeirinho pague, y me conformo con los días feriados... En cuanto al marido, no te preocupes. A estas alturas ya debe de saber que soy hijo del jefe político de la región. Que conmigo tiene que andar derecho.

Chico Moleza llegaba con el almuerzo. Nacib dejó el mostrador, se ubicó a una de las mesas, se ató una servilleta alrededor del cuello.

—Vamos a ver qué tal es la cocinera...

—¿La nueva? —Tonico se aproximó, curioso.

—¡Nunca vi a una morena tan bonita! —Chico Moleza dejaba que las palabras rodaran perezosas.

—Y me dijiste que era una bruja, árabe sinvergüenza. Ocultando la verdad a tu mejor amigo, ¿eh?

Nacib destapaba los recipientes, separaba los platos.

—¡Ah! —exclamaba ante el aroma que despedía el guiso de gallina, la carne asada, el arroz, el *feijão*, el dulce de bananas en rodajitas.

Tonico interrogaba a Chico Moleza:

—¿Bonita de verdad?

—Bonita en serio...

Se inclinaba sobre los platos.

—Y no sabe cocinar, ¿no? Turco mentiroso... Se me hace agua la boca...

Nacib invitaba:

—Alcanza para los dos. Come un bocado.

Bico-Fino abría una botella de cerveza, la ponía en la mesa.

—¿Qué está haciendo ella? —preguntó Nacib a Chico.

—Está de charla con la vieja. Hablan de espiritismo. O sea: la que habla es mamá; ella escucha y se ríe. Cuando se ríe, don Tonico, uno queda aturdido.

—¡Ah! —volvía a exclamar Nacib después del primer bocado—. Maná de los cielos, Tonico. Esta vez, válgame Dios, estoy bien servido.

—Para la mesa y para la cama ¿eh, turco?...

Nacib se dio un atracón y, después de marcharse Tonico, se tendió, como lo hacía a diario, en una reposera, a la sombra de unos árboles, al lado del bar. Tomó un diario de Bahía, atrasado casi una semana, encendió un cigarro. Se pasaba la mano por los bigotes, contento de la vida, disipada la tristeza de la mañana de entierros. Más tarde iría a la tienda del tío, compraría un vestido barato, un par de chinelas. Y decidiría con la cocinera los bocadillos salados y dulces para el bar. No había imaginado que aquella *retirante*, cubierta de tierra, vestida con andrajos, supiera cocinar... Y que la tierra escondiera tanto encanto, tanta seducción... Se adormeció en la paz de Dios. La brisa del mar le acarició los bigotes.

Los relojes todavía no habían dado las cinco de la tarde, la oficina de rentas estaba en pleno movimiento, cuando Nhô-Galo, un ejemplar en la mano del *Diário de Ilhéus* en la mano, entró en el bar, alborotado. Nacib le sirvió un vermut, se preparaba para hablarle de la nueva cocinera, pero el otro alzaba la voz gangosa:

—¡Empezó la cosa!

—¿Qué cosa?

—En el diario de hoy. Acaba de salir. Lee...

Estaba en la primera página, artículo largo, en tipografía gorda. El título ocupaba cuatro columnas: "EL ESCANDALOSO ABANDONO DEL CANAL". Áspera crítica para la Intendencia, para Alfredo Bastos, "diputado del Estado, electo por el pueblo de Ilhéus para defender los sagrados intereses de la región del cacao", pero olvidado de tales intereses, cuya "débil elocuencia sólo se hace oír para celebrar los actos del gobierno, parlamentario del ¡Muy bien! y el ¡Aprobado!", para el intendente, compadre del coronel Ramiro, "inútil mediocridad, servilismo ejemplar al cacique, al mandamás", la nota culpaba del abandono del canal de Ilhéus a los políticos que se hallaban en el poder. El artículo tenía como pretexto la encalladura del Ita ocurrida el día anterior. "El mayor y más urgente problema de la región, el que es el vértice y la cumbre del progreso local, que significará riqueza y civilización o atraso y miseria, el problema del puerto de Ilhéus, o sea, el magno problema de la exportación directa del cacao" no existía, para lo que habían, "en circunstancias especiales", acaparado los puestos de mando. Y luego de la acusación terrible, terminaba con una evidente alusión a Mundinho, al recordar que, sin embargo, "hombres de elevado sentimiento cívico están dispuestos, ante el criminal desinterés de las autoridades municipales, a tomar el problema en sus manos y resolverlo. El pueblo, este glorioso y valeroso pueblo de Ilhéus, de tantas tradiciones, sabrá juzgar, castigar y premiar".

—Caramba... La cosa es seria...

—Lo escribió el Doctor.

—Más parece de Ezequiel.

—Fue el Doctor. Estoy seguro. Ayer el doctor Ezequiel estaba borracho, en el cabaré. Se va a armar un alboroto...

—¡Alboroto! Qué optimista. Va a ser un infierno.

—Mientras no empiece hoy, acá en el bar.

—¿Por qué?

—Es la cena de los autobuses, ¿te olvidaste? Va a venir todo el mundo: el intendente, Mundinho, el coronel Amâncio, Tonico, el Doctor, el Capitán, Manuel das Onças, hasta el coronel Ramiro Bastos dijo que tal vez viniera.

—¿El coronel Ramiro? Ya no sale de noche.

—Dijo que vendría. Es muy astuto, así que ahora va a venir, ya verás. Tal vez la cena termine en pelea...

Nhô-Galo se frotaba las manos.

—Va a ser divertido... —Volvió a la oficina de rentas, dejó preocupado a Nacib. El dueño del bar era amigo de todos, tenía que mantenerse alejado de aquella lucha política.

Llegaban los camareros contratados para servir la cena, comenzaban a preparar el salón, juntar mesas. Casi al mismo tiempo el juez, con un paquete de libros bajo el brazo, se sentaba en la parte de afuera con João Fulgêncio y Josué. Admiraban a Glória en la ventana; el juez lo consideraba un verdadero escándalo. João Fulgêncio se reía, disentía.

—Glória, doctor, es una necesidad social, habría que considerarla de utilidad pública, como la Sociedad Rui Barbosa, la Euterpe 13 de Mayo, la Santa Casa de Misericordia. Glória desempeña una importante función en la sociedad. Con el simple acto de su presencia en la ventana, con pasar de vez en cuando por la calle, eleva a un nivel superior uno de los aspectos más serios de la vida de la ciudad: la vida sexual. Educa a los jóvenes en el gusto por la belleza y da dignidad a los sueños de los maridos de mujeres feas, por desgracia gran mayoría en nuestra ciudad, a sus obligaciones matrimoniales, que, de lo contrario, serían un insoportable sacrificio.

El juez se dignó asentir.

—Buena defensa, mi estimado, digna de quien la hace. Pero acá, entre nosotros, ¿no es realmente un absurdo tanta carne de mujer para un solo hombre? Y encima un hombre menudo, flacucho... Si por lo menos ella no estuviera todo el día a la vista, como está...

—¿Y usted qué piensa? ¿Que nadie se acuesta con ella? Error, mi caro juez, error...

—¡No me diga, João! ¿Quién se atreve?

—La mayoría de los hombres, Su Señoría. Cuando duermen con las esposas están pensando en Glória. Es con ella que se acuestan.

—Vamos, don João Fulgêncio, ya debería haber adivinado que se trataba de una paradoja...

—De cualquier manera, esa mujer ahí es una tentación —dijo Josué—. Es como si lo agarrara a uno con los ojos...

Apareció alguien agitando un ejemplar del *Diário de Ilhéus*.

—¿Ya lo vieron?

João Fulgêncio y Josué ya lo habían leído. El juez se apoderó del periódico, se puso los anteojos. En otras mesas también comentaban.

—¿Qué me dicen?

—La política va a explotar...

—La cena de hoy va a ser entretenida.

Josué continuaba hablando de Glória.

—Lo admirable es que nadie se atreva a meterse con ella. Para mí es un misterio.

El profesor Josué era novato en la región, traído por Enoch cuando fundó el colegio. A pesar de haberse adaptado de inmediato, de frecuentar la Papelería Modelo y el bar Vesúvio, de ir a los cabarés, pronunciar discursos en las festividades, de cenar en casas de mujeres, todavía desconocía muchas de las historias de Ilhéus. Y mientras los demás discutían el artículo del *Diário*, João Fulgêncio le contó lo sucedido entre el coronel Coriolano y Tonico Bastos poco antes de la llegada de Josué a la ciudad, cuando el coronel le puso casa a Glória.

Paréntesis de advertencia

Después de que el coronel llevó a Glória y la instaló en la ciudad —contó João Fulgêncio, verdadero depositario de sucesos y relatos de Ilhéus—, en la mejor de sus casas, la misma en donde, antes de mudarse a la capital, vivía su familia, para escándalo de las solteronas, Antoninho Bastos, notario, marido de mujer celosa y padre de dos lindos niños, joven tan elegante que los domingos usaba chaleco, el donjuán de la zona, hijo predilecto del coronel Ramiro Bastos, andaba echando largas miradas a la mulata.

No se trataba de la repetición del idilio de Juca Viana y Chiquinha. ¿Josué ya había oído hablar de esa antigua historia? ¿Le habían contado los detalles, entre cómicos y tristes? Más tristes que cómicos, era un tanto macabro el humor ilheense. En el caso reciente, no hubo paseos por la playa, ni manos entrelazadas en los puentes del puerto; todavía no se había arriesgado Tonico a empujar la puerta nocturna de Glória. Sólo pasaba por las tardes, con frecuencia, por la casa de la mantenida, con regalitos de bombones comprados en el bar de Nacib, a preguntarle por la salud y si necesitaba algo. Y caídas de ojos y palabritas azucaradas. De ahí no había pasado todavía el gran Tonico.

Una tradicional amistad vinculaba al coronel Coriolano con la familia Bastos. Ramiro Bastos le había bautizado un hijo, eran compañeros políticos, se veían siempre. De eso se aprovechaba Tonico para explicarle a la esposa, esa gordísima y celosísima doña Olga, que estaba obligado, por los lazos de afecto y de interés político que lo ligaban al coronel, a hacer aquellas sospechosas visitas, después del almuerzo, a la casa "mal habitada". Doña Olga inflaba el pecho monumental, amenazaba:

—Si estás obligado a ir, Tonico, si el coronel te lo pide, anda, por mí no te preocupes. Pero... ¡te advierto! Si me entero de algo, ¡ah!, si llego a enterarme...

—Entonces, querida, si vas a desconfiar, mejor no voy. Lo que pasa es que le prometí a Coriolano...

Lengua de miel, ese Tonico, como decía el Capitán. Para doña Olga no había hombre más puro, ¡pobrecita!, perseguido por todas las mujeres de la ciudad, mantenidas, jovencitas solteras, mujeres casadas, prostitutas, todas, sin excepción. Sin embargo, por las dudas, para evitar que él cayera en la tentación, lo tenía controlado. Mal podía saber...

Así, con paciencia y bombones, Tonico iba "preparando la cama donde acostarse", como ya se murmuraba en la papelería y en el bar. Pero, antes de que sucediera lo que con seguridad sucedería, el coronel Coriolano supo de las visitas, los caramelos, las miradas lánguidas. Apareció inesperadamente en Ilhéus, en medio de la semana, entró por la puerta de la casa de Tonico, donde también funcionaba la escribanía, llena de gente a esa hora.

Antoninho Bastos recibió al amigo con expresiones ruidosas y palmaditas en la espalda, ya que era un hombre en extremo cordial y simpático. Coriolano se dejó lisonjear, aceptó la silla, se sentó, golpeaba con el rebenque contra las botas sucias de barro, y dijo sin levantar la voz:

—Señor Tonico, ha llegado a mis oídos que usted anda rondando la casa de mi protegida. Aprecio mucho su amistad, señor Tonico. Lo he visto desde niño en la casa del compadre Ramiro. Por eso voy a darle un consejo, consejo de amigo viejo: no aparezca más por allá. Yo apreciaba mucho también a Juca Viana, hijo del finado Viana, mi compañero de póquer, también vi a Juca desde pequeño. ¿Recuerda lo que le pasó? Algo lamentable, pobre: fue a meterse con la mujer de otro...

Había un silencio afligido en la notaría. Tonico tartamudeó:

—Pero, coronel...

Coriolano continuaba, sin alterar la voz, jugando con el rebenque:

—Usted es un muchacho apuesto y fino, tiene muchas mujeres, eso es algo que no le falta. Yo estoy gastado y viejo, mi mujer verdadera ya se arruinó, ¡pobre!, sólo tengo a Glória. Me gusta esa muchacha y la quiero para mí solo. Eso de pagarles la mujer a los demás nunca fue mi costumbre.

Le sonrió.

—Soy su amigo y por eso le aviso: deje de rondar por esos lados.

El notario estaba pálido, el silencio era sepulcral en el despacho. Los presentes se miraban; Manuel das Onças, que había ido a redactar una escritura, afirmó después que había sentido en el aire "olor a difunto", y él tenía buen olfato para ese olor, responsable de unos cuantos cadáveres en los tiempos de las luchas. Tonico empezó a explicarse: eran calumnias, miserables calumnias de sus enemigos y de los enemigos de Coriolano. Él sólo había ido a la casa de Glória a ofrecer sus servicios a la protegida del coronel, diariamente agraviada por todos. Esa misma gente que criticaba a Coriolano por haberla alojado en la plaza San Sebastián, en una casa donde había vivido su familia, gente que daba vuelta la cara a la muchacha, que escupía a su paso... era esa misma gente la que ahora urdía intrigas. Él sólo había querido demostrar en forma pública su estima y solidaridad para con el coronel. Nada tenía con la protegida, ni siquiera intención. Lengua de miel, ese Tonico.

—Que usted no tuvo nada, ya lo sé. Si lo hubiera tenido, yo no habría venido a hablar, la conversación sería otra. Ahora, si tuvo intención o no, ahí ya no pongo las manos en el fuego. Pero la intención no roba la mujer ni le pone los cuernos a nadie... Le conviene hacer lo que hacen los demás: darle vuelta la cara. Así es como me gusta. Y ahora que ya está avisado, no hablaremos más del tema.

Enseguida se puso a hablar de negocios, como si nada hubiera dicho, entró en la casa, fue a saludar a doña Olga, pellizcar las mejillas de los niños. Tonico Bastos dejó de pasar por la acera de Glória; desde entonces ella vivió aún más melancólica y solitaria. La ciudad comentó el asunto: "la cama se cayó antes de que él se acostara", decían, "y cayó haciendo mucho ruido", agregaban, gente sin sentimientos ni piedad, la de Ilhéus. El aviso del coronel Coriolano sirvió no sólo para Tonico: muchos decidieron quedarse en las intenciones que, en las noches tibias, se transformaban en sueños agitados, alimentados por la contemplación del busto de Glória en la ventana y la sonrisa que bajaba de los ojos a la boca, "mojada de deseo", como muy bien había expresado el propio Josué. Y las que ganaban con eso, según João Fulgêncio, para concluir la narración, eran las esposas, las viejas y feas, pues, como le había dicho él al juez, Glória era de utilidad pública, necesidad social, elevaba a un nivel superior la vida sexual de esa ciudad de Ilhéus, tan feudal todavía, a pesar del difundido e innegable progreso.

Cerrado el paréntesis, se llega al banquete

A pesar de la curiosidad y el recelo de Nacib, la cena de la empresa de autobuses transcurrió en perfecta paz y armonía. Antes de las siete, cuando los últimos clientes del aperitivo se retiraban, ya el ruso Jacob, frotándose las manos, riendo con todos los dientes, andaba detrás de Nacib. También él había leído el artículo del periódico y también él temía por el éxito de la fiesta. Gente exaltada, la de Ilhéus... Su socio, Moacir Estrela, esperaba, en el garaje, la llegada del autobús con los invitados de Itabuna, diez personas, incluyendo al intendente y al juez. Y justo ahora ese malhadado artículo que metía cizaña, desconfianza y división entre sus invitados.

—Esto va a dar mucho que hablar.

El Capitán, que había ido antes para la acostumbrada partida de *gamão*, confesó a Nacib que el artículo era apenas el comienzo. El primero de una serie, y no se limitarían a los artículos; Ilhéus viviría grandes días. El Doctor, con los dedos sucios de tinta, los ojos brillantes de vanidad, pasó por allí rápidamente, declarándose ocupadísimo. En cuanto a Tonico Bastos, no había vuelto al bar; constaba que lo había llamado con urgencia el coronel Ramiro.

Los primeros en llegar fueron los invitados de Itabuna, que ponderaron el viaje en autobús, el trayecto cumplido en una hora y media a pesar de que la ruta todavía no estaba del todo seca. Miraban con condescendiente curiosidad las calles, las casas, la iglesia, el bar Vesúvio, el surtido de bebidas, el Cine-Teatro Ilhéus, juzgando que en Itabuna todo era mejor, no había iglesias como las de allá, cine mejor que los de ellos, casas que se igualaran a las nuevas residencias itabunenses, bares más variados en bebidas, cabarés más concurridos. En aquel entonces la rivalidad entre las dos primeras ciudades de la zona del cacao comenzaba a cobrar cuerpo. Los habitantes de Itabuna hablaban del progreso sin medida, el crecimiento asombroso de su tierra, hasta hacía pocos años un simple distrito de Ilhéus, una aldea llamada Tabocas. Discutían con el Capitán, hablaban del problema del canal.

Muchas familias se dirigían al cine para ver el estreno del mago Sandra, miraban el movimiento del bar, a las figuras importantes allí reunidas, la gran mesa en forma de T. Jacob y Moacir recibían a los invitados. Mundinho Falcão llegó con Clóvis Costa, hubo un momento de curiosidad. El exportador fue a abrazar a los de Itabuna; entre ellos había clientes suyos. El coronel Amâncio Leal, en compañía de Manuel das Onças, contaba que Jesuíno había partido, debidamente autorizado por el juez, hacia su finca, donde aguardaría la marcha del proceso. El coronel Ribeirinho no sacaba los ojos de la puerta del cine, en la esperanza de ver llegar a Anabela. La conversación se generalizaba, se hablaba de los entierros, del crimen del día anterior, de negocios, del final de las lluvias, de las perspectivas de la cosecha, del Príncipe Sandra y de Anabela, se evitaba con cuidado toda referencia al asunto del canal, al artículo del *Diário de Ilhéus*. Como si todos temieran iniciar las hostilidades, nadie quisiera asumir tal responsabilidad.

Cuando, alrededor de las ocho, ya iban a sentarse a la mesa, desde la puerta del bar alguien anunció:

—Allá viene el coronel Ramiro con Tonico.

Amâncio Leal se dirigió a su encuentro. Nacib se sobresaltó: la atmósfera se puso más tensa, las risas sonaban falsas, él advertía los revólveres bajo las chaquetas. Mundinho Falcão conversaba con João Fulgêncio, el Capitán se les acercaba. Se alcanzaba a ver, al otro lado de la plaza, al profesor Josué en la puerta de Malvina. El coronel Ramiro Bastos, el cansado andar apoyado en el bastón, entró en el bar, se adelantó saludando uno por uno. Se detuvo frente a Clóvis Costa, le estrechó la mano.

—¿Cómo va el diario, Clóvis? ¿Prosperando?

—Bien, coronel.

Se demoró un poco en el grupo formado por Mundinho, João Fulgêncio y el Capitán. Quiso saber del viaje de Mundinho, reprochó a João Fulgêncio que no hubiera pasado en los últimos tiempos por su casa, bromeó con el Capitán. Nacib se sentía lleno de admiración por el viejo: debía de estar carcomiéndose por dentro, de furia, pero nada dejaba traslucir. Miraba a los adversarios, los que se preparaban para luchar contra su poder, para arrancarle los puestos, como si fueran niños sin juicio que no representaban peligro. Lo sentaron a la cabecera de la mesa, entre los dos intendentes. Mundinho venía después, entre los jueces. Empezaron a servir la comida de las hermanas Dos Reis.

Al principio nadie estaba por completo a gusto. Comían, tomaban, conversaba, reían, pero había una inquietud en la mesa como si esperaran que pasara algo. El coronel Ramiro Bastos no tocaba la comida, apenas había probado el vino. Sus ojos pequeños pasaban de comensal a comensal. Se oscurecían al posarse en Clóvis Costa, el Capitán, Mundinho. De repente quiso saber por qué el Doctor no había ido y lamentó su ausencia. Poco a poco, el ambiente fue tornándose más alegre y distendido. Se contaban anécdotas, se describían las danzas de Anabela, elogiaban la comida de las hermanas Dos Reis.

Y al final llegó la hora de los discursos. El ruso Jacob y Moacir habían pedido al doctor Ezequiel Prado que hablara en nombre de la empresa para dedicar el banquete. El abogado se incorporó, había bebido mucho, tenía la lengua pastosa, cuanto más bebía mejor hablaba. Amâncio Leal le dijo algo al oído al doctor Maurício Caires. Sin duda lo prevenía para que estuviera atento. Si Ezequiel, cuya lealtad política al coronel Ramiro se encontraba vacilante desde las últimas elecciones, empezara a hacer comentarios sobre el asunto del canal, le competería a él, Maurício, responder al instante. Pero el doctor Ezequiel, en un día de mucha inspiración, tomó como tema principal la amistad entre Ilhéus e Itabuna, las ciudades hermanas de la zona del cacao, ahora unidas también por la nueva empresa de autobuses, esa "monumental realización" de hombres emprendedores como Jacob, "llegado de las estepas heladas de Siberia para impulsar el progreso de este rincón brasileño" —frase que humedeció los ojos de Jacob, en realidad nacido en un gueto de Kiev—, y Moacir, "hombre que se hizo a costa del propio esfuerzo, ejemplo del trabajo honrado". Moacir bajaba la cabeza, modesto, mientras alrededor resonaban los aplausos. Así siguió, derrochando mucha civilización y mucho progreso, previendo el futuro de la zona, destinada a "alcanzar con rapidez los pináculos más elevados de la cultura".

El intendente de Ilhéus, tedioso e interminable, saludó al pueblo de Itabuna, tan bien representado allí. El intendente de Itabuna, coronel Aristóteles Pires, agradeció en pocas palabras. Observaba el ambiente, pensativo. Se levantó el doctor Maurício, dejó correr el verbo, les sirvió la Biblia de postre. Para concluir pidió un brindis por "ese impoluto ilheense, al que tanto debe nuestra región, varón de insignes virtudes, administrador eficiente, padre de familia ejemplar, jefe y amigo, el coronel Ramiro Bastos". Bebieron todos, Mundinho brindó con el coronel. Apenas el doctor Maurício se sentaba, ya el Capitán se ponía de pie, con una copa en la mano. También él quería hacer un brindis, dijo, aprovechando aquella fiesta que marcaba un paso más en el progreso de la zona del cacao. A la salud de un hombre llegado de las grandes ciudades del sur para invertir en esa región su fortuna y sus extraordinarias energías, su visión de estadista, su patriotismo. Por ese hombre, al que Ilhéus e Itabuna ya tanto debían, cuyo nombre estaba anónimamente ligado a esa empresa de autobuses, como a todo lo demás que en esos últimos años había emprendido el pueblo ilheense; por Raimundo Mendes Falcão, él levantaba su copa. Ahora le tocó al coronel brindar con el exportador. Según contaron después, durante el discurso del Capitán, Amâncio Leal mantuvo la mano en la empuñadura del revólver.

Y no pasó nada más. Todos comprendieron que Mundinho, a partir de aquel día, asumía la jefatura de la oposición y comenzaba la lucha. Ya no una lucha como la de antes, del tiempo de la conquista de la tierra. Ahora los rifles y las emboscadas, las notarías quemadas y las escrituras falsas no eran decisivos. João Fulgêncio dijo al juez:

—En vez de tiros, discursos... Es mejor así.

Pero el juez dudaba.

—Esto termina a los tiros, ya va a ver.

El coronel Ramiro Bastos se retiró enseguida, acompañado por Tonico. Otros se desparramaron por las mesas del bar, siguieron bebiendo. Se formó una rueda de póquer en el reservado, algunos se dirigieron a los cabarés. Nacib iba de grupo en grupo, agilizando a los empleados; la bebida corría. En medio de aquella agitación, recibió, traído por un chiquillo, un mensaje de Risoleta. Quería verlo sin falta esa misma noche, lo esperaría en el Bataclan. Firmaba: "Tu bichita Risoleta"; el árabe sonrió satisfecho. Junto a la caja estaba el paquete para Gabriela: un vestido de algodón, un par de chinelas.

Cuando terminó la función del cine, el bar se llenó. A Nacib no le alcanzaban las manos. Ahora las discusiones en torno del artículo dominaban las conversaciones. Todavía había quien hablaba del crimen del día anterior, las familias elogiaban al prestidigitador. Pero el tema, en casi todas las mesas, era el artículo del *Diário de Ilhéus*. El movimiento duró hasta tarde, era más de medianoche cuando Nacib cerró la caja y se dirigió al cabaré. En una mesa, con Ribeirinho, Ezequiel y otros, Anabela pedía opiniones para su álbum. Nhô-Galo, romántico, escribió: "Tú eres, oh bailarina, la encarnación del mismísimo arte". El doctor Ezequiel, con una borrachera memorable, agregó, con letra temblorosa: "Quién pudiera ser gigoló del arte". El Príncipe Sandra fumaba con su larga boquilla, imitación marfil. Ribeirinho, muy íntimo, le palmeaba la espalda, le contaba sobre las grandezas de su hacienda.

Risoleta esperaba a Nacib. Lo llevó a un rincón del salón. Le contó amarguras: había amanecido enferma, le había vuelto una antigua complicación que le convertía los días en un infierno, había tenido que llamar a un médico. Y estaba sin nada de dinero, ni para los remedios. No tenía a quién pedirle, no conocía casi a nadie. Recurría a Nacib porque él había sido tan amable aquella noche... El árabe le dio un billete, rezongando, ella le acarició el pelo.

—Mejórate pronto; en dos o tres días te mando llamar...

Se fue apresurada. ¿De veras estaría enferma, o era una comedia para sacarle dinero, ir a gastarlo con un estudiante o un viajante en una cena regada de vino? Nacib se sentía irritado, esperaba dormir con ella, en sus brazos olvidar el día melancólico de entierros, trabajoso e inquieto, de banquete y de intrigas políticas. Un día para destruir a cualquier hombre. Y terminaba con esa decepción. Sostenía el paquete para Gabriela. Las luces se apagaban, la bailarina apareció vestida con sus plumas. El coronel Ribeirinho llamaba al camarero, pedía champán.

Noche de Gabriela

Entró en la sala, se arrancó los zapatos. Pasaba gran parte del día de pie, yendo de mesa en mesa. Era un placer sacarse los zapatos, las medias, mover los dedos de los pies, dar unos pasos descalzo, ponerse las viejas pantuflas. Sentimientos e imágenes se le mezclaban en la cabeza. Anabela debía de haber terminado su número, estaría en la mesa con Ribeirinho bebiendo champán. Tonico Bastos no había aparecido aquella noche. ¿Y el Príncipe? Se llamaba Eduardo da Silva, en su tarjeta constaba: "artista". Un cínico, eso sí. Adulaba al hacendado, empujaba a la mujer a sus brazos, negociaba con el cuerpo de ella. Nacib se encogió de hombros. Tal vez no fuera más que un pobre diablo, tal vez Anabela no significara gran cosa para él, simple relación accidental, de trabajo. Ése era su negocio, lo que le daba de comer, tenía cara de haber pasado mucha hambre. Trabajo sucio, sin duda... ¿y cuál es limpio? ¿Por qué juzgarlo y condenarlo? A lo mejor él era más decente que los amigos de Osmundo, sus compañeros de bar, de literatura, de bailes en el Club Progreso, de charlas sobre mujeres, todos ciudadanos honrados pero incapaces de llevar el cuerpo del amigo al cementerio... Hombre derecho era el Capitán. Pobre, sin más recurso que el empleo de recaudador federal, sin plantaciones de cacao, mantenía sus opiniones, enfrentaba a cualquiera. No era íntimo de Osmundo, y allá estaba, en el entierro, agarrando una manija del cajón. ¿Y el discurso de la cena? Espetó a todos en la cara el nombre de Mundinho, en presencia del coronel Ramiro Bastos.

Al recordar la cena, Nacib se estremeció. Hasta tiros habría podido haber, fue una suerte que hubiera terminado en paz. Además, era apenas el comienzo, el propio Capitán lo había dicho. Mundinho tenía dinero, prestigio en Río, amigos en el gobierno federal, no era una "porquería cualquiera" como el doctor Honorato, médico añoso y agotado, jefe de la oposición que debía favores a Ramiro y le pedía empleo para los hijos. Mundinho iba a arrastrar mucha gente, dividir a los hacendados dueños de los votos, a hacer estragos. Si lograra, como prometía, traer ingenieros y dragas para desobstruir el canal... Podría quedarse con Ilhéus, mandar a los Bastos al ostracismo. Además, el viejo estaba acabado, Alfredo sólo continuaba en la Cámara por ser su hijo, buen médico de niños y nada más. En cuanto a Tonico... no había nacido para la política, para mandar y dejar de mandar, hacer y deshacer. Salvo cuando se trataba de mujeres. Ni había aparecido por el cabaré aquella noche. Seguro que para no enfrentar las discusiones sobre el artículo, no era hombre de peleas. Nacib meneó la cabeza. Amigo de unos y de otros, del Capitán y de Tonico, de Amâncio Leal y del Doctor, con ellos bebía, jugaba, conversaba, iba a casas de mujeres. De ellos provenía el dinero que ganaba. Y ahora se encontraban divididos, cada uno por su lado. En una sola cosa estaban todos de acuerdo: en matar a las mujeres adúlteras; ni siquiera el Capitán defendía a Sinhazinha. Ni siquiera su primo, desde cuya casa el cuerpo fue llevado al cementerio. ¿Qué diablos había ido a hacer ahí la hija del coronel Melk Tavares, aquella por la que Josué suspiraba enamorado, de cara hermosa, callada, ojos inquietos como si escondiera un secreto, algún misterio? Una vez João Fulgêncio había dicho, al verla con otras compañeras comprando chocolate en el bar:

—Esa muchacha es diferente de las demás, tiene carácter.

¿Por qué diferente? ¿Qué quería decir João Fulgêncio, hombre tan ilustrado, con eso de "carácter"? Lo cierto era que había asistido al velatorio, con flores. El padre había visitado a Jesuíno, "le dejaba su abrazo", como él mismo le había dicho a Nacib en el "mercado de los esclavos". La hija, joven soltera y estudiante, a la espera de novio, ¿qué diablos había ido a hacer junto al cajón de Sinhazinha? Todo dividido, el padre por un lado, la hija por otro. Este mundo es complicado, que lo entienda el que quiera, estaba más allá de sus fuerzas, él no era más que el dueño de un bar, ¿por qué pensar en todo eso? Lo único que tenía que hacer era ganar dinero para algún día poder comprar plantaciones de cacao. Si Dios lo ayudara, las compraría. Tal vez entonces podría mirar la cara de Malvina, intentar descifrar su enigma. O, por lo menos, ponerle casa a una amante igual a Glória.

Tenía sed, fue a tomar agua fresca de la tinaja que había en la cocina. Vio el paquete, con el vestido y las chinelas, traídos de la tienda del tío. Estaba indeciso. Era mejor entregárselo al otro día. O ponerlo frente a la puerta del cuartito del fondo, para que la empleada lo encontrara cuando se despertara. Como si fuera Navidad... Sonrió, recogió el paquete. En la cocina bebió agua a grandes tragos, había tomado mucho ese día, durante la cena, mientras ayudaba a servir.

La luna, en lo alto de los cielos, iluminaba la huerta de papayos y guayabos. La puerta del cuarto de la empleada estaba abierta. Quizá por el calor. En los tiempos de Filomena se cerraba con llave, la vieja tenía miedo a los ladrones, su riqueza eran los cuadros de los santos. La luz de la luna entraba en el cuarto. Nacib se acercó, dejaría el paquete a los pies de la cama, ella se llevaría una sorpresa por la mañana. Y, tal vez, a la noche siguiente...

Los ojos escrutaban la oscuridad. Un rayo de luna subía por la cama, iluminaba un pedazo de pierna. Nacib fijó la vista, ya excitado. Había esperado dormir aquella noche en los brazos de Risoleta, con esa certeza había ido al cabaré, disfrutando por anticipado de la sabiduría de la muchacha, prostituta de ciudad grande. El deseo se le había despertado. Ahora veía el cuerpo moreno de Gabriela, la pierna que salía de la cama. Más allá que verlo, lo adivinaba debajo de la manta remendada, que apenas cubría la combinación rasgada, el vientre y los senos. Un seno se escapaba por la mitad, Nacib trataba de verlo. Y ese perfume a clavo, que aturdía.

Gabriela se agitó en el sueño; el árabe había pasado la puerta. Estaba con la mano tendida, sin coraje para tocar el cuerpo dormido. ¿Por qué apresurarse? ¿Y si ella gritara, si armara un escándalo, se fuera? Se quedaría sin cocinera, jamás encontraría otra igual a ella. Lo mejor era dejar el paquete a la orilla de la cama. Al otro día se demoraría más en la casa, para ganarse su confianza poco a poco, hasta terminar por conquistarla.

Su mano casi temblaba al dejar el paquete. Gabriela se sobresaltó, abrió los ojos, iba a hablar pero vio a Nacib de pie, que la miraba fijo. Con una mano, instintivamente, buscó la manta pero lo único que logró —¿por vergüenza o por malicia?— fue hacerla resbalar de la cama. Se incorporó a medias, se quedó sentada, sonreía tímida. No trataba de esconder el seno, ahora visible a la luz de la luna.

—Vine a traerte un regalo —tartamudeó Nacib—. Lo iba a poner en tu cama. Llegué recién...

Ella sonreía, ¿de miedo o para darse valor? Todo podía ser; parecía una niña, las caderas y los senos a la vista como si no viera nada de malo en eso, como si nada supiera de esas cosas, como si fuera toda inocencia. Tomó el paquete de la mano de él.

—Gracias, señor. Que Dios se lo pague.

Desató el nudo; Nacib la recorría con los ojos, ella extendió sonriendo el vestido sobre el cuerpo, lo acarició con la mano.

—Qué lindo...

Espió las chinelas baratas; Nacib jadeaba.

—El señor es tan bueno...

El deseo subía por el pecho de Nacib, le apretaba la garganta. Sus ojos se oscurecían, el perfume a clavo lo mareaba, ella apartaba el vestido para verlo mejor, su desnudez cándida resurgía.

—Qué lindo... Me quedé despierta, esperando que el señor me pidiera la comida de mañana. Se hizo tarde, me vine a acostar...

—Tuve mucho trabajo. —Las palabras le salían con esfuerzo.

—Pobrecito... ¿No está cansado?

Doblaba el vestido, ponía las chinelas en el piso.

—Dame, que lo cuelgo en el clavo.

Su mano tocó la de Gabriela, ella se rió.

—Qué mano más fría...

Él no pudo más, le agarró el brazo, la otra mano buscó el seno que crecía a la luz de la luna. Ella lo atrajo hacia sí.

—Muchacho lindo...

El perfume a clavo llenaba el cuarto, un calor venía del cuerpo de Gabriela, envolvía a Nacib, le quemaba la piel, la luz de luna moría en la cama. En un susurro entre besos, la voz de Gabriela gemía:

—Muchacho lindo...

Segunda parte

Alegrías y tristezas
de una hija del pueblo en las calles de Ilhéus,
de la cocina al altar
(mejor dicho, altar no hubo debido
a complicaciones religiosas)
cuando
corría abundante el dinero
y
se transformaba la vida
—
con
casamientos y descasamientos,
suspiros de amor y aullidos de celos,
traiciones políticas y conferencias literarias,
atentados, fugas, diarios en llamas,
lucha electoral
y
el fin de la soledad
capoeristas y *chef de cuisine,*
calor y fiestas de fin de año,
trío de pastorcitas y circo de morondanga,
quermese y buzos,
mujeres que bajan de cada barco,
jagunços en los últimos tiros
con
los grandes cargueros en el puerto y la ley
derrotada
con
una flor y una estrella.
o

GABRIELA, CLAVO Y CANELA

Capítulo tercero

El secreto de Malvina

(NACIDA PARA UN GRAN DESTINO,
PRESA EN SU JARDÍN)

"La moral se debilita, las costumbres degeneran,
aventureros llegados de afuera..."

(de un discurso del doctor Maurício Caires)

Cantiga para arrullar a Malvina

Duerme, niña dormida,
para tu lindo sueño soñar.
En tu lecho adormecida
partirás a navegar.

Estoy presa en mi jardín
con flores encadenada.
¡Acudan! Me van a ahogar.
¡Acudan! Me van a matar.
¡Acudan! Me van a casar
en una casa a enterrar
en la cocina a cocinar
en el orden a ordenar
en el piano a practicar
en la misa a confesar.
¡Acudan! Me van a casar
y en la cama a embarazar.

En tu lecho adormecida
partirás a navegar.

Mi marido, mi señor,
en mi vida va a mandar.
A mandar en mi ropa,
en mi perfume a mandar.
A mandar en mi deseo,
en mi dormir a mandar.
A mandar en este cuerpo,
en mi alma va a mandar.

Derecho mío a llorar,
derecho de él a matar.

En tu lecho adormecida
partirás a navegar.

¡Acudan! Llévenme lejos de acá,
quiero marido para amar,
no para respetar.
Quien sea, ¿qué más da?
Joven pobre o joven rico,
lindo, feo, mulato,
que me lleve lejos de aquí.
Esclava no quiero ser.
¡Acudan! Llévenme lejos de acá.

En tu lecho adormecida
partirás a navegar.

A navegar partiré
sola o acompañada.
Bendecida o condenada
a navegar partiré.
Partiré para casarme,
a navegar partiré.
Partiré para entregarme,
a navegar partiré.
Partiré para alimentarme,
a navegar partiré.
Partiré para encontrarme,
para siempre partiré.

Duerme, niña dormida,
para tu lindo sueño soñar.

Gabriela con flor

Las flores se abrían en las plazas de Ilhéus, canteros de rosas, crisantemos, dalias, margaritas. Los pétalos de las portulacas se abrían entre el césped a las once de la mañana, puntuales como el reloj de la Intendencia, salpicando de rojo el verde de la hierba. Hacia la parte del Malhado, en medio del monte, en los bosques húmedos del Unhão y de la Conquista, estallaban fantásticas orquídeas. Pero el perfume que se elevaba en la ciudad, que la dominaba, no venía de los jardines, de los bosques, de las cuidadas flores, de las orquídeas salvajes. Llegaba de los edificios de embalaje, del muelle y de las casas exportadoras; era el perfume de las almendras del cacao seco, tan fuerte que atontaba a los forasteros, tan habitual que los demás no lo sentían. Se esparcía sobre la ciudad, el río y el mar.

En las plantaciones, los frutos del cacao ponían, de repente, toda la gama de amarillos en el paisaje, un aire dorado. El tiempo de la cosecha se acercaba, cosecha tan grande como nunca se había visto.

Gabriela acomodaba una gran bandeja de bocadillos dulces. Otra, todavía más grande, de *acarajés*, *abarás*, croquetitas de bacalao, frituras. El negrito Tuísca, pitando una colilla, esperaba mientras le contaba charlas del bar, pequeños acontecimientos, los que más le interesaban: los diez pares de zapatos de Mundinho Falcão, los partidos de fútbol en la playa, un robo en una tienda de géneros, el anuncio de la próxima llegada del Gran Circo Balcánico, con elefante y jirafa, camello, leones y tigres. Gabriela se reía, escuchaba, atenta a las noticias del circo.

—¿En serio que viene?

—Ya hay anuncios en los postes.

—Una vez tuvimos un circo por allá. Fui a verlo con mi tía. Había un hombre que comía fuego.

Tuísca hacía planes: cuando llegara el circo, él acompañaría al payaso en su recorrido por la ciudad, montado de espaldas en un burro. Así pasaba siempre, cada vez que un circo armaba su carpa en el descampado del puesto de pescado. El payaso preguntaba:

—¿Qué es un payaso?

Los niños le respondían:

—Un ladrón de mujeres...

El payaso le marcaba la frente con cal, él entraba gratis para la función de la noche. O ayudaba a los encargados de preparar la pista, y se hacía indispensable e íntimo de todos. En esas ocasiones abandonaba su cajón de lustrabotas.

—Un circo quiso llevarme. El director me llamó...

—¿De ayudante?

Tuísca casi se ofendió.

—No. De artista.

—¿Y qué ibas a hacer?

Se le iluminó la carita negra.

—Ayudar con los monos, presentarme con ellos. Y para bailar, también... Pero no fui, por mamá... —La negra Raimunda estaba impedida por el reumatismo, incapacitada para ejercer su oficio de lavandera; los hijos mantenían la casa: Filó, chofer de autobús, y Tuísca, habilidoso en diversas artes.

—¿Y sabes bailar?

—¿Nunca me viste? ¿Quieres ver?

De inmediato se puso a bailar; llevaba el baile adentro, los pies creaban pasos, el cuerpo suelto, las manos marcando el ritmo. Gabriela miraba; a ella le pasaba lo mismo, no se contuvo. Abandonó bandejas y cacerolas, dulces y salados, una mano sujetó la falda. Ahora bailaban los dos, el negrito y la mulata, bajo el sol del jardín. Nada más existía en el mundo. En cierto momento Tuísca paró, se puso a marcar el ritmo con las manos sobre un tacho vacío, boca abajo. Gabriela giraba, la falda volando, brazos que iban y venían, el cuerpo que se dividía y se juntaba otra vez, contoneo de caderas, boca sonriente.

—Dios mío, las bandejas...

Las acomodaron apresurados, la de los bocadillos dulces sobre la de los salados, todas sobre la cabeza de Tuísca, que se fue silbando la melodía. Los pies de Gabriela todavía dibujaron unos pasos, qué bueno era bailar. Un ruido a hervor llegó de la cocina; ella corrió.

Cuando oyó que Chico Moleza entraba en la casa de al lado, ya estaba lista: tomó la vianda, se calzó las chinelas, se dirigió a la puerta. Iba a llevar la comida a Nacib, ayudar mientras el empleado no estaba. Enseguida volvió, cortó una rosa del jardín, se puso el tallo detrás de la oreja, sentía los pétalos aterciopelados que le rozaban suaves la cara.

Había sido el zapatero Felipe —boca sucia de anarquista que echaba pestes contra los curas, pero tan educado como un noble español al hablar con una dama— el que le enseñó esa moda. "La más hermosa de las modas", le dijo. "En Sevilla todas las muchachas llevan una flor roja en el pelo"...

Tantos años en Ilhéus, martillando suelas, y todavía mezclaba palabras castellanas con su portugués. Antes iba al bar muy de vez en cuando. Trabajaba mucho, remendando sillas de montar, arreos, fabricando fustas, colocando suelas en zapatos y botas; en el tiempo libre leía unos folletos de tapa roja, discutía en la Papelería Modelo. Casi únicamente los domingos iba al bar a jugar *gamão* y damas, adversario temido. Ahora iba todos los días, antes del almuerzo, a la hora del aperitivo. Cuando llegaba Gabriela, el español levantaba la cabeza de rebelde pelo blanco, reía con los dientes perfectos, de joven.

—Salve la gracia, olé.

Y hacía con los dedos un ruido de castañuelas.

También otros, clientes antes ocasionales, se habían vuelto cotidianos; el Vesúvio experimentaba una singular prosperidad. La fama de los bocadillos salados y dulces de Gabriela había circulado, desde los primeros días, entre los adictos al aperitivo, atraído gente de los bares del puerto, alarmado a Plínio Araçá, el dueño del Pinga de Ouro. Nhô-Galo, Tonico Bastos, el Capitán, cada uno a su vez, tras compartir el almuerzo de Nacib, habían hablado maravillas de la comida. Los *acarajés*, las frituras envueltas en hojas de banano, las croquetitas de carne, picantes, eran cantadas en prosa y en verso... En verso porque el profesor Josué les había dedicado una cuarteta, en la que rimaba fritura con hermosura, cocinera con hechicera. Mundinho Falcão ya la había solicitado en préstamo, un día, cuando ofreció una cena en su residencia, con motivo del accidental paso por Ilhéus, a bordo de un Ita, de un amigo suyo, senador por Alagoas.

Iban para el aperitivo, el póquer de dados, los *acarajés* con pimienta, las croquetitas saladas de bacalao para abrir el apetito. El número aumentaba, unos llevaban a otros, a causa de las noticias sobre la alta calidad de los condimentos de Gabriela. Pero muchos se demoraban un poco más allá de la hora habitual, atrasaban el almuerzo. Desde que Gabriela había empezado a ir al bar con la vianda para Nacib.

A su entrada resonaban exclamaciones; ese paso de baile, los ojos bajos, la sonrisa que se derramaba desde sus labios hacia todas las bocas. Entraba, daba los buenos días entre las mesas, iba directo al mostrador, depositaba la vianda. En general, a esa hora el movimiento era mínimo, uno que otro cliente demorado que se apresuraba para llegar a su casa. Pero, poco a poco, los clientes empezaron a prolongar la hora del aperitivo, a medir el tiempo según la llegada de Gabriela, a tomar una última copa después de su aparición en el bar.

—Sale un *rabo-de-galo*, Bico-Fino.

—Dos vermuts por acá...

—¿Jugamos otra? —Los dados resonaban en el cubilete de cuero, rodaban sobre la mesa. —Trío de reyes y...

Ella ayudaba a servir, para que terminara antes el movimiento del bar; de lo contrario la comida se enfriaría, perdería el sabor. Las chinelas se arrastraban por el cemento, el pelo atado con una cinta, el rostro sin pintura, las caderas de baile. Iba entre las mesas, uno le decía galanteos, otro la miraba con ojos suplicantes, el Doctor le daba palmaditas en la mano, la llamaba "mi niña". Ella sonreía a unos y a otros, parecía una chiquilla de no ser por las caderas amplias. Una súbita animación recorría el bar, como si la presencia de Gabriela lo volviera más acogedor e íntimo.

Desde el mostrador, Nacib la veía venir por la plaza, la rosa en la oreja, sujeta en el pelo. Se entornaban los ojos del árabe: los recipientes llenos de comida deliciosa, a aquella hora se sentía famélico, se contenía para no devorar las empanadas y los pasteles de camarón, los bocadillos de las bandejas. Y la entrada de Gabriela significaría una ronda más de bebida en casi todas las mesas, aumento de las ganancias. Por lo demás, era un placer para los ojos verla al mediodía, recordar la noche pasada, imaginar la próxima.

Por debajo del mostrador la pellizcaba, le pasaba la mano por debajo de la falda, le tocaba los pechos. Gabriela se reía entonces con disimulo; era delicioso.

El Capitán la reclamaba.

—Ven a ver esta jugada, mi alumna...

De alumna la trataba, con falso aire paternal, desde el día que había intentado, en el bar casi vacío, enseñarle los misterios del *gamão*. Ella se reía, sacudiendo la cabeza; salvo el juego del burro, no lograba aprender ningún otro. Pero él, al final de las partidas prolongadas con jugadas lentas para verla llegar, reclamaba su presencia en los movimientos decisivos.

—Ven aquí para darme suerte...

A veces la suerte era para Nhô-Galo, para el zapatero Felipe o para el Doctor.

—Gracias, mi niña. Que Dios te haga todavía más hermosa. —El Doctor le daba una leve palmada en la mano.

—¿Más hermosa? ¡Imposible! —protestaba el Capitán, abandonando el aire paternal.

Nhô-Galo no decía nada, se limitaba a mirarla. El zapatero Felipe le elogiaba la rosa en la oreja.

—¡Ah! Mis veinte años...

Reprochaba a Josué: ¿por qué no hacía un soneto para esa flor, esa oreja, esos ojos verdes? Josué respondía que un soneto era poco, haría una oda, una balada.

Se sobresaltaban cuando el reloj daba las doce y media, iban saliendo, tras dejar gordas propinas que Bico-Fino recogía con las uñas sucias y ávidas. Se iban empujados por el reloj, como obligados, a disgusto. El bar se vaciaba, Nacib se sentaba a comer. Ella le servía, rondaba cerca de la mesa, abría la botella de cerveza, le llenaba el vaso. La cara morena resplandecía cuando él, satisfecho, entre dos eructos —"es bueno para la salud", explicaba—, elogiaba los platos. Recogía los recipientes y volvía Chico Moleza; era el turno del almuerzo de Bico-Fino. Gabriela armaba la reposera en un terreno contiguo al bar, plantado de árboles, que daba a la plaza. Decía “hasta luego, señor Nacib”, regresaba a la casa. El árabe encendía el cigarro San Félix, miraba los periódicos de Bahía, atrasados una semana, se quedaba espiándola mientras ella desaparecía en la curva de la iglesia, con su andar de baile, sus nalgas maduras. Ya no llevaba la flor en la oreja, sujeta al pelo. Él la encontró en la reposera; ¿se habría caído por casualidad, al agacharse la muchacha, o se la había quitado de la oreja para dejarla allí a propósito? Rosa encarnada con aroma a clavo, perfume de Gabriela.

Del esperado huésped indeseable

Eufóricos, el Capitán y el Doctor aparecieron temprano en el bar Vesúvio en compañía de un hombre de unos treinta y pico de años, cara franca y aire deportivo. Antes de que se lo presentaran, Nacib adivinó que se trataba del ingeniero. Le causó cierta decepción el tan esperado y discutido ciudadano...

—Doctor Rómulo Vieira, ingeniero del Ministerio de Obras Públicas.

—Mucho gusto, doctor. A su servicio...

—El gusto es mío.

Allí estaba, la cara tostada por el sol, el pelo cortado casi al ras, una pequeña cicatriz en la frente. Estrechaba con fuerza la mano de Nacib. El Doctor sonreía tan feliz como si exhibiera a un pariente cercano e ilustre o a una mujer de rara belleza. El Capitán bromeaba:

—Este árabe es una institución. Es él el que nos envenena con bebida adulterada, nos roba en el póquer, sabe de la vida de todo el mundo.

—No diga eso, Capitán. ¿Qué va a pensar el doctor?

—Es un buen amigo... —rectificaba el Capitán—. Una persona de bien.

El ingeniero sonreía, un tanto incómodo, mientras miraba con desconfianza la plaza y las calles, el bar, el cine, las casas cercanas en cuyas ventanas surgían ojos curiosos. Se sentaron a una de las mesas del paseo. Glória aparecía en la ventana, mojada del baño reciente, el pelo por peinar, en un desaliño matinal. Enseguida descubrió al forastero, le clavó los ojos, corrió adentro para embellecerse.

—Un monumento de mujer, ¿eh? —El Capitán le contaba de Glória, la solitaria.

Nacib quiso servirlos personalmente, llevó unos trozos de hielo en un plato, la cerveza estaba apenas fría. ¡Por fin había llegado el ingeniero! *El Diário de Ilhéus* había anunciado el día anterior, en la primera página, con letras gordas, su llegada, al día siguiente, en el barco de la Baiana. Con lo cual, agregaba con aspereza la nota, "se transformará en sonrisa forzada la risa estúpida de los necios y resentidos, esos profetas de pacotilla que, en su obra antipatriota, niegan no sólo la llegada del ingeniero sino la existencia misma de todo ingeniero en el Ministerio... El día de mañana será el de las bocas taponadas, de la soberbia castigada". El ingeniero había arribado vía Bahía, desembarcado en Ilhéus aquella madrugada.

Violenta noticia la del periódico, llena de insolencias contra los adversarios. Pero la verdad es que el ingeniero había demorado en llegar, habían pasado casi tres meses desde el anuncio de su llegada inminente. Un día —Nacib lo recordaba muy bien, porque ese día se fue la vieja Filomena y él contrató a Gabriela— Mundinho Falcão desembarcó de un Ita y divulgó a los cuatro vientos, en una demostración de absoluto prestigio, el estudio y la solución del problema del canal. El punto de partida era la llegada de un ingeniero del Ministerio. Fue para la ciudad una sensación casi tan intensa como el crimen del coronel Jesuíno Mendonça. Marcó el inicio de la campaña política para las elecciones del comienzo del siguiente año, tras asumir Mundinho Falcão la jefatura de la oposición y atraer gran cantidad de gente. El *Diário de Ilhéus*, en cuyo titular se leía: "noticioso y apolítico", empezó a criticar la administración municipal, atacar al coronel Ramiro Bastos, lanzar indirectas al gobierno del estado. El Doctor había escrito una serie de artículos, pasquinadas feroces, blandiendo al anunciado ingeniero como una espada sobre la cabeza de los Bastos.

En su oficina —toda la planta baja estaba ocupada por el embalaje del cacao—, Mundinho Falcão conversaba con hacendados, pero ya no eran simples asuntos comerciales, ventas de cosechas, formas de pago. Discutía de política, proponía alianzas, anunciaba planes, daba la elección por ganada. Los coroneles escuchaban impresionados. Los Bastos mandaban en Ilhéus hacía más de veinte años, respaldados por los sucesivos gobiernos del Estado. Mundinho, sin embargo, apuntaba más alto: su aval venía de Río, del gobierno federal. ¿Acaso no había conseguido, a pesar de la oposición del gobierno del estado, un ingeniero para que analizara el hasta entonces insoluble problema del canal? ¿No había asegurado resolverlo en poco tiempo?

El coronel Ribeirinho, que jamás había prestado atención a sus votos, que entregaba en bandeja a Ramiro Bastos, se alineó en las filas del nuevo jefe, se metía en política por primera vez. Y, exaltado, emprendió viajes por el interior para apalabrar a compadres suyos e influir en pequeños labradores. Había quien decía que esa amistad política había nacido en la cama de Anabela, bailarina llevada a Ilhéus por el exportador, que allí había abandonado a su compañero, mago ilusionista, para bailar exclusivamente para el coronel. "Exclusivamente, un carajo", pensaba Nacib. Demostrando ejemplar neutralidad política, ella se acostaba con Tonico Bastos mientras el coronel recorría aldeas y pueblos. Y a los dos traicionaba cuando Mundinho Falcão, afecto a la variación, le mandaba un mensaje. Era con él con quien contaba, en definitiva, por si le ocurría una desventura cualquiera en esa tierra asustadora, de costumbres brutales.

Otros hacendados, en especial los más jóvenes, cuyos compromisos con el coronel Ramiro Bastos eran recientes y no llevaban la marca de la sangre derramada, estaban de acuerdo con Mundinho Falcão en el análisis y las soluciones de los problemas y las necesidades de Ilhéus: apertura de carreteras, aplicación de parte de las rentas en los distritos del interior, en Água Preta, Pirangi, Río do Braço, Cachoeira do Sul, exigir a los ingleses la conclusión del ramal del ferrocarril que unía Ilhéus con Itapira, cuyas obras se eternizaban.

—Basta de plazas y jardines... Lo que necesitamos son carreteras.

Por sobre todas las cosas influía la perspectiva de la exportación directa, cuando el canal dragado y modificado permitiera el paso a los grandes barcos. Aumentaría la recaudación del municipio, Ilhéus sería una verdadera capital. Unos días más y tendrían entre ellos al ingeniero...

Pero la verdad es que el tiempo fue pasando, semana tras semana, un mes, otro mes, y el ingeniero no llegaba. Se enfriaba el entusiasmo de los hacendados, sólo Ribeirinho se mantenía firme, discutiendo en los bares, prometiendo y amenazando. El *Jornal do Sul*, de los Bastos, preguntaba por el "ingeniero fantasma, invención de forasteros ambiciosos y malintencionados, cuyo prestigio no pasa de una charla de bar". El propio Capitán, alma de todo aquel movimiento, por mucho que lo ocultara, andaba nervioso, se irritaba ante el tablero de *gamão*, perdía partidas.

El coronel Ramiro Bastos había ido a Bahía, pese a que los amigos y los hijos desaconsejaron el viaje, peligroso para su edad. Volvió una semana después, triunfante. Reunió a los correligionarios en su casa.

Amâncio Leal contaba, para el que quisiera oírlo, con su voz suave, que el gobernador del estado había garantizado al coronel Ramiro que no existía ningún ingeniero designado por el Ministerio para ocuparse del canal de Ilhéus. Ése era un problema irremediable, ya el secretario de Vialidad del estado lo había estudiado ampliamente. No tenía arreglo, sería tiempo perdido intentar resolverlo. La solución radicaba en construir un nuevo puerto para Ilhéus, en el Malhado, lejos del canal. Obra de gran envergadura, exigiría años de estudio antes de pensar en comenzarla. Dependía de millones de reales, de la cooperación entre los poderes federal, estatal y municipal. Con una obra de tamaña magnitud, los estudios marchaban con lentitud, no podía ser de otra manera. Estudios múltiples, prolongados y difíciles. Pero ya habían comenzado. El pueblo de Ilhéus debería tener un poco de paciencia...

El *Jornal do Sul* publicó un artículo sobre el futuro puerto, en el que elogiaba al gobernador y al coronel Ramiro. En cuanto al ingeniero, escribía, había "encallado en el canal para siempre"... El intendente, por sugerencia de Ramiro, ordenó construir una plaza más, al lado del nuevo edificio del Banco de Brasil.

Amâncio Leal, cada vez que se encontraba con el Capitán o el Doctor, no dejaba de preguntarles, con una sonrisa burlona:

—Y el ingeniero, ¿cuándo llega?

El Doctor respondía ríspido:

—El que ríe último ríe mejor.

El Capitán agregaba:

—Nada se pierde con esperar.

—¿Cuánto tiempo hay que esperar?

Terminaban bebiendo algo juntos, Amâncio exigía que pagaran ellos.

—Cuando llegue el ingeniero empiezo a pagar yo.

Quiso hacer una de esas bromas a Ribeirinho, pero el otro se exaltó, gritó fuerte en el bar:

—No me gustan las mezquindades. ¿Quiere apostar? Entonces apueste dinero de verdad. Apuesto diez *contos* a que el ingeniero viene.

—¿Diez *contos*? Pongo veinte contra sus diez y le doy un año de plazo. ¿O quiere más? —La voz suave, la mirada dura.

Nacib y João Fulgêncio sirvieron de testigos.

El Capitán le insistía a Mundinho para que fuera a Río, a presionar al ministro. El exportador se negaba. Había empezado la cosecha, no podía dejar sus negocios en aquel momento. Un viaje, por lo demás, innecesario, pues la llegada del ingeniero estaba asegurada, sólo se había demorado debido a detalles burocráticos. No contaba las dificultades reales, el susto que había pasado al saber, por la carta de un amigo, que el ministro se había echado atrás con respecto a lo prometido, ante la protesta del gobernador de Bahía. Mundinho recurrió entonces a todas sus amistades, a excepción de la propia familia, para solucionar el caso. Escribió cartas, envió cantidades de telegramas, pidió y prometió. Un amigo suyo habló con el Presidente de la República y, cosa que Mundinho jamás supo, fue el prestigio de Lourival y de Emílio el factor decisivo para superar el escollo. Al enterarse del nombre del autor del pedido y su parentesco con los influyentes políticos paulistas, el Presidente dijo al ministro:

—Después de todo, es un pedido justo. El gobernador está al final de su mandato, peleado con mucha gente, no sé si conseguirá un sucesor. No debemos inclinarnos siempre ante la voluntad de los gobiernos locales...

Mundinho había vivido días de temor, casi de pánico. Si perdía esa partida, no le quedaba otra cosa que hacer que preparar su equipaje y marcharse de Ilhéus. Salvo que quisiera vivir desmoralizado, objeto de pullas y burlas. Volver, cabizbajo, fracasado, a la sombra de los hermanos... Casi había dejado de frecuentar los bares, los cabarés, donde la maledicencia aumentaba.

El propio Tonico Bastos, muy discreto, que evitaba, en lo posible, mencionar ese tema delante de los partidarios de Mundinho, ya no se contenía, disfrutaba del mal humor de los adversarios. En una oportunidad hubo un violento intercambio de palabras entre él y el Capitán; tuvo que intervenir João Fulgêncio para evitar una ruptura de relaciones. Tonico había propuesto, mientras bebían y conversaban:

—¿Por qué, en lugar de un ingeniero, Mundinho no trae otra bailarina? Cuesta menos trabajo y sirve a los amigos...

Esa misma noche, el Capitán se presentó, sin avisar, en la casa del exportador. Mundinho lo recibió incómodo.

—Va a tener que disculparme, Capitán, pero tengo gente en casa. Una joven que vino de Bahía, llegó en el barco de hoy. Para distraerme de los negocios...

—Sólo le ocuparé un minuto. —Ese cuento de la muchacha mandada a buscar a Bahía irritaba al Capitán. —¿Sabe lo que dijo Tonico Bastos hoy en el bar? Que usted sólo servía para traer mujeres a Ilhéus. Mujeres y nada más... Pero un ingeniero, no.

—Muy gracioso. —Mundinho se reía. —Pero no se aflija...

—¿Cómo no me voy a afligir? El tiempo pasa, y la llegada del ingeniero...

—Ya sé todo lo que me va a decir, Capitán. ¿Cree que soy un imbécil, que estoy con los brazos cruzados?

—¿Por qué no recurre a sus hermanos? Ellos tienen fuerza...

—Eso nunca. No hace falta. Hoy mandé un verdadero ultimátum. Váyase tranquilo y disculpe el recibimiento.

—El inoportuno fui yo... —Oía pasos de mujer en el cuarto.

—Y pregúntele a Tonico si las prefiere rubias o morenas...

Días después llegaba el telegrama del ministro que anunciaba el nombre del ingeniero y la fecha de su embarque hacia Bahía. Mundinho hizo llamar al Capitán, al coronel Ribeirinho, al Doctor. "Designado: ingeniero Rómulo Vieira." El Capitán leía el telegrama, se ponía de pie.

—Se lo voy a refregar en las narices a Tonico y a Amâncio...

—Veinte *contos*, ganados sin esfuerzo. —Ribeirinho levantaba las manos. —Vamos a hacer una farra monumental en el Bataclan.

Mundinho recuperó el telegrama, no dejó que el Capitán se lo llevara. Hasta les pidió que guardaran el secreto unos días más; causaría un efecto mucho más fuerte anunciarlo en el periódico una vez que el ingeniero ya estuviera en Bahía. En el fondo, temía otra ofensiva del gobernador, o una nueva retractación del ministro. Y apenas una semana después, cuando el ingeniero, ya en Bahía, avisó que llegaba en el próximo Baiano, Mundinho los convocó de nuevo, les mostró las cartas y telegramas que se habían intercambiado; había sido una dura y difícil batalla contra el gobierno del Estado. Él no había querido alarmar a los amigos; por eso no los había puesto antes al tanto de los detalles. Pero ahora, tras haber vencido, valía la pena conocer toda la extensión y el valor de esa victoria.

En el bar Vesúvio, Ribeirinho mandó servir bebidas para todos y el Capitán, cuyo buen humor había resurgido, alzó su copa a la salud del "doctor Rómulo Vieira, libertador del canal de Ilhéus". La noticia circuló, después salió en el diario, varios hacendados volvían a entusiasmarse. Ribeirinho, el Capitán y el Doctor citaban fragmentos de las cartas. El gobierno del Estado había hecho todo lo posible para impedir el viaje del ingeniero. Había empeñado todo su prestigio, toda su fuerza. El gobernador, a causa del yerno, se ocupó en persona. ¿Y quién venció? ¿Él, con el Estado en sus manos, jefe de gobierno, o Mundinho Falcão, sin salir de su despacho en Ilhéus? Su prestigio personal había derrotado al gobierno del estado. Ésa era la verdad indiscutible. Los hacendados asentían con la cabeza, impresionados.

La recepción en el puerto fue festiva. Nacib, que se había despertado tarde, algo que ahora le sucedía con frecuencia, no pudo asistir. Pero se enteró de todo apenas llegó al bar, por boca de Nhô-Galo. Allí estaban, en el puente, Mundinho Falcão y sus amigos, varios hacendados también, y gran cantidad de curiosos. Tanto se había hablado de ese ingeniero, que deseaban ver cómo era, se había vuelto casi un ser sobrenatural. Hasta un fotógrafo fue, contratado por Clóvis Costa. Juntó a todos en un grupo, con el ingeniero en el centro, metió la cabeza bajo el paño negro, tardó media hora para hacer el retrato. Por desgracia, se perdió ese documento histórico: la placa se quemó, el hombre sólo sabía fotografiar en su estudio.

—¿Cuándo va a empezar? —quiso saber Nacib.

—Pronto. Los estudios preliminares. Tengo que esperar a mis ayudantes y los instrumentos necesarios; vienen en un barco de la Lloyd, directo.

—¿Demorará mucho?

—Es difícil preverlo. Un mes y medio, dos meses, todavía no lo sé...

El ingeniero, a su vez, también se interesaba:

—La playa es linda. ¿Es buena para baños de mar?

—Muy buena.

—Pero está vacía...

—Acá no existe esa costumbre. Sólo Mundinho y, antes, el finado Osmundo, un dentista asesinado... Por la mañana, bien temprano...

El ingeniero se rió.

—Pero no está prohibido, ¿no?

—¿Prohibido? No. Simplemente no se acostumbra.

Jovencitas del colegio de monjas, aprovechando el día santo, andaban por las tiendas haciendo compras, entraban en el bar en busca de bombones y caramelos. Entre ellas, hermosa y seria, Malvina. El Capitán las presentaba.

—La juventud estudiosa, las futuras madres de familia. Iracema, Heloísa, Zuleika, Malvina...

El ingeniero estrechaba las manos, sonreía, elogiaba.

—Tierra de muchachas bonitas...

—Usted demoró demasiado —dijo Malvina, que lo miraba fijo con sus ojos de misterio—. Ya creíamos que no vendría.

—Si hubiera sabido que me esperaban señoritas tan hermosas, habría venido hace rato, aunque no me hubieran designado... —Qué ojos tenía esa jovencita, su hermosura no residía sólo en la cara y el cuerpo elegante; era como si viniera también desde adentro.

Partió el grupo alegre, Malvina se volvió dos veces a mirar. El ingeniero anunció:

—Voy a aprovechar este sol para darme un baño de mar.

—Vuelva para el aperitivo. A eso de las once, once y media... Va a conocer a medio Ilhéus...

Se hospedaba en el hotel Coelho. Lo vieron pasar poco después, envuelto en una bata de baño, rumbo a la playa. Se levantaron para espiarlo cuando se quitaba la bata, el cuerpo atlético vestido apenas con un pantalón de baño, corría hacia el mar, lo cortaba con brazadas rápidas. Malvina fue a sentarse en un banco del paseo de la playa, lo seguía con los ojos.

De cómo comenzó la confusión de sentimientos del árabe Nacib

Leyó unas líneas del diario, aspirando el humo del cigarro de San Félix, perfumado. En general, no llegaba a fumarlo todo, ni a leer gran cosa en los periódicos de Bahía. Enseguida se adormecía, arrullado por la brisa del mar, el estómago pesado por los manjares golosamente devorados, los inigualables condimentos de Gabriela. Roncaba feliz entre los bigotes frondosos. Esa media hora de sueño, a la sombra de los árboles, era una de las delicias de su vida, su buena vida tranquila, sin sobresaltos, sin complicaciones, sin problemas graves. Nunca los negocios habían marchado tan bien, aumentaba la clientela del bar, él acumulaba dinero en el Banco, el sueño de un pedazo de tierra donde plantar cacao iba cobrando realidad. Jamás había hecho un negocio tan ventajoso como el de contratar a Gabriela en el "mercado de los esclavos". ¿Quién hubiera dicho que fuera una cocinera tan competente, quién hubiera dicho que bajo esos trapos sucios se ocultaban tanta gracia y hermosura, un cuerpo tan caliente, brazos de cariño, y un perfume a clavo que embriagaba?

El día de la llegada del ingeniero, mientras la curiosidad invadía el bar, presentaciones y saludos, elogios a granel —"es un nadador de primera"—, cuando todos los almuerzos se atrasaron en Ilhéus, Nacib hacía, día por día, la cuenta del tiempo transcurrido desde el anuncio de su llegada. Gabriela volvía a la casa después de pedir:

—¿Hoy me deja ir al cine? Para acompañar a doña Arminda...

Nacib sacó de la caja un billete de cinco mil reales, generoso.

—Págale la entrada...

Al verla marcharse, apresurada y risueña (él no había dejado de pellizcarla y tocarla, incluso mientras comía), contó los días: exactamente tres meses y dieciocho días. De presiones, intrigas, agitación, duda y esperanza para Mundinho y sus amigos, para el coronel Ramiro Bastos y sus correligionarios. De censuras en los diarios, conversaciones murmuradas, apuestas, discusiones, sordas amenazas, un clima de tensión en aumento. Había días en que el bar parecía una caldera a punto de explotar. En que el Capitán y Tonico casi no se hablaban, el coronel Amâncio Leal y el coronel Ribeirinho apenas si se saludaban.

Hay que ver cómo son las cosas de la vida. Esos mismos días fueron de calma, de perfecta tranquilidad de espíritu, de suave alegría para Nacib. Tal vez los más felices de toda su existencia.

Jamás había dormido tan sereno su siesta, para despertarse risueño con la voz de Tonico, infalible después del almuerzo para tomar un dedo de amargo, para ayudar la digestión, y un dedo de charla antes de abrir la notaría. Poco después se les unía João Fulgêncio, de paso para la papelería. Hablaban de Ilhéus y del mundo, el librero era entendido en asuntos internacionales, Tonico sabía todo lo que se refería a las mujeres de la ciudad.

Tres meses y dieciocho días había tardado el ingeniero en llegar, exactamente el mismo tiempo transcurrido desde que Nacib había contratado a Gabriela. Aquel día el coronel Jesuíno Mendonça había matado a doña Sinhazinha y al dentista Osmundo. Pero sólo al día siguiente había tenido Nacib la certeza de que ella sabía cocinar. En la reposera, el diario abandonado en el suelo, el cigarro a punto de apagarse, Nacib sonríe, recordando... Tres meses y diecisiete días de comer comida sazonada por ella; no había en todo Ilhéus una cocinera que se le pudiera comparar. Tres meses y dieciséis días que dormía con ella, a partir de la segunda noche, cuando la luz de la luna le lamía la pierna y en la oscuridad del cuarto se escapaba un seno de la rota combinación...

Esa tarde, debido tal vez al excesivo movimiento del bar, a la excitación por la presencia del ingeniero, Nacib no conciliaba el sueño, llevado por sus pensamientos. Al principio no le dio mayor importancia a ninguna de las dos cosas: ni a la calidad de la comida ni al cuerpo de la *retirante* en las noches ardientes. Satisfecho con la manera de condimentar y la variedad de los platos, sólo les dio el debido valor cuando la clientela empezó a crecer, cuando fue necesario aumentar la cantidad de bocadillos salados y dulces, cuando se sucedieron unánimes los elogios y Plínio Araçá, cuyos métodos comerciales eran por demás discutibles, envió a alguien a hacerle una oferta a Gabriela. En cuanto al cuerpo —ese fuego de amor la consumía en la cama, locura de noches insomnes—, se aferró a él, sin darse cuenta. En los primeros tiempos, sólo algunas noches la buscaba, cuando, al llegar a su casa, Risoleta ocupada o enferma, no sentía cansancio ni sueño. Entonces decidía acostarse con ella, a falta de otra cosa para hacer. Pero había durado poco esa displicencia. Pronto se acostumbró de tal manera a la comida preparada por Gabriela que, invitado por Nhô-Galo a cenar el día de su cumpleaños, apenas si probó los platos, al sentir la diferencia en la calidad del condimento. Y, sin percibirlo, empezó a visitar con más frecuencia el cuartito del fondo, olvidado de la sabia Risoleta, y empezó a no soportar su cariño actuado, sus mañas, sus eternas quejas, incluso esa ciencia del amor que ella usaba para sacarle dinero. Terminó por no buscarla más, no responder a sus mensajes, y desde entonces, hacía casi dos meses, no tenía más mujer que Gabriela. Ahora acudía todas las noches a su cuarto, trataba de salir del bar lo más temprano posible.

Buenos tiempos, meses de vida alegre, de carne satisfecha, buena mesa, suculenta; de alma contenta, cama de hombre dichoso. En la lista de virtudes de Gabriela, mentalmente elaborada por Nacib a la hora de la siesta, figuraban el amor al trabajo y el sentido de la economía. ¿De dónde sacaba tiempo y fuerzas para lavar la ropa, arreglar la casa —¡nunca había estado tan limpia!—, preparar las bandejas de bocadillos para el bar, el almuerzo y la cena para Nacib? Sin contar que a la noche estaba fresca y descansada, húmeda de deseo, no sólo entregándose sino tomándolo a él, jamás colmada, soñolienta o saciada. Parecía adivinar los pensamientos de Nacib, se adelantaba a sus ganas, le reservaba sorpresas: ciertas comidas trabajosas que le gustaban —*pirão* de cangrejo, *vatapá*, estofado de oveja—, flores en un vaso junto a su retrato en la mesita de la sala de las visitas, el vuelto del dinero para hacer las compras, la idea de ir a ayudar en el bar.

Antes era Chico Moleza, al volver del almuerzo, el que le llevaba la vianda preparada por Filomena. Con el estómago contando los minutos, el árabe esperaba impaciente. Se quedaba solo, con Bico-Fino, para servir a los últimos clientes del aperitivo. Un día, sin avisar, Gabriela apareció con la vianda; iba a pedirle permiso para asistir a la sesión espiritista; doña Arminda la había invitado. Se quedó a ayudar a servir, empezó a ir todos los días. Esa noche le había dicho:

—Es mejor que yo le lleve la comida. Así come más temprano, y de paso puedo ayudar. No le molesta, ¿no?

¿Cómo iba a molestarle, si su presencia era una atracción más para la clientela? Nacib pronto se dio cuenta: se demoraban más, pedían otro trago, los ocasionales pasaban a permanentes, iban todos los días. Para verla, decirle cosas, sonreírle, tocarle la mano. Al final, qué le importaba, no era más que su cocinera, con la que dormía sin ningún compromiso. Ella le servía la comida, le armaba la reposera de lona, dejaba la rosa con su perfume. Nacib, satisfecho de la vida, encendía el cigarro, miraba los diarios, se adormecía en la santa paz de Dios, la brisa del mar acariciándole los bigotazos florecientes.

Pero aquella tarde no lograba dormir. Hacía el balance mental de esos tres meses y dieciocho días, agitados para la ciudad, calmos para Nacib. Le habría gustado, sin embargo, dormitar por lo menos unos diez minutos, en vez de detenerse a recordar cosas sin ton ni son, de poca importancia. De repente, sintió que algo le faltaba, tal vez por eso no conseguía dormir. Le faltaba la rosa, que encontraba cada tarde caída en el asiento de la reposera. Había visto cuando el juez, sin considerar el respeto debido a su cargo, la hurtó de la oreja de Gabriela y se la puso en el ojal. Un hombre mayor, de unos buenos cincuenta años, que aprovechaba el alboroto en torno del ingeniero para robar la rosa; un juez... Temió un gesto brusco de Gabriela, pero ella hizo como que no lo había notado. Ese juez estaba perdiendo la compostura. Antes nunca iba al bar a la hora del aperitivo; sólo aparecía, de vez en cuando, al atardecer, con João Fulgêncio o con el doctor Maurício. Ahora olvidaba todas las formalidades y, siempre que podía, allí estaba, en el bar, bebiendo oporto, rondando a Gabriela.

Rondando a Gabriela... Nacib se quedó pensando. Sí, rondando, de repente se daba cuenta. Y no era sólo él, muchos otros también... ¿Por qué se demoraban más allá de la hora del almuerzo, provocando problemas en sus casas? ¿Sólo para verla, sonreírle, decirle cosas graciosas, rozarle la mano, hacerle propuestas, quién sabe? En cuanto a propuestas, Nacib sólo sabía de una que le había hecho Plínio Araçá. Pero iba dirigida a la cocinera. Clientes del Pinga de Ouro se habían mudado al Vesúvio; Plínio había mandado ofrecer un mejor sueldo a Gabriela. Pero eligió mal al mediador, confió el mensaje al negrito Tuísca, fiel al bar Vesúvio, leal a Nacib. Así, fue el propio árabe el que transmitió el mensaje a Gabriela. Ella sonrió.

—No quiero... Sólo si don Nacib me despidiera...

Él la tomó en los brazos, era de noche, se envolvió en su calor. Y le aumentó en diez mil reales el sueldo.

—No le estoy pidiendo nada... —dijo ella.

A veces le compraba pendientes para las orejas, un broche para el pecho, recuerdos baratos, algunos no le costaban nada, los traía de la tienda del tío. Se los entregaba por las noches, ella se enternecía, le agradecía, humilde, le besaba la palma de la mano en un gesto casi oriental.

—Qué hombre bueno, señor Nacib...

Broches de diez centavos, pendientes de uno con cincuenta, con eso le agradecía las noches de amor, los suspiros, los desmayos, el fuego que crepitaba inextinguible. Dos veces le había regalado cortes de género ordinario, un par de chinelas, tan poco para las atenciones, las delicadezas de Gabriela: los platos de su agrado, los jugos de frutas, las camisas tan blancas y bien planchadas, la rosa caída del pelo en la reposera. Desde arriba, superior y distante, él la trataba como si le pagara regiamente el trabajo, como si le hiciera un favor al acostarse con ella.

Los demás, en el bar, la rondaban. La rondaban tal vez en la ladera de San Sebastián, le mandarían mensajes, le harían propuestas, ¿por qué no habría de ser así? No todos usarían a Tuísca de intermediario; ¿cómo iba a enterarse Nacib? ¿Qué iba a hacer el juez en el bar, sino a tentarla? La mantenida del juez, una joven mulata del campo, se contagió unas enfermedades feas, y él la había dejado.

Cuando Gabriela empezó a ir al bar, él —¡qué idiota!— se alegró, sólo interesado en el dinero extra de las repetidas vueltas de aperitivo, sin pensar en el peligro de esa tentación renovada día tras día. No podía impedirle que fuera, porque dejaría de ganar dinero. Pero era necesario vigilarla de cerca, prestarle más atención, comprarle mejores regalos, hacerle promesas de un nuevo aumento. Una buena cocinera era algo que escaseaba en Ilhéus, nadie lo sabía mejor que él. Muchas familias ricas, dueños de bares y de hoteles debían de estar codiciando a su empleada, dispuestos a proponerle sueldos escandalosos. ¿Cómo iría a continuar el bar sin los bocadillos dulces y salados de Gabriela, sin su sonrisa cotidiana, su pasajera presencia al mediodía? ¿Y cómo viviría él sin el almuerzo y la cena de Gabriela, los platos perfumados, las salsas oscuras de pimienta, el cuscús por la mañana?

Y cómo vivir sin ella, sin su risa tímida y clara, su color tostado de canela, su perfume a clavo, su calor, su entrega, su voz diciéndole "muchacho lindo", el morir nocturno en sus brazos, ese calor de los senos, la hoguera de las piernas, ¿cómo? Y sintió entonces lo que significaba Gabriela. ¡Por Dios! ¿Qué pasaba, por qué ese súbito temor a perderla, por qué la brisa del mar era un viento helado que le estremecía las entrañas? No, ni pensar en perderla, ¿cómo vivir sin ella?

Jamás podría gustarle otra comida, hecha por otras manos, condimentada por otros dedos. ¡Jamás, ay! Jamás podría querer así, desear tanto, necesitar tanto, constante, urgente, permanentemente, a otra mujer, por muy blanca que fuera, mejor vestida y educada, más rica o bien casada. ¿Qué significaba ese miedo, ese terror a perderla, la rabia repentina contra los clientes que la miraban, le decían cosas, le tocaban la mano, contra el juez ladrón de flores, sin respetar su cargo? Nacib se preguntaba ansioso: entonces, ¿qué era lo que sentía por Gabriela? ¿No era una simple cocinera, mulata bonita, del color de la canela, con la que se acostaba para entretenerse? ¿O no era algo tan simple? No se animaba a buscar la respuesta.

La voz de Tonico Bastos —¡por suerte!, respiró aliviado— lo arrancó de esos pensamientos confusos y asustadores. Pero sólo para volver en otro momento a sumergirse en ellos, hundirse en ellos con violencia.

Así, no bien se apoyaron en el mostrador, mientras Tonico se servía el amargo, Nacib, como para ahuyentar sus melancolías, le dijo:

—Bueno, el hombre llegó por fin... Mundinho se apuntó un tanto, la verdad.

Tonico, taciturno, lo miró con ojos malos.

—¿Por qué no te ocupas de tu vida, turco? Te lo digo como amigo. En lugar de andar diciendo tonterías, ¿por qué no cuidas lo que es tuyo?

¿Tonico sólo quería evitar el tema del ingeniero, o sabía algo?

—¿Qué quieres decir con eso?

—Que cuides tu tesoro. Hay gente que te lo quiere robar.

—¿Tesoro?

—Gabriela, imbécil. Hasta quieren comprarle casa.

—¿El juez?

—¿Él también? Yo oí hablar de Manuel das Onças.

¿No sería una intriga de Tonico? El viejo coronel había tomado partido por Mundinho... Pero también era cierto que ahora aparecía en Ilhéus constantemente, no dejaba de ir al bar. Nacib se estremeció. ¿Vendría del mar ese viento helado? Tomó de abajo del mostrador una botella de coñac sin mezcla, se sirvió una medida respetable. Quiso sacarle algo más a Tonico, pero el notario renegaba de Ilhéus.

—Esta tierra de mierda atrasada, que se alborota con la presencia de un ingeniero. Como si fuera algo del otro mundo...

De charlas y acontecimientos con auto de fe

Con el correr de la tarde crecieron nostalgias en el pecho de Nacib, como si Gabriela ya no estuviera, como si su partida fuera inevitable. Decidió comprarle un recuerdo, necesitaba un par de zapatos. En la casa andaba todo el día descalza, al bar iba con chinelas, no quedaba bien. Ya se lo había dicho Nacib una vez: "Consíguete unos zapatos", jugando en la cama, haciéndole cosquillas en los pies. Los tiempos en el campo, la marcha desde el *sertão* hasta el sur, la costumbre de sentir los pies sobre el suelo, no se los habían deformado; calzaba número 36, sólo eran un poco anchos, con el dedo grande, gracioso, hacia un costado. Cada detalle recordado lo llenaba de ternura y de nostalgia, como si la hubiera perdido.

Iba calle abajo con el envoltorio, unos zapatos amarillos, le parecieron lindos, cuando vio la Papelería Modelo en efervescencia. No pudo resistirlo; además, necesitaba distracciones; allá fue. Las pocas sillas que había frente al mostrador estaban todas ocupadas, había gente de pie. Nacib sintió que en su interior renacía, todavía indecisa llama, la curiosidad. Hablarían del ingeniero, harían conjeturas acerca de la lucha política. Apresuró el paso, vio al doctor Ezequiel Prado, que agitaba los brazos. Oyó, al llegar, sus últimas palabras:

—... falta de respeto a la sociedad y el pueblo...

¡Qué raro!, no hablaban del ingeniero. Comentaban el regreso a la ciudad del coronel Jesuíno Mendonça, recluido en su hacienda desde el asesinato de la esposa y el dentista. Hacía poco rato había pasado frente a la Intendencia, entrado en la casa del coronel Ramiro Bastos. Contra ese regreso, que él consideraba ofensivo para el pundonor de los ilheenses, clamaba el abogado. João Fulgêncio se reía.

—Vamos, Ezequiel, ¿cuándo se ha visto que la gente de acá se sienta ofendida porque hay asesinos sueltos por la calle? Si todos los coroneles que cometieron crímenes tuvieran que vivir en las haciendas, las calles de Ilhéus quedarían desiertas, los cabarés y los bares cerrarían sus puertas, nuestro amigo Nacib, aquí presente, sufriría un gran perjuicio.

El abogado no estaba de acuerdo. Al fin y al cabo, no estar de acuerdo era su obligación, lo había contratado el padre de Osmundo para acusar a Jesuíno en los tribunales; el comerciante desconfiaba del fiscal. En casos de crímenes como ése, muertes por adulterio, la acusación no pasaba de ser una simple formalidad.

El padre de Osmundo, adinerado comerciante, con poderosas relaciones en Bahía, había movilizado Ilhéus durante una semana. Dos días después de los entierros bajó de un barco, de riguroso luto. Adoraba a ese hijo, el mayor, cuya reciente graduación había sido motivo de grandes fiestas. Su esposa estaba inconsolable, entregada a los médicos. Él llegaba a Ilhéus dispuesto a tomar todas las providencias necesarias para no dejar al asesino sin castigo. Eso se supo enseguida en la ciudad; la figura dramática del padre enlutado conmovió a mucha gente. Y ocurrió un hecho curioso: en el entierro de Osmundo no hubo casi nadie, apenas si alcanzaban para las manijas del cajón. Una de las primeras medidas del padre consistió en organizar una visita a la tumba del hijo. Encargó coronas, una abundancia de flores, mandó llamar a un pastor protestante de Itabuna, salió a invitar a todos aquellos que, por un motivo u otro, habían mantenido relaciones con Osmundo. Hasta a la puerta de las hermanas Dos Reis fue a golpear, con el sombrero en la mano, el sufrimiento estampado en los ojos secos. A Quinquina, una noche de terrible de dolor de dientes, enloquecedor, la había socorrido el dentista.

En la sala, el comerciante contó a las solteronas fragmentos de la infancia de Osmundo, su aplicación a los estudios, habló de la pobre madre destrozada, perdida la alegría de vivir, caminando por la casa como una demente. Terminaron llorando los tres, más la vieja empleada que escuchaba desde la puerta del comedor. Las Dos Reis le mostraron el pesebre, elogiaron al dentista.

—Un buen muchacho, tan atento.

Y así fue como la romería hasta el cementerio fue todo un éxito, lo contrario del entierro. Mucha gente: comerciantes, la Sociedad Rui Barbosa en pleno, directores del Club Progreso, el profesor Josué, varios otros. Las hermanas Dos Reis allí estaban, muy tiesas, cada una con su ramito de flores. Habían consultado al padre Basílio: ¿no sería pecado visitar la tumba de un protestante?

—Pecado es no rezar por los muertos… —respondió, apresurado, el sacerdote.

Es cierto que el padre Cecílio, con su delgadez y su aire místico, les había reprobado el gesto. El padre Basílio, al enterarse, comentó:

—Cecílio es un pedante, le gustan más las penas del infierno que los gozos del cielo. No se preocupen, que yo las absuelvo, hijas mías.

En torno del padre desconsolado y activo iban el doctor Ezequiel, el Capitán, Nhô-Galo, el mismísimo Mundinho Falcão. ¿No había sido casi vecino del dentista, su compañero en los baños de mar? Coronas mortuorias, las que habían faltado en el entierro; profusión de flores, las que le habían negado al féretro. Mármol fúnebre cubría ahora la tumba rasa, una inscripción con el nombre de

Osmundo, fecha de nacimiento y muerte y, para que el crimen no se olvidara, dos palabras grabadas con buril: "COBARDEMENTE ASESINADO". El doctor Ezequiel había empezado a remover el caso. Pidió la prisión preventiva del hacendado, el juez la rechazó, él apeló al Tribunal de Bahía, donde el recurso esperaba resolución. Decían que el padre de Osmundo le había prometido una fortuna si lograra mandar al coronel a la cárcel.

Poco duraron los cometarios sobre Jesuíno Mendonça. La sensación del día era el ingeniero. Ezequiel no conseguía transmitir al auditorio su indignación bien paga, también él terminó hablando del problema del canal y sus consecuencias.

—Bien hecho, para bajarle el copete a ese viejo *jagunço*.

—¡No me diga que usted también va a apoyar a Mundinho Falcão! —exclamó João Fulgêncio.

—¿Hay algo que me lo impida? —replicaba el abogado—. Seguí a los Bastos una enormidad de tiempo, les defendí muchas causas, ¿y qué recompensa tuve? ¿La elección para consejero? Con ellos o sin ellos, me hago elegir todas las veces que quiera. En el momento de elegir al presidente del Concejo Municipal prefirieron a Melk Tavares, analfabeto de padre y madre. Y eso que mi nombre ya estaba conversado, se daba por hecho.

—Y hace muy bien. —La voz gangosa de Nhô-Galo. —Mundinho Falcão tiene otra mentalidad. Con él en el gobierno van a cambiar muchas cosas en Ilhéus. Si yo fuera un hombre de influencia, me pondría de ese lado.

Nacib comentó:

—El ingeniero es simpático. Es de tipo atlético, ¿no? Más parece un artista de cine... Les va a quitar el sueño a muchas jovencitas...

—Es casado —informó João Fulgêncio.

—Separado de la mujer... —completó Nhô-Galo.

¿Cómo podía saber ya esas intimidades del ingeniero? João Fulgêncio explicaba: él mismo lo había contado, después del almuerzo, cuando el Capitán lo llevó a la papelería. La mujer era loca, estaba en un sanatorio.

—¿Saben quién está en este momento conversando con Mundinho? —preguntó Clóvis Costa, hasta entonces callado, los ojos puestos en la calle, esperando ver los chiquillos que voceaban el *Diário de Ilhéus*.

—¿Con quién?

—Con el coronel Altino Brandão... Este año le vende su cosecha a Mundinho. Y puede ser que negocie sus votos, también... —Cambiaba el tono de voz. —¿Por qué diablos el diario todavía no está circulando?

El coronel Brandão, de Rio do Braço... el mayor hacendado de la zona, después del coronel Misael. Con él votaba todo el distrito, era figura importante en la vida política.

Clóvis Costa decía la verdad. En la oficina de Mundinho, hundido en el sillón de cuero, mullido, el hacendado, de botas y espuelas, saboreaba un licor francés, servido por el exportador.

—Ya lo ve, don Mundinho, este año tendremos cacao para tirar al aire. Lo que usted necesitara es ir allá, a la hacienda. Pasar unos días con nosotros. Es casa de pobre, pero, si quisiera hacernos el honor, no se va a morir de hambre, gracias a Dios. Verá las plantaciones cargadas, en su mejor momento. Estoy empezando la cosecha... Alegra la vista contemplar esa abundancia de cacao.

El exportador palmeaba la pierna del hacendado.

—Acepto su invitación. Voy a pasar uno de estos domingos con usted...

—Venga un sábado; los domingos los hombres no trabajan. Vuelve el lunes. Si quiere, por supuesto, la casa es suya...

—Trato hecho, el sábado allí estaré. Ahora ya puedo salir un poco, estaba atado acá, con esta cuestión de la llegada del ingeniero.

—Dicen que ya llegó, ¿es cierto?

—La pura verdad, coronel. Mañana ya comenzará a ocuparse del canal. Prepárese para ver, dentro de muy poco, que el cacao de sus plantaciones sale directamente de Ilhéus hacia Europa, los Estados Unidos...

—Sí, señor... Quién lo hubiera dicho... —Sorbió otro trago de licor, mientras espiaba a Mundinho con sus ojos conocedores. —De primera, este licor, una fineza. No es de acá, ¿no? —Pero sin esperar respuesta continuó: —¿Dicen también que usted va a ser candidato en las elecciones? Me contaron esta novedad, no lo podía creer.

—¿Y por qué no, coronel? —A Mundinho le alegraba que el viejo hubiera tocado el tema. —¿No tengo ninguna cualidad? ¿Tan mal piensa de mí?

—¿Yo? ¿Pensar mal de usted? Dios me libre y me guarde. Usted es muy meritorio. Lo que pasa… —Suspendía la copa de licor, exponiéndola al sol. —Lo que pasa es que usted, como esta bebida, no es de acá… —Alzaba los ojos hacia Mundinho, espiándolo.

El exportador meneó la cabeza: ese argumento no era nuevo, ya se había acostumbrado. Rebatirlo se había tornado un hábito, una especie de ejercicio intelectual.

—¿Usted nació aquí, coronel?

—¿Yo? Soy de Sergipe, soy "ladrón de caballos", como dicen los chiquillos de aquí. —Estudiaba los reflejos del cristal al sol. —Pero hace más de cuarenta años que llegué a Ilhéus.

—Yo, hace nada más que cuatro, casi cinco. Y soy tan *grapiúna* como usted. De acá no me voy a ir más…

Desarrollaba su argumentación, iba enumerando de paso todos los intereses que lo ligaban a la zona, los diversos proyectos que había emprendido o propiciado. Para terminar con el tema del canal, la llegada del ingeniero.

El hacendado escuchaba, mientras armaba un cigarro de hojas de maíz y tabaco de rollo; de vez en cuando los ojos vivaces escrutaban la cara de Mundinho como sopesando su sinceridad.

—Usted tiene muchos méritos… Hay otros que llegan aquí y sólo quieren ganar dinero, sin pensar en nada más. Usted piensa en todo, en las necesidades de la región. Qué pena que no esté casado.

—¿Por qué, coronel? —Tomaba la botella, casi una obra de arte, se disponía a servir otra vez.

—Sepa disculpar… Muy fina, esta bebida. Pero, para serle franco, prefiero una cachacita… Este trago es engañador: perfumado, azucarado, hasta parece bebida de mujer. Y es fuerte como el diablo, uno se emborracha sin querer. La cachaza, no; uno se da cuenta enseguida, no engaña a nadie.

Mundinho sacó del armario una botella de cachaza.

—Como prefiera, coronel. ¿Pero por qué debería estar casado?

—Mire, si me lo permite, le voy a dar un consejo: cásese con una muchacha de aquí, hija de alguno de los nuestros. No le estoy ofreciendo una hija mía: las tres están casadas, y bien casadas, gracias a Dios. Pero hay muchas jóvenes virtuosas aquí y en Itabuna. De esa manera todo el mundo verá que usted no está acá de visita, sólo para aprovecharse.

—El casamiento es algo serio, coronel. Primero hay que encontrar a la mujer de los sueños; el casamiento nace del amor.

—O de la necesidad, ¿no? En el campo, los peones se casan hasta con estacas de palo, si llevan falda. Para tener en la casa una con quien acostarse, también para conversar. La mujer tiene muchas utilidades, usted ni se imagina. Hasta ayudan en la política. Nos dan hijos, y eso impone respeto. Para lo demás, están las mantenidas...

Mundinho reía.

—Usted pretende hacerme pagar un precio muy alto por las elecciones. Si depende de que me case, temo estar desde ya derrotado. No quiero ganar así, coronel. Quiero ganar con mi programa.

Le habló entonces, como ya lo había hecho con tantos otros, sobre los problemas de la región, presentando soluciones, abriendo caminos y perspectivas con un entusiasmo contagioso.

—Tiene razón. Todo lo que me ha dicho es como las tablas de la ley: la verdad pura. ¿Quién puede contradecirlo? —Ahora miraba el piso; muchas veces se había sentido herido por el abandono en el que vivía el interior, olvidado por los Bastos. —Si el pueblo tiene buen juicio, usted va a ganar. Ahora, que el gobierno lo reconozca, no sé... eso ya es otra cuestión...

Mundinho sonrió, pensando que había convencido al coronel.

—Una cosa más: usted tiene la razón, pero el coronel Ramiro tiene las amistades, benefició a mucha gente, tiene muchos parientes y compadres, todo el mundo está acostumbrado a votarlo. Usted me disculpará, pero, ¿por qué no llega a un acuerdo con él?

—¿Qué acuerdo, coronel?

—Que se junten los dos. Usted con su cabeza, su ojo para ver las cosas, y él, el prestigio y los electores. Tiene una nieta bonita, ¿no la conoce? La otra todavía es muy pequeña... Hijas del doctor Alfredo.

Mundinho juntaba paciencia.

—No se trata de eso, coronel. Yo pienso de una forma, usted ya conoce mis ideas. El coronel Ramiro piensa de otra: para él, gobernar se reduce a empedrar calles y ajardinar la ciudad. No veo acuerdo posible. Yo le propongo un programa de trabajo, de administración. No es para mí que le pido sus votos, sino para Ilhéus, para el progreso de la región del cacao.

El hacendado se rascó la cabeza de pelos mal peinados.

—Vine a venderle mi cacao, señor Mundinho, lo vendí bien vendido, estoy contento. También estoy contento por la conversación, me puse al tanto de su manera de pensar. —Miraba fijo al exportador. —Voto con Ramiro hace más de veinte años. No lo necesité en las luchas. Cuando llegué a Rio do Braço todavía no había nadie, los que aparecieron después eran unos culos sucios, los corrí sin pedir ayuda. Pero estoy acostumbrado a votar con Ramiro; nunca me hizo daño. Una vez que se metieron conmigo, él me dio la razón.

Mundinho iba a hablar, un gesto del coronel se lo impidió.

—No le prometo nada; cuando prometo, es para cumplir. Pero volveremos a conversar. Eso se lo garantizo.

Se retiró; el exportador quedó irritado, lamentando el tiempo perdido, buena parte de la tarde. Así se lo dijo al Capitán, que apareció momentos después de partir el señor indiscutido de Rio do Braço.

—Un viejo imbécil que pretende casarme con una nieta de Ramiro Bastos. Gasté mi latín en vano. "No prometo nada, pero volveré a conversar". —Imitaba el acento cantado del hacendado.

—¿Dijo que iba a volver? Excelente señal —se entusiasmaba el Capitán—. Mi estimado, usted todavía no conoce a nuestros coroneles. Y sobre todo no conoce a Altino Brandão. No es hombre de medias tintas. Si sus palabras no lo hubieran impresionado, le habría dicho en la cara que se pondría contra nosotros. Y si él nos apoyara...

En la papelería se prolongaba la conversación. Clóvis Costa, cada vez más inquieto: ya eran más de las cuatro y no aparecían los diarieros con el *Diário de Ilhéus*.

—Voy a la redacción a ver qué diablos sucede.

Unas muchachas del colegio de monjas, Malvina entre ellas, interrumpían los rumores, hojeaban libros de la Biblioteca Color Rosa, João Fulgêncio las atendía. Malvina recorría con los ojos la estantería de libros, hojeaba romances de Eça, de Aluísio Azevedo. Iracema se acercaba, con risitas maliciosas.

—En casa tengo *El crimen del padre Amaro*. Iba a leerlo, pero lo agarró mi hermano, me dijo que no era lectura para una joven... —El hermano estudiaba medicina en Bahía.

—¿Y por qué él puede leerlo y tú no? —Chispeaban los ojos de Malvina, con esa extraña luz rebelde. —¿Tiene *El crimen del padre Amaro*, don João?

—Sí. ¿Quieres llevarlo? Una gran novela...

A Iracema la impresionaba el coraje de la amiga.

—¿Vas a comprarlo? ¿Qué van a decir?

—¿Y qué me importa?

Diva compraba una novela para jovencitas, prometía prestarla a las demás. Iracema pedía a Malvina:

—¿Después me lo prestas? Pero no le cuentes a nadie. Lo voy a leer en tu casa.

—Estas jóvenes de hoy... —comentó uno de los presentes—. Hasta libros inmorales compran. Por eso es que hay casos como el de Jesuíno.

João Fulgêncio cortaba la conversación.

—No diga pavadas, Maneca, usted no entiende de esto. El libro es muy bueno, no tiene nada de inmoral. Esa muchacha es inteligente.

—¿Quién es inteligente? —quiso saber el juez de derecho, mientras se acomodaba en la silla dejada por Clóvis.

—Hablábamos de Eça de Queiroz, su señoría —respondió João Fulgêncio mientras estrechaba la mano del magistrado.

—Un autor muy instructivo... —Para el juez todos los autores eran "muy instructivos". Compraba libros a raudales, mezcla de jurisprudencia y literatura, ciencias y espiritismo. Según decían, compraba para adornar los estantes, parecer importante en la ciudad, no leía ninguno. João Fulgêncio solía preguntarle:

—Entonces, su señoría, ¿le gustó Anatole France?

—Un autor muy instructivo... —respondía imperturbable el juez.

—¿No le pareció un tanto irreverente?

—¿Irreverente? Sí, un poco. De todos modos, muy instructivo...

Con la presencia del juez retornaron las penas de Nacib. Viejo libertino... ¿Qué había hecho con la rosa de Gabriela, dónde la había abandonado? Era la hora en que el movimiento del bar aumentaba, ya basta de charlas.

—¿Ya se va, mi caro amigo? —se interesó el juez—. Buena empleada se consiguió... Lo felicito. ¿Cómo era que se llamaba?

Salió. Viejo libertino... Y encima le preguntaba el nombre de Gabriela, viejo cínico, sin respeto por el cargo que ocupaba. Y pensar que lo consideraban para juez superior...

Al desembocar en la plaza, vio a Malvina, que conversaba con el ingeniero en la avenida de la playa. La muchacha sentada en un banco, Rómulo de pie a su lado. Ella reía con una carcajada franca, Nacib nunca la había oído reírse así. El ingeniero era casado, la mujer estaba loca en una clínica psiquiátrica. Malvina no tardaría en saberlo. Desde el bar, también Josué observaba la escena, afligido, oía la cristalina carcajada que resonaba en la dulzura de la tarde. Nacib se sentó a su lado, comprendiendo su tristeza, solidario. El joven profesor no intentaba ocultar los celos que le carcomían el alma. El árabe pensó en Gabriela: el juez, el coronel Manuel das Onças, Plínio Araçá, muchos otros la rondaban. El propio Josué no se quedaba atrás, le escribía rimas. Una calma infinita cubría la plaza, tibia tarde de Ilhéus. Glória se inclinaba en su ventana. Josué, enfurecido de celos, se levantaba, vuelto hacia la ventana prohibida de encajes y senos. Se sacaba el sombrero para saludar a Glória, en un gesto irreflexivo y escandaloso.

Malvina reía en la playa, dulce tarde de sosiego.

Corriendo por la calle, mensajero de buenas y malas nuevas, el negrito Tuísca, jadeante, se detenía junto a la mesa.

—¡Don Nacib! ¡Don Nacib!

—¿Qué pasa, Tuísca?

—Incendiaron el *Diário de Ilhéus.*

—¿Qué? ¿El edificio? ¿Las máquinas?

—No, señor. Los diarios; juntaron una pila en la calle, le echaron querosén, se armó una fogata más grande que la de San Juan...

Del fuego y del agua en diarios y corazones

Algunos afortunados lograban sacar de las cenizas mojadas ejemplares casi intactos del diario. Lo que el fuego no había consumido estaba empapado de agua, transportada en latas y baldes por los operarios, empleados y voluntarios, de buena voluntad, para apagar la hoguera. Las cenizas se esparcían por la calle, volando con la brisa de la tarde, un olor a papel quemado.

Trepado a una mesa acarreada de la redacción, el Doctor, pálido de indignación, la voz embargada, arengaba a los curiosos amontonados frente al *Diário de Ilhéus*:

—Almas de Torquemada, nerones de pacotilla, caballos de Calígula, anhelan combatir y vencer ideas, derrotar la luz del pensamiento escrito con el fuego criminal de los incendiarios, ¡oscuros oscurantistas!

Algunas personas aplaudían, la multitud de niños regocijados clamaba, aplaudía, silbaba. El Doctor, ante tanto entusiasmo, con el *pince-nez* perdido en la chaqueta, tendía los brazos a los aplausos, vibrante y conmovido.

—Pueblo, ah, mi pueblo de Ilhéus, ¡tierra de civilización y libertad! Jamás permitiremos, a no ser que pasen sobre nuestros cadáveres, que venga a instalarse aquí la negra inquisición a perseguir la palabra escrita. Levantaremos barricadas en las calles, tribunas en las esquinas...

En el Pinga de Ouro, en las inmediaciones, a una mesa cercana a una de las puertas, el coronel Amâncio Leal oía el discurso inflamado del Doctor —le brillaba el ojo sano—, comentó con una sonrisa al coronel Jesuíno Mendonça:

—Hoy el Doctor está inspirado...

Jesuíno dijo, extrañado:

—Todavía no habló de los Ávila. Un discurso de él sin los Ávila es lo mismo que nada.

Desde ahí, desde esa mesa, habían presenciado todo el desarrollo de los acontecimientos. La llegada de los hombres armados, *jagunços* traídos desde las haciendas, que se apostaban cerca del diario, esperando el momento. El cerco perfecto a los chiquillos que salían de los talleres con los ejemplares. Algunos ya habían empezado a vocear:

—¡*Diário de Ilhéus*! Salió el *Diário*... La llegada del ingeniero, el gobierno mal parado...

Secuestraban los diarios a los niños aterrados. Algunos *jagunços* entraron en la redacción y los talleres, salieron con el resto de la edición. Después se contaba que el viejo Ascendino, pobre profesor de portugués que se ganaba unos cobres extra con la revisión de las notas de Clóvis Costa, artículos y noticias, se ensució encima, de miedo, suplicaba con las manos juntas:

—No me maten, tengo familia…

Las latas de querosén estaban en un camión detenido junto al paseo, habían previsto todo. El fuego crepitó, creció en llamaradas altas, lamía amenazador las fachadas de las casas, se paraba gente a mirar la escena sin comprender. Los *jagunços*, para no perder la costumbre y garantizar la retirada, hicieron unos disparos al aire, disolvieron la aglomeración. Subieron al camión, el chofer atravesó las calles centrales a bocinazos, casi atropellaron al exportador Stevenson. En una carrera de locos, desaparecieron en dirección a la carretera.

Los curiosos se aglomeraban en las puertas de los negocios, los depósitos, rumbeaban hacia el diario. Amâncio y Jesuíno ni siquiera se habían levantado de la mesa, en posición estratégica. A un sujeto que se ubicó en la puerta, impidiéndoles la visión, Amâncio le pidió, con voz suave:

—Salga de en medio, hágame el favor…

Como el hombre no lo oyó, le apretó el brazo.

—Que salga, le dije…

Después que pasó el camión, Amâncio levantó el vaso de cerveza, sonrió a Jesuíno.

—Operación de limpieza…

—Exitosa…

Siguieron en el bar, sin dar importancia a la curiosidad que los rodeaba; algunos se detenían en el paseo, al otro lado de la calle, para verlos. Diversas personas habían reconocido a *jagunços* de Amâncio, de Jesuíno, de Melk Tavares. Y el que había dirigido todo, comandado a los hombres, era un tal Loirinho, ahijado de Amâncio, pendenciero profesional, que vivía de juerga en casas de mujeres.

Clóvis Costa llegó cuando empezaban a contener las llamas. Sacó el revólver, se apostó heroico en la puerta de la redacción. Desde la mesa del bar, Amâncio comentó con desprecio:

—Ni siquiera sabe empuñar el revólver…

Empezaron a acudir los amigos, improvisaron una asamblea. Durante el resto de la tarde llegaron personalidades a prestar su apoyo.

Mundinho apareció con el Capitán, abrazaba a Clóvis Costa. El periodista repetía:

—Son los gajes del oficio…

Esa tarde, el que se detuvo bajo la ventana de Glória, a saciarle el hambre de noticias, no fue el negrito Tuísca, demasiado ocupado en dirigir la banda de chiquillos frente a la redacción. Fue el profesor Josué, perdidas toda prudencia y respetabilidad, la cara más pálida que nunca, llenos de dolor los ojos románticos, de luto el corazón. Malvina paseaba con el ingeniero por la avenida, Rómulo señalaba el mar, tal vez le hablara de su profesión. La muchacha escuchaba, interesada, de vez en cuando reía. Nacib había arrastrado a Josué hasta el diario, el profesor se demoró apenas unos minutos; lo que de veras le interesaba eran los acontecimientos de la playa, la conversación de Malvina y del ingeniero. Ya las solteronas estaban en la puerta de la iglesia, en torno del padre Cecílio, comentando el incendio. La carcajada de Malvina frente al mar, indiferente a los diarios quemados, terminó de enfurecer a Josué. Al final, ¿no era el ingeniero el culpable? El recién llegado ni se dignaba interesarse por la brusca agitación de la ciudad, impasible, charlando con Malvina. Josué cruzó la plaza, pasó entre las solteronas, se acercó a la ventana de Glória, los labios carnosos de la mulata se abrieron en una sonrisa.

—Buenas tardes.

—Buenas tardes, profesor. ¿Qué pasó?

—Le prendieron fuego a la edición del *Diário*. Gente de los Bastos. Por culpa de ese ingeniero idiota que llegó hoy…

Glória miró hacia la avenida de la playa.

—¿El joven que está conversando con su novia?

—¿Mi novia? Se equivoca. Una simple conocida. En Ilhéus hay una sola mujer que me quita el sueño…

—¿Y quién es, si se puede saber?

—¿Puedo decirle?

—No tenga vergüenza…

En la puerta de la iglesia las solteronas desmesuraban los ojos, en la avenida, Malvina ni se dio cuenta.

Gabriela en el candelero

Era un gato vagabundo del cerro, casi salvaje. El pelo sucio de barro con mechones arrancados, la oreja despedazada, corredor de gatas del vecindario, luchador sin rival, porte de aventurero. Robaba en todas las cocinas de la ladera, odiado por las dueñas de casa y las empleadas, ágil y desconfiado, jamás habían logrado ponerle la mano encima. ¿Cómo había hecho Gabriela para conquistarlo, lograr que la siguiera maullando, fuera a acostarse en su regazo? Tal vez porque no lo ahuyentaba con gritos y escobas cuando aparecía, audaz y prudente, en busca de las sobras de la cocina. Le tiraba pedazos de pellejos, colas de pescado, tripas de gallina. Él se fue acostumbrando, ahora pasaba la mayor parte del día en el terreno del fondo, durmiendo a la sombra de los guayabos. Ya no parecía tan flaco y sucio, si bien conservaba la libertad de sus noches, corriendo por el cerro y los tejados, libertino y prolífico.

Cuando, tras volver del bar, Gabriela se sentaba a almorzar, él iba a frotarse contra sus piernas, ronroneando. Masticaba hastiado los bocados que ella le daba, maullaba agradecido cuando Gabriela tendía la mano y le acariciaba la cabeza o la barriga.

Para doña Arminda, era un verdadero milagro. Nunca había creído posible amansar a un animal tan arisco, lograr que comiera de la mano, que se dejara subir al regazo, que dormitara en los brazos de alguien. Gabriela estrechaba al gato contra los senos, acercaba la cara al hocico salvaje; él apenas maullaba despacio, los ojos entrecerrados, rascándola suavemente con las uñas. Para doña Arminda había una sola explicación: Gabriela era médium, de poderosos efluvios, no iniciada, ni siquiera descubierta, diamante en bruto para pulir en las "sesiones" hasta que fuera perfecta intermediaria de las comunicaciones del más allá. ¿Qué otra cosa, salvo sus fluidos, podían domar a un animal tan bravío?

Sentadas las dos en el umbral de la puerta, la viuda remendando medias, Gabriela jugando con el gato, doña Arminda trataba de convencerla.

—Muchacha, lo que tienes que hacer es no perderte las sesiones. El otro día el compadre Deodoro me preguntó por ti. "¿Por qué no volvió esa hermana? Tiene un espíritu guía de primera. Yo estaba sentado detrás de ella". Eso me dijo, palabra por palabra. Qué coincidencia: yo había pensado lo mismo. Y mira que el compadre Deodoro entiende mucho del tema. No parece, porque es muy joven. Pero, m'hija, tiene una intimidad con los espíritus que es digna de ver. Los domina como quiere. Tú puedes llegar a ser médium vidente...

—No... No quiero, doña Arminda. ¿Para qué? Es mejor no meterse con los muertos, dejarlos en paz. No me gustan esas cosas... —Rascaba la barriga del gato, el ronroneo aumentaba.

—Haces muy mal, m'hija. Así tu guía no puede aconsejarte, no entiendes lo que te dice. Vas por la vida como una ciega. Porque los espíritus son lo mismo que los guías para ciegos. Nos van mostrando el camino, evitando los tropiezos...

—¿Qué tropiezos, doña Arminda?

—No sólo se trata de tropiezos, sino de los consejos que el espíritu te da. El otro día tuve un parto difícil, el de doña Amparo. El niño atravesado, no quería salir. Yo no sabía qué hacer, don Milton ya quería llamar al médico. ¿Y quién me ayudó? Mi finado marido, que me acompaña, no me abandona. Allá arriba —señalaba el cielo— ellos saben de todo, hasta de medicina. Él me fue diciendo al oído, y yo lo iba haciendo. ¡Nació un niño bien robusto!...

—Debe de ser bueno trabajar de partera... ayudar a nacer a esos inocentes.

—¿Quién te va a aconsejar? Y tú lo necesitas tanto...

—¿Por qué lo necesito, doña Arminda? No sabía...

—Tú, m'hija, eres una tonta, disculpa que te lo diga. Una boba. No sabes aprovechar lo que Dios te dio.

—No le entiendo, doña Arminda. Todo lo que tengo, lo aprovecho. Hasta los zapatos que me regaló el señor Nacib. Los uso para ir al bar. Pero no me gustan; me gustan más las chinelas. No me gusta caminar con zapatos...

—¿Quién habla de zapatos, tontita? Así que no ves que don Nacib anda embobado, rendido, no sabe por dónde camina...

Gabriela rió, estrechando el gato contra el pecho.

—El señor Nacib es un buen muchacho, ¿qué tengo que temer? No piensa echarme; yo sólo quiero cumplirle…

Doña Arminda se pinchaba el dedo con la aguja ante tanta ceguera.

—Mira, me pinché… Eres más tonta de lo que pensaba. Don Nacib podría darte de todo… ¡Es rico! Si le pides seda, te la da; si le pides una muchacha para que te ayude en el trabajo, enseguida contrata dos; si le pides dinero, la cantidad que quieras, te lo da.

—No necesito… ¿Para qué?

—¿Crees que vas a ser bonita toda la vida? Si no aprovechas ahora, después será tarde. Soy capaz de jurar que no le pides nada a don Nacib. ¿No es así?

—Le pido permiso para ir al cine cuando va usted. ¿Qué más le puedo pedir?

Doña Arminda perdía la calma, estiraba la media con el huevo de madera, el gato se asustaba, le ponía unos ojos malignos.

—¡Todo! Todo, mujer, todo lo que quieras él te lo dará. —Bajaba la voz a un susurro. —Si supieras hacerlo bien, hasta podría casarse contigo…

—¿Casarse conmigo? ¿Por qué? No hace falta, doña Arminda. ¿Por qué se va a casar? El señor Nacib es para casarse con una joven fina, de familia, de buena posición. ¿Para qué iba a casarse conmigo? No hace falta…

—¿Y a ti no te gustaría ser una señora, mandar en tu casa, salir del brazo con tu marido, vestir lo bueno y lo mejor, tener una posición?

—Tendría que andar con zapatos todo el día… No me gusta… Casarme con el señor Nacib, capaz que me gustaría. Pasar toda la vida cocinando para él, ayudándolo… —Sonreía, le ronroneaba al gato, le tocaba la nariz mojada y fría. —Pero el señor Nacib está para otras cosas. No va a querer casarse con una cualquiera como yo, que me encontró perdida… No quiero pensar en eso, doña Arminda. Ni que estuviera loco.

—Pues te lo digo yo, m'hija: si tú quieres, si sabes llevar bien las cosas, dando y negando, haciéndolo desear… Él ya anda dudando. Mi Chico me contó que el juez habla de ponerte casa. Se lo oyó decir a Nhô-Galo. Don Nacib anda con el corazón en la mano.

—No quiero… —Moría la sonrisa en sus labios. —Ese hombre no me gusta. Es un viejo sin gracia, ese juez.

—Allá hay otro… —susurró doña Arminda.

El coronel Manuel das Onças, con su andar de hombre de campo, subía la cuesta. Se detenía ante las mujeres, se sacaba el sombrero panamá, con un pañuelo de color se enjugaba el sudor.

—Buenas tardes.

—Buenas tardes, coronel —respondía la viuda.

—Ésta es la casa de Nacib, ¿no? La reconocí por la muchacha. —Señalaba a Gabriela. —Ando buscando empleada, voy a traer la familia a Ilhéus… ¿Saben de alguna?

—¿Empleada para qué, coronel?

—Mmm… para cocinar…

—Por acá, difícil.

—¿Cuánto te paga Nacib?

Gabriela levantaba los ojos cándidos.

—Sesenta mil reales, señor…

—Paga bien, no hay duda.

Se hizo un silencio prolongado, el hacendado miraba el corredor; doña Arminda juntó sus remiendos, saludó, se quedó escuchando detrás de la puerta de su casa. El coronel mostró una sonrisa satisfecha.

—Para serte franco, no necesito cocinera. Cuando venga la familia, traeré una del campo. Pero es una pena que una morenaza como tú esté metida en la cocina.

—¿Por qué, señor coronel?

—Se te estropean las manos. Depende sólo de ti largar las cacerolas. Si quieres, puedo darte de todo, casa decente, empleada, cuenta abierta en la tienda. Me gustan las mujeres bien arregladas.

Gabriela se levantaba, sin dejar de sonreír, casi agradeciendo.

—¿Qué dices de mi propuesta?

—Disculpe, pero no quiero. No es por nada, no lo tome a mal. Acá estoy bien, no me falta nada. Con permiso, señor coronel…

Por sobre el muro bajo, en el fondo del terreno, asomaba la cabeza de doña Arminda, que llamaba a Gabriela.

—¿Viste qué coincidencia? ¿No te decía yo? También quiere ponerte casa…

—No me gusta… Ni aunque me estuviera muriendo de hambre.

—Es lo que yo te digo: si quisieras...

—No quiero nada...

Estaba contenta con lo que poseía, los vestidos de algodón, las chinelas, los pendientes, el broche, una pulsera; los zapatos no le gustaban, le apretaban los pies. Contenta con el jardín del fondo, la cocina y su horno, el cuartito donde dormía, la alegría cotidiana en el bar con esos muchachos lindos —el profesor Josué, el señor Tonico, el señor Ari— y esos hombres finos —don Felipe, el Doctor, el Capitán—, contenta con el negrito Tuísca, su amigo, con su gato conquistado al cerro.

Contenta con el señor Nacib. Era agradable dormir con él, la cabeza descansando en su pecho peludo, sintiendo en las caderas el peso de la pierna del hombre gordo y grandote, un muchacho lindo. Con los bigotes le hacía cosquilla en el cuello. Gabriela sintió un escalofrío, era tan bueno dormir con un hombre, pero no con un hombre viejo a cambio de casa y comida, vestidos y zapatos. Con un hombre joven, dormir por dormir, un hombre fuerte y lindo como el señor Nacib.

Esa doña Arminda, con tanto espiritismo, se estaba volviendo loca. Qué idea sin pies ni cabeza la del casamiento con el señor Nacib. Era bueno pensarlo, ¡ah!, sí que era bueno... Darle el brazo, salir a caminar por la calle. Aunque fuera con zapatos apretados. Entrar en el cine, sentarse a su lado, apoyar la cabeza en el hombro mullido como una almohada. Ir a una fiesta, bailar con el señor Nacib. Alianza en el dedo...

Pensar, ¿para qué? No valía la pena... El señor Nacib era para casarse con una muchacha distinguida, elegante, que calzara zapatos, usara medias de seda, perfume. Muchacha doncella, que no conociera hombre. Gabriela servía para cocinar, arreglar la casa, lavar la ropa, acostarse con un hombre. No viejo y feo, ni por dinero. Por el gusto de acostarse. Clemente en el camino, Nhôzinho en el monte, Zé do Carmo también. En la ciudad, Bebinho, joven estudiante, ¡qué casa tan rica! Venía sigiloso, en puntas de pie, temeroso de la madre. El primero de todos, ella era niña, fue su propio tío. Ella era una niña; por la noche su tío, viejo y enfermo.

De la luz del farol

Bajo el sol ardiente, el torso desnudo, las hoces sujetas a varas largas, los trabajadores recogían las pepitas de cacao. Caían con un ruido sordo los frutos amarillos, mujeres y niños los juntaban y partían, con puntas de cuchillas. Se amontonaban los granos de cacao blando, blancos de miel, los ponían en los cestos, llevados a lomo de burro hasta los cajones de fermentación. El trabajo empezaba al despuntar el día y terminaba al caer la noche; comían un pedazo de charque asado con harina de mandioca, una *jaca* madura, cuando el sol caía a plomo. Las voces de las mujeres se elevaban en los dolientes cantos de trabajo:

Dura vida, amarga hiel,
soy negro trabajador.
Dígame, don coronel,
dígame, por favor;
cuándo voy a recoger
las penas de mi amor.

El coro de los hombres de las plantaciones respondía:

Cacao voy a cosechar
en el cacaotal...

Los gritos de los troperos apresuraban los burros, no bien la tropa de cacao blando alcanzaba la ruta: "¡Eh, mula desgraciada! ¡Rápido, Diamante!" Montado en su caballo, seguido por el capataz, el coronel Melk Tavares atravesaba las plantaciones, supervisando el trabajo. Desmontaba, reprendía a las mujeres y los niños:

—¿Por qué tanta pereza? Más rápido, señora, que despacio se buscan los piojos.

Más rápidos los machetazos que partían en dos las cáscaras de los frutos de cacao en la palma de la mano; el pedazo afilado de cuchilla amenazaba los dedos cada vez. También más rápido se tornaba el ritmo de la canción que llenaba las plantaciones, acompasaba a los cosechadores:

En el cacao hay tanta miel,
y en el campo tanta flor.
Dígame, don coronel,
dígame, por favor:
¿cuándo voy a dormir
en la cama de mi amor?

Entre los árboles, en los caminos de las serpientes, pisando las hojas secas, subía la voz de los hombres que cosechaban más rápido:

Cacao voy a cosechar
en el cacaotal...

El coronel inspeccionaba los arbustos, el capataz azuzaba a los trabajadores, proseguía la dura faena diaria. Melk Tavares se detenía de repente, preguntaba:

—¿Quién cosechó acá?

El capataz repetía la pregunta, los trabajadores se daban vuelta a ver, el negro Fagundes respondía:

—Fui yo.

—¡Venga para acá!

Señalaba los cacaos: entre las hojas cerradas, en las ramas más altas, se veían frutos olvidados.

—¿Eres protector de los monos? ¿Crees que yo planto cacao para ellos? Eres un haragán que no sirve más que para armar alborotos...

—Sí, señor, sí. No me di cuenta...

—No te diste cuenta porque la plantación no es tuya, porque no eres tú el que pierde dinero. A partir de ahora, presta atención.

Proseguía su camino, el negro Fagundes levantaba la hoz, los ojos mansos y buenos seguían al coronel. ¿Qué podía responder? Melk lo había arrancado de las manos de la policía cuando él, borracho, en una visita al pueblo, había provocado un alboroto tremendo en la casa de las putas. No era hombre de oír callado, pero al coronel no podía contestarle. ¿Acaso no lo había llevado a Ilhéus, no hacía mucho tiempo, a prenderles fuego a unos diarios, cosa divertida, no lo había recompensado bien? ¿Y no le había dicho que volvía el tiempo de las luchas, tiempos buenos para hombres de coraje, de certera puntería, como el negro Fagundes? Mientras esperaba, cosechaba cacao, bailaba sobre los granos que se secaban en los tendales, sudaba en los patios de secado, se llenaba los pies de miel en los recintos de fermentación. Tardaban esos anunciados enfrentamientos, ese incendio en la ciudad no había alcanzado ni para entrar en calor. Aun así, había estado bueno, vio el movimiento, anduvo en camión, disparó unos tiros al aire sólo para engañar, y puso los ojos en Gabriela en cuanto llegó. Pasaba frente a un bar, la oyó reír, sólo podía ser ella. Lo llevaban a una casa donde se quedarían hasta el momento de actuar. El muchacho que los llevaba, apodado Loirinho, respondió a su pregunta:

—Es la cocinera del árabe, un terrón de azúcar.

El negro Fagundes disminuía la marcha, se demoraba para espiarla. Loirinho lo apresuraba, enojado.

—Vamos, moreno. No te muestres tanto, o arruinarás el plan. Vamos.

Al volver a la hacienda, en la noche inmensa de estrellas, cuando el sonido del acordeón lloraba la soledad, se lo contó a Clemente. La luz roja del farol creaba imágenes en la negrura del campo; ellos veían el rostro de Gabriela, su cuerpo de danza, las piernas largas, los pies caminadores.

—Estaba tan hermosa que ni te imaginas...

—¿Trabaja en un bar?

—Cocina para el bar. Trabaja para un turco, un gordo con cara de buey. Estaba elegante, con chinelas, recién bañada.

Apenas podía ver a Clemente a la luz del farol: inclinado para escuchar, callado para pensar.

—Cuando yo pasé se reía. Se reía con un tipo, un ricachón cualquiera. ¿Sabes, Clemente? Tenía una rosa en la oreja, nunca vi nada igual.

Rosa en la oreja, Gabriela perdida a la luz del farol. Clemente se cierra como en un caparazón de tortuga.

—Me metieron en los fondos de la casa del coronel. Vi a la mujer, una enferma, parece un fantasma. También vi a la hija, una hermosura, pero orgullosa, nos pasaba por delante sin mirarnos. Muy linda muchacha, pero te digo, Clemente: como Gabriela no hay. ¿Qué es lo que tiene ella, Clemente? Explícame...

¿Qué es lo que tiene ella? ¿Cómo podía saberlo? De nada había servido dormir con ella, recostada sobre su pecho, las noches del camino, del *sertão*, de la *caatinga*, de los prados verdes después. No lo había averiguado, no lo supo nunca. Algo tenía: era imposible olvidarla. ¿Su color canela? ¿El aroma a clavo? ¿La manera de reírse? ¿Cómo saberlo? Tenía un calor, que quemaba la piel, quemaba por dentro, una hoguera.

—Fue una hoguera de papel, se quemó en un instante. Yo quería ir a ver a Gabriela, hablarle. No pude, por más que quería.

—¿No la viste más?

La luz del farol lamía la sombra, la noche se agrandaba sin Gabriela. Aullidos de perros, chillar de lechuzas, silbidos de serpientes. En el silencio, insistente, la nostalgia de los dos. El negro Fagundes tomó el farol, se fue a dormir. En la sombra de la noche, inmensa y sola, el mulato Clemente volvió a Gabriela. La cara sonriente, los pies andariegos, los muslos morenos, los senos erguidos, el vientre nocturno, su perfume a clavo, su color canela. La tomó en brazos, la llevó a la cama de ramas. Se acostó con ella, reclinada en su pecho.

Del baile con historia inglesa

Uno de los más importantes acontecimientos de aquel año en Ilhéus fue la inauguración de la nueva sede de la Asociación Comercial. Nueva sede que era en realidad la primera, pues la asociación, fundada hacía unos cuatro años, había funcionado hasta entonces en la oficina de Ataulfo Passos, su presidente y representante de empresas del sur del país. En los últimos tiempos la asociación iba convirtiéndose en un poderoso elemento en la vida de la sociedad, factor de progreso, que promovía iniciativas, ejercía influencia. La nueva sede, un edificio de dos plantas, quedaba cerca del bar Vesúvio, en la calle que llevaba de la plaza San Sebastián al puerto. A Nacib le encargaron las bebidas, los dulces y salados para la fiesta de inauguración; esta vez no hubo más remedio que contratar a dos mulatas para que ayudaran a Gabriela, ya que el pedido era grande.

Las elecciones para el directorio precedieron la fiesta de la mudanza. Antes era necesario adular a los comerciantes, importadores y exportadores, para que aceptaran incluir sus nombres en la junta directiva. Ahora se disputaban los cargos; daba prestigio, créditos en los Bancos, derecho a opinar sobre la administración de la ciudad. Dos listas se presentaron, una por la gente de los Bastos, otra por los amigos de Mundinho Falcão. En los últimos tiempos era así para todo: de un lado los Bastos, del otro lado Mundinho. Un manifiesto firmado por los exportadores, varios comerciantes, dueños de oficinas de importación, apareció en el *Diário de Ilhéus* presentando una lista, encabezada por Ataulfo Passos, candidato a la reelección, con Mundinho para vicepresidente y el Capitán para orador oficial. Otros nombres conocidos la completaban. Un manifiesto semejante publicó el *Jornal do Sul*, igualmente firmado por diversos integrantes importantes de la asociación, patrocinando otra lista. Para presidente, Ataulfo Passos; en cuanto a su nombre no había dudas. No era político, a él se debía el progreso de la asociación. Para vicepresidente el sirio Maluf, dueño de la tienda más grande de Ilhéus, íntimo de Ramiro Bastos, en cuyas tierras, muchos años antes, había empezado con un negocio de víveres. Para orador oficial, el doctor Maurício Caires. Además de Ataulfo Passos, otro se repetía en las dos listas, designado para el mismo modesto cargo de cuarto secretario: el del árabe Nacib A. Saad. Se preveía una fuerte disputa, las fuerzas se equilibraban. Pero Ataulfo, hombre hábil y bien visto, declaró que sólo aceptaría su candidatura si los adversarios se entendían y llegaban a un acuerdo para la composición de una lista única que reuniera a figuras de los dos grupos. No fue fácil convencerlos. Ataulfo, sin embargo, era afable; visitó a Mundinho, le elogió el civismo, el constante interés por la tierra y la asociación, le dijo cuán honrado se sentiría de tenerlo como vicepresidente. ¿Pero no creía el exportador que era una obligación mantener la Asociación Comercial equidistante de las luchas políticas, como un terreno neutral donde las fuerzas opuestas pudieran colaborar para el bien de Ilhéus y de la Patria? Lo que él proponía era unir las dos listas, crear dos vicepresidencias, repartir las secretarías y los dos puestos de tesorero, los de orador y bibliotecario. La Asociación, factor de progreso, con un gran programa que cumplir para hacer de Ilhéus una verdadera ciudad, debería elevarse por sobre las lamentables divisiones políticas.

Mundinho se mostró de acuerdo, dispuesto incluso a renunciar a su candidatura a vicepresidente, propuesta sin consultarlo. Sin embargo, debía consultar con los amigos; al contrario del coronel Ramiro, él no dictaba órdenes, nada decidía sin escuchar a sus correligionarios.

—Creo que estarán de acuerdo. ¿Ya habló con el coronel?

—Primero quise escucharlo a usted. Iré a visitarlo por la tarde.

Con el coronel Ramiro fue más difícil. Al principio el viejo se mostró insensible a toda argumentación, encolerizado.

—Es un forastero sin raíces en la región. Ni siquiera tiene plantas de cacao...

—Yo tampoco tengo, coronel.

—Con usted es distinto. Vive acá desde hace más de quince años. Es un hombre de bien, padre de familia, no vino a darle vuelta la cabeza a nadie, no trajo a un hombre casado para noviar con nuestras hijas, no quiere cambiar todo como si nada sirviera.

—Coronel, usted sabe que no soy político. Ni siquiera soy elector. Quiero vivir bien con todos, trato con unos y con otros. Pero es cierto que en Ilhéus hay muchas cosas que deben cambiar, ya no vivimos en aquellos tiempos del pasado. ¿Y quién ha cambiado en Ilhéus más cosas que usted?

El viejo, cuya cólera iba en aumento, a punto de explotar, se ablandó en gran medida con las últimas palabras del negociante.

—Sí, ¿quién cambió más cosas en Ilhéus?... —repitió—. Este lugar era el fin del mundo, una ruina, usted se acordará. Hoy no hay ciudad en el estado que se iguale a Ilhéus. ¿Por qué no esperan, por lo menos, a que me muera? Estoy a un paso de la tumba. ¿Por qué esta ingratitud al final de mi vida? ¿Qué mal les hice, en qué ofendí a ese señor Mundinho, al que casi ni conozco?

Ataulfo Passos no sabía qué responder. Ahora, la voz del coronel era trémula, la de un hombre viejo, acabado.

—No crea que estoy en contra de cambiar ciertas cosas, hacer otras. ¿Pero por qué tanto apresuramiento, esa desesperación, como si fuera a terminarse el mundo? Hay tiempo para todo. —De nuevo se erguía el dueño de la tierra, el invencible Ramiro Bastos. —No me estoy quejando. Soy hombre de lucha, no tengo miedo. Ese señor Mundinho piensa que Ilhéus empezó cuando él desembarcó acá. Quiere tapar el ayer, y eso no lo puede hacer nadie. Va a sufrir una derrota, va a pagarme caro esta canallada... Lo voy a vencer en las elecciones, después lo echo de Ilhéus. Y nadie me lo va a impedir.

—En eso, coronel, no me meto. Lo único que deseo es resolver el asunto de la asociación. ¿Por qué involucrarla en estas disputas? Al final, la asociación es algo sin importancia, sólo se ocupa de negocios, de los intereses del comercio. Si empieza a servir a una causa política, se va a pique. ¿Por qué gastar fuerzas ahora con esta insignificancia?

—¿Cuál es su propuesta?

Le explicó, el coronel Ramiro Bastos escuchaba, el mentón apoyado en el bastón, la cara fina bien afeitada, un resto de cólera que le centelleaba en los ojos.

—Bueno, no quiero que digan que eché a perder la asociación. Y usted me merece el mejor concepto. Vaya tranquilo, yo mismo le explicaré al compadre Maluf. ¿Quedan los dos iguales, sin esa diferencia de primer y segundo vicepresidente?

—Iguales. Gracias, coronel.

—¿Ya habló con ese señor Mundinho?

—Todavía no. Primero quería escucharlo a usted, ahora voy a hablar con él.

—Es capaz de no aceptar.

—Si usted, siendo quien es, aceptó, ¿por qué no va a aceptar él?

El coronel Ramiro Bastos sonrió, él era el primero.

Así se encontró elegido Nacib cuarto secretario de la Asociación Comercial de Ilhéus, compañero de Ataulfo, Mundinho, Maluf, el joyero Pimenta, de otros sujetos importantes, incluidos el doctor Maurício y el Capitán. Casi le había dado más trabajo a Ataulfo Passos resolver el problema del orador oficial que todo el resto. Costó mucho convencer al Capitán de que se conformara con el cargo de bibliotecario, el último de la lista. ¿Pero no era ya el orador oficial de la Euterpe 13 de Mayo? El doctor Maurício no era orador de ninguna sociedad. Además, con la sustanciosa suma votada para la biblioteca, ¿quién sino el Capitán poseía la suficiente competencia para elegir y adquirir los libros? Aquella sería, en realidad, la biblioteca pública de Ilhéus, adonde jóvenes y viejos irían a leer y a instruirse, abierta a toda la población.

—Muy bondadoso de su parte. Pero ahí tiene a João Fulgêncio, el Doctor. Elementos óptimos…

—Pero no son candidatos. El Doctor ni siquiera es socio de la asociación, nuestro estimado João no acepta cargos… Sólo usted es el indicado… si no, ¿a quién pondríamos? Eso sí: de todas maneras el mejor orador de la ciudad sigue siendo usted.

La fiesta de la inauguración de la sede y de la asunción del nuevo directorio fue digna de verse y comentarse. Por la tarde, con champán y discursos en el gran salón —que ocupaba toda la planta baja, donde iba a funcionar la biblioteca y se realizarían reuniones y conferencias (en el primer piso se hallaban los diversos servicios y la secretaría)—, asumieron su cargo los nuevos directores. Nacib se había mandado hacer ropa nueva, especialmente para el acto. Flamante corbata, zapatos lustrosos, un solitario en el dedo, hasta parecía un coronel dueño de haciendas.

Por la noche fue el baile, con el bufé provisto por él (Plínio Araçá anduvo divulgando que Nacib se había aprovechado del cargo para cobrar una fortuna, mentira injusta), variado y delicioso. Había bebidas para elegir, salvo cachaza. En las sillas apoyadas contra las paredes, en un bullicio de risas, las jóvenes esperaban que las sacaran a bailar. En las salas del primer piso, abiertas e iluminadas, señoras y caballeros masticaban los bocadillos dulces y salados de Gabriela, conversaban, decían que ni en Bahía se veía una fiesta tan distinguida.

La orquesta del Bataclan tocaba valses, tangos, fox-trots, polcas militares. Esa noche no se bailaba en el cabaré. ¿Pero no estaban en la asociación todos los coroneles, comerciantes, exportadores, empleados de comercio, médicos y abogados? El cabaré dormitaba desierto, una que otra mujer en una espera inútil.

Viejas y jóvenes cuchicheaban en la sala de baile, analizando vestidos, joyas, adornos, maliciando amoríos, previendo noviazgos. Con el vestido más hermoso de la noche, encargado a Bahía, Malvina era el vivo y comentado escándalo. Nadie desconocía ya en la ciudad la condición de hombre casado del ingeniero del canal, separado de la mujer. Loca incurable internada en un hospicio, cierto. Pero eso qué importaba, era un hombre sin derecho a mirar a una joven soltera, casadera. Qué tenía él para ofrecerle además de la deshora, como mínimo convertirla en objeto de habladurías, ponerla en boca de todos, sin casarse nunca. Sin embargo, no se soltaban, la pareja más constante del baile, sin perder un vals, una polca, un fox-trot. Rómulo bailaba el tango argentino todavía mejor que el finado Osmundo. Malvina, las mejillas rosadas, los ojos profundos, parecía envuelta en un sueño, leve, casi volando, en los brazos atléticos del ingeniero. Un cuchicheo corría por las sillas apoyadas contra las paredes, subía las escaleras, se desparramaba por las salas. Doña Felícia, madre de Iracema, la fogosa morena de los amores en el portón, prohibía a la hija que anduviera con Malvina. El profesor Josué mezclaba bebidas, hablaba alto, mostraba indiferencia y alegría. Los sonidos de la música iban a morir en la plaza, entraban por la ventana de Glória, acostada con el coronel Coriolano, que había venido para asistir al acto de la tarde. Bailes no frecuentaba, era cosa de jóvenes. Su baile era ése, en la cama de Glória.

Mundinho Falcão bajaba al salón de baile. Doña Felícia pellizcaba a Iracema, susurraba:

—El señor Mundinho te está mirando. Viene a sacarte a bailar.

Casi empujaba a la hija a los brazos del exportador. ¿Qué mejor partido en todo Ilhéus? Exportador de cacao, millonario, jefe político y joven soltero. Sí, soltero, libre para casarse.

—¿Me permite el honor? —preguntaba Mundinho.

—Con placer… —Se erguía doña Felícia en un saludo.

Iracema, de recias carnes, lánguida y fingida, se apoyaba en él. Mundinho le sentía los senos, el muslo que lo tocaba; le tomó la mano.

—Eres la reina de la fiesta… —le dijo.

Más se apoyó Iracema, y respondió:

—Pobre de mí… Nadie me mira.

Doña Felícia sonreía en la silla; Iracema terminaría de cursar en el colegio de las monjas a fin de año, llegaba el momento de casarse.

El coronel Ramiro Bastos se había hecho representar por Tonico en el acto de la tarde. El otro hijo, Alfredo, estaba en Bahía, atareado en la Cámara. Por la noche, en el baile, Tonico acompañaba a doña Olga, de gorduras estrujadas en un vestido rosa y juvenil, ¡ridículo! Con ellos había ido la sobrina mayor, de desmayados ojos azules y piel fina de madreperla. Muy compenetrado y respetable, Tonico ni miraba a las mujeres, ocupado en hacer remolinear aquella montaña de carnes que Dios y el coronel Ramiro le habían dado por esposa.

Nacib tomaba champán. No para aumentar el consumo de la bebida cara y ganar más dinero, como murmuraba el despechado Plínio Araçá. Para olvidar sufrimientos, ahuyentar el miedo que no lo abandonaba, temores que lo perseguían día y noche. El cerco alrededor de Gabriela crecía y se estrechaba. Le mandaban mensajes, propuestas, notitas de amor. Ofrecían fantásticos salarios a la incomparable cocinera; casa completa, el lujo de las tiendas a la amante incomparable.

Hacía pocos días, cuando Nacib se sentía menos triste debido a aquella elección de cuarto secretario, había ocurrido algo que le demostró hasta dónde llegaba la audacia de esa gente.

La esposa de Mister Grant, director del ferrocarril, no tuvo reparos en ir a la casa de Nacib a hacer propuestas a Gabriela. Ese Grant era un inglés viejo, flaco y callado, que vivía en Ilhéus desde 1910. Lo conocían y lo trataban simplemente de Mister. La esposa, una gringa alta y muy rubia, de actitudes libres y un tanto masculinas, no soportaba Ilhéus, vivía en Bahía hacía varios años. De sus tiempos en la ciudad quedaba el recuerdo de su figura por entonces muy joven y de una cancha de tenis que había hecho construir en unos terrenos del ferrocarril, invadida por las malezas después de su partida. En Bahía ofrecía grandes cenas en su casa de la Barra Avenida, andaba en automóvil, fumaba cigarrillos, constaba que recibía a los amantes a plena luz del día. El Mister no salía de Ilhéus, adoraba la buena cachaza que allí se fabricaba, jugaba al póquer de dados, se embriagaba sin falta todos los sábados en el Pinga de Ouro, iba todos los domingos a cazar en los alrededores. Vivía en una hermosa casa rodeada de jardines, solo, con una indígena que había tenido un hijo de él. Cuando la esposa aparecía en Ilhéus, dos o tres veces por año, llevaba regalos para la india grave y silenciosa como un ídolo. Y no bien el niño cumplió seis años, la inglesa se lo llevó a Bahía, donde lo educaba como si fuera hijo suyo. Los días feriados, en un mástil plantado en el jardín del Mister, flameaba la bandera de Inglaterra pues Grant era, en Ilhéus, vicecónsul de Su Graciosa Majestad británica.

Poco hacía que la gringa había desembarcado en el puerto, ¿cómo supo de Gabriela? Mandó comprar salados y dulces en el bar, un día subió la ladera de San Sebastián, golpeó a la puerta de Nacib, examinó con detenimiento a la risueña empleada:

—*Very well!*

Mujer sin compostura, de ella decían horrores: que bebía tanto o más que un hombre, que iba a la playa semidesnuda, que le encantaban los adolescentes casi niños, se rumoreaba que hasta le gustaban las mujeres. Propuso a Gabriela llevarla a Bahía, pagarle un salario imposible en Ilhéus, vestirla con elegancia, libres todos los domingos. No se anduvo con ceremonias, fue a golpear a la casa de Nacib. Gringa descarada...

¿Y al juez no se le había dado ahora por pasear, después de las audiencias, por la ladera? ¿Cuántos soñaban con ponerle casa, tenerla de amante? Otros, más modestos, suspiraban por pasar una noche con Gabriela, detrás de los peñascos de la playa, adonde iban a pasear en la oscuridad parejas sospechosas. Se volvían cada día más atrevidos, perdían la cabeza en el bar, le murmuraban palabras, se había puesto movida la acera de la casa de Nacib. Llegaban noticias al mostrador del árabe, a sus oídos. Cada tarde tenía Tonico algo nuevo que contar; también Nhô-Galo le había hablado del peligro en aumento.

—Toda mujer, hasta la más fiel, tiene un límite...

Doña Arminda, con sus espíritus y sus coincidencias, ya le había dicho que Gabriela era una tonta al rechazar tantas ofertas tentadoras.

—Además, usted no está teniendo en cuenta que ella puede irse, ¿no, don Nacib?

Que no lo tenía en cuenta... No pensaba en otra cosa, buscaba soluciones, perdía el sueño, ya no dormía la siesta, rumiando temores en la reposera. ¡Por Dios, hasta el apetito empezaba a perder, adelgazaba! Mientras recibía las felicitaciones por la fiesta, palmaditas en la espalda, abrazos, congratulaciones, ahogaba en champán sus temores, las preguntas que le colmaban el pecho. ¿Qué significaba Gabriela en su vida, hasta dónde debía llegar para conservarla? Buscaba la compañía melancólica de Josué; el profesor naufragaba en vermut, protestaba:

—¿Por qué diablos no hay cachaza en esta fiesta de mierda?

—¿Dónde estaban sus palabras bonitas, sus versos rimados?

Hubo todavía dos sensaciones en el baile. Una, cuando Mundinho Falcão, que se hartó enseguida de la fácil Iracema (no era hombre para ir a seducir en zaguanes o en matinés de cines, para besitos y arrumacos), advirtió a la joven rubia de piel fina de madreperla, de ojos azul celeste.

—¿Quién es? —preguntó.

—La nieta del coronel Ramiro, Jerusa, hija del doctor Alfredo.

Mundinho sonrió, le pareció una idea divertida. Estaba ella, adolescente hermosura, al lado del tío y de doña Olga.

Mundinho esperó que la orquesta comenzara, se adelantó, le tocó el brazo a Tonico.

—Permítame saludar a su señora y su sobrina.

Tonico tartamudeó presentaciones, enseguida se dominó, hombre de mundo. Intercambiaron unas palabras amables. Mundinho preguntó a la joven:

—¿Baila?

Respondió con un breve gesto de la cabeza, sonriente. Salieron a bailar, y fue tal la emoción en el salón que ciertas parejas perdieron el paso, al volverse a mirarlos. Aumentó el cuchicheo de las señoras, bajó gente del primer piso para ver.

—¿Así que usted es el cuco? No parece...

Mundinho rió.

—Soy un simple exportador de cacao.

Esta vez fue la joven la que rió, la charla continuó.

La otra sensación fue Anabela. Idea de João Fulgencio, que nunca la había visto bailar, ya que no frecuentaba los cabarés. A medianoche, cuando la fiesta estaba más animada, se apagaron casi todas las luces, el salón quedó en penumbras, Ataulfo Passos anunció:

—La bailarina Anabela, conocida artista carioca.

Para muchachas y señoras, que aplaudían entusiastas, bailó con las plumas y con los velos. Ribeirinho, al lado de la esposa, exultaba. Los hombres presentes sabían que ese cuerpo delgado y ágil le pertenecía; para él bailaba sin malla, sin plumas y sin velos.

El Doctor, solemne, dejaba caer la afirmación:

—Ilhéus se civiliza a pasos agigantados. Hasta hace pocos meses el arte estaba expulsado de los salones. Esta talentosa Terpsícore era relegada a los cabarés, el arte era desterrado a los albañales.

La Asociación Comercial sacaba el arte de los albañales, lo llevaba al seno de las mejores familias. Atronaban aplausos.

De los viejos métodos

Mundinho Falcão cumplió al fin lo prometido al coronel Altino: fue a visitar sus haciendas. No el sábado convenido. Más de un mes después, y por insistencia del Capitán. El recaudador daba gran importancia a la conquista de Altino, aducía que, si lo convencían, obtendrían la adhesión de varios hacendados, vacilantes incluso después del comienzo de los estudios del canal.

No cabía duda de que la llegada del ingeniero —derrota para el gobierno del Estado— había sido un impacto, un tanto ganado por Mundinho. La propia reacción de los Bastos, violenta, al quemar una edición del *Diário de Ilhéus*, era prueba de ello. En los días siguientes, algunos coroneles se presentaron en la oficina de la casa exportadora para solidarizase con Mundinho, ofrecerle sus votos. El Capitán alineaba guarismos en una columna, sumaba votos en el papel. Conocedor de los hábitos políticos imperantes, sabía que no les serviría una victoria reñida. El reconocimiento, tanto de los diputados de la Cámara Federal o la del Estado, como del intendente y de los consejeros municipales, sólo podría alcanzarse con una victoria brutal, aplastante. Y aun así, no era fácil obtener el reconocimiento. Para eso él contaba con las amistades del exportador en el escenario nacional y el prestigio de la familia Mendes Falcão. Pero era necesario vencer por amplio margen, o todo habría sido en vano.

Había retornado la calma, al menos aparente, tras los últimos acontecimientos. En ciertos círculos, en Ilhéus, aumentaba la simpatía por Mundinho. Gente asustada por el retorno de los métodos violentos, con la hoguera de diarios. Mientras mandaran los Bastos, decían, no se vería el fin del reino de los *jagunços*. Pero el Capitán sabía que esos comerciantes, esos empleados de tiendas y depósitos, esos trabajadores del puerto, significaban pocos votos. Los votos pertenecían a los coroneles, sobre todo a los grandes hacendados, dueños de distritos, compadres de medio mundo, dueños también de la máquina electoral. Ésos sí decidían.

La casa del coronel Altino Brandão, en Rio do Braço, quedaba al lado de la estación, rodeada de cercas, enredaderas que subían por las paredes, variadas flores en el jardín, huerto de árboles frutales. Se admiraba Mundinho al pensar si no tendría razón el recaudador cuando decía que el hacendado era un tipo raro en Ilhéus, de mentalidad abierta. No se había conservado en aquella zona la tradición de las cómodas casas señoriales de las plantaciones de azúcar, sus refinamientos, sus lujos. En las plantaciones y los poblados, las casas de los coroneles carecían a veces del más rudimentario confort. Las viviendas se levantaban sobre pilotes, bajo los cuales dormían los cerdos. Si no, el chiquero estaba siempre cerca de la casa, como defensa contra la gran cantidad de víboras, de veneno mortal. Los cerdos las mataban, protegidos del veneno por la gruesa capa de grasa que los envolvía. De la época de las luchas había quedado una cierta sobriedad en el vivir, que sólo desde hacía poco tiempo iba perdiéndose en Ilhéus y en Itabuna, donde los coroneles comenzaban a comprar y construir buenas residencias, chalés... hasta palacetes. Eran los hijos, estudiantes de las facultades de Bahía, los que los obligaban a abandonar los hábitos frugales.

—Nos hace un honor... —dijo el coronel al presentarlo a la esposa en la sala de visitas bien amueblada, en cuyas paredes se veían retratos coloreados de Altino y la mujer cuando jóvenes.

Lo condujo después al cuarto de huéspedes, suntuoso, con colchón de lana vegetal, sábanas de lino, colcha bordada, un aroma a lavanda ahumada que perfumaba el aire.

—Si está de acuerdo, le propongo cabalgar después del almuerzo. Para tener tiempo de ver el trabajo en las plantaciones. Dormimos en Águas Claras, por la mañana nos bañamos en el río, damos una vuelta a caballo para ver la finca. Almorzamos unas piezas de caza por allá, volvemos a cenar acá.

—Perfecto. Completamente de acuerdo.

La hacienda Águas Claras, del coronel Altino, una inmensa extensión de tierras, quedaba cerca del pueblo, a menos de una legua. Poseía también otra hacienda, más distante, donde todavía había selva para desmontar.

Los platos se sucedieron en la mesa, pescados de río, aves diversas, carne de vaca, de oveja, de cerdo. Y eso que almorzaban en familia; era el domingo el día de cenar con invitados.

Por la noche, en la finca (después de que Mundinho hubo visto a los trabajadores en la cosecha, en los cajones de fermentación con cacao blando, en los secaderos, en una danza de pasos cortos para revolver el cacao al sol), conversaban a la luz de los faroles de querosén. Altino relataba anécdotas de *jagunços*, hablaba de los tiempos idos en que habían conquistado la tierra. Algunos trabajadores, sentados en el suelo, participaban en la charla, recordaban detalles. Altino señalaba a un negro.

—Éste está conmigo desde hace unos veinticinco años. Apareció por acá fugitivo, era matón de los Badaró. Si tuviera que cumplir pena por los hombres que despachó, no le alcanzaría la vida entera.

El negro sonreía mostrando los dientes blancos, masticaba un pedazo de tabaco, las manos callosas, los pies cubiertos por la costra que formaba la miel seca del cacao.

—¿Qué va a pensar el señor de mí, don coronel?

Mundinho quería hablar de política, ganar al rico hacendado para su causa. Pero Altino evitaba el tema, apenas si se había referido —y eso, durante el almuerzo en Rio do Braço— al incendio de la edición del *Diário de Ilhéus*. Para reprobarlo.

—Muy mal hecho… Fue algo de tiempos ya pasados, gracias a Dios. Amâncio es un hombre de bien, pero violento como el diablo, no sé cómo todavía sigue vivo. Lo hirieron tres veces durante las luchas, perdió un ojo, tiene un brazo inutilizado. Y no escarmienta.

Melk Tavares tampoco era para bromear, y ni hablar de Jesuíno, pobre... Nadie está exento de tener que cometer un desatino, Jesuíno no tenía otra opción. ¿Pero por qué encima se mete a quemar diarios? Muy mal hecho...

Sacaba las espinas del pescado.

—Pero usted, discúlpeme que se lo diga, tampoco actuó bien. Ésa es mi opinión.

—¿Por qué? ¿Porque el diario estaba violento? Una campaña política no se hace con elogios a los adversarios.

—Que su diario es tremendo, es cierto. Hay cada artículo que da gusto leer... Oí decir que el que escribe es el Doctor, ése tiene más tuétano en la cabeza que todo Ilhéus junto. Un hombrecito inteligente... Me gusta oírlo hablar, parece un zorzal. En eso usted tiene razón. Un diario es para dar palos, atacar al enemigo. Así debe ser; hasta yo me suscribí. Pero no me refiero a eso.

—¿A qué, entonces?

—Señor Mundinho, estuvo muy mal quemar los diarios. No lo apruebo. Pero, ya que ellos lo quemaron, no tenía más remedio que reaccionar. Como Jesuíno. ¿Él quería matar a la mujer? No. Pero ella le puso los cuernos y él tuvo que matarla, o quedaba más desvalorizado que buey de carro. ¿Por qué usted no quemó el diario de ellos, no los ejemplares sino el edificio, por qué no destruyó las máquinas? Discúlpeme, pero era lo que usted tenía que hacer. Si no, van a decir que usted es muy bueno y todo eso, pero para gobernar Ilhéus e Itabuna hay que ser macho, no agachar la cabeza.

—Coronel, no soy un cobarde, créame. Pero usted mismo ha dicho que esos métodos corresponden a un tiempo pasado. Es justamente para cambiarlos, para terminar con ellos, para hacer de Ilhéus una tierra civilizada, que me metí en política. Además, ¿donde iba a conseguir *jagunços*? Yo no tengo...

—Bueno, si es por eso... Usted tiene amigos, gente decidida como Ribeirinho. Yo mismo preparé a unos hombres, pensando: "A lo mejor don Mundinho los necesita, me los manda pedir prestados"...

De política, fue todo lo que habló, Mundinho no sabía qué pensar. Tenía la impresión de que el coronel lo trataba como a un niño, se divertía con él. Por la noche, en el campo, Mundinho intentó llevar la conversación hacia la política; Altino no respondía, hablaba de cacao. Volvieron a Rio do Braço, después de un almuerzo delicioso: diversas carnes de caza, *cotias*, pacas, venados y una, la más sabrosa de todas, que Mundinho se enteró después de que era carne de mono *jupará*. En el pueblo hubo una cena opípara con hacendados, comerciantes, el médico, el farmacéutico, el cura, todos los que tenían alguna importancia en la localidad. Altino había hecho venir acordeonistas y guitarristas, improvisadores, un ciego asombroso para las rimas. El farmacéutico preguntó en cierto momento a Mundinho cómo iba la política. No tuvo tiempo de contestar; Altino lo atajó, brusco:

—El señor Mundinho vino de visita, no a hablar de política. —Y cambió de tema.

El lunes el exportador regresó, ¿qué diablos quería ese coronel Altino Brandão? Había ido él mismo a venderle su cacao, más de veinte mil arrobas, abandonando a Stevenson. Para Mundinho era un negocio de primera. El coronel no tenía mayores compromisos con los Bastos, y sin embargo no quería oír hablar de política. O él, Mundinho, no entendía nada, o el viejo era un loco; pretendía que él incendiara propiedades, destruyera máquinas, tal vez hasta matara gente...

El Capitán afirmaba que él no entendía a los coroneles, su manera de ser, de actuar. Sobre la idea de vengarse con el *Jornal do Sul* por el incendio idiota de los ejemplares del *Diário de Ilhéus*, el Capitán dijo, pensativo:

—No deja de tener razón. Yo también lo pensé. La verdad es que esa gente de los Bastos necesita una lección. Algo que le muestre al pueblo de acá que ellos ya no son los dueños de la tierra, como antes. Lo he pensado mucho. Incluso lo hablé con Ribeirinho.

—¡Cuidado, Capitán! No vamos a hacer estupideces. A la violencia vamos a responder con los remolcadores, las dragas para el canal.

—Al final, ¿cuándo es que su ingeniero va a terminar con los estudios, mandar traer las dragas? Nunca vi que algo tardara tanto...

—No es cosa fácil, de unos pocos días. Él trabaja el día entero. No pierde un minuto. Más rápido, imposible

—Trabaja día y noche —comentó el Capitán, riendo—. De día en el canal, de noche en la puerta de Melk Tavares. Se prendó de la hija, es una relación intensa...

—El muchacho tiene que divertirse...

Más o menos una semana después de la visita a Rio do Braço, Mundinho, al salir del Club Progreso, de una reunión de directorio, divisó al coronel Altino, de espaldas, cerca de la casa de Ramiro Bastos. Vio también, en la ventana, a la rubia Jerusa, se sacó el sombrero, ella lo saludó con la mano. Lo cual revelaba al menos sentido del humor, ya que el día anterior Ribeirinho había expulsado de Guaraci, un pueblo próximo a su hacienda, a un representante de los Bastos, empleado de la Intendencia. El hombre había llegado a Ilhéus, en estado deplorable, molido a palos, vestido con ropa prestada, enorme para su cuerpo, porque desnudo había tenido que alcanzar la ruta, a pie, la noche de la tunda…

Del pájaro sofrê

Nacib ya no podía más, perdidos el sosiego, la alegría, el gusto de vivir. Hasta había dejado de enrollarse la punta de los bigotes, ahora marchitos sobre la boca de risa perdida. Era un pensar sin fin, nada peor para consumir a un hombre, quitarle el sueño y el apetito, enflaquecerlo, volverlo desganado, melancólico.

Tonico Bastos se apoyaba en el mostrador, se servía el amargo, miraba irónico la figura abatida del dueño del bar.

—Te estás cayendo, árabe. No pareces el mismo.

Nacib asentía con la cabeza, desanimado. Sus grandes ojos desencajados se posaban en el elegante notario. Tonico había aumentado en su estima en aquellos días. Siempre habían sido amigos, aunque de relación superficial, charlas sobre mujeres de la vida, idas al cabaré, copas tomadas juntos. Últimamente, sin embargo, desde la aparición de Gabriela, se había establecido entre ambos una intimidad más profunda. De todos los frecuentadores diarios del aperitivo, era Tonico el único que se mostraba discreto al mediodía, cuando llegaba ella, con la flor en la oreja. Apenas la saludaba con delicadeza, le preguntaba por la salud, elogiaba sus condimentos sin igual. Ni caídas de ojos, ni palabritas susurradas, ni intentaba tocarle la mano. La trataba como si fuera una respetable señora, hermosa y deseable pero inaccesible. De ningún otro había temido tanto Nacib la competencia, desde que contrató a Gabriela, como de Tonico. ¿Acaso no era el conquistador sin rival, el rompecorazones?

El mundo es así, sorprendente y difícil: Tonico mantenía la máxima discreción y el mayor respeto en la presencia excitante de Gabriela. Todos sabían sobre las relaciones que el árabe mantenía con la hermosa empleada. Cierto es que, oficialmente, ella no era más que su cocinera, sin ningún otro compromiso entre ellos. Pretexto para que la colmaran, incluso a la vista de él, de palabras dulces, la envolvieran en frases melosas, le pusieran mensajitos en la mano. A los primeros, él los leía displicente, hacía bolitas de papel y los tiraba a la basura. Ahora los hacía pedazos, furioso; tantos eran, algunos hasta indecentes. Tonico, no. Le daba pruebas de verdadera amistad, al respetarla como si ella fuera una señora casada, esposa de coronel. ¿Era o no era amistad, señal de consideración? Nacib no lo amenazaba como había hecho el coronel Coriolano a propósito de Glória. No obstante, sólo de Tonico no tenía quejas y sólo a él abría su corazón doloroso como punzante espina.

—Lo peor del mundo es que un hombre no sepa cómo actuar.

—¿Cuál es la dificultad?

—¿No lo ves? Vivo carcomiéndome por dentro, esto me devora la carne. Ando atontado. Basta con decirte que el otro día me olvidé de pagar un documento, fíjate como ando...

—La pasión no es broma...

—¿Pasión?

—¿No lo es? El amor es lo mejor y lo peor del mundo.

Pasión... Amor... Había luchado contra esas palabras durante días y días, cuando pensaba en la hora de la siesta. No quería medir la dimensión de sus sentimientos, no quería mirar de frente la realidad de las cosas. Pensaba que era un amorío fugaz, más fuerte que los otros, más lento en pasar. Pero nunca había sufrido tanto por un amorío, jamás había sentido tales celos, ese miedo, ese terror a perderla. No era el temor irritante a quedarse sin la cocinera famosa, de cuyas manos mágicas dependía gran parte de la actual prosperidad del bar. Ya no pensaba en eso, esas preocupaciones duraron poco tiempo. Si él mismo había perdido las ganas de comer, sentía una inapetencia espantosa… Lo que pasaba era que le resultaba imposible imaginar siquiera una sola noche sin Gabriela, sin el calor de su cuerpo. Hasta en los días imposibles, se acostaba en su cama y ella se acurrucaba en su pecho, el perfume a clavo le penetraba la nariz. Eran entonces noches mal dormidas, de deseo contenido, que se acumulaba para verdaderas noches de nupcias, que se renovaban cada mes. Si eso no era amor, desesperada pasión, ¿qué sería, por Dios? Y si era amor, si la vida se tornaba imposible sin ella, ¿cuál era la solución? "Toda mujer, hasta la más fiel, tiene su límite", le había dicho Nhô-Galo, hombre de buenos consejos. Otro que era su amigo. No tan discreto como Tonico, dirigía a Gabriela miradas largas, suplicantes. Pero no pasaba de eso, no le hacía propuestas.

—Debe de ser eso, sí. Te digo, Tonico, que sin esta mujer no puedo vivir. Me voy a volver loco si me deja…

—¿Qué vas a hacer?

—No sé. —Daba pena ver la cara triste de Nacib. Había perdido esa jovialidad desparramada por las mejillas gordas. Parecía distante, taciturno, casi fúnebre.

—¿Por qué no te casas con ella? —soltó de repente Tonico, como adivinando lo que pasaba dentro del pecho del amigo.

—¿Es una broma? Con eso no se juega…

Tonico se levantaba, pedía que le anotara los amargos en su cuenta, arrojaba una moneda a Chico Moleza, que la atrapaba en el aire.

—Bueno, si yo estuviera en tu lugar, eso es lo que haría…

En el bar vacío, Nacib pensaba. ¿Qué más podía hacer? Lejos había quedado el tiempo en que iba a su cuarto para entretenerse, cansado de Risoleta, de otras mujeres; cuando, a manera de pago, le llevaba broches de diez centavos, anillos baratos de vidrio. Ahora le hacía regalos, uno, dos por semana. Cortes para vestidos, frascos de perfume, pañuelos para la cabeza, caramelos del bar. ¿Pero qué valía todo eso ante las propuestas de casa amueblada, vida de lujo, sin trabajar, igual que Glória, gastando en las tiendas, mejor vestida que muchas señoras casadas con maridos ricos? Hacía falta ofrecerle algo superior, algo más grande, capaz de volver irrisorios los ofrecimientos del juez, de Manuel das Onças, ahora también de Ribeirinho, de pronto sin Anabela. La bailarina se había marchado, aquella tierra le daba miedo. El rumor provocado por la paliza al empleado de la Intendencia, que involucraba a Ribeirinho, que presagiaba hechos aún más graves, la había decidido. Preparó su equipaje en secreto, compró a escondidas un pasaje en un Baiano, sólo se despidió de Mundinho. Fue a su casa el día antes, él le dio algún dinero. Ribeirinho estaba en la plantación, cuando llegó se encontró con la noticia. Ella se había llevado un anillo de brillante, un *pendentif* de oro, más de veinte *contos* en joyas. Tonico comentó en el bar:

—Nos quedamos viudos, Ribeirinho y yo. Después de todo, ya es hora de que Mundinho nos consiga otra cosa...

Ribeirinho se concentró en Gabriela; ya tenía la casa lista, la muchacha no tenía más que decidirse. También a ella le daría anillo de brillantes, *pendentif* de oro. De todo eso estaba enterado Nacib; doña Arminda le contaba, elogiando a la vecina:

—Nunca vi una muchacha tan derecha... Y eso que estas cosas trastornan a cualquier mujer... Hay que querer de verdad a alguien, tener más amor por el otro que por una misma. Cualquier otra ya se habría ido por ahí, cubierta de más lujos que una princesa...

De los sentimientos de Gabriela él no dudaba. ¿Acaso no resistía, como si nada le importaran, todas las propuestas, todos los ofrecimientos? Les sonreía, no se enojaba cuando alguno, más osado, le tocaba la mano, le acariciaba el mentón. No devolvía los mensajes, no era grosera, agradecía las palabras de elogio. Pero a nadie daba confianza, jamás se quejaba, nunca le pedía nada, recibía los regalos aplaudiendo, con alegría. ¿Y no moría cada noche en sus brazos, ardiente, insaciable, renovada, mientras le decía "muchacho lindo, mi perdición"?

"Si yo estuviera en tu lugar, eso es lo que haría"... Fácil de decir cuando se trata de los demás. ¿Pero cómo casarse con Gabriela, cocinera, mulata, sin familia, sin virginidad, encontrada en el "mercado de los esclavos"? Uno tenía que casarse con una señorita virtuosa, de familia conocida, ajuar preparado, buena educación, recatada virginidad. ¿Qué diría su tío, su tía tan vanidosa, su hermana, su cuñado ingeniero agrónomo de buena familia? ¿Qué dirían los Ashcar, sus parientes ricos, señores terratenientes, influyentes en Itabuna? ¿Sus amigos del bar, Mundinho Falcão, Amâncio Leal, Melk Tavares, el Doctor, el Capitán, el doctor Maurício, el doctor Ezequiel? ¿Qué diría la ciudad? Imposible siquiera pensarlo, un absurdo. Sin embargo, lo pensaba.

Apareció en el bar un campesino que vendía pájaros. En una jaula, un *sofrê* rompía en un canto triste y armonioso. Hermoso e inquieto, negro y amarillo, no paraba un instante. Sus trinos crecían, eran dulces de oír. Chico Moleza y Bico-Fino se extasiaban.

Una cosa era segura, e iba a hacerla. Terminar con las visitas de Gabriela al mediodía. ¿Perjuicio para el bar? Paciencia...

Perdería dinero, pero peor sería perderla. Era una tentación diaria para los hombres, presencia embriagadora. ¿Cómo no quererla, no desearla, no suspirar por ella, después de verla? Nacib la sentía en la punta de los dedos, en los bigotes caídos, en la piel de los muslos, en las plantas de los pies. El *sofrê* parecía cantar para él, tan triste era su canto. ¿Por qué no llevárselo a Gabriela? Ahora, impedida de ir al bar, necesitaría distracciones.

Compró el *sofrê*. Ya no podía más de tanto pensar; ya no podía más de tanto penar.

Gabriela con pájaro preso

—¡Ah, qué belleza! —entonó Gabriela al ver el *sofrê*.

Nacib depositó la jaula sobre una silla; el pájaro se golpeaba contra los barrotes.

—Para ti... Para que te haga compañía.

Él se había sentado, Gabriela se acomodó en el suelo a sus pies. Le tomó la mano grande y peluda, le besó la palma con ese gesto, que a Nacib le recordaba, ni siquiera sabía por qué, la tierra de sus padres, las montañas de Siria. Después le apoyó la cabeza en las rodillas, él le pasó la mano por el pelo. El pájaro se había calmado, reanudó sus trinos.

—Dos regalos de una vez... ¡Qué muchacho tan bueno!

—¿Dos?

—El pajarito y, mejor todavía, que haya venido a traerlo. Todos los días el señor sólo llega de noche...

Y la iba a perder... "Toda mujer, hasta la más fiel, tiene su límite"; Nhô-Galo quería decir "su precio". Se le reflejó en la cara la amargura, y Gabriela, que alzó los ojos al hablar, observó:

—El señor Nacib anda triste... Antes no era así... Era alegre, risueño, ahora anda triste. ¿Por qué, señor Nacib?

¿Qué le podía decir? ¿Que no sabía cómo conservarla, cómo retenerla allí para siempre? Aprovechó para hablar de las idas diarias al bar.

—Tengo algo que decirte.

—Dígame, mi dueño...

—Hay algo que no me está gustando, que me preocupa.

Ella se asustó.

—¿La comida está fea? ¿La ropa mal lavada?

—No es nada de eso. Es otra cosa.

—¿Qué?

—Tus idas al bar. No me gustan, no me agradan...

Los ojos de Gabriela se agrandaron.

—Voy para ayudar, para que la comida no se enfríe. Por eso voy.

—Yo lo sé. Pero los demás no...

—Ya sé. No lo pensé... Queda mal que yo esté en el bar, ¿no? A los demás no les gusta, una cocinera en el bar... No lo pensé.

Oportunista, respondió:

—Sí, es eso. A algunos no les molesta, pero otros protestan.

Tristes los ojos de Gabriela. El *sofrê* rompía el alma, un canto que rompía el corazón. Tan tristes los ojos de Gabriela.

—¿Qué mal hacía yo?

¿Por qué hacerla sufrir, por qué no decirle la verdad, contarle de sus celos, gritarle su amor, llamarla Bié como tenía ganas, como la llamaba en su pensamiento?

—A partir de mañana entro por los fondos, para servirle la comida. No ando por el salón ni por el lado de afuera.

¿Y por qué no? Así no dejaba de verla al mediodía, tenerla junto a él, tocarle la mano, las piernas, los senos. ¿Y su presencia semiescondida no valdría como respuesta negativa a los ofrecimientos tentadores, a las palabras melosas?

—¿Te gusta ir?

Asintió con la cabeza. Era su hora libre de paseo, ¡cómo le gustaba! Caminar bajo el sol, la vianda en la mano. Andar entre las mesas, oír las palabras, sentir los ojos cargados de intenciones. Los viejos, no. Las propuestas de casas bien montadas que le hacían los coroneles, eso no. Sentirse mirada, festejada, deseada. Era como una preparación para la noche, la dejaba como envuelta en un aura de deseo, y en los brazos de Nacib volvía a ver a los muchachos lindos: don Tonico, don Josué, don Ari, don Epaminondas, cajero de tienda. ¿Habría sido alguno de ellos el autor de la intriga? Pensaba que no. Uno de esos viejos feos, sin duda, rabioso porque ella no le prestaba atención.

—Está bien, entonces puedes ir. Pero no sirves más las mesas, te quedas sentada detrás del mostrador.

Por lo menos tendría las miradas, las sonrisas, alguno se acercaría al mostrador para hablarle.

—Voy a volver... —anunció Nacib.

—Tan pronto...

—Ni siquiera tendría que haber venido...

Los brazos de Gabriela le ciñeron las piernas, lo apretaban. Nunca la había tenido de día, siempre había sido de noche. Quería levantarse, ella lo retenía, callada y agradecida.

—Ven aquí... Acá mismo...

La arrastró con él. Era la primera vez que iba a poseerla en su propio cuarto, en su cama, como si fuera su mujer, no su cocinera. Cuando le arrancó el vestido de algodón y el cuerpo desnudo rodó invitador en la cama, perfectas nalgas, duros senos, cuando ella le tomó la cabeza y le besó los ojos, él le preguntó, y era la primera vez que lo hacía:

—Dime una cosa: ¿tú me quieres bien?

Ella rió sobre el canto del pájaro, era un solo trino.

—Muchacho lindo... Me gustas demasiado...

Estaba sentida, por el asunto de las idas al bar. ¿Por qué hacerla sufrir, no decirle la verdad?

—Nadie se quejó por tus idas al bar. Soy yo el que no quiere.

Vivo triste, y es por eso. Todo el mundo te habla, te dicen estupideces, te tocan la mano, sólo falta que te agarren ahí mismo, te tiren al suelo...

Ella se rió, le parecía gracioso.

—No importa... No les presto atención...

—¿De veras?

Gabriela lo atrajo hacia sí, lo sumergió en sus senos. Nacib murmuró: "Bié"... En su idioma de amor, que era el árabe, le dijo mientras la tomaba:

—De hoy en adelante eres Bié y ésta es tu cama, aquí dormirás. Cocinera ya no eres, a pesar de que cocines. Eres la mujer de ésta casa, el rayo de sol, la luz de la luna, el canto de los pájaros. Te llamas Bié...

—¿Bié es nombre de gringa? Llámeme Bié, hable un poco más en esa lengua... Me gusta oírla...

Cuando Nacib se fue, ella se sentó frente a la jaula. El señor Nacib era bueno, tenía celos. Se rió, metió el dedo entre los barrotes, el pájaro asustado quería huir. Tenía celos, qué gracioso... Ella no; si él sentía ganas, podía ir con otra. Al principio había sido así, ella lo sabía. Se acostaba con ella y con las demás. No le importaba. Podía ir con otra. No para quedarse, sólo para acostarse. El señor Nacib tenía celos, qué gracioso. ¿Qué haría si Josué le tocaba la mano? ¿Si el señor Tonico, ¡belleza de hombre!, tan serio delante del señor Nacib, a sus espaldas intentaba besarle el cuello? ¿Si Epaminondas le pedía un encuentro, si don Ari le regalaba bombones, la tomaba del mentón? Con todos ellos se acostaba cada noche, con ellos y con los de antes también, menos con su tío, en los brazos del señor Nacib. A veces con uno, a veces con otro, la mayoría de las veces con el muchachito Bebinho y con el señor Tonico. Era tan bueno, bastaba con pensar.

Era tan lindo ir al bar, pasar entre los hombres. La vida era buena, bastaba con vivir. Calentarse al sol, bañarse con agua fría. Masticar las guayabas, comer mango, morder pimienta. Por las calles andar, cantigas cantar, con un joven dormir. Con otro joven soñar.

Bié: le gustaba el nombre. El señor Nacib, tan grande, ¿quién iba a decirlo? Aun en esos momentos, hablaba un idioma de gringo, tenía celos... ¡Qué gracioso! No quería ofenderlo, ¡era un hombre tan bueno! Tendría cuidado, no quería lastimarlo. Solamente que no podía aguantar sin salir de la casa, sin asomarse a la ventana, sin andar por la calle. Con la boca cerrada, la risa apagada. Sin oír la voz de un hombre, la respiración agitada, el brillo de sus ojos. "No me lo pida, señor Nacib, no lo puedo hacer".

El pájaro se golpeaba contra los barrotes, ¿cuántos días haría que estaba preso? Muchos no eran, seguro, no había tenido tiempo de acostumbrarse. ¿Quién se acostumbra a vivir preso? Le gustaban los animales, les tomaba cariño. Gatos, perros, hasta gallinas. En el campo había tenido un papagayo, que sabía hablar. Se murió de hambre, antes que el tío. Nunca más quiso un pajarito preso en una jaula. Le daba pena. No lo había dicho para no ofender al señor Nacib. Él creía que le hacía un regalo, compañía para la casa, *sofré* cantor. Un canto tan triste, señor Nacib, ¡tan triste! No quería ofenderlo, tendría cuidado. No quería lastimarlo, diría que el pájaro se había escapado.

Fue al fondo, abrió la jaula frente al guayabo. El gato dormía. Voló el *sofrê*, en una rama se posó, para ella cantó. ¡Qué trino tan claro y alegre! Gabriela sonrió. El gato despertó.

De las sillas de respaldo alto

Pesadas sillas austríacas, de alto respaldo, negras y torneadas, el cuero trabajado a fuego. Parecían puestas allí para ser miradas y admiradas, no para sentarse en ellas. A cualquier otro habrían intimidado. De pie, el coronel Altino Brandão admiraba una vez más la sala. En la pared, como en su casa, retratos en color —realizados por una floreciente empresa paulista— del coronel Ramiro y su fallecida esposa, un espejo entre los dos. En un ángulo, un nicho con santos. En lugar de velas, minúsculas lámparas eléctricas, azules, verdes, rojas, una lindura. En la otra pared, pequeñas esterillas japonesas de bambú, en las que se veían tarjetas postales, retratos de parientes, estampas. Al fondo, un piano, cubierto con un mantón negro con estampados color sangre.

Cuando Altino, desde el paseo, saludó a Jerusa y preguntó si el coronel Ramiro Bastos estaba y podía concederle dos minutos, la muchacha lo hizo entrar en el corredor que separaba las dos salas del frente. Oyó desde allí que aumentaba el movimiento en la casa: corrían los cerrojos de las ventanas, desvestían las sillas protegidas con forros de tela, pasaban la escoba y el plumero. Aquella sala sólo se abría los días de fiesta: cumpleaños del coronel, asunción de nuevo intendente, recepción a políticos importantes de Bahía. O para una visita desacostumbrada y muy bien considerada. Jerusa apareció en la puerta, invitó:

—¿Quiere pasar, coronel?

Raras veces había ido a la casa de Ramiro Bastos. Casi siempre en días de fiesta. De nuevo admiraba la sala lujosa, prueba inequívoca de la riqueza y el poder del coronel.

—El abuelo ya viene… —Jerusa sonreía y se retiraba con una inclinación de cabeza. "Linda muchacha, parece extranjera de tan rubia, la piel tan blanca casi parecía azul. Ese Mundinho Falcão es un tonto. ¿Por qué tanta pelea si podría resolver todo tan fácilmente?"

Oyó los pasos arrastrados de Ramiro. Se sentó.

—¡Vaya! ¡Qué milagro! ¿A qué debo el placer?

Se estrechaban las manos. Altino se impresionaba con el viejo: cómo había desmejorado en esos meses, desde que lo había visto por última vez. Antes parecía un tronco de árbol, como si la edad no le hiciera mella, indiferente a las tempestades y a los vientos, plantado en Ilhéus como para mandar por toda la eternidad. De aquella imponencia sólo conservaba la mirada dominante. Las manos le temblaban un poco, los hombros se encorvaban, el paso se había tornado vacilante.

—Usted está cada vez más recio —mintió Altino.

—Sacando fuerzas de las flaquezas. Vamos a sentarnos.

El respaldo recto de la silla. Linda podía ser, pero incómoda. Prefería los sillones blandos de cuero azul de la oficina de Mundinho, mullidos, el cuerpo se hundía suave, tan cómodos que no daban ganas de levantarse para irse.

—Si me disculpa la pregunta: ¿qué edad tiene?

—Ando por los ochenta y tres.

—Linda edad. Que Dios todavía le dé muchos años de vida, coronel.

—En mi familia se muere tarde. Mi abuelo vivió ochenta y nueve años. Mi padre, noventa y dos.

—Me acuerdo de él.

Jerusa entraba en la sala con tazas de café en una bandeja.

—Las nietas están creciendo…

—Me casé mayor; lo mismo pasó con Alfredo y Tonico. Si no, ya tendría bisnietos, hasta tataranietos.

—Un bisnieto no va a demorar mucho. Con esa belleza de nieta…

—Puede ser.

Jerusa retornaba, retiraba las tazas, dejaba un mensaje:

—Abuelo, llegó el tío Tonico, pregunta si puede venir aquí.

Ramiro miró a Altino.

—¿Qué dice, coronel? ¿Es una conversación privada?

—Para don Tonico no; es su hijo.

—Dile que venga…

Tonico se presentó con chaleco y polainas. Altino se levantó, fue envuelto en un abrazo cordial, caluroso.

—Vaya, coronel, cuánta satisfacción me da verlo en esta casa. No viene casi nunca…

—Soy un hombre de campo, sólo salgo de Rio do Braço cuando no tengo más remedio. Y de ahí hasta Águas Claras…

—Qué cosecha la de este año, ¿no, coronel? —atajaba Tonico.

—Dios sea loado. Nunca vi tanto cacao… Así que vine a Ilhéus y me decidí: voy a hacer una visita al coronel Ramiro. Para conversar unas cosas que anduve pensando. En el campo, por la noche uno se pone a meditar… Ya sabe cómo es, uno empieza a pensar y después lo quiere decir.

—Soy todo oídos, coronel.

—Usted sabe que en estas cuestiones de política nunca quise meterme. Una sola vez, y la verdad es que lo hice obligado. Tal vez usted se acuerde: cuando don Firmo era intendente. Quisieron meter el hocico en Rio do Braço, nombrar autoridades para allá. En esa ocasión vine a hablar con usted…

Ramiro recordaba el incidente. El comisario, hombre suyo, había despedido al subcomisario de Rio do Braço, protegido de Altino, y nombrado a un cabo de la policía militar. Altino apareció en Ilhéus, fue a su casa a protestar, hacía unos doce años. Pedía que despidieran al cabo y restituyeran en el cargo a su protegido. Ramiro accedió. El cambio de autoridades se había hecho sin haberlo consultado, sin su aprobación, cuando, en Bahía trabajaba en el Senado.

—Voy a mandar llamar al cabo —había prometido.

—No va a ser necesario. Volvió en el mismo tren en que llegó, parece que tuvo miedo de quedarse. No sé bien por qué, no estoy bien informado. Oí decir que le anduvieron haciendo unas bromas, cosas de muchachos. Creo que no va a querer volver. Lo que hay que hacer es anular el nombramiento, poner de nuevo a mi compadre. Una autoridad sin fuerza no vale nada...

Y así se hizo. Ramiro recuerda la conversación difícil. Altino había amenazado con romper, apoyar a la oposición. ¿Qué quería ahora?

—Hoy vengo otra vez. Puede que hasta para meterme donde no me llamaron. Nadie me encargó un sermón. Pero en el campo me lo paso pensando en las cosas que están pasando en Ilhéus. Aunque uno no se meta, las cosas se meten con uno. Porque, al final de cuentas, los que terminamos pagando los costos de la política somos justamente los hacendados, los que vivimos en el campo cosechando cacao. Por eso ando preocupado...

—¿Qué piensa de la situación?

—Pienso que es mala. Usted siempre fue respetado, hace muchos años que es el jefe político, y se lo merece. ¿Quién lo puede negar? No he de ser yo, Dios me libre.

—Ahora lo están negando. Y ni siquiera es gente de acá. Un forastero, que vino a meterse en Ilhéus nadie sabe por qué. Los hermanos, que son hombres derechos, lo echaron de la empresa de ellos, no quieren ni verle la cara al renegado. Vino a dividir lo que estaba unido, vino a separar lo que estaba junto. Que el Capitán me combata, está bien; yo combatí al padre de él, lo saqué del gobierno. Él tiene sus razones, por eso nunca dejé de tratarlo, de tenerle consideración. Pero ese señor Mundinho debería contentarse con el dinero que gana. ¿Por qué se entromete?

Altino encendía el puro, miraba de reojo las lámparas del nicho de los santos.

—Iluminación de primera. En casa hay unos santos, devoción de la patrona. Pero gasta velas que es un horror. Voy a mandar colocar unas luces iguales a ésas. Ilhéus es una tierra de forasteros, coronel. Nosotros mismos, ¿qué somos? Ninguno nació acá. La gente de acá, ¿cuánto vale? Sacando al Doctor, hombre ilustrado, lo demás son unos desechos, sólo sirven para la basura. Por así decirlo, nosotros somos de los primeros *grapiúnas*. Nuestros hijos sí son ilheenses. Cuando llegamos a esta selva espantosa, ¿no podrían haber dicho también que no éramos más que forasteros?

—No lo digo para ofenderlo. Sé que usted le vendió su cacao. No sabía que eran amigos, por eso hablé. Pero tampoco retiro lo dicho. Lo que dije ya está dicho. No se compare con él, coronel, no me compare con él. Nosotros vinimos cuando esto todavía no era nada. Fue diferente. ¿Cuántas veces arriesgamos la vida, nos salvamos de morir? Peor todavía, ¿cuántas veces tuvimos que mandar a quitar la vida a otros? ¿Entonces eso no vale nada? No se compare con él, coronel, ni me compare a mí. —La voz del anciano, por un esfuerzo de voluntad, perdía el temblor, la vacilación, era aquella voz antigua de mando. —¿Qué vida arriesgó él? Desembarcó con dinero, montó una oficina, compra y exporta cacao. ¿Qué vida quitó él? ¿Adónde fue a buscar el derecho de mandar acá? Nuestro derecho, nosotros lo conquistamos.

—Tiene razón, coronel. Eso es cierto, pero es de otra época. Nosotros vivimos metidos en el trabajo, ¿no se da cuenta? El tiempo pasa, las cosas cambian. De repente, abrimos los ojos y todo está diferente.

Tonico, silencioso y alarmado, escuchaba. Casi arrepentido de haber ido a la sala. En el corredor, Jerusa daba órdenes a las empleadas.

—¿Cuál es la diferencia? No lo entiendo...

—Se lo voy a decir. Antes era fácil mandar. Alcanzaba con tener fuerza. Gobernar era fácil. Hoy todo cambió. Nosotros ganamos el mando, como dijo usted, derramando sangre. Ganamos para garantizar la posesión de las tierras, era necesario. Pero ya hicimos lo que teníamos que hacer. Todo creció. Itabuna está tan grande como Ilhéus. Pirangi, Água Preta, Macuco, Guaraci se están convirtiendo en ciudades. Está lleno de doctores, agrónomos, médicos, abogados. Todos protestando. ¿Será que nosotros todavía sabemos mandar, todavía podemos mandar?

—¿Y por qué está así, tan lleno de doctores, tanto progreso? ¿Quién lo hizo? Fue usted, coronel, y ese criado suyo. No fue ningún forastero. Y ahora que está hecho, ¿con qué derecho se vuelven contra quien lo hizo?

—Uno planta el cacao, lo cuida para que crezca, recoge las semillas, las parte, mete los granos en los cajones de fermentación, lo seca en las barracas, en las estufas, lo carga en los lomos de los burros, lo manda a Ilhéus, lo vende a los exportadores. El cacao está seco, perfumado, el mejor del mundo; fuimos nosotros los que lo hicimos. ¿Pero podemos hacer chocolate, sabemos hacerlo? Tuvo que venir don Hugo Kaufmann, de Europa. Y asimismo, sólo hace cacao en polvo. Usted, coronel, hizo todo eso. Lo que Ilhéus tiene, lo que Ilhéus vale, se lo debe a usted. Dios me libre de negarlo, soy el primero en reconocerlo. Pero usted ya hizo todo lo que sabe, todo lo que puede hacer.

—¿Y qué es lo que pide Ilhéus, además de lo que hacemos? ¿Qué es lo que hay que hacer? Para serle franco, no veo esas necesidades. Tendrá que señalármelo con el dedo para que lo pueda ver.

—Ya lo va a ver. Ilhéus está lindo como un jardín. ¿Pero Pirangi, Rio do Braço, Água Preta? El pueblo reclama, exige. Nosotros abrimos los caminos con los trabajadores, con los *jagunços*. Ahora hacen falta carreteras, y los *jagunços* no pueden hacerlas. Lo peor de todo es el canal, ese asunto del puerto. ¿Por qué usted se puso en contra, coronel Bastos? ¿Porque se lo pidió el gobernador? Todo el pueblo lo pide, es una ganancia para la zona: el cacao saldrá desde acá hacia el mundo entero. Y dejaríamos de pagar el transporte a Bahía. ¿Y quiénes lo pagan? Los exportadores y los hacendados.

—Uno tiene compromisos. Cada uno cumple los suyos. Porque si no cumple, se termina el respeto. Yo siempre cumplí, usted lo sabe. El gobernador me pidió, me explicó. Nuestros hijos, más adelante, construirán el puerto, lejos del canal, en el Malhado. Todo a su tiempo.

—El tiempo ya llegó, usted no quiere darse cuenta. En nuestra época no había cine, las costumbres eran otras. También eso está cambiando; son tantas las novedades que uno no sabe para dónde mirar. Antes, para gobernar alcanzaba con mandar, cumplir los compromisos con el gobierno. Hoy en día no es suficiente. Usted cumple con el gobernador, que es su amigo; por eso no lo respetan más. El pueblo no quiere eso. Quiere un gobierno que atienda sus necesidades. ¿Por qué el señor Mundinho atrae a tanta gente?

—¿Por qué? Porque está comprando gente, ofreciendo el oro y el moro. Y hay sinvergüenzas que no cumplen sus compromisos.

—Discúlpeme, coronel, pero no es eso. ¿Qué puede ofrecer él, que usted no pueda? ¿Un lugar en la lista, influencia, nombramiento, prestigio? Usted puede más. Lo que él ofrece, y está haciendo, es gobernar de acuerdo con la época.

—¿Gobernar? ¿Cuándo ganó una elección?

—No necesita ganarla. Abrió una calle en la playa, fundó un diario, ayudó a comprar los autobuses, trajo una sucursal de Banco, un ingeniero para el canal. ¿Qué es todo eso, no es gobernar? Usted manda sobre el intendente, el comisario, las autoridades de los pueblos. Pero el que está gobernando, desde hace un buen tiempo, es Mundinho Falcão. Por eso vine a verlo: porque una tierra no puede tener dos gobiernos. Salí de mi rincón para hablar con usted. Si esto sigue así, va a pasar algo malo. Y ya empezó: usted mandó prender fuego a un diario, casi mataron a un hombre suyo en Guaraci. Eso sirvió en otros tiempos, no podía ser de otra manera. Por eso vine a hablarle, a golpear la puerta de su casa.

—¿Para venir a decirme qué?

—Que hay una sola forma de arreglar la situación. Una sola; yo no veo otra.

—¿Y cuál es? —La voz del coronel sonaba ríspida, ahora casi parecían dos enemigos cara a cara.

—Soy su amigo, coronel. Hace veinte años que lo voto. Nunca le pedí nada, una sola vez le reclamé algo, y tenía la razón. Vengo como amigo.

—Y yo se lo agradezco. Puede hablar.

—Hay una sola manera: llegar a un acuerdo.

—¿Quién? ¿Yo? ¿Con ese forastero? ¿Quién cree que soy, coronel? No hice acuerdos cuando era joven y corría peligro de muerte. Soy un hombre de bien; no va a ser ahora, cuando estoy a un paso de la tumba, que me voy a doblegar. Ni me lo mencione.

Pero intervino Tonico. La idea del acuerdo le agradaba. Unos días atrás, Mundinho había estado en la estancia de Altino. Por cierto la propuesta partía de él.

—Deje hablar al coronel, padre. Vino como amigo; usted tiene que escucharlo. Si acepta o no, ya es otra cosa.

—¿Por qué no toma usted las riendas del asunto del canal? ¿Por qué no invita a Mundinho a su partido, los junta a todos, usted a la cabeza? Nadie le tiene antipatía en Ilhéus, ni siquiera el Capitán. Pero si continúa como hasta ahora, va a perder.

—¿Alguna propuesta concreta, coronel? —preguntó Tonico.

—Propuesta, no. Con el señor Mundinho no quise conversar de política. Me limité a decirle que yo veía un solo camino: un acuerdo entre los dos.

—¿Y qué dijo? —Tonico, atento y curioso, quería saber.

—No dijo nada; tampoco le pedí respuesta. Pero si el coronel Ramiro quisiera, ¿cómo quedaría si no aceptara? Si el coronel le tendiera la mano, ¿cómo podría negarse?

—Tal vez tenga razón... —Tonico empujaba la silla pesada, se acercaba a Altino.

La voz del coronel Ramiro Bastos, alterada, interrumpía el diálogo:

—Coronel Altino Brandão, si fue nada más que esto lo que lo trajo acá, su visita ha terminado...

—¡Padre! ¿Qué dice?

—Tú te callas la boca. Si quieres mi bendición, ni pienses en un acuerdo. Coronel, discúlpeme, no quiero ofenderlo, siempre me llevé bien con usted. Esta casa es como si fuera suya. Hablemos de otro tema, si quiere. De acuerdos, no. Escuche lo que le voy a decir: podré quedarme solo, incluso mis hijos podrán abandonarme, unirse a ese forastero. Podré quedarme sin amigos, o con uno solo, porque el compadre Amancio no va a abandonarme, estoy seguro. Podré quedarme solo, pero no haré ningún acuerdo. Antes de que yo me muera, nadie va a mandar en Ilhéus. Lo que sirvió ayer puede servir hoy. Aunque tenga que morir con un arma en la mano. Aunque tenga otra vez, que Dios me perdone, que mandar a matar. Dentro de un año va a haber elecciones. Yo voy a ganar, coronel, aunque tenga todo el mundo en contra, aunque Ilhéus se convierta de nuevo en guarida de bandidos, tierra de *cangaço*. —Elevaba la voz trémula, se ponía de pie... —¡Voy a ganar!

También Altino se levantaba, tomaba el sombrero.

—Vine en son de paz, usted no quiere oírme. No deseo irme de su casa como enemigo suyo, le tengo mucha consideración. Pero me voy sin compromiso, no soy deudor suyo, soy libre de votar a quien quiera. Adiós, coronel Ramiro Bastos.

El viejo volvió la cabeza, sus ojos parecían vidriosos. Tonico acompañaba al coronel hasta la puerta.

—Mi padre es cabeza dura, obstinado. Pero tal vez yo pueda...

Altino le estrechaba la mano, le cortaba la frase.

—Así, va a terminar solo. Con dos o tres amigos devotos. —Miraba al joven elegante. —Creo que Mundinho tiene razón: Ilhéus necesita gente nueva en el gobierno. Me quedo con él. Pero usted tiene la obligación de apoyar a su padre, obedecerlo. Cualquier otro tiene derecho a negociar, a pedir un acuerdo, hasta misericordia; usted no, tiene una sola cosa que hacer. Seguir junto a él, aunque sea para morir. Salvo eso, usted no tiene otra cosa que hacer.

Saludó a Jerusa, rubia y curiosa en la ventana de la otra sala, se fue caminando.

Del demonio suelto en las calles

—¡Cristo santo!... Parecería que el demonio anda suelto en Ilhéus. ¿Dónde se ha visto a una muchacha soltera de novia con un hombre casado? —se escandalizaba la áspera Dorotéia en el atrio de la iglesia, entre las dos solteronas.

—Y al profesor, ¡pobrecito!, pronto va a perder el juicio. Anda tan caído que da pena... —se lamentó Quinquina.

—Un muchacho delicado, es capaz de enfermarse —apoyó Florzinha—. No le sobra salud.

—Bastante artero, resultó. La tristeza le sirvió para rondar a esa desvergonzada... Hasta se para en la acera para hablar con ella. Ya le dije al padre Basílio...

—¿Qué?

—Que Ilhéus se está convirtiendo en una tierra de perdición, un día de estos Dios nos va a castigar. Nos manda una plaga, mata todas las plantas de cacao…

—¿Y él qué respondió?

—Dijo que yo era un pájaro de mal agüero. Se enojó. Dijo que yo estaba llamado al mal.

—También… Usted fue a hablar justo con él… Tiene plantaciones. ¿Por qué no habló con el padre Cecílio? Ese, pobrecito, no tiene pecados.

—Le hablé. Y me dijo: "Dorotéia, el demonio anda suelto por Ilhéus. Reinando solo". Y es verdad.

Se dieron vuelta para no mirar a Glória, en la ventana, iluminada de sonrisas hacia el bar de Nacib. Sería mirar el pecado, el mismísimo demonio.

En el bar, el Capitán, triunfante, soltó la noticia sensacional: el coronel Altino Brandão, el dueño de Rio do Braço, hombre de más de mil votos, había adherido a Mundinho. Había ido a la empresa exportadora para comunicar su decisión. Mundinho le había preguntado, sorprendido por el inesperado cambio del coronel:

—¿Qué fue que lo decidió, coronel?

Pensaba en los irrebatibles argumentos y en las convincentes conversaciones.

—Unas sillas de respaldo —respondió Altino.

Pero en el bar ya se sabía de la entrevista malograda, de la cólera de Ramiro. Se exageraban los hechos: que había habido una discusión violenta, que el viejo político había expulsado a Altino de su casa, que éste había sido enviado por Mundinho a proponer acuerdos, pedir tregua y clemencia. Versión nacida de Tonico, muy exaltado, que anunciaba por las calles que Ilhéus iba a volver a los tiempos pasados de tiros y muertes. Otras versiones, del Doctor y de Nhô-Galo, que se habían encontrado con el coronel Altino, contaban que Ramiro perdió la cabeza cuando el hacendado de Rio do Braço le dijo que lo consideraba ya derrotado, aun antes de las elecciones, y le avisó que votaría a Mundinho. Ante lo cual Tonico propuso un acuerdo humillante para los Bastos. Ramiro lo rechazó. Se cruzaban las versiones según las simpatías políticas. Una cosa, sin embargo, era cierta: después de la partida de Altino, Tonico corrió a llamar a un médico, el doctor Demóstenes, para que atendiera al coronel Ramiro, que había sufrido un desvanecimiento. Día de comentarios, de discusiones, de nerviosismo. A João Fulgêncio, llegado de la papelería para la charla del atardecer, le pidieron opinión.

—Pienso como doña Dorotéia. Acaba de decirme que el diablo anda suelto por Ilhéus. No sabe bien si se esconde en la casa de Glória o acá, en el bar. ¿Dónde escondió usted al maldito, Nacib?

No sólo el diablo, el infierno entero llevaba él en su interior. De nada había servido el trato hecho con Gabriela. Ella venía y se quedaba detrás de la caja registradora. Frágil trinchera, corta distancia para el deseo de los hombres. Ahora se apretujaban para beber de pie, junto al mostrador, casi una asamblea en torno de ella, un descaro. El juez se había extralimitado tanto que había dicho al propio Nacib:

—Vaya preparándose, mi estimado, porque voy a robarle a Gabriela. Vaya buscando otra cocinera.

—¿Ella le dio esperanzas, doctor?

—Me las dará... Es cuestión de tiempo y de métodos.

Manuel das Onças, que antes no salía de sus plantaciones, parecía olvidado de sus haciendas, en plena época de cosecha. Hasta un pedazo de tierra había mandado ofrecer a Gabriela. La que tenía razón era la solterona. El diablo andaba suelto por Ilhéus, trastornaba la cabeza a los hombres. Terminaría trastornando la de Gabriela también. Hacía apenas dos días, doña Arminda le había dicho:

—Una coincidencia: soñé que Gabriela se había ido, y el mismo día el coronel Manuel le mandó decir que, si ella quería, le ponía por escrito un pedazo de tierra a nombre de ella.

Las mujeres son de cabeza débil; bastaba con mirar la plaza: ahí estaba Malvina, en un banco de la avenida, conversando con el ingeniero. ¿João Fulgêncio no decía que era la joven más inteligente de Ilhéus, con carácter y todo? ¿Y no perdía la cabeza, saliendo a la vista de los demás con un hombre casado?

Nacib fue hasta el extremo de la ancha acera del bar. Perdido en sus pensamientos, se asustó al ver al coronel Melk Tavares salir de su casa, dirigirse a la playa.

—¡Miren! —exclamó.

Algunos lo oyeron, se dieron vuelta para ver.

—Va caminando hacia ellos...

—Va a haber jaleo...

La muchacha también vio que el padre se acercaba, y se puso de pie. Debía de haber llegado del campo hacía poco, ni siquiera se había quitado las botas. En el bar, se levantaban de las mesas de adentro para espiar.

El ingeniero palideció cuando Malvina le avisó:

—Ahí viene mi padre.

—¿Qué vamos a hacer? —La voz lo traicionaba.

Melk Tavares, la cara severa, el rebenque en la mano, los ojos en la hija, se detuvo junto a ellos. Como si no viera al ingeniero, ni lo miró. Dijo a Malvina, la voz como un azote:

—¡Ya mismo te vas a casa! —El rebenque chasqueó seco contra la bota.

Se quedó parado mirando a la hija que se marchaba con paso lento. El ingeniero no se movía, tenía un peso en las piernas, sudor en la frente y las manos. Cuando Malvina entró por el portón y desapareció, Melk alzó el rebenque, apoyó la punta de cuero en el pecho de Rómulo.

—Me enteré de que ya terminó los estudios del canal. Que telegrafió para pedir continuar, quedarse a dirigir las obras. Si yo fuera usted, no lo haría. Mandaría un telegrama para pedir un reemplazante, y no esperaría a que llegara. Pasado mañana tiene un barco. —Retiró el rebenque, levantándolo, la punta rozó levemente la cara de Rómulo. —Pasado mañana. Es el plazo que le doy.

Le dio la espalda, vuelto ahora hacia el bar, como indagando el motivo de la pequeña aglomeración que había en la puerta. Se dirigió hacia allí; los curiosos se sentaban, entablaban conversaciones rápidas, miraban de soslayo. Melk llegó, le palmeó la espalda a Nacib.

—¿Cómo lo trata la vida? Sírvame un coñac.

Vio a João Fulgencio, se sentó a su lado.

—Buenas tardes, don João. Me dijeron que usted le vendió unos libros malos a mi hija. Voy a pedirle un favor: no le venda ninguno más. Libros, sólo los del colegio; los demás no sirven para nada, sólo para descaminar.

Muy calmo, João Fulgêncio respondió:

—Tengo libros para vender. Si el cliente quiere comprarlos, no dejo de venderlos. Libros malos... ¿qué entiende usted por eso? Su hija sólo compró libros buenos, de los mejores autores. Aprovecho para decirle que es una muchacha inteligente, muy capaz. Hace falta comprenderla, no debería tratarla como a otra cualquiera.

—Es mi hija, soy yo el que decide cómo tratarla. Para ciertas enfermedades, conozco los remedios. En cuanto a los libros, buenos o malos, no comprará más.

—Es cosa de ella.

—Mía también.

João Fulgêncio se encogía de hombros como si se lavara las manos de las consecuencias. Bico-Fino llegaba con el coñac, Melk lo bebía de un trago, se disponía a levantarse. João Fulgêncio le tomaba el brazo.

—Escuche, coronel Melk: hable con su hija con calma y comprensión. Tal vez ella lo escuche. Si utiliza la violencia, quizá después se arrepienta.

Melk parecía hacer un esfuerzo para contenerse.

—Don João, si no lo conociera, si no hubiera sido amigo de su padre, ni siquiera lo habría escuchado. Deje a la niña por mi cuenta. No acostumbro arrepentirme. De todas formas, le agradezco la intención.

Golpeando el rebenque contra la bota, cruzó la plaza.

Josué lo miraba desde una de las mesas, fue a sentarse en la silla que él coronel había dejado, al lado de João Fulgencio.

—¿Qué irá a hacer?

—Es posible que una estupidez. —Posó los ojos bondadosos en el profesor. —¿Acaso usted no piensa lo mismo?... Es una muchacha de carácter, diferente. Y la tratan como si fuera tonta...

Melk trasponía el portón de la casa de "estilo moderno". En el bar, las charlas retornaban a Altino Brandão, al coronel Ramiro, a las agitaciones políticas. El ingeniero había desaparecido del banco de la plaza. Únicamente João Fulgêncio, Josué y Nacib, éste parado en la acera, seguían atentos los pasos del hacendado.

En la sala, la mujer lo esperaba, encogida de miedo. Parecía la imagen de una santa martirizada, el negro Fagundes tenía razón.

—¿Dónde está?

—Subió a su cuarto.

—Ordénale que baje.

Esperó en la sala, golpeando con el rebenque contra la bota. Malvina entró, la madre se quedó en la puerta que comunicaba las habitaciones. De pie ante él, la cabeza erguida, tensa, orgullosa, decidida, Malvina aguardó. La madre aguardaba también, los ojos llenos de miedo. Melk caminaba por la sala.

—¿Qué tiene para decir?

—¿Sobre qué?

—¡No me falte el respeto! —gritó—. Soy su padre, baje la cabeza. Ya sabe de qué hablo. ¿Cómo me explica ese amorío? En Ilhéus no se habla de otra cosa, hasta al campo llegó. No me venga a decir que no sabía que era un hombre casado, porque él ni siquiera lo ocultó. ¿Qué tiene para decir?

—¿De qué sirve que le diga? Usted no va a comprender. Aquí nadie puede comprenderme. Ya le dije, padre, más de una vez: no voy a someterme a un casamiento arreglado, no voy a enterrarme en la cocina de ningún hacendado, ni a ser la criada de ningún doctor de Ilhéus. Quiero vivir a mi manera. Cuando termine el colegio, a fin de año, quiero trabajar, entrar en alguna oficina.

—Tú no tienes nada que querer. Harás lo que yo te ordene.

—Sólo voy a hacer lo que yo desee.

—¿Qué...?

—Lo que yo desee...

—¡Cállate la boca, desgraciada!

—No me grite, soy su hija, no su esclava.

—¡Malvina! —exclamó la madre—. No le contestes así a tu padre.

Melk la agarró de la muñeca, le pegó con la mano en la cara. Malvina reaccionó:

—Entonces me voy con él, se lo aviso.

—¡Ay, Dios mío!... —La madre se tapó la cara con las manos.

—¡Perra! —Levantó el rebenque, sin fijarse dónde golpeaba.

Fue en las piernas, en las nalgas, en los brazos, en la cara, en el pecho. Del labio partido corrió la sangre, Malvina gritó:

—Puede seguir pegando. ¡Me voy con él!

—Antes te mato...

De un empujón la arrojó contra el sofá. Ella cayó de bruces, otra vez él levantó el brazo, el rebenque subía y bajaba, silbaba en el aire. Los gritos de Malvina resonaban en la plaza.

La madre suplicaba, en llanto la voz temerosa.

—Basta, Melk, basta...

Después, de repente, se apartó de la puerta, le agarró la mano.

—¡No mates a mi hija!

Se detuvo, jadeante. Ahora Malvina apenas sollozaba en el sofá.

—¡Al cuarto! Hasta nueva orden, no puedes salir.

En el bar, Josué se apretaba las manos, se mordía los labios, Nacib se sentía abatido, João Fulgêncio meneaba la cabeza. El resto del bar estaba como en suspenso, en silencio. En su ventana, Glória sonrió con tristeza.

Alguien dijo:

—Ya dejó de pegarle.

De la Virgen de las Rocas

Negras rocas que crecían del mar, contra sus flancos de piedra las olas rompían en espuma blanca. Cangrejos de enormes garras surgían de recónditas cavidades. Por la mañana y la tarde los niños escalaban ágiles los peñascos, jugando a *jagunços* y coroneles. Por la noche se oía el ruido del agua mordiendo la piedra, infatigable. A veces una luz extraña nacía en la playa, subía por las rocas, se perdía por los escondrijos, reaparecía en las partes más altas; los negros decían que era brujería de las sirenas, de las acongojadas *mães d'água*, *Dona Janaína* en fuego verde transformada. Rodaban suspiros, ayes de amor en la oscuridad de las noches. Las parejas más pobres, mendigos, vagos, putas sin hogar, hacían su cama de amor en la playa escondida entre los peñascos, se acurrucaban en la arena. Rugía enfrente el mar bravío, dormía atrás la bravía ciudad.

Un bulto, esbelto y audaz, trepaba por los peñascos en la noche sin luna. Era Malvina, descalza, los zapatos en la mano, la mirada decidida. Hora para que las muchachas estuvieran durmiendo en su cama, soñando con estudios y fiestas, con casamiento. Malvina soñaba despierta, mientras subía por las rocas.

Había un lugar, cavado en la piedra por las tempestades, ancho asiento frente al océano, donde se sentaban los enamorados, los pies por sobre el abismo. Las olas rompían abajo, extendían blancas manos de espuma, llamando. Allí se sentó Malvina, contando los minutos, en ansiosa espera.

El padre había entrado en su cuarto, silencioso y duro. Le sacó los libros, las revistas, buscó cartas, papeles. Sólo dejó unos diarios de Bahía, y el dolor, la rebelión, en la carne azotada, morada por los golpes. La esquela de amor, "eres la vida que vuelvo a encontrar, la alegría perdida, la muerta esperanza, eres todo para mí", la había guardado en el seno. La madre había ido también, para llevarle comida, darle consejos, había hablado de morir. ¿Sería vida vivir entre ese padre y esa hija, dos orgullos contrarios, dos recias voluntades, dos puñales alzados? Rogaba a los santos que le permitieran morir. ¡Ah!, para no ver cumplido el ineluctable destino, ocurrir la inexorable desgracia.

Se abrazó a la hija, Malvina le dijo:

—Infeliz como tú no seré, madre.

—No digas locuras.

No dijo nada más, había llegado la hora de la decisión. Partiría con Rómulo, iba a vivir.

Duro como la piedra más dura —podía romperse, pero no doblarse—, su padre. De niña, en el campo, había oído historias, relatos. De los tiempos de las luchas, de las noches en los caminos con matones armados, comandados por su padre. Después lo vio por sí misma. Por una tontería, ganado escapado que rompía cercas, invadía los terrenos, pelearon con los Alves, vecinos de sus tierras. Intercambio de palabras, vanidades heridas, empezaron a luchar. Emboscadas, *jagunços*, tiroteos, sangre otra vez. Malvina todavía veía a su tío Aluísio apoyado contra el muro de la casa, con el hombro sangrando. Mucho más joven que Melk, flacucho y alegre, era un hombre atractivo. Le gustaban los animales, los caballos, las vacas, criaba perros, cantaba en la sala, alzaba a Malvina, jugaba con ella, amaba vivir. Era el mes de junio. En lugar de fogatas y cohetes,* los

* Alusión a las *festas juninas* (fiestas de junio). Después del Carnaval, son el festejo más esperado del calendario brasileño, ya que se cuentan entre las manifes-

tiros en los caminos, emboscadas en los árboles. La cara mortificada de la madre, como Malvina la había conocido siempre. Por las noches sin dormir. Por los tiempos, antes de que ella naciera, de los grandes enfrentamientos. Por temblar ante Melk, sus órdenes gritadas, su impuesta voluntad. Curaba el hombro del tío donde lo había raspado la bala. Melk dijo apenas:

—¿Por tan poco volviste? ¿Y los hombres?

—Volvieron conmigo...

—¿Y yo qué te dije?

Aluísio lo miró, con ojos suplicantes, no respondió.

—¿Y yo qué te dije? Que, pasara lo que pasara, no abandonaras el claro. ¿Por qué lo abandonaste?

Temblaba la mano de la madre en la curación, débil era el tío, no había nacido para peleas, tiroteos en la noche. Agachó la cabeza.

—Vas a volver. Tú y los hombres. Ya mismo.

—Van a atacar de nuevo.

—Es justo lo que quiero. Cuando ataquen, voy con más hombres, los rodeo por atrás y termino con ellos. Si tú no hubieras huido al primer tiro, yo ya los habría acabado.

El tío asintió, Malvina lo presenció: Aluísio montó a caballo, miró la casa, la galería, el corral adormecido, los perros que ladraban. Una mirada postrera, de última vez. Salió con los hombres, los otros lo esperaban en el terreno. Cuando los tiros sonaron, su padre ordenó:

—¡Vamos!

Regresó con la victoria, había terminado con los Alves. Sobre el caballo, boca abajo, el cuerpo del tío. Era un hombre atractivo, lleno de alegría.

¿De quién había heredado Malvina ese amor a la vida, esas ansias de vivir, ese horror a la obediencia, a agachar la cabeza, a hablar bajo en presencia de Melk? De él mismo, tal vez. Desde temprano había odiado la casa, la ciudad, las leyes, las costumbres. La

---

taciones populares más difundidas en todo el país. Se celebran durante el mes de junio con música y bailes folclóricos, fuegos artificiales, comidas y bebidas típicas, en homenaje a tres santos católicos: San Antonio, San Juan y San Pedro. (*N. de las T.*)

vida humillada de la madre que temblaba ante Melk, que consentía, nunca consultada para los negocios. Él llegaba, ordenaba:

—Prepárate. Hoy vamos a la notaría de Tonico a firmar una escritura.

Ella ni preguntaba escritura de qué, si compraba o vendía, ni intentaba saberlo. Su fiesta era la iglesia. Melk era, con todos los derechos, el que decidía todo. La madre, encargada de la casa, su único derecho. El padre en los cabarés, en las casas de mujeres, gastando con mujerzuelas, jugando en los hoteles, en los bares, bebiendo con los amigos. La madre fenecía en la casa, oyendo y obedeciendo. Macilenta y humillada, conforme con todo, había perdido la voluntad, ni a la hija mandaba. Malvina había jurado, apenas una niña, que con ella no pasaría lo mismo. No se sometería. Melk le daba algunos gustos, a veces se quedaba estudiándola, cavilando. Se reconocía en ella, en ciertos detalles, en el deseo de ser. Pero la exigía obediente. Cuando ella le dijo que quería ir a la escuela secundaria y después a la facultad, él decretó:

—No quiero una hija doctora. Irás al colegio de monjas, a aprender a coser, contar y leer, practicar el piano. No necesitas más. La mujer que se mete a doctora es mujer descarada, que quiere perderse.

Se había dado cuenta de cómo era la vida de las señoras casadas, igual a la de la madre. Atadas al dueño. Peor que las monjas. Malvina se juraba que jamás, jamás, nunca jamás se dejaría atrapar. Conversaban en el patio del colegio, juveniles y risueñas, las hijas de los padres ricos. Los hermanos en Bahía, en secundarias y facultades. Con derecho a mensualidades, a gastar dinero, a hacer de todo. Ellas sólo tenían para sí mismas ese tiempo de la adolescencia. Las fiestas en el Club Progreso, los amoríos sin consecuencias, los mensajes intercambiados, tímidos besos robados en las matinés de los cines, a veces más profundos en los portones de los jardines. Un día llegaba el padre con un amigo, se terminaban los amoríos, empezaba el noviazgo. Si no querían, el padre las obligaba. Podía suceder que alguna se casara con el novio elegido, cuando los padres aprobaban al muchacho. Pero en nada variaba la situación. Un marido impuesto, elegido por el padre o un novio enviado por el destino eran lo mismo. Después de casada, no había diferencia. Era el dueño, el señor, el que dictaba leyes, para ser obedecido. Para él los derechos, para ellas el deber, el respeto. Guardianas del honor familiar, del nombre del marido, responsables de la casa, de los hijos.

Mayor que ella, más adelantada en el colegio, Clara se había hecho amiga íntima de Malvina. Reían las dos cuchicheando en el patio. No había existido una muchacha más alegre, más llena de vida, hermosura sana, bailarina de tango, que soñaba con aventuras. ¡Tan apasionada y romántica, tan rebelde y osada! Se casó por amor, o al menos así creía. No era un novio hacendado, de mentalidad atrasada. Era un doctor, formado en derecho, recitaba versos. Y fue todo igual. ¿Qué había sido de Clara, dónde estaba, dónde había escondido su alegría, su ímpetu, donde había enterrado sus planes, tantos proyectos? Iba a la iglesia, se ocupaba de la casa, paría hijos. Ni siquiera se pintaba: el doctor no quería.

Así había sido siempre, así continuaba siendo, como si nada se transformara, la vida no cambiara, no creciera la ciudad. En el colegio se emocionaban con la historia de Ofenísia, la virgen de los Ávila, muerta de amor. No había querido al barón, rechazó al señor del ingenio. Su hermano Luíz Antônio le llevaba pretendientes. Ella soñaba con el Emperador.

Malvina odiaba aquella tierra, la ciudad de murmuraciones, de intrigas. Odiaba esa vida y contra ella se había puesto a luchar. Comenzó a leer, João Fulgêncio la encaminaba, le recomendaba libros. Descubrió otro mundo más allá de Ilhéus, donde la vida era hermosa, donde la mujer no era esclava. Las grandes ciudades donde podría trabajar, ganar su pan y su libertad. No miraba a los hombres de Ilhéus, Iracema la llamaba "virgen de bronce", título de una novela, porque no tenía novios. Josué la rondaba, había llegado de afuera, escribía sonetos, publicaba en diarios. "Dedicado a la indiferente M.", Iracema leía en voz alta en el patio del colegio. Un día, cuando un marido engañado mató a la esposa, Malvina conversó con él, noviaron unos días. ¿Tal vez, quién sabe, fuera diferente? Era igual. Pronto quiso prohibirle que se pintara la cara, la amistad con Iracema —"lo dicen todos, ¡no es amiga para ti!"—, que fuera a una fiesta en la casa del coronel Misael a la cual él no estaba invitado. Todo eso en menos de un mes.

De Ilhéus sólo le gustaba la casa nueva, cuyo modelo había elegido en una revista de Río. El padre le dio el gusto; a él le resultaba indiferente. Mundinho Falcão había llevado a ese arquitecto loco, sin trabajo en Río; a ella le encantaba la casa de Mundinho. Había soñado también con él. Ése sí era diferente, ése podría arrancarla de allí, llevarla a otras tierras, ésas de las que hablaban las novelas francesas. Para Malvina, no se trataba de amor, de ardiente pasión. Amaría al que le ofreciese el derecho a vivir, al que la liberara del miedo al destino de todas las mujeres de Ilhéus. Era preferible envejecer solterona, de negro en la puerta de las iglesias. Si no quería morir como Sinhazinha, con un tiro de revólver.

Mundinho se había apartado de ella apenas percibió su interés. Malvina sufrió, era una esperanza frustrada. Josué resultaba imposible, exigente y mandón. Entonces llegó Rómulo y cruzó la plaza con traje de baño, cortó las olas con brazadas largas. Ése sí pensaba de otra manera. Había sido infeliz, la mujer estaba loca. Le hablaba de Río, ¿qué importaba el casamiento, simple convención? Ella podría trabajar, ayudarlo, ser su amante y secretaria, cursar la facultad si así lo deseara, independizarse, sólo el amor los ligaría. ¡Ah! Con cuánto ardor vivió esos meses... Sabía que toda la ciudad lo comentaba, que en el colegio no se hablaba de otra cosa, algunas amigas se alejaban de ella, Iracema la primera. ¿Qué le importaba? Se encontraba con él en la avenida de la playa, inolvidables conversaciones. En las matinés del cine se besaban con furia, él le decía que había renacido al conocerla. Cuando Melk estaba en el campo. Ciertas noches Malvina había ido —mientras la casa dormía— a encontrarlo en las rocas. Se sentaban en el asiento cavado en la piedra, las manos del ingeniero le recorrían el cuerpo. Él susurraba pedidos, la respiración entrecortada. ¿Por qué no hacerlo enseguida, allí mismo, en la playa? Malvina quería irse de Ilhéus. Cuando partieran sería de él. Hacían planes de fuga.

En su cuarto, golpeada y presa, leyó en el diario de Bahía: "Un escándalo conmovió la alta sociedad de Italia. La princesa Alexandra, hija de la infanta doña Beatriz de España y del príncipe Vitório, se marchó de la casa de los padres para ir a vivir sola y trabajar como cajera en una casa de modas. Todo porque su padre quería que se casara con el rico duque Humberto Visconti de Modrome, de Milán, y ella está enamorada del plebeyo Franco Martini, industrial". Parecía escrito para ella. Con un pedazo de lápiz, en el borde del diario, redactó el mensaje para Rómulo, para combinar el encuentro. La empleada lo llevó al hotel, lo entregó en mano. Esa noche, si él quisiera, sería de él. Porque ahora definitivamente lo había decidido: se iría de allí, iba a vivir. La única preocupación que la contenía —apenas ese día se había dado cuenta— era evitar que el padre sufriera. ¡Y cómo iba a sufrir! Ahora ya no le importaba.

Sentada en la piedra húmeda, los pies sobre el abismo, Malvina espera. En la playa escondida, gimen parejas. Salta el fuego fatuo en las cimas. Todo un plan diseñado, estudiado en cada detalle, Malvina impaciente espera. Las olas rompen abajo, la espuma vuela. ¿Por qué él no llegaba? Debía haber llegado antes que ella; en el mensaje Malvina había indicado la hora justa. ¿Por qué no venía?

En el hotel Coelho, la puerta trancada, el sueño imposible, Rómulo Vieira, competente ingeniero del Ministerio de Vialidad y Obras Públicas, tiembla de miedo. Siempre había sido idiota en cuestión de mujeres. Se metía en problemas, salía mal parado. No se enmendaba. Se lo pasaba seduciendo a jovencitas solteras, ya en Río había escapado por poco de la furia de los hermanos violentos de una tal Antonieta con la que solía encontrarse. Se juntaron los cuatro para darle una lección, por eso había aceptado ir a Ilhéus. Tras jurar que nunca más siquiera miraría a las jóvenes casaderas. Ese trabajo en Ilhéus era un verdadero robo. Iba acumulando dinero y, además, Mundinho Falcão le había prometido una buena tajada si trabajara rápido y concluyera un informe para reclamar el urgente envío de las dragas. Así lo hizo, y acordó con Mundinho solicitar al ministerio la dirección del trabajo de rectificación y dragado del canal. El exportador le prometió una suma aun mayor para cuando el primer barco extranjero entrara en el puerto. Y pujar para que lo ascendieran. ¿Qué más podía desear? Sin embargo, fue a meterse con una jovencita soltera, a hacer arrumacos en los cines, a prometerle imposibles. Resultado: tuvo que enviar un telegrama para pedir un reemplazante. Fue desagradable la conversación con Mundinho. Le garantizó que, al llegar a Río, no dejaría al ministro en paz hasta que se enviaran las dragas y los remolcadores. Era todo lo que podía hacer. Lo que no podía era quedarse en Ilhéus, a sufrir azotes en la calle o recibir un tiro en el silencio de la noche. Se encerró después en el cuarto, de allí sólo saldría para dirigirse al barco. Y la loca le pedía un encuentro en las rocas; él no creía que Melk hubiera regresado tan pronto al campo, donde la cosecha ya se acababa. Una loca, él tenía manía por las dementes, se metía con ellas...

Malvina esperaba en lo alto de los peñascos. Abajo, las olas llamaban. Él no vendría, por la tarde casi se había muerto de miedo, ahora lo comprendía. Contempló la espuma que volaba, las aguas llamaban, por un instante pensó en tirarse. Terminaría con todo. Pero ella quería vivir, quería irse de Ilhéus, trabajar, ser alguien, había un mundo por conquistar. ¿De qué servía morir? A las olas arrojó los planes hechos, la seducción de Rómulo, sus palabras y el mensaje que él le había escrito días después de desembarcar. Se daba cuenta Malvina del error cometido; para salir de allí había visto una sola salida: apoyada en el brazo de un hombre, marido o amante. ¿Por qué? ¿No seguía Ilhéus influyendo en ella, llevándola a no confiar en sí misma? ¿Por qué partir de la mano de alguien, sujeta a un compromiso, a una deuda tan grande? ¿Por qué no partir con sus propios pies, sola, al mundo por conquistar? Así se iría. No por la puerta de la muerte, quería vivir, y con ardor, libre como el mar sin límites. Tomó los zapatos, bajó de las rocas, comenzó a esbozar un plan. Se sentía liviana. Lo mejor de todo había sido que él no acudiera, ¿cómo podría vivir con un hombre cobarde?

Del amor eterno o de Josué superando murallas

En aquella serie de sonetos, dedicados "a la indiferente, a la ingrata, a la soberbia, a la orgullosa M.", impresos en bastardillas en lo alto de la leída columna de cumpleaños, bautismos, fallecimientos y matrimonios del *Diário de Ilhéus*, Josué afirmaba en forzadas rimas, repetidamente, la eternidad de su amor despreciado. Múltiples cualidades, cada una más magnífica que la otra, caracterizaban la pasión del profesor, pero, de todas ellas, era su carácter eterno la más pregonada, en cuerpo diez, en las páginas del diario. Transpirada eternidad, el profesor contaba alejandrinos y decasílabos, buscando rimas. Creció más el amor, pasó a ser eterno e inmortal, en apasionada redundancia, cuando al fin, en la excitación del asesinato de Sinhazinha y Osmundo, se quebró el orgullo de Malvina y empezó la relación. Fue la temporada de los poemas largos, exaltación de aquel amor que ni a la muerte y ni siquiera el paso de los siglos destruirían jamás. "Eterno como la propia eternidad, mayor que los espacios conocidos y desconocidos, más inmortal que los dioses inmortales", escribía el profesor y poeta.

Por convicción, y también por conveniencia —poemas largos, si fuera a rimarlos y metrificarlos no habría tiempo que alcanzara—, Josué había adherido a la famosa Semana de Arte Moderno de San Pablo, cuyos ecos revolucionarios llegaban a Ilhéus con tres años de atraso. Ahora juraba por Malvina y por la poesía moderna, liberada de las cadenas de la rima y de la métrica, como decía en las discusiones literarias en la Papelería Modelo, con el Doctor, João Fulgêncio y Nhô-Galo, o en la Sociedad Rui Barbosa, con Ari Santos. Y, además de todo, ¿no era de "estilo moderno" la casa de Malvina? Almas gemelas hasta en el gusto, pensaba.

Lo extraordinario es que esa eternidad del tamaño de la propia eternidad, esa inmortalidad mayor que la inmortalidad de todos los dioses reunidos, consiguió crecer aún más, ahora en una prosa panfletaria, cuando la muchacha rompió la relación y empezó el escándalo con Rómulo. Ancho era el pecho comprensivo de Nacib, que acompañaba en el bar las melancolías del profesor. Solidarios, los amigos de la papelería y de la Sociedad, un tanto curiosos también. Pero fue el dolor de Josué a derramarse, inexplicablemente, en el hombro castellano y anarquista del zapatero Felipe. El remendón español era el único filósofo de la ciudad, de conceptos formados sobre la sociedad y la vida, las mujeres y los curas. Pésimo concepto, dicho sea de paso. Josué le devoró los folletos de tapa encarnada, abandonó la poesía, inició una fecunda carrera de prosista. Era una prosa melosa y reivindicatoria: Josué adhirió al anarquismo de cuerpo y alma, pasó a odiar la sociedad constituida, hacer el elogio de las bombas y la dinamita regeneradoras, clamar venganza contra todo y contra todos. El Doctor le elogiaba el estilo hiperbólico. En el fondo, esa exaltación tenebrosa se dirigía contra Malvina. Se decía para siempre desilusionado de las mujeres, sobre todo de las bellas hijas de hacendados, codiciados partidos matrimoniales. "No son más que putitas"... Escupía al verlas pasar, juveniles con los uniformes del colegio de monjas o tentadoras con vestidos elegantes. Pero el amor que había dedicado a Malvina, ¡ah!, ése seguía eterno en la prosa exaltada, jamás moriría en su pecho y sólo no lo mataba de desesperación porque él se proponía, con su pena, modificar la sociedad y el corazón de las mujeres.

Lógicamente, el odio concebido contra las muchachas de sociedad, cimentado en la ideología confusa de los folletos, lo acercó a las mujeres del pueblo. Cuando se dirigió por primera vez a la solitaria ventana de Glória —en un espléndido gesto revolucionario, único acto militante de su fulminante carrera política, concebido y ejecutado, además, antes de haber adherido al anarquismo— lo hizo con la intención de mostrar a Malvina el grado de locura en el que lo sumían aquellas desvergonzadas charlas de la muchacha con el ingeniero. Sin ningún efecto sobre Malvina, que nunca llegó a darse cuenta, tan absorta en las palabras de Rómulo... pero de intensa repercusión en el seno de la sociedad. Gesto temerario e indecoroso, sólo no se había convertido en el centro de todos los comentarios debido a hechos como el propio amorío de Malvina y Rómulo, el incendio de los ejemplares del *Diário de Ilhéus*, la paliza al empleado de la Intendencia.

Felipe lo felicitó por el acto de coraje. Así se inició su amistad con el remendón. Josué llevaba los folletos al cuarto de arriba del cine Victoria. Despreció a Malvina, aunque conservaba por ella un amor eterno e inmortal, del que era indigna. Exaltó a Glória, víctima de la sociedad, de pureza mancillada, sin duda violentada por la fuerza, expulsada de la convivencia social. Era una santa. Todo eso escribía —sin dar nombres, claro— en una prosa vehemente que llenaba cuadernos. Y como nada era fingido, Josué sufría de veras, imaginaba arrastrar a Ilhéus a supremos escándalos. Gritar por las calles su interés por Glória, el deseo que ella le inspiraba —su amor todavía pertenecía a Malvina—, el respeto que le merecía. Conversar en su ventana, salir a la calle tomados del brazo, llevarla a vivir en el cuartito modesto donde escribía y descansaba. Vivir con ella, en una vida de réprobos, peleados con la sociedad, expulsado de los hogares. Y echarle en cara ese horror a Malvina, clamando: "¿Ves a lo que me he reducido? ¡Por culpa tuya!"

Todo eso le dijo a Nacib, mientras bebía en el bar. El árabe abría grandes los ojos, creía piadosamente. ¿Acaso él mismo no estaba pensando en mandar todo al infierno y casarse con Gabriela? No lo aconsejó ni lo desaconsejó, sólo previno:

—Va a ser una revolución.

Era lo que Josué deseaba. Glória, sin embargo, se retiró sonriendo de la ventana cuando, por segunda vez, él se dirigió allí. Le envió después un mensaje, de pésima letra y peor ortografía, por medio de una empleada. Mojado de perfume, decía así: "Disculpe los borrones". En realidad eran muchos, hacían difícil la lectura. A la ventana él no debía acercarse, el coronel acabaría por saberlo, era peligroso. Todavía más en esos días, porque estaba por llegar y se alojaba con ella. En cuanto el viejo se marchara, ella le haría saber cómo podrían encontrarse.

Nuevo golpe para Josué. Juntó entonces en un mismo desprecio a las muchachas de la sociedad y las mujeres del pueblo. Tuvo la suerte de que Glória no leyera el *Diário de Ilhéus*. Porque ahí escupió sobre la prudencia de Glória: "Escupo sobre las mujeres, ricas y pobres, nobles y plebeyas, virtuosas y fáciles. Sólo las mueve el egoísmo, el vil interés."

Durante cierto tiempo, ocupado en espiar el amorío de Malvina, dedicado a sufrir, a escribir, a insultar, a vivir el papel tan romántico del amor despreciado, no volvió siquiera a mirar la ventana solitaria. Rondaba a Gabriela, le escribía versos en un provisorio retorno a la poesía rimada, le proponía el cuartito pobre de comodidades pero rico en arte. Gabriela sonreía, le gustaba oírlo.

Pero, la tarde que Melk azotó a Malvina, Josué había visto la cara triste de Glória, triste por la muchacha golpeada, triste por Josué abandonado, triste por ella misma en su soledad renovada. Enseguida le escribió un mensaje, pasó junto a la ventana y allí lo dejó.

Unas noches después entraba él, cuando el silencio envolvía la plaza y los últimos noctámbulos se habían retirado, por la pesada puerta entreabierta. Una boca estrujó su boca, uno brazos rodearon sus hombros flacos, lo arrastraron adentro. Olvidó a Malvina, su amor eterno, inmortal.

Cuando llegó la aurora y con ella la hora de partir, antes de que los madrugadores comenzaran a dirigirse al puesto de pescado, cuando ella le ofreció los labios ávidos para los últimos besos de la noche de fuego y de miel, él le contó sus planes: ir con ella del brazo por la calle, enfrentar a la sociedad, vivir los dos en el cuartito de arriba del cine Victoria, en una pobreza de ascetas pero millonarios de amor... Casa como ésa, lujo y criadas, perfumes y joyas, no le podía ofrecer, no era hacendado de cacao. Modesto profesor de magro salario. Pero amor...

Glória ni siquiera lo dejó terminar la romántica propuesta:

—No, querido mío, no. Así no puede ser.

Ella quería las dos cosas: el amor y el confort, Josué y Coriolano. Sabia, por haber vivido, el significado de la miseria, el gusto amargo de la pobreza. Sabía también de la inconstancia de los hombres. Quería tenerlo, pero a escondidas, que el coronel no llegara a enterarse ni a desconfiar. Que llegara entrada la noche y se fuera de madrugada. Que hiciera de cuenta que no la veía en la ventana, que ni siquiera la saludara. Así era mucho mejor, tenía un sabor a pecado, un aire a misterio.

—Si el viejo se entera, estoy perdida. Toda precaución es poca.

Apasionada, sí, ¿cómo dudarlo después de la noche de yegua y perra, de brasa quemante? Calculadora, no obstante, y prudente, arriesgaba lo mínimo posible, quería conservarlo todo. Riesgo había siempre, pero debían reducirlo lo más posible.

—Voy a hacer que mi queridito se olvide de la muchacha malvada.

—Ya me olvidé...

—¿Vuelves por la noche? Te estaré esperando...

No había soñado así su relación con Glória. ¿Pero de qué servía decirle que no volvería? Incluso en aquel instante, todavía herido por la sabiduría con que ella calculaba los riesgos del amor y cómo vencerlos, la fría sagacidad con que le hacía aceptar las sobras del coronel, Josué sentía la vuelta inevitable. Estaba atado a ese lecho de sobresaltos y fulguraciones. Otro amor comenzaba.

Era hora de irse, de escabullirse por la puerta, dormir unos minutos antes de enfrentar a los niños, a las ocho, en la clase de geografía. Ella abrió un cajón, sacó un billete de cien mil reales.

—Quería regalarte algo, algo que tengas para acordarte de mí todo el día. Yo no puedo ir a comprarla, porque van a desconfiar. Cómprala por mí...

Quiso rechazarlo con gesto altivo. Ella le mordió la oreja.

—Cómprate unos zapatos; cuando camines piensas que camina encima de mí. No digas que no, te lo estoy pidiendo. —Había visto la suela agujereada de los zapatos negros.

—No cuestan más de treinta mil reales...

—Compra medias, también... —Gemía en sus brazos.

En la papelería, por la tarde, muerto de sueño, Josué anunciaba su definitiva vuelta a la poesía, ahora sensual, que cantaba los placeres de la carne. Y agregaba:

—El amor eterno no existe. Hasta la más fuerte pasión tiene su tiempo de vida. Llega su hora, se acaba, nace otro amor.

—Justamente por eso el amor es eterno —concluyó João Fulgêncio—. Porque se renueva. Terminan las pasiones, el amor permanece.

En su ventana, triunfante y arreglada, Glória sonreía a las solteronas, condescendiente. Ya no envidiaba a nadie, la soledad había terminado.

Canción de Gabriela

Así, vestida de piqué, metida en zapatos, con medias y todo, hasta parecía hija de ricos, de familia acaudalada. Doña Arminda aplaudía.

—En Ilhéus no hay quien te llegue a los talones. Ni casada ni soltera ni mantenida. No veo ninguna.

Gabriela frente al espejo, admirándose. Era bueno ser bonita: los hombres enloquecían, le murmuraban frases con la voz entrecortada. Le gustaba oírlas, si era un joven el que las decía.

—El señor Josué quería que me fuera a vivir con él, ¡imagínese! Es tan lindo...

—No tiene dónde caerse muerto, es profesor de niños. Ni lo pienses, tú puedes elegir.

—No lo pienso. No quiero vivir con él... Aunque fuera...

—Está lleno de coroneles que te pretenden, sin contar al juez. Sin hablar de don Nacib, que se anda muriendo...

—No entiendo por qué... —Sonrió. —Tan bueno, el señor Nacib. Ahora no deja de hacerme regalos. Demasiados... No es viejo ni nada... ¿Para qué tantas cosas? De bueno que es, ¿verdad?...

—No te asombres cuando te pida en casamiento...

—No hace falta. ¿Para qué lo iba a hacer? No lo necesita.

Nacib le había descubierto un diente agujereado, la mandó a que se lo trataran y le pusieran un diente de oro. Él mismo eligió el dentista (se acordaba de Osmundo y Sinhazinha), un viejo flaco de la calle del puerto. Dos veces por semana, después de enviar las bandejas, preparada la cena de Nacib, iba al dentista vestida de piqué. Ya estaba terminando, el diente curado, qué pena. Atravesaba la ciudad, balanceando el cuerpo, miraba las vidrieras, las calles llenas de gente, que se rozaban al pasar. Oía palabras, dichos galantes, veía a don Epaminondas midiendo géneros, vendiendo telas. De regreso paraba en el bar, lleno a aquella hora, la del aperitivo. Nacib se enojaba.

—¿Qué viniste a hacer?

—Pasé nada más que para ver...

—¿Para ver a quién?

—Para ver al señor Nacib...

No era necesario que dijera nada más, se derretía todo. Las solteronas miraban, los hombres miraban, el padre Basílio venía de la iglesia, le daba la bendición,

—Que Dios te bendiga, mi rosa de Jericó.

No sabía lo que era, pero era lindo. Día agradable, el de ir al dentista. En la sala de espera se ponía a pensar. El coronel Manuel das Onças, nombre gracioso, viejo caprichoso, le había mandado un mensaje: si ella quisiera, pondría a su nombre un terreno con plantación, negro sobre blanco, en la notaría. Una plantación... De no ser el señor Nacib tan bueno, y el viejo tan viejo, aceptaría. No para ella, ¿de qué le servía? ¿Para qué una plantación? No, para ella no... Sino para dársela a Clemente, que tanto la deseaba... ¿Por dónde andaría Clemente? ¿Seguiría todavía en la plantación de la muchacha linda, la del ingeniero? Qué horrible que le hubieran pegado con un rebenque a la pobre. ¿Qué había hecho de malo? Si tuviera una plantación, se la daría a Clemente. Qué bueno sería...

Pero el señor Nacib no lo entendería, y no iba a dejarlo sin cocinera. De no ser por eso, podría aceptar. El viejo era feo, pero pasaba en el campo un montón de tiempo, y, en ese tiempo, el señor Nacib podría ir a consolarla, acostarse con ella...

Tantas tonterías para pensar. Pensar... a veces era bueno, otras no. Pensar en difuntos, en tristeza, no le gustaba. Pero de repente pensaba. En los que habían muerto en el camino, su tío entre ellos. Pobre tío, le pegaba desde pequeña. Se le metió en la cama, todavía una niña. La tía se arrancaba los pelos, lo insultaba, él la empujaba, le daba bofetadas. Pero no era malo, era demasiado pobre, no podía ser bueno. Pensar en cosas alegres sí le gustaba. Pensar en los bailes del campo, los pies descalzos contra el suelo. En la ciudad iluminada donde estaba cuando murió la tía, en la casa, tan rica, tan elegante, de gente orgullosa. Pensar en Bebinho. Eso era bueno.

También había gente que sólo hablaba de tristezas. Qué tontería... Doña Arminda tenía días: amanecía malhumorada, y ahí venían tristezas, amarguras, enfermedades. No hablaba de otra cosa. Amanecía contenta, y su charla era como un pan. Un pan con manteca, sabrosa, había que verla. Hablaba de todo, contaba de los partos, los niños nacidos. Eso era bueno.

El diente curado, ¡qué pena!, diente de oro. El señor Nacib era un santo, le pagaba el dentista sin que ella se lo pidiera. Un santo era él, le hacía regalos, tantos, ¿para qué?

Cuando la viera en el bar protestaría. Tenía celos... Qué gracioso...

—¿Qué haces aquí? Vete a casa...

Se iba a la casa. Vestida de piqué, metida en zapatos, con medias y todo. Frente a la iglesia, en la plaza, los niños jugaban a la ronda. Las hijas del señor Tonico, de pelo tan rubio que parecía de maíz. Los hijos del fiscal, el enfermito del brazo, los sanitos de João Fulgêncio, los ahijados del padre Basílio. Y el negrito Tuísca, en medio de la ronda, cantando y bailando.

La rosa se enfermó,
a visitarla el clavel fue,
la rosa se desmayó,
a llorar se echó el clavel.

Gabriela iba caminando, ella cantaba de niña esa canción. Se detuvo a escuchar, a ver girar la ronda. Antes de la muerte del padre y de la madre, antes de ir a la casa de los tíos. ¡Qué hermosura los pies pequeñitos bailando! Sus pies protestaban, querían bailar. Resistir no podía, le encantaba jugar a la ronda. Se arrancó los zapatos, los tiró en la acera, corrió hacia los niños. De un lado Tuísca, del otro lado Rosinha. Girando en la plaza, cantando y bailando.

Palma, palma, palma,
Pie, pie, pie,
Rueda, rueda, rueda,
Cangrejo pescado es.

Cantando, girando, batiendo palmas, Gabriela niña.

De las flores y los jarrones

La lucha política alcanzó también las elecciones de la Cofradía de San Jorge, en plena catedral. Mucho había deseado el obispo conciliar las corrientes, repetir el acierto logrado por Ataulfo Passos. Le habría gustado ver reunidos en torno del altar del santo guerrero a los fieles de los Bastos y a los entusiastas de Mundinho. A pesar del gran obispo que era, de bonete rojo, no lo consiguió.

La verdad es que Mundinho no se tomaba en serio aquella cuestión de la cofradía. Pagaba por mes y listo. Dijo al obispo que estaba dispuesto a votar, si es que allí se votaba, el nombre que él indicara. Pero el Doctor, con un ojo en la presidencia, hizo su parte. Comenzó a intrigar. El doctor Maurício Caires, devoto y dedicado, era candidato a la reelección. Y se lo debía sobre todo al ingeniero.

Había repercutido intensamente en la ciudad el agitado final del amorío. A pesar de que nadie había oído el diálogo en la playa, entre Melk y Rómulo, de él existían por lo menos unas diez versiones, a cuál más violenta, menos favorable al ingeniero. Hasta de rodillas lo ubicaron, junto al banco de la avenida, suplicando piedad. Lo transformaron en un monstruo moral, de vicios inconfesables, que seducía mujeres, pavoroso peligro para la familia ilheense. El *Jornal do Sul* le dedicó dos de sus artículos más extensos —toda la primera página, y continuaba en la segunda— y más grandilocuentes. La moral, la Biblia, la honra de las familias, la dignidad de los Bastos, su vida ejemplar, la promiscuidad de todos los opositores, empezando por la del jefe, Anabela y la necesidad de mantener Ilhéus al margen de la degradación de las costumbres que andaba por el mundo, hacían de este artículo una página antológica. Mejor dicho, varias páginas.

—Para la Antología de la Imbecilidad... —dijo el Capitán.

Pasión política. Porque en Ilhéus lo habían saboreado sobre todo las solteronas, cuando el doctor Maurício Caires repitió grandes trechos del artículo como discurso de asunción, al resultar reelecto a la presidencia de la cofradía: "... aventureros, venidos de los centros de corrupción con el pretexto de discutibles e inútiles trabajos, quieren pervertir el alma incorruptible del pueblo de Ilhéus..." El ingeniero pasó a ser el símbolo de la depravación, del descalabro moral. Tal vez ello se debiera ante todo al hecho de que hubiera huido, acobardado, tembloroso de miedo en el cuarto del hotel, embarcado a escondidas, sin despedirse siquiera de los amigos.

Si él hubiera reaccionado, luchado, sin duda habría encontrado quien lo apoyara. La antipatía que lo rodeaba no había alcanzado a Malvina. Claro que murmuraban sobre el amorío, sobre los besos en el cine o en el portón, había hasta quien apostaba sobre su virginidad. Pero, tal vez porque se sabía que la muchacha había enfrentado con la cabeza erguida al padre enfurecido, que le gritaba mientras él bajaba el rebenque, sin agachar la frente, la ciudad simpatizó con ella. Cuando, unas dos semanas después, Melk la llevó a Bahía, para internarla en el Colegio de las Mercedes, varias personas la acompañaron al puerto, incluso algunas compañeras del colegio de monjas. João Fulgêncio le llevó una bolsa de bombones, le estrechó la mano y le dijo:

—¡Coraje!

Malvina sonrió, se quebró su mirada glacial y altiva, su pose de estatua. Nunca había estado tan hermosa. Josué no fue al puerto pero le confesó a Nacib, parado junto al mostrador del bar:

—Yo la perdoné. —Andaba saltarín y conversador, si bien de mejillas aún más hundidas, y unas ojeras negras, enormes.

Nhô-Galo, presente, miraba la ventana risueña de Glória.

—Usted, profesor, anda escondiendo algo. Nadie lo ve en el cabaré, yo conozco a todas las mujeres de Ilhéus y sé con quién anda cada una. Con usted, ninguna... ¿De dónde ha sacado esas ojeras?

—Del estudio y el trabajo...

—Estudiando anatomía... También yo quiero un trabajo así... —Sus ojos indiscretos iban de Josué a la ventana de Glória.

Nacib también desconfiaba. Josué aparentaba una indiferencia excesiva en relación con la mulata y había dejado por completo de bromear con Gabriela. Allí había algo...

—Ese ingeniero perjudicó mucho a Mundinho Falcão...

—Nada de eso tiene mayor importancia. Mundinho va a ganar, seguro. Soy capaz de apostar.

—No tan seguro. Pero, aunque gane, si el gobierno no lo reconoce ya vas a ver...

La adhesión del coronel Altino a la causa de Mundinho, su ruptura con los Bastos, había arrastrado a varios otros. Durante varios días se sucedieron las noticias: el coronel Otaviano, de Pirangi, el coronel Pedro Ferreira, de Mutuns, el coronel Abdias de Souza, de Água Preta. Se tenía la impresión de que si el prestigio de los Bastos no se desmoronaba por completo, al menos sufriría una profunda sacudida.

El cumpleaños del coronel Ramiro, semanas después del incidente con Rómulo, demostró la exageración de tales conclusiones. Nunca había sido festejado con tanto alboroto. Estruendo por la mañana, que despertó a la ciudad, con salvas y cohetes frente a su casa y a la intendencia. Misa cantada por el obispo, la Cofradía de San Jorge en pleno, la iglesia llena, sermón del padre Cecílio celebrando, con su voz ardiente y afeminada, las virtudes del coronel. Acudieron hacendados de toda la región, Aristóteles Pires, intendente de Itabuna. Era una demostración de fuerza. Que continuó el día entero, visitas que se sucedían en la casa de fiesta, abierta la sala de las sillas de respaldo alto. El coronel Amâncio Leal mandaba invitar cerveza en los bares, anunciaba la victoria electoral fuera al precio que fuere, costara lo que costare. Hasta algunos opositores fueron a presentar sus saludos a Ramiro Bastos, entre ellos el Doctor. El coronel los recibía de pie, quería exhibirles no sólo su prestigio sino también su salud de hierro. La verdad, sin embargo, es que en los últimos tiempos había desmejorado mucho. Antes parecía un hombre de avanzada edad pero fuerte y recio, hoy era un anciano de manos temblorosas.

Mundinho Falcão no concurrió a la misa ni le llevó personalmente su abrazo. Mandó, no obstante, un gran ramo de flores a Jerusa, con una tarjeta en la que escribió: "Le pido, mi joven amiga, transmita a su digno abuelo mis votos de felicidad. En campo opuesto al de él, soy, aun así, su admirador". Fue un éxito. Todas las muchachas de Ilhéus quedaron excitadísimas. Aquello les parecía el súmmum de lo chic, algo nunca visto en una tierra donde la oposición política significaba enemistad mortal. Además, ¡qué superioridad, qué refinamiento! El propio coronel Ramiro Bastos, al leer la tarjeta y mirar las flores, comentó:

—¡Qué inteligente, ese señor Mundinho! Si me manda el abrazo por mi nieta, no puedo dejar de recibirlo...

Por un corto espacio de tiempo se llegó a pensar en un acuerdo. Tonico, ganador, sentía nacer nuevas esperanzas. Pero todo quedó en la nada, la disputa era cada vez más contumaz. Jerusa esperó que Mundinho asistiera al baile que finalizaba los festejos, en el salón de gala de la Intendencia. No se animó a invitarlo pero insinuó al Doctor que la presencia de Mundinho sería bien recibida.

El exportador no fue. Le había llegado una mujer nueva de Bahía, festejaba en su casa.

Todo aquello se comentaba en el bar, en todo aquello Nacib participaba. Le habían encargado el servicio de dulces y salados para el baile de la Intendencia, la joven Jerusa había ido en persona a hablar con Gabriela para explicarle lo que deseaba. Y al volver dijo a Nacib:

—Su cocinera es una belleza, don Nacib, y tan simpática... —Frase que la hizo sagrada para el árabe.

Las bebidas fueron compradas a Plínio Araçá; el viejo Ramiro no quería quedar mal con nadie.

Comentaba y participaba, pero sin entusiasmo. Ningún acontecimiento de la ciudad, suceso político o social, ni siquiera el autobús que se había volcado en la carretera, con cuatro personas heridas —una de las cuales había muerto—, nada podía arrancarlo de su problema. La idea de casarse con Gabriela, lanzada cierta vez por Tonico, con displicencia, había recorrido su camino. No veía otra solución. Él la amaba, era cierto. Con un amor sin límites, la necesitaba como al agua, la comida, la cama para dormir. Y el bar también, no podía prescindir de ella. Toda esa prosperidad —el dinero que se acumulaba en el Banco, la plantación de cacao que se acercaba— se derrumbaría si ella se fuera. Si se casara, ya no tendría más miedo, ¿qué cosa más grande podría alguien ofrecerle jamás? Y con ella como dueña del bar, al frente de una cocina con tres o cuatro cocineras, encargada sólo de indicar los condimentos, Nacib podría realizar un proyecto que venía alimentando hacía tiempo: construir un restaurante. Hacía falta en la ciudad, Mundinho Falcão se lo había dicho y repetido: Ilhéus reclamaba un buen restaurante, la comida de los hoteles era mala, los hombres solteros tenían que conformarse con pensiones de mala muerte, comidas frías. Cuando llegaban los barcos, los visitantes no encontraban dónde comer bien. ¿Dónde se podía ofrecer un banquete de etiqueta, de celebración, grande, fuera de los salones de las casas de familia? Él mismo, Mundinho sería capaz de aportar parte del capital. Se comentaba que la pareja de griegos lo planeaba, buscaba local. Con la seguridad de tener a Gabriela dirigiendo la cocina, Nacib montaría el restaurante.

¿Pero qué seguridad podía tener? Pensaba, en la reposera, a la hora de la siesta, la hora de su peor martirio, con el cigarro apagado y amargo, hiel en la boca, los bigotes marchitos. Hacía muy poco tiempo, doña Arminda, Casandra mulata, lo había dejado de lo más alarmado. Por primera vez, Gabriela se había sentido seducida por una propuesta. Doña Arminda describió con detalles, con un placer casi sádico, las vacilaciones de la muchacha al recibir la oferta del coronel Manuel das Onças. Una plantación de cacao, de doscientas arrobas, no era para menos, ¿quién no vacilaría?

De Clemente nada sabían, ni él ni doña Arminda; de Gabriela poco sabían...

Anduvo unos días como loco, más de una vez empezaba a abrir la boca para hablarle de casamiento. Pero la propia doña Arminda afirmaba que Gabriela había rechazado la propuesta.

—Nunca vi nada igual... Merece la alianza, vaya que se la merece.

Ése no fue todavía su límite. "Toda mujer, hasta la más fiel, tiene un límite", la voz gangosa de Nhô-Galo. No fue su límite, su precio, pero bien cerca que estaba, ¿no había sentido la tentación de aceptar? ¿Y si a las plantas de cacao el coronel Manuel das Onças agregaba una casa en alguna calle discreta, con escritura y todo? Nada influye tanto en las mujeres como tener una casa propia. Bastaba con ver a las hermanas Dos Reis rechazar una fortuna por sus casas, la residencia, las de alquiler. Y Manuel das Onças bien podía hacerlo. En su hacienda el dinero sobraba, y con la cosecha de ese año —¡un despropósito!— se había enriquecido todavía más. Estaba construyendo en Ilhéus un verdadero palacio para la familia, hasta tenía una torre desde donde se podía divisar la ciudad entera, los barcos en el puerto, el ferrocarril. Y loco por Gabriela, apasionamiento de viejo, pagaría su precio, por muy alto que fuera.

Doña Arminda lo presionaba en la ladera, Tonico le preguntaba cada día, al comenzar la tarde, en el bar:

—¿Y el casorio, árabe? ¿Ya te decidiste?

En el fondo ya lo había decidido, estaba resuelto. Lo demoraba por miedo a lo que iban a decir. ¿Podrían ellos, sus amigos, comprender? ¿Su tío, su tía, la hermana, el cuñado, los parientes ricos de Itabuna, esos Ashcar orgullosos? Al final, ¿qué le importaba? Los parientes de Itabuna ni se acordaban de él, ocupados con su cacao. Al tío nada le debía, el cuñado que se fuera al diablo. En cuanto a los amigos, sus clientes del bar, compañeros de *gamão* y de póquer, ¿le habían demostrado, por casualidad, excepto Tonico, alguna consideración? ¿No cercaban a Gabriela, no se la disputaban en su propia cara? ¿Qué clase de respeto les debía?

Ese día mucho se había discutido, antes del almuerzo, en el bar, sobre las cuestiones políticas, el problema del canal. Circulaban rumores, divulgados por la gente de los Bastos: el informe del ingeniero se había archivado, el problema del canal enterrado una vez más. Era inútil insistir, problema sin solución. Muchos lo creían. Ya no veían al ingeniero con sus instrumentos, en un bote, examinando la arena del canal. Además, Mundinho Falcão había embarcado hacia Río. Los partidarios de los Bastos resplandecían. Amâncio Leal propuso una nueva apuesta a Ribeirinho. Veinte *contos* a que los remolcadores y las dragas nunca llegarían. De nuevo Nacib fue convocado como testigo.

Tal vez por eso, a la hora habitual del amargo, Tonico se encontraba de tan buen humor. Había vuelto a aparecer por los cabarés, encaprichado ahora con una cearense de trenzas negras.

—La vida es un deleite…

—Tienes razón para estar contento. Con mujer nueva…

Tonico se limpiaba las uñas, condescendió.

—Ando contento de veras… Los trabajos del canal siguen su curso… La cearense es fogosa…

No habría de ser el coronel Manuel das Onças, al fin, el que decidiría a Nacib. Habría de ser el juez.

—¿Y tú, árabe, siempre triste?

—¿Qué voy a hacer?

—Ponerte todavía más triste. Te tengo una mala noticia.

—¿Cuál? —La voz alarmada.

—El juez, mi estimado, alquiló una casa en la cortada de las Cuatro Mariposas…

—¿Cuándo?

—Ayer por la tarde…

—¿Para quién?

—¿Para quién puede ser?

Un silencio tan grande que se oía el vuelo de las moscas. Chico Moleza regresaba del almuerzo, completaba:

—La señorita Gabriela mandó a decir al señor que va a salir pero que vuelve enseguida.

—¿Para qué va a salir?

—No sé, señor. Me parece que para comprar unas cosas que faltan.

Tonico miraba irónico. Nacib le preguntó:

—Cuando hablas de ese asunto del casamiento, ¿lo dices en serio? ¿Lo piensas de veras?

—Claro que sí. Ya te lo dije, árabe: si fuera yo…

—Lo he pensado. Creo que sí…

—¿Te decidiste?

—Pero hay unos problemas, tú me puedes ayudar.

—¡Venga un abrazo, te felicito! ¡Turco feliz!

Después de los abrazos, Nacib, todavía incómodo, continuó:

—Ella no tiene papeles, estuve averiguando. Ni partida de nacimiento, ni siquiera sabe cuándo nació. Ni el apellido del padre. Los padres murieron cuando ella era pequeña, no sabe nada. El tío se llamaba Silva, pero era hermano de la madre. No sabe la edad, no sabe nada. ¿Cómo hago?

Tonico acercó la cabeza.

—Soy tu amigo, Nacib. Te voy a ayudar. Por los papeles no te preocupes. Arreglo todo en la notaría. Partida de nacimiento, apellido inventado para ella, el padre y la madre. Hay una sola cosa: quiero ser el padrino del casorio...

—Ya estás aceptado... —Y de repente Nacib se vio liberado, toda su alegría volvía, sentía el calor del sol, la dulce brisa del mar.

João Fulgêncio entraba puntual, era la hora de abrir la papelería. Tonico exclamaba:

—¿Sabe la nueva?

—Son tantas... ¿Cuál?

—Se casa Nacib...

João Fulgêncio, siempre tan calmo, se sorprendió.

—¿Es verdad, Nacib? No estaba de novio, que yo supiera. ¿Quién es la afortunada, si se puede saber?

—¿Quién puede ser? Adivine... —Tonico sonreía.

—Con Gabriela —dijo Nacib—. Me gusta, me voy a casar con ella. No me importa lo que digan...

—Sólo se puede decir que usted es de corazón noble, un hombre de bien. Nadie puede decir otra cosa. Mis felicitaciones...

João Fulgêncio lo abrazaba, pero sus ojos estaban preocupados. Nacib insistió:

—Deme un consejo: ¿cree que va a salir bien?

—En estos asuntos no se da consejos, Nacib. Si va a salir bien, ¿quién lo puede adivinar? Yo deseo que sí, usted lo merece. Sólo...

—¿Sólo, qué?

—Hay ciertas flores, ¿ya lo ha notado?, que son hermosas y perfumadas mientras están en los tallos, en los jardines. Cuando se las pone en jarrones, aunque sean de plata, se marchitan y mueren.

—¿Por qué iría a morirse ella?

Tonico atajaba:

—¡Qué flores ni flores, don João! Déjese de poesía... Va a ser el casamiento más animado de Ilhéus.

João Fulgêncio sonreía, aceptaba.

—Estupideces mías, Nacib. Lo felicito de corazón. Es un gesto de gran nobleza el suyo. De hombre civilizado.

—Vamos a brindar —propuso Tonico.

La brisa marina, el sol brillando, Nacib oía el canto de los pájaros.

De las dragas con novia

Fue el casamiento más animado de Ilhéus. El juez (con mantenida nueva, para la que había alquilado la casa de la cortada de las Cuatro Mariposas cuando se cansó de esperar a Gabriela) pronunció unas palabras para desear felicidades a la nueva pareja, a la que un verdadero amor había unido por encima de las convenciones sociales, las diferencias de posición y de clase.

Gabriela, de celeste, los ojos bajos, zapatos que le apretaban, tímida sonrisa en los labios, era toda seducción. Entró en la sala del brazo de Tonico; el notario lucía una elegancia digna de los grandes días. La casa de la ladera de San Sebastián estaba repleta. Asistió todo el mundo, invitado o no, nadie quería perderse el espectáculo. Desde que le habló de casamiento, Nacib mandó a Gabriela a la casa de doña Arminda. No quedaba bien que durmiera bajo el mismo techo que el novio.

—¿Por qué? —preguntó Gabriela. —No importa...

Sí que importaba. Ahora era su novia, sería su esposa, todo respeto era poco. Cuando le dio la noticia, cuando le pidió la mano, ella se quedó pensando.

—¿Por qué, señor Nacib? No hace falta...

—¿No aceptas?

—Aceptar acepto. Pero no hacía falta. Me gusta sin eso.

Contrató empleadas, por el momento dos: una para limpiar, otra, jovencita, para aprender a cocinar. Después pensaría en las otras, para el restaurante. Mandó pintar la casa, compró nuevos muebles. El ajuar para ella, la tía ayudó a elegirlo. Vestidos, enaguas, zapatos y medias. Los tíos, pasada la sorpresa, fueron amables. Hasta le ofrecieron la casa para hospedarla. No aceptó, ¿cómo podría estar esos días sin ella? La pared que separaba el fondo de su casa del de doña Arminda era baja. Como un cabrito montés, Gabriela la saltaba, las piernas a la vista. De noche iba a dormir con él. La hermana y el cuñado no quisieron saber nada, les pareció mal. Los Ashcar de Itabuna mandaron regalos: una lámpara, toda hecha de conchillas, una cosa preciosa.

Fue todo el mundo a espiar a Nacib de azul marino, los bigotazos florecientes, clavel en la solapa, zapatos de charol. Gabriela sonriente, los ojos fijos en el piso. El juez los declaró casados: Nacib Ashcar Saad, de treinta y tres años, comerciante, nacido en Ferradas, registrado en Itabuna; Gabriela da Silva, de veintiún años, de ocupaciones domésticas, nacida en Ilhéus, allí registrada.

La casa colmada de gente, muchos hombres, pocas mujeres: la mujer de Tonico, que fue testigo, la rubia Jerusa, su sobrina, la señora del Capitán, tan buena y tan simple, las hermanas Dos Reis con muchas sonrisas, la esposa de João Fulgêncio, alegre madre de seis hijos. Otras no quisieron ir, ¿qué clase de casamiento era ése, tan diferente? Las mesas servidas, bebidas a voluntad. No cabían en la casa, tantos eran, se agolpaban en la calle. Fue el casamiento más animado de Ilhéus. Hasta Plínio Araçá, olvidada la rivalidad de los bares, había llevó champán. Casamiento religioso, que sería aun mejor, no hubo. Sólo entonces se supo que Nacib era mahometano, si bien en Ilhéus había perdido a Alá y Mahoma. Sin encontrar, sin embargo, a Cristo y Jehová. No por eso el padre Basílio dejó de ir, bendecir a Gabriela:

—Que florezcas en hijos, mi rosa de Jericó.

Amenazaba a Nacib:

—A los niños los bautizo, quiera usted o no quiera...

—De acuerdo, padre...

La fiesta se habría prolongado hasta la noche, por cierto, si en el largo crepúsculo alguien no hubiera gritado, desde el paseo:

—Miren, están llegando las dragas...

Fue una estampida hacia la calle. Mundinho Falcão, de vuelta de Río, fue al casamiento con flores para Gabriela, rosas rojas. Cigarrera de plata para Nacib. Se precipitó a la calle, la cara sonriente. En dirección al canal, dos remolcadores arrastraban cuatro dragas. Resonó un viva, muchos otros respondieron, comenzaron las despedidas, Mundinho fue el primero, se retiró con el Capitán y el Doctor.

La fiesta se trasladó al muelle, a los puentes de desembarco. Sólo las señoras se quedaron un poco más, también Josué y el zapatero Felipe. Glória espiaba desde la acera, hasta ella había abandonado la ventana aquel día. Cuando doña Arminda por fin deseó buenas noches y salió, la casa vacía y revuelta, botellas y platos desparramados, Nacib habló:

—Bié…

—Señor Nacib…

—¿Por qué "señor" Nacib? Soy tu marido, no tu patrón…

Ella sonrió, se quitó los zapatos, empezó a ordenar, los pies descalzos. Él la tomó de la mano, la reprendió:

—Ya no puedes, Bié…

—¿Qué?

—Andar sin zapatos. Ahora eres una señora.

Se asustó.

—¿No puedo? ¿Andar descalza, con los pies en el suelo?

—No puedes.

—¿Y por qué?

—Eres una señora, de posición, de clase.

—No, señor Nacib. Soy solamente Gabriela…

—Te voy a educar. —La tomó en los brazos, la llevó a la cama.

—Muchacho lindo…

En el puerto, la multitud gritaba, aplaudía. Sacaron cohetes nadie sabe de dónde. Subían al cielo, la noche caía, la luz de los cohetes iluminaba el camino de las dragas. El ruso Jacob, de tan excitado, hablaba en un idioma desconocido. Los remolcadores hacían sonar las sirenas, entraban en el puerto.

Capítulo cuarto

La luz de luna de Gabriela

(TAL VEZ UN NIÑO, O UN PUEBLO, ¿QUIÉN SABE?)

"Se transformaron no sólo la ciudad,
el puerto, las aldeas y los pueblos.
Se modificaron también las costumbres,
evolucionaron los individuos..."

(de la acusación del doctor Ezequiel Prado,
en el juicio al coronel Jesuíno Mendonça)

Cantar de amigo de Gabriela

¡Oh!, ¿qué hiciste, Sultán,
de mi alegre chiquilla?

Palacio real le di
un trono de pedrerías
zapatos bordados de oro
esmeraldas y rubíes
amatistas para los dedos
vestidos de diamante
esclavas para servirla
un lugar en mi dosel
y mi Reina la llamé.

¡Oh!, ¿qué hiciste, Sultán,
de mi alegre chiquilla?

Sólo deseaba la campiña
juntar las flores del campo.
Sólo deseaba un espejo
para su rostro mirar.
Sólo deseaba del sol
calor, para bien vivir.
Sólo deseaba la luna
de plata, para descansar.
Sólo deseaba el amor
de los hombres, para bien amar.

¡Oh!, ¿qué hiciste, Sultán,
de mi alegre chiquilla?

Al baile real llevé
a tu alegre chiquilla
vestida de realeza
con princesas conversó
con doctores platicó
bailó la danza extranjera
bebió el vino más caro
mordió frutas de Europa
estuvo en brazos del Rey,
Reina más verdadera.

¡Oh!, ¿qué hiciste, Sultán,
de mi alegre chiquilla?

Mándala otra vez a cocinar
a su jardín de guayabos
a sus bailares marinos
a su vestido sencillo
a sus verdes chinelas
a su inocente pensar
a su risa verdadera
a su infancia perdida
a sus suspiros del lecho
a sus ansias de amar.
¿Por qué la quieres cambiar?

Tal el cantar
de Gabriela
hecha de clavo
y de canela.

Del inspirado bardo enfrentado a míseras preocupaciones monetarias

—El doctor Argileu Palmeira, nuestro eminente e inspirado poeta, honra de las letras bahianas —presentaba el Doctor con un dejo de orgullo en la voz.

—Poeta, mmm... —El coronel Ribeirinho miraba con desconfianza: esos supuestos poetas en general no eran más que expertos embaucadores. —Encantado...

El inspirado bardo, un cincuentón enorme y gordo, mulato muy claro y bien parecido, de sonrisa límpida y melena de león, vestido con pantalones a rayas, chaqueta y chaleco de tela negra, a pesar del calor tórrido, varios dientes de oro y actitud de senador de veraneo, estaba evidentemente acostumbrado a aquella desconfianza de los toscos hombres del interior para con las musas y sus elegidos. Sacó una tarjeta de visita del bolsillo del chaleco, carraspeó para llamar la atención de todo el bar, soltó la voz atronadora y modulada:

—Licenciado en ciencias jurídicas y sociales, o sea, abogado recibido y diplomado, y licenciado en letras. Fiscal de la comarca de Mundo Novo, en el *sertão* de Bahía. Para servirlo, estimado señor.

Se inclinaba, tendía la tarjeta a Ribeirinho, atónito. El hacendado buscaba los anteojos para leer:

Dr. Argileu Palmeira
Licenciados
(en Ciencias Jurídicas y Sociales y en Ciencias y Letras)

Fiscal Público
Poeta laureado
Autor de seis libros consagrados por la crítica

MUNDO NOVO - BAHÍA PARNASO

Ribeirinho, incómodo, se levantaba de la silla, articulaba frases entrecortadas:

—Muy bien, doctor... A sus órdenes...

Por encima del hombro del hacendado, Nacib leía también, también él se impresionaba, meneaba la cabeza.

—Sí, señor. ¡Qué bien!

Al poeta no le gustaba perder tiempo: puso el gran portafolio de cuero sobre la mesa, comenzó a abrirlo. De las ciudades del interior, Ilhéus era una de las más grandes, todavía había muchas visitas que hacer. Sacó primero el manojo de entradas para la conferencia.

El ilustre habitante del Parnaso estaba, por desgracia, sujeto a las contingencias materiales de la vida en este mundo mezquino y torpe, donde el estómago prevalece sobre el alma. Había adquirido así un sentido práctico bastante pronunciado y, cuando salía en *tournée* de conferencias, trabajaba cada plaza a conciencia, para sacarle el máximo provecho. Sobre todo al llegar a una tierra rica, de dinero fácil, como Ilhéus, trataba de defenderse, obtener alguna reserva para compensar los centros más atrasados, donde el desprecio por la poesía y la renuencia a las conferencias llegaban a la mala educación y los portazos. Armado de espléndido descaro, no se dejaba derrotar ni en tales condiciones extremas. Volvía a la carga y casi siempre vencía: por lo menos una entrada vendía.

Los honorarios de fiscal apenas alcanzaban, y a duras penas, para las necesidades de la familia numerosa, la vasta prole que aumentaba. Familia numerosa, o, mejor dicho, familias numerosas, ya que eran por lo menos tres. Se sometía a la fuerza el eminente poeta a las leyes escritas, buenas quizá para el común de los mortales, pero incómodas sin duda para los seres de excepción como el doblemente licenciado Argileu Palmeira. Casamiento y monogamia, por ejemplo. ¿Cómo podía un verdadero poeta someterse a tales limitaciones? Jamás había querido casarse, a pesar de que vivía hacía cerca de veinte años con la otrora inquieta Augusta, hoy avejentada, en lo que podía denominarse su casa matriz. Para ella había escrito sus dos primeros libros: las *Esmeraldas* y los *Diamantes* (todos sus libros tenían como título piedras preciosas o semipreciosas), y ella, a cambio, le había dado cinco robustos hijos.

No puede un cultor de las musas rendir culto a una única musa, un poeta necesita renovar sus fuentes de inspiración. Él las renovaba con denuedo, una mujer en su camino se volvía enseguida soneto en la cama. Con otras dos musas inspiradoras produjo familia y libros. Para Raimunda, mulata en flor adolescente y empleada doméstica, ahora madre de tres hijos suyos, labró las *Turquesas* y los *Rubíes*. Los *Zafiros* y los *Topacios* se debieron a Clementina, viuda insatisfecha con su estado, de la que nacieron Hércules y Afrodita. Claro que, en todos esos consagrados volúmenes, había rimas para diversas otras musas menores. Es posible que también existieran otros hijos además de los diez ya mencionados, todos registrados y bautizados todos con nombres de dioses y héroes griegos, para escándalo de los curas. Doce valientes bocas que mantener, porque los diez vigorosos Palmeira, de diferentes edades, herederos del mitológico apetito del padre, se sumaban a los dos del finado marido de Clementina. Eran ellos, sobre todo —además del gusto por cambiar de paisaje, ver tierras nuevas—, los que llevaban al bardo en aquellas peregrinaciones literarias durante la feria judicial. Con una provisión de libros y una o dos conferencias en la enorme maleta negra, bajo la cual se doblaban los hombros del más fuerte changarín.

—¿Una sola? No me haga eso... No deje de llevar a la señora. ¿Y los hijos, qué edad tienen? A los quince años ya son sensibles a la influencia de la poesía y las ideas contenidas en mi conferencia. Que además son en extremo educativas, ideales para formar el alma de los jóvenes.

—¿No contienen ninguna indecencia? —preguntaba Ribeirinho al recordar las conferencias de Leonardo Motta, que iba a Ilhéus una vez por año y lograba llenar el salón, superpoblado, sin necesidad de entregar invitaciones, con sus discursos sobre el *sertão*—. ¿Anécdotas inconvenientes?

—¿Por quién me toma, estimado señor? La más rigurosa moralidad... Los sentimientos más nobles.

—No lo dije para criticar, inclusive me gusta. Para serle franco, son las únicas conferencias que soporto... —De nuevo se confundía. —Bueno, no se ofenda, quiero decir que son divertidas, ¿no? Soy del campo, no soy muy letrado, las conferencias me dan un sueño... Se lo pregunté por la patrona y las niñas... Porque, si no, no podría llevarlas, ¿no? —Y para terminar con el tema: —Cuatro entradas, ¿cuánto es?

Nacib compraba dos, el zapatero Felipe una. Para la noche del día siguiente en el salón de gala de la Intendencia, con presentación del doctor Ezequiel Prado, compañero de Argileu en la facultad.

Pasaba el poeta a la segunda fase de la operación, la más difícil. Las entradas casi nadie las rechazaba. Los libros no tenían la misma aceptación. Muchos fruncían la nariz ante las páginas, donde los versos se alineaban en letras pequeñas. Incluso los que se decidían, por interés o gentileza, no sabían cómo actuar cuando, al preguntar por el precio, el autor respondía:

—A voluntad... La poesía no se vende. Si no tuviera que pagar la impresión y el papel, la composición y el armado, distribuiría gratis mis libros, a manos llenas, como mandaba el poeta. Pero... ¿quién puede escapar al vil materialismo de la vida? Este volumen, que reúne mis últimas y más notables poesías, consagrado del norte al sur del país, con una crítica entusiasta en Portugal, me costó un ojo de la cara. Todavía ni lo pagué... Queda a su criterio, estimado amigo...

Lo cual era una buena técnica cuando se trataba de exportadores de cacao o grandes hacendados. Mundinho Falcão le dio cien mil reales por un libro, además de comprar una entrada. El coronel Ramiro Bastos le dio cincuenta, en compensación compró tres entradas. Y lo invitó a cenar dos días después. Argileu se informaba con anticipación de los detalles particulares de cada plaza que visitaría. Supo así de la lucha política en Ilhéus y había ido armado con cartas de recomendación para los hombres importantes de uno y otro bando.

Con muchos años de experiencia en colocar, con paciencia y denuedo, las ediciones de sus libros, enseguida se daba cuenta, el corpulento bardo, de si el comprador era capaz de decidir por sí mismo y largar una suma mayor, o si debía él insinuarle:

—Veinte mil reales y le doy un autógrafo.

Si el posible lector aún se resistía, se ponía magnánimo, proponía el límite extremo:

—Como siento su interés por mi poesía, se lo voy a dejar en diez. ¡Para que no se prive de su cuota de sueños, de ilusiones, de belleza!

Ribeirinho, con el libro en la mano, se rascaba la cabeza. Consultaba al Doctor con los ojos, sin saber cuánto pagar. Buena molestia todo aquello, dinero tirado. Metió la mano en el bolsillo, sacó veinte mil reales más, lo hacía por el Doctor. Nacib no compraba, Gabriela apenas sabía leer y, en cuanto a él, tenía poesía de sobra con las que Josué y Ari Santos declamaban en el bar. El zapatero Felipe se negó, estaba bastante achispado.

—Discúlpeme *usted*, señor poeta. Yo leo nada más que prosa, y cierta prosa. —Subrayaba lo de "cierta". —*¡Novelas, no!* Prosa de combate, *de esas* que mueven montañas y *cambian el mundo*. ¿Ya ha leído a Kropotkine?

El poeta ilustre vaciló. Quiso decir que sí, conocía el nombre, pero creyó mejor salir con una gran frase:

—La poesía está por encima de la política.

—*Y yo me cago en la poesía, señor mío* —extendía el dedo—, *¡Kropotkine es el más grande poeta de todos los tiempos!* —Sólo muy exaltado o muy borracho hablaba español sin mezcla. —*Mayor que él, sólo la dinamita. ¡Viva la anarquía!*

Ya había llegado alterado al bar, y allí continuó bebiendo. Eso sucedía exactamente una vez por año, y sólo unos pocos sabían que era la forma en que él conmemoraba la muerte de un hermano, fusilado en un desfile en Barcelona, muchos años atrás. Él sí había sido un verdadero anarquista militante, cabeza de viento y fuego, corazón sin miedo. Felipe había recogido sus folletos y libros pero no levantó su bandera rota. Prefirió salir de España para escapar a las sospechas que lo envolvían, debido a su parentesco. Todavía ahora, no obstante, pasados más de veinte años, cerraba el taller y se emborrachaba el día del aniversario del desfile y de las muertes en las calles. Mientras juraba volver a España para poner bombas y vengar al hermano.

Bico-Fino y Nacib condujeron al conmemorativo español al reservado del póquer, donde podría beber cuanto quisiera, si molestar a nadie. Felipe apostrofaba a Nacib:

—*¿Qué hiciste, sarraceno infiel, de mi flor roja, de la gracia de Gabriela? Tenía ojos alegres, era una canción, una alegría, una fiesta. ¿Por qué la robaste para ti solamente, la pusiste en prisión? Sucio burgués...*

Bico-Fino le llevaba la botella de cachaza, la ponía sobre la mesa.

El Doctor explicaba al poeta los motivos de la embriaguez del español, le pedía disculpas. Felipe era hombre en general muy educado, ciudadano estimable, sólo una vez por año...

—Comprendo a la perfección. Un resbalón de vez en cuando, pasa con personas de la más alta posición. Yo tampoco soy abstemio. Tomo mi cañita...

De eso sí entendía Ribeirinho: de bebidas. Se sintió en terreno familiar e inició un discurso sobre los diversos tipos de cachaza. En Ilhéus fabricaban una, excelente, la Cana de Ilhéus, se vendía casi toda a Suiza, donde la tomaban como whisky. El Mister —"el inglés director del ferrocarril", le explicaba a Argileu— no tomaba otra cosa. Y era competente en la materia...

La explicación fue varias veces interrumpida. A la hora del aperitivo llegaban los clientes, los iban presentando al bardo. Ari Santos lo envolvió en un abrazo, apretándolo contra sí. Lo conocía mucho de nombre, y de lectura, aquella visita a Ilhéus quedaría en los anales de la vida cultural de la ciudad. El poeta, babeado de gozo, agradecía. João Fulgêncio le estudiaba la tarjeta, la guardó con cuidado en el bolsillo. Después de hacer su cosecha de entradas, de imponerle un libro a Ari, con dedicatoria, otro al coronel Manuel das Onças, Argileu se sentó a una de las mesas, con el Doctor, João Fulgêncio, Ribeirinho y Ari, para probar la loada Cana de Ilhéus.

Y, mientras bebía su cachacita, entre los recientes amigos, ya un poco despojado del aire de gran personalidad, el bardo reveló una excelente prosa, al contar divertidas anécdotas con su voz tronante, risa fuerte, interesado en los asuntos locales como si viviera allí desde hacía mucho y no hubiera desembarcado esa mañana; a cada nuevo cliente que ingresaba se hacía presentar, sacaba del portafolio entradas y libros. Al final, por iniciativa de Nhô-Galo, inventaron una especie de código para facilitarle el trabajo. Cuando la víctima tuviera capacidad para entradas y libro, sería el Doctor quien hiciera las presentaciones. Cuando diera para varias entradas pero sin libro, lo presentaría Ari. Si hombre soltero o apretado de dinero, una entrada sola, él, Nhô-Galo sería el introductor. Se ganaba tiempo. El poeta dudó un poco en aceptar.

—Esas cosas engañan... Yo tengo experiencia. A veces un tipo, alguien que uno ni se imagina, se lleva un librito... Al final, el precio varía...

Se desenmascaraba por completo, en aquella rueda alegre a la cual se habían sumado Josué, el Capitán y Tonico Bastos. Nhô-Galo aseguraba:

—Acá, mi estimado, no puede haber engaño. Nosotros conocemos las posibilidades, los gustos, el analfabetismo de cada uno...

Un chiquilín entró en el bar distribuyendo avisos de un circo, cuyo estreno se anunciaba para el día siguiente. El poeta tembló.

—¡No, no lo puedo admitir! Mañana es el día de mi conferencia. Lo elegí a propósito porque en los dos cines darán películas de vaqueros y la gente grande las ve poco. Y, de repente, me cae encima este circo...

—Pero, doctor, ¿acaso no vende sus entradas con anticipación? ¿No le pagan al contado? No hay peligro —lo calmaba Ribeirinho.

—¿Y usted cree que soy hombre para hablar a unas sillas vacías? ¿Decir mis versos para media docena de personas? Estimado señor, tengo un nombre que salvaguardar, un nombre con cierta resonancia y una cuota de gloria en Brasil y Portugal...

—No se preocupe... —informaba Nacib, de pie al lado de la mesa ilustre. —Es un cirquito de morondanga, viene de Itabuna. No vale nada. No tiene animales ni artista que valga la pena. Sólo van los niños...

El poeta estaba invitado a almorzar con Clóvis Costa. Su primera visita había sido a la redacción del *Diário de Ilhéus*, poco después de desembarcar. Quería saber si el Doctor podría acompañarlo por la tarde.

—Por supuesto, con todo placer. Y ahora voy a llevar al ilustre amigo a la casa de Clóvis.

—Venga a almorzar con nosotros, mi estimado.

—No me han invitado...

—Pero a mí sí, y lo invito. Esos almuerzos, mi estimado, no hay que perdérselos. Siempre son mejores que los caseros. Y ni hablar de la comida de los hoteles, mala y poca, ¡poquísima!

Cuando salieron, Ribeirinho comentó:

—Ese doble doctor sabe salirse con la suya... Recauda con todo: las entradas, los libros, el almuerzo... Debe de comer más que una boa...

—Es uno de los mayores poetas de Bahía —afirmó Ari.

João Fulgêncio sacaba del bolsillo la tarjeta de visita.

—La tarjeta, por lo menos, es admirable. Nunca vi nada igual. "Licenciados"... ¡Imagínense! Vive en el Parnaso... Perdóneme, Ari, pero, sin haberlo leído, me disgusta su poesía. No puede ser gran cosa...

Josué hojeaba el ejemplar de *Topacios* comprado por el coronel Ribeirinho, leía versos en voz baja:

—No tiene vuelo, son versitos anémicos. Y atrasado como si la poesía no hubiera evolucionado. Hoy, en la época del futurismo...

—No digan eso... Es casi un sacrilegio —se exaltaba Ari—. Escuche, João Fulgencio, este soneto. Es divino. —Leía el título ya con tono de declamación: —"El rimbombar de la cascada."

Y no pudo leer más porque el español Felipe apareció en el salón, inseguro de sus piernas, tropezando con las mesas, la voz difícil.

—Sarraceno, burgués sucio, ¿dónde está Gabriela? ¿Qué hiciste de mi flor roja, de la gracia...?

Ahora era una mulata joven, aprendiza de cocinera, la portadora diaria de la vianda. Felipe, chocando contra las sillas, quería saber dónde Nacib había enterrado la gracia, la alegría de Gabriela. Bico-Fino intentaba llevarlo de vuelta al reservado de póquer. Nacib hacía un gesto vago con las manos, como pidiendo disculpas, nadie sabe si por el estado de Felipe o por la ausencia en el bar de la gracia, la alegría, la flor de Gabriela. Los demás miraban en silencio. ¿Dónde había quedado la animación de aquellos días pasados, cuando ella iba, al mediodía, una rosa detrás de la oreja? Sentían el peso de su ausencia, como si el bar sin ella perdiera el calor, la intimidad. Tonico interrumpió el silencio.

—¿Saben el título de la conferencia del poeta?

—No. ¿Cuál?
—"La lágrima y la nostalgia."
—Un aburrimiento, ya van a ver —pronosticó Ribeirinho.

De los equívocos de la señora Saad

Era el último de los circos. El negrito Tuísca movía la cabeza, parado ante el vacilante mástil, casi tan pequeño como el mástil de un velero. Más pequeño y más miserable, imposible. La lona de la carpa toda agujereada como cielo en noche de estrellas o el vestido de la loca Maria Me Dá. No era mucho más grande que el puesto de pescado, apenas lo ocultaba en el descampado del puerto. De no ser por la demostrada lealtad que lo caracterizaba, el negrito Tuísca ya se habría desinteresado por completo del Circo Tres Américas. Qué diferencia con el Gran Circo Balcánico, con su pabellón monumental, las jaulas de las fieras, los cuatro payasos, el enano y el gigante, los caballos amaestrados, los trapecistas de suma intrepidez. Había sido una fiesta en la ciudad, Tuísca no se había perdido función. Meneaba la cabeza.

Amores y devociones se abrigaban en su pequeño y cálido corazón. La negra Raimunda, su madre, ahora felizmente mejorada del reumatismo, que lavaba y almidonaba ropa; la pequeña Rosinha, de cabellos de oro, hija de Tonico Bastos, su secreta pasión; doña Gabriela y don Nacib; las buenas hermanas Dos Reis; su hermano Filó, héroe de las carreteras, rey del volante, majestuoso en el manejo de camiones y autobuses. Y los circos. Desde que se tenía memoria, no se levantaba en Ilhéus ninguna carpa de circo sin su decidido apoyo, su solícita colaboración: acompañando al payaso por las calles, ayudando a los asistentes, comandando una entusiasta claque de niños, haciendo mandados, infatigable e indispensable.

No amaba los circos sólo como la diversión suprema, el mágico espectáculo, la tentadora aventura. Iba a ellos como alguien que cumple su destino. Y, si aún no había partido con alguno, se debía al reumatismo de Raimunda. Su ayuda era necesaria en la casa: los centavos que reunía en diversos menesteres, de concienzudo lustrabotas a esporádico camarero, de vendedor de los apreciados dulces de las hermanas Dos Reis a discreto portador de mensajes amorosos, a eximio ayudante del árabe Nacib en la manipulación de las bebidas. Suspiró ante tanta pobreza del circo recién llegado.

Venía el Circo Tres Américas agonizando por los caminos. El último animal, un viejo león desdentado, fue donado a la Intendencia de Conquista, en agradecimiento a los pasajes facilitados y por no poder mantenerlo. "Presente griego", había dicho el intendente. En cada lugar desertaban artistas, sin siquiera reclamar los salarios atrasados. Convirtieron en comida todo lo que pudieron, hasta las alfombras de la pista. El elenco se redujo a la familia del director: la mujer, las dos hijas casadas, la soltera, los dos yernos y un lejano pariente que vendía entradas y manejaba a los ayudantes. Entre los siete se turnaban en la pista, en números de equilibrismo, en saltos mortales, tragando espadas y fuego, caminando por la cuerda floja, haciendo trucos con las cartas, levantando pesas pintadas de negro, juntándose para las "pirámides humanas". El viejo director era payaso, ilusionista y tocaba música con un serrucho, a cuyo son bailaban las tres hijas. En la segunda parte del espectáculo se reunían para representar *La hija del payaso*, mezcla de comedia picaresca y dramón, "brillante y conmovedora tragicomedia que hace reír a carcajadas y llorar a sollozos al distinguido público". Cómo habían llegado hasta Ilhéus, ni Dios lo sabía. Allí esperaban sacar lo suficiente para los pasajes de barco hasta Bahía, donde podrían asociarse a un circo más próspero. En Itabuna casi habían mendigado. El dinero para el tren lo obtuvieron las tres hijas, las dos casadas y la soltera, todavía menor de edad, bailando en el cabaré.

Tuísca fue la providencia divina: llevó al humilde director a ver al comisario (para conseguir la exención del impuesto que cobraba la policía); a João Fulgêncio (impresión del programa a crédito); al señor Côrtes, del cine Victoria (préstamo, sin cobro de alquiler, de las viejas sillas arrumbadas desde la remodelación del cine); bar de mala fama Cachaça Barata, en la calle del Sapo (para contratar, según su consejo, ayudantes entre aquellos malandrines); y asumió el papel de criado en la pieza *La hija del payaso* (el artista que lo representaba antes había abandonado carrera y salario en Itabuna, por un mostrador de tienda).

—Quedó enloquecido cuando me mandó repetir lo que tengo que decir, y yo dije todo de corrido... Y eso que no me vio bailar...

Gabriela aplaudía al oírlo contar las peripecias del día, las noticias del mundo mágico del circo.

—Tuísca, un día vas a ser un artista de verdad. Mañana estaré allá, en la primera fila. Voy a invitar a doña Arminda —pensaba—. Y voy a hablar con don Nacib para que vaya también. Le haría bien, así deja el bar un poquito. Voy a verte... Voy a aplaudir tanto que se me van a hinchar las manos.

—Mamá también va a ir. Entra gratis. A lo mejor, cuando me vea actuar, me deja ir con ellos. Lástima que éste sea un circo tan pobre... Andan mal de dinero. Hacen la comida ahí mismo, para no gastar en hotel.

Gabriela tenía ideas definitivas sobre los circos.

—Todos los circos son buenos. Aunque se caigan a pedazos, son buenos. No hay nada mejor que una función de circo. Me encanta. Mañana estaré allá, aplaudiendo. Y voy a llevar al señor Nacib. Te lo aseguro.

Aquella noche Nacib llegó muy tarde, el movimiento del bar se había prolongado hasta la madrugada. En torno del poeta Argileu Palmeira se había formado una rueda grande, después de la función de los cines. El eminente bardo había cenado en casa del Capitán, hecho algunas visitas más, vendido nuevos ejemplares de los *Topacios*, estaba encantado con Ilhéus. El circo tan miserable, que se divisaba en el puerto, no era competencia. La charla en el bar se alargó noche adentro, el poeta revelaba ser un valiente bebedor, que llamaba la cachaza "néctar de los dioses" y "ajenjo mestizo". Ari Santos le recitó sus versos, mereció los elogios del eminente.

—Inspiración profunda. Forma correcta.

Instado, también Josué declamó. Poemas modernistas, para escandalizar al visitante. No se escandalizó.

—Bellísimo. No me inclino por la escuela futurista pero aplaudo el talento esté donde esté. ¡Qué vigor, qué imágenes!

Josué se entregaba: Argileu, al final de cuentas, era un nombre conocido. Tenía un bagaje respetable, libros consagrados. Le agradeció la opinión y pidió permiso para decir una de sus últimas producciones. En el transcurso de la velada, más de una vez Glória, impaciente, surgió en su ventana a espiar el bar. Así vio y oyó declamar a Josué, de pie, estrofas en las que rodaban senos y nalgas en profusión, vientres desnudos, besos pecaminosos, abrazos y cópulas, bacanales increíbles. Hasta Nacib aplaudía. El Doctor citó a Teodoro de Castro, Argileu levantó la copa.

—Teodoro de Castro, ¡el gran Teodoro! Me inclino ante el cantor de Ofenísia, bebo a su memoria.

Bebieron todos. El poeta recordaba trechos de poemas de Teodoro, que alteraba aquí y allá.

Graciosa, en la ventana reclinada
Ofenísia, bajo la luna, a los gritos...

—*Sollozando...* —corregía el Doctor.

La historia de Ofenísia, recordada entre brindis, empujó otras, surgieron los nombres de Sinhazinha y Osmundo, y ahí continuaron con las anécdotas. Cómo se rió Nacib... El Capitán desgranó su repertorio inagotable. El augusto bardo también sabía contar. Su voz tronante se abría en una carcajada que sacudía la plaza e iba a morir en las rocas de la playa. Funcionaba también el reservado del póquer. Amâncio Leal jugaba fuerte con el doctor Ezequiel, el sirio Maluf, Ribeirinho y Manuel das Onças. Un póquer de cinco, animado.

Nacib llegó a su casa cansado, muerto de sueño. Se tiró en la cama, Gabriela lo despertó como lo hacía todas las noches:

—Señor Nacib... Se demoró... ¿Ya sabe lo que pasó?

Nacib bostezaba, sus ojos miraban el cuerpo que se mostraba entre las sábanas, ese cuerpo de misterio diariamente renovado, una leve llama de deseo nació entre el cansancio y el sueño.

—Estoy muerto de sueño. ¿Qué pasó?

Se estiraba, doblaba la pierna sobre el muslo de Gabriela.

—Ahora Tuísca es artista.

—¿Artista? ¿Qué dices?

—En el circo. Va a actuar...

La mano del árabe le subía, cansada, por las piernas.

—¿Actuar? ¿En el circo? No sé de qué me hablas.

—¿Y cómo va a saber? —Gabriela se sentaba en la cama, no podía existir noticia más sensacional. —Estuvo acá después de cenar y me contó... —Le hacía cosquillas a Nacib para despertarlo, y lo despertó.

—¿Tienes ganas? —Se rió con deseo. —Entonces te voy a dar...

Pero ella le contaba de Tuísca y del circo, lo invitaba:

—Señor Nacib, bien podría ir mañana conmigo y con doña Arminda. Para ver a Tuísca. Dejaba el bar un ratito.

—Mañana no puedo. Mañana vamos los dos a una conferencia.

—¿Una qué, señor Nacib?

—Una conferencia, Bié. Llegó un doctor, un poeta. Hace unos versos dignos de escuchar. Es formidable; ¡con decirte que es dos veces doctor! Un sabio. Hoy todo el mundo lo rodeaba. Hubo unas discusiones, unos recitados... Fenomenal. Mañana va a dar una conferencia, en la Intendencia. Compré dos entradas, para mí y para ti.

—¿Y cómo es una conferencia?

Nacib se retorcía los bigotes.

—¡Ah! Es una cosa fina, Bié.

—¿Mejor que el cine?

—Más rara...

—¿Mejor que el circo?

—No se compara. El circo es más para los niños. Cuando hay un número bueno, vale la pena. Pero conferencias sólo hay de vez en cuando.

—¿Y cómo es? ¿Hay música, baile?

—Música, baile... —Se rió. —Necesitas aprender muchas cosas, Bié. No, no hay nada de eso.

—¿Y qué tiene, para ser mejor que el cine, que el circo?

—Te voy a explicar, presta atención. Hay un hombre, un poeta, un doctor que habla sobre algo.

—¿De qué?

—De cualquier cosa. Éste va a hablar de lágrimas y de nostalgia. Él habla, la gente escucha.

Gabriela abrió unos ojos espantados.

—Él habla y nosotros oímos. ¿Y después?

—¿Después? Él termina, nosotros aplaudimos.

—¿Eso solo? ¿Nada más?

—Eso solo, pero ahí está la cuestión: en lo que él dice.

—¿Y qué es lo que dice?

—Cosas lindas. A veces hablan difícil, uno no entiende del todo. Ahí es mejor todavía.

—Señor Nacib... El doctor habla, nosotros oímos... Y el señor Nacib lo compara con el cine, con el circo, ¡qué cosa! Y justo el señor Nacib, tan instruido. Mejor que el circo no puede ser.

—Escucha, Bié, ya te lo dije: ya no eres una empleadita. Eres una señora. La señora Saad. Y tienes que actuar en consecuencia. Hay una conferencia, va a hablar un doctor que es un coloso. Toda la crema de Ilhéus va a estar ahí. Nosotros también. No se puede dejar algo así, importante, para ir a un circo de mala muerte.

—¿No se puede, señor Nacib? ¿De veras no se puede? ¿Por qué?

Su voz ansiosa conmovió a Nacib. La acarició.

—Porque no se puede, Bié. ¿Qué van a decir? Todos. Ese idiota de Nacib, un ignorante, dejó la conferencia para ir a ver un circo de porquería. ¿Y después? Todo el mundo en el bar va a comentar la conferencia del hombre, y yo, las estupideces del circo.

—Ya entiendo... El señor Nacib no puede... Qué pena... Pobre Tuísca. Le habría gustado tanto que el señor Nacib fuera... Yo se lo había prometido. No puede, tiene razón. Yo se lo digo a Tuísca. Y aplaudo por mí y por el señor Nacib. —Rió, se apretó contra él.

—Bié, escucha: necesitas instruirte, eres una señora. Tienes que vivir, comportarte, como la señora de un comerciante. No como una mujercita cualquiera. Tienes que ir a esos lugares que frecuenta la crema de Ilhéus. Para que vayas aprendiendo, educándote; eres una señora.

—¿Quiere decir que no puedo?

—¿No puedes qué?

—¿Ir al circo mañana? Voy con doña Arminda.

Retiró la mano que la acariciaba.

—Ya te dije que compré entradas para los dos.

—Él habla, nosotros oímos. No me gusta. No me gusta esa crema. Gente de lujo, mujeres con joyas, no me gusta. ¡El circo es tan lindo! Déjeme ir, señor Nacib. Otro día voy a la conferencia.

—No puedes, Bié. —La acariciaba otra vez. —No hay conferencias todos los días...

—Circo tampoco...

—A la conferencia no puedes faltar. Ya me han preguntado por qué no vas a ningún lugar. Todo el mundo habla, no está bien.

—Pero sí quiero salir... Al bar, al circo, andar por la calle.

—Sólo quieres ir adonde no debes. Es lo único que quieres hacer. ¿Cuándo te vas a meter en la cabeza que eres mi mujer, que me casé contigo, que eres la señora de un comerciante establecido, de buena posición? Que ya no eres...

—¿Se enojó, señor Nacib? ¿Por qué? Yo no le hice nada...

—Quiero convertirte en una señora distinguida, de buena clase. Quiero que todos te tengan respeto, te traten como es debido. Que se olviden de que fuiste cocinera, que andabas descalza, que llegaste a Ilhéus como *retirante*. Que te faltaban al respeto en el bar. Eso es lo que quiero, ¿entiendes?

—No sirvo para esas cosas, señor Nacib. Son aburridas. Nací para estar abajo, nunca voy a llegar arriba. ¿Qué voy a hacer?

—Vas a aprender. Y las demás, esas vanidosas, ¿qué crees que son? Unas campesinas rústicas; pero ellas aprendieron.

Hubo un silencio, el sueño volvía a dominarlo, la mano descansaba sobre el cuerpo de Gabriela.

—Déjeme ir al circo, señor Nacib. Solamente mañana...

—No irás, ya te lo dije. Irás conmigo a la conferencia. Y se acabó.

Se dio vuelta en la cama, le dio la espalda, tiró de la sábana. Extrañaba su calor, se había acostumbrado a dormir con la pierna sobre sus muslos. Pero tenía que demostrarle que estaba enojado por tanta dureza de entendederas. ¿Hasta cuándo persistiría Gabriela en negarse a la vida social, a conducirse como una señora de la sociedad de Ilhéus, como su esposa? Al fin y al cabo, él no era un pobre diablo cualquiera; era alguien, el señor Nacib A. Saad, con crédito en la plaza, dueño del mejor bar de la ciudad, con dinero en el Banco, amigo de toda la gente importante, secretario de la Asociación Comercial. Ahora mencionaban su nombre hasta para el directorio del Club Progreso. Y ella metida en la casa, sin ir más que al cine con doña Arminda, o con él los domingos, como si nada hubiera cambiado en su vida, como si fuera todavía aquella Gabriela sin apellido que él había encontrado en el "mercado de los esclavos", y no la señora Gabriela Saad. Convencerla de que no fuera a llevar la vianda al bar había sido una lucha, ella hasta había llorado. Lograr que se pusiera zapatos era un infierno. Para que no hablara alto en el cine, no mostrara confianza con las empleadas, no se riera a carcajadas, como antes, con cada cliente del bar que encontraba por casualidad. ¡Para que ya no usara, cuando salían a pasear, una rosa detrás de la oreja! Dejar una conferencia por un circo apestoso...

Gabriela se acurrucó, perdida. ¿Por qué el señor Nacib se había enojado? Estaba contrariado, le daba la espalda, sin siquiera tocarla. Extrañaba el peso de su pierna sobre el muslo. Y las caricias habituales, la fiesta en la cama. ¿Estaría enojado porque Tuísca había ido a trabajar en el circo sin consultarlo? Tuísca formaba parte del bar, allí tenía su cajón de lustrabotas, ayudaba en los días de mucha clientela. No, no era con Tuísca que estaba enojado. Era con ella. No quería que fuera al circo, ¿por qué? Quería llevarla a oír a un doctor en el salón grande de la Intendencia. ¡No le gustaba! Al circo podía ir con los zapatos viejos, en los que cabían sus dedos desparramados. A la Intendencia tenía que ir vestida de seda, con zapatos nuevos, apretados. Todos esos finos reunidos, esas mujeres que miraban desde arriba, que se reían de ella. No, no le gustaba. ¿Por qué el señor Nacib le insistía tanto? Tampoco quería que fuera al bar, y a ella le gustaba tanto... Tenía celos, qué gracioso. Ella ya no iba, le daba el gusto, no quería ofenderlo, tenía cuidado. ¿Pero por qué la obligaba a hacer tantas cosas sin gracia, aburridas? No podía entenderlo. El señor Nacib era bueno, ¿quién podía dudarlo? ¿Quién podía negarlo? ¿Por qué, entonces, se enojaba, le daba la espalda, sólo porque ella le pedía ir al circo? Decía que era una señora, la señora Saad. No, no lo era, era sólo Gabriela, la alta sociedad no le gustaba. Los muchachos lindos de la sociedad sí le gustaban. Pero no juntos, en un lugar importante. Se ponían tan serios, no decían cosas lindas, no le sonreían. Le gustaba el circo, no había en el mundo nada mejor. Y más aún con Tuísca contratado de artista... Se moriría de pena si no fuera... Aunque tuviera que escaparse.

Dormido, inquieto, Nacib le apoyó la pierna sobre el muslo. Su sueño se tranquilizó. Ella sintió el peso habitual. No quería ofenderlo.

Al otro día, antes de salir, él le avisó:

—Después del aperitivo de la tarde, vengo a casa a cenar y prepararme para la conferencia. Quiero verte toda elegante, con un lindo vestido, que dé envidia a todas las demás.

Sí, porque le había comprado y seguía comprando sedas, zapatos, sombreros, hasta guantes. Le había regalado anillos, pulseras, collares verdaderos, no medía gastos. La quería tan bien vestida como la señora más rica, como si eso borrara su pasado, las quemaduras del horno, la torpeza de Gabriela. Vestidos colgados en el armario; por la casa ella andaba con los de algodón, con chinelas o descalza, atareada con el gato y la cocina. ¿De qué servían las dos empleadas? A la mucama la despidió, ¿para qué? Accedió a que Raimunda lavara la ropa, pero nada más que para ayudar a la madre de Tuísca. La chiquilina de la cocina de poco servía.

No quería ofenderlo. La conferencia estaba anunciada para las ocho, el circo también. Doña Arminda le había dicho que esas conferencias no duraban más de una hora. Y Tuísca aparecía en la segunda parte del espectáculo. Era una pena perderse la primera, el payaso, el trapecio, la muchacha equilibrista, el hombre en la cuerda floja. No quería ofenderlo, no quería lastimarlo.

Del brazo de Nacib, embutido en la ropa azul del casamiento, vestida como una princesa, dolorida por los zapatos, atravesó las calles de Ilhéus y subió, con torpeza, las escaleras de la Intendencia. El árabe se detenía a saludar amigos y conocidos, las señoras miraban a Gabriela de arriba abajo, murmuraban y sonreían. Ella se sentía incómoda, desubicada, temerosa. En el salón de gala había muchos hombres de pie, al fondo, señoras sentadas. Nacib la llevó hasta la segunda fila de asientos, la hizo sentar, fue hacia donde conversaban Tonico, Nhô-Galo y Ari. Ella no sabía qué hacer. Cerca, la mujer del doctor Demóstenes, altiva, con binóculo y estola de piel —¡con ese calor!—, la miró de soslayo, dio vuelta la cabeza.

Conversaba con la mujer del fiscal. Gabriela se puso a mirar el salón, era de una belleza, hacía doler los ojos. En cierto momento se volvió hacia la esposa del médico y preguntó en voz alta:

—¿A qué hora termina?

Alrededor se rieron. Se puso más incómoda todavía. ¿Por qué el señor Nacib la había hecho ir? No le gustaba.

—Todavía no comenzó.

Por fin, un hombre robusto, de pecho abultado, subió, junto con el doctor Ezequiel, al estrado donde habían puesto dos sillas y una mesa con una jarra de agua y un vaso. Todos aplaudieron, Nacib se sentó junto a Gabriela. El doctor Ezequiel se puso de pie, carraspeó, llenó el vaso con agua.

—Excelentísimas señoras, señores míos: hoy es un día marcado con rojo en el almanaque de la vida intelectual de Ilhéus. Nuestra culta ciudad alberga, con orgullo y emoción, el genio inspirado del poeta Argileu Palmeira, consagrado...

Y así siguió. Él habla, uno oye. Gabriela oía. De vez en cuando aplaudían, ella también. Pensaba en el circo, debía de haber empezado. Por suerte siempre se atrasaba por lo menos media hora. Había ido dos veces al Gran Circo Balcánico, con doña Arminda, antes del casamiento. Aunque anunciado para las ocho, sólo empezaba después de las ocho y media. Miraba el gran reloj, como un armario, del fondo del salón. Hacía un ruido fuerte, distraía. El doctor Ezequiel hablaba lindo, ella ni distinguía las palabras, era un sonido redondo, arrullador, daba sueño. Cortado por el tictac del reloj, las agujas que avanzaban. Muchos aplausos interrumpieron su dormitar; preguntó a Nacib, animada:

—¿Ya terminó?

—Fue la presentación. La conferencia va a empezar ahora.

Se levantaba el grandote de pechera almidonada, lo aplaudían. Sacó del bolsillo un horror de papeles, los extendió sobre la mesa, los alisó con la mano, carraspeó como el doctor Ezequiel, pero más fuerte, bebió un sorbo de agua. Una voz de trueno sacudió la sala.

—Gentiles señoritas, flores de los canteros de este florido jardín que es Ilhéus. Virtuosas señoras que han salido del recinto sagrado de sus hogares para oírme y aplaudirme. Ilustres señores, ustedes que han construido a la orilla del Atlántico esta civilización ilheense...

Y así continuó, deteniéndose a tomar agua, carraspeando, limpiándose el sudor con el pañuelo. Parecía que jamás iba a terminar. Versos y más versos. Una palabras atronadas sobre el salón y la voz se endulzaba, ahí venía el verso...

—*Lágrima de madre sobre el cadáver del hijo pequeñito llamado al cielo por el Todopoderoso, la lágrima más sagrada*. Oíd: *Lágrima materna, lágrima...*

Con él era más difícil dormitar. Gabriela iba cerrando los ojos en la cadencia del verso, desviando la mirada del reloj y el pensamiento del circo, y, de repente, se acababan las estrofas, la voz clamaba, Gabriela se estremecía, preguntaba a Nacib:

—¿Ya termina?

—¡Shhh...! —hacía él.

Pero también él tenía sueño, Gabriela bien lo percibía. A pesar del aire atento, los ojos fijos en el doctor conferencista, a pesar de la fuerza que hacía, de vez en cuando, en los poemas largos, las pestañas de Nacib bajaban, los ojos se cerraban. Se despertaba con los aplausos, se unía a ellos, comentaba a la esposa del doctor Demóstenes, sentada a su lado:

—¡Qué talento!

Gabriela veía las agujas del reloj, las nueve, nueve y diez, nueve y cuarto. La primera parte del circo debía de estar próxima a su fin. Aunque hubiera empezado a las ocho y media, a las nueve y media terminaría. Cierto que había un intervalo, tal vez ella llegara a tiempo para ver la segunda parte, donde actuaría Tuísca. Pero ese doctor no terminaba más. El ruso Jacob dormía en su silla. El Mister, que se había sentado al lado de una puerta, había desaparecido hacía rato. Ahí no había intervalo, era todo de una sola vez. Nunca había visto algo más desabrido. El grandote tomaba agua, ella empezaba a tener sed.

—Tengo sed...

—Shhh...

—¿Cuándo termina?

Ese tal doctor iba dando vuelta las hojas de papel. Demoraba un montón para leer cada una. Si al señor Nacib tampoco le gustaba, si se caía de sueño, ¿por qué había ido? Qué cosa tan rara, ¿por qué iba, pagaba entrada, dejaba el bar, no iba al circo? No lo entendía... Y se enojaba, le daba la espalda, porque ella le había pedido no ir. Qué cosa tan rara.

Aplausos y más aplausos, arrastrar de sillas, todo el mundo rumbo al estrado. Nacib la llevó. Estrechaban la mano del hombre, le decían palabras de elogio:

—¡Formidable! ¡Maravilloso! ¡Qué inspiración! ¡Qué talento!

El señor Nacib también:

—Cómo me gustó...

No le había gustado, mentía, ella sabía cuando algo le gustaba. Había dormido un montón. ¿Por qué los elogios? Intercambiaban cumplidos con los conocidos. El Doctor, el señor Josué, el señor Ari, el Capitán no soltaban al hombre. Tonico, con doña Olga, se sacaba el sombrero, se acercaba.

—Buenas noches, Nacib. ¿Cómo está, Gabriela? —Doña Olga sonreía. El señor Tonico, muy circunspecto.

Ese señor Tonico, muchacho lindo como ninguno, el más lindo de todos, era muy astuto. Cuando doña Olga se hallaba presente, parecía un santo de iglesia. Apenas se iba doña Olga, se ponía meloso, derretido, se apoyaba contra ella, le decía "belleza", le soplaba besos. Se le había dado por andar por la ladera, se paraba junto a su ventana cuando la veía, la trataba de "ahijada" desde el casamiento. Había sido él, aseguraba, el que convenció a Nacib de casarse. Llevaba bombones, no le quitaba los ojos de encima, le tomaba la mano. Un muchacho lindo, como ninguno.

La calle colmada de gente que caminaba. Nacib, apresurado: el bar iba a llenarse. Gabriela, apresurada, a causa del circo. Él ni siquiera la llevó hasta la puerta, se despidió en medio de la ladera desierta. No bien dio vuelta la esquina, ella se volvió, casi corriendo. Lo difícil era evitar que la vieran desde el bar. No quiso ir por el Unhão, era un camino solitario. Fue por la playa, el señor Mundinho entraba en su casa, se quedó mirándola. Evitó el bar, con pasos rápidos, llegó al puerto. Era un circo pequeño, casi sin luces. Llevaba el dinero apretado en la mano, no había quien le vendiera la entrada. Apartó la lona de la puerta y entró. La segunda parte había empezado, pero no vio a Tuísca. Se sentó en el gallinero, prestó atención. Eso sí que era digno de verse. Y Tuísca apareció, tan cómico, vestido de esclavo. Gabriela aplaudió, no se contuvo, gritó:

—¡Tuísca!

El niño ni la oyó. Era una historia triste, de un payaso infeliz, la mujer mala lo había abandonado. Pero tenía partes para reírse, y se reía Gabriela, aplaudía a Tuísca. Una voz desde atrás, soplo de hombre en su cuello:

—¿Qué hace aquí, ahijada?

El señor Tonico, parado a su lado.

—Vine a ver a Tuísca.

—Si Nacib lo descubre...

—No lo sabe... No quiero que lo sepa. El señor Nacib es tan bueno...

—Tranquila, que no diré nada.

Tan pronto terminaba, ¡era tan lindo!

—Voy a llevarla...

En la puerta lo decidió; era astuto don Tonico.

—Vamos por el Unhão, rodeamos el cerro para no pasar cerca del bar.

Caminaban con rapidez. Más adelante se terminaban los postes, la iluminación. El señor Tonico hablaba, la voz entrecortada, lindo como ninguno.

De las candidaturas con buzos

Espectáculo repetido durante meses, casi cotidianamente, pero no por eso se cansó jamás el pueblo de admirar a los buzos. Parecían, así vestidos con escafandras de hierro y vidrio, seres de otros planetas desembarcados en el canal. Se zambullían en las aguas, allí donde el mar se unía con el río. Las primeras veces la ciudad entera se trasladaba hasta la punta del Unhão para ver de más cerca. Seguían con exclamaciones todos los movimientos, la entrada en el agua, las bombas en funcionamiento, los remolinos, las burbujas. Los vendedores dejaban los mostradores, los trabajadores abandonaban las bolsas de cacao, las cocineras las cocinas, las costureras la costura, Nacib su bar. Algunos alquilaban botes e iban a navegar alrededor de los remolcadores. El ingeniero jefe, colorado y soltero (Mundinho había pedido al ministro que mandara a un hombre soltero, para evitar problemas), gritaba órdenes.

Doña Arminda se asombraba ante las figuras monstruosas.

—¡Inventan cada cosa! Cuando le cuente al finado en la sesión, es capaz de acusarme de mentirosa. Pobre, no vivió para verlo.

—Creí que era mentira, que no era verdad. Bajar Al fondo del mar... No lo creía —confesaba Gabriela.

Se apretujaban en la punta del Unhão, bajo el sol cada día más tórrido. Llegaba el fin de la cosecha, el cacao se secaba en las barracas y las estufas, llenaba los depósitos de las casas exportadoras, las bodegas de los pequeños barcos de la Bahiana, la Costera y el Lloyd. Cuando alguno entraba o salía del puerto, los remolcadores y las dragas se alejaban del canal. Para volver enseguida; las obras progresaban con rapidez. Los buzos fueron la gran sensación de aquella temporada.

Gabriela explicaba a doña Arminda y al negrito Tuísca:

—Dicen que el fondo del mar es más lindo que la tierra. Que hay de todo, hay que verlo. Cerros más grandes que el Conquista, peces de todos colores y pasto para que pasten, jardines con flores, más bonitos que el jardín de la Intendencia. Hay árboles, plantaciones, hasta ciudades vacías. Además de los barcos hundidos.

El negrito Tuísca dudaba.

—Acá no hay nada más que arena. Y estos árboles *baraúna*.

—¡Tonto! Hablo del medio del mar, en lo profundo. Me lo contó un muchacho, un estudiante, se lo pasaba con los libros, sabía muchas cosas. En una casa donde estuve empleada, en una ciudad. Me contó cada cosa... —Sonrió al recordar.

—¡Qué coincidencia! —exclamó doña Arminda—. Soñé con un joven que golpeaba a la puerta de don Nacib, con un abanico en la mano. Escondía la cara en el abanico. Preguntaba por ti.

—¡Por Dios, doña Arminda! ¡Ni que fuera una aparición!

Todo Ilhéus presenciaba las obras del canal. Además de los buzos, las máquinas instaladas en las dragas causaban admiración y asombro. Removían la arena, rompían el fondo del arenal, abrían y ampliaban surcos. Con un ruido de terremoto, como si estuvieran cavando la propia vida de la ciudad, modificándola para siempre.

Con el inicio de los trabajos, ya se había modificado la correlación de las fuerzas políticas. El prestigio del coronel Ramiro Bastos, bastante debilitado, amenazó con derrumbarse bajo ese golpe colosal: dragas y remolcadores, excavadoras e ingenieros, buzos y técnicos. Cada dentellada de las máquinas en la arena, según el Capitán, significaba diez votos menos para el coronel Ramiro. La lucha política se tornó más aguda y áspera desde el crepúsculo en que llegaron los remolcadores, el día del casamiento de Nacib y Gabriela. Aquella noche fue tumultuosa: los correligionarios de Mundinho cantaban victoria, los de Ramiro Bastos gruñían amenazas. En el cabaré hubo peleas. Una de las mujeres sufrió un tiro en un muslo cuando Loirinho y los *jagunços* entraron disparando a las lámparas. Si lo que deseaban, como todo lo indica, era darle una paliza al ingeniero en jefe, obligarlo a marcharse de Ilhéus, fracasaron. En la confusión, el Capitán y Ribeirinho pudieron retirar al colorado especialista que, además, demostró su gusto por las grescas: reventó una botella de whisky en la cabeza de un adversario. Según contó el propio Loirinho, el plan estuvo mal organizado, a último momento.

Al otro día, el *Diário de Ilhéus* clamó a los cielos: los antiguos dueños de la tierra, derrotados de antemano, recurrían otra vez a métodos de hacía veinte o treinta años. Allí estaban, desenmascarados: jamás serían otra cosa que jefes de *jagunços*. Pero se engañaban al pensar que amedrentarían a los competentes ingenieros y técnicos enviados por el gobierno para abrir el canal del puerto, gracias a los esfuerzos de ese benemérito impulsor de progreso, Raimundo Mendes Falcão, y a pesar de la gritería antipatriótica de los bandoleros agarrados al poder. No, no amedrentaban a nadie. A los partidarios del desarrollo de la región del cacao les repugnaban tales métodos de lucha. Pero si a ello los arrastraban los inmundos adversarios, sabrían reaccionar como era debido. Ningún otro ingeniero sería expulsado de Ilhéus. Esta vez no servirían pretextos ni amenazas. El número del *Diário de Ilhéus* estaba sensacional.

De las fincas de Altino Brandão y de Ribeirinho bajaron *jagunços*. Los ingenieros, durante algún tiempo, anduvieron por las calles acompañados de extraños guardaespaldas. Al infame Loirinho, con un ojo estropeado, se lo veía al frente de los matones de Amâncio Leal y Melk Tavares, incluido un negro de apellido Fagundes. Pero, salvo unas riñas en casas de mujeres y en callejones oscuros, nada más grave ocurrió. Las obras proseguían, una admiración general rodeaba a la gente de los remolcadores y las dragas.

Los hacendados, en número cada vez mayor, adherían a Mundinho. Se cumplía la previsión del coronel Altino: Ramiro Bastos empezaba a quedarse solo. Sus hijos y sus amigos se daban cuenta de la situación. Concentraban ahora sus esperanzas en la solidaridad del gobierno, en que no reconociera la victoria de la oposición, si ésta se cumpliera. De eso hablaban, en casa del coronel Ramiro, sus dos hijos (el doctor Alfredo se encontraba en Ilhéus) y sus dos más devotos amigos: Amâncio y Melk. Debían preparar las elecciones a la manera antigua: dominando mesas y juntas electorales, libros de actas. Elecciones a punta de pluma. Con lo cual asegurarían el interior. Por desgracia, en Ilhéus e Itabuna, ciudades importantes, era difícil emplear tales métodos sin correr ciertos riesgos. Alfredo contaba que el gobernador le había ofrecido garantías absolutas: jamás Mundinho y su gente obtendrían el reconocimiento, aunque vencieran cabalmente en las elecciones. No iba a entregar la zona del cacao, la más rica y próspera del Estado, a las manos de opositores, de ambiciosos como Mundinho. Una idea absurda.

El viejo coronel escuchaba, el mentón apoyado en el puño de oro del bastón. Sus ojos, de los que la luz desaparecía, se entornaban. Una victoria así no era victoria, era peor que una derrota. Él nunca había necesitado eso. Siempre había ganado en las urnas, los votos eran de él. Cortar la cabeza a los adversarios a la hora del reconocimiento de poderes era algo que jamás se había visto obligado a hacer. Ahora Alfredo y Tonico, Amâncio y Melk hablaban de eso con toda tranquilidad, sin darse cuenta de la pesada humillación a que lo sometían.

—No nos va a hacer falta. ¡Vamos a ganar con los votos!

El hecho de que Mundinho se hubiera postulado como diputado federal resultaba alentador. El gran peligro sería si disputaba la intendencia. Se había hecho popular, había ganado prestigio. Gran parte de los electores urbanos, si no la mayoría, iba a votarlo a él, sería una elección casi segura.

—Hacer una elección acá a punta de pluma ya está bastante difícil —constataba Melk Tavares.

Para diputado federal, sin embargo, Mundinho dependería de los votos de toda la región, del séptimo distrito electoral, que incluía no sólo Ilhéus, sino también Belmonte, Itabuna, Canavieiras y Una, municipios cacaoteros, que elegían dos diputados. Uno de ellos, con los votos de Itabuna, Ilhéus y Una. La localidad de Una importaba poco, votos insignificantes. Pero Itabuna pesaba hoy casi tanto como Ilhéus, y allí mandaba, sin oposición, el coronel Aristóteles Pires, que debía su carrera política a Ramiro Bastos. ¿Acaso Ramiro no lo había designado subcomisario del antiguo distrito de Tabocas?

—Aristóteles vota a quien yo le ordene.

Además de todo eso, los diputados federales no dependían de la política municipal, y sólo para los candidatos por las capitales las elecciones no eran pura formalidad. Surgían tales diputados de los compromisos del gobernador y del poder federal. El actual diputado por Ilhéus e Itabuna (el otro era elegido con los votos de Belmonte y Canavieiras) había visitado la zona una sola vez, después de las últimas elecciones. Se trataba de un médico residente en Río, protegido de un senador federal. Para ese cargo Mundinho no tenía ninguna posibilidad. Aunque ganara en Ilhéus, perdería en Itabuna y en Una, y en el interior del municipio las elecciones serían un fraude.

—Está en una situación bien difícil... —concluía Amâncio.

—Pero tiene que perder con todo. ¡Hay que derrotarlo! Para empezar, en Ilhéus. Quiero una derrota contundente —exigía Ramiro.

El Capitán sería candidato a intendente; el doctor Ezequiel Prado, a diputado del Estado. De la candidatura del abogado, Ramiro se reía. Alfredo sería elegido, sin duda. Ezequiel servía para los tribunales y los negociados, para pronunciar discursos en días de fiesta. Salvo eso, era un disoluto, hombre de borracheras, de escándalos con mujeres. Y además necesitaría, al igual que Mundinho, los votos de todo el distrito electoral.

—No representa ningún peligro —confirmaba Amâncio.

—Le va a servir para aprender a no cambiar de bando...

El Capitán sólo dependía de los votos del municipio de Ilhéus. Un adversario peligroso, el propio Ramiro lo admitía. Había que derrotarlo en el interior del municipio; en la ciudad podía ganar. Cazuzinha, su padre, destituido por los Bastos, había dejado una leyenda en la vida de la ciudad: un hombre de bien, administrador ejemplar. La primera calle adoquinada se debía a él, todavía se llamaba de los Paralelepípedos.* La primera plaza, el primer jardín. Leal hasta el fanatismo, se había mantenido fiel a los Badaró, gastó cuanto poseía para combatir a los Bastos, en una batalla sin perspectiva. Su nombre seguía mencionándose como ejemplo de bon-

* En portugués, *paralelepípedo* tiene el doble significado de "sólido limitado por seis paralelogramos, cuyas caras opuestas son iguales y paralelas" —al igual que en castellano— y de "adoquín", que es la acepción que se aplica aquí. (*N. de las T.*).

dad y dedicación. El Capitán no sólo se beneficiaba con la leyenda que rodeaba la memoria del padre; también él era muy bien visto. Aunque nacido en Ilhéus, había vivido en los grandes centros, por lo que tenía un aire a civilización; orador aplaudido, gozaba de gran popularidad. De Cazuzinha le había quedado la afición a los gestos románticos y heroicos.

—Una candidatura peligrosa... —confesaba Tonico.

—Es un hombre amistoso y bien considerado —convenía Melk.

—Depende de quién sea nuestro candidato.

Ramiro Bastos proponía el nombre de Melk; ¿acaso ya no era presidente del Concejo Municipal? El compadre Amâncio no aceptaba puestos políticos, así que ni se lo ofrecían. Melk también se negaba.

—Les agradezco mucho, pero no voy a aceptar. A mi juicio, el candidato no debe ser un hacendado...

—¿Por qué?

—El pueblo quiere gente más letrada, dicen que los hacendados no tienen tiempo de ocuparse de la administración. Que no entienden mucho, tampoco. No dejan de tener razón. Tiempo, la verdad es que no tenemos...

—Es cierto —dijo Tonico. —El pueblo se lo pasa reclamando un intendente más capacitado. Debe ser un hombre de la ciudad.

—¿Quién?

—Tonico, ¿por qué no? —proponía Amâncio.

—¿Yo? ¡Dios me libre! No nací para eso. Si me meto en política es a causa de papá. Dios me libre de ser intendente. Estoy muy bien en mi rincón.

Ramiro se encogía de hombros, no valía la pena conjeturar sobre esa hipótesis. Tonico en la Intendencia... Sólo para llenar de prostitutas la sede de la Municipalidad.

—Veo dos nombres —dijo—. O el doctor Maurício o el doctor Demóstenes. Salvo ellos, no veo otro.

—El doctor Demóstenes llegó acá no hace ni cuatro años. Después que Mundinho. No es nombre para hacer frente al Capitán —se opuso Amâncio.

—De todos modos me parece mejor que el doctor Maurício. Por lo menos es un médico de buena reputación, impulsa la construcción del hospital. Maurício tiene muchos enemigos.

Discutieron los dos nombres, pesando ventajas y desventajas. Se decidieron por el abogado. A pesar de que su conocido amor al dinero, su puritanismo exagerado e hipócrita, su vocación de chupacirios, su apego a los curas en tierras de poca religión, lo tornaban impopular. El doctor Demóstenes tampoco era hombre de popularidad. Aunque médico admirado, no existía en toda la ciudad persona más pedante, más arrogante, más llena de prejuicios, con más aires de lord, como solían decir allí.

—Muy buen médico, pero con esa actitud de lord resulta peor de tragar que un purgante. —Amâncio reflejaba la opinión local. —Maurício tiene enemigos, pero también mucha gente que simpatiza con él. Y sabe hablar.

—Y es un hombre leal. —Ramiro había aprendido, en los últimos tiempos, a apreciar el valor de la lealtad.

—Aun así, puede perder.

—Es necesario ganar. Y ganar acá, en Ilhéus. No quiero recurrir al gobernador para degollar a alguien. ¡Quiero ganar! —Casi parecía un niño empecinado que exigía un juguete. —Soy capaz de abandonar todo, si tengo que mantenerme a costa del prestigio ajeno.

—El compadre tiene razón —dijo Amâncio—. Pero para eso hace falta asustar a un montón de gente. Soltar unos matones por la ciudad.

—Todo lo que sea necesario, menos perder en las urnas.

Estudiaban los nombres para el Concejo Municipal. Tradicionalmente, la oposición elegía un consejero. Tradicionalmente también, era siempre el viejo Honorato, opositor sólo nominal, ya que debía favores a Ramiro. Podía ser más oficialista que todos sus colegas.

—Esta vez ni pusieron su nombre en la lista.

—Elegirán al Doctor. Es casi seguro.

—Que así sea. Es un hombre de valor. Y solo, ¿qué oposición puede hacer?

El coronel Ramiro tenía debilidad por el Doctor. Admiraba su saber, su conocimiento de la historia de Ilhéus, le gustaba escucharlo hablar del pasado, contar las peripecias de los Ávila. Daría lustre al Concejo, acabaría votando con los demás, como el doctor Honorato. Incluso en aquellos momentos de cálculos electorales no siempre optimistas, cuando la sombra de la derrota se cernía en la sala,

Ramiro era el gran señor, magnífico, que dejaba generoso un escaño a la oposición y designaba al más moble de los adversarios para ocuparlo.

En cuanto a la victoria, Amâncio prometía:

—Quédese tranquilo, compadre Ramiro, que yo me ocupo. Mientras Dios me dé vida nadie va a reírse de mi compadre en las calles de Ilhéus. No permitiré que se den el gusto de ganar una elección en su contra, de ninguna manera. Déjelo en nuestras manos, Melk y yo nos encargamos.

Mientras tanto, en aquel tórrido verano, los amigos de Mundinho se movilizaban. Ribeirinho no se quedaba quieto, iba de distrito en distrito, se proponía recorrer toda la región. El Capitán también había viajado a Itabuna, a Pirangi, a Água Preta. A la vuelta, aconsejó a Mundinho que fuera sin demora a Itabuna.

—En Itabuna no nos vota ni un ciego.

—¿Por qué?

—¿Ya ha oído hablar de un gobierno que goza de popularidad? Y bien, existe: el del coronel Aristóteles, en Itabuna. El hombre tiene a todo el mundo en el puño, desde los hacendados hasta los mendigos.

Mundinho confirmó la veracidad de la afirmación, a pesar de que fue muy bien recibido en la ciudad vecina. Varias personas fueron a la estación el día anunciado de su llegada y se llevaron una sorpresa. Mundinho fue por la carretera, en su nuevo automóvil, un sensacional coche negro cuyas ventanillas se llenaban de curiosos al pasar por las calles. Sus clientes lo homenajearon con almuerzos y cenas, lo levaron de paseo, al cabaré, al Club Grapiúna, hasta a las iglesias. Pero no le hablaban de política. Cuando Mundinho les exponía su programa, respondían en forma unánime:

—Si no estuviera comprometido con Aristóteles, mi voto sería para usted.

El asunto es que estaban todos comprometidos con Aristóteles. El segundo día de su visita, el coronel Aristóteles pasó por el hotel a visitarlo. Mundinho no estaba; le dejó unas palabras amables junto con una invitación para que el exportador fuera a tomar un café en la Intendencia. Mundinho decidió aceptar.

El coronel Aristóteles Pires era un hombre corpulento, mestizo, picado de viruela, de risa fácil y comunicativa. Hacendado de moderados recursos, que cosechaba sus mil quinientas arrobas, su autoridad era indiscutible en Itabuna. Había nacido para administrar, llevaba en la sangre el gusto por la política. Jamás, desde que lo nombraron subsomisario, nadie había pensado en disputarle la jefatura, ni siquiera los grandes hacendados del municipio.

Había empezado junto a los Badaró, pero supo darse cuenta, antes que nadie, de la decadencia política del antiguo señor derrotado en las luchas por los terrenos de Sequeiro Grande. Los dejó cuando todavía no era mal visto abandonarlos. Aun así quisieron matarlo, escapó por un pelo. El tiro le dio a un capanga que lo acompañaba. Los Bastos, agradecidos, lo nombraron subcomisario del entonces Tabocas, pueblucho cercano a las plantaciones de Aristóteles. Y en poco tiempo el pueblucho miserable empezó a transformarse en ciudad.

Algunos años después, levantó la bandera de separación del distrito de Tabocas, para desvincularlo de Ilhéus y transformarlo en el municipio de Itabuna. En torno de esa idea se unió todo el pueblo. El coronel Ramiro Bastos se enfureció. En esa ocasión casi se produjo el rompimiento entre los dos. ¿Quién era Aristóteles —se exaltaba Ramiro— para querer amputar Ilhéus, robarle un pedazo enorme? Aristóteles, haciéndose el humilde y más devoto que nunca, trató de convencerlo. El gobernador de entonces le había dicho, en Bahía, que sólo haría aprobar el decreto si él obtenía el consentimiento de Ramiro. Fue difícil, tuvo que insistir, pero lo obtuvo. ¿Qué perdía Ramiro?, le preguntaba. La formación del nuevo municipio era inevitable, ocurriría lo quisieran o no. El coronel podía demorarla, pero no impedirla. ¿Por qué Ramiro, en vez de combatir la idea, no se presentaba como patrocinante suyo? Él, Aristóteles, sólo se proponía, como subcomisario o como intendente, apoyar a Ramiro. Este último, en lugar de ser jefe de un municipio, mandaría en dos: ésa era la única diferencia. Ramiro al fin se dejó convencer y asistió a los festejos de la asunción de la nueva intendencia. Aristóteles cumplió lo prometido: siguió apoyándolo, a pesar de guardar una secreta amargura por las humillaciones que el coronel le había hecho pasar. Además, Ramiro continuaba tratándolo como si él todavía fuera el joven subcomisario de Tabocas.

Hombre de ideas e iniciativas, Aristóteles se volcó a la tarea de hacer prosperar Itabuna. La limpió de *jagunços,* empedró las calles principales. No se preocupaba mucho por las plazas y los jardines, no se dedicaba a embellecer la ciudad. En compensación, le dio buena iluminación, excelente servicio de cloacas, abrió caminos que la comunicaban con los pueblos, trajo técnicos para la poda del cacao, fundó una cooperativa de productores, dio facilidades para incrementar el comercio, se preocupaba por los distritos, hizo de la joven urbe el punto de convergencia de todo un vasto interior hasta el *sertão*.

Mundinho fue a verlo en la Intendencia, lo encontró estudiando los planos de un nuevo puente sobre el río, que uniría las dos partes de la ciudad. Daba la impresión de estar esperando al exportador, pidió que llevaran café.

—He venido, coronel, para felicitarlo por su ciudad. Su trabajo es extraordinario. Y para conversar de política. Como no me gusta ser indiscreto, si la conversación no le interesa, dígamelo ya. Las felicitaciones ya se las di.

—¿Y por qué no, señor Mundinho? La política es mi cachaza. Vea usted, si no fuera por la política, yo sería un hombre rico. Con la política no he hecho más que gastar. Pero no me quejo, esto me gusta. Es mi debilidad. No tengo hijos, no juego, no bebo... Y mujeres, bueno... una que otra vez me tiro una cana al aire... —Se reía, una risa simpática. —Sólo que, para mí, política quiere decir administrar. Para otros es negocios y prestigio. Para mí, no. Se lo aseguro.

—Le creo, sin la menor duda. Itabuna es la mejor prueba.

—Lo que me da satisfacción es ver crecer a Itabuna. Cualquiera de estos días vamos a superar a Ilhéus, señor Mundinho. No digo la ciudad; Ilhéus es un puerto. Sino el municipio. Allá es bueno para vivir; acá, para trabajar.

—Todo el mundo me habló bien de usted. Todos lo respetan y estiman. La oposición no existe.

—No es tan así. Hay una media docena... Si busca bien, encontrará algunos sujetos a los que no les gusto. Aunque no dicen por qué. Andan detrás de usted. ¿Todavía no fueron a buscarlo?

—Sí, me buscaron. ¿Y sabe lo qué les dije? Que el que quiera votarme, que me vote, pero no voy a servir de punto de apoyo para el combate contra el coronel Aristóteles. Itabuna está bien servida.

—Lo supe... Lo supe enseguida... Y le agradezco. —Se rió otra vez; su ancha cara amestizada irradiaba cordialidad. —Por mi par-

te, he seguido su actuación, y la aplaudo. ¿Cuándo terminan las obras del canal?

—Unos meses más, y tendremos la exportación directa. Los trabajos marchan lo más rápido posible. Pero hay mucho para hacer.

—Este problema del canal ha dado mucho que hablar. Es posible que lo elijan a usted. Estuve estudiando el asunto y le voy a decir una cosa: la verdadera solución es el puerto en el Malhado, no abrir el canal. Puede dragar cuanto quiera, pero la arena va a volver. La solución es construir un nuevo puerto en Ilhéus, en el Malhado.

Si esperaba que Mundinho se lo rebatiera, se equivocaba.

—Lo sé perfectamente. La solución definitiva es el puerto del Malhado. ¿Pero usted cree que el gobierno está dispuesto a construirlo? ¿Y cuántos años calcula que demorará en inaugurarlo, después de empezar la construcción? El puerto del Malhado va a ser una batalla dura, coronel. Y, mientras tanto, ¿el cacao debe seguir saliendo de Bahía? ¿Quién paga el transporte? Nosotros, los exportadores, y ustedes, los hacendados. No piense que considero que mejorar el canal es la solución. Los que me combaten utilizan el argumento del puerto, sin saber que pienso como ellos. Sólo difiero en que es mejor lograr que el canal sea navegable hasta tanto tengamos el puerto. Así vamos a empezar la exportación directa. Pero no bien terminen las obras del canal, comenzaré a luchar por el puerto. Una cosa más: una draga quedará de manera permanente en Ilhéus, para garantizar que el canal siga abierto.

—Comprendo... —Estaba pensativo, no sonreía.

—Quiero que sepa algo: si estoy haciendo política, es por el mismo motivo que usted.

—Es una suerte para Ilhéus. Lástima que no se haya extendido también a Itabuna. Salvo en el caso de los autobuses.

—Ilhéus es mi centro de acción. Pero, electo o no, pretendo ampliar mucho mis negocios, sobre todo en Itabuna. Una de las cosas que me trajo aquí fue estudiar la posibilidad de abrir una filial de mi exportadora. Voy a hacerlo.

Tomaban el café, Aristóteles lo saboreaba junto con la noticia.

—Muy bien. Itabuna necesita gente emprendedora.

—Bueno, ya hemos hablado. Ya le he dicho, coronel, lo que tenía que decirle. No vine a pedirle votos; sé que usted es carne y uña con el coronel Ramiro Bastos. Ha sido un gran placer verlo.

—¿Por qué tanta prisa? Si apenas acaba de llegar... ¿Quién le dijo que soy carne y uña con el viejo Ramiro?

—Pero... todo el mundo lo sabe... En Ilhéus dicen que sus votos garantizarán las elecciones del diputado federal o del Estado. Es decir, del doctor Vitor Melo y el doctor Alfredo Bastos.

Aristóteles se rió como si se divirtiera enormemente.

—¿Tiene unos minutos más para perder? Le voy a contar unas historias; valen la pena.

Llamó al empleado, pidió más café.

—Ese doctor Vitor, que es diputado federal... nadie lo había visto hasta entonces. El gobierno lo impuso, el coronel aceptó, ¿qué podía hacer yo? No tenía a quién votar, aunque quisiera. La oposición en Ilhéus e Itabuna terminó con la muerte de don Cazuza. Pues bien: ese doctor, después de elegido, apareció por acá. Hombre de carrera. Cuando vio la ciudad, frunció la nariz. Todo le pareció feo. Preguntó qué diablos estaba haciendo yo, que no hacía jardines, y que esto y aquello. Le respondí que no era jardinero, sino intendente. No le gustó. La verdad, no le gustó nada. Ni siquiera quiso ver los caminos, las obras de las cloacas, nada. No tenía tiempo. Le pedí recursos para varias cosas. Le mandé un montón de cartas. ¿Usted incluyó esos recursos en el presupuesto? Él tampoco. ¿Usted respondió las cartas? Él tampoco. Como gran favor, tarjeta de fin de año, con deseos de buenas fiestas. Dicen que va a ser candidato otra vez. En Itabuna no va a tener votos.

Mundinho iba a hablar; el coronel se rió y continuó:

—El coronel Ramiro es un hombre derecho a su manera. Fue él quien me designó subcomisario acá, hace ya más de veinte años. Le dice a todo el mundo que lo que soy se lo debo a él. ¿Quiere saber la verdad? Él sólo pudo vencer a los Badaró porque yo me quedé con él. Otra cosa que dicen es que abandoné a los Badaró porque estaban perdidos. Los dejé cuando todavía estaban arriba, ganando. Estaban perdidos, es cierto, pero porque ya no servían para gobernar. La política, para ellos, se trataba nada más que de acumular tierras. Por aquellos tiempos el coronel Ramiro era para ellos lo que hoy es usted para el coronel.

—Usted quiere decir...

—Espere un poco, que ya termino. El coronel Ramiro estuvo de acuerdo con la separación de Itabuna. Si no hubiera estado de

acuerdo, habría demorado, el gobierno iba a tambalear. Por eso lo apoyé. Pero él piensa que es porque estoy obligado. Cuando usted empezó a meterse en las cosas de Ilhéus, empecé a prestar atención. Ayer, cuando usted llegó, me dije: Lo va a buscar esa banda de vagos. Vamos a ver qué hace, va a ser la prueba de fuego. —Se rió con su risa fácil. —Señor Mundinho Falcão, si usted quiere mis votos, son suyos. No le pido nada, no es una transacción. Una sola cosa le pido: preocúpese también por Itabuna, que la zona del cacao es toda una. Vele por este interior abandonado.

Mundinho estaba tan sorprendido que sólo atinó a decir:

—Juntos, coronel, vamos a hacer grandes cosas.

—Y ahora guárdese la noticia para usted solo. Cuando las elecciones estén más cerca, yo mismo me encargaré de anunciarlo.

No le fue posible, sin embargo, esperar el tiempo que le indicaban la sabiduría y la prudencia. Porque, días después, el coronel Ramiro lo mandaba llamar a Ilhéus para comunicarle la lista del gobierno. Aristóteles conversó con sus amigos más influyentes, tomó el autobús para Ilhéus.

Para él, el coronel Ramiro no mandó abrir el salón de las sillas de respaldo alto. Le entregó un papel con los nombres: "Para diputado federal: doctor Vitor Melo". Seguía la lista. Aristóteles leyó despacio, como si deletreara. Devolvió la hoja.

—A ese doctor Vitor, coronel, no lo voto más. Ni que se venga el mundo abajo. No sirve para nada. Le pedí tantas cosas, y no hizo nada.

Ramiro habló con su voz autoritaria, como quien reprende a un niño desobediente:

—¿Por qué no se dirigió a mí para hacer esos pedidos? Si los hubiera recibido por mi intermedio, no se habría negado. La culpa es suya. En cuanto a votarlo, es el candidato del gobierno, vamos a elegirlo. Es un compromiso del gobernador.

—Compromiso de él, no mío.

—¿Qué me quiere decir?

—Ya se lo dije, coronel. No voy a votar a ese sujeto.

—¿Y a quién va a votar?

Aristóteles recorrió la sala con los ojos, al fin los posó en Ramiro.

—A Mundinho Falcão.

El anciano se levantó, apoyado en el bastón, pálido.

—¿Habla en serio?

—Tal como le digo.

—Entonces retírese de esta casa. —Tendía el dedo hacia la puerta. —¡Y rápido!

Aristóteles salió con calma, no se alteró. Fue directo a la redacción del *Diário de Ilhéus*, dijo a Clóvis Costa:

—Puede poner en el diario que apoyo al señor Mundinho.

Jerusa encontró al abuelo caído en una silla.

—¡Abuelo! ¿Qué pasa? ¿Qué tiene? —Gritaba llamando a la madre, a las empleadas, reclamaba un médico.

El anciano se recuperaba, pedía:

—Médico, no. No hace falta. Manda llamar al compadre Amancio. Enseguida.

Los médicos lo obligaron a guardar cama. El doctor Demóstenes explicaba a Alfredo y Tonico:

—Debe de haber sido una emoción muy fuerte. Hay que evitar que esas cosas se repitan. Una más, y el corazón no resiste.

Llegaba Amâncio Leal; la noticia lo había alcanzado cuando se disponía a almorzar; dejó alarmada a la familia. Entró en el cuarto de Ramiro.

A la misma hora en que el *Diário de Ilhéus* circulaba, con un título a todo lo ancho de la primera página: "ITABUNA APOYA EL PROGRAMA DE MUNDINHO FALCÃO", Aristóteles, en compañía del exportador, volvía, en una embarcación, de una visita a las dragas y los remolcadores del canal. Vio a los buzos que descendían al fondo de las aguas, observó las excavadoras que devoraban la arena como animales fabulosos. Reía con su risa fácil. "Juntos haremos el puerto del Malhado", decía a Mundinho.

El tiro lo alcanzó en el pecho cuando él y Mundinho pasaban por el descampado del Unhão, rumbo al bar de Nacib a tomar algo.

—No bebo alcohol... —terminaba de decir cuando la bala lo derribó.

Un negro salió corriendo para el lado del cerro, perseguido por dos testigos de la escena. El exportador sujetó al intendente de Itabuna, la sangre caliente le ensuciaba la camisa. Se acercaban personas, se aglomeraban.

Se oían gritos a lo lejos:

—¡Agárrenlo! ¡Agarren al asesino! ¡No lo dejen escapar!

De la gran cacería

Tarde aún más agitada que la del asesinato de Sinhazinha y Osmundo. Tal vez desde el final de las luchas, hacía más de veinte años, ningún acontecimiento hubiera conmovido y emocionado tanto la ciudad... no sólo la ciudad, sino los municipios limítrofes, todo el interior. En Itabuna fue el fin del mundo.

Pocas horas después del atentado comenzaron a llegar a Ilhéus automóviles procedentes de la ciudad vecina, el autobús de la tarde llegó colmado, y dos camiones descargaron *jagunços*. Parecía que iba a empezar una guerra.

—La guerra del cacao. Durará treinta años —previó Nhô-Galo.

El coronel Aristóteles Pires fue llevado al dispensario, todavía en obra, del doctor Demóstenes. Apenas funcionaban algunas habitaciones y la sala de cirugía. Alrededor del herido se reunieron las eminencias médicas locales. El doctor Demóstenes, amigo político del coronel Ramiro, no quiso asumir la responsabilidad de la operación. El estado de Aristóteles era grave, ¿qué no dirían si el hombre moría en sus manos? Fue el doctor Lopes, médico de gran fama, negro como la noche y excelente persona, el que lo operó, asistido por dos colegas. Cuando llegaron los médicos de Itabuna, enviados deprisa por parientes y amigos, la intervención había terminado, el doctor Lopes se lavaba las manos con alcohol.

—Ahora depende de él. De su resistencia.

Los bares llenos, las calles llenas, un nerviosismo general. La edición del *Diário de Ilhéus*, con la entrevista sensacional a Aristóteles, fue arrancada, en pocos minutos, de las manos de los chiquilines; el ejemplar se vendía a diez tostones. El negro que había disparado el tiro se había escondido en los bosques del cerro del

Unhão, no lo habían identificado. Uno de los testigos del hecho, albañil de una obra, afirmaba que ya lo había visto, más de una vez, en compañía de Loirinho, en las calles más retiradas y en el Bate-Fundo, cabaré de última categoría. El otro testigo, que corrió en persecución del asesino y casi recibió un tiro, nunca lo había visto pero describió su ropa: pantalón raído, camisa a cuadros, de tela ordinaria. En cuanto a quienes los habían mandado, nadie tenía duda, se murmuraban nombres en voz baja.

Mundinho permaneció en el hospital mientras duró la operación. Despachó su automóvil para que fuera a buscar a la esposa de Aristóteles, a Itabuna. Envió después una serie de telegramas a Bahía y a Río. Algunos *jagunços* de Altino Brandão y Ribeirinho, que estaban en la ciudad desde la llegada de los remolcadores, recorrían el cerro, con órdenes de traer al negro, vivo o muerto. Apareció la policía local, escuchó a Mundinho, el comisario mandó a dos agentes a hacer una búsqueda por los alrededores. El Capitán, también en el hospital, acusaba a gritos a los coroneles Ramiro, Amâncio Leal y Melk, como responsables. El comisario se negó a tomar su declaración; él no era testigo. Pero preguntó a Mundinho si hacía suyas las acusaciones del Capitán.

—¿De qué sirve? —dijo el exportador—. No soy un niño y sé que usted, teniente (el comisario era teniente de la policía militar), no va a tomar ningún recaudo. Lo importante es detener al *jagunço*; él nos dirá quién lo armó, y eso lo haremos nosotros mismos.

—Usted me está insultando.

—¿Insultarlo? ¿Para qué? A usted lo voy a echar de Ilhéus. Puede ir preparando el equipaje. —Ahora hablaba casi con el mismo tono de voz de un coronel de otros tiempos.

En el bar de Nacib, el árabe corría de una mesa a otra para escuchar los comentarios. João Fulgêncio anunciaba:

—Ningún cambio en la sociedad se hace sin sangre. Este crimen es mala señal para Ramiro Bastos. Si hubiera liquidado al hombre, tal vez todavía podría dividir Itabuna. Pero ahora va a crecer el prestigio de Aristóteles. Es el fin del largo imperio de Ramiro I, el Jardinero. Y no vamos a ser súbditos de Tonico, el Bienamado. Va a empezar el reinado de Mundinho, el Alegre.

Se murmuraba también acerca del estado de salud del coronel Ramiro, a pesar del secreto que la familia intentaba guardar. Tonico y Alfredo no se apartaban de su lado. Se decía que el viejo estaba a las puertas de la muerte. Noticia desmentida a la noche por el Doctor y por Josué.

Lo ocurrido con el Doctor fue curioso. Líder importante de la campaña de Mundinho, cenaba, no obstante, cordialmente, con Ramiro y su familia la tarde del atentado. Lo habían invitado el día anterior, con Ari y Josué, a una cena en casa del combatido adversario, en homenaje al bardo Argileu. Aceptó: la oposición política no había alterado sus buenas relaciones personales con los Bastos. A pesar de los artículos violentos, de su autoría, en el *Diário de Ilhéus*. Ese día habían ido de paseo, él, el poeta y Josué, a almorzar a una quinta de cocoteros, un poco más allá del Pontal, una deliciosa *moqueca* regada con cachaza, ofrecida por el doctor Helvécio Marques, abogado y bohemio. Se demoraron por allá. Volvieron corriendo al hotel para que el poeta se pusiera una corbata y partieron directo hacia la casa de Ramiro. Josué les llamó la atención en cuanto al movimiento desacostumbrado en las calles, pero no le dieron mayor importancia. Mientras tanto, Ari Santos, en el bar, calculó que la invitación se habría cancelado y no fue.

No se podía decir que la cena hubiera transcurrido alegre. Reinaba una atmósfera aprensiva y tensa. La atribuyeron a que el coronel no se había sentido bien por la mañana. Los hijos incluso no querían que se sentara a la mesa, pero Ramiro insistió, aunque no comió nada. Tonico estaba extrañamente callado, Alfredo no lograba mantenerse atento a la conversación. Su esposa, que dirigía a las mucamas, tenía los ojos hinchados, como si hubiera llorado. Era Jerusa la que animaba la mesa, codeando al padre para que respondiera cuando le hablaban, conversando con el poeta y el Doctor, mientras Ramiro, imperturbable, interrogaba a Josué sobre los alumnos del colegio de Enoch. De vez en cuando la charla decaía, Ramiro o Jerusa de nuevo la animaban. Fue una de esas veces en que se entabló, entre la muchacha y el bardo, un diálogo comentado después en los bares:

—¿Usted está casado, doctor Argileu? —preguntó, amable, Jerusa.

—No, señorita —respondió el poeta con su voz de trueno.

—¿Viudo? Pobre... Debe de ser triste.

—No, señorita. No soy viudo...

—¿Todavía es soltero? Doctor Argileu, ya es hora de que se case.

—No soy soltero, señorita.

Confundida, y sin malicia, Jerusa insistió:

—Entonces, ¿qué es usted, doctor Argileu?

—Amancebado, señorita —respondió, inclinando la cabeza.

Fue tan inesperado que Tonico, silencioso y triste aquella noche, soltó una carcajada. Ramiro lo miró severo. Jerusa bajaba los ojos hacia el plato, el bardo comía. Josué dominaba con esfuerzo las ganas de reír. El Doctor salvó la situación contando una historia de los Ávila.

Al final de la cena llegó Amâncio Leal. El Doctor sintió que algo extraordinario sucedía. Amâncio se había sorprendido en forma evidente al verlo ahí. Callado, esperaba. Toda la familia esperaba. Al fin Ramiro no se contuvo y preguntó:

—¿Supo el resultado de la operación?

—Parece que se salva. Es lo que dicen.

—¿Quién? —quiso saber el Doctor.

—¿No se enteró de nada?

—Venimos directo de la quinta de Helvécio.

—Le dispararon al coronel Aristóteles.

—¿En Itabuna?

—Acá, en Ilhéus.

—¿Y por qué?

—¿Quién sabe?...

—¿Quién le disparó?

—Nadie lo sabe. Un *jagunço,* parece. Huyó.

El Doctor, que no había leído el diario y no sabía nada, lo lamentó.

—Qué cosa... Es muy amigo suyo, ¿no, coronel?

Ramiro bajó la cabeza. La cena terminó desanimada; después el poeta declamó unos versos para Jerusa. Pero el silencio en la sala era tan pesado que Josué y el Doctor decidieron partir. El bardo, bien alimentado, quería demorarse más, bebía coñac. Pero los otros lo obligaron, y salió protestando:

—¿Por qué tanta prisa? Gente distinguida, coñac soberbio.

—Querían estar a solas.

—¿Qué diablos pasa?

Sólo en el bar se enteraron; el Doctor corrió al hospital. El ilustre bardo no se resignaba.

—¿Por qué diablos mandaron matar gente justo hoy, que me ofrecían una cena? ¿No podían elegir otro día?

—Necesidad urgente —aclaró João Fulgêncio.

La gente entraba y salía del bar. Llevaban noticias del cerco al cerro del Unhão, las batidas efectuadas, la gran cacería organizada para traer al negro muerto o vivo. Los llegados de Itabuna —los *jagunços* descargados de los camiones— afirmaban que no regresarían sin la cabeza del bandido. Para mostrarla en la ciudad. También llegaba gente del hospital. Aristóteles dormía, el doctor Lopes decía ser muy pronto para cualquier pronóstico. La bala había atravesado el pulmón.

Nacib también había ido a espiar el cerco del cerro, desde el final de la ladera. Contó las novedades a Gabriela y a doña Arminda, extrañadas por el movimiento de gente.

—Mandaron matar al intendente de Itabuna, el coronel Aristóteles. Pero sólo lo hirieron. Está que se muere y no se muere, en el hospital. Andan diciendo que fue gente del coronel Ramiro Bastos, de él, de Amâncio o de Melk, lo que es lo mismo. El pistolero se escondió en el cerro. Pero no iba a escapar, había más de treinta hombres dándole caza. Y si lo agarraran…

—¿Qué va a pasar? ¿Va a ir preso? —quiso saber Gabriela.

—¿Preso? Por lo que están hablando, van a llevar su cabeza a Itabuna. Ya corrieron hasta al comisario.

Era cierto. El comisario, con un agente, apareció por el Unhão llegado del lado del puerto, donde había disparado el negro. Hombres armados vigilaban las subidas. El comisario quiso subir, no lo dejaron.

—Acá no pasa nadie.

Estaba de uniforme, con las insignias de teniente. El que le prohibía el paso era un joven de aire petulante y revólver en puño.

—¿Y usted quién es?

—Soy el secretario de la Intendencia de Itabuna. Américo Matos, por si quiere saber mi nombre.

—Y yo soy el comisario de Ilhéus. Voy a agarrar al criminal.

Alrededor del muchacho, cinco *jagunços* con rifles.

—¿Agarrar? No me haga reír. Si quiere agarrar a alguien, no necesita subir al cerro. Arreste al coronel Ramiro, a ese desgraciado que se llama Amâncio Leal, a Melk Tavares o a ese tal Loirinho. No le hace falta subir, hay mucho que hacer en la ciudad.

Hizo un gesto, los *jagunços* levantaron las armas. El muchacho dijo:

—Señor comisario, váyase si no quiere morir.

El teniente miró de reojo, el agente había desaparecido.

—Ya tendrá noticias mías —y dio media vuelta.

Todas las subidas estaban custodiadas; eran tres, dos del lado del puerto y una del lado del mar abierto, donde quedaba la casa de Nacib. Más de treinta hombres armados, *jagunços* de Itabuna y de Ilhéus, recorrían el cerro, atravesando los bosques ralos de árboles, densos de vegetación baja, entrando en las casas pobres, revisándolas de arriba abajo. En la ciudad los rumores llegaban al clímax. En el Vesúvio, de vez en cuando surgía alguien que contaba alguna novedad: la policía protegía la casa del coronel Ramiro, donde se encontraban él, sus hijos, sus amigos más leales, incluso Amâncio y Melk, atrincherados: noticia inventada, ya que el propio Amâncio pasó por el bar unos minutos después y Melk estaba en las plantaciones; dos veces circuló la noticia de la muerte Aristóteles; contaba que Mundinho había mandado pedir refuerzos de hombres al coronel Altino Brandão y despachado a uno de los suyos, en coche, en busca de Ribeirinho. Chismes a cuál más absurdo, que duraban unos minutos, aumentaban la excitación, pronto eran sustituidos por otros.

La entrada de Amâncio causó cierta sensación. Dijo: "Buenas noches, señores", como de costumbre, con su voz suave. Fue al mostrador, pidió un coñac, preguntó si no había compañeros para un póquer. No había. Anduvo entre las mesas, cambió palabras con unos y otros, todos sentían que el coronel había ido a desafiar una acusación. Nadie se atrevió siquiera a tocar el tema. Amâncio saludó otra vez, subió por la calle Coronel Adami en dirección a la casa de Ramiro.

Los hombres dispersos por el cerro ya habían revisado todos los escondrijos, buscado en la gruta, rastrillado los bosques. Más de una vez estuvieron a pocos pasos del negro Fagundes.

Había subido al cerro todavía empuñando el revólver. Desde que Aristóteles bajó de la canoa, él esperaba el mejor momento para tirar. Con el descampado del Unhão casi desierto a aquella hora, se decidió, apuntó al corazón. Vio caer al coronel, el mismo que le había señalado Loirinho en el puerto. Un tipo lo persiguió, él lo hizo huir con un tiro. Se metió entre los árboles, a esperar la llegada de la noche. Masticaba un pedazo de tabaco. Iba a ganar un dinero grande. Por fin empezaban las luchas. Clemente sabía de lotes de tierra que estaban en venta, no se lo sacaba de la cabeza, imaginaban tener una plantación juntos. Si las luchas se recalentaran, un hombre como él, Fagundes, de coraje y puntería, en poco tiempo se acomodaría en la vida. Loirinho le había dicho que lo encontrara en el Bate-Fundo, al anochecer, antes de que empezara el movimiento. Fagundes estaba sereno. Descansó un poco, echó a caminar hacia arriba, con la idea de bajar por el otro lado apenas cayera la noche, entrar por la playa, ir al encuentro de Loirinho. Pasó tranquilo frente a varias casitas, hasta saludó a una vendedora de encajes. Se metió en el monte, buscó un lugar protegido, se recostó a pensar, esperando que oscureciera. Desde allí divisaba la playa. El crepúsculo se prolongaba, Fagundes podía ver, si levantaba un poco la cabeza, el sol que se abría en un abanico rojo sangre en el extremo del mar. Pensaba en el deseado pedazo de tierra. En Clemente, pobre, que todavía hablaba de Gabriela, no la podía olvidar. Ni sabía que ella se había casado, que ahora era una mujer rica; le habían contado en la ciudad. Lentamente las sombras crecieron. Un silencio en el cerro.

Cuando se encaminó para el descenso, distinguió a los hombres. Casi se encontró con ellos. Retrocedió hacia los bosques. Desde allí observó que entraban en las casas. La cantidad aumentaba. Se dividían en grupos. Un mundo de gente armada. Oyó fragmentos de conversaciones. Querían agarrarlo vivo o muerto, llevarlo a Itabuna. Se rascó la cabeza. ¿Tan importante era el fulano al que le había disparado? A esa hora estaría tendido, en medio de flores. Fagundes estaba vivo, no quería morir. Había un pedazo de tierra, iba a ser de él y de Clemente. Las luchas apenas comenzaban, mucho dinero para ganar. Los hombres, en grupos de cuatro o cinco, se dirigían a los bosques.

El negro Fagundes entró donde el monte era más tupido. Los espinos le rasgaban los pantalones y la camisa. El revólver en la mano. Se quedó unos minutos agachado entre los arbustos. No tardó en oír voces:

—Por acá pasó alguien. Hay pisadas en el pasto.

Esperaba ansioso. Las voces se alejaban, él prosiguió por la vegetación cerrada. Le sangraba una pierna, un tajo grande, una espina brava. Un animal huyó al verlo; así descubrió un agujero profundo, tapado por los arbustos. Allí se metió. Justo a tiempo. Las voces de nuevo próximas:

—Aquí hubo alguien. Vea...

—Espinas desgraciadas...

Aquel sufrimiento continuó mientras llegaba la noche. En ciertos momentos las voces estaban tan cerca que él esperaba ver que un hombre atravesara la frágil cortina de arbustos y entrara en el agujero. Alcanzaba a ver, por entre las ramas, una luciérnaga volando. No sentía miedo pero comenzaba a impacientarse. Así llegaría tarde al encuentro. Oía conversaciones: hablaban de cortarlo con cuchillo, querían saber quién lo había mandado. No tenía miedo pero no quería morir. Justo ahora, cuando las luchas estaban empezando y había ese pedazo de tierra para comprar, en sociedad con Clemente.

El silencio duró cierto tiempo, la noche había caído rápida, como cansada de esperar. También él estaba cansado de esperar. Salió del agujero, doblado hacia delante, los arbustos eran bajos. Espiaba con cautela. Nadie en las cercanías. ¿Habrían desistido? Era posible, con la llegada de la noche. Se irguió, miró, no divisaba sino los árboles cercanos, el resto era negrura. Resultaba fácil orientarse. Adelante, el mar; atrás, el puerto. Hacia adelante debía ir, salir cerca de la playa, rodear las rocas, buscar a Loirinho. Ya no estaría en el Bate-Fundo. Cobrar su dinero bien ganado, hasta merecía algo más por aquella persecución. A su derecha la luz de un poste, que marcaba el final de una subida, y otro en el medio. Más allá, débiles y escasas, luces de casas. Echó a andar. Apenas dio dos pasos, apartando la vegetación, la primera antorcha apareció subiendo por el camino. El viento traía un rumor de voces. Volvían con antorchas encendidas; no habían desistido, como él creía.

Las primeras antorchas llegaban a lo alto, donde estaban las casas. Se detenían a la espera de los demás, hablando con los moradores. Preguntaban si él no se había dejado ver.

—Lo queremos vivo. Para que sufra.

—Vamos a llevar la cabeza a Itabuna.

Para que sufra... Sabía lo que eso significaba. Si tenía que morir, sería matando a uno o dos. Empuñó de nuevo el revólver; ese finado debía de ser importante de veras. Si salía con vida, exigiría una recompensa mayor.

De pronto, la luz de una linterna eléctrica cortó la oscuridad, pegó en la cara del negro. Un grito:

—¡Allá!

Un movimiento de hombres que corrían. Se agachó rápido, entró en el monte. Al salir del agujero, había roto ramas de los arbustos, ya no le servía de escondite. Los perseguidores se acercaban. El negro se arrojó hacia adelante, animal acorralado, rompiendo espinos, hiriéndose la carne de la espalda, porque iba agachado. La bajada era en declive; el monte, más cerrado; arbustos que se volvían árboles; los pies se topaban contra piedras. El ruido indicaba muchos hombres. Esta vez no se habían dividido, marchaban juntos. Estaban cerca. Cada vez más cerca. El negro rompía con dificultad la vegetación tupida, dos veces cayó, ahora muy herido en todo el cuerpo, la cara ensangrentada. Oyó golpes de machete cortando el monte, una voz que ordenaba:

—No puede escapar. Adelante está el precipicio. Vamos a rodearlo. —Y dividía los hombres.

El declive se tornaba más pronunciado. Fagundes se arrastraba. Ahora tenía miedo. No podía escapar. Y allí era difícil tirar, matar a dos o tres, como deseaba, para que lo mataran sin sufrimiento, con unas cuantas balas en el cuerpo. Muerte para un hombre como él. Una voz avisó, por entre los golpes de machete:

—¡Prepárate, asesino, que te vamos a deshacer a puñaladas!

Quería morir por una descarga de balas, de una sola vez, sin sentirlo. Si lo agarraran vivo, lo torturarían... Se estremecía, mientras se arrastraba con dificultad por el suelo. De morir no tenía miedo. Un hombre nace para morir cuando le llegue el día. Pero si lo agarraran vivo lo harían sufrir, lo matarían poco a poco, querrían el nombre del que lo había mandado. Una vez, en el *sertão*, él y algunos otros habían matado así a un trabajador de una plantación, para averiguar dónde estaba escondido un tipo. Apuñalado, con puñal afilado. Le cortaron las orejas, le arrancaron los ojos al desgraciado. Así no quería morir. Lo único que deseaba ahora era un claro donde pudiera esperarlos, arma en la mano. Para matar y morir. Para no ser torturado como aquel infeliz del *sertão*.

Y se encontró ante el precipicio. Sólo no se cayó porque había un árbol justo en la orilla, del que se agarró. Miró para abajo, imposible ver algo. Se balanceó hacia la izquierda, descubrió una cuesta casi a pique, adelante. La vegetación se volvía más rala, crecían algunos árboles. El golpe de los machetes se alejaba. Los perseguidores estaban ahora en el monte tupido, antes del precipicio. Avanzó hacia la pendiente, empezó a bajarla en un esfuerzo desesperado. No sentía las espinas que le desgarraban la piel; sentía, eso sí, la punta de los puñales en el pecho, en los ojos, en las orejas. La cuesta terminó, a unos dos metros de tierra firme. Se agarró de unas ramas, se dejó caer. Todavía oía el ruido de los machetazos. Cayó sentado sobre la vegetación alta, casi sin hacer ruido. Se lastimó el brazo que sostenía el revólver. Se puso de pie. Frente a él, el muro del fondo de una casa, bajo. Saltó. Un gato se asustó al verlo, huyó hacia el cerro. Él esperó, recostado a la sombra de la pared. En los fondos de la casa había luces. Levantó el arma, cruzó el terreno. Vio una cocina iluminada. Y a Gabriela que lavaba los platos. Sonrió; no había otra igual, más bonita en el mundo.

De cómo la señora Saad se metió en política, rompiendo la tradicional neutralidad de su marido, y de los atrevidos y peligrosos pasos de esa señora de sociedad en su noche militante

El negro Fagundes rió, la cara hinchada por las espinas venenosas, la camisa sucia de sangre, los pantalones rotos.

—Se van a pasar la noche cazando al negro. Y el negro acá, de lo mejor, charlando con Gabriela.

Rió también Gabriela, sirvió más cachaza.

—¿Qué tengo que hacer?

—Hay un tipo de nombre Loirinho. ¿Lo conoces?

—¿Loirinho? Lo oí nombrar. Hace tiempo, en el bar.

—Vas a buscarlo. Y arreglas un lugar para que se encuentre conmigo.

—¿Dónde lo encuentro?

—Estaba en el Bate-Fundo, lugar bueno para bailar. En la calle del Sapo. Pero ya debe de haberse ido. Me dijo a las ocho. ¿Qué hora es?

Fue a ver el reloj de la sala; conversaban en la cocina.

—Las nueve pasadas. ¿Y si ya no está?

—¿Si ya no está? —Se rascó la cabeza. —El coronel está en la plantación, la mujer está mal de la cabeza, no vale la pena.

—¿Qué coronel?

—El señor Melk. ¿Conoces al coronel Amancio? ¿Uno con un ojo ciego?

—Lo conozco bien. Va mucho al bar.

—También sirve. Si no encuentras a ese Loirinho, buscas al coronel, que él sabrá qué hacer.

Era una suerte que la criada no se quedara a dormir en el trabajo. Se iba a su casa después de cenar. Gabriela llevó al negro Fagundes al cuartito del fondo, donde había vivido tantos meses. Él le pidió:

—¿Me das otro trago?

Le entregó la botella de cachaza.

—No bebas de más.

—Vete tranquila. Sólo un trago más para terminar de olvidar. Morir de un balazo no me importa. Uno se muere peleando, riendo contento. Pero cortado a cuchillo, eso no. Es una muerte con rabia, triste y mala. Vi a un hombre morir así. Algo feo de ver.

Gabriela quiso saber:

—¿Por qué disparaste? ¿Qué necesidad tenías? ¿Qué mal te hizo?

—A mí no me hizo nada. Le hizo al coronel. Me mandó Loirinho, ¿qué podía decir? Cada uno tiene su oficio, y éste es el mío. Para comprar un pedazo de tierra, yo y Clemente. Ya está apalabrado.

—Pero el hombre escapó. Vas a ver que al final no ganas nada.

—Cómo escapó, no sé. No era su día de morir.

Le recomendó que no hiciera ruido, que no encendiera la luz, que no saliera del cuartito del fondo. En el cerro, la cacería continuaba. El gato, al pasar veloz entre los matorrales, engañó a los *jagunços*. Inspeccionaban los bosques, palmo a palmo. Gabriela se puso unos viejos zapatos amarillos. El reloj marcaba poco más de las nueve y media. A esa hora una mujer casada ya no salía sola por las calles de Ilhéus. Sólo las prostitutas. Ni lo pensó. Tampoco pensó en la reacción de Nacib si se enterara, ni en los comentarios de los que la vieran pasar. El negro Fagundes había sido bueno con ella durante el viaje con los *retirantes*. Había cargado a su tío al hombro, poco antes de que muriera. Cuando Clemente la arrojó al suelo con rabia, él apareció a defenderla. No iba a dejarlo sin ayuda, ante el riesgo de caer en manos de los *jagunços*. Matar era malo, ¡no le gustaba! Pero el negro Fagundes no sabía hacer otra cosa. No había aprendido, sólo sabía matar.

Salió, cerró la puerta, se llevó la llave. En la calle del Sapo nunca había estado, quedaba por el lado de las vías del tren. Bajó hasta la playa. Vio el bar animado, mucha gente de pie. Nacib pasaba, se detenía en las mesas. En la plaza Rui Barbosa cortó camino, rumbo a la plaza Seabra. Había gente en la calle, algunos la miraban curiosos, otros dos la saludaron. Conocidos de Nacib, clientes del bar. Pero estaban tan cautivados con los acontecimientos de la tarde que no le prestaron atención. Alcanzó las vías del tren, llegaba a las casas pobres de las calles apartadas. Mujeres de la vida, de última categoría, pasaban a su lado y se sorprendían. Una la agarró del brazo.

—Eres nueva por acá, no te vi nunca... ¿De dónde vienes?

—Del *sertão* —respondió automáticamente—. ¿Dónde queda la calle del Sapo?

—Más adelante. ¿Vas para allá? ¿A la casa de Mé?

—No. Al Bate-Fundo.

—¿Vas allá? Tienes coraje. Yo no voy. Y hoy menos todavía; hay un lío bárbaro. Dobla a la derecha y llegas.

Dobló a la derecha en la esquina. La agarró un negro.

—¿Adónde vas, preciosa? —La miró a la cara, la encontró bonita, le pellizcó la mejilla con los dedos fuertes. —¿Dónde vives?

—Lejos de acá.

—No importa. Vamos, belleza, vamos a hacer un bebé.

—Ahora no puedo. Estoy apurada.

—¿Tienes miedo de que no te pague? Mira… —Metía la mano en el bolsillo, sacaba unos billetes de poco valor.

—No tengo miedo. Estoy apurada.

—Más apurado estoy yo. Salí nada más que para esto.

—Y yo, para otra cosa. Déjame ir. Después vuelvo.

—¿De veras que vuelves?

—Juro que sí.

—Te voy a esperar.

—Puedes esperarme acá mismo.

Se fue, apresurando el paso. Ya cerca del Bate-Fundo —de donde llegaba una ruidosa música de tambores y guitarras— le salió al paso un borracho, quería abrazarla. Lo empujó con el codo, él perdió el equilibrio, se agarró a un poste. De la puerta del Bate-Fondo, en la calle poco iluminada, salía un rumor de charlas, de carcajadas y gritos. Entró. Una voz la llamó, al verla:

—Ven acá, morena, a beber una caña.

Un viejo tocaba la guitarra, un muchachito hacía sonar una pandereta. Mujeres envejecidas, demasiado pintadas, algunas borrachas. Otras eran mulatas de extrema juventud. Una, de pelo llovido y cara flaca, no debía de tener todavía quince años cumplidos. Un hombre insistía para que Gabriela fuera a su lado. Las mujeres, las viejas y las jovencitas, la miraban con desconfianza. ¿De dónde salía esa competidora, bonita y excitante? Otro hombre también la llamaba. El dueño del bar, un mulato rengo, iba hacia ella, la pata de palo haciendo un ruido seco al pisar. Un tipo vestido de marinero, un bahiano tal vez, le pasó el brazo por la cintura, le murmuró:

—¿Estás libre, mi amor? Voy contigo…

—No, no estoy libre…

Le sonrió, era un joven simpático, con olor a mar. Él dijo:

—Qué pena —la apretó un poco contra el pecho y se fue adentro, en busca de otra. El cojo se detuvo frente a Gabriela.

—¿Dónde te he visto la cara? Estoy seguro de haberte visto. ¿Dónde?

Se quedó pensando, ella le preguntó:

—¿Acá hay un hombre que se llama Loirinho? Quiero hablar con él. Algo urgente.

Una de las mujeres oyó la pregunta, le gritó a otra:

—¡Edith! ¡La madama busca a Loirinho!

Risas en el salón, la muchacha de los quince años saltó:

—¿Qué quiere esa puta con mi Loirinho? —Se acercaba a la puerta, las manos en las caderas, desafiante.

—Hoy no lo vas a encontrar —dijo un hombre, riendo—. Se armó la gresca.

La chiquilina, el vestido por encima de las rodillas, se apostaba frente a Gabriela.

—¿Qué quieres con mi hombre, pedazo de bosta?

—Es solamente para hablar…

—Para habar… —Escupió. —Te conozco, culo sucio. Estás caliente con él. Como todas las mujeres. Son todas unas putas.

No tenía más de quince años. Gabriela se acordó del tío, sin saber por qué. Otra mujer, de más edad, intervino:

—Termínala, Edith. Él ni siquiera te presta atención.

—Déjame. Le voy a enseñar a esta puta…

Acercó sus manos pequeñas de niña a la cara de Gabriela que, atenta, le sujetó las muñecas delgadas, le bajó los brazos.

—¡Puta! —gritó Edith y se tiró hacia adelante. El salón entero se levantó para ver, nada les gustaba tanto como una pelea entre mujeres. Pero el cojo se metió, las separó. Empujó a un costado a la chiquilina.

—¡Vete de acá, o te parto el hocico! —Tomó a Gabriela por el brazo, la llevó afuera. —Dime una cosa: ¿no eres la mujer de don Nacib, el del bar?

Asintió con la cabeza.

—¿Y qué diablos estás haciendo acá? ¿Estás caliente con Loirinho?

—Ni lo conozco. Pero necesito hablar con él. Algo de mucha urgencia.

El cojo pensaba, la miraba a los ojos.

—¿Algún mensaje? ¿Es por el asunto de hoy?

—Sí, señor.

—Ven conmigo. Pero no digas nada, déjame hablar a mí…

—Sí. Es algo urgente, muy urgente.

Doblaron por una calle, otra más, llegaron a un callejón sin luz. El rengo iba un poco adelante, se paró para esperarla frente a una casa. Golpeó a la puerta entreabierta, como para avisar, y entró.

—Ven…

Apareció una muchacha en combinación, despeinada.

—¿Quién es ésa, Pata de Palo? ¿Comida nueva?

—¿Dónde está Teodora?

—Está en el cuarto, no quiere ver a nadie.

—Dile que necesito hablarle.

La joven midió a Gabriela de arriba abajo. Después dijo:

—Ya anduvieron por acá.

—¿La policía?

—Unos *jagunços*. Buscando ya sabes a quién.

En pocos minutos, después de cuchichear en la puerta entornada de un cuarto, volvió con otra mujer, de pelo teñido.

—¿Qué quieres? —preguntó la oxigenada.

La primera miraba a Gabriela, escuchaba de pie. Pero el cojo se acercó a Teodora, la apoyó contra la pared, le habló al oído, mientras los dos miraban a Gabriela.

—No sé dónde está. Pasó por acá, pidió un dinero, salió disparado. Se fue enseguida. Atrás de él, ¡ni me quiero acordar!, entraron unos *jagunços* que lo perseguían. Si lo hubieran encontrado, lo habían matado…

—¿No sabes adónde fue?

—Por Dios que no.

Volvieron a la calle. El rengo le dijo en la puerta:

—Si no está acá, nadie sabe dónde pueda estar. Lo más seguro es que se haya ido al monte. Para fugarse en canoa o a caballo.

—¿No hay manera de saberlo? Es urgente.

—No veo cómo.

—¿Dónde vive el coronel Amâncio?

—¿Amâncio Leal?

—El mismo.

—Cerca del complejo escolar. ¿Sabes dónde es?

—Sí. Para el lado de la playa, al final. Muchas gracias.

—Te voy acompañar un trecho.

—No hace falta…

—Hasta salir de estos callejones. Si no, a lo mejor ni llegas.

La acompañó hasta la plaza Seabra. Algunos curiosos espiaban desde la esquina del Club Progreso la casa del coronel Ramiro, todavía iluminada. El cojo le había hecho muchas preguntas. Ella las respondió al azar, no dijo nada. Entró en calles desiertas, llegó al complejo escolar, localizó la residencia de Amâncio, una de portón azul, como le había informado el dueño del Bate-Fundo. Todo en silencio, las luces apagadas. Ahora una luna tardía subía en el cielo, iluminaba la playa ancha, los cocoteros del camino del Malhado. Golpeó las manos. Sin resultado. Otra vez. Unos perros ladraron cerca, otros, más lejos, respondieron. Gabriela gritó: "¿Hay alguien en la casa?" Golpeó de nuevo las manos con toda su fuerza, casi le dolían. Al fin hubo movimiento en los fondos de la casa. Encendieron una luz, preguntaron:

—¿Quién es?

—Gente de paz.

Apareció un mulato, desnudo de la cintura para arriba, con un arma en la mano.

—¿Está el señor Amâncio?

—¿Para qué lo busca? —La miraba desconfiado.

—Es algo muy importante y de mucha urgencia.

—No, no está.

—¿Y dónde está?

—¿Para qué quiere saber? ¿Qué quiere con él?

—Ya le dije...

—No dijo nada. Importante y urgente... ¿Nada más?

¿Qué podía hacer? Tenía que arriesgarse.

—Tengo un mensaje para él.

—¿De quién?

—De Fagundes...

El hombre retrocedió un paso, después se adelantó, la miró.

—¿Dices la verdad?

—La pura verdad...

—Mírame bien: si no es cierto...

—Rápido, haz el favor.

—Espera ahí.

Entró en la casa, demoró unos minutos, volvió, se había puesto una camisa y apagado la luz.

—Ven conmigo. —Se calzó el revólver entre el pantalón y el vientre, la empuñadura a la vista.

Volvieron a caminar. El hombre no le hizo más que una pregunta:

—¿Logró escapar?

Le respondió con la cabeza. Llegaron a la calle del coronel Ramiro. Se detuvieron frente a la casa tan conocida. En la esquina, cerca de la Intendencia, dos agentes de policía miraron y dieron algunos pasos en dirección a ellos. El hombre del revólver golpeaba a la puerta. Por las ventanas abiertas salía un rumor apagado de voces. Jerusa se asomó a la ventana, miró a Gabriela con un asombro tan grande que ella sonrió. Tanta gente se había asombrado al verla aquella noche... Más que todos, el negro Fagundes.

—¿Puede llamar al coronel Amâncio? Dígale que es Altamiro.

El coronel apareció en la puerta, apresurado.

—¿Pasó algo?

Los agentes llegaban a la puerta de la casa. El hombre los miró, se quedó callado, uno de los policías preguntó, al ver a Amâncio:

—¿Alguna novedad, coronel?

—Nada, gracias. Vuelvan adonde estaban.

Una vez que se fueron, el hombre del revólver contó:

—Esta mujer... quiere hablar con usted. De parte de Fagundes.

Sólo entonces Amâncio reparó en Gabriela. Enseguida la reconoció.

—¿No es Gabriela? ¿Quiere hablarme? Pase, por favor.

El hombre también entró. Desde el corredor, Gabriela vio el comedor, vio a Tonico y al doctor Alfredo fumando, había más gente. Amâncio esperaba, ella señaló al hombre.

—El mensaje es sólo para usted.

—Vaya adentro, Altamiro. Hable, hija mía —le dijo con su voz suave.

—Fagundes está en casa. Me mandó avisarle. Quiere saber qué debe hacer. Y tiene que ser pronto, porque el señor Nacib vuelve en poco rato.

—¿En su casa? ¿Cómo fue a parar allá?

—Escapando por el cerro. El fondo de casa da al cerro.

—Es verdad, no lo había pensado. ¿Y por qué usted lo escondió?

—Conozco a Fagundes desde hace tiempo. Del *sertão*...

Amâncio sonrió. Tonico aparecía en el corredor, curioso.

—Muchas gracias, nunca lo voy a olvidar. Entre conmigo.

Tonico regresó a la sala. Ella entró con Amâncio. Y vio a toda la familia reunida: el viejo Ramiro, en una mecedora, pálido, como si ya hubiera muerto, pero con los ojos brillantes, iguales a los de un joven.

En la mesa todavía había platos servidos, tazas de café y botellas de cerveza. En las sillas, en un rincón de la sala, el doctor Alfredo, la esposa y Jerusa. Tonico, de pie, pasmado, la miraba de soslayo. El doctor Demóstenes, el doctor Mauricio, unos tres coroneles más, sentados. La cocina y el patio del fondo llenos de hombres armados. Eran más de quince *jagunços.* Las empleadas les servían de comer en platos de lata. Amâncio dijo:

—Todos la conocen, ¿no? Ga... Doña Gabriela, la señora de Nacib, del bar. Vino hasta acá para hacernos un favor. —Y, como si fuera el dueño de casa, se dirigió a ella: —Siéntese, hágame el obsequio.

Entonces todos la saludaron, Tonico acercó una silla. Amâncio se dirigía al viejo coronel, le hablaba en voz baja. La cara de Ramiro se animó, sonrió a Gabriela.

—Bravo, pequeña. De ahora en adelante quedo en deuda con usted. Si necesita de mí alguna vez, sólo tiene que venir hasta aquí. De mí o de los míos... —Señalaba a la familia, en el rincón de la sala, tres sentados y uno de pie, parecían un retrato, sólo faltaban doña Olga y la nieta menor. —Si doña Gabriela algún día recurre a nosotros, ella manda, no pide. Venga, compadre.

Se levantaba, iba con Amâncio a otra sala. El hombre del revólver pasaba ante ellos, daba las buenas noches, se marchaba. Gabriela no sabía qué hacer, qué decir, dónde poner las manos. Entonces Jerusa le sonrió y le habló:

—Una vez hablé con usted, ¿se acuerda? Por la fiesta de cumpleaños del abuelo... —comenzó Jerusa, pero pronto se calló: ¿no estaría cometiendo una falta de delicadeza al recordarle el tiempo en que todavía era la cocinera del árabe?

—Lo recuerdo, sí. Preparé una barbaridad de dulces. ¿Estaban ricos?

Tonico se animó.

—Gabriela es nuestra vieja amiga. Ahijada mía y de Olga. Fuimos los padrinos de su casamiento.

La esposa del doctor Alfredo se dignó sonreír. Jerusa preguntó:

—¿No quiere servirse un dulce? ¿Tomar un licor?

—Gracias. No se moleste.

Aceptó una taza de café. La voz de Amâncio llegó de la sala llamando al doctor Alfredo. El diputado no tardó en volver. La invitó:

—¿Quiere acompañarme, por favor?

Cuando Gabriela entró en la otra sala, Ramiro le dijo:

—Hija mía, fue un gran favor el que nos ha hecho. Sólo que todavía quisiera deberle más. ¿Puede ser?

—Si está en mis manos...

—Hay que sacar al negro de su casa. Sin que nadie lo sepa. Y sólo puede hacerse durante la madrugada. Él tiene que quedarse allá, escondido, nadie debe saberlo. Disculpe que se lo diga, pero ni Nacib se puede enterar.

—Va a llegar después de cerrar el bar.

—No le diga nada. Déjelo dormir. A eso de las tres, levántese, acérquese a la ventana. Fíjese si en la calle hay unos hombres. El compadre Amâncio estará con ellos. Si los ve, abra la puerta, deje que Fagundes salga, que nosotros lo cuidaremos.

—¿No lo van a detener? ¿No le van a hacer ningún daño?

—Puede quedarse tranquila. Vamos a evitar que lo maten.

—Está bien. Ahora me voy, con su permiso. Ya es tarde.

—No se irá sola. Voy a mandar que la acompañen. Alfredo, lleva a doña Gabriela hasta su casa.

Gabriela sonrió.

—No sé, señor... De noche, sola por la calle con el doctor Alfredo... Tengo que pasar por la playa para que no me vea la gente del bar... Si alguien me ve, ¿qué van a pensar? ¿Pensar y decir? Mañana el señor Nacib ya lo sabrá.

—Tiene razón, hija mía. Discúlpeme, no lo pensé. —Se volvió hacia el hijo. —Dile a tu mujer y a Jerusa que se preparen. Van los tres a llevar a la muchacha. Deprisa.

Alfredo abrió la boca, iba a decir algo, Ramiro repitió:

—¡Deprisa!

Fue así como, aquella noche, ella llegó a su casa acompañada por un diputado, la esposa y la hija. La mujer de Alfredo iba callada, mordiéndose por dentro. Pero Jerusa le dio el brazo, hablaba de mil cosas. Fue una suerte que la casa de doña Arminda estuviera cerrada. Era día de sesión, la partera aún no había llegado. Pocos curiosos habían subido por la calle, la cacería continuaba.

Nacib llegó poco después de medianoche y se quedó un tiempo

en la ventana viendo pasar a los *jagunços*, que volvían del cerro. Sólo las subidas quedaron vigiladas. Había quien decía que el negro se había caído al precipicio. Por fin fueron a acostarse. Hacía mucho tiempo que Gabriela no estaba tan cariñosa y ardiente, sin entregarse pero tomando tanto, como aquella noche. En los últimos tiempos él se quejaba, ella andaba distante, esquiva, como si estuviera siempre cansada. Nunca se negaba cuando él la requería. Sin embargo, ya no lo azuzaba como antes —haciéndole cosquillas, exigiendo cariño y posesión— cuando él llegaba cansado y se arrojaba con sueño sobre la cama. Sólo se reía, lo dejaba dormir, con la pierna sobre su muslo. Cuando él la buscaba, se entregaba risueña, le decía "muchacho lindo", gemía en sus brazos, ¿pero dónde estaba aquella furia de antes? Como si ahora fuera un agradable juguete lo que antes era una locura de amor, un nacer y morir, un misterio cada noche develado y renovado, todas las veces iguales a la primera, en un asombro de descubrimiento, como si fuera la última, en una desesperación de fin.

Él ya se había quejado con Tonico, su antiguo confidente. El notario le explicó que así pasaba en todos los matrimonios: el amor se calmaba, dulce amor de esposa, discreto y espaciado, ya no más la violencia de la amante, exigente y lasciva. Buena explicación, verdadera tal vez, pero no consolaba. Andaba pensando en hablar con Gabriela.

Aquella noche, sin embargo, ella volvió a ser la misma de otros tiempos. Su calor lo quemaba, hoguera ardiente, una llama imposible de apagar, fuego sin ceniza, incendio de suspiros y ayes. La piel de Gabriela quemaba su piel. A ésa, su mujer, no la tenía sólo en la cama. Estaba para siempre clavada en su pecho, cosida a su cuerpo, en la planta de sus pies, en el cuero cabelludo, en la punta de los dedos. Pensaba que sería una dulce muerte morir en sus brazos. Feliz se adormeció, la pierna sobre el muslo cansado de Gabriela.

A las tres, Gabriela miró, por la hendija entreabierta. Amâncio fumaba junto al poste. *Jagunços* más abajo. Fue a buscar a Fagundes. Al pasar por el dormitorio, vio a Nacib agitado en el sueño, le faltaba su muslo.

Entró, puso una almohada bajo la pierna inquieta. Nacib sonreía, ¡era un muchacho tan bueno!

—Un día Dios te lo pagará. —Fagundes se despedía.

—Compra el terreno con Clemente.

Amâncio apresuraba:

—Vamos, ¡pronto! —Y a Gabriela: —Una vez más, gracias.

Fagundes, más adelante, se dio vuelta y la vio parada en la puerta. No había en el mundo nada igual. ¿Quién podía compararse con ella?

De los sabores y sinsabores del matrimonio

Aquella noche de los elementos desencadenados en la cama, noche de inolvidable recuerdo —Gabriela que se consumía como un fuego, Nacib que nacía y moría en esa terrible y dulce llamarada—, tuvo melancólicas consecuencias.

Nacib había pensado, feliz, que era el retorno a las noches de antaño, tras un largo hiato de serenas aguas de río. Hiato debido a tontos y pequeños fastidios. Tonico, consultado en cohibidas confidencias, atribuía el cambio al matrimonio, diferencias sutiles y complicadas entre el amor de esposa y el amor de amante. Podía ser, pero Nacib dudaba. ¿Por qué, entonces, no había ocurrido inmediatamente después del casamiento? Habían continuado por algún tiempo las mismas noches alucinadas de antes; él se despertaba tarde al día siguiente, llegaba al bar fuera de hora. El cambio se tornó visible cuando empezaron los malentendidos. Gabriela debía de enojarse mucho más de lo que demostraba en apariencia. Tal vez él le había exigido demasiado, sin tener en cuenta la manera de ser de su mujer, al pretender transformarla de un día para otro en una señora de alta clase, de la crema ilheense, arrancándole casi a la fuerza hábitos arraigados. Sin paciencia para educarla poco a poco. Ella quería ir al circo, él la arrastraba a una conferencia tediosa, soporífera. No la dejaba reírse por cualquier cosa, como era su costumbre.

La reprendía en todo momento, por pequeñeces, en el deseo de volverla igual a las señoras de los médicos y abogados, de los coroneles y comerciantes. "No hables fuerte; queda mal", le murmuraba en el cine. "Siéntate bien, no extiendas las piernas, junta las rodillas. Con esos zapatos, no. Ponte los nuevos, ¿para qué los tienes? Elige un vestido decente. Hoy vamos a visitar a mi tía. Fíjate cómo te comportas. No podemos dejar de ir a la sesión de la Sociedad Rui Barbosa." (Poetas que declamaban, que leían papeles que ella no entendía, un aburrimiento espantoso.) "Hoy el doctor Maurício va a hablar en la Asociación Comercial, tenemos que ir". (A oír la Biblia entera, ¡qué fastidio!) "Vamos a visitar a doña Olga. Si es aburrida, no me importa, es nuestra madrina. ¿Por qué no usas tus joyas? ¿Para qué te las compré?"

Sin duda había terminado por hacerle daño, si bien ella no lo demostraba en la cara ni en el trato diario. Discutía, eso sí. Sin alterar la voz, quería saber el porqué de cada exigencia, un poco triste tal vez, pidiendo a veces que no la obligara. Pero siempre acababa por darle el gusto, ceder a sus órdenes, cumplir sus decisiones. Después no hablaba más del tema. Sólo había cambiado en la cama, como si esas discusiones —no llegaban a ser peleas— y exigencias refrenaran su ardor, contuvieran su deseo, enfriaran su pecho. Si él la buscaba, se le abría como la corola de una flor. Pero no acudía sedienta y hambrienta como antes. Sólo aquella noche, cuando él volvió después de una tarde tan fatigosa, el día del tiro al coronel Aristóteles, ella había estado como antes, tal vez más apasionada. Después retornó al agua mansa, al tranquilo sonreír, el entregarse sabrosa y pasiva, si él tomaba la iniciativa. A propósito pasó tres días seguidos sin buscarla. Ella se despertaba al oírlo llegar, lo besaba en la cara, ponía el muslo bajo su pierna, se dormía sonriendo. Al cuarto día, él no pudo más, le echó en cara:

—No demuestras el menor interés...

—¿Interés por qué cosa, señor Nacib?

—Por mí. Llego, y es como si no llegara.

—¿Necesita comida? ¿Refresco de mango?

—¡Refresco de nada! Se terminaron los mimos, antes tú me buscabas.

—Usted llega cansado, no sé si me quiere, no sé qué hacer. Se da vuelta para dormir, no quiero abusar.

Retorcía la punta de la sábana, miraba hacia abajo, tan triste nunca la había visto. Nacib se enternecía. ¿Entonces era para no incomodarlo, no aumentar su cansancio, dejarlo descansar de las fatigas del día? Su Bié...

—¿Quién crees que soy? Podré llegar cansado, pero para eso estoy siempre dispuesto, no soy un viejo...

—Cuando el señor Nacib me hace una seña con el dedo, ¿no me acerco enseguida? Cuando veo que quiere...

—Hay otra cosa, también. Antes eras una llama de fuego, un viento furioso. Ahora eres una brisa, un soplo.

—¿Ya no le gusto? Está aburrido de su Bié.

—Cada vez me gustas más, Bié. Sin ti no puedo vivir. Eres tú la que pareces haberte aburrido. Perdiste ese frenesí...

Ella miraba las sábanas, no lo miraba a él.

—No es nada. También me gusta mucho. De veras, señor Nacib. Lo que pasa es que ando cansada, es por eso...

—¿Y quién tiene la culpa? Te puse una empleada para que limpiara, y tú la despediste. Te puse una muchacha para que cocinara, tú no tenías más que condimentar. ¿Y quién cocina? ¿Quieres hacer todo como si todavía fueras una criada?

—El señor Nacib es tan bueno, es más que un marido.

—A veces no. Me enojo contigo. Creí que era por eso que andabas así. Pero es por tu bien que me enojo. Quiero que seas toda una señora.

—Yo quiero darle el gusto, señor Nacib. Pero hay cosas que no sé hacer. Por más que quiera, no me llegan a gustar. Tenga paciencia con su Bié. Tiene mucho que disculparme...

La tomó en los brazos. Ella acurrucó la cabeza en su pecho, estaba llorando.

—¿Qué te hice, Bié? ¿Por qué lloras? No te hablo más de eso, no fue a propósito.

Los ojos de ella fijos en la sábana, se secaba las lágrimas con el canto de la mano, de nuevo apoyaba la cabeza sobre su pecho.

—Usted no hizo nada... La mala soy yo, el señor Nacib es tan bueno...

Y de nuevo empezó a esperarlo con la pasión de antes, las noches insomnes. Al principio él se entusiasmó.

Gabriela era mejor de lo que había pensado. Con sólo hablarle, ahora ella le arrancaba el sueño, el cansancio. El cansancio de ella, sin embargo, era evidente, iba en aumento. Una noche le dijo:

—Bié, esto se tiene que terminar. Y va a terminar.

—¿Qué cosa, señor Nacib?

—Te estás matando de tanto trabajo.

—No, señor Nacib.

—Ya ni aguantas, de noche... —Sonrió. —¿No es cierto?

—El señor Nacib es un hombre muy fuerte...

—Te voy a contar: ya alquilé el piso de arriba del bar. Para el restaurante. Ahora sólo hay que esperar que se vayan los inquilinos, limpiar y pintar, arreglarlo bien. Pienso que para principios de año ya se podrá abrir. Don Mundinho quiere asociarse, mandar a pedir muchas cosas a Río, heladera, una cocina especial, platos y vasos que no se rompen. Voy a aceptar.

Ella aplaudió contenta.

—Voy a mandar buscar dos cocineras, sea donde sea. En Sergipe, tal vez. Tú te encargarás de dirigir. Eliges los platos, explicas los condimentos. Cocinar de verdad, sólo lo harás para mí. Y mañana vas a encontrar una mucama, te ocupas sólo de la cocina, hasta que la muchacha aprenda. Mañana quiero ver una empleada nueva en esta casa.

—¿Por qué, señor Nacib? No hace falta. Estoy cansada porque anduve ayudando en la casa de doña Arminda.

—¿Encima eso?

—Estuvo enferma, usted ya sabe. No iba a dejarla sola, pobrecita. Pero ya está mejor; no me hace falta empleada. No me gusta.

No discutió. No se lo impuso. Tenía la cabeza en el restaurante. Había logrado alquilar el piso superior de la casa donde funcionaba, en la planta baja, el bar Vesúvio. Había sido un cine, antes de que Diógenes construyera el Cine-Teatro Ilhéus. Después lo dividieron en locales y cuartos, donde vivían muchachos que trabajaban en el comercio. En los dos locales más grandes se jugaba a la lotería. El propietario del edificio, el árabe Maluf, prefería alquilarlo a un solo inquilino. Mucho mejor todavía si lo alquilaba a Nacib, que ya ocupaba la otra planta. A los demás les dio un mes para mudarse. Nacib mantuvo una larga conversación con Mundinho Falcão. El exportador era partidario de la idea, plantearon una sociedad. Sacó una revista del cajón, le mostró heladeras y congeladores, novedades asombrosas, de restaurantes extranjeros. Claro que eso era demasiado para Ilhéus. Pero iban a hacer algo bueno, mejor que cualquiera de Bahía. En aquellos días de tantos proyectos se olvidaba hasta del cansancio de Gabriela a la hora del amor.

Tonico, infalible después de la siesta, poco antes de las dos de la tarde, iba a tomar su amargo para ayudar la digestión (ya no pedía que lo anotara en la cuenta, ahora bebía sin pagar, era el padrino de casamiento del dueño del bar), le preguntaba en voz baja:

—¿Cómo van las cosas por casa?

—Mejor. Sólo que Gabriela anda muy cansada. No quiere por nada del mundo tener una mucama, quiere hacer todo sola. Y encima va a ayudar a la vecina. De noche está destruida, se muere de sueño.

—No debes alterar su naturaleza. Si pones alguien para limpiar, sin que ella quiera, le darás un disgusto. Por otro lado, árabe, parece que no entiendes que una esposa no es como una mujer de la vida. El amor de una esposa es recatado. ¿No era que querías que mi ahijada fuera una señora respetable? Comienza por la cama, mi estimado. Para despacharte tienes mujeres de sobra en Ilhéus... Demasiadas. Y algunas son de otro mundo. Pareces un monje, ya no vas al cabaré...

—No quiero otra mujer...

—Y después te quejas de que la tuya está cansada...

—Ella tiene que contratar una empleada. No queda bien que mi mujer esté limpiando la casa.

Tonico le palmeaba el hombro; últimamente se quedaba menos, ni siquiera esperaba a João Fulgencio.

—Tranquilízate. Un día de estos voy a darle unos consejos a mi ahijada. Le diré que busque una empleada. Déjalo en mis manos.

—Bueno, te agradezco. Ella te hace caso. A ti y a doña Olga.

—¿Sabes quién le tiene mucha simpatía a Gabriela? Jerusa, mi sobrina. Siempre habla de ella. Dice que Gabriela es la mujer más bonita de Ilhéus.

—Y lo es... —dijo Nacib con un suspiro.

Tonico se iba, Nacib bromeaba:

—Ahora te ha dado por irte temprano... Ahí hay algo... Mujer nueva, ¿no? Y guardando el secreto con el viejo Nacib...

—Un día de éstos te cuento...

Se fue para el lado del puerto. Nacib pensaba en el restaurante. ¿Qué nombre le pondría? Mundinho había propuesto El Tenedor de Plata. Qué nombre sin gracia, ¿qué significaba? A él le gustaba Restaurante del Comercio, un nombre distinguido.

Suspiros de Gabriela

¿Por qué se había casado con ella? No hacía falta... Mucho mejor era antes. El señor Tonico había influido, con un ojo puesto en ella, doña Arminda había echado leña al fuego, le encantaba arreglar casamientos. El señor Nacib la quería, tenía miedo de perderla, de que ella se fuera. Tonterías del señor Nacib. ¿Por qué irse, si estaba contenta a más no poder? Tenía miedo de que ella cambiara la cocina, la cama y sus brazos por una casa bien puesta, en una calle desierta, por algún hacendado. Cuenta corriente en la tienda y el almacén. Unos viejos horrorosos, calzados con botas, revólver en la cintura, dinero en el bolsillo. Buenos tiempos aquellos... Cocinaba, lavaba, la casa arreglaba. Iba al bar a llevar la vianda. Una rosa detrás de la oreja, una risa en los labios. Bromeaba con todos, sentía el deseo flotando en el aire. Le guiñaban un ojo, le decían piropos, le tocaban la mano, a veces un pecho. El señor Nacib tenía celos, qué gracioso.

El señor Nacib llegaba de noche. Ella lo esperaba, dormía con él, con todos los jóvenes; bastaba pensar, bastaba querer. Le llevaba regalos: cosas de la feria, baratijas de la tienda del tío. Broches, pulseras, anillos de vidrio. Hasta un pájaro le llevó, que ella soltó. Zapatos apretados, que no le gustaban... Andaba con chinelas, vestida de pobre, una cinta en el pelo. Le gustaba todo: la huerta con guayabos y papayas. Calentarse al sol con su gato matrero. Charlar con Tuísca, hacerlo bailar, bailar para él. El diente de oro que el señor Nacib le hizo colocar. Cantar por la mañana, mientras trabajaba en la cocina. Andar por la calle, ir al cine con doña Arminda. Ir al circo cuando, en el Unhão, se armaba uno. Buenos tiempos aquellos. Cuando ella no era la señora Saad, sino sólo Gabriela. Sólo Gabriela.

¿Por qué se había casado con ella? Era feo estar casada, no le gustaba... Vestidos lindos, el armario lleno. Zapatos apretados, más de tres pares. Hasta joyas le regalaba. Un anillo que valía mucho, le contó doña Arminda: había costado casi dos *contos*. ¿Qué iba a hacer con ese montón de cosas? De lo que le gustaba, nada podía hacer... Juntarse en la plaza con Rosinha y Tuísca, no podía. Ir al bar a llevar la vianda, no podía. ¿Sonreír al señor Tonico, a Josué, al señor Ari, al señor Epaminondas? No podía. Andar descalza por la acera de la casa, no podía. ¿Correr por la playa, todos los vientos en su pelo, despeinada, los pies dentro del agua? No podía. Reírse cuando le daban ganas, fuera donde fuere, delante de los demás, no podía. Decir lo que le venía a la cabeza, no podía. De todo lo que le gustaba, nada podía hacer. Era la señora Saad. No podía. Era feo estar casada.

Nunca pensó ofenderlo, jamás lastimarlo. El señor Nacib era bueno, mejor imposible, no había nadie como él en el mundo. Ella le gustaba, la quería de verdad, la amaba con locura. Un hombre tan grande, dueño de un bar, con dinero en el Banco. Y loco por ella... ¡Qué gracioso! Los otros, todos los otros, no sentían amor, sólo querían acostarse con ella, apretarla en sus brazos, besar su boca, suspirar en su seno. Los otros, todos los otros, sin excepción. Viejos o jóvenes, lindos o feos, ricos o pobres. Los de ahora, los de antes, todos los otros. ¿Sin excepción? Menos Clemente. Bebinho, tal vez, pero era un niño, ¿qué sabía de amor? El señor Nacib, ¡ah!, él sí sabía de amor. También ella sentía por él una cosa por dentro, diferente de lo que sentía por todos los demás. Todos los otros, sin excepción, ninguna excepción, ni siquiera Clemente, ni siquiera Bebinho, eran sólo para acostarse. Cuando pensaba en un joven, le sonreía; Tonico o Josué, Epaminondas, Ari, sólo pensaba en tenerlos en la cama, en sus brazos gemir, morder su boca, gozar su cuerpo. Por el señor Nacib sentía todo eso también, y más: él le gustaba, le gustaba estar juntos, oírlo hablar, cocinar comida picante para que comiera, sentir su pierna pesada en el muslo, por la noche. Él le gustaba en la cama para eso que se hace en la cama en vez de dormir. Pero no sólo en la cama ni sólo para eso. Para lo demás también. Y para lo demás, sólo le gustaba él. Para ella, el señor Nacib era todo: marido y patrón, la familia que nunca había tenido, el padre y la madre, el hermano que había muerto recién nacido. El señor Nacib era todo, todo lo que poseía. Era feo estar casada. Una estupidez casarse. Mucho mejor había sido antes. La alianza en el dedo en nada había cambiado sus sentimientos por el señor Nacib. Sólo que, casada, vivía peleando, ofendiéndolo, lastimándolo todos los días. No le gustaba ofenderlo. ¿Pero cómo evitarlo? Todo lo que Gabriela amaba, ¡ah!, estaba prohibido para la señora Saad. Todo lo que la señora Saad debía hacer, ¡ah!, eran cosas que Gabriela no toleraba. Pero terminaba cediendo para no lastimar al señor Nacib, tan bueno. Las otras las hacía a escondidas, sin que él supiera. Para no ofenderlo.

Mucho mejor era antes, que podía hacer de todo; él tenía celos pero eran celos de hombre soltero, enseguida pasaban, pasaban en la cama. Podía hacer de todo, sin miedo a ofenderlo. Antes, cada minuto era alegre, vivía cantando, sus pies bailaban. Ahora cada alegría costaba tristeza. ¿No tenía que visitar las familias de Ilhéus? Se sentaba incómoda, vestida de seda, zapatos que dolían, en sillas duras. Sin abrir la boca para no decir inconveniencias. Sin reírse, como si fuera de madera, no le gustaba. ¿Para qué le servía tanto vestido, tanto zapato, joyas, anillos, collares y pendientes, todo de oro, si no podía ser Gabriela? No le gustaba ser la señora Saad.

Ahora ya no tenía remedio, ¿por qué había aceptado? ¿Para no ofenderlo? ¿Quizá por miedo a perderlo algún día? Hizo mal en aceptar, ahora era triste, se lo pasaba haciendo lo que no le agradaba. Y, lo peor de todo, para ser Gabriela, para tener algo todavía, para vivir su vida, ¡ah!, lo hacía a escondidas, ofendiendo, lastimando. Su amigo Tuísca ya no iba a verla. Adoraba al señor Nacib, y con razón. Si Raimunda se enfermaba, el señor Nacib lo mandaba a casa con dinero para la feria. Era bueno el señor Nacib. Tuísca creía que ella debía ser la señora Saad, ya no Gabriela. Por eso no iba, porque Gabriela ofendía al señor Nacib, hería al señor Nacib. Y su amigo Tuísca… ni siquiera él la entendía.

Nadie la entendía. Doña Arminda se escandalizaba, decía que

eran los malos espíritus, porque ella no había querido iniciarse. ¿Cómo era posible tener de todo y vivir con la cabeza llena de tantas tonterías? Ni Tuísca podía entenderla, mucho menos doña Arminda.

Aun ahora, ¿qué podía hacer? Llegaba fin de año. Con *bumba-meu-boi*, con *terno de reis*, pastorcitas, pesebres, ¡ah!, eso sí que le gustaba. En el campo había hecho de pastorcita. Un *terno* tan pobre que ni faroles tenía, ¡pero era tan lindo!... Muy cerca de allí, en la casa de Dora (la última casa de la subida de la calle, adonde ella iba a probarse los vestidos, porque Dora era su modista), empezaban los ensayos de un *terno de reis*. Con pastorcitas, faroles y todo. Dora había dicho:

—Para llevar la bandera, el estandarte de los Reyes, nadie como doña Gabriela.

Las tres ayudantes estaban de acuerdo. Gabriela se iluminó, aplaudió de contenta. No había tenido coraje de decirle a Nacib. Iba de noche, a escondidas, a ensayar el *reisado*. Todos los días quería contárselo, lo postergaba para el siguiente. Dora cosía su ropa de satén, con lentejuelas y mostacillas brillantes. Pastora de los Reyes, bailando en las calles, llevando el estandarte, cantando cantigas, al frente del *terno* más hermoso de Ilhéus. Eso le gustaba, para eso había nacido, ¡ah, Gabriela! La señora Saad no podía salir de pastora en el *terno*. Ensayaba a escondidas, iba a salir, pastora de los Reyes, a bailar por las calles. Iba a ofenderlo, iba a lastimarlo. ¿Qué podía hacer? ¡Ah! ¿Qué podía hacer?

De las fiestas de fin de año

Llegaba fin de año, los meses de las fiestas de Navidad, de Año Nuevo, de los Reyes Magos, de las fiestas de egresados, de las fiestas de la iglesia, con quermeses armadas en la plaza del bar Vesúvio, la ciudad llena de estudiantes de vacaciones, atrevidos e imaginativos, venidos de los colegios y las facultades de Bahía. Bailes en casa de familia, sambas en las casas pobres de los cerros, de la isla de las Cobras. La ciudad festiva y de fiesta, borracheras y peleas en los cabarés y en los cafetines de las calles marginales. Llenos los bares y los cabarés del centro. Paseos al Pontal, picnics en el Malhado y en el cerro Pernambuco para ver los trabajos de las dragas. Amoríos, noviazgos, flamantes doctores que recibían, ante las miradas húmedas de padres y madres, las visitas de felicitaciones. Los primeros ilheenses con anillos de graduación, hijos de coroneles. Abogados y médicos, ingenieros, agrónomos, maestras recibidas allí mismo, en el colegio de monjas. El padre Basílio, feliz de la vida, bautizaba el sexto ahijado, nacido por obra de Dios del vientre de Otália, su comadre. Abundante material para los comentarios de las solteronas.

Jamás había habido un fin de año tan animado. La cosecha había resultado mucho más abundante de todo lo que se pudiera imaginar. El dinero rodaba fácil, en los cabarés corría el champán, nuevo cargamento de mujeres en cada barco, los estudiantes competían con los empleados de comercio y con los viajantes por el favor de las prostitutas. Los coroneles pagaban, pagaban con holgura, despilfarraban dinero, billetes de quinientos mil reales. La casa nueva del coronel Manuel das Onças, casi un palacio, inaugurada con una fiesta a todo lujo. Muchas casas nuevas, calles nuevas, la avenida de la playa que se extendía por el camino de los cocoteros del Malhado. Barcos que llegaban de Bahía, de Recife y de Río colmados de encomiendas, el confort que aumentaba dentro de las casas. Tiendas y más tiendas, de vidrieras invitadoras. La ciudad iba creciendo, transformándose.

En el colegio de Enoch se tomaron los primeros exámenes bajo supervisión federal. Acudió de Río el inspector, periodista de un órgano del gobierno, que había conseguido ese trabajito extra. Cronista renombrado, dio una conferencia, los alumnos del colegio repartieron las invitaciones. Fue mucha gente, el joven tenía fama de gran talento. Presentado por Josué, habló sobre "Las nuevas corrientes en la literatura moderna - De Marinetti a Graça Araña". Un aburrimiento tremendo, apenas cuatro o cinco lograron entender: João Fulgencio, Josué, un poco Nhô-Galo y el Capitán. Ari entendía, pero estaba en contra. Hacían comparaciones con el siempre recordado doctor Argileu Palmeira, dos veces licenciado, con su voz de trueno. ¡Ése sí era un conferencista! Una estupidez pretender compararlos. Sin mencionar que el joven de Río no sabía beber. Le bastaban dos tragos de la buena cachaza local, y se caía de borracho. El doctor Argileu podía codearse con los más afamados bebedores de Ilhéus, era una fiera para tomar, un Rui Barbosa para hablar. Aquél sí era un talento.

Sin embargo, la discutida conferencia tuvo su nota animada, su toque pintoresco. Envuelta en un perfume tan fuerte que llenó todo el salón, mejor ataviada que cualquiera de las señoras, con un vestido de encaje mandado traer de Bahía, dándose aire con un abanico, verdadera matrona —no por la edad, pues era muy joven, sino por el porte, la actitud seria, el recato de los ojos, por su extrema dignidad una verdadera matrona—, hizo su inesperada aparición en la sala la prohibida Glória, antigua soledad que suspiraba en la ventana, consolada encarnación magnífica, sin suspiros ahora. Se elevó un murmullo entre las señoras. La del doctor Demóstenes soltó el binóculo, susurró:

—¡Qué atrevida!

La del doctor Alfredo, mujer de diputado (del Estado, es cierto, pero aun así importante), se levantó cuando Glória, gloriosa, pidiendo permiso, en el salón noble, a su lado, depositó el codiciado trasero en una silla. Arrastrando a Jerusa, fue a instalarse más adelante la ofendida señora. Glória sonrió, acomodando los pliegues de la falda. El que se sentó a su lado fue el padre Basílio, ¡a cuánto lo obligaba la caridad cristiana! Los hombres lanzaban miradas medrosas, bajo el vigilante control de las esposas. "¡Afortunado Josué!", envidiaban al arriesgar una ojeada furtiva. Por muchas precauciones, cuidadosos cuidados, ¿quién no sabía, en la ciudad de Ilhéus, de la desvariada pasión del profesor del colegio por la mantenida del coronel? Sólo el propio Coriolano la ignoraba todavía.

Josué se levantó, pálido y delgado, enjugó un inexistente sudor con un pañuelo de seda, regalo de Glória (además, por Glória estaba vestido de la cabeza a los pies, desde la brillantina perfumada hasta la pomada que daba lustre a los zapatos), dijo sus palabras bonitas, definió al periodista de Río como "fulgurante talento de la nueva generación, la de los antropófagos y futuristas". Elogió al joven, pero sobre todo combatió la hipocresía reinante en la literatura anterior y en la sociedad de Ilhéus. La literatura era para cantar las bellezas de la vida, el placer de vivir, el cuerpo hermoso de las mujeres. Sin hipocresías. Aprovechó para recitar un poema inspirado por Glória, un horror de inmoralidad. Glória, orgullosa, aplaudía.

La esposa de Alfredo quiso retirarse, aunque no lo hizo porque Josué había terminado y ella quería escuchar al doctor. Al doctor no lo entendió nadie, pero no era inmoral.

Cosas que ya casi no escandalizaban a nadie, tanto había cambiado Ilhéus, "paraíso de las mujeres de mala vida, de costumbres corruptas, que ha perdido aquella sobriedad, aquella simplicidad, aquella decencia de los tiempos de antaño", como peroraba el doctor Maurício, candidato a intendente, dispuesto a restaurar la austera moral. ¿Cómo escandalizarse con la presencia de Glória en una conferencia, cuando circulaba la noticia, pronto confirmada, de la fuga de Malvina? Llegaban estudiantes en todos los barcos. Sólo no desembarcaba Malvina, internada en el Colegio de las Mercedes. Primero pensaron que Melk Tavares había aumentado el castigo y decidido privarla de vacaciones.

Pero cuando Melk viajó inesperadamente a la capital y volvió solo, como había partido, con el rostro sombrío, envejecido diez años, se supo la verdad. Malvina había huido sin dejar rastro, aprovechando la confusión de la partida para las vacaciones, el desorden del colegio. Melk llamó a la policía: en Bahía no estaba. Se comunicó con Río; no la encontraron. Todos pensaron que había ido con Rómulo Vieira, el ingeniero del canal. Otro motivo no podía explicar la fuga sensacional, plato suculento para las solteronas. Hasta João Fulgencio lo pensó. Y mucho se alegró cuando supo que el ingeniero, convocado por la policía, en Río, demostró no saber nada de Malvina, no tener noticia alguna de la muchacha desde su regreso de Ilhéus. No sabía ni quería saber. Fue entonces el misterio total, nadie entendía, profetizaban su vuelta inminente, arrepentida.

João Fulgêncio no creía que la muchacha regresara a pedir perdón.

—No vuelve, estoy seguro. Llegará lejos, sabe lo que hace.

Muchos meses después, en plena cosecha del año siguiente, se supo que trabajaba en San Pablo, en una oficina, que estudiaba de noche y vivía sola. La madre revivió, nunca más había salido de su casa. Melk se negó a oír siquiera una palabra.

—¡Ya no tengo hija!

Pero todo esto sucedió tiempo después. Aquel fin de año, Malvina era sólo un escándalo indecente, un mal ejemplo para citar, para dar la razón a los vehementes discursos del doctor Maurício, en anticipada campaña electoral.

Las elecciones serían en mayo, pero ya el letrado aprovechaba todas las ocasiones para afilar el verbo, exhortando al pueblo a restaurar la perdida decencia de Ilhéus. Sin embargo poca gente parecía dispuesta a hacerlo; las nuevas costumbres penetraban en todas partes, incluso en el seno de los hogares, se agravaba al final del año con la llegada de los estudiantes. Todos ellos adherían al Capitán. Hasta una cena ofrecieron, en el bar de Nacib, al "futuro intendente —como lo saludó Estevão Ribeiro, hijo del coronel Coriolano y estudiante de tercer año de derecho, a pesar de que su padre era uno de los leales a Ramiro Bastos—, que liberaría a Ilhéus del atraso, la ignorancia y las costumbres de aldea, candidato a la altura del progreso, que ilumina con el rayo de la cultura la capital del cacao". Peor aún estuvo el hijo de Amâncio Leal: se enfrentó con el padre, en interminables discusiones.

—No hay otra manera, padre, tiene que entenderlo. Mundinho Falcão es el futuro, el padrino Ramiro es el pasado. —Estudiaba ingeniería en San Pablo, no hablaba más que de carreteras, máquinas, progreso. —Usted tiene razones para seguir con él. Razones sentimentales, afectivas, que yo respeto. Yo no puedo acompañarlo. Usted también debe comprender. —Y andaba con los ingenieros y los técnicos del canal, se puso una escafandra, bajó al fondo del canal.

Amâncio escuchaba, oponía argumentos, se dejaba vencer. Orgulloso de ese hijo, alumno brillante, con notas altas en los exámenes.

—A lo mejor tienes razón, los tiempos son otros. Lo que pasa es que yo empecé junto con el compadre Ramiro. Tú ni siquiera habías nacido. Corrimos peligro juntos; yo era un muchacho, él era un señor. Juntos derramamos sangre, juntos nos enriquecimos. No voy a abandonarlo ahora, el hombre se está muriendo, lleno de disgustos.

—Tiene razón. Y yo también la tengo. Aprecio al padrino, pero, si yo votara, no lo votaría a él.

Para Amâncio eran horas felices aquellas, por la mañana, temprano, en que salía hacia el puesto de pescado y Berto, el hijo, llegaba de la farra nocturna. Se quedaban conversando. Era su hijo mayor, que tantas satisfacciones le daba, aplicado en los estudios. Aprovechaba para prevenirle, con un consejo:

—Andas con la mujer de Florêncio. —Un viejo coronel que se había casado con una fogosa hija de sirios, en Bahía, todavía joven y dueña de unos inmensos ojos lánguidos. —Entras de noche en la casa de él, por la puerta de atrás. Hay tantas mujeres en Ilhéus, en los cabarés... ¿No te alcanzan? ¿Por qué te metes con una mujer casada? Florêncio no nació para cornudo. Si llega a enterarse... No quiero ponerte un *jagunço* para que te siga. Termina con eso, Berto. Me quitas la tranquilidad. —Se reía por dentro, era terrible su hijo, hacía cornudo al pobre Florêncio.

—No tengo la culpa, padre. Ella se me tiraba encima. No soy de palo. Pero quédese tranquilo. Se va de viaje a Bahía, a pasar las fiestas. Después de todo, padre, ¿cuándo va a terminar en Ilhéus esa costumbre de matar a las mujeres que engañan al marido? ¡Nunca vi una tierra así! Uno no puede salir con disimulo de una casa, a las cuatro de la mañana, que enseguida se abren todas las ventanas de la calle para espiar.

Amâncio Leal miraba fijo al hijo con su ojo sano, lleno de ternura.

—Eres un contreras de los mil diablos...

De manera invariable, todos los días, visitaba a Ramiro. El viejo comandaba la campaña, apoyándose en él, en Melk, en Coriolano, en unos pocos más. Alfredo, aprovechando las ferias de la Cámara, viajaba por el interior, visitaba electores. Tonico era un inútil, sólo pensaba en mujeres. Amâncio se quedaba escuchando a Ramiro, le daba noticias alentadoras, hasta llegaba a mentirle. Sabía que las elecciones estaban perdidas. Para mantenerse, Ramiro dependería del gobierno, del degüello de los adversarios con el reconocimiento de poderes. Pero no quería que se hablara de ello. Consideraba su prestigio inamovible, decía que el pueblo estaba con él. Como prueba citaba a la mujer de Nacib, que había ido de noche, enfrentando la ciudad, a salvar sus nombres y el de Melk. A evitar que se vieran públicamente involucrados en el proceso por el atentado contra Aristóteles, lo que habría sucedido con seguridad si el negro hubiera caído en manos de los *jagunços*. Sobre todo con aquella canallada del Tribunal de Justicia de designar un fiscal especial para seguir el proceso.

—Porque yo creo, compadre, que el negro no hablaba ni aunque lo mataran. Es un negro correcto. Lástima que erró el tiro.

Aristóteles, curado e influyente, declaraba que Itabuna votaría en forma unánime a Mundinho Falcão. Había engordado tras salir del hospital, fue a Bahía, ofreció entrevistas a los diarios, el gobernador no pudo impedir que el Tribunal interviniera en el caso. Mundinho había contactado a mucha gente de Río, donde el atentado tuvo gran repercusión. Un diputado de la oposición pronunció un discurso en la Cámara Federal, en el que habló del retorno de los tiempos del bandolerismo en la región del cacao. Mucho barullo, poco resultado. Proceso difícil. Criminal no identificado. Se decía que había sido un bandido de nombre Fagundes, que trabajaba con un tal Clemente en las fincas de Melk Tavares, desbrozando montes. ¿Cómo probarlo? ¿Cómo probar la participación de Ramiro, de Amancio, de Melk? El proceso terminaría archivado, con fiscal especial y todo.

—Sinvergüenzas... —decía Ramiro, refiriéndose a los magistrados.

¿Acaso no habían querido destituir al comisario? Fue preciso mandar a Alfredo a Bahía a exigir su permanencia. No porque el comisario sirviera para algo; era un flojo, un cobarde, se moría de miedo de los *jagunços*, huía hasta del secretario de la Intendencia de Itabuna, un chiquilín. Pero si cambiaran el teniente, el que quedaría desprestigiado sería él, Ramiro Bastos.

Conversaba con Amâncio, con Tonico, con Melk. Era su momento de animación, de vida verdadera. Porque ahora pasaba parte del día recostado en la cama, sólo piel y huesos, y los ojos cuya luz resurgía al hablar de política. El doctor Demóstenes también lo visitaba todos los días. De vez en cuando le auscultaba el corazón, le tomaba el pulso.

No obstante, a pesar de la prohibición del médico, había salido de noche, una vez. Para ir a la inauguración del pesebre de las hermanas Dos Reis. No podía faltar. ¿Y quién, en la ciudad, dejaba de asistir? La casa llena, colmada.

Gabriela había ayudado a Quinquina y Florzinha en los trabajos finales. Recortó figuras, las pegó en cartón, hizo flores. En la casa del tío de Nacib encontró una revista de Siria, y fue así como aparecieron en el democrático pesebre algunos mahometanos, bajaes y sultanes orientales. Para júbilo de João Fulgêncio, de Nhô-Galo y del zapatero Felipe. Joaquim había construido hidroaviones en cartulina; estaban suspendidos sobre el establo, eran la novedad de ese año. Para preservar su neutralidad (el pesebre, el bar de Nacib y la Asociación Comercial eran las únicas cosas que permanecían neutrales ante las candidaturas electorales), Quinquina rogó al Doctor que hablara, Florzinha solicitó un discurso al doctor Maurício.

Uno y otro cubrieron de frases bonitas las cabezas plateadas de las solteronas. El Capitán les dio en secreto, pidiendo sus votos, la promesa de ayuda oficial, si resultara electo. Para ver el grandioso pesebre llegaba gente desde lejos: de Itabuna, de Pirangi, de Água Preta, hasta de Itapira. Familias enteras. De Itapira fueron doña Vera y doña Ángela, que aplaudían extasiadas.

—¡Qué maravilla!

Pero no era sólo la fama del pesebre tradicional lo que había llegado a la ciudad distante. También había llegado la fama de la cocina de Gabriela. A pesar de la sala tan llena, doña Vera no descansó hasta que consiguió arrastrar a Gabriela a un rincón, para pedirle recetas de salsas, detalles de platos. Además, habían llegado de Água Preta la hermana de Nacib y su marido. Gabriela lo supo por doña Arminda. No se presentaron en la casa del hermano. En la fiesta de inauguración del pesebre, la hermana de Nacib examinaba provocativa a la cuñada modesta, sentada sin gracia en una silla. Gabriela le sonrió con timidez: la Saad de Castro, orgullosa, le dio la espalda. Gabriela se puso triste. No por el desprecio de la mujer del agrónomo. De eso la vengó poco después doña Vera, a quien la otra asediaba, adulándola con risitas y zalamerías. Después de presentarle a doña Ángela, doña Vera le dijo:

—Su cuñada es un encanto. Tan bonita y educada... Su hermano tuvo suerte, hizo un buen casamiento.

Se vengó aún más el viejo Ramiro al entrar en la sala con su andar vacilante. Abrían paso para dejarlo avanzar, le hacían lugar frente al pesebre. Él habló con las Dos Reis, elogió a Joaquim. Las manos se tendían para saludarlo. Pero él divisó a Gabriela, dejó a todos, se aproximó, le estrechó la mano, muy amable.

—¿Cómo le va, doña Gabriela? Hace tiempo que no la veo. ¿Por qué no va por casa? Quiero que vaya a almorzar un día, y lleve a Nacib.

Jerusa, al lado del abuelo, le sonreía, le decía cosas. La hermana de Nacib se estremecía de rabia, el despecho la carcomía. Y por último también Nacib la vengó, cuando fue a buscarla. El señor Nacib era bueno. Lo hizo a propósito. Ya se iban, tomados del brazo. Pasaron bien cerca de la hermana y el cuñado, y Nacib dijo en voz alta, para que lo oyeran:

—Bié, eres la más bonita de todas, mi mujercita.

Gabriela bajó los ojos, estaba triste. No por el desprecio de la cuñada, sino porque, con la hermana en la ciudad, jamás le permitiría Nacib salir en el *terno* de los reyes, vestida de pastora, llevando el estandarte.

Planeaba hablarle cuando estuvieran más cerca de fin de año. Iba a los ensayos, ¡qué lindo era!, cantaba, bailaba. El que dirigía el ensayo era aquel muchacho con olor a mar que se había encontrado en el Bate-Fundo, la noche de la cacería a Fagundes. Había sido marinero, ahora trabajaba en las dársenas de Ilhéus, se llamaba Nilo. Un joven entretenido, director de primera. Le enseñaba los pasos, cómo empuñar el estandarte. A veces bailaban después de los ensayos. Los sábados, los bailes se prolongaban hasta la madrugada. Pero Gabriela volvía temprano a la casa, no fuera que llegara el señor Nacib... Planeaba hablarle cuando estuvieran más cerca, casi llegada la fecha. Así, si él no accedía, por lo menos aprovecharía los ensayos. Dora se afligía.

—¿Ya le dijo, doña Gabriela? ¿Quiere que le hable yo?

Ahora se había terminado, era imposible. Con la hermana en la ciudad, desdeñosa y arrogante, el señor Nacib jamás le permitiría salir con el *terno* por las calles, llevando el estandarte con el Niño Jesús. Y tenía razón... Eso era lo peor: con la hermana en Ilhéus era imposible, él tenía razón. Ofenderlo tanto, lastimarlo tanto, no podía...

La pastora Gabriela o de la señora Saad en la fiesta de fin de año

¿Qué va a decir mi hermana, el bruto de mi cuñado? No, Gabriela, ¿cómo podría consentirlo el señor Nacib? No podría jamás. Y con eso de la hermana, tenía razón.

¿Qué diría el pueblo de Ilhéus, sus amigos del bar, las señoras de la sociedad, el coronel Ramiro, que tanto la consideraba? Imposible, Gabriela, imposible pensarlo, nunca se vio un absurdo mayor. Bié debe convencerse de que ya no es una pobre empleada doméstica, sin familia, sin apellido, sin fecha de nacimiento, sin posición social. ¿Cómo imaginar a la señora Saad al frente del *terno,* con corona dorada de cartón en la cabeza, contoneando el cuerpo en el baile de pasos pequeños, vestida de satén azul y rojo, empuñando el estandarte, entre veintidós pastoras que llevaban faroles, la pastora Gabriela, la primera de todas, la más destacada de todas? Imposible, Bié, qué idea más loca...

Claro, a él le gustaba verlos, aplaudía desde el bar, mandaba servir una vuelta de cerveza. ¿A quién no le gustaba? Que era lindo, ¿quién lo iba a negar? ¿Pero ella había visto ya a alguna señora, casada, distinguida, que saliera a bailar en un *terno de reis*? Y que no le fuera con el ejemplo de Dora, que por cosas así la había abandonado el marido, sentada a la máquina cosiendo para los demás. Y encima con su hermana en la ciudad, una bolsa de soberbia, y ese cuñado, engreído con su anillo de doctor. Imposible, Gabriela, ni valía la pena hablar.

Gabriela bajó la cabeza, aceptando. Él tenía razón, no podía ofenderlo en presencia de la hermana, no podía lastimarlo ante el cuñado doctor. Él la tomó y la sentó en su regazo.

—No te pongas triste, Bié. Sonríeme.

Sonrió, pero por dentro lloraba. Lloró aquella tarde sobre el vestido de satén, tan hermoso, azul y rojo, ¡qué linda combinación de colores! Sobre la corona dorada, con una estrella. Sobre el estandarte con los colores del *terno* y, cosido en el centro, el Niño Jesús y su cordero. No la consoló el regalo que él le llevó, por la noche, al volver a la casa: una *écharpe* cara, bordada, con flecos.

—Para que lo uses en el baile de Año Nuevo —le dijo—. Quiero que Bié sea la más bonita de la fiesta.

No se hablaba de otra cosa en Ilhéus sino del baile de fin de año en el Club Progreso, organizado por jóvenes estudiantes. Las modistas no daban abasto con tantos encargos. Llegaban vestidos de Bahía; en las sastrerías se probaban las prendas de hombre, de brin blanco HJ; todas las mesas se habían reservado con anticipación. Hasta el Mister iría, con su esposa, que había venido a pasar la Navidad con el marido, como todos los años. En lugar de los acostumbrados bailes en casas particulares, la sociedad de Ilhéus se reuniría en los salones del Progreso, en un baile sin precedente.

Esa misma noche saldría el *terno* con sus faroles, sus canciones y su estandarte. Gabriela llevaría una mantilla de encaje, vestida de seda, con apretados zapatos. Sentada en el baile, con los ojos bajos, callada, sin saber cómo comportarse. ¿Quién llevaría el estandarte? Dora quedó desilusionada. Nilo, el muchacho con olor a mar, no escondió su decepción. Sólo Miquelina se mostró contenta; tal vez le tocara a ella llevar el estandarte.

Apenas consiguió olvidar un poco, dejar de llorar, cuando llegó el parque al descampado del Unhão. El Parque de la China, con vuelta al mundo, carrusel, látigo, casa encantada. Brillante de metales, un derroche de iluminación. Causante de tantos comentarios que el negrito Tuísca, tan distante de ella últimamente, no resistió y fue a comentarle.

Nacib le dijo:

—La víspera de Navidad no voy al bar. Sólo pasaré un rato. A la tarde vamos al parque, a la noche a las quermeses.

Eso sí valía la pena. Anduvo en todos los juegos con el señor Nacib. A la vuelta al mundo fue dos veces. El látigo era de lo más emocionante, daba un frío debajo del ombligo.

Salió atontada de la casa encantada. El negrito Tuísca llevaba botines —¡él también!—, ropa nueva, andaba gratis en los juegos por haber ayudado a pegar los carteles en las calles de la ciudad.

Por la noche fueron a las quermeses, frente a la iglesia de San

Sebastián. Por allí paseaba Tonico con doña Olga; Nacib la dejó con ellos, fue un momento al bar para ver cómo marchaba el movimiento. Se vendían regalos en los puestos, a cargo de muchachas estudiantes. Los muchachos compraban. Había remates de objetos, a beneficio de la iglesia. Ari Santos, transpirando a más no poder, era el martillero. Anunciaba:

—Un plato de bombones, donado por la gentil señorita Iracema. Bombones hechos con sus propias manos. ¿Cuánto ofrecen?

—Cinco mil reales —ofrecía un académico de medicina.

—Ocho —aumentaba un empleado de comercio.

—Diez —lanzaba un estudiante de derecho.

Iracema tenía muchos pretendientes, muy disputado era su portón de arrumacos y, por lo mismo, su plato de bombones. En el momento del remate llegó gente del bar para presenciarlo y participar. Las familias llenaban la plaza, los enamorados intercambiaban señas, los novios sonreían tomados del brazo.

—Un juego de té, donado por la joven Jerusa Bastos. Seis pocillos con sus platitos, seis platos para dulces, y otras piezas. ¿Cuánto me dan?

Ari Santos exhibía un pocillo.

Las muchachas se miraban entre sí, en una rivalidad de precios. Cada una deseaba que su contribución a San Sebastián se vendiera más caro. Los pretendientes y novios gastaban dinero, subían las ofertas para verlas sonreír. A veces, dos coroneles pujaban por el mismo artículo. Crecía la animación, subían las ofertas, llegaban a cien y doscientos mil reales. Aquella noche, en una disputa con Ribeirinho, Amâncio Leal pagó quinientos mil reales por seis servilletas. Eso ya era despilfarrar, tirar el dinero. Tan abundante corría por las calles de Ilhéus. Las muchachas casaderas alentaban, con los ojos, a novios y pretendientes: a ver cómo se portaban cuando el martillero anunciara las donaciones de ellas. La de Iracema batió un récord: el plato de bombones se remató en ochenta mil reales. Oferta de Epaminondas, el socio más joven de un negocio de géneros, Soares & Hermanos. Pobre Jerusa, ¡sin novio! Altiva, no trataba con los jóvenes de Ilhéus. Se murmuraba acerca de un amor en Bahía, un estudiante de quinto año de medicina. Si su familia no interviniera en las subastas —su tío Tonico y doña Olga, o algún amigo de su abuelo—, su juego de tazas se vendería por nada. Iracema sonreía, victoriosa.

—¿Cuánto me ofrecen por el juego de té?

—Diez mil reales —ofreció Tonico.

—Quince —dijo Gabriela, con Nacib de nuevo a su lado.

El coronel Amâncio, que podría haber aumentado la oferta, ya no estaba, se había ido al cabaré. Ari Santos sudaba, gritando en la tarima:

—Quince mil reales... ¿Quién da más?

—Un *conto* de reales.

—¿Cuánto me dijo? ¿Quién fue el que ofreció? Se ruega no jugar.

—Un *conto* de reales —repitió Mundinho Falcão.

—¡Ah! Señor Mundinho... Cómo no. Señorita Jerusa, ¿quiere tener la bondad de entregar el artículo al caballero? Un *conto* de reales, señores, ¡un *conto* de reales! San Sebastián quedará eternamente agradecido al señor Mundinho. Como saben, este dinero es para la construcción de la futura iglesia, en este mismo lugar, una iglesia enorme que reemplazará la actual. Señor Mundinho, el dinero, por favor... Muchas gracias.

Jerusa iba a buscar la caja con las tazas, la entregaba al exportador. Las muchachas vencidas comentaban aquella locura. ¿Qué significaba? Ese Mundinho, podrido en dinero, joven elegante de Río, combatía en un combate mortal contra la familia de los Bastos. Una lucha con diarios quemados, hombres apaleados, atentados de muerte. Le hacía frente al viejo Ramiro, le disputaba los cargos, lo llevaba a sufrir ataques al corazón. Y, al mismo tiempo, entregaba un *conto* de reales, dos relucientes billetes de quinientos, por media docena de tazas de loza barata, donación de la nieta de su enemigo. Era loco de veras, ¿cómo entenderlo? Todas ellas, desde Iracema hasta Diva, suspiraban por él, rico y soltero, elegante y viajado, constantes visitas a Bahía, con casa en Río... Las muchachas conocían sus historias con ciertas mujeres. Como Anabela, con otras mandadas a buscar a Bahía, al sur. A veces las veían pasar, elegantes y libres, por la avenida de la playa. Pero amores con muchachas solteras nunca había tenido. Con ninguna; apenas si las miraba. Tampoco a Jerusa. ¡Ese Mundinho Falcão, tan rico y elegante!

—No valía tanto —dijo Jerusa.

—Soy un pecador. Así, por medio de sus manos, quedo bien con los santos. Me gano un lugar en el cielo.

Ella sonrió, no pudo resistir, preguntó:

—¿Va al baile de fin de año?

—Todavía no lo sé. Prometí ir a pasar el Año Nuevo en Itabuna.

—Parece que allá va a estar animado. Pero aquí también.

—Le deseo que se divierta y pase un feliz Año Nuevo.

—Lo mismo para usted. Si no nos encontramos hasta entonces.

Tonico Bastos espiaba la conversación. No entendía a ese tipo. Todavía soñaba con un acuerdo de último momento, que salvara el prestigio de los Bastos. Saludó a Mundinho con una sonrisa. El exportador respondió, se retiraba, iba a su casa.

En la víspera de Año Nuevo, Mundinho estuvo en Itabuna, almorzó con Aristóteles, asistió a la inauguración de la feria de ganado, importante mejora para llevar al municipio el comercio de bovinos de toda la región. Pronunció un discurso, lo aplaudieron, subió al coche, volvió a Ilhéus. No porque se hubiera acordado de Jerusa, sino porque quería pasar la noche de fin de año con sus amigos, en el Progreso. Valió la pena: la fiesta fue magnífica, el pueblo decía que sólo en Río era posible ver un baile como aquél.

El lujo, que estallaba en los crepés de la China, los tafetanes, los terciopelos, las joyas, escondía cierta falta de refinamiento y el aire de campesinas de algunas señoras, así como los billetes de quinientos mil reales, en fajos en los bolsillos, ocultaban los modales embarazados de los coroneles, su hablar pajuerano. Pero los dueños de la fiesta eran los jóvenes. Algunos muchachos llevaban esmoquin, a pesar del calor. Las chicas reían en los salones, se abanicaban, coqueteaban, tomaban refrescos. Corría el champán, las bebidas más caras. Las salas, esmeradamente adornadas con serpentinas y flores artificiales. Una fiesta tan grande y comentada, que hasta João Fulgêncio, enemigo de los bailes, asistió. Él y el Doctor.

Jerusa sonrió cuando vio a Mundinho Falcão conversando con el árabe Nacib y la buena Gabriela, que apenas podía mantenerse en pie. Zapatos desgraciados que le apretaban las puntas de los dedos. Sus pies no habían nacido para andar calzados. Pero estaba tan bonita que ni las señoras más presumidas —incluso la del doctor Demóstenes, fea y pedante— podían negar que aquella mulata era la más hermosa mujer de la fiesta.

—Gentuza del pueblo, pero bonita —confesaban.

Una hija del pueblo perdida en ese rumor de conversaciones que no entendía, de lujo que no la atraía, de envidias, de vanidades y chismes que no la tentaban. En poco rato el *terno* de reyes, con las pastoras alegres, el estandarte bordado, estaría en las calles. Deteniéndose frente a las casas, los bares, cantando, bailando, pidiendo permiso para entrar. Las puertas se abrían, en las salas bailaban y cantaban, bebían licor, comían golosinas. Esa noche de Año Nuevo y en las dos de Reyes, más de diez *ternos* y *bumbas-meu-boi* salían del Unhão, de la Conquista, de la isla de las Cobras, del Pontal, al otro lado del río, a divertirse en las calles de Ilhéus.

Gabriela bailó con Nacib, con Tonico, con Ari, con el Capitán. Se movía con gracia, pero no le gustaba bailar esos bailes. Girando en los brazos de un caballero. Baile, para ella era otra cosa, un *coco* movido, un *samba de roda*, un *maxixe* entrelazado. O bien una polca tocada en acordeón. Tango argentino, vals, fox-trot, nada de eso le gustaba. Menos aún con esos zapatos que le mordían los dedos desparramados.

Fiesta animada. Desanimado, sólo Josué. Apoyado en la ventana, mirando hacia afuera, un vaso en la mano. Entre la aglomeración de gente que ocupaba la acera y la calle, Glória espiaba. A su lado, como por casualidad, Coriolano, cansado, con ganas de ir a la cama. Su baile, él mismo lo decía, era la cama de Glória. Pero Glória demoraba, toda de lujo, mirando por la ventana la cara delgada de Josué. Explotaban en las mesas los corchos de las botellas de champán. Mundinho Falcão, disputado por las muchachas, bailaba con Jerusa, Diva, Iracema, sacó a Gabriela.

Nacib se metía en las ruedas de los hombres, a conversar. Bailar no le agradaba; dos, tres veces esa noche había arrastrado los pies con Gabriela. La dejaba después a la mesa con la buena esposa de João Fulgêncio. Por debajo del mantel, Gabriela se sacaba los zapatos, se pasaba la mano por los pies doloridos. Hacía esfuerzos para no bostezar. Venían señoras, se sentaban a la mesa, se ponían a charlar animadas, a reír con la mujer de João Fulgêncio. Como un gran favor le decían buenas noches, le preguntaban cómo andaba de salud. Se quedaba callada, mirando el suelo. Tonico, como un sacerdote en un rito difícil, hacía girar a doña Olga en un tango argentino. Muchachas y jóvenes reían y bromeaban, bailando sobre todo en el salón de atrás, donde habían prohibido la entrada a los viejos. La hermana de Nacib y su marido bailaban también, tiesos. Aparentaban no verla.

Alrededor de las once de la noche, cuando ya el gentío de la acera se había reducido a unas pocas personas —hacía mucho que Glória se había retirado, y con ella el coronel Coriolano—, se oyó, venida de la calle, música de *cavaquinhos* y guitarras, de flautas y panderetas. Y voces que cantaban cantigas de *reisados*. Gabriela levantó la cabeza. No se engañaba. Era el *terno* de Dora.

Se detuvo frente al Club Progreso, se silenció la orquesta del baile, todos corrieron a las ventanas y puertas. Gabriela se puso los zapatos, fue de las primeras en llegar a la acera. Nacib se unió a ella, la hermana y el cuñado estaban muy cerca, fingían no verla.

Las pastorcitas con los faroles, Miquelina con el estandarte. Nilo, el ex marinero, con un silbato en la boca, comandaba el canto y el baile. De la plaza Seabra, en el mismo momento, venían el buey, el vaquero, la *caapora*, el *bumba-meu-boi*. Bailando en la calle. Las pastorcitas cantaban:

Soy linda pastorcita
vengo a Jesús adorar.
En el pesebre de Belén
a los Reyes Magos saludar.

Allí no pedían entrar, no se atrevían a perturbar la fiesta de los ricos. Pero Plínio Araçá, al frente de los camareros, llevaba botellas de cerveza, las distribuía. El buey descansaba un minuto, mientras bebía. La *caapora* también.

Volvían a bailar, a cantar. Miquelina, en el centro, levantaba el estandarte, meneando las caderas magras; don Nilo hacía sonar el silbato. La calle se había llenado con la gente del baile. Chicas y muchachos reían, aplaudían.

Soy linda pastorcita
de plata, oro y luz.
Con mi canto adormezco
al Niñito Jesús.

Gabriela no veía nada más que el *terno* de reyes, las pastoras con sus faroles, Nilo con su silbato, Miquelina con el estandarte. No veía a Nacib, no veía a Tonico, no veía a nadie. Ni siquiera a la cuñada de nariz insolente. Nilo hacía sonar el silbato, las pastoras se formaban, el *bumba-meu-boi* ya iba adelante. Otra vez el silbato, las pastoras bailaban, Miquelina hacía girar el estandarte en la noche.

Las pastorcitas ya se van
a otra parte a cantar...

Iban a otra parte a cantar, por las calles a bailar. Gabriela se quitó los zapatos, corrió, sacó el estandarte de las manos de Miquelina. Su cuerpo giró, sus caderas vibraron, sus pies liberados crearon el baile. El *terno* marchaba, la cuñada exclamó:

—¡Oh!

Jerusa vio que Nacib casi lloraba, la cara paralizada de vergüenza y tristeza. Y entonces también ella avanzó, tomó el farol de una pastora, se puso a bailar. Avanzó un muchacho, otro también, Iracema tomó el farol de Dora. Mundinho Falcão sacó el silbato de la boca a Nilo. El Mister y la mujer se unieron al baile. La señora de João Fulgêncio, alegre madre de seis hijos, la bondad en persona, entraba en el *terno*. Otras señoras también, el Capitán, Josué. El baile entero en la calle. En la cola del *terno* la hermana de Nacib y su marido doctor. Adelante, Gabriela, el estandarte en la mano.

De la noble Ofenísia a la plebeya Gabriela con variados acontecimientos y engaños

Aquel comienzo de año, realizaciones y proyectos, conoció Ilhéus novedades y escándalos. Los estudiantes consideraron un deber, transformar la sencilla inauguración de la biblioteca de la Asociación Comercial en una fiesta de las que hacen época.

—Lo que quieren es bailar... —rezongó el presidente Ataulfo.

El Capitán, sin embargo, organizador de la biblioteca con la inestimable ayuda de João Fulgêncio, vio en la idea de los estudiantes una excelente oportunidad para promover su candidatura a intendente. Además, tenía razón al decir, argumentando con Ataulfo, que los jóvenes no querían únicamente divertirse. Aquella biblioteca era la primera de Ilhéus (la de la Sociedad Rui Barbosa se reducía a un pequeño estante de libros, casi todos de poesías), tenía un significado especial. Como también subrayó el joven Sílvio Ribeiro, hijo de Ribeirinho, estudiante de segundo año de medicina, en su elaborado discurso. Fue una clase de fiesta hasta entonces desconocida en Ilhéus. Los estudiantes organizaron un sarao literario, en el cual participaron varios de ellos, además de personalidades como el Doctor, Ari Santos, Josué. Hablaron también el Capitán y el doctor Maurício, el primero como bibliotecario de la Asociación, el segundo como orador oficial, ambos porque eran candidatos a intendente. La novedad mayor resultaron las chicas del colegio de monjas y de la sociedad ilheense, al declamar poemas en público. Algunas tímidas y vergonzosas, otras decididas y dueñas de sí. Diva, que poseía un hilo de voz claro y agradable, cantó una romanza. Jerusa ejecutó Chopin al piano. Recorrieron la sala versos de Bilac, de Raimundo Correia, de Castro Alves y del poeta Teodoro de Castro, los de este último en honor a Ofenísia. Además de los poemas de Ari y de Josué, dichos por los propios autores. Para el inspector del colegio, que se había demorado visitando Itabuna, los pueblos y haciendas, recopilando material para el diario de Río, todo aquello parecía una caricatura risible. Pero para la gente de Ilhéus era una fiesta encantadora.

—¡Una belleza! —comentó Quinquina.

—Da gusto verlo —convino Florzinha.

A continuación, bailes, claro. La Asociación hizo venir de Belmonte, para dirigir la biblioteca, al poeta Sosígenes Costa, que iría a ejercer notable influencia en el desarrollo de la vida cultural de la ciudad.

Y al hablar de cultura y de libros, al recordar los versos de Teodoro para Ofenísia, ¿cómo dejar pasar en silencio la publicación de un pequeño volumen, compuesto e impreso allí mismo, en Ilhéus, en la imprenta de João Fulgêncio, por el maestro Joaquim, de algunos de los capítulos del memorable libro del Doctor: *La historia de la familia Ávila y de la ciudad de Ilhéus*? No con ese título, pues, como publicaba sólo los capítulos referidos a Ofenísia y su controvertido caso con el emperador Pedro II, le puso modestamente el Doctor: *Una pasión histórica* y, como subtítulo, entre paréntesis: (*Ecos de una vieja polémica*). Ochenta páginas en cuerpo siete de erudición e hipótesis, de difícil prosa quinientista, con matices de Camõens. Allí estaba la historia romántica en todos sus detalles, con abundancia de citas de autores y de versos de Teodoro. Folleto que fue a coronar de gloria la venerable cabeza del ilustre ilheense. Bien es cierto que un crítico de la capital, envidioso por cierto, encontró al magno volumen ilegible, "de una estupidez que superaba todos los límites admisibles". Pero se trataba de un individuo de mala entraña, hambreada rata de redacción, autor de mordaces epigramas contra las más genuinas glorias bahianas. En compensación, desde Mundo Novo, donde se dedicaba a construir una cuarta familia, el eminente bardo Argileu Palmeira escribió para un diario, también de Bahía, seis páginas laudatorias en las que cantó la pasión de Ofenísia, "precursora de la idea del amor libre en Brasil". Otra observación curiosa, a pesar de su carácter poco literario, fue la que hizo Nhô-Galo al conversar, en la papelería, con João Fulgêncio:

—¿Te diste cuenta, João, de que nuestra abuela Ofenísia cambió un poco el físico en el librito del Doctor? Antes, me acuerdo muy bien, era una flacucha parca de carnes como un pedazo de charque. En este texto engordó; lee la página catorce. ¿Sabes a quién se parece el retrato de ahora? A Gabriela...

Rió João Fulgencio su risa inteligente y sin maldad.

—¿Quién no se enamoró de ella en la ciudad? Si fuera candidata a intendente derrotaría al Capitán y a Maurício, o a los dos juntos. Todo el mundo la votaría.

—Las mujeres no...

—La mujer no tiene derecho al voto, compadre. Aun así, algunas la votarían. Ella tiene algo que no tiene nadie. ¿No viste lo que pasó en el baile de Año Nuevo? ¿Quién arrastró a todo el mundo a la calle, a bailar en el *reisado*? Creo que tiene esa fuerza que hace las revoluciones, que promueve los descubrimientos. A mí, no hay nada que me guste tanto como ver a Gabriela en medio de un montón de gente. ¿Sabes lo que pienso? En una flor de jardín, verdadera, exhalando perfume, entre un montón de flores de papel...

Aquellos días, sin embargo, de la publicación del libro del Doctor fueron días de Ofenísia y no de Gabriela. Una nueva ola de popularidad envolvió la memoria de la noble Ávila que suspiraba por las barbas reales. De ella se habló en las casas, a la hora de la cena, en el Club Progreso —ahora en constante animación de bailes improvisados y tés danzantes—, entre muchachos y chicas en los paseos vespertinos y, en los últimos tiempos, habituales por la avenida de la playa, en los autobuses, en los trenes, en discursos y en versos, en los diarios y en los bares. Hasta en los cabarés. Cierta española novata, de nariz aguileña y ojos negros, se enamoró perdidamente de Mundinho Falcão. Pero el exportador estaba ocupado con una cantora de música popular que había traído de Río en su último viaje, después de Año Nuevo. Ante los suspiros de la española, sus perdidas miradas, enseguida un gracioso cualquiera la apodó Ofenísia. Y el apodo pegó, ella se lo llevó después de partir de Ilhéus hacia los *garimpos* de Minas Gerais.

Estas últimas cosas pasaron en el nuevo cabaré, El-Dorado, abierto en enero, que haría seria competencia al Bataclan y el Trianon, ya que importaba, directamente de Río, atracciones y mujeres. Era propiedad de Plínio Araçá, el del Pinga de Ouro, y quedaba en el puerto. Se inauguró también la casa de salud del doctor Demóstenes, con bendición del obispo y discurso del doctor Maurício. La sala de operaciones adonde habían llevado a Aristóteles, por una coincidencia que escapó a doña Arminda, tuvo como primer huésped, después de la inauguración oficial, al célebre Loirinho, con un tiro en el hombro, resultado de una pelea en el Bate-Fundo. Se instaló un viceconsulado de Suecia y, en el mismo lugar, una agencia de una compañía de navegación de nombre largo y complicado. Se veía, de vez en cuando, en el bar de Nacib, a un gringo alto como una vara, en compañía de Mundinho Falcão, conversando y bebiendo Cana de Ilhéus. Era agente de la compañía sueca y vicecónsul. Estaban construyendo un nuevo hotel en el puerto, edificio de cinco pisos, un coloso. Los estudiantes dirigieron al pueblo, por intermedio del *Diário de Ilhéus*, una proclama para pedir los votos para el candidato que asegurara, en la Intendencia, la construcción de una escuela secundaria municipal, un estadio de deportes, un asilo para viejos y mendigos, una carretera que llevara hasta Pirangi. Al día siguiente el Capitán se comprometía, mediante el mismo diario, a todo eso y mucho más.

Otra novedad fue que el *Jornal do Sul* pasó a ser diario. Es verdad que duró poco, retornó a semanario unos meses después. Era casi exclusivamente político, despotricaba contra Mundinho Falcão, Aristóteles y el Capitán en todos los números. El *Diário de Ilhéus* respondía.

Se anunciaba para esos días la inauguración del restaurante de Nacib. Ya varios inquilinos se habían mudado del piso de arriba. Sólo la lotería y dos empleados de comercio continuaban en busca de otro alojamiento. Nacib los apresuraba. Ya había encargado a Río, por intermedio de Mundinho, su socio capitalista, una cantidad de cosas. El arquitecto loco había diseñado el interior del restaurante. El árabe andaba de nuevo alegre. No con aquella completa alegría de los primeros tiempos de Gabriela, cuando todavía no temía que ella se fuera. Tampoco ahora lo preocupaba tal cosa, pero, para ser del todo feliz, hacía falta que ella se decidiera de una vez por todas a comportarse como una señora de sociedad. Ya no se quejaba del desinterés en la cama. En realidad andaba bastante cansado: en la época de vacaciones el bar daba un trabajo infernal. Se había acostumbrado a ese amar de esposa, menos violento, más tranquilo y dulce. Sólo que ella se resistía, pasivamente, es cierto, a integrarse al alto círculo social local. A pesar del éxito que había tenido la noche de Año Nuevo con el asunto del *terno*. Cuando Nacib pensó que todo se iba barranca abajo, ocurrió ese milagro: hasta él había terminado bailando en la calle. ¿Y no habían ido su hermana y su cuñado a visitarla después, a conocer a Gabriela? ¿Por qué, entonces, ella seguía andando por la casa vestida como una pobretona, calzada con chinelas, jugando con el gato, cocinando, limpiando, cantando sus tonadas, riéndose fuerte ante todos los que conversaban con ella?

Contaba con el restaurante para terminar de educarla. El propio Tonico era de la misma opinión. Para el restaurante tendría que contratar a dos o tres ayudantes de cocina, de manera tal que Gabriela apareciera como dueña y señora, dedicada sólo a dirigir y condimentar. Tratando a diario con gente fina.

Lo que más lo enojaba era que ella no quisiera sirvienta. La casa era pequeña, pero aun así daba trabajo. Sobre todo teniendo en cuenta que ella continuaba cocinando para él y para el bar. La propia mestiza ayudanta se quejaba de que Gabriela no la dejaba hacer nada. Salvo lavar los platos, revolver las ollas, cortar la carne. Pero era Gabriela la que preparaba la comida, no dejaba la cocina.

Ocurrió la desgracia una tarde calma, cuando él gozaba de una perfecta tranquilidad de espíritu y se alegraba con la noticia, recién recibida, de la mudanza de la lotería a unos locales en el centro comercial. Sólo quedaba apresurar la salida de los dos empleados de comercio. No tardarían en llegar, en un barco de la Costeira o del Lloyd, los encargos de Río. Ya tenía albañil y pintor contratados para transformar el piso, dividido por tabiques y sucio, en una joya, un salón claro, con una cocina moderna. Gabriela no quería saber nada de una cocina de metal. Exigía una de esas grandes, de ladrillos, que funcionaban con leña. Todo hablado con el albañil, con el pintor. Justo esa tarde sorprendió, en flagrante, a Bico-Fino sacando dinero de la caja. No fue sorpresa; Nacib ya venía desconfiando desde hacía algún tiempo.

Perdió la cabeza, le dio unas bofetadas al muchachito.

—¡Ladrón! ¡Ratero!

Qué curioso que no pensara despedirlo. Darle una lección para enmendarlo, eso sí. Pero Bico-Fino, tirado detrás del mostrador a causa de la bofetada, se puso a insultarlo:

—Ladrón es usted, ¡turco de mierda! Mezcla las bebidas. Roba en las cuentas.

Tenía que darle unos golpes más; sin embargo, todavía no pensaba despedirlo. Agarró a Bico-Fino por la camisa, lo levantó, le aplicó con fuerza la mano en la cara.

—Para que aprendas a no robar.

Lo soltó, el muchacho saltó al otro lado del mostrador, llorando e insultando.

—¿Por qué no le va a pegar a su madre? ¿O a su mujer?

—Cállate la boca o te pego de verdad.

—¡Venga, pégueme!... —Huía hacia la puerta, gritaba. —¡Turco cabrón, hijo de puta! ¿Por qué no se ocupa de su mujer? ¿No le hacen doler los cuernos?

Nacib se acercó, logró sujetarlo.

—¿Qué estás diciendo?

Bico-Fino tuvo miedo de la cara del árabe.

—Nada, señor Nacib. Suélteme...

—¿Qué es lo que sabes? Dime o te reviento.

—Me lo contó Chico Moleza.

—¿Qué?

—Que ella anda metida con el señor Tonico...

—¿Con Tonico? Larga todo, rápido. —Lo sujetaba con tanta fuerza que le rompió la camisa.

—Todos los días, después de irse de acá, el señor Tonico se mete en su casa.

—Estás mintiendo, desgraciado.

—Todo el mundo lo sabe, se ríen de usted. Suélteme, señor Nacib...

Soltó la camisa, Bico-Fino salió corriendo. Nacib se quedó parado, ciego, sordo, sin acción, sin pensar. Fue así como Chico Moleza lo encontró al volver de la fábrica de hielo.

—Señor Nacib, señor Nacib...

El señor Nacib estaba llorando.

Metió a Chico Moleza, confundido, en el reservado de póquer. Escuchaba, tapándose la cara con las manos. Chico enumeraba nombres, detalles. Desde el tiempo en que la había contratado en el "mercado de los esclavos". Tonico era reciente, bastante después del casamiento. A pesar de todo, él no lo creía, ¿por qué no podía ser mentira? Quería tener pruebas, ver con sus ojos.

Lo peor fue la noche con ella, en la misma cama. No podía dormir. Cuando llegó, ella se despertó, sonriente, lo besó en la cara. Él arrancó de su pecho herido unas palabras:

—Estoy muy cansado.

Se puso de costado, apagó la luz. Se apartó del calor de su cuerpo, acostado al borde de la cama. Ella se acercó, buscando poner el muslo bajo su pierna. No durmió en toda la noche, loco por interrogarla, saber la verdad por su boca, matarla allí mismo como debía hacer un buen ilheense. ¿Tal vez después de matarla ya no sufriría? Era un dolor sin límites, un vacío por dentro. Como si le hubieran arrancado el alma.

Al otro día fue temprano al bar. Bico-Fino no apareció. Chico Moleza trabajaba sin mirarlo, escondiéndose por los rincones. Poco antes de las dos de la tarde llegó Tonico, bebió su amargo, creyó que Nacib estaba de mal humor.

—¿Disgustos en casa?

—No. Todo bien.

Contó en el reloj quince minutos después de la salida de Tonico. Sacó el revólver del cajón, se lo calzó en la cintura, se dirigió a su casa. Chico Moleza dijo a João Fulgêncio, afligido, poco después:

—¡Vaya, señor João! El señor Nacib fue a matar a doña Gabriela y al señor Tonico Bastos.

—¿De qué hablas?

Le contó en pocas palabras, João Fulgêncio salió corriendo hacia la ladera. Apenas dobló por la iglesia oyó los gritos de doña Arminda. Tonico venía corriendo del lado de la playa, descalzo, la chaqueta y la camisa en la mano, el torso desnudo.

De cómo el árabe Nacib rompió la ley antigua y renunció con honor a la benemérita cofradía de San Cornelio o de cómo la señora Saad volvió a ser Gabriela

Desnuda, tendida en la cama matrimonial, Gabriela sonreía. Desnudo, sentado al borde del lecho, Tonico, los ojos turbios de deseo. ¿Por qué no los había matado Nacib? ¿No era la ley, la antigua ley cruel e indiscutida? ¿Escrupulosamente cumplida siempre que se presentaba la ocasión y la necesidad? El honor del marido engañado se lavaba con la sangre de los culpables. No hacía todavía un año que el coronel Jesuíno Mendonça la había puesto en práctica... ¿Por qué no los había matado? ¿No había pensado hacerlo, durante la noche, en la cama, cuando sentía el muslo en llamas de Gabriela quemándole la pierna? ¿No había jurado hacerlo? ¿Por qué no lo había hecho? ¿No llevaba el revólver en la cintura, no lo había sacado del cajón del mostrador? ¿No deseaba poder mirar con la frente alta a sus amigos de Ilhéus? No lo había hecho, pese a todo.

Se engañaban, si pensaban que era cobardía. Él no era cobarde, varias veces lo había demostrado. Se engañaban, si pensaban que no le habían dado tiempo. Tonico salió corriendo hacia la huerta, saltó el muro bajo, se puso los pantalones sin calzoncillos mientras corría por el pasillo de doña Arminda, escandalizada, después de haber balbuceado, tartamudeado:

—¡No me mate, Nacib! Nada más le estaba dando unos consejos...

Nacib ni se acordó del revólver, tendió la mano pesada y ofendida, Tonico rodó del borde de la cama para después ponerse de pie de un salto, juntar sus cosas de una silla y desaparecer. Tiempo de sobra para tirar, y no había peligro de errar. ¿Por qué no lo había hecho? ¿Por qué, en vez de matarla, se limitó a pegarle, en silencio, sin una palabra, golpes para desfigurar, dejar manchas de un rojo oscuro, casi violeta, en su carne color canela? Ella tampoco habló, no dio un grito, no soltó un sollozo, lloraba callada, recibía el castigo callada. Él todavía le pegaba cuando llegó João Fulgêncio y ella se tapó con la sábana. Tiempo de sobra para matar.

Se engañaban, si pensaban que fue por exceso de amor, demasiado querer. En aquel momento no la amaba Nacib. No la odiaba tampoco. Le pegaba mecánicamente como para relajar los nervios, por lo que había sufrido durante la tarde, la noche anterior y aquella mañana. Estaba vacío, sin nada por dentro, vacío como jarrón sin flores. Sentía que le dolía el corazón como si alguien le clavara muy despacio un puñal. No sentía odio ni amor. Un dolor, no más.

No había matado porque no estaba en su naturaleza matar. Todas aquellas historias terribles de Siria, que él contaba, eran de la boca para afuera. Con furia, podía pegar. Y pegaba sin dolor, como si cobrara una deuda, una cuenta atrasada. Matar no podía.

Obedeció silencioso, cuando João Fulgêncio llegó, le sujetó el brazo y le dijo:

—Basta, Nacib. Ven conmigo.

En la puerta del cuarto se detuvo, habló en voz baja, de espaldas:

—Vuelvo a la noche. No quiero encontrarla.

João Fulgêncio lo llevó a su casa. Al entrar, le hizo una seña a la esposa para que los dejara solos. Se sentaron en la sala llena de libros, el árabe escondía la cabeza en las manos. Se quedó mucho tiempo callado, después preguntó:

—¿Qué hago, João?

—¿Qué quieres hacer?

—Irme de Ilhéus. Acá ya no puedo vivir.

—¿Por qué? No veo la razón.

—Lleno de cuernos. ¿Cómo podría vivir?

—¿En serio vas a dejarla?

—¿No me oíste? ¿Por qué me preguntas? ¿Porque no la maté? ¿Por eso crees que voy a seguir casado con ella? ¿Sabes por qué no la maté? Nunca supe matar... Ni siquiera a una gallina... Ni a un escarabajo del monte. Nunca pude matar ni siquiera a un animal dañino.

—Creo que has hecho muy bien; matar por celos es una barbaridad. Sólo en Ilhéus eso sucede todavía. O entre gente muy poco civilizada. Has hecho muy bien.

—Me voy de Ilhéus...

La esposa de João Fulgêncio apareció en la puerta de la sala, le avisaba:

—Joao, alguien te busca. Don Nacib, le voy a traer un café.

João Fulgêncio demoró bastante. Nacib no tocó el café. Estaba vacío por dentro, no tenía ni hambre ni sed, sólo un dolor. El librero reapareció, buscó un libro en el estante, dijo:

—En un minuto vuelvo.

Al volver lo encontró en la misma posición, la mirada abstraída. Se sentó a su lado, le apoyó una mano en la pierna.

—Que te vayas de Ilhéus me parece una bruta estupidez.

—¿Cómo puedo quedarme? ¿Para que se rían de mí?

—Nadie se va a reír...

—Tú no, porque eres bueno. Pero los demás...

—Dime una cosa, Nacib: si en vez de tu esposa fuera apenas tu concubina, ¿te irías, te importaría?

Nacib pensó la pregunta, reflexionando.

—Ella era todo para mí. Por eso me casé, ¿recuerdas?

—Recuerdo. Y hasta te avisé.

—¿A mí?

—Acuérdate. Te dije: hay ciertas flores que se marchitan en los jarrones.

Era verdad, nunca se había acordado de aquello. No le había dado importancia. Ahora comprendía. Gabriela no había nacido para jarrones, para casamiento y marido.

—¿Pero si fuese sólo tu concubina? —continuaba el librero—. ¿Te irías de Ilhéus? No hablo del sufrimiento; uno sufre porque quiere bien, no por ser casado. Por ser casado, uno mata, se va.

—Si no fuera más que una concubina nadie se reiría de mí. Con la paliza alcanzaba. Lo sabes tan bien como yo.

—Entonces entérate de que no tienes ningún motivo para irte. Gabriela, ante la ley, nunca fue más que tu concubina.

—Me casé con ella, con juez y todo. Tú mismo estuviste presente.

João Fulgêncio tenía un libro en la mano, lo abrió en una página.

—Esto es el Código Civil. Escucha lo que dice el artículo 219, párrafo primero, capítulo VI, del libro I. Es sobre el derecho de familia, la parte del casamiento. Lo que te voy a leer se refiere a los casos de anulación de casamiento. Mira: acá dice que un casamiento es nulo cuando hay error esencial de persona.

Nacib oía sin gran interés, no entendía nada.

—Tu casamiento es nulo y anulable, Nacib. Basta con que así lo quieras, y dejas de ser casado, es como si nunca lo hubieras sido. Como si hubieras estado sólo en concubinato.

—¿Cómo es eso? Explícame bien —se interesó el árabe.

—Escucha. —Leyó: —"Se considera error esencial sobre la persona del otro cónyuge en lo que respecta a la identidad del otro cónyuge, su honor y buen concepto, siendo ese error tal que su conocimiento ulterior torne insoportable la vida en común al cónyuge engañado". Yo recuerdo que cuando me anunciaste el casamiento me contaste que ni sabías el apellido de su familia, ni la fecha de nacimiento...

—Nada, no sabía nada...

—Y Tonico se ofreció a conseguir los papeles necesarios.

—Fraguó todo en su estudio.

—¿Y entonces? Tu casamiento es nulo, hubo un error esencial de persona. Lo pensé cuando llegamos. Después apareció Ezequiel, tenía un asunto que tratar. Aproveché para consultarlo. Yo tenía razón. Sólo tienes que demostrar que los documentos eran falsos, y ya no estás más casado. Ni nunca lo estuviste. No fue más que un concubinato.

—¿Y cómo voy a probarlo?

—Hay que hablar con Tonico, con el juez.

—Nunca más voy a hablar con ese tipo.

—¿Quieres que me ocupe yo? De hablar, quiero decir. De la parte legal puede ocuparse Ezequiel, si deseas. Hasta se ofreció.

—¿Él ya sabe?

—No te preocupes por eso. ¿Quieres que yo me encargue?

—No sé cómo agradecerte.

—Entonces, hasta luego. Quédate aquí, lee un libro. —Lo palmeó en el hombro. —O llora, si tienes ganas. No es ninguna vergüenza.

—Iré contigo.

—De ninguna manera. ¿Adónde? Quédate aquí, esperando. Vuelvo enseguida.

No fue tan fácil como lo había previsto João Fulgêncio. Primero tuvo que ponerse de acuerdo con Ezequiel. El abogado se negaba a hablar con Tonico, a hacer las cosas en términos amigables.

—Lo que quiero es mandar a ese sujeto a la cárcel. Voy a hacer que lo destituyan por falsificador. Él, el hermano y el padre anduvieron diciendo atrocidades de mí. Va a tener que irse de Ilhéus. Va a ser un escándalo...

João Fulgêncio terminó por convencerlo. Fueron juntos a la notaría. El escribano todavía estaba pálido, los miraba inquieto, una risa forzada, bromas sin gracia.

—Si no hubiera salido rápido, el turco era capaz de agujerearme con los cuernos... Me llevé un susto de los mil diablos...

—Nacib es mi representado, le pido que lo trate con respeto —exigió Ezequiel, muy grave.

Discutieron el asunto. Tonico, al principio, se opuso categóricamente a cualquier acuerdo. No era caso, decía, para anulación. Los documentos, aunque falsos, se habían aceptado como verdaderos. Nacib estaba casado hacía unos cinco meses sin haber protestado. ¿Cómo iría él, Tonico, a confesar en forma pública que había falsificado papeles? No estaban ya en los tiempos del viejo Segismundo, que vendía actas de nacimiento y escrituras de tierras. Ezequiel levantó los hombros, exclamó para João Fulgêncio:

—¿No se lo dije?

—Tonico, eso se puede arreglar —dijo João Fulgêncio—. Vamos a hablar con el juez. Encontraremos un camino para contornear la situación, para que la falsificación de papeles no se haga pública. O, por lo menos, para que usted no aparezca como culpable. Se puede decir que usted obró de buena fe, que lo engañó Gabriela. Inventaremos alguna historia. Al final, esto, que se llama civilización ilheense, se construyó sobre la base de documentos falsos.

Pero Tonico aún se resistía. No quería que su nombre se mezclara en ese asunto.

—Usted ya está mezclado, mi estimado —dijo Ezequiel—. Enterrado hasta el cuello. Una de dos: o acepta, nos acompaña a ver al juez para resolver todo de manera amigable y rápida, u hoy mismo inicio el proceso, en nombre de Nacib. Por anulación de casamiento. Por error esencial de persona, debido a documentos fraguados por usted. Fraguados para casar a su amante, de cuyos favores siguió gozando después, con un hombre bueno e ingenuo del que usted se decía amigo. Usted entra en el caso por las dos puertas: la de la falsificación y la del adulterio. Y, en ambas, con premeditación. Un lindo caso.

Tonico casi perdía el habla.

—Ezequiel, por favor, ¿quiere arruinarme?

João Fulgêncio completaba:

—¿Qué dirá doña Olga? ¿Y su padre, el coronel Ramiro? ¿Ya lo pensó? Él no resistirá el escándalo, se morirá de vergüenza, la culpa la tendrá usted. Le estoy avisando porque no quiero que suceda.

—¿Por qué me metí en esto, Dios mío? Sólo arreglé los papeles para ayudar. Todavía no tenía nada con ella...

—Venga con nosotros a ver al juez, es lo mejor para todos. De lo contrario, quiero avisarle lealmente, la historia entera sale mañana en el *Diário de Ilhéus*. Escrita por mí para que usted no quede como galán. Por mí, João Fulgêncio...

—Pero, João, siempre fuimos amigos...

—Ya lo sé. Pero usted abusó de Nacib. Si fuera con la mujer de otro, no me importaría. Soy amigo de él y también de Gabriela. Usted se abusó de los dos. O acepta, o lo voy a cubrir de vergüenza, ponerlo en ridículo. Con la situación política tal como está, no podrá continuar en Ilhéus.

Toda la soberbia de Tonico se vino abajo. El escándalo lo horrorizaba. Miedo de que se enterara doña Olga, de que lo supiera el padre. Lo mejor era, en realidad, pasar el mal trago, ir a lo del juez, contarle de la falsificación de los papeles.

—Haré lo que quieran. Pero, por el amor de Dios, vamos a arreglar esta cuestión de los papeles de la mejor manera posible. Después de todo, somos amigos.

El juez se divirtió a lo grande con todo aquello.

—Entonces, señor Tonico, ¿era tan amigo del árabe y por detrás le metía los cuernos? Yo también anduve interesado en ella, pero, después que se casó, no lo pensé más. A las mujeres casadas las respeto.

En el fondo, como pasaba con Ezequiel, era un poco a disgusto que accedía a conceder la anulación en forma discreta, sin procesar a Tonico, dejándolo como funcionario honesto y de buena fe, engañado por Gabriela, como si hubiera sido una víctima. No simpatizaba con él, desconfiaba de que el galante escribano también le hubiera adornado la cabeza, en los tiempos de Prudencia, que durante casi dos años había sido manceba del magistrado. En compensación, le agradaba Nacib y quería ayudarlo. Cuando ya se iban, el juez indagó:

—¿Y ella? ¿Qué va a hacer? Ahora está libre y sin compromiso. Si yo no estuviera tan bien servido... Además, tiene que venir a hablar conmigo. Ahora todo depende de ella. Porque si no está de acuerdo...

João Fulgêncio, antes de volver a su casa, fue a ver a Gabriela. Doña Arminda la había refugiado. Ella consintió a todo, nada quería, sin quejarse siquiera de los golpes, elogiando a Nacib:

—El señor Nacib es tan bueno... Yo no quería ofender al señor Nacib.

Fue así como, con un proceso de anulación de casamiento cuyos trámites corrieron veloces desde el pedido inicial hasta la sentencia, en poquísimo tiempo, el árabe Nacib se encontró de nuevo soltero, tras haber estado casado sin estarlo realmente, y haber pertenecido a la Cofradía de San Cornelio sin pertenecer realmente, ridiculizada la benemérita sociedad de maridos resignados. Fue así como la señora Saad volvió a ser Gabriela.

Amor de Gabriela

En la Papelería Modelo comentaban el caso. Nhô-Galo decía:

—Una solución genial. ¿Quién podía imaginar que Nacib era un genio? Yo ya lo apreciaba; ahora lo aprecio todavía más. Ilhéus tiene, por fin, un hombre civilizado.

El Capitán preguntaba:

—¿Cómo explica usted, João Fulgêncio, el carácter de Gabriela? Por lo que usted cuenta, ella quiere de veras a Nacib. Lo quería y lo sigue queriendo. Usted dice que para ella la separación es mucho más difícil que para él. Que el hecho de que le pusiera los cuernos no significa nada. ¿Cómo es posible? Si lo quería, ¿por qué lo engañaba? ¿Qué explicación me da?

João Fulgêncio miraba el movimiento de la calle, veía a las hermanas Dos Reis envueltas en sus mantillas, sonreía.

—¿Para qué explicar? No deseo explicar nada. Explicar es limitar. Es imposible limitar a Gabriela, disecar su alma.

—Cuerpo hermoso, alma de pajarito. ¿Será que tiene alma? —Josué pensaba en Glória.

—Alma de niña, tal vez. —El Capitán quería entender.

—¿De niña? Puede ser. ¿De pajarito? Un disparate, Josué. Gabriela es buena, generosa, impulsiva, pura. De ella se pueden enumerar cualidades y defectos; explicarla, jamás. Hace lo que ama, se niega a lo que no le agrada. No quiero explicarla. Para mí, basta con verla, saber que existe.

En la casa de doña Arminda, encorvada sobre la costura, todavía morada de los golpes, Gabriela piensa. Por la mañana saltó el muro, antes de que llegara la mestiza, entró en la casa de Nacib, barrió y limpió. ¡Tan bueno el señor Nacib! Le pegó, estaba furioso. La culpa era de ella, ¿por qué había aceptado casarse? Ganas de salir con él por la calle, tomados del brazo, anillo en el dedo. Miedo tal vez a perderlo, a que un día él se casara con otra, la echara.

Fue por eso, seguro. Hizo mal, no debió aceptar. Antes había sido pura alegría.

Le pegó con rabia, tenía derecho hasta a matarla. La mujer casada que engaña al marido sólo merece morir. Todo el mundo lo decía, doña Arminda se lo dijo, el juez lo confirmó, era así, no más. Ella merecía morir. Él era bueno, apenas le dio una paliza y la expulsó de la casa. Después el juez preguntó si a ella no le importaba que se deshiciera el casamiento, como si nunca se hubiera casado. Le advirtió que no tendría derecho a nada del bar, el dinero del Banco, la casa de la ladera. Dependía de ella. Si no aceptara, la justicia iba a demorar, nadie podía saber cómo terminaría el proceso. Si accedía... No quería otra cosa. El juez le explicó: era como si nunca se hubiera casado. Mejor no podía ser... Porque, así, no había motivo para que el señor Nacib sufriera tanto, para que el señor Nacib se ofendiera. Los golpes no le importaban... Aunque la matara, no moriría con rabia, él tenía razón. Pero sí le importaba estar expulsada de la casa, no poder verlo, sonreírle, escucharlo hablar, sentir su pierna pesada sobre su muslo, los bigotes haciéndole cosquillas en el cuello, las manos tocándole el cuerpo, los senos, las nalgas, las piernas, el vientre. El pecho del señor Nacib como una almohada. Le gustaba quedarse dormida con la cara hundida entre los pelos del ancho pecho amigo. Cocinar para él, oírlo elogiar la comida sabrosa. Los zapatos no le gustaban. Tampoco ir a visitar a las familias de Ilhéus. Ni las fiestas, los vestidos caros, las joyas verdaderas, que costaban tanto dinero. No le gustaban. Pero le gustaba del señor Nacib la casa de la ladera, el huerto de guayabos, la cocina y la sala, el lecho del cuarto.

El juez le dijo: unos días más y ya no sería casada y nunca lo habría sido. Nunca lo habría sido... ¡Qué gracioso! Era el mismo juez que la había casado, el que antes tanto había querido ponerle casa. Todavía le hablaba de eso. No quería, era un viejo sin gracia. Pero buena persona. Si ya no era casada, y nunca lo había sido, ¿por qué no podía volver a la casa del señor Nacib, al cuartito de los fondos, a ocuparse de la cocina, de lavar la ropa, la limpieza?

Doña Arminda dijo que nunca más el señor Nacib volvería a mirarla, a decirle buen día, a hablar con ella. ¿Por qué todo eso, si ya no eran casados, si no lo habían sido nunca? Unos días más... había dicho el juez. Se quedó pensando: ahora podía volver otra vez con el señor Nacib. No había querido ofenderlo, no había querido lastimarlo. Pero lo había ofendido porque era casada, pero lo había lastimado al acostarse con otro en su cama, estando casada. Un día se había dado cuenta de que él tenía celos. Un hombre tan grande, qué gracioso. Había tomado precauciones, desde entonces, mucho cuidado, porque no quería que él sufriera. Qué cosa más tonta, sin explicación: ¿por qué los hombres sufrían tanto cuando una mujer con la que se acostaban se acostaba con otro? Ella no lo comprendía. Si el señor Nacib tenía ganas, bien que podía ir a acostarse con otra, dormir en sus brazos. Ella sabía que Tonico se acostaba con otras, doña Arminda le había contado que tenía una barbaridad de mujeres. Pero, si era lindo acostarse con él, jugar con él en la cama, ¿por qué exigir que fuera sólo con ella? No entendía. Le gustaba dormir en los brazos de un hombre. No de cualquiera. De un muchacho lindo, como Clemente, como Tonico, como Nilo, como Bebinho, ¡ah!, como el señor Nacib. Si el hombre también quería, si la miraba pidiendo, si le sonreía, si la pellizcaba, ¿por qué rechazarlo, por qué decir que no? ¿Si eso querían, tanto uno como el otro? No veía por qué. Era lindo dormir en los brazos de un hombre, sentir el estremecimiento del cuerpo, la boca que mordía, morir en un suspiro. Que el señor Nacib se enojara, que se pusiera furioso, porque era casado, eso lo entendía. Había una ley, no estaba permitido. Sólo el hombre tenía derecho, la mujer no. Ella lo sabía, ¿pero cómo resistirse? Tenía ganas, enseguida lo hacía, ni se acordaba de que no estaba permitido. Se cuidaba para no ofenderlo, para no lastimarlo. Pero nunca pensó que iba a ofenderlo tanto, lastimarlo tanto. En pocos días, el casamiento acabado, acabado para siempre; ¿por qué el señor Nacib iba a seguir enojado?

Algunas cosas le gustaban, le gustaban demasiado: el sol de la mañana antes de que calentara mucho. El agua fría, la playa blanca, la arena y el mar. El circo, el parque de diversiones. El cine también. Las guayabas y las *pitangas*. Las flores, los animales, cocinar, comer, andar por la calle, reír y charlar. Con señoras engreídas no, no le gustaba. Más que todo le gustaba un muchacho lindo, en sus brazos dormir, gemir, suspirar. Esas cosas le gustaban. Y el señor Nacib. Él le gustaba con un gustar diferente. En la cama para gemir, besar, morder, suspirar, morir y renacer. Pero también para dormir de verdad, soñando con el sol, con el gato matrero, con la arena de la playa, la luna del cielo y la comida que hacer. Sintiendo en sus muslos el peso de la pierna del señor Nacib. Él le gustaba mucho, demasiado, lo extrañaba, se escondía detrás de la puerta para espiarlo llegar. Muy tarde llegaba, a veces borracho. Cómo le gustaría tenerlo otra vez, apoyar la cabeza en su pecho, oírlo decirle cosas de amor en un idioma extranjero, oír su voz murmurando: "¡Bié!"

Sólo porque la había encontrado en la cama sonriéndole al señor Tonico. ¿Qué importancia tan grande, por qué tanto sufrir, si ella se acostaba con un joven? No le sacaba un pedazo, no se volvía diferente, él le gustaba de la misma manera, y ya no podría ser. ¡Ah, ya no podría ser! Dudaba de que existiera en el mundo una mujer a la que le gustara tanto un hombre, para acostarse con él o para vivir con él, fuera hermana, hija, madre, juntada o casada, como a ella le gustaba el señor Nacib. Tanto lío, tanto alboroto, ¿sólo porque la había encontrado con otro? No por eso le gustaba menos, menos lo quería, menos sufría porque él no estaba. Doña Arminda juraba que el señor Nacib jamás volvería, jamás a sus brazos. Ella quería, al menos, cocinar para él. ¿Dónde iba a comer? Y en el bar, ¿quién prepararía los bocadillos dulces y salados? ¿Y el restaurante que estaba por abrir? Quería al menos cocinar para él.

Y quería, ¡cómo quería!, verlo sonreír con su cara tan buena, su cara linda. Sonreír junto a ella, que la tomara en los brazos, le dijera Bié, le apoyara los bigotes contra el cuello perfumado. No había en el mundo una mujer a la que tanto le gustara un hombre, que con tanto amor suspirara por su bienamado como ella suspiraba, muerta de amor, Gabriela por el señor Nacib.

En la papelería continuaba la discusión.

—La fidelidad es la mayor prueba del amor —decía Nhô-Galo.

—Y la única medida con que se pueden calcular las dimensiones de un amor —apoyaba el Capitán.

—El amor no se demuestra, ni se mide. Es como Gabriela. Existe, y con eso basta —dijo João Fulgêncio—. El hecho de que no se comprenda o se explique una cosa no termina con ella. Nada sé de las estrellas, pero las veo en el cielo, son la belleza de la noche.

De la vida sorprendente

Aquella primera noche en la casa sin Gabriela: vacía de su presencia, dolorosa de su memoria. En vez de esperarlo su sonrisa, la humillación que lastimaba, la certeza de que no se trataba de una pesadilla, de que había sucedido esa cosa imposible, nunca imaginada. La casa vacía sin Gabriela, llena de recuerdos y sentimientos. Veía a Tonico sentado en el borde de la cama. La rabia, la tristeza, el saber que todo había terminado, que ella no estaba, que era de otro, que ya no la tendría. Una noche cansada, fatigosa como si él cargase todo el peso de la tierra, larga como el fin del mundo. Nunca más iba a terminar, ese dolor hondo, ese vacío, no saber qué hacer, no saber por qué vivir, para qué trabajar. Los ojos secos de lágrimas, el pecho destrozado a puñal. Sentado en el borde de la cama, imposible dormir. Nunca más dormiría esa noche que recién comenzaba, noche que duraría la vida entera. El perfume a clavo de Gabriela había quedado impregnado en las sábanas, en el colchón. Dentro de sus fosas nasales. No podía mirar hacia la cama porque la veía, acostada, desnuda, los senos erguidos, la curva de las nalgas, la sombra aterciopelada de los muslos, la tierra plantada del vientre. Su color de canela donde Nacib la había dejado violeta, los hombros, el pecho, la marca de los labios. El día había terminado para siempre, aquella noche en su pecho duraría toda la vida, marchitos bigotes caídos para siempre, un dejo amargo en la boca para siempre amarga, no volvería a sonreír, ¡jamás!

Algunos días después ya sonreía, al oír, en el Vesúvio, a Nhô-Galo despotricar contra los curas. Fueron difíciles las primeras semanas. Semanas vacías de todo, plenas de su ausencia. Cada cosa, cada persona se la traía de vuelta. Miraba el mostrador y ella allí estaba, de pie, una flor detrás de la oreja. Miraba la iglesia y la veía llegar, los pies con las chinelas. Veía a Tuísca y allí estaba, bailando, cantando cantigas. Llegaba el Doctor, hablaba de Ofenísia, él oía Gabriela. Jugaban el Capitán y Felipe, su reír cristalino resonaba en el bar. Peor aún en casa: en cada rincón la veía, cocinando en la cocina, sentada al sol en el umbral de la puerta, mordiendo guayabas en la huerta, estrechando la cara del gato contra la suya, mostrando el diente de oro, esperándolo bajo la luz de la luna en el cuartito del fondo. No se daba cuenta de una particularidad de esos recuerdos, que lo acompañaban durante semanas, en el bar, en la calle, en la casa: que nunca la recordaba en los tiempos de casados (o de concubinos, como explicaba a los demás: todo no había pasado de un concubinato). Sólo recordaba a la Gabriela de antes, de aquellos primeros tiempos. Hacían sufrir pero eran dulces recuerdos. De vez en cuando, sin embargo, lo herían en el pecho, en el orgullo de macho (porque ya no podía herirlo en el honor de marido; marido no era, marido no había sido); la veía en los brazos del otro. Difíciles primeras semanas, vacías, muerto por dentro. De la casa al bar, del bar a la casa. A veces iba a conversar con João Fulgencio, oírlo hablar de temas diversos.

Un día los amigos lo llevaron, casi a la rastra, al nuevo cabaré. Bebió mucho, demasiado. Pero tenía una resistencia brutal, no se emborrachó del todo. A la noche siguiente volvió. Conoció a Rosalinda, una rubia de Río, lo opuesto a Gabriela. Empezaba a vivir, lentamente la olvidaba. Lo más difícil fue acostarse con otra mujer. Metida en el medio, ahí estaba Gabriela. Sonriendo. Tendiéndole los brazos, poniéndole la pierna bajo el muslo, recostando la cabeza en su pecho. Ninguna tenía su sabor, su olor, su calor, su morir y matar. Hasta eso, no obstante, poco a poco fue pasando. Rosalinda le recordaba a Risoleta, experta en el amor. Ahora todas las noches iba a buscarla, a no ser cuando ella debía acostarse con el coronel Manuel das Onças, que le pagaba el cuarto y la comida en la casa de María Machadão. Una noche faltó un jugador en la mesa de póquer. Ocupó el lugar, jugó hasta tarde. Comenzó de nuevo a sentarse a las mesas, a conversar con los amigos, a jugar partidas de dama y *gamão*. A comentar las noticias, discutir de política, reírse de anécdotas, contarlas también. A decir que en la tierra de su padre era todavía peor, todo lo que sucedía en Ilhéus allá sucedía también, en grado superior. Ya no la veía en el bar, ya podía dormir en su cama, sólo el perfume a clavo sentía todavía. Nunca lo habían invitado tanto a almuerzos, cenas, comidas en casa de Machadão, a farras con mujeres en los cocotales del Pontal. Como si lo apreciaran todavía más, lo estimaran y lo consideraran más.

Nunca lo había pensado. Había roto con la ley. En vez de matarla, la había dejado irse en paz. En vez de dispararle a Tonico, se contentó con una bofetada. Imaginó su vida de allí en adelante como un infierno. ¿No había sido así con el doctor Felismino? ¿No le habían negado el saludo? ¿No lo habían apodado Buey Manso? ¿No lo obligaron a irse de Ilhéus? Porque el médico no había matado a la mujer y el amante, no había cumplido la ley. Es verdad que él, Nacib, al anular el casamiento, había borrado el presente y el pasado. Pero nunca esperó que comprendieran y aceptaran. Había tenido la visión del bar desierto, sin clientes, las manos negadas de los amigos, las risas de burla, las palmaditas en la espalda a Tonico, felicitándolo, burlándose de Nacib. Nada de eso había sucedido. Muy por el contrario. Nadie le hablaba del tema y cuando, al pasar, se referían a él, era para elogiar su astucia, su maña, la manera como había salido de aquel enredo. Se reían y se burlaban, pero no de Nacib, sino de Tonico, ridiculizaban al notario, con elogios a la sabiduría del árabe. Tonico se había cambiado al Pinga de Ouro, con su amargo diario. Y hasta el propio Plínio Araçá encontró la manera de enrostrarle la buena jugada que le había hecho Nacib. Sin hablar de la bofetada. Fue glosada en prosa y verso, Josué compuso un epigrama. De Gabriela nadie hablaba. Ni bien ni mal, como si estuviera más allá de todo comentario, o como si ya no existiera. No alzaban la voz contra ella y algunos hasta la defendían. Al fin y al cabo, una muchacha mantenida tenía cierto derecho a divertirse. No estaba casada, no tenía mayor importancia.

Ella seguía en la casa de doña Arminda. Nacib no había vuelto a verla. Por la partera sabía que cosía para el floreciente taller de Dora. Y por otros sabía de los ofrecimientos que llovían sobre ella, en mensajes, cartas, notas. Plínio Araçá le mandó decir que propusiera un sueldo. Manuel das Onças de nuevo la rondaba. El juez estaba dispuesto a romper con la manceba, poner casa. Según constaba, hasta el árabe Maluf, en apariencia tan serio, era candidato. Algo muy extraño: no había propuesta capaz de tentarla. Ni casa, ni cuentas en tiendas, ni terreno con plantación, ni dinero en efectivo. Cosía para Dora.

Había sido serio el perjuicio para el bar. La mestiza hacía una comida sin gusto. Los bocadillos salados y dulces venían una vez más de las hermanas Dos Reis, demasiado careras. Y los hacían como un favor, encima. Nacib no encontraba cocinera. Pensando en el restaurante, mandó a pedir una a Sergipe, pero todavía no llegaba. Contrató a otro empleado, un muchacho llamado Valter. Sin práctica, no sabía servir. Un perjuicio terrible.

En cuanto al proyecto del restaurante, casi se fue a pique. Durante algún tiempo ni se preocupó del bar y el restaurante. Los dos empleados de comercio se mudaron del piso de arriba cuando Nacib todavía estaba en aquella primera fase, de desesperación, cuando la ausencia de Gabriela era la única realidad que llenaba el vacío de los días. Pero al cumplirse el primer mes en que el piso permaneció desocupado, Maluf le mandó el recibo del alquiler. Pagó, y con eso tuvo que pensar en el restaurante. Aun así, lo postergaba. Cierta tarde, Mundinho Falcão le envió un mensaje, para solicitar su presencia en la oficina de la casa exportadora. Lo recibió con demostraciones de gran amistad. Hacía tiempo que Mundinho no aparecía por el bar, andaba por el interior, en campaña electoral. Una vez Nacib lo había visto en el cabaré. Apenas si hablaron, Mundinho bailaba.

—¿Y, cómo va la vida, Nacib? ¿Prosperando siempre?

—Viviendo. —Y, para liquidar el asunto, dijo: —Ya debe de saber lo que me pasó. De nuevo soy un hombre soltero.

—Me dijeron. Formidable lo que hizo. Actuó como un europeo. Un hombre de Londres, de París. —Lo miraba con simpatía. —Pero, dígame una cosa, entre nosotros: todavía duele un poco por dentro, ¿no?

Se sobresaltó Nacib. ¿Por qué le preguntaba eso?

—Sé cómo es esto —continuaba Mundinho—. A mí me pasó algo, no digo parecido, pero, de cierta manera, semejante. Fue por eso que me vine a Ilhéus. Con el tiempo, la herida cicatriza. Pero, de vez en cuando, todavía duele. Cuando amenaza lluvia, ¿no?

Nacib asintió, reconfortado. Seguro de que había sucedido con Mundinho Falcão un hecho idéntico al suyo. Mujer bien amada que lo traicionó con otro. ¿Habría habido casamiento y descasamiento? Casi se lo preguntó. Se sentía en buena compañía.

—Bueno, mi estimado, quiero hablarle del restaurante. Ya debería estar inaugurado. Es cierto que las cosas encargadas a Río todavía no llegaron. Pero están por caer. Ya las embarcaron en un Ita. No quise incomodarlo con esto, porque usted andaba mal, pero, al final, ya pasaron más de dos meses desde que los últimos inquilinos se mudaron del piso. Es hora de que pensemos en el negocio. ¿O usted desistió?

—No, señor. ¿Por qué iba a desistir? Sólo que al principio no podía pensar. Pero ahora ya está todo en orden.

—Entonces muy bien, pongamos manos a la obra. Hay que mandar hacer la reforma del salón, recibir los encargos de Río. Para ver si inauguramos a principios de abril.

—Quédese tranquilo.

De vuelta en el bar, mandó llamar al albañil, el pintor, un electricista. Discutió los planos de la reforma, otra vez lleno de entusiasmo, pensando en el dinero por ganar. Si todo marchara bien, en un año, a lo sumo, podría adquirir la soñada plantación de cacao.

En toda aquella historia, sólo su hermana y su cuñado se comportaron mal. Fueron a Ilhéus apenas supieron de la noticia. La hermana lo atormentó: "¿No te lo dije?" El cuñado, con su anillo de doctor, un aire de hastío, como de quien sufre del estómago. Le hablaban mal de Gabriela, compadecían a Nacib. Él, callado, sentía ganas de echarlos de la casa.

La hermana revisaba los armarios, examinado los vestidos, los zapatos, las combinaciones, las enaguas, los chales. Algunos vestidos nunca se los había puesto Gabriela. La hermana exclamaba:

—Éste está nuevo, no se usó. Me quedaría justo.

Nacib gruñó:

—Déjalo ahí. No toques esas cosas.

—¡Lo que faltaba! —se ofendió la Saad de Castro—. ¿Es ropa de santo?

Regresaron a Água Preta. La codicia de la hermana le hizo recordar el gasto en vestidos, en zapatos, en joyas. Las joyas, bastaba con llevarlas adonde las había comprado, devolverlas con una pequeña pérdida. Los vestidos podía venderlos en la tienda del tío. También dos pares de zapatos nuevos. Nunca se los había puesto. Era lo que tenía que hacer. Pero, durante algún tiempo, olvidó la idea, ni miraba los armarios cerrados.

Al día siguiente de la conversación con Mundinho, metió las joyas en el bolsillo de la chaqueta, hizo dos paquetes con los vestidos, los zapatos. Pasó por el joyero, después por la tienda del tío.

De la culebra de cristal

Al fin de la tarde, en aquel crepúsculo interminable de los montes, cuando las sombras se volvían apariciones por los arbustos y las plantas de cacao, la noche que llegaba sin prisa como para prolongar el agotador día de trabajo, Fagundes y Clemente terminaban de plantar.

—Está todo metido en la tierra —dijo el negro, riendo—. Cuatro mil plantas de cacao para que el coronel se haga más rico.

—Y para que nosotros compremos un pedazo de tierra dentro de tres años —respondió el mulato Clemente, cuya boca había perdido el gusto de sonreír.

Después del tiro errado contra Aristóteles, de oír las recriminaciones de Melk ("Creí que de veras sabías tirar. No sirves para nada"), oídas en silencio (¿qué podía responder? Había errado la puntería, ¿cómo pudo pasar?), recibida la magra recompensa ("Te contraté para liquidar al hombre, no para herirlo. Agradece que encima te pago"), había aceptado Fagundes aquel trabajo con Clemente. Sobre el error de puntería, apenas explicó al coronel:

—No había llegado el día destinado para que él muriera. Cada uno tiene su día, marcado allá arriba. —Apuntaba al cielo.

Trabajo para talar diez *tarefas* de monte, prenderle fuego, preparar la tierra, plantar cuatrocientos pies de cacao por *tarefa*, cuidar de su crecimiento durante tres años. Entre las plantas de cacao cultivaban mandioca, maíz, batata, *inhame*. De este cultivo menudo deberían vivir durante los tres años. Al finalizar el contrato, por cada planta de cacao que hubiera madurado, el coronel les pagaría mil quinientos reales. Con ese dinero, Clemente soñaba comprar una parcela de tierra para hacer entre los dos una plantación. ¿Qué terreno podrían comprar con tan poco dinero? Una miseria, un lote de tierra mala. El negro Fagundes pensaba que, si las famosas luchas no se reanudaran, sería difícil, muy difícil, llegar a comprar una parcela de tierra, aunque fuera mala. Con la mandioca y el maíz, la batata y *aipim*, no lograrían vivir. Apenas comer. Para ir al pueblo, acostarse con una puta, divertirse un poco, tirar unos tiros al aire, no alcanzaba. Era necesario tomar dinero adelantado. Al final de los tres años recibirían el saldo, tal vez ni siquiera llegara a la mitad del trabajo. ¿Dónde habían quedado esos disturbios que tan bien habían comenzado? Había una calma, ni se hablaba. Los *jagunços* de Melk habían vuelto junto con Fagundes, en una canoa, de madrugada.

El coronel andaba sombrío; también él había perdido el gusto por reír. Fagundes sabía por qué. En la plantación todos lo sabían, por noticias oídas en Cachoeiras do Sul. La hija, aquella orgullosa que Fagundes conoció, había llegado del colegio apasionada por un hombre casado. La mujer es un bicho malo, se mete con la vida de todo el mundo. Si no es la mujer de uno, es la hija, es la hermana. ¿Acaso no vivía Clemente con la cabeza gacha, matándose con el trabajo, quedándose por la noche en la puerta de la casa de adobe, sentado en una piedra, mirando el cielo? Desde que supo, por el negro Fagundes, a su llegada de Ilhéus, que Gabriela estaba casada con el dueño de un bar, señora de anillo en el dedo, diente de oro, patrona de sirvientas.

Le había contado el negro las peripecias de la fuga, la cacería del cerro, el muro saltado, el encuentro con Gabriela casada y de cómo ella le había salvado la vida. Ellos quemaban el monte: corrían los animales aterrados, delante del fuego. Cerdos salvajes, *caititus*, pacas, venados, *teiús*, *jacus* y un montón de serpientes: *jararacas*, cascabeles, *surucucus*. Después tenían que labrar con cuidado, porque entre los matorrales se escondían las cabezas traicioneras de las víboras, con el salto listo para atacar. Era la muerte segura.

Cuando estaban comenzando a plantar los frágiles vástagos de cacao, el coronel lo mandó llamar. Golpeaba con el rebenque la bota, en la galería de la casa. Con ese rebenque había azotado a la hija, y así la incitó a partir. Miró al negro Fagundes con sus ojos pensativos y tristes desde la fuga de Malvina, habló con su voz de enojo concentrado:

—¡Prepárate, negro! Un día de éstos te llevo de nuevo a Ilhéus. Se van a necesitar hombres dispuestos en la ciudad.

¿Sería para matar al tipo que se había llevado a la hija? ¿Para dispararle a él y, tal vez, a la muchacha? Era orgullosa, parecía una imagen de santa. Pero él, Fagundes, no mataba mujeres. ¿O los disturbios estaban empezando de nuevo? Preguntó:

—¿Hay pelea otra vez? —Se rió. —Esta vez no voy a fallar.

—Para los días de las elecciones. Se avecinan. Necesitamos ganar. Aunque sea a punta de rifle.

Buena noticia después de tanto tiempo de calma. Volvió a seguir plantando con nuevas fuerzas. El sol implacable era un látigo en el lomo. Por fin habían terminado; cuatro mil brotes de cacao cubrían la tierra donde antes había vegetación virgen, asustadora.

Al volver a la casa, las azadas al hombro, conversaban Clemente y el negro Fagundes. El crepúsculo moría, la noche entraba en las plantaciones, trayendo consigo los lobisones, las *mulas-de-padre*, el alma de los muertos en las emboscadas antiguas. Pasaban sombras en los cacaos, las lechuzas abrían los ojos nocturnos.

—Un día de éstos vuelvo a Ilhéus. Allá sí que vale la pena. Hay tantas mujeres en el Bate-Fundo, una más linda que la otra. Me voy a dar una panzada. —Se pegaba en la panza negra, de ombligo saltón. —Esta barriga se va a aclarar de tanto sobar barrigas de blancas.

—¿Vas a Ilhéus?

—Te lo dije el otro día. Que el coronel me avisó. Va a haber elecciones, vamos a ganar a costa de balas. Ya estoy avisado, sólo falta la orden para embarcar.

Clemente caminaba meditabundo, como rumiando una idea. Fagundes decía:

—Esta vez voy a volver con dinero. No hay negocio mejor que garantizar elecciones. Hay para comer y tomar, fiestas para festejar por haber ganado. Y corre dinero para nuestros bolsillos. Te lo aseguro: esta vez voy a traer los mil reales para comprar un pedazo de tierra.

Parado a la sombra, la cara en la oscuridad, Clemente pedía:

—Podrías hablar con el coronel para que me lleve a mí también.

—¿Por qué quieres ir? No eres hombre de pelea... Lo que tú sabes hacer es labrar la tierra, plantar, cosechar. ¿Para qué quieres ir?

Clemente siguió caminando, no respondió. Fagundes repitió:

—¿Para qué? —Y se acordó. —¿Para ver a Gabriela?

El silencio de Clemente era una respuesta. Las sombras crecían, no tardaría en llegar la *mula-de-padre*, venida del infierno, suelta por el monte, pasaría corriendo, los cascos golpeando contra las piedras, en lugar de cabeza un fuego saliendo del pescuezo cortado.

—¿Qué vas a ganar, de que te va a servir verla otra vez? Está hecha una mujer casada, más bonita que nunca, no cambió de manera de ser con el casorio, habla con uno de la misma manera. ¿Para qué la quieres ver? No sirve de nada.

—Para verla, no más. Para verla una vez, espiarle la cara, sentir su olor. Para verla reír, oírla otra vez.

—La tienes pegada a la cabeza. Sólo piensas en ella. Ya me di cuenta: ahora hablas de comprar la tierra sólo por hablar. Después que te enteraste del casamiento. ¿Para qué la quieres ver?

Una culebra de cristal salió de entre los matorrales, corrió por el camino. En la sombra difusa, su largo cuerpo brillaba, era lindo verla, parecía un milagro en la noche del campo.

Avanzó Clemente, bajó la azada, partió la culebra de cristal en tres pedazos. Con otro golpe le aplastó la cabeza.

—¿Por qué hiciste eso? No es venenosa... No le hace mal a nadie.

—Es demasiado bonita, sólo con eso hace mal.

Anduvieron en silencio un buen trecho. El negro Fagundes dijo:

—A las mujeres no hay que matarlas. Aunque la desgraciada nos arruine la vida.

—¿Quién habló de matar?

Jamás lo haría, no tenía coraje, ni fuerzas tenía. Pero era capaz de dar diez años de vida, la esperanza de un pedazo de tierra, para verla una vez más, una sola, escuchar su risa. Era una culebra de cristal, no tenía veneno, pero sembraba aflicciones con sólo pasar entre los hombres como un misterio, un milagro. En los restos de troncos, en el fundo del monte, el chillido de las lechuzas llamando a Gabriela.

De las campanas doblando a difuntos

Los *jagunços* no llegaron a bajar de las plantaciones. Ni los de Melk, de Jesuíno, de Coriolano, de Amâncio Leal, ni los de Altino, de Aristóteles, de Ribeirinho. No fue necesario.

Aquella campaña electoral había adquirido aspectos nuevos, inéditos para Ilhéus, Itabuna, Pirangi, Água Preta, para la región cacaotera. Antes, los candidatos, seguros de la victoria, ni siquiera aparecían. Cuando mucho, visitaban a los coroneles más poderosos, dueños de las mayores extensiones de tierra y el mayor número de plantas de cacao. Esta vez era diferente. Nadie tenía la certeza de ser elegido, había que disputar los votos. Antes los coroneles decidían, a las órdenes de Ramiro Bastos. Ahora estaba todo trastornado; si Ramiro todavía mandaba en Ilhéus, daba órdenes al intendente; en Itabuna mandaba Aristóteles, su enemigo. Uno y otro apoyaban al gobierno del estado. Y el gobierno, ¿a quién apoyaría después de las elecciones? Mundinho no había permitido que Aristóteles rompiera con el gobernador.

En los bares, en la Papelería Modelo, en las conversaciones en el puesto de pescado, se dividían las opiniones. Algunos afirmaban que el gobierno continuaría favoreciendo a Ramiro Bastos, sólo reconocería a sus candidatos, aunque fueran derrotados. ¿Acaso no era el coronel uno de los pilares de la situación del estado, no los había apoyado en los momentos difíciles? Otros creían que el gobierno se quedaría con el que venciera en las urnas. El gobernador estaba en el final de su período, el nuevo mandatario necesitaría apoyo para administrar. Si Mundinho ganara, decían, el nuevo gobernador lo reconocería, así contaría con Ilhéus e Itabuna. Los Bastos ya no valían nada, estaban acabados, sólo servían para desecharlos. Otros opinaban que el gobierno trataría de quedar bien con las dos partes. No reconocería a Mundinho, dejaría que el médico de Río continuara mamando los honorarios de diputado federal. En la

Cámara del Estado mantendría a Alfredo Bastos. A cambio reconocería al Capitán, de cuya victoria nadie dudaba. El intendente de Itabuna sería, claro, el candidato de Aristóteles, compadre suyo, para que él siguiera administrando. Por otro lado, preveían, el gobierno ofrecería a Mundinho la banca de senador del estado, que quedaría vacante cuando muriera Ramiro. Después de todo, el viejo ya había festejado ochenta y tres años.

—Ése llega a los cien…

—Llega seguro. Esa banca de senador, Mundinho va a tener que esperarla mucho tiempo…

Así el gobierno quedaría bien con unos y con otros, se reforzaría en el sur del Estado.

—Va a quedar mal con las dos partes…

Mientras la población conjeturaba y discutía, los candidatos de las dos facciones se esmeraban al máximo. Visitas, viajes, bautismos en profusión, regalos, asambleas, discursos. No pasaba un domingo sin asamblea en Ilhéus, en Itabuna, en los pueblos. El Capitán ya había pronunciado más de cincuenta discursos. Andaba con la garganta destruida, afónico, de repetir andanadas retumbantes. Prometía el oro y el moro, grandes reformas en Ilhéus, carreteras, mejoras, para completar la obra iniciada por su padre, el inolvidable Cazuza de Oliveira. El doctor Maurício no hacía menos. Mientras el Capitán hablaba en la plaza Seabra, él citaba la Biblia en la plaza Rui Barbosa. João Fulgêncio afirmaba:

—Ya sé todo el Antiguo Testamento de memoria. De tanto oír los discursos de Maurício. Si gana él, mis estimados, volverá la lectura obligatoria de la Biblia, a coro, todos los días, en plaza pública, dirigida por el padre Cecílio. El que más va a sufrir va a ser el padre Basílio. Todo lo que él sabe de la Biblia es que el Señor dijo: “Creced y multiplicaos”.

Pero, en tanto el Capitán y el doctor Maurício Caires se limitaban a la ciudad y los pueblos y aldeas del municipio, Mundinho, Alfredo y Ezequiel viajaban a Itabuna, Ferradas, Macuco, recorriendo la zona del cacao, pues dependían de los votos de toda la región. Hasta el doctor Vitor Melo, asustado por las noticias llegadas a Río, que señalaban su reelección como improbable, había embarcado en un Ita hacia Ilhéus, a refutar a esa insumisa gente del cacao. Abandonó el consultorio elegante, donde trataba los nervios de señoras *blasées*, dejó nostálgicas a las francesas del Assírio, a las coristas de las compañías de revistas, no sin antes quejarse, en la Cámara, a Emílio Mendes Falcão, su colega del Partido Republicano, diputado por San Pablo:

—¿Quién es ese pariente suyo que decidió disputar mi banca en Ilhéus? Un tal Mundinho, ¿usted lo conoce?

—Es mi hermano, el menor. Ya estoy enterado.

Se alarmó entonces el diputado por la zona del cacao. Si era hermano de Emílio y Lourival, su elección y —¡peor!— su reconocimiento de veras corrían peligro. Emílio informaba:

—Es un loco. Abandonó todo acá, fue a meterse en ese fin del mundo. De repente aparece como candidato. Anda diciendo que vendrá a la Cámara con el único fin de interrumpir mis discursos... —Se rió y preguntó: —¿Por qué no cambia de distrito electoral? Mundinho es terrible. Capaz de hacerse elegir.

¿Cómo iba a cambiar? Era protegido de un senador, su tío por parte de madre; se había apoderado ese lugar en el séptimo distrito electoral de Bahía. Los otros estaban todos ocupados. ¿Y quién querría cambiar con él, competir con un hermano de Lourival Mendes Falcão, gran señor del café, con poder sobre el Presidente de la República? Se embarcó con urgencia hacia Ilhéus.

João Fulgêncio convenía con Nhô-Galo: lo mejor que el diputado Vitor Melo habría podido hacer por su candidatura era no haber ido a Ilhéus. Se trataba del tipo más antipático del mundo.

—Es vomitivo —decía Nhô-Galo.

Hablaba difícil, discursos salpicados de términos médicos ("sus discursos huelen a formol", explicaba João Fulgêncio), con una voz desagradable, afeminado, unas chaquetas extravagantes, habría gozado de fama de invertido de no haber sido tan lanzado con las mujeres.

—Es Tonico Bastos elevado al cubo —lo definía Nhô-Galo.

Tonico andaba por Bahía con la esposa, de paseo. Esperando que la ciudad olvidara por completo su triste aventura. No quería participar en la campaña electoral. Los adversarios podían explotar su problema con Nacib. ¿No habían pegado en la pared de su casa un dibujo con lápiz de color, en el que se lo veía corriendo en calzoncillos —¡qué infamia, había salido con pantalones!—, gritando socorro? Con unos versos sucios, abajo:

Don Tonico Gallito[*],
donjuán putañero,
se jodió por entero.
—¿Estás bien casada?
—Lo que estoy es amigada.
Y se llevó una bofetada
don Tonico Gallito.

El que también estuvo por sufrir bofetadas, si no un tiro, fue el diputado doctor Vitor Melo. Con su aire de galán, su nariz torcida, su experiencia con las señoras de Río, nerviosas clientas, curadas en el diván del consultorio, apenas veía una mujer bonita empezaba a hacerle propuestas. No le importaba en lo más mínimo quién fuera el marido. Hubo una fiesta, en el Club Progreso, en la que no le pegaron sólo porque Alfredo Bastos intervino a tiempo, cuando ya el impulsivo Moacir Estrela, socio de la empresa de autobuses, iba a meter el puño en el noble hocico parlamentario de Vitor. Éste había salido a bailar con la esposa de Moacir, linda y modesta persona, que comenzaba a frecuentar los salones del Progreso, debido a la reciente prosperidad del marido. La señora lo soltó en medio del salón, al tiempo que protestaba en voz alta:

—¡Atrevido!

Contó a las amigas que el diputado estuvo todo el tiempo metiendo una pierna entre las suyas, apretándola contra el pecho, como si en lugar de bailar quisiera otra cosa. El *Diário de Ilhéus*, mediante la pluma agresiva y purista del Doctor, relató el incidente con el título: "EL FULANO EXPULSADO DEL BAILE POR IGNOMINIA". No había habido expulsión propiamente dicha. Alfredo Bastos se llevó al diputado, ya que los ánimos estaban exaltados. El propio coronel Ramiro, al conocer esos y otros hechos, confesó a los amigos:

—Era Aristóteles el que tenía razón. Si yo hubiera sabido todo esto, no me habría peleado con él y perdido Itabuna.

[*] En el original se apoda al personaje "Tonico Penico", combinando el significado "sucio" de *penico* —"orinal, bacinilla, escupidera"— con la expresión *pedir penico*: acobardarse, amedrentarse, darse por vencido. (*N. de las T.*)

También en el bar de Nacib hubo una trifulca con el diputado. En una discusión, el hombrecito perdió la cabeza y dijo que Ilhéus era una tierra de brutos, de maleducados, sin ningún grado de cultura. Esta vez lo salvó João Fulgêncio. Josué y Ari Santos, que se consideraron personalmente ofendidos, quisieron darle una paliza. Fue necesario que João Fulgêncio utilizara toda su autoridad para evitar la pelea. El bar de Nacib era ahora un reducto de Mundinho Falcão. Socio del exportador y enemigo de Tonico, el árabe (ciudadano brasileño nato y elector) había entrado en la campaña. Y, por muy asombroso que parezca, en aquellos días vibrantes de asambleas, en la mayor de ellas, cuando el doctor Ezequiel batió todos sus récords anteriores de cachaza e inspiración, Nacib pronunció un discurso. Le dio una cosa por dentro, después de oír a Ezequiel. No aguantó, pidió la palabra. Fue un éxito sin precedente, sobre todo porque, tras comenzar en portugués y a falta de palabras lindas, pescadas con dificultad en la memoria, concluyó en árabe, con una catarata de vocablos que se sucedían con impresionante rapidez. Los aplausos no terminaban.

—Fue el discurso más sincero y más inspirado de toda la campaña —calificó João Fulgêncio.

Toda esa agitación cesó una dulce mañana de luz azulada, cuando los jardines exhalaban perfume y los pájaros trinaban saludando tanta belleza. El coronel Ramiro se despertaba muy temprano. La empleada más antigua de la casa, que llevaba casi cuarenta años con los Bastos, le servía un pocillo de café. El anciano se sentaba en la mecedora, a pensar en la marcha de la campaña electoral, a hacer cálculos. Se iba acostumbrando a la idea de mantenerse en el poder gracias al reconocimiento prometido por el gobernador, al barrido de los adversarios electos. Aquella mañana, la empleada esperó con el pocillo de café. El coronel no apareció. Alarmada, despertó a Jerusa. Lo encontraron muerto, los ojos abiertos, la mano derecha sujetando la sábana. Un sollozo cortó el pecho de la muchacha, la empleada empezó a gritar: "¡Murió mi padrino!"

El *Diário de Ilhéus*, orlado de negro, hacía el elogio del coronel: "En esta hora de luto y dolor cesan todas las divergencias. El coronel Ramiro Bastos fue un gran hombre de Ilhéus. A él le deben la ciudad, el municipio y la región mucho de lo que poseen. El progreso del que hoy nos enorgullecemos, y por el cual nos batimos, sin Ramiro Bastos no existiría". En la misma página, entre muchos otros avisos fúnebres —de la familia, de la Intendencia, de la Asociación Comercial, de la Cofradía de San Jorge, de la familia de Amâncio Leal, de la compañía de Ferrocarril Ilhéus-Conquista—, se leía uno, del Partido Democrático de Bahía (sucursal Ilhéus), que invitaba a todos sus correligionarios a comparecer al entierro del "inolvidable hombre público, adversario leal y ciudadano ejemplar". Firmaban Raimundo Mendes Falcão, Clóvis Costa, Miguel Batista de Oliveira, Pelópidas de Assunção d'Ávila y el coronel Artur Ribeiro.

Alfredo Bastos y Amâncio Leal recibían, en la sala de las sillas de respaldo alto, donde reposaba el cuerpo, los pésames de una multitud que desfiló durante toda la mañana y toda la tarde. A Tonico le avisaron por telegrama. Al mediodía, acompañado de una enorme corona, Mundinho entró en la casa, abrazó a Alfredo, estrechó, conmovido, la mano de Amâncio. Jerusa, de pie junto al cajón, húmeda de lágrimas el semblante de nácar. Mundinho se acercó, ella alzó los ojos, estalló en sollozos, huyó de la sala.

A las tres de la tarde ya no cabía nadie dentro de la casa. La calle, hasta las cercanías del Club Progreso y de la Intendencia, estaba llena de gente. Había acudido Ilhéus en pleno, un tren especial y tres autobuses de Itabuna. Altino Brandão llegó de Rio do Braço, dijo a Amâncio:

—Fue mejor así, ¿no le parece? Murió antes de perder, murió mandando, como a él le gustaba. Era hombre de opinión, de los de antes. El último que quedaba.

El obispo, acompañado por todos los curas. La hermana superiora del colegio de monjas, con las monjas y las alumnas formadas en la calle, esperando la salida del séquito. Enoch, con todos los profesores y alumnos de su escuela. Los profesores y alumnos del complejo escolar, los niños del colegio de doña Guillermina y de los demás colegios particulares. La Cofradía de San Jorge, el doctor Maurício vestido con la túnica roja. El Mister vestido de negro, el alto sueco de la compañía de navegación, el matrimonio de griegos. Exportadores, hacendados, comerciantes (el comercio había cerrado sus puertas en señal de luto), y gente del pueblo, bajada de los cerros, venida del Pontal y la isla de las Cobras.

Con dificultad, acompañada por doña Arminda, Gabriela se abrió paso hasta la sala repleta de coronas y de gente. Logró acercarse al cajón, levantó el pañuelo de seda que cubría el rostro del muerto, lo miró un instante. Después se inclinó sobre la mano de un blanco de cera y la besó. El día de la inauguración del pesebre de las hermanas Dos Reis el coronel había sido amable con ella. Delante de la cuñada, del cuñado doctor. Abrazó a Jerusa, la muchacha se le abrazó al cuello, llorando. Lloraba también Gabriela, mucha gente sollozaba en la sala. Las campanas de todas las iglesias doblaban a difuntos.

A las cinco de la tarde el séquito salió. La multitud no cabía en la calle, se extendía hasta la plaza. Ya comenzaban los discursos al borde de la tumba —hablaron el doctor Maurício, el doctor Juvenal, abogado de Itabuna, el Doctor, por la oposición, el obispo pronunció unas palabras—, y todavía parte del cortejo iba subiendo la ladera de Vitória para llegar al cementerio. Por la noche, los cines cerrados, los cabarés apagados, los bares vacíos, la ciudad parecía desierta como si todos hubieran muerto.

Del fin (oficial) de la soledad

La ilegalidad es peligrosa y complicada. Requiere paciencia, sagacidad, viveza y un espíritu siempre alerta. No es fácil mantener íntegros los cuidados que exige. Difícil es preservarla de la indolencia, natural con el correr del tiempo y el aumento sensible de la sensación de seguridad. Al principio se exageran las precauciones pero, poco a poco, se las va abandonando, una a una. La ilegalidad va perdiendo su carácter, se despoja de su manto de misterio y, de repente, el secreto por todos ignorado es noticia en la boca del mundo. Fue sin duda lo que ocurrió con Glória y Josué.

Calentura, idilio, pasión, amor —dependía de la cultura y de la buena voluntad del comentarista la clasificación del sentimiento—, era un hecho conocido por todo Ilhéus el vínculo existente entre el profesor y la mulata. Se hablaba de eso no sólo en la ciudad, sino hasta en las fincas perdidas del lado de la sierra de Baforé. Sin embargo, en los días iniciales, todos los cuidados le parecían insuficientes a Josué y, sobre todo, a Glória. Ella le explicaba al amante las dos profundas y respetables razones por las que deseaba mantener al pueblo de Ilhéus, en general, y al coronel Coriolano Ribeiro, en particular, en la ignorancia de toda aquella belleza cantada en prosa y verso por Josué, de aquella santa alegría que resplandecía en el rostro de Glória. Primero, debido al poco recomendable pasado de violencia del hacendado. Celoso, no perdonaba traición de manceba. Si le pagaba lujos de reina, exigía derechos exclusivos sobre sus favores. Glória no deseaba arriesgarse a una paliza y al pelo rapado, como le había sucedido a Chiquinha. Ni arriesgar los delicados huesos de Josué, pues también le habían pegado a Juca Viana, el seductor. Y también a él le habían rapado el pelo, a navaja. Segundo, porque no quería perder, junto con el pelo y la vergüenza, la comodidad de la casa espléndida, la cuenta en la tienda y el almacén, la empleada para todo servicio, los perfumes, el dinero guardado bajo llave en el cajón. Así pues, Josué debía entrar en su casa después que se hubiera retirado el último de los noctámbulos y salir antes de que se levantara el primer madrugador. Debía desconocerla por completo fuera de esas horas en que, con ardor y voracidad, se vengaban, en el lecho crujiente, de tales limitaciones.

Es posible mantener tan estricta ilegalidad una semana, quince días. Después, empiezan los descuidos, la falta de vigilancia, de atención. Un poco más temprano ayer, un poco más temprano hoy, terminó Josué por entrar en la casa maldita cuando el bar Vesúvio todavía estaba lleno de gente, no bien terminaba la función del Cine-Teatro Ilhéus. Cinco minutos más de sueño hoy, cinco más mañana, acabó por salir directamente del cuarto de Glória hacia el colegio, a dictar clases. Confidencia ayer a Ari Santos ("No lo comentes..."), hoy a Nhô-Galo ("¡Qué mujer!"), secreto ayer murmurado a los oídos de Nacib ("No se lo cuentes a nadie, por el amor de Dios"), hoy a los de João Fulgêncio ("¡Es divina, don João!"), la historia del profesor y la manceba del coronel enseguida se desparramó.

Y no fue sólo él el indiscreto —¿cómo guardar en el corazón ese amor que le estallaba del pecho?—, el único imprudente —¿cómo esperar hasta entrada la noche para penetrar en el paraíso prohibido?—. No tenía toda la culpa. ¿No había empezado también Glória a pasear por la plaza, abandonando su ventana solitaria, para verlo de más cerca, sentado en el bar, sonreírle? ¿No compraba corbatas, medias y camisas de hombre, hasta calzoncillos, en las tiendas? ¿No había llevado al sastre Petrônio, el mejor y más caro de la ciudad, unas prendas de Josué, gastadas y zurcidas, para que el maestro de la aguja le confeccionara otras, de casimir azul, sorpresa para su cumpleaños? ¿No había ido a aplaudirlo en el salón de gala de la Intendencia, cuando él presentó a un conferencista? ¿No frecuentaba, única mujer entre seis gatos locos, las sesiones dominicales de la Sociedad Rui Barbosa, cruzando insolente entre las solteronas salidas de la misa de las diez? Con el padre Cecílio, comentaban Quinquina y Florzinha, la áspera Dorotea y la furibunda Cremildes aquella devoción de Glória por la literatura:

—Mejor sería que viniera a confesar sus pecados...

—Un día de éstos termina escribiendo en el diario...

Culminó el desvarío cuando, un domingo por la tarde, con la plaza repleta, fue Josué entrevisto, a través de una persiana imprudentemente abierta, andando en calzoncillos en la sala de Glória. Las solteronas clamaban: eso era demasiado, una persona decente ni siquiera podía pasear tranquila por la plaza.

Sin embargo, con tantas novedades y acontecimientos en Ilhéus, aquel "libertinaje" (como decía Dorotéia) ya no constituía un escándalo. Se discutían y comentaban cosas más serias e importantes. Por ejemplo, después del entierro del coronel Ramiro Bastos, se quería saber quién ocuparía su lugar, asumiría el puesto vacante de jefe. Algunos consideraban natural y justo que la jefatura pasara a manos del doctor Alfredo Bastos, su hijo, ex intendente y actual diputado del estado. Sopesaban sus defectos y cualidades. No era un hombre brillante ni se destacaba por la energía, no había nacido para mandar. Había sido un intendente diligente, honesto, administrador razonable, pero era un diputado mediocre. Bueno de verdad sólo era como médico de niños, el primero en ejercer la pediatría en Ilhéus. Casado con una mujer desagradable, pedante, con ínfulas de nobleza. Sacaban conclusiones un tanto pesimistas sobre el futuro del partido gubernamental y el progreso de la zona entregado a manos tan débiles.

Eran unos pocos, sin embargo, los que veían en Alfredo al sucesor de Ramiro. La gran mayoría estaba de acuerdo en torno del peligroso e inquietante nombre del coronel Amâncio Leal. Ése era el verdadero heredero político de Ramiro. Para los hijos quedaban la fortuna, las historias para contar a los nietos, la leyenda del coronel desaparecido. Pero el mando del partido sólo podría corresponder a Amâncio. Había sido la persona de confianza de Ramiro, indiferente a los cargos, pero partícipe de todas las decisiones, única opinión acatada por el finado dueño de la tierra. Se murmuraba que era proyecto de los dos amigos unir las familias Bastos y Leal, a través del casamientote Jerusa con Berto, no bien el joven terminara los estudios. La vieja empleada de Ramiro contaba que había oído al anciano hablar de este plan, unos días antes de morir. Se sabía también que el gobernador había mandado ofrecer a Amâncio el lugar dejado en el Senado del Estado con la muerte de su compadre.

En las manos violentas de Amâncio, ¿cuál sería el destino de la región del cacao y de la fuerza política del gobierno? Difícil imaginar, tratándose de un hombre tan imprevisible, arrebatado, contradictorio, obstinado. Dos cualidades le elogiaban los amigos: el valor y la lealtad. Otros le censuraban la terquedad, la intolerancia. Pero convenían todos en el pronóstico de un final agitado para la campaña electoral que se hallaba en marcha, Amâncio al frente de actos de violencia.

Con temas tan cautivadores, ¿cómo iban los ilheenses a interesarse por el caso de Glória y Josué, que se prolongaba desde hacía meses sin incidentes? Sólo las solteronas, envidiosas ahora del permanente júbilo estampado en la cara de Glória, todavía le dedicaban sus comentarios. Sería necesario algún acontecimiento dramático o pintoresco, que rompiera la feliz monotonía de los amantes, para de nuevo atraer la atención de los ilheenses. Si Coriolano se enterara e hiciera una de las suyas, entonces sí valdría la pena. Para calificar a Josué de gigoló, como tanto lo habían hecho al principio, para comentar los poemas en los que describía, con escabrosos detalles, las noches en el lecho, ya no se molestaban más. A Josué y a Glória sólo volverían cuando Coriolano se enterara de la traición de la amante. Iba a ser divertido.

Ocurre que no fue divertido. Sucedió por la noche, relativamente temprano, a eso de las diez, cuando, terminadas las funciones de los cines, el bar Vesúvio se encontraba repleto. Nacib iba de mesa en mesa anunciando la inminente inauguración del Restaurante del Comercio. Josué había entrado por la puerta de Glória hacía más de una hora. Abandonadas las últimas precauciones, no prestaba atención a la opinión moralista de las familias y de ciertos ciudadanos, como el doctor Maurício. Además, en la actualidad, ¿a quién le importaba?

Hubo un rumor de mesas y sillas arrastradas cuando Coriolano apareció en la plaza, vestido como un pobretón, rumbo a la casa donde antes habitaba su familia y ahora su manceba se deleitaba con el joven profesor. Se cruzaban preguntas: ¿estará armado, les pegará con el látigo, hará escándalo, disparará? Coriolano metía la llave en la puerta, la agitación crecía en el bar, Nacib fue hasta el borde de la ancha acera. Permanecieron atentos, a la espera de gritos, tal vez de tiros. No hubo nada de eso. Desde la casa de Glória no llegaba ningún ruido.

Transcurrieron unos minutos demorados, los clientes del bar se miraban. Nhô-Galo, nervioso, se agarraba del brazo de Nacib, el Capitán proponía que un grupo fuera hasta allá para evitar una desgracia. João Fulgêncio no estuvo de acuerdo con la iniciativa chismosa:

—No es necesario. No va a pasar nada. Apuesto a que no.

Y no sucedió. A no ser la salida, puertas afuera, tomados del brazo, de Glória y Josué, caminando por la avenida de la playa para evitar pasar ante el Vesúvio repleto. Un poco después, la empleada iba llevando y acomodando en la acera baúles y maletas, una guitarra y un orinal, único detalle divertido en toda esta historia. Se sentó al fin sobre la valija más alta y se quedó esperando. La puerta fue cerrada por dentro. Después apareció un changarín para recoger el equipaje. Pero pasadas las once de la noche, cuando ya había poca gente en el bar.

Sensacional, en compensación, fue la noticia de la visita de Amâncio Leal a Mundinho, días después. El hacendado había viajado a sus plantaciones poco después del entierro de Ramiro. Allá había permanecido, sin dar señales, durante semanas. La campaña electoral sufrió brusca solución de continuidad con la muerte del viejo caudillo, como si los opositores ya no tuvieran a quién combatir y los del gobierno no supieran cómo actuar sin su jefe de tantos años. Al final Mundinho y sus amigos volvieron a ponerse en movimiento. Pero lo hacían a un ritmo lento, sin ese entusiasmo, esa agitación del inicio de la campaña.

Amâncio Leal bajó del tren y fue directo hacia la oficina del exportador. Eran poco más de las cuatro de la tarde, el centro comercial rebasaba de gente. La noticia corrió veloz, llegó a los cuatro rincones de la ciudad aun antes de que hubiera concluido la entrevista. Unos cuantos babiecas se juntaron en la acera, frente a la casa exportadora, las cabezas levantadas espiando las ventanas de la oficina de Mundinho.

El coronel estrechó la mano del adversario, se sentó en el confortable sillón, rechazó el licor, la cachaza, el puro.

—Señor Mundinho, durante todo este tiempo lo he combatido. Fui yo el que mandó prender fuego a los diarios. —Su voz suave, su único ojo y las palabras claramente pronunciadas como si fueran resultado de una larga reflexión. —Fui yo también el que mandó disparar contra Aristóteles.

Encendió un cigarrillo y continuó:

—Estaba preparado para poner Ilhéus patas arriba. Por segunda vez. Cuando era más joven, en compañía del compadre Ramiro, lo hice una primera vez. —Calló, como recordando. —Los *jagunços* estaban advertidos, listos para bajar. Los míos y los de otros amigos. Para terminar con la elección. —Miró con su único ojo al exportador, sonrió. —Había un capanga, de buena puntería, viejo conocido mío, elegido para usted.

Mundinho escuchaba muy serio. Amâncio pitó el cigarrillo.

—Agradezca al compadre el estar vivo, señor Mundinho. Si él no hubiera muerto, el que estaría en el cementerio sería usted. Pero Dios no lo quiso, lo llamó a él primero.

Guardó silencio, tal vez pensando en el amigo desaparecido. Mundinho esperó, un poco pálido.

—Ahora todo terminó. Estuve contra usted porque para mí el compadre era más que un hermano, era como mi padre. Nunca me importó saber quién tenía la razón. ¿Para qué? Usted estaba contra mi compadre, yo estaba contra usted. Y, si él siguiera vivo, yo lucharía junto con él contra el diablo en persona. —Una pausa. —En las vacaciones estuvo acá mi hijo mayor…

—Lo conocí. Conversamos más de una vez.

—Ya lo sé. Él discutía conmigo, decía que usted tenía razón. Pero no era por eso que yo iba a cambiar. Tampoco forcé la naturaleza del muchacho. Quiero que sea independiente, que piense con su propia cabeza. Para eso trabajo, gano dinero. Para que mis hijos no necesiten a nadie, puedan tomar decisiones cuando quieran.

Hizo un nuevo silencio, fumaba. Mundinho no se movió.

—Después el compadre murió. Me fui a la finca y me puse a pensar. ¿Quién va a quedar en el lugar del compadre? ¿Alfredo? —Hizo un gesto de desdén con la mano. —Es buen muchacho, cura enfermedades de niños. Fuera de eso, es el retrato de la madre, una santa mujer. ¿Tonico? Ése no sé a quién salió. Dicen que el padre de mi compadre era mujeriego. Pero no era descarado. Me quedé meditando y vi, en Ilhéus, a un solo hombre para reemplazar al compadre. Y ese hombre es usted. Vine a decírselo. Para mí se acabó, ya no lo combatiré.

Mundinho continuó aún unos minutos en silencio. Pensaba en los hermanos, en la madre, en la mujer de Lourival. Cuando el empleado le anunció la llegada del coronel Amâncio, sacó el revólver del cajón, se lo puso en el bolsillo. Hasta por su vida había temido. Esperaba todo, menos la mano tendida del coronel.

Ahora era el nuevo jefe de la tierra del cacao. Sin embargo, no se sintió alegre ni orgulloso. Ya no tenía con quién luchar. Por lo menos hasta que apareciera alguien que le hiciera frente, cuando los tiempos de nuevo cambiaran, él ya no sirviera para gobernar. Como le había sucedido al coronel Ramiro Bastos.

—Coronel, le agradezco. Yo también lo combatí, y al coronel Ramiro. No por una cuestión personal. Yo admiraba al coronel. Pero no coincidíamos con respecto al futuro de Ilhéus.

—Lo sé.

—Nosotros también teníamos a nuestros *jagunços* preparados. No sé quién iba a poner a Ilhéus al derecho después que haberlo puesto del revés. También había un hombre designado para usted. No era un viejo conocido mío, pero sí de un amigo. Ahora todo eso terminó también para mí. Escuche una cosa, coronel: ese bribón de Vitor Melo no será diputado por Ilhéus. Porque Ilhéus debe ser representado por alguien de acá, interesado en el progreso. Pero, salvo él, puede ser cualquiera, el que usted quiera. Diga un nombre y retiro el mío, pongo al que usted indique y lo recomiendo a mis amigos. ¿El doctor Alfredo? ¿Usted mismo? Aunque a usted lo veo mejor en la banca que fue del coronel Ramiro, en el Senado de Bahía.

—No quiero, señor Mundinho, pero le agradezco. No quiero nada para mí. Si yo voto, será por usted; a ese pusilánime del doctor Vitor sólo lo votaría por el compadre. Para mí, la política se acabó. Voy a vivir en mi rincón. Sólo vine a decirle que no voy a luchar más contra usted. En mi casa se volverá a hablar de política sólo después de que mi hijo se reciba, si es que él quiere meterse en esas cosas. Pero tengo algo que pedirle: no persiga a los muchachos del compadre, ni a los amigos de él. Los muchachos no son gran cosa, ya lo sé. Pero Alfredo es un hombre derecho. Y Tonico es un pobre tipo. Nuestros amigos son hombres de bien, acompañaron al compadre en los malos momentos. Es todo lo que le quería pedir. Para mí no quiero nada.

—No pienso perseguir a nadie, no soy así. Por el contrario, lo que deseo es plantear, con usted, la manera de no perjudicar al doctor Alfredo.

—Para él, lo mejor es volver a Ilhéus, curar niños. Eso es lo que le gusta. Ahora, con la muerte del compadre, es muy rico. No necesita la política. Y deje a Tonico con su notaría.

—¿Y el coronel Melk? ¿Y los demás?

—Eso queda entre usted y ellos. Melk anda alterado, después del asunto de la hija. Es muy probable que haga como yo, que no se meta más en política. Me voy, señor Mundinho, ya le robé demasiado tiempo. Desde hoy en adelante cuente con un amigo. No para la política. Cuando pase la elección, quiero que venga algún día a mi hacienda...

Mundinho lo acompañó hasta la escalera. Poco después él también salía, iba solo y silencioso por la calle, casi sin responder a los saludos numerosos, en extremo cordiales.

De las pérdidas y ganancias con chef de cuisine

João Fulgêncio masticaba una croqueta, escupía.

—De baja calidad, Nacib. La cocina es un arte, usted debe saberlo. No sólo exige conocimiento, sino, ante todo, vocación. Y esa nueva cocinera suya no nació para eso. Es una charlatana.

Alrededor se rieron, menos Nacib, preocupado. Nhô-Galo exigía una respuesta a su pregunta anterior:

—¿Por qué Coriolano se había conformado con echar a Glória y a Josué y abandonar a su mantenida? ¿Justo él, tan afecto a la violencia, el verdugo de Chiquinha y Juca Viana, el que había amenazado, haría unos dos años, a Tonico Bastos? ¿Por qué había actuado así?

—Bueno, porque... A causa de la biblioteca de la Asociación Comercial, los bailes del Progreso, la línea de autobuses, las obras del canal... A causa del hijo casi doctor, de la muerte de Ramiro Bastos y a causa de Mundinho Falcão...

Calló un instante, Nacib atendía otra mesa.

—A causa de Malvina, a causa de Nacib.

Las ventanas cerradas de la ex casa de Glória eran una nota melancólica en el paisaje de la plaza. El Doctor reflexionó:

—Extraño, debo confesar, su figura enmarcada en la ventana. Ya estábamos acostumbrados.

Ari Santos suspiró al recordar los senos altos como un ofrecimiento, la constante sonrisa, los ojos invitadores. Cuando ella volviese de Itabuna (adonde había viajado en compañía de Josué, por unos días), ¿dónde iba a vivir, a qué ventana se asomaría, para qué ojos exhibiría senos y sonrisas, labios carnosos y ojos húmedos?

—¡Nacib! —llamó João Fulgêncio—. Tiene que tomar medidas, mi estimado. ¡Medidas urgentes! Cambiar de cocinera y conseguir la casa de Coriolano, para que volvamos a instalar ahí a Glória. Sin eso, preclaro descendiente de Mahoma, este bar queda a la deriva...

Nhô-Galo sugería una suscripción de los clientes para pagar el alquiler de la casa y restituir en ella, en medio de gran fiesta, la figura de Glória.

—Y la elegancia de Josué, ¿quién la va a pagar? —soltó Ari.

—Por lo que parece, será nuestro Ribeirinho… —dijo el Doctor.

Nacib se reía pero estaba preocupado. Al hacer un balance de sus negocios, necesario en vista de la próxima inauguración del restaurante, se agarró la cabeza. Tal vez por confirmar que todavía la tenía, tanto la había perdido en esos meses. Era natural que, en las semanas siguientes al descubrimiento de Tonico desnudo en su cuarto, no prestara atención al bar, olvidara el proyecto del restaurante. Había vivido aquellos días gimiendo de dolor, vacío por la ausencia de Gabriela, sin pensar. Incluso después, sólo hizo estupideces.

En apariencia todo había retornado a la normalidad. Allí estaban los clientes, jugando a las damas y al *gamão*, charlando, riéndose, tomando cerveza, sorbiendo aperitivos antes del almuerzo y la cena. Él se había repuesto por completo, la herida cicatrizada en el pecho, ya no acosaba a doña Arminda para saber algo de Gabriela, escuchar las noticias de las propuestas recibidas y rechazadas. Los clientes, sin embargo, ya no consumían tanta bebida como antes, no gastaban tanto como en los tiempos de Gabriela. La cocinera venida de Sergipe, con pasaje pagado por él, era pura palabrería. No iba más allá de lo trivial, condimentos pesados, comida aceitosa, dulces azucarados. Los bocadillos salados para el bar, una porquería. Y exigente: quería ayudantes, protestaba por el trabajo, una peste. Y encima, un espantapájaros de fea, con verrugas y pelos en el mentón. No servía, evidentemente. Ni para el bar, ni mucho menos para dirigir la cocina del restaurante.

Eran los bocadillos salados y dulces el incentivo para la bebida, lo que atraía a los clientes, los hacía repetir las dosis. El movimiento en el bar no había decaído, continuaba intenso, la simpatía de Nacib mantenía firme la clientela. Pero el consumo de bebidas había disminuido y, con él, el lucro. Muchos se quedaban en la primera copa, otros ya no iban todos los días. El ascenso fulminante del Vesúvio había sufrido una pausa, y hasta disminuían las ganancias. Y esto cuando el dinero circulaba a raudales por la ciudad, todo el mundo gastaba en las tiendas y los cabarés. Debía tomar medidas, despedir a la cocinera, conseguir otra, costara lo que costare.

En Ilhéus era imposible, él ya tenía experiencia. Había hablado del tema con doña Arminda, la partera tuvo el coraje de aconsejarle:

—Una coincidencia, don Nacib. Estuve pensando que una buena cocinera para usted, nada más que Gabriela. No veo otra.

Tuvo que contenerse para no soltar una palabrota. Esa doña Arminda andaba cada día más loca. También... no salía de las sesiones espiritistas, no dejaba de charlar con los difuntos. Le contó que el viejo Ramiro se le había aparecido en la tienda de Deodoro y pronunciado un conmovedor discurso para perdonar a todos sus enemigos, empezando por Mundinho Falcão. Qué vieja chiflada... Ahora no pasaba un día sin que le mencionara el asunto: ¿por qué no tomaba a Gabriela de cocinera? Como si fuera algo para proponer...

Él se había recuperado, es cierto, tanto que ya podía oír a doña Arminda hablar de Gabriela, alabar su comportamiento y la dedicación al trabajo. Cosía día y noche, poniendo forro a los vestidos, abriendo ojales para botones, hilvanando camisas, en un esfuerzo difícil, porque —ella misma lo decía— no había nacido para la aguja, sino para la cocina. Había decidido, no obstante, no cocinar para nadie más, salvo para el señor Nacib. A pesar de las ofertas que le llovían de todos lados. Para cocinar y para amancebarse, una más tentadora que la otra. Nacib oía a doña Arminda, casi indiferente, apenas orgulloso de esa fidelidad tardía de Gabriela. Se encogía de hombros, entraba en su casa.

Estaba curado, había logrado olvidarla, no a la cocinera, a la mujer. Cuando recordaba las noches pasadas con ella, era con la misma nostalgia mansa con que recordaba la sabiduría de Risoleta, las piernas largas de Regina, una de antes, los besos robados a su prima Munira en unas vacaciones en Itabuna. Sin dolor profundo en el pecho, sin odio, sin amor. Suspiraba todavía más por la cocinera inigualable, por sus *moquecas*, los *xinxins*, las carnes asadas, los lomos, las *cabidelas*. Se había repuesto del golpe, pero a costa de dinero. Durante semanas había frecuentado todas las noches el cabaré, jugaba a la ruleta y el bacará, pagaba champán a Rosalinda. Esa rubia interesada le sacaba billetes de quinientos mil reales, como si fuera un coronel del cacao que mantenía a su amante, y no su amante en la cama pagada por Manuel das Onças. Nunca había visto una mantenida así; él estaba haciendo el ridículo. Al hacer un balance en sus negocios tuvo una idea exacta del dinero gastado en ella, los derroches a que se había entregado. Terminó por dejarla, seducido por una amazonia menuda, una indígena llamada Mara. Conquista menos espectacular, más modesta, que se contentaba con cerveza y algunos regalos. Pero como la indígena no tenía propietario fijo, hacía la vida en casa de la Machadão, no todas las noches estaba libre, y él terminaba ahogando sus penas en cenas y bailongos en los cabarés o en casas de mujeres, gastando sin medida. Había tirado una barbaridad de dinero.

Con ese tren de vida, en todo ese tiempo no había depositado dinero en el banco. Había cumplido los compromisos con sus proveedores, pero devorado las ganancias en una bohemia cara. Antes iba al cabaré una o dos veces por semana, se acostaba con alguna mujer apasionada por él, sin gastar casi nada. Incluso después de casado, con todo lo que le había regalado a Gabriela, le había sido posible separar cada mes algo de dinero, para su futura plantación de cacao. Resolvió poner fin a aquella vida descontrolada y arruinadora. Pudo hacerlo con tranquilidad, pero lo torturaba la ausencia de Gabriela, el miedo a quedarse solo, ya no buscaba su pierna el muslo redondo donde descansar. Lo que extrañaba, y cada vez más, era a la cocinera.

Por fortuna, no todo era negativo en el balance. El reservado de póquer, con el dineral que corría aquel año, dejaba buen lucro. Ahora, con la vuelta de Amâncio Leal y Melk a las buenas relaciones con Ribeirinho y Ezequiel, el reservado funcionaba a diario, las partidas de póquer se extendían entrada la noche, a veces hasta la mañana. Jugaban fuerte, la porción de la casa crecía.

Y además estaba el restaurante, en el que Mundinho había puesto el dinero y Nacib el trabajo y la experiencia. Ganancias repartidas y seguras, ya que no habría competencia. La comida de los hoteles era infame. Además, por la noche, el salón del restaurante funcionaría para el póquer, el siete y medio, la brisca, el veintiuno, los juegos de barajas a los que eran aficionados los coroneles, que los preferían a la ruleta y el bacará de los cabarés. Allí podrían divertirse discretamente.

Lo peor de todo era en realidad la falta de cocinera. El piso ya estaba pintado, dividido en salón, antecocina y cocina, las mesas y las sillas listas, la cocina construida, piletas para lavar la vajilla, baños para los clientes. Todo de lo mejor. De Río habían llegado los pedidos: una máquina para hacer helados, un congelador donde guardar carnes y pescados, que fabricaba su propio hielo. Cosas de lujo, nunca vistas en Ilhéus, los clientes del bar quedaban boquiabiertos de admiración. En breve estaría montado, sólo faltaba la cocinera. Aquel día, cuando la suprema autoridad de João Fulgêncio criticó con tanta aspereza los bocadillos salados del bar, Nacib decidió hablar del tema con Mundinho.

El exportador mostraba gran interés por el restaurante. Era de comer bien, se lo pasaba rezongando por la comida de los hoteles, cambiaba de uno a otro. También él —Nacib estaba al corriente— había mandado ofrecer un sueldo de reina a Gabriela. Discutió el asunto con el árabe, le propuso mandar buscar un cocinero de Río, con experiencia en restaurantes. Era la única solución. En Ilhéus conseguirían ayudantes, dos o tres mulatas. Nacib frunció la nariz: esos cocineros de Río no sabían hacer comida típica de Bahía, cobraban una fortuna. Mundinho, sin embargo, estaba encantado con su idea: un *chef* vestido de blanco, con gorro en la cabeza, como en los restaurantes de Río. De los que iban a hablar con los clientes, a recomendarles platos. Mandó un telegrama urgente a un amigo suyo.

Nacib, ocupado con los últimos y complicados detalles de la puesta a punto del restaurante, volvía a su antigua vida: rara vez iba al cabaré, dormía con la amazonia cuando le sobraba tiempo y ella estaba libre. No bien desembarcara el cocinero de Río fijaría la fecha para la inauguración solemne del Restaurante del Comercio. Mucha gente subía, a la hora del aperitivo, la escalera que comunicaba los dos pisos, para extasiarse ante el salón adornado de espejos, la inmensa cocina, el congelador, aquellas maravillas.

El cocinero llegó, vía Bahía, junto con Mundinho Falcão, en el mismo barco. El exportador había ido a la capital, por invitación del gobernador, a discutir la situación política y resolver problemas de las elecciones próximas. Llevó a Aristóteles, volvieron victoriosos. El gobernador había cedido en todo: Vitor Melo abandonado a su destino, el doctor Maurício lo mismo. En cuanto a Alfredo, retiró su candidatura a diputado del estado, en su lugar se presentó el doctor Juvenal, de Itabuna, sin ninguna posibilidad. En realidad, la campaña electoral estaba terminada, los opositores pasaban a ser gobierno.

Nacib quedó pasmado con el cocinero. Extraño ser: rollizo y corpulento, con un bigotito engominado, de puntas finas, tenía unos ademanes sospechosos, unos modales afeminados. Importantísimo, con una arrogancia de gran duque, exigencias de mujer bonita, sueldo alucinante.

João Fulgêncio había dicho:

—Esto no es un cocinero; es el mismísimo presidente de la República.

Portugués de nacimiento, de acento pronunciado, sin embargo, muchas de las palabras que caían despreciativas de sus labios eran francesas. Nacib, humillado, no las entendía. Se llamaba Fernand, así, con "d" al final. Su tarjeta de visita —guardada con cariño por João Fulgêncio para juntarla con la del "licenciados" Argileu Palmeira— decía: "Fernand - *Chef de cuisine*".

Acompañado de algunos curiosos clientes del bar, Fernand subió con Nacib a examinar el restaurante. Meneó la cabeza ante la cocina:

—*Très mauvais*...

—¿El qué? —sucumbía Nacib.

—Malo, una mierda... —traducía João Fulgêncio.

Exigía cocina de metal, de carbón. Cuanto antes. Dio plazo de un mes, o de lo contrario se marcharía. Nacib le suplicó dos meses; tenía que mandarla pedir a Bahía o a Río. Su Excelencia se lo concedió con un gesto superior, reclamando al mismo tiempo una serie de pertrechos de cocina. Criticó las comidas de Bahía, indignas, según él, de estómagos delicados. Con lo que enseguida generó profundas antipatías. El Doctor salió en defensa del *vatapá*, del *caruru*, del *efó*.

—Ridículo ignorante —susurró.

Nacib se sentía humillado y amedrentado. Cualquier cosa que fuera a acotar, el *chef de cuisine* le aplicaba un ojo crítico, superior, lo dejaba helado. De no haber sido que el hombre había llegado de Río, costaba tanto dinero y, sobre todo, que había sido idea de Mundinho Falcão, lo habría mandado a pudrirse en el infierno con sus comidas de nombres complicados y sus palabras francesas.

Para probarlo, le pidió que empezara a preparar los bocadillos salados y dulces para el bar y la comida para él, Nacib. De nuevo se llevó las manos a la cabeza. La comida resultaba carísima, los salados también. Al *chef de cuisine* le encantaban las latas de conserva: aceitunas, pescados, jamones. Cada croqueta costaba casi el precio al que se vendía. Y eran pesadas, con mucha masa. Qué diferencia, ¡por Dios!, entre las tartaletas de Fernand y las de Gabriela. Unas, de pura masa, que se metían entre los dientes y se pegaban al paladar. Las otras, picantes y quebradizas, que se disolvían en la boca, pidiendo bebida. Nacib meneaba la cabeza.

Invitó a João Fulgêncio, Nhô-Galo, el Doctor, Josué y el Capitán a un almuerzo preparado por el distinguido *chef*. Mayonesas, caldo de verduras, gallina a la milanesa, chuleta con papas fritas. No es que fuera mala la comida; no lo era. ¿Cómo compararla, sin embargo, con los platos de la tierra, condimentados, aromáticos, picantes, coloridos? ¿Cómo compararla con la comida de Gabriela? Josué recordaba: eran poemas de camarón y *dendê*, de pescados y leche de coco, de carnes y pimienta. Nacib no sabía cómo iba a terminar todo aquello. ¿Aceptarían los clientes esos platos desconocidos, esas salsas blancas? Comían sin saber qué estaban comiendo, si era pescado, carne o gallina. El Capitán lo resumió en una frase:

—Muy bueno, pero no sirve.

En cuanto a Nacib, ese brasileño nacido en Siria, se sentía extranjero ante cualquier plato que no fuera de Bahía, salvo el *quibe*. Era exclusivista en materia de comida. ¿Pero qué hacer? El hombre estaba allí, ganando honorarios de príncipe, ensoberbecido de importancia e impertinencia, cacareando en francés. Posaba unos ojos lánguidos en Chico Moleza; el jovencito ya lo había amenazado con unos golpes. Nacib temía por la suerte del restaurante. Pese a todo, había gran curiosidad, se hablaba del *chef* como de una figura importante, se decía que había dirigido famosos restaurantes, se inventaban historias. Sobre todo con respecto a las clases de arte culinaria, dictadas por él a las mulatas contratadas para ayudarlo. Las pobres no entendían nada; la de Sergipe, celosa, lo apodó "capón bataraz".

Por fin todo estuvo listo, y la inauguración se anunció para un domingo. Un gran almuerzo ofrecerían los propietarios del Restaurante del Comercio a las personalidades locales. Nacib invitó a todos los notables de Ilhéus, todos los buenos clientes del bar. A excepción de Tonico Bastos, claro. El *chef de cuisine* estudió un menú de los más complicados. Nacib pensaba en las insinuaciones de doña Arminda. No había cocinera como Gabriela.

Infelizmente imposible, fuera de todo cálculo. Una lástima.

Del camarada del campo de batalla

Cuando la luna surgía por detrás de la piedra del Rapa, rompiendo la negrura de la noche, las costureras se convertían en pastoras, Dora se transformaba en reina, la casa de Dora en barco de vela. La pipa de don Nilo era una estrella; él llevaba en la mano derecha un cetro de rey, en la izquierda la alegría. Arrojaba, al entrar, con mano certera, el gorro marinero, donde escondía los vientos y las tempestades, encima del viejo maniquí. Comenzaba la magia. El maniquí cobraba vida, mujer de una sola pierna, envuelto en un vestido sin terminar, el gorro en la cabeza que no existía. La tomaba por la cintura don Nilo, bailaban en la sala. Bailaba gracioso el maniquí con su única pierna. Reían las pastoras, Miquelina soltaba su carcajada de loca, Dora sonreía como la reina que era.

Del cerro bajaban las otras pastoras, llegaba Gabriela de la casa de doña Arminda, ya no eran sólo pastoras, sino *hijas de santo*, *iaôs* de Iansan. Cada noche don Nilo desataba la alegría en medio de la sala. En la pobre cocina, Gabriela fabricaba riqueza: *acarajés* de cobre, *abarás* de plata, el misterio de oro del *vatapá*. La fiesta comenzaba.

Dora de Nilo, Nilo de Dora, ¿pero a cuál de las pastoras no había montado* Nilo, pequeño dios del *terreiro*? Eran yeguas en la noche, cabalgaduras de los santos. Nilo se transformaba, era todos

* Si bien el autor crea un clima metafórico sensual, en estos párrafos los términos "montar", "yeguas", "cabalgadura", "caballo" no implican necesariamente una connotación erótica, ya que "montar", en el candomblé, significa básicamente que los espíritus bajan y poseen, en un sentido espiritual, a las personas que participan en el ritual. (*N. de las T.*)

los santos, era Ogun y Xangô, Oxossi y Omolu, era Oxalá para Dora. Llamaba Yemanjá a Gabriela, de ella nacían las aguas, el río Cachoeira y el mar de Ilhéus, las vertientes en las piedras. A los rayos de la luna, la casa navegaba en el aire, subía por el cerro, partía a la fiesta. Las canciones eran el viento, los bailes eran los remos, Dora el mascarón de proa. Comandante, don Nilo daba órdenes a los marineros.

Los marineros venían del muelle: el negro Terêncio, tocador de *atabaque*, el mulato Traíra, guitarrero de fama, el joven Batista, cantador de tonadas, y Mário Cravo, santero loco, mago de feria. Nilo hacía sonar el silbato, la sala desaparecía, era *terreiro* de santo, *candomblé* y *macumba*, era sala de baile, era lecho de nupcias, un barco sin rumbo en el cerro del Unhão, navegando a la luz de la luna. Nilo desataba cada noche la alegría. Llevaba el baile en los pies, el canto en la boca.

Sete Voltas* era una espada de fuego, un rayo perdido, un sobresalto en la noche, un sonido de cascabeles. La casa de Dora fue ronda de *capoeira* cuando él surgió, llegó junto con don Nilo, balanceando el cuerpo, la navaja en la cintura, su prosapia, fascinación. Hacían reverencias las pastoras, un rey mago llegaba, un dios de *terreiro*, un caballero de los santos para montar sus caballos .

Caballo de Yemanjá, Gabriela partía por prados y montes, por valles y mares, océanos profundos. En el baile bailando, en el canto cantando, cabalgando caballo. Desde las rocas arrojaba a la diosa del mar una peineta de hueso, un frasco de perfume, le hacía un pedido: la cocina de Nacib, su cocina, el cuartito de los fondos, los pelos de su pecho, el bigote de cosquillas, la pierna pesada sobre su muslo.

Cuando la guitarra callaba, llegado el momento de las caricias, se contaban las historias. Nilo había naufragado dos veces, había visto la muerte de cerca. La muerte en el mar con verdes cabellos y una armónica. Pero don Nilo era claro como el agua de la fuente. Sete Voltas era un pozo sin fondo, un secreto de muerte, despachaba difuntos con su navaja. Policías de uniforme, policías sin uniforme, corrían tras él. En Bahía, en Sergipe, en Alagoas, en las rondas de *capoeira*, en los *terreiros* de santos, en los mercados y ferias, en lo

* Siete Vueltas. (*N. de las T.*)

escondido de los muelles, en los bares de los puertos. Hasta Nilo lo trataba con respeto, ¿quién podía con él? El tatuaje en el pecho recordaba la soledad de la cárcel. ¿De dónde venía? De muerte matada. Estaba de paso y tenía prisa. En el muelle de Bahía lo esperaban los jugadores de naipes, los maestros de Angola, los padres de *terreiro* y cuatro mujeres. Había que dejar pasar el tiempo para que la policía olvidara. ¡Aprovechen, niñas!

Los domingos por la tarde, en el fondo de la casa, en el limpio terreno, sonaba el *berimbau*. Llegaban mulatos y negros, a jugar con el juguete. Sete Voltas tocaba y cantaba:

Camarada del campo de batalla.
Vámonos ya
por el mundo a viajar.
¡Eh! Camarada...

Entregaba el instrumento a don Nilo, entraba en la rueda de *capoeira*. En la "cola de raya", Terencio volaba. Las piernas en el aire, pasaba por encima del mulato Traíra. El joven Batista caía al piso, Sete Voltas recogía su pañuelo con la boca. En el campo de batalla se quedaba solo, con su pecho tatuado.

En la playa junto a los peñascos, Sete Voltas mordía las arenas de Gabriela, las olas de su mar de espumas y tempestades. Ella era la dulzura del mundo, la claridad del día, el secreto de la noche. Pero la tristeza persistía, caminaba por la arena, corría hacia el mar, sonaba en las rocas.

—¿Por qué eres triste, mujer?

—No soy. Sólo estoy.

—No quiero tristeza cerca de mí. Mi santo es alegre, mi naturaleza es haragana. Yo mato la tristeza con mi navaja.

—No la mates.

—¿Y por qué no?

Quería una cocina, una huerta con guayabos, papayas y *pitangas*, un cuartito en los fondos, un hombre tan bueno.

—¿No te alcanza conmigo? Hay mujeres capaces de matar y morir por este moreno. Puedes agradecer tu suerte.

—No, no me alcanzas. No me alcanza nadie. No me alcanza todo lo que existe.

—¿Tan imposible es olvidar?

—Sí.

—Entonces es malo.

—Es no tener sabor en la boca.

—Es malo.

—Es no tener alegría en el pecho.

—Malo.

Una noche la llevó; el día anterior había sido Miquelina, el sábado Paula la de los pechos de tórtola; ahora era el ansiado día de Gabriela. En la casa de Dora, don Nilo estaba en la hamaca con la reina en el regazo. El velero arribaba a su puerto.

Pero Gabriela lloraba en la arena, a la orilla del mar. La luna la cubría de oro, su perfume a clavo pasaba en el viento.

—Estás llorando, mujer.

Tocó el rostro de canela con la mano de navaja.

—¿Por qué? A mi lado no llora ninguna mujer; se ríe de placer.

—Se acabó, ahora se acabó.

—¿Qué se acabó?

—Pensar que algún día...

—¿Qué?

Que podría volver a la cocina, a la huerta, al cuarto del fondo, al bar. ¿Acaso Nacib no iba a abrir un restaurante? ¿No iba a necesitar una buena cocinera? ¿Quién mejor que ella? Doña Arminda le decía que no perdiera la esperanza. Sólo Gabriela podía asumir una cocina tan grande y hacerse cargo a la perfección. En lugar de ella, un sujeto venido de Río, un muñeco de paja, que hablaba extranjero. En tres días, la inauguración, una fiesta de las grandes. Ahora ya no le quedaba ni la esperanza. Quería irse de Ilhéus. Al fondo del mar.

Sete Voltas era una libertad plantada cada día, al amanecer. Era un ofrecimiento y una decisión. Un orgullo y una dádiva. Hería como el rayo, alimentaba como la lluvia, camarada del campo de batalla.

—¿Un "portuga"?

Se puso de pie el camarada del campo de batalla. El viento se enfriaba al tocarlo, palidecía la luz de la luna en sus manos, las olas iban a lamerle los pies de *capoeira*, creadores del ritmo.

—No llores, mujer. Al lado de Sete Voltas ninguna mujer llora; lo único que hace es reír de placer.

—¿Qué puedo hacer? —Por primera vez era una pobre y triste y desgraciada, sin deseo de vivir.

Ni siquiera el sol, ni la luz de la luna, ni el agua fría, ni su gato arisco, ni el cuerpo de un hombre, ni el calor de un dios de *terreiro*, podía hacerla reír, sentir el gusto por la vida en el pecho vacío. Vacío del señor Nacib, tan bueno, un muchacho lindo.

—Tú nada puedes hacer. Sete Voltas es el que puede hacer algo, y lo va a hacer.

—¿Qué cosa? No veo qué.

—Si el "portuga" desaparece, ¿quién va a cocinar? El día de la fiesta, si él desaparece, ¿qué otra cosa queda, salvo llamarte? Así que va a desaparecer.

A veces era oscuro como la noche sin luna y duro como las piedras de los peñascos de frente al mar. Gabriela se estremeció.

—¿Qué vas a hacer? ¿Matarlo? No quiero.

Cuando él se reía era la aurora que surgía, San Jorge en la luna, tierra encontrada por náufrago desesperado, un ancla de barco.

—¿Matar al "portuga"? No me hizo nada. Lo mando lejos enseguida. Que se vaya de acá. Sólo lo maltrato un poquito si se llega a negar.

—¿Lo vas a hacer? ¿De verdad?

—A mi lado una mujer tiene que reírse. Nunca llorar.

Gabriela sonrió. El camarada del campo de batalla entornó los ojos de brasa y pensó que sería lo mejor. Podía partir, continuar su camino, su libertad en el pecho, su libre corazón. Era mejor que ella muriera por otro, la única en el mundo capaz de atarlo, de amarrarlo a aquel puerto pequeño, aquel muelle del cacao, de doblegarlo y domarlo. Esa noche pensaba decirle, contarle, entregarse rendido de amor. Mejor así, que suspirara y llorara por otro, que por otro muriera de amor, Sete Voltas podría marcharse. Camarada del campo de batalla, vámonos ya a viajar por el mundo.

Ella le tomó la mano, se abrió para agradecer. Barca en mar sereno, navegación de gruta, isla plantada de cañaverales y pimenteros. Navegaba en la barca de proa altanera el camarada del campo de batalla. ¡Eh! Camarada, ardía su pecho, el dolor de perderla. Pero era un dios de *terreiro*, en la mano derecha el orgullo, la libertad en la izquierda.

Del benemérito ciudadano

Aquel sábado, víspera de la solemne inauguración del Restaurante del Comercio, se podía ver a su propietario, el árabe Nacib, en mangas de camisa, corriendo como un loco por la calle, con el voluminoso vientre balanceándose por sobre el cinturón, los ojos desorbitados, en dirección a la firma exportadora de Mundinho Falcão.

En la puerta de la oficina federal de rentas, el Capitán logró frenar la carrera ansiosa, sujetando al dueño del bar por el brazo.

—¿Qué pasa, hombre? ¿Adónde va con tanta prisa?

De naturaleza amable y amistosa, extremaba el Capitán su gentileza desde la proclamación de su candidatura a intendente.

—¿Sucedió algo? ¿En qué le puedo servir?

—¡Desapareció! ¡Desapareció! —jadeaba Nacib.

—¿Desapareció qué?

—El cocinero, ese Fernand.

No demoró toda la ciudad en estar al tanto del intrincado misterio: desde el día anterior a la noche el cocinero venido de Río, el espectacular *chef de cuisine*, Monsieur Fernand (como le gustaba que lo llamaran), había desaparecido de Ilhéus.

Había concertado, con los dos camareros contratados para el restaurante y con las ayudantes de cocina, un encuentro por la mañana, para convenir las últimas instrucciones disposiciones para el día siguiente. No apareció. Nadie lo había visto.

Mundinho Falcão mandó llamar al comisario, le explicó el caso, le recomendó investigaciones meticulosas. Era aquel mismo teniente que había echado al secretario de la Intendencia de Itabuna. Ahora, todo humilde y servil ante Mundinho, lo trataba de doctor.

En la Papelería Modelo, João Fulgêncio y Nhô-Galo barajaban hipótesis. El cocinero, por los modales y por las miradas lanzadas a diestra y siniestra, era decididamente invertido. ¿Se trataría de un vil crimen? Andaba rondando a Chico Moleza. El comisario interrogó al joven camarero, que se ofendió.

—¡Me gustan las mujeres!... No sé nada de ese maricón. El otro día casi le meto un puñetazo, se estaba haciendo el estúpido.

A lo mejor había sido víctima de rateros; Ilhéus albergaba muchos maleantes, estafadores, ladrones de billeteras, gente poco recomendable escapada de Bahía y otras localidades. Reemplazaban ahora a los *jagunços* en el paisaje humano de la ciudad. El comisario y los agentes registraron el puerto, el Unhão, la Conquista, el Pontal, la isla de las Cobras. Nacib movilizó a sus amigos: Nhô-Galo, el zapatero Felipe, Josué, los camareros, varios clientes. Dieron vuelta todo Ilhéus, sin resultado.

João Fulgêncio se inclinaba por la fuga.

—Mi teoría es que nuestro respetable maricón hizo las maletas y se largó por propia voluntad. Levantó vuelo. Como Ilhéus no es una tierra afecta a esos refinamientos de trasero, y como, para el poco uso, alcanza con Machadinho y Miss Pirangi, se sintió desolado y se mandó mudar. Hizo bien, dicho sea de paso; nos libró a tiempo de su asquerosa presencia.

—¿Pero en qué viajó? Ayer no salió ningún barco. El *Canavieiras* sale hoy... —dudaba Nhô-Galo.

—En autobús, en tren...

Ni en tren, ni en autobús, ni a caballo, ni a pie. El comisario lo aseguraba. Alrededor de las cuatro, el negrito Tuísca apareció excitado con una pista. De todos lo *sherlocks* revelados ese día, fue el único en llevar algo concreto. Un sujeto rollizo y elegante —y bien podría ser el cocinero, pues usaba bigotes de puntas y contoneaba las nalgas— había sido visto entrada la noche por una ramera de la más baja categoría. Ella venía del Bate-Fundo y vio, para el lado de los depósitos del puerto, al sujeto llevado por tres tipos sospechosos. Todo le contó a Tuísca, pero ante la policía fue mucho menos específica. Le parecía haberlo visto, no estaba segura, había bebido, no sabía quiénes eran los hombres, había oído hablar. En realidad había reconocido muy bien a don Nilo, el negro Terencio y el jefe de los dos, cuyo nombre desconocía pero por el que suspiraban ella y las putas del Bate-Fundo. Uno peligroso en la *capoeira*, venido de Bahía. Con fama de malo. Su secreta impresión, que le estremecía el pecho, era que el cocinero estaba en el fondo de las aguas del puerto. Nada de eso le contó a la policía, ya arrepentida de haber hablado del asunto con Tuísca.

Nadie se acordó de buscar en la casa de Dora, donde Fernand comenzó llorando y terminó ayudando en la costura, ya que a las auxiliares les habían dado libre ese día. Por completo resignado a viajar por la tarde, en la tercera clase del Bahiano, vestido con chaqueta marinera, porque en el mismo barco iba Sete Voltas. Dora le prometió despachar su equipaje directamente a Río.

Así, cuando, al final de la tarde, João Fulgêncio llegó muy agitado al bar, encontró a Nacib en la mayor de las desolaciones. ¿Cómo iba a inaugurar el restaurante al día siguiente? Todo listo, suministros comprados, mulatas contratadas y entrenadas por Fernand, dos camareros dispuestos, invitaciones hechas para el almuerzo solemne. Vendría gente de Itabuna, incluso Aristóteles, de Água Preta, de Pirangi, vendría Altino Brandão de Rio do Braço. ¿Dónde encontrar una cocinera para reemplazar al desaparecido? Sí, porque ni siquiera con la de Sergipe podía contar. Se había ido, peleada con Fernand; dejó el cuartito del fondo hecho una inmundicia. ¿Y las mulatas ayudantes? Sólo si quisiera cerrar al día siguiente. Para cocinar de verdad no servían, sólo para cortar carne, matar gallinas, limpiar las tripas, cuidar el fuego. ¿Dónde encontrar cocinera en tan poco tiempo? Todo eso lloró en el pecho amigo del librero, en el reservado de póquer donde, ante una botella de coñac sin mezcla, escondía su amargura. Los clientes y amigos comentaban en las mesas del bar que nunca lo habían visto tan desesperado. Ni siquiera en aquellos días de la ruptura con Gabriela. Tal vez entonces fuera más profunda y terrible la desesperación, pero era silenciosa, taciturna, sombría, mientras que ahora Nacib clamaba a los cielos, gritaba su ruina y su desmoralización. Cuando llegó João Fulgêncio, lo arrastró al reservado de póquer.

—Estoy perdido, João. ¿Qué puedo hacer? —Desde que el librero lo había descasado, depositaba en él una ilimitada confianza.

—Calma, Nacib, busquemos una solución.

—¿Cuál? ¿Dónde voy a conseguir cocinera? Las hermanas Dos Reis no aceptan un encargo así de un día para el otro. Y, aunque aceptaran, ¿quién va a cocinar el lunes para la clientela?

—Yo podría prestarte a Marocas por unos días. Sólo que cocina muy bien si mi mujer está al lado, vigilando los condimentos.

—Por unos días, ¿de qué me sirve?

Nacib tragaba el coñac, tenía ganas de llorar.

—Nadie me da una solución. Todos son consejos sin pies ni cabeza. La loca de doña Arminda me propuso contratar de nuevo a Gabriela. ¡Imagínate!

Se levantó João Fulgêncio, muy entusiasmado.

—¡Está a salvo la Patria, Nacib! ¿Sabes quién es doña Arminda? Es Colón, el del huevo y América. Ella resolvió el problema. Fíjate: la solución frente a nosotros, y no la veíamos. Todo resuelto, Nacib.

Nacib preguntaba cauteloso y desconfiado:

—¿Gabriela? ¿Te parece? ¿No estás bromeando?

—¿Y por qué no? ¿Acaso no fue ya tu cocinera? ¿Por qué no puede volver a serlo? ¿Qué tiene...?

—Fue mi mujer...

—Concubina, ¿no? Porque el casamiento era falso, ya sabes... Y justamente por eso. Al contratarla otra vez como cocinera liquidas del todo ese casamiento, más todavía que con la anulación. ¿No te parece?

—Era una buena lección... —reflexionó Nacib—. Volver como cocinera después de haber sido la patrona...

—¿Y entonces? El único error de toda esta historia fue haberte casado con ella. Fue malo para ti, peor para ella. Si quieres, yo le hablo.

—¿Aceptará?

—Te aseguro que acepta. Voy ahora mismo.

—Dile que es sólo por un tiempo...

—¿Por qué? Es una cocinera, la emplearás mientras te sirva bien. ¿Por qué por un tiempo? Enseguida vuelvo con la respuesta.

Fue así como esa misma noche, nadando en alegría, Gabriela limpió y ocupó el cuartito de los fondos. Antes agradeció a Sete Voltas en casa de Dora. Desde la ventana de Nacib, agitó el pañuelo cuando, después de las seis de la tarde, el *Canavieiras* atravesó el canal y puso proa hacia Bahía. Al otro día, a la hora del almuerzo, los invitados, más de cincuenta, encontraron de nuevo los platos todo sabor, la comida sin igual, el condimento entre lo sublime y lo divino.

Éxito grande el almuerzo de inauguración. Con el aperitivo se sirvieron aquellos bocadillos salados y dulces de antaño. En la mesa, los platos se sucedieron en un desfile de maravillas. Nacib, sentado entre Mundinho y el juez, escuchó conmovido los discursos del Capitán y del Doctor. "Benemérito hijo de Ilhéus —dijo el Capitán—, dedicado al progreso de su tierra. Digno ciudadano Nacib Saad, que dota a Ilhéus de un restaurante a la altura de las grandes capitales", alababa el Doctor. Josué respondió en nombre de Nacib, agradeciendo y elogiando, él también, al árabe. Era una consagración, que culminó con las palabras de Mundinho, deseoso, como dijo, de "ofrecer la mano para el castigo". Había hecho venir un cocinero de Río; Nacib se oponía. Tenía razón. No había en el mundo una comida que pudiera compararse con la de Bahía.

Y entonces todos quisieron ver al artista de aquel almuerzo, las manos de hada creadoras de tales delicias. João Fulgêncio se levantó, fue a buscarla a la cocina. Ella apareció sonriendo, calzada con chinelas, un delantal blanco sobre el vestido de fustán azul, una rosa encarnada detrás de la oreja. El juez gritó:

—¡Gabriela!

Nacib anunció en voz alta:

—La contraté otra vez de cocinera...

Josué aplaudió, Nhô-Galo también, todos aplaudieron, algunos se levantaron para saludarla. Ella sonreía, los ojos bajos, una cinta atada en el pelo.

Mundinho Falcão murmuró a Aristóteles:

—Este turco es un maestro del buen vivir...

Suelo de Gabriela

Varias veces demorados, terminaron por fin los trabajos del puerto. Se había inaugurado un nuevo canal, profundo y sin desvíos. Por él podían pasar sin peligro de encalladura los barcos del

Lloyd, del Ita, de la Bahiana y, sobre todo, podían entrar en el puerto de Ilhéus los grandes cargueros, para recibir directamente allí las bolsas de cacao.

Como lo explicó el ingeniero en jefe, la demora en la conclusión de las obras se debió a innumerables dificultades y trabas. No se refería a las riñas que amenazaban la llegada de los remolcadores y los técnicos, a aquella noche de los tiros y botellazos en el cabaré, a las amenazas de muerte iniciales. Aludía a las inconstantes arenas del canal: con las mareas, los vientos, los temporales, se movían, cambiaban el fondo de las aguas, cubrían y destruían en pocas horas el esfuerzo de semanas. Era necesario comenzar y recomenzar, con paciencia, cambiar veinte veces el trazado del canal, buscar los puntos más protegidos. Llegaron los técnicos, en determinado momento, a dudar del éxito, presas del desánimo, mientras la gente más pesimista de la ciudad repetía argumentos de la campaña electoral: el canal de Ilhéus era un problema insoluble, no tenía remedio.

Partieron los remolcadores y las dragas, los ingenieros y los técnicos. Una de las dragas quedó de manera permanente en el puerto, para ocuparse con presteza de las movedizas arenas, para mantener el nuevo canal abierto a la navegación de mayor calado.

Una gran fiesta de despedida, borrachera monumental, iniciada en el Restaurante del Comercio, terminada en El-Dorado, celebró la hazaña de los ingenieros, su tenacidad, su capacidad profesional. El Doctor estuvo a la altura de su fama con el discurso de salutación, en el que comparó al ingeniero en jefe con Napoleón, pero "un Napoleón de las batallas por la paz y el progreso, vencedor del mar, aparentemente indomable, del río traicionero, de las arenas enemigas de la civilización, de los vientos tenebrosos", que podía contemplar con orgullo, desde lo alto del faro de la isla de Pernambuco, el puerto de Ilhéus por él "liberado de la esclavitud de los bancos de arena, abierto a todas las banderas, a todos los navíos, por la inteligencia y la dedicación de los nobles ingenieros y competentes técnicos".

Dejaban atrás nostalgias y amantes. En el muelle de despedidas, lloraban mujeres de los cerros, abrazadas a los marineros. Una de ellas estaba embarazada, el hombre prometía volver. El ingeniero en jefe llevaba una preciosa carga de la buena Cana de Ilhéus, además de un mono *jupará* para que le recordara, en Río, a esa tierra de dinero abundante y fácil, de valentías y duro trabajo.

Partieron cuando comenzaban las lluvias, puntuales aquel año, ya que cayeron bastante antes de la fiesta de San Jorge. En las plantaciones florecían los cacaos, millares de árboles jóvenes daban sus primeros frutos, se anunciaba todavía mayor la nueva cosecha, subirían aún más los precios, aumentaría el dinero que corría en las ciudades y los pueblos, no había cultivo igual en todo el país.

Desde la acera del bar Vesúvio, Nacib veía los remolcadores, como pequeños gallos de riña, cortando las olas del mar, arrastrando las dragas, camino al sur. Cuántas cosas habían pasado en Ilhéus entre la llegada y la partida de los ingenieros y los buzos, los técnicos y los marineros... El viejo coronel Ramiro Bastos no vería los grandes barcos entrar en el puerto. Andaba apareciéndose en las sesiones espiritistas, se había vuelto misionero después de desencarnar, daba consejos al pueblo de la zona, predicaba la bondad, el perdón, la paciencia. Así por lo menos lo afirmaba doña Arminda, competente en materia tan discutida y misteriosa. Ilhéus había cambiado mucho en ese tiempo corto de meses y largo de acontecimientos. Cada día una novedad, una nueva agencia de Banco, nuevas oficinas de representación de firmas del sur y hasta del extranjero, tiendas, residencias. Hacía pocos días, en el Unhão, en una vieja casa de dos plantas, se había instalado la Unión de Artistas y Obreros, con su Liceo de Artes y Oficios, donde estudiaban muchachos pobres para aprender el arte de los carpinteros, los albañiles, los zapateros, con escuela primaria para adultos, destinada a los estibadores del puerto, embolsadores de cacao, operarios de la fábrica de chocolate. El zapatero Felipe había hablado en la inauguración, a la que asistieron las personas más granadas de Ilhéus. Exclamó, en una mezcla de portugués y español, que había llegado el tiempo de los trabajadores, en sus manos estaba el destino del mundo. Tan absurda pareció la afirmación que todos los presentes aplaudieron automáticamente, hasta el doctor Maurício Caires, hasta los coroneles del cacao, dueños de inmensas extensiones de tierras y de la vida de los hombres encorvados sobre esa tierra.

También la existencia de Nacib había sido agitada y plena en esos meses: se casó y se descasó, conoció la prosperidad y temió la ruina, tuvo el pecho lleno de ansia y alegría, después vacío de vida, sólo desesperación y dolor. Fue por demás feliz, por demás infeliz, ahora de nuevo todo era tranquilo y dulce. El bar reanudó su antiguo ritmo, el de los primeros tiempos de Gabriela: se demoraban los clientes a la hora del aperitivo, tomando una copa más, algunos subían para almorzar en el restaurante. Prosperaba el Vesúvio, Gabriela bajaba al mediodía de la cocina del piso superior y pasaba entre las mesas sonriente, la rosa detrás de la oreja. Le decían piropos, le lanzaban miradas de codicia, le tocaban la mano, alguno más osado le daba una palmada en las nalgas, el Doctor la llamaba "mi chiquilina". Alababan la sabiduría de Nacib, la manera como había sabido salir, con honor y provecho, del laberinto de complicaciones en que se había visto envuelto. El árabe circulaba entre las mesas, deteniéndose a oír y conversar, sentándose con João Fulgêncio y el Capitán, con Nhô-Galo y Josué, con Ribeirinho y Amâncio Leal. Era como si, por un milagro de San Jorge, hubieran retrocedido en el tiempo, como si nada errado o triste hubiera sucedido. La ilusión habría resultado perfecta, de no haber sido por el restaurante y la ausencia de Tonico Bastos, definitivamente anclado en el Pinga de Ouro, con su amargo y sus polainas de conquistador.

El restaurante resultó apenas una razonable inversión de capital; daba un lucro seguro pero modesto. No era el negocio excepcional imaginado por Nacib y Mundinho. Salvo cuando había barcos en tránsito en el puerto, el movimiento era escaso, tanto que sólo servían almuerzo. La gente del lugar acostumbraba comer en su casa. Muy de vez en cuando, tentados por los platos de Gabriela, iban, los hombres solos o con la familia, a almorzar allí. Para variar el menú cotidiano. Los clientes fijos se contaban con los dedos: Mundinho, casi siempre con invitados, Josué, el viudo Pessoa. En compensación, el juego, por la noche, en el salón del restaurante, conocía el mayor de los éxitos. Se formaban cinco o seis ruedas de póquer, siete y medio, brisca. Gabriela preparaba por la tarde bocadillos salados y dulces, la bebida corría, Nacib recogía la comisión de la casa.

A propósito del juego, Nacib casi sufrió una crisis de conciencia: ¿debía o no considerar a Mundinho socio en esa parte del negocio? Por cierto que no, porque el exportador había puesto el capital para el restaurante, no para la sala de juego. Tal vez sí, reflexionaba a disgusto, si tenía en cuenta el alquiler del salón, pagado por la sociedad, propietaria también de las mesas y sillas, de los platos en que servían, de los vasos en que bebían. Allí el lucro era grande, compensaba la clientela poco numerosa y poco asidua del almuerzo. A Nacib le habría gustado guardárselo todo, pero temía represalias del exportador. Se decidió a plantearle el tema.

Mundinho sentía una simpatía especial por el árabe. Solía afirmar, después de las complicaciones matrimoniales de su actual socio, que Nacib era el hombre más civilizado de Ilhéus. Aparentando gran compenetración, lo escuchó hablar, exponer el problema. Nacib deseaba saber la opinión del exportador: ¿se consideraba él socio del juego, o no?

—¿Y cuál es su opinión, maestro Nacib?

—Mire, don Mundinho... —Se enrollaba la punta de los bigotes. —Si lo pienso como hombre derecho, creo que usted es socio, debe tener la mitad de las ganancias, como tiene en el restaurante. Si pienso como *grapiúna*, podría decir que no hay ningún papel firmado, que usted es un hombre rico, no le hace falta esto. Que nosotros nunca hablamos de juego, que yo soy pobre, que estoy juntando un dinerito para comprar una pequeña plantación de cacao, que esa entrada extra me viene muy bien. Pero, como diría el coronel Ramiro, un compromiso es un compromiso, aunque no esté en el papel. Traje las cuentas del juego para que las examine...

Iba a poner unos papeles sobre la mesa de Mundinho. El exportador le apartó la mano, le palmeó el hombro.

—Guarde sus cuentas y su dinero, maestro Nacib. En el juego no soy su socio. Si quiere quedarse del todo tranquilo con su conciencia, págueme un pequeño alquiler por usar el salón durante la noche. Unos cien mil reales, digamos. O mejor todavía: done cien mil reales por mes para la construcción del asilo de ancianos. ¿Dónde se ha visto que un diputado federal tenga una casa de juegos? A no ser que usted dude de mi elección...

—No hay nada más seguro en el mundo. Gracias, don Mundinho. Quedo en deuda con usted.

Se levantaba para irse, cuando Mundinho le preguntó:

—Dígame una cosa... —Y, bajando la voz, mientras con el dedo el pecho del árabe: —¿Todavía duele?

Nacib sonrió, la cara resplandeciente.

—No, señor. Ni siquiera un poquito...

Bajó Mundinho la cabeza, murmuró:

—Lo envidio. A mí, todavía me duele.

Tenía ganas de preguntarle si había vuelto a acostarse con Gabriela, pero le pareció poco delicado. Nacib salió desbordante de gozo, a depositar dinero en el Banco.

De veras no sentía nada, había terminado todo vestigio de dolor, de sufrimiento. Temió, al contratar de nuevo a Gabriela, que su presencia le recordara el pasado, temió soñar con Tonico Bastos desnudo, en su cama. Pero nada ocurrió. Era como si todo aquello hubiera sido una pesadilla larga y cruel. Volvieron a las relaciones de los primeros tiempos, de patrón y cocinera, ella muy desenvuelta y alegre, acomodando la casa, cantando, yendo al restaurante a preparar los platos del almuerzo, bajando al bar a la hora del aperitivo para anunciar el menú de mesa en mesa, consiguiendo clientes para el piso de arriba. Cuando el movimiento terminaba, alrededor de la una y media de la tarde, Nacib se sentaba a almorzar, servido por Gabriela. Como antes. Ella rondaba en torno de la mesa, le llevaba la comida, abría la botella de cerveza. Comía después con el único camarero (Nacib había despedido al otro; no era necesario ante el reducido movimiento del restaurante) y con Chico Moleza, mientras Valter, el sustituto de Bico-Fino, vigilaba el bar. Nacib tomaba un viejo diario de Bahía, encendía su cigarro San Félix, en el fondo de la reposera encontraba la rosa caída. Los primeros días la tiraba; después pasó a guardarla en el bolsillo. El diario se deslizaba al suelo, el cigarro se apagaba, Nacib dormía su siesta, a la sombra y la brisa. Se despertaba con la voz de João Fulgêncio que iba a la papelería. Gabriela preparaba los bocadillos salados y dulces para la tarde y la noche, después se iba a la casa, él la veía cruzar la plaza, en chinelas, desaparecer detrás de la iglesia.

¿Qué le faltaba para ser completamente feliz? Comía la inigualable comida de Gabriela, ganaba dinero, juntaba en el Banco, en breve buscaría terreno para comprar. Le habían hablado de una nueva franja desmontada, más allá de la sierra del Baforé, tierra tan buena para el cacao como nunca había existido. Ribeirinho se proponía llevarlo hasta allá, era cerca de su finca. Los amigos y clientes todos los días en el bar, a veces en el restaurante. Las partidas de damas y *gamão*. La buena prosa de João Fulgêncio, del Capitán, del Doctor, de Nhô-Galo, de Amâncio, de Ari, de Josué, de Ribeirinho. Estos dos siempre juntos, desde que el hacendado le había puesto casa a Glória, cerca de la estación. A veces hasta comían los tres en el restaurante, se llevaban bien.

¿Qué le faltaba para ser completamente feliz? No había celos que le carcomieran el pecho, ningún recelo de perder la cocinera: ¿dónde iba a conseguir mejor sueldo y puesto más seguro? Además, era indiferente a los ofrecimientos de casa puesta y cuentas en las tiendas, a los vestidos de seda, a los zapatos, al lujo de las mancebas. Por qué, Nacib no lo sabía; era un absurdo, sin duda, pero no le interesaba descubrir el motivo. Cada uno con su locura. Tal vez fuera esa historia de la flor de los campos que no servía para los jarrones, lo que le había dicho una vez João Fulgêncio. Eso poco le afectaba, así como tampoco lo irritaban ya las palabras susurradas cuando ella iba al bar, las sonrisas, las miradas, las palmadas en el trasero, el brazo o un seno apenas rozados. Todo eso retenía la clientela, una copa más, un nuevo trago.

El juez intentaba robarle la rosa de la oreja, ella huía, Nacib contemplaba indiferente. ¿Qué le faltaba para ser completamente feliz? La amazonia, aquella indígena de la casa de María Machadão, le preguntaba en las noches en que se encontraban, riendo con unos dientes salvajes:

—¿Te gusta tu Mara? ¿Te parece sabrosa?

Sí, le parecía sabrosa. Semejaba, pequeña y gordita, la cara ancha y redonda, sentada sobre las piernas en la cama, una estatua de cobre. La veía por lo menos una vez por semana, se acostaba con ella, era una relación sin complicaciones, sin misterios. Un dormir sin sorpresas, sin violentos arrobos, sin el gemido de las perras, sin el tropel de las yeguas en celo, sin morir y nacer. Andaba con otras también. Mara tenía muchos admiradores, a los coroneles les gustaba esa fruta verde del Amazonas, eran pocas sus noches libres. Nacib picoteaba al azar, en los cabarés, en casas de mujeres, variados encantos. Hasta con la nueva amante de Coriolano se había acostado una vez, en la casa de la plaza. Una mulata muy joven, traída de las plantaciones. Coriolano ya no intentaba saber si lo engañaba. Así se las arreglaba Nacib, aquí y allá, en su vieja vida de siempre. Su permanente atracción, sin embargo, seguía siendo la amazonia. Con ella bailaba en el cabaré, juntos bebían cerveza, comían frituras. Cuando ella estaba libre le escribía un mensaje con su letra de escolar; él, al cerrar el bar, iba a verla. Eran días deleitosos aquellos en que, con la nota en el bolsillo, saboreaba de antemano la noche en la cama de Mara.

¿Qué le faltaba para ser completamente feliz? Un día Mara le mandó un mensaje, lo esperaba a la noche para "hacer el gatito". Sonrió contento, después de cerrar el bar se fue derecho a la casa de María Machadão. Esa figura tradicional de Ilhéus, la más famosa dueña de burdel, maternal y de toda confianza, le dijo después de abrazarlo:

—Perdió el viaje, turquito. Mara está con el coronel Altino Brandão. Vino de Rio do Braço especialmente. ¿Qué podía hacer ella?

Salió irritado. No por Mara; no podía interferir en su vida, impedirle que se ganara el pan. Sino por la noche frustrada, el deseo como un ratón que roía, la lluvia que pedía un cuerpo de mujer bajo las sábanas. Entró en su casa, se sacó la ropa. Desde el fondo, de la cocina o el comedor, llegó un ruido de platos rotos. Fue a ver qué era. Un gato huía hacia la huerta. La puerta del cuartito del fondo estaba abierta; espió. La pierna de Gabriela colgaba de la cama, ella sonreía dormida. Un seno sobresalía del colchón y el perfume a clavo mareaba. Se acercó. Ella abrió los ojos y dijo:

—Señor Nacib...

Él la miró y, alucinado, vio la tierra mojada de lluvia, el suelo cavado de azada, de cacao cultivado, suelo donde nacían los árboles y crecía el pasto. Suelo de valles y montes, de gruta profunda, donde él estaba plantado. Ella tendió los brazos, lo atrajo hacia sí.

Cuando se acostó a su lado y tocó su calor, de pronto entonces lo sintió todo: la humillación, la rabia, el odio, la ausencia, el dolor de las noches mortales, el orgullo herido y la alegría de quemarse en ella. La sujetó con fuerza, marcando de morado la piel color canela.

—¡Perra!

Ella sonrió con los labios de besos y dientes, sonrió con los senos erguidos, palpitantes, con los muslos de llamas, con el vientre de baile y de espera, murmuró:

—No importa...

Apoyó la cabeza en su pecho peludo.

—Muchacho lindo...

Del barco sueco con sirena de amor

Ahora, sí, era completamente feliz. El tiempo había pasado, el domingo siguiente se realizarían las elecciones. Nadie dudaba de los resultados, ni siquiera el doctor Vitor Melo, afligido en su consultorio de Río de Janeiro. Altino Brandão y Ribeirinho ya habían encargado una cena monumental en el Restaurante del Comercio —faltaba una semana—, con champán y fuegos artificiales. Se anunciaban festejos grandiosos. Se hizo una suscripción, propuesta por Mundinho, para comprar y ofrecer al Capitán la casa donde había nacido y donde había vivido Cazuzinha de Oliveira, recordado con nostalgia. Pero el futuro intendente tuvo un gesto magnánimo: donó el dinero al dispensario para niños pobres, abierto en el cerro de la Conquista por el doctor Alfredo Bastos. Nacib planeaba, después de las elecciones, visitar con Ribeirinho aquellas mentadas tierras, más allá de la sierra del Baforé. Adquirir una parcela, contratar la plantación de cacao.

Jugaba su partida de *gamão*, conversaba con los amigos, contaba historias de Siria: "¡En la tierra de mi padre es todavía peor!..." Dormía la siesta, la barriga saciada, roncando tranquilo. Iba al cabaré con Nhô-Galo, se acostaba con Mara, con otras también. Con Gabriela, todas las veces que no tenía mujer y llegaba a la casa sin cansancio y sin sueño. Más con ella, tal vez, que con las otras. Porque ninguna se le comparaba, tan fogosa y húmeda, tan loca en la cama, tan dulce en el amor, tan nacida para aquello. El suelo donde estaba plantado. Se adormecía Nacib, con la pierna sobre su muslo redondo. Como antes. Con una diferencia, sin embargo: ahora no vivía celoso de los demás, temeroso de perderla, ansioso por cambiarla. A la hora de la siesta, antes de quedarse dormido, pensaba: "Ahora no es más que para la cama", sentía por ella lo mismo que por las otras, Mara, Raquel, la pelirroja Natacha, sin nada más que los uniera, sin la ternura de antes. Así estaba bien. Ella iba a la casa de Dora, bailaba y cantaba, organizaban fiestas para el mes de María. Nacib sabía, se encogía de hombros, hasta planeaba ir. Era su cocinera, con la que se acostaba cuando le daban ganas... ¡Y qué cocinera! Mejor no había. Buena en la cama también, más que buena, una perdición de mujer.

En la casa de Dora, Gabriela reía y se divertía, cantaba y bailaba. En el *terno* de reyes llevaría el estandarte. Saltaría fogatas la noche santa de San Juan. Se divertía Gabriela, vivir era bueno. Cuando daban las once de la noche volvía a la casa para esperar al señor Nacib. Tal vez esa noche la visitara en su cuarto, el cosquilloso bigote en su cuello, la pierna pesada en su muslo, el pecho blando como una almohada. En la casa estrechaba el gato contra la cara, él maullaba despacio. Escuchaba a doña Arminda hablar de los espíritus y de bebés que nacían. Se calentaba al sol las mañanas sin lluvia, mordía guayabas, rojas *pitangas*. Conversaba horas y horas con su amigo Tuísca, que ahora estudiaba para carpintero. Corría descalza por la playa, los pies en el agua fría. Jugaba a la ronda con los niños en la plaza, por la tarde. Espiaba la luna esperando a Nacib. Vivir era bueno.

Cuando faltaban apenas cuatro días para el domingo de las elecciones, a eso de las tres de la tarde, el barco sueco, carguero de tamaño jamás visto por aquellos parajes, resonó majestuoso en el mar de Ilhéus. El negrito Tuísca salió corriendo con la noticia y la distribuía gratis por las calles del centro. La población se apiñó en la avenida de la playa.

Ni siquiera la llegada del obispo fue tan animada. Los cohetes subían, estallaban en el cielo. Dos barcos de la Bahiana tocaban sus sirenas en el puerto, los trabajadores de los lanchones y barcazas saludaban al carguero. Veleros y canoas salían del canal, enfrentando la alta mar, para escoltar el barco sueco.

Cruzó despacio el canal, de sus mástiles pendían banderas de todos los países, en una fiesta de colores. El pueblo corría por las calles, se reunía en el muelle. Hormigueaban los puentes, repletos de gente. Llegó la Euterpe 13 de Mayo a tocar marchas, Joaquim tocando el bombo. Cerró el comercio sus puertas. Declararon asueto los colegios particulares, el complejo escolar, el secundario de Enoch. La chiquillada aplaudía en el puerto, las jovencitas del colegio de monjas coqueteaban en los puentes. Tocaban bocina los automóviles, camiones, autobuses. En un grupo, riendo fuerte, Glória, entre Josué y Ribeirinho, enfrentando a las señoras. Tonico Bastos, la seriedad en persona, del brazo con doña Olga. Jerusa, de luto riguroso, saludaba a Mundinho. Nilo con su silbato comandaba a Terêncio, Traíra y el joven Batista. El padre Basílio con sus ahijados. El rengo del Bate-Fundo mirando con envidia a Nacib y a Plínio Araçá. Se persignaban las solteronas, sonreían saltarinas las hermanas Dos Reis. En el próximo pesebre figuraría el carguero. Señoras de la alta sociedad, muchachas casaderas, mujeres de la vida, Maria Machadão, generala de las calles de los bajos fondos y los cabarés. El Doctor preparando la garganta y las palabras difíciles. ¿Cómo introducir a Ofenísia en un discurso para un barco sueco? El negrito Tuísca trepado al mástil de un velero. Las pastoras de Dora llevaron el estandarte del *terno* de reyes, Gabriela lo conducía con paso de baile. Los coroneles del cacao sacaban los revólveres, disparaban al aire. La ciudad de Ilhéus en pleno en el muelle.

En una ceremonia simbólica, idea risueña de João Fulgêncio, Mundinho Falcão y Stevenson, exportadores, Amâncio Leal y Ribeirinho, hacendados, cargaron una bolsa de cacao hasta el extremo de puente donde el barco había anclado, la primera bolsa de cacao que se embarcaría directamente de Ilhéus hacia el extranjero. El emocionante discurso del Doctor fue respondido por el vicecónsul de Suecia, el alto agente de la compañía de navegación.

Por la noche, desembarcados los marineros, la animación creció en la ciudad. Les pagaban bebidas en los bares, llevaron al comandante y los oficiales a los cabarés. El comandante, casi cargado en andas. Era un bebedor fuerte, de experiencia en aguardientes en los puertos de los siete mares del mundo. Lo llevaron como a un muerto desde el Bataclan hasta el barco, en brazos de los ilheenses.

Al día siguiente, después del almuerzo, los marineros tuvieron de nuevo descanso, se desparramaron por las calles. "¡Cómo les gustaba la caña de Ilhéus!", comprobaban con orgullo los *grapiúnas*. Vendían cigarrillos extranjeros, piezas de género, frascos de perfume, baratijas doradas. Gastaban el dinero en cachaza, se metían de cabeza en los prostíbulos, caían borrachos en la calle.

Fue después de la siesta. Antes de la hora del aperitivo de la tarde, en ese tiempo vacío, entre las tres y las cuatro y media. Cuando Nacib aprovechaba para hacer las cuentas de la caja, separar el dinero, calcular las ganancias. Fue cuando Gabriela, terminado el trabajo, se marchó a la casa. El marinero sueco, un rubio de casi dos metros, entró en el bar, soltó un aliento pesado de alcohol en la cara de Nacib y apuntó con el dedo las botellas de caña de Ilhéus. Una mirada suplicante, unas palabras en una lengua imposible. Ya había cumplido Nacib, el día anterior, con su deber de ciudadano, sirviendo cachaza gratis a los marineros. Frotó el dedo índice contra el pulgar, como preguntando por el dinero. Se revisó los bolsillos el marinero sueco; ni rastros de dinero. Pero descubrió un broche curioso, una sirena dorada. En el mostrador dejó la nórdica madre de las aguas, Yemanjá de Estocolmo. Los ojos del árabe veían a Gabriela doblando la esquina por detrás de la iglesia. Miró la sirena, su cola de pez. Así eran las caderas de Gabriela. Mujer tan de fuego no había en el mundo, con ese calor, esa ternura, esos suspiros, esa languidez. Cuanto más se acostaba con ella, más ganas le daban. Parecía hecha de canto y baile, de sol y luna, era de clavo y canela. Nunca más le había hecho un regalo, una tontería de feria. Tomó la botella de cachaza, llenó un vaso de vidrio grueso, el marinero empinó el brazo, saludó en sueco, bebió en dos tragos, escupió. Nacib guardó en el bolsillo la sirena dorada, sonriendo. Gabriela reiría contenta, le diría gimiendo: "No hacía falta, muchacho lindo"...

Y aquí termina la historia de Nacib y Gabriela, cuando renace la llama del amor de una brasa dormida en las cenizas del pecho.

Del post scríptum

Algún tiempo después, el coronel Jesuíno Mendonça fue llevado a juicio, acusado de haber matado a tiros a su esposa, doña Sinhazinha Guedes Mendonça, y al dentista cirujano Osmundo Pimentel, por cuestión de celos. Veintiocho horas duraron los debates agitados, a veces sarcásticos y violentos. Hubo réplica y contrarréplica, el doctor Maurício Caires citó la Biblia, recordó escandalosas medias negras, moral y libertinaje. Estuvo patético. El doctor Ezequiel Prado, emocionante: ya no era Ilhéus una tierra de bandidos, paraíso de asesinos. Con un gesto y un sollozo, señaló al padre y la madre de Osmundo, de luto y en lágrimas. Su tema fue la civilización y el progreso. Por primera vez, en la historia de Ilhéus, un coronel del cacao se vio condenado a prisión por haber asesinado a la esposa adúltera y a su amante.

FIN

(Petrópolis - Río, mayo de 1958)

GLOSARIO

ABARÁ: Especie de croqueta hecha con porotos (*feijão*) cocidos y pisados, adobada con camarón, pimienta, cebolla y aceite de *dendê*, cocida a baño de María, envuelta en hojas de banano.

ACARAJÉ: Especie de croqueta hecha con masa de *feijão-fradinho* (poroto amarillento, con una línea blanca y otra oscura) cocido y pisado, frita en aceite de *dendê*, que se sirve con salsa picante, cebolla y camarón. Muy vendido en puestos callejeros de Bahía, es considerado uno de los platos tradicionales de la cocina bahiana.

AIPIM: Tipo de mandioca, de sabor dulzón.

ALAGOANO/A: Perteneciente o relativo a Alagoas (capital: Maceió), pequeño estado del nordeste de Brasil, ubicado entre los de Pernambuco y Sergipe, y limítrofe con el de Bahía al sudoeste. Como este gentilicio no tiene equivalente en español, se ha optado por emplear el término brasileño.

ATABAQUE: Tambor de guerra de origen africano, hecho con un cuero de animal estirado sobre un solo lado de un tocón de madera o un tronco hueco, que se toca con las manos. Utilizado para marcar el ritmo de las danzas religiosas, es un instrumento de primordial importancia en las ceremonias y ritos del *canbomblé*.

BARAÚNA: Árbol de la familia de las anacardiáceas (*Schinopsis brasiliensis*), muy común en la *caatinga*, donde alcanza hasta doce metros de altura. De hojas aromáticas, ramas espinosas y flores blancas muy pequeñas.

BEIJU: Especie de tortilla elaborada con pasta de mandioca o tapioca, de la cual hay numerosas variedades.

BERIMBAU: Instrumento de percusión de origen africano, con el que se acompaña la *capoeira*. Se compone de una vara de madera tensada por un alambre, que tiene como caja de resonancia una calabaza cortada ubicada en un extremo. El sonido se obtiene percutiendo con una varita sobre el alambre, que el ejecutante sujeta con una mano en la que también sostiene una pequeña cesta de mimbre con semillas secas (*caxixi*), mientras desliza con la otra mano una moneda, para lograr diferentes sonidos.

Bumba-meu-boi: Uno de los entretenimientos más tradicionales de Brasil, en el que se mezclan teatro, danza, música y circo, es en esencia una danza popular cómico-dramática, de origen totémico africano, organizada en cortejo, con amplia participación del público. Tradicionalmente realizado en el período de las *festas juninas* (en algunos lugares, también desde noviembre hasta febrero, para Navidad, Reyes y carnaval), el *bumba-meu-boi* representa el rapto, la muerte y la resurrección del buey, una historia que de cierta manera simboliza el ciclo agrario. Para algunos estudiosos, "*bumba*" viene del sonido del instrumento *zabumba* (especie de bombo), pero para otros se trata de una interjección, que daría a la expresión sentidos diversos, como "¡Vamos, mi buey!", "¡Aguanta, mi buey!", etc. En el aspecto musical, engloba varios estilos musicales brasileños, tocados con instrumentos típicos del país, tanto de percusión como de cuerdas. El *bumba-meu-boi* toma aspectos semejantes a los de una tragicomedia, considerando la estructura de sus personajes alegóricos, escenificaciones contextuales y la reproducción de los conflictos y desenlaces de forma alegre y carnavalesca. Aunque se originó en el nordeste, pronto se difundió por todo el país, adquiriendo nombres, ritmos, formas de representación, indumentarias, personajes, instrumentos, atavíos y temas diferentes en cada región. Una de las modalidades más difundidas consiste en que los personajes principales, acompañados por un grupo de músicos y personas del lugar, bailan y cantan de puerta en puerta, hasta el final de la representación, en que el buey puede resucitar o no. El *bumba-meu-boi* es considerado la pieza popular o danza dramática de mayor significación estética y social del folclore brasileño. Se originó a fines del siglo XVIII, en los ingenios y haciendas de ganado del nordeste, y, tras desvincularse del *reisado*, fiesta ligada al catolicismo, se revistió de carácter exclusivamente lúdico, con gran énfasis en el aspecto visual y en la constante renovación de las peripecias del argumento (en cada escenificación, además, la leyenda puede contarse de diferentes formas). Se lo representa al aire libre y puede durar hasta ocho horas. El público, que forma una rueda en torno de los intérpretes, participa cantando y formando corrillos, que los intérpretes responden con coplas improvisadas. El *bumba-meu-boi* comienza con una alabanza o cantos de introducción, seguidos por la presentación de los personajes y la entrada del buey, representado por un hombre cubierto con una armazón de madera o metal con la forma del cuerpo del buey, adornada con géneros de colores. El buey baila, acompañado por dos o tres vaqueros, hasta que se enferma o es muerto, por razones que varían. Entran en escena los diversos protagonistas, que intentan curarlo o resucitarlo. Entre éstos se cuentan personajes humanos de la vida cotidiana, animales y seres fantásticos. Después de las diversas tentativas de salvarlo, el buey puede levantarse o no. Al final, todos bailan y cantan juntos.

Búzios: Conchillas marinas cuyos caparazones se utilizan, en algunos ritos afrobrasileños, como el *candomblé*, para adivinar el futuro.

Caapora (o *caipora*): Personificación del guardián de los bosques, ser fantástico, originario de la mitología tupí, representado de diferentes maneras según las regiones —una mujer de un solo pie que anda a saltos, un niño de cabeza enorme, un pequeño mulato encantado, un hombre gigantesco montado en un cerdo salvaje—, aunque en general es un niño de cabello rojizo, de pies al revés, que va montado sobre un jabalí, vive en los montes, dentro de los troncos de los árboles, fuma, bebe y anda acompañado por un perro.

Caatinga: Tipo de vegetación característico del nordeste brasileño, formado por pequeños árboles, en general espinosos, que pierden las hojas durante el curso de la larga estación seca, y abundante, además, en plantas espinosas, cactáceas y bromeliáceas. También se aplica este término a la zona donde crece esta vegetación.

Caballo, cabalgadura (de los santos): En portugués, *cavalo-de-santo*, médium que en el *candomblé* incorpora a un *orixá* o algún otro espíritu para que este pueda llegar a la Tierra (según la creencia popular, el santo "monta" al iniciado, como si fuera un caballo, pues no puede permanecer de pie). El caballo es el instrumento del *orixá* para su comunicación con los mortales.

Cabidela: Guisado de gallina (o de pato, pavo o ganso), cocido en la sangre del ave mezclada con vinagre, que forman una salsa de color pardo. En el nordeste de Brasil es un plato tradicional en los almuerzos domingueros y en las fiestas de bautismo y casamiento.

Caititu: Especie de pecarí (*Tayassu tajacu*), de pelaje áspero y fuerte, con una banda de pelos largos en forma de collar en la base del cuello.

Candomblé: Se trata, a grandes rasgos, de los cultos y ritos religiosos heredados de los negros africanos del grupo *jeje-nagô* de Bahía, mantenidos hasta la actualidad por sus descendientes. En un principio, fue una religión introducida en Brasil por los esclavos —principalmente los provenientes de los actuales Nigeria y Benin—, a cuyas deidades ancestrales, sincretizadas o no con ciertos santos católicos, se rendía culto público o secreto. En la actualidad, este término designa en forma genérica a los cultos afrobrasileños, aunque suelen distinguirse, según las diferentes modalidades y las influencias predominantes en cada zona, con diversas designaciones regionales. Por extensión, *candomblé* designa también a varias sectas derivadas del culto original, que en la actualidad presentan influencias extrañas a su cultura (como elementos espiritistas, rituales y mitos indígenas, etc.), así como a los lugares de culto del *candomblé* y su liturgia.

Cangaço: La forma de vida o la actividad criminal de los *cangaceiros*, bandoleros ambulantes del *sertão* que, fuertemente armados, asolaron las tierras agrestes y semiáridas del norte de Brasil durante un período que se extendió, de manera aproximada, desde 1900 hasta 1940.

Capitanía: Cada una de las primeras divisiones administrativas de Brasil, a partir de las cuales se originaron más tarde los estados de hoy en día, y cuyos jefes tenían el título de "capitán mayor".

Capoeira: Mezcla de juego atlético y lucha, de origen negro, defensivo y ofensivo, de movimientos rápidos, diestros y ágiles, introducido en Brasil por los esclavos bantúes de Angola, y difundido por todo el territorio brasileño. Es tradicional en Recife, Bahía y Río de Janeiro, donde se recuerda a los maestros famosos por su agilidad y destreza. La *capoeira* se desarrolló en especial en Bahía, donde hoy se la considera también una suerte de deporte a la vez que una manera de preservar el folclore.

Capoeirista: El que practica la *capoeira*.

Caruru: Plato afrobahiano, guiso preparado con *caruru* (fruto de una planta de la familia de las amarantáceas) o *quiabo* cortado y cocido en caldo de pescado, al que se agrega ajo, cebolla, camarón seco, castañas y semillas de girasol, sazonado con pimienta y aceite de *dendê* y espolvoreado con harina de mandioca, para que engrose la preparación; suele acompañarse con arroz.

Cavaquinho: Pequeña guitarra de origen europeo, de cuatro cuerdas simples.

Cearense: Gentilicio brasileño: perteneciente o relativo al estado de Ceará (capital: Fortaleza), de la región nordeste del país, que limita con el océano Atlántico y los estados de Rio Grande do Norte, Paraíba, Pernambuco y Piauí. Como no tiene equivalente en español, se ha optado por emplear el término brasileño.

Coco: Danza popular grupal, originaria de Alagoas, acompañada por canto y percusión.

Cola de raya (*rabo-de-arraia*): Conocido golpe o figura de ataque de la *capoeira*, el más popular de todos; consiste en caer sobre las manos y girar el cuerpo al encuentro del adversario, para derribarlo violentamente.

Conto, conto de réis: Un millar de *mil-réis*; esta última, moneda que estuvo en vigencia desde 1833 hasta 1942.

Coronel: Caudillo, jefe político, en general dueño de tierras, del interior de Brasil.

Culebra de cristal (*cobra-de-vidro*): Nombre vulgar de las distintas especies del género *Ophisaurus*, saurios de la familia ánguidos, de cuerpo cubierto de escamas, cabeza achatada y larga cola. Con frecuencia desprenden la cola en varios pedazos, sobre todo cuando son atacados por otros animales, y tienen la propiedad de volver a regenerarla, aunque no en su longitud original.

Cutia: Mamífero roedor terrestre (*Dosyprocto ozaroe*), de mediano tamaño, coloración variable según las especies, cabeza alargada, orejas pequeñas, extremidades posteriores más largas que las anteriores, cuerpo delgado y largo, dedos de fuertes uñas curvas.

Dendê: Fruto del *dendezeiro*, palma africana (*Elaesis guineensis*) de cuyos frutos —drupáceos, de color amarillo rojizo o anaranjados cuando están maduros— se extrae aceite de dos calidades: uno de la pulpa y otro del carozo; este último, de olor fuerte, se utiliza mucho en la preparación de comidas-ofrendas para las divinidades del *candomblé* y en la cocina típica de Bahía y el norte de Brasil.

Dirceu y Marília: Personajes protagonistas de la famosa obra *Marília de Dirceu*, de Tomás Antônio Gonzaga. Dirceu es un pastor de ovejas que daría su rebaño con tal de alcanzar el amor de Marília.

Efó: Plato típico de la cocina de Bahía, especie de guiso de verduras con pescado o camarones, hierbas, aceite de *dendê* y pimienta. Su consistencia depende de los vegetales con que se lo prepare.

Escola de samba: Sociedad musical y recreativa, compuesta por bailarines, compositores, músicos, que promueve festejos, espectáculos y desfiles (en especial durante el carnaval). También, la sede de una de esas sociedades, donde en general se ensayan las músicas y los bailes de los desfiles de carnaval.

Feijão: Poroto (o haba), base de la *feijoada*. En Brasil existen muchas variedades, que se cultivan y usan según la región.

Feijoada: Plato típico nacional de Brasil, preparado con *feijão* (poroto o haba), en general negro, con tocino, carne seca y salada, y diferentes salchichas y embutidos. Suele acompañárselo con arroz hervido, *farofa* (harina de mandioca tostada o frita con manteca o grasa, a veces mezclada con huevo, cebolla, carne, etc.) y *couve* (verdura de grandes hojas verdes, parecida a la acelga) cortada y salteada. En Bahía y otras regiones del norte se prepara con *feijão branco* o *fradinho* y se acompaña con vegetales como *quiabo*, zapallo, tomate verde.

Fiesta de San Jorge: Fiesta popular religiosa, una de las más difundidas en todo Brasil, que se festeja el 23 de abril en homenaje a San Jorge (Oxossi en el *candomblé*), con procesiones a caballo y a pie, representaciones histriónicas, bailes, músicas y misas. Este santo es, además, el patrono de Ilhéus.

Gamão: Juego de mesa (de ingenio y de azar), muy popular en Brasil en la década de 1920, que se practica sobre un tablero, con fichas y dados. Semejante al *backgammon*.

Garimpo: Zona o lugar en la que se encuentran minas de diamante o de oro. También, población fundada por los *garimpeiros*, personas que se dedican a la búsqueda de piedras preciosas u oro.

Grapiúna: La región cacaotera del sur del estado de Bahía, sus habitantes y sus costumbres y hábitos de vida.

Hijas de santo (*filhas-de-santo*): En algunos ritos religiosos afrobrasileños, como el *candomblé*, son las mujeres que han pasado por la etapa de iniciación y están ya consagradas a un *orixá*, al que rinden culto y a través de las cuales suele manifestarse dicha entidad.

Iansan (o Iansã): En algunas creencias religiosas afrobrasileñas, como el *candomblé*, *orixá* femenino, divinidad africana del río Níger, una de las esposas de Xangó, reina guerrera, dueña de los vientos, huracanes, rayos, truenos y tempestades. Su día de la semana es el miércoles y sus insignias son la espada y la cola espantamoscas de crin de caballo. Sus colores son el rojo oscuro y el marrón. Es considerada madre de los espíritus de los muertos (*egum*) y la única que puede dominarlos, arreándolos con su cetro de crines hacia el lugar espiritual que les corresponde, para mantener el equilibrio entre la vida terrenal y lo espiritual. En las ceremonias de *umbanda* y *candomblé*, surge como una autentica guerrera, blandiendo su espada y amenazando guerra, aunque también se caracteriza por su pasión; sabe amar y le gusta mostrar su amor y su alegría contagiosos en la misma forma desmedida en que exterioriza su cólera. En el sincretismo religioso afrocristiano suele asociársela a la figura católica de Santa Bárbara.

Iaô: En los cultos afrobrasileños, sacerdotisa iniciada, hija de santo que aún se halla en el proceso de cumplimiento de los deberes y encargos del curso de iniciación. Esposa de los *orixás*.

Ilheense: Perteneciente o relativo a Ilhéus. Como este gentilicio no tiene equivalente en español, se ha optado por emplear el término brasileño.

Inhame: Planta medicinal y alimenticia de la familia de las aráceas, cuyo tubérculo, nutritivo y sabroso, parecido a la mandioca, se emplea en diversos platos. Muy apreciado y consumido en especial en el nordeste brasileño.

Ita: Designación general de los barcos de poco tonelaje que recorrían de norte a sur el litoral brasileño. Viene de las sílabas iniciales de los barcos de la Compañía Nacional de Navegación Costera: *Itaguatiara*, *Itanajé*, etcétera.

Jaca: Fruto de la *jaqueira* (*Artocarpus integra*), árbol de la familia de las moráceas, originario de Asia e introducido en Brasil en el siglo xviii. Es una fruta enorme, que llega a pesar hasta quince kilos, de forma ovalada o redondeada, de superficie áspera, con pequeñas prominencias; cuando madura, su interior es amarillo y formado por gajos, cada uno de los cuales contiene un gran carozo recubierto por una pulpa comestible cremosa, viscosa y muy perfumada. Se lo consume de manera natural o en dulces, jaleas y jugos.

Jacu: Designación común de varias aves gallináceas del género *Penélope*, frecuentes en las selvas vírgenes de Brasil. Son aves de gran porte, de hasta ochenta y cinco centímetros de largo, algo semejantes a un pavo.

Jagunço: Pistolero que se pone al servicio de quien le paga.

Jararaca: Designación común de varias especies de reptiles ofidios, crotalídeos, del género *Bothrops*, que habitan en todo Brasil. Aunque venenosas, son serpientes relativamente mansas, que viven aisladas.

Jenipapo: Fruto del *jenipapeiro* (*Genipa americana*), árbol de la familia de las rubiáceas. Es una baya muy aromática, cuyo jugo se utiliza para hacer un licor muy apreciado en el norte y otras regiones de Brasil.

Jiló: Fruto del *jiloeiro* (*Solanum gilo*), herbácea anual de la familia de las solanáceas, de origen dudoso, tal vez africano, muy cultivada en Brasil. Es una baya roja, comestible, de acentuado sabor amargo. Debe consumirse antes de que madure, y siempre cocido.

Jupará: Carnívoro procionídeo (*Potus flavus*), su aspecto tiene algo de mono, gato y pequeño oso, con larga cola prensil y uñas afiladas. Habita regiones selváticas, cerca de grandes ríos, y pasa casi todo el tiempo en los árboles. Es estrictamente noctámbulo y muy ágil. Su preferencia por los frutos del cacao lo convierte en parte del mito de la región: dicen que, después de comer los frutos, enterraba las semillas, con lo que contribuía a difundir la riqueza de la zona. Habita las regiones del cacao, el Amazonas, Pará y Bahía, aunque también se lo encuentra más al sur, hasta los bosques litorales de Río de Janeiro. También habita otras zonas de América del Sur: el sur de México, América Central, Colombia, Venezuela, Guyanas, donde se lo denomina de diversas maneras: cuchumbi, kinkajou, cuchicuchi, perro de monte, mico león, chosna, martilla. Como su carne es muy apreciada por ciertos individuos, es una especie que corre peligro de extinción.

Macumba: Término genérico de ciertos cultos afrobrasileños de origen bantú, pero modificados por influencias amerindias, católicas, espiritistas y ocultistas. Sus creencias, que combinan diversos elementos religiosos, ponen un énfasis prioritario en ritos que incluyen la incorporación de espíritus.

Madre de las aguas (*mãe-d'agua*): Ser fantástico del folclore brasileño (sobre todo amazónico), especie de sirena de aguas dulces, que con su canto maravilloso cautiva a los pescadores en ríos y lagos.

Madre de santo (mãe-de-santo): También llamada *mãe-de-terreiro*, es la sacerdotisa y responsable espiritual y temporal de las casas de culto afrobrasileñas, en especial en el *candomblé*. Ella orienta la educación religiosa de las hijas de santo (*filhas-de-santo* o *cavalos-de-santo*), preside las ceremonias festivas con su autoridad indiscutible, y es suprema autoridad en todo tipo de dificultades materiales, religiosas y morales.

MAESTRO DE ANGOLA (*mestre de Angola*): Maestro en el tipo de *capoeira* en el que el ritmo del *berimbau* impone movimientos más lentos y de mayor proximidad al suelo, que requiere más astucia o malicia por parte de los contendientes.

MAXIXE: Danza urbana brasileña, de parejas, en general instrumental, en compás de dos por cuatro rápido, originaria de Río de Janeiro, resultado de la fusión de la habanera y la polca con una adaptación del ritmo sincopado africano.

MINGAU: Papilla de consistencia espesa, elaborada con leche azucarada y harina de tapioca, mandioca o maíz.

MOQUECA: Plato típico brasileño, y en particular de la zona de Bahía. Es un guiso o estofado de pescado o mariscos (aunque también se hace con gallina), condimentado con perejil, cilantro, limón, cebolla y, sobre todo, leche de coco, aceite de *dendê* y pimienta muy picante y aromática.

MULA-DE-PADRE (o mula sin cabeza): Según una leyenda de origen dudoso, pero difundida en todo Brasil, es la concubina de un sacerdote (cura católico) que, metamorfoseada en una mula sin cabeza (en lugar de ella tiene llamas de fuego), sale, ciertas noches, a cumplir su condena por el pecado cometido, corriendo desaforadamente, acompañada por el fúnebre tintinear de las cadenas que arrastra y asustando con su fuerte relincho a los supersticiosos.

OGUN (u Ogum): En algunas creencias religiosas afrobrasileñas, como el *candomblé*, *orixá* masculino al que se atribuye la transmisión a los seres humanos de las técnicas de la metalurgia; por extensión es la divinidad de la agricultura, la guerra y todas las actividades que se realizan manipulando el hierro. Es hijo de Iemanjá. Se manifiesta siempre como un guerrero, y baila con su espada remedando combates. En el sincretismo religioso afrocristiano se lo asocia a la figura católica de San Antonio.

OMOLU: En algunas creencias religiosas afrobrasileñas, como el *candomblé*, *orixá* masculino de la viruela y las enfermedades contagiosas, epidémicas, de la piel y actualmente del sida. Es una entidad demoníaca, de atributos fálicos, muy poderoso y respetado. También es el médico de los pobres, ya que formaría parte de sus atributos tanto el poder de causar la enfermedad como de permitir su cura. Se lo representa como un negro viejo, ataviado con una suerte de falda y un tocado que le cubre la cara, ambos de paja, y una lanza en la mano. Su danza es la mímica del sufrimiento, las enfermedades, las convulsiones, las comezones, los temblores de fiebre, los estertores de la muerte. Se lo conoce también como Obaluaê, Abalaú, Obaluaiê e Abaluaê. En el sincretismo religioso afrocristiano se lo asocia a las figuras católicas de San Lorenzo o San Roque.

ORIXÁ: En algunas creencias religiosas afrobrasileñas, como el *candomblé*, personificación y divinización de las fuerzas naturales, deidades intermediarias entre los dioses y los seres humanos. En Brasil, así como en Cuba y Haití, los *orixás* fueron sincretizados con los santos católicos, por lo cual también se los llama "santos". Cada *orixá* tiene cualidades, atributos, símbolos, etc. especiales. Muchos de ellos son antiguos reyes, reinas o héroes africanos divinizados, que representan las vibraciones de las fuerzas elementales de la naturaleza (rayos, truenos, vientos, tempestades, agua), fenómenos naturales (el arco iris), actividades primordiales del ser humano primitivo (caza, pesca, agricultura), algunos minerales e inclusive ciertas enfermedades epidémicas (la viruela). Los *orixás* más importantes son Oxalá (de la creación), Nanã y Yemanjá (de la procreación, y también representantes de las aguas dulces y saladas), Xangô (rayos y truenos), Oyá y Iansã (vientos y tempestades), Oxum, Obá y Euá (aguas dulces), Ogum y Oxóssi (protectores de la caza), Ogun (el hierro y la guerra), Omolu-Obaluaiê (la viruela y otras enfermedades), Opssaim (las hojas medicinales y litúrgicas), Logunede (la caza, el agua y los navegantes), Oxumaré (el arco iris), Iroko (el árbol sagrado), Ibeji, los gemelos (el principio de dualidad).

OXALÁ: En algunas creencias religiosas afrobrasileñas, como el *candomblé*, es el mayor de los *orixás*, divinidad andrógina, hijo de Olorum (el dios supremo), que le encargó crear el mundo y los seres humanos. Simboliza las energías productivas de la naturaleza y el conocimiento empírico. Sus símbolos son la espada y un cetro adornado con aros superpuestos, terminado con la forma de un pájaro; se lo representa como un anciano curvado por el peso de los años. Su color emblemático es el blanco. Se lo identifica con el Señor de Bomfim, santo de enorme devoción entre el pueblo de Bahía.

OXOSSI: En algunas creencias religiosas afrobrasileñas, como el *candomblé*, divinidad de los cazadores, *orixá* que vive en las selvas y en las tierras verdes no cultivadas. Se lo relaciona con la Luna y la noche, y tiene como misión llevar el producto de la caza a todos los pueblos del mundo. Simbolizado por el arco y la flecha, lleva también un *erukerê*, objeto sagrado hecho con cola de búfalo, cuyos poderes mágicos le permiten enfrentar a los seres encantados que habitan los bosques. Es hijo de Iemanjá y hermano de Ogum. En el sincretismo religioso afrocristiano se lo asocia a la figura católica de San Jorge en Bahía y de San Sebastián en Río de Janeiro.

PADRE DE *TERREIRO* (*pai-de-terreiro*): Jefe espiritual y administrador de una casa de *candomblé* o de ciertos centros de *umbanda*. También llamado *babalorixá*, *babaloxá*, *pai-de-santo*.

PASTORCITA (*pastorinha*): Cada una de las figuras femeninas de los "pastoriles" —pequeñas representaciones dramáticas que integran el ciclo de las *festas natalinas* del Nordeste, uno de los principales espectáculos populares de la región—, compuestas por varias escenas (jornadas), durante las cuales se suceden cantos, danzas, partes declamadas y loas, que se realizan ante el pesebre, entre el día de Navidad y el de Reyes, para celebrar el nacimiento de Jesús. Véase *Reisado*. En el *bumba-meu-boi*, personaje que representa a la niña o adolescente, muchas veces la dueña del buey que se pierde y que ella busca.

PELOURINHO: El centro histórico de la ciudad de San Salvador de Bahía, e incluso de todo Brasil, ya que fue en el Pelourinho donde se originó en verdad el espíritu del país, debido a la fuerte influencia que la cultura, los ritos y las creencias de los esclavos ejercieron, con el tiempo, en todo Brasil. Pelourinho significa "lugar de azote de esclavos", pues era allí donde durante muchos años se castigaba a los esclavos arrancados de sus lejanas tierras nativas africanas e introducidos en Brasil por el puerto de Bahía. En la actualidad, este punto de la ciudad de Salvador —caracterizado por sus hermosas y coloridas construcciones coloniales— concentra a artistas y artesanos de todos los géneros, con lo que se ha convertido en un rico centro cultural. La UNESCO lo ha declarado Centro Cultural del Mundo.

PIRÃO: Caldo espeso de pescado o mariscos, condimentado con aceite de *dendê*, cilantro, cebolla, y acompañado con harina de mandioca.

PITANGA: Fruto de la *pitangueira* (*Eugenia uniflora*), arbusto o pequeño árbol de la familia de las mirtáceas, de hojas olorosas y fruto comestible semejante a una guinda roja agridulce, bastante sabrosa.

PUBA, cuscús de: El que se prepara con tapioca fermentada durante unos días, y que suele llevar coco rallado, azúcar y leche, cocido al vapor.

QUIABO: Fruto del *quiabeiro* (*Hibiscus esculentus*), herbácea leñosa de la familia de las malváceas, de origen africano, muy cultivado como hortaliza. Son cápsulas verdes y alargadas, que se comen antes de que maduren, porque de lo contrario se endurecen. Se lo utiliza en la elaboración de numerosos platos de las cocinas regionales de Brasil, en especial la de Bahía.

QUIBE: Bocadillo de origen árabe, en forma de croqueta, preparado con una masa de trigo rellena con carne picada y condimentos.

RABO-DE-GALO: Aperitivo que se prepara con aguardiente y un poco de vermut.

REAL: Antigua unidad del sistema monetario de Portugal y de Brasil.

RECÔNCAVO: Llamado también Recôncavo Baiano, es una extensa y fértil franja de tierra húmeda, transición entre la Bahía de Todos los Santos, la Costa do Dendê y el centro del estado. En el siglo XIX concentraba las actividades económicas más importantes de Bahía; allí se hallaban los mayores ingenios, así como grandes plantaciones de mandioca, *feijão* y maíz, que abastecían los pueblos y ciudades de la región. Además, también concentraba la mayor población del estado y la mayor cantidad de esclavos.

Reisado: Una de las tradiciones populares más ricas y apreciadas del folclore brasileño, sobre todo en el Nordeste. El *reisado* es una pantomima que forma parte del repertorio de las *festas jesuínas* o *natalinas* y se representa, en general, desde el 24 de diciembre hasta el 6 de enero, es decir, para Navidad, Año Nuevo y Reyes. Está compuesto por un grupo de histriones, músicos, cantores, bailarines, que se reúnen con el fin de visitar las casas de las personas más encumbradas y hospitalarias de la región, para cantar y bailar, anunciar la llegada del Mesías, pidiendo dádivas y alabando a los dueños de las casas por donde pasan. Presenta diversas modalidades según las zonas, y se compone de varias partes, en las que se destacan diversos personajes populares, mezcla de figuras folclóricas, sacras y profanas. La denominación de *reisado* persiste todavía en Alagoas, Sergipe y Bahía, mientras que en otras partes del país se fusiona con el *bumba-meu-boi*.

Retirante: Habitante del *sertão* que, solo o en grupo, emigra hacia otras regiones del país, huyendo de la sequía de las zonas áridas del nordeste brasileño.

Sagüi: Designación común de las especies de primates calitríqueos, con cinco géneros y varias especies en el territorio del Brasil. Son especies pequeñas, de cola larga no prensil y cuerpo muy pequeño y liviano. Viven en las selvas de América del Sur y Central. El *sagüi* común se distingue de las otras especies por sus penachos de pelos blancos en las orejas.

Samba de roda: Variante musical más primitiva del *samba*, originaria del estado de Bahía. Es un estilo musical tradicional afrobrasileño, asociado a una danza que a su vez guarda relación con la *capoeira*. La música, ejecutada con instrumentos típicos, es acompañada por cantos y batir de palmas.

Samba: Danza cantada de origen africano, de compás binario y acompañamiento sincopado.

Sarapatel: Guiso de hígado, sangre, riñones, pulmón y corazón de cerdo o carnero, cocidos en su jugo, con abundante salsa y bien condimentado.

Sarará: Mulato de cabello rubio o rojizo.

Sergipense (o sergipano): Gentilicio brasileño: perteneciente o relativo al estado brasileño de Sergipe (capital: Aracaju), el más pequeño del país, situado al este, en la costa atlántica. Limita con los estados de Bahía y Alagoas. Como no tiene equivalente en español, se ha optado por emplear el término brasileño.

Sertanejo: Habitante u oriundo del *sertão*. También se emplea este término para designar a los habitantes del interior del Brasil en general, así como a un conjunto de sentimientos, comportamientos y valores propios de un individuo perteneciente al *sertão*.

Sertão: Zona poco poblada y muy árida del norte de Brasil, en especial del interior de la parte noroccidental, más seca que la *caatinga*, donde perduran costumbres y tradiciones antiguas y prevalece la cría de ganado por sobre la agricultura.

Sofrê: Ave paseriforme (*Icterus jamacaii*), famosa por su belleza y su canto vigoroso y variado: sus recursos vocales son tantos que le permiten imitar a otras aves y hasta fragmentos de canciones. Habita en Brasil, Paraguay, Bolivia y Venezuela.

Surucucu: Reptil ofidio, crotálido (*Lachesis muta*), habitante de las selvas tropicales brasileñas, la mayor serpiente venenosa de Brasil.

Tarefa: Medida de superficie que, en Bahía, equivale a 4.356 metros cuadrados.

Teiú: Reptil lacertíleo (*Tupinambis teguixim*) que habita diversas regiones de Brasil. Es el mayor de los lagartos de este país, de coloración negroazulada, con franjas transversales salpicadas de amarillo oscuro. Vive en agujeros que hace en el suelo y se alimenta de toda clase de animales pequeños y de frutas.

Terno (de reis): En castellano, "trío de reyes" (en evidente alusión a los Reyes Magos). En Brasil, festejos típicos desde Navidad hasta Reyes, que consisten en grupos organizados —algunos de ellos motivados por propósitos sociales y filantrópicos— que van de visita casa por casa. Cada grupo está compuesto por músicos que tocan instrumentos, en su mayoría de confección casera y artesanal. Además de los instrumentistas y cantores, muchas veces el grupo se compone también de bailarines, payasos y otras figuras folclóricas debidamente caracterizadas. Las canciones suelen girar en torno de temas religiosos, con excepción de las tradicionales paradas para que los participantes coman o descansen, ocasiones en las que se realizan animadas fiestas con cantos y bailes típicos regionales. Las visitas-actuaciones colectivas se llevan a cabo con multitud de parejas, de dos en fondo, formadas por un "pastor" y una "pastora". Todos los *ternos* tienen su propia música.

Terreiro (o *terreiro-de-santo*): En el interior de Brasil, *terreiro* es la porción de tierra situada al frente o al fondo de las casas, quintas o haciendas. En los cultos afrobrasileños, como el *candomblé*, *terreiro* designa también el conjunto de los terrenos y casas donde se practican las ceremonias religiosas y los preparativos para éstas y, por extensión, los *candomblés* (en Bahía) y las *macumbas* (en Río de Janeiro) en sí mismos. De tal modo, los diversos *candomblés* se conocen como "*terreiro do pai Adão*", "*terreiro da mãe Aninha*", etcétera.

Vatapá: Plato típico de la cocina bahiana, muy picante, especie de pasta preparada con pescado o gallina, a los que se agrega leche de coco, camarones secos y frescos, pan del día anterior, maní y castañas de *cajú* tostados y molidos, condimentado aceite de *dendê*, además de los condimentos habituales (sal, cebolla, ají, cilantro, etcétera.).

XANGÓ: En algunas creencias religiosas afrobrasileñas, como el *candomblé*, gran y poderoso *orixá* masculino, dios del rayo y del trueno, hijo de Iemanjá. Una de las deidades más populares en todo Brasil, es poderoso, de carácter violento y justiciero; castiga a los mentirosos, los ladrones y los malhechores y se manifiesta mediante las tempestades, los truenos, los rayos y las descargas de electricidad atmosférica. En el sincretismo religioso afrocristiano se lo asocia a la figura católica de San Jerónimo. Sus colores son el rojo y el blanco.

XINXIM: Plato tradicional de la comida afrobahiana; es un guisado de gallina u otra carne, con sal, cebolla y ajo rallados, aceite de *dendê* y camarones secos, maní y castañas de *cajú* molidos.

YEMANJÁ (o Iemanjá): En algunas creencias religiosas afrobrasileñas, como el *candomblé*, *orixá* femenino, divinidad de las aguas saladas, considerada madre de todos los *orixás*. Representa la creación y la maternidad, puesto que se la ve como a una madre que protege a sus hijos a cualquier costo, y adora cuidar niños y animales domésticos; por ello es considerada, además, patrona de las mujeres en general. Una de las figuras más conocidas en los cultos afrobrasileños, sus fiestas anuales (las principales son la de Río, el 31 de diciembre, y la de Bahía, el 2 de febrero) atraen gran cantidad de iniciados y simpatizantes, tanto de la *umbanda* como del *candomblé*. El mar es su morada y el lugar donde le hacen ofrendas sus devotos: mechones de pelo, notas con pedidos personales, y en particular velas y flores muy perfumadas, sobre todo rosas blancas, que se arrojan al mar en cestillas especialmente preparadas. Sus colores son el azul y el blanco o el plateado. En el sincretismo religioso afrocristiano se lo asocia a la figura católica de Nuestra Señora de la Concepción.

TAMBIÉN DE JORGE AMADO

"*Poética, cómica y muy humana*". —Chicago Tribune

DOÑA FLOR Y SUS DOS MARIDOS

A nadie sorprende cuando el encantador pícaro Vadinho dos Guimarães —empedernido jugador y mujeriego incorregible— muere durante el carnaval. Su desconsolada esposa se dedica a la cocina y a sus amigas, hasta que conoce al joven doctor Teodoro y decide asentarse. Pero después de la boda, pasionalmente insatisfecha, doña Flor empieza a soñar con las atenciones amorosas de su primer marido. Pronto el propio Vadinho reaparecerá, dispuesto a reclamar sus derechos conyugales. Jorge Amado, uno de los escritores más importantes de Latinoamérica, ha dado vida a tres personajes literarios de fama mundial. *Doña Flor y sus dos maridos* es un auténtico clásico que ratifica que toda gran historia de amor y sensualidad posee un ingrediente sobrenatural.

Ficción/978-0-307-27955-2